漢藏語同源詞綜探

增訂版

ETYMOLOGICAL STUDIES OF SINO-TIBETAN COGNATE WORDS

全廣鎭 著
JEON, KWANG-JIN

臺灣學生書局印行

序　文

我在臺大博士班一年級時(1988),聽龔煌城老師講漢藏語歷史比較語言學課，開始對漢藏語比較研究產生極大興趣。那時又讀到李方桂的文章(1951:16)，他說:「依我的意見，將來的研究途徑不外是『博而能精』;博於各種藏漢語的知識，而精於自己所專門的系統研究。」由此我認識到此方面研究的重要性。本書的撰述，就是在龔煌城老師的指導之下，開始着手研究的。

藏語對漢語的研究具有很重要的參考價值，它可以提供可靠的佐證，彌補漢語本身研究的不足。漢藏語比較研究的關鍵就在於找出大量的同源詞，進而掌握其音韻對應的規律。此問題，早就引人注目，而具有一定規模和系統的同源詞研究，則是由德國漢學家勞佛(Laufer 1916)開始的。此後，西門華德(Simon 1929)等不少中外學者亦從事這方面的研究，成就斐然。但是，因諸家所持的研究方法及音韻原則，各不相同，因而所得的結果亦大相徑庭，還需要重新加以探討。

本書所收的漢藏語同源詞，大致上是對勞佛(1916)等前人著作上所見的漢藏語同源詞加以檢驗而選擇的。本書的比較研究，原則上以漢、藏二語之間的同源詞爲限，但盡可能引用與此有同源關係的緬甸語語詞來作證。另外還引用了一些其他親屬語言作參考。根據李方桂的漢語上古音系統及古藏文的對音來標注其音，且對其音韻對應情形加以比較。最終，找到了654組漢藏語同源詞，藉以得到有關原始漢藏語以及漢語上古音的一些新的認識。當然，本書中大小毛病，一定隨處可見。在此唯有請諸位師友不吝賜正。

本書是在博士論文的基礎上修訂增補而成的。筆者在撰寫論文的過程中，得到了業師龔煌城先生的精心指導與鼓勵。從蒐集古今中外的資料到最後脫稿，先生都傾注了極大的精力與關懷。初稿完成以後，又受到了臺大張以仁教授、梅廣老師、何大安教授以及師大陳新雄老師、辛勉老師的賜正。特別張以仁教授在百忙之中審閱原文，多所修正。於此一併敬申謝意，師恩沒齒不忘。盡管各位老師給予我大量的指正，但書中仍然會有諸多的錯誤和不足，這些都是由於我的學養不足，根抵不厚所致。今後，我將鍥而不捨地努力探索與追求，以期有所進步，不辜負老師們的厚望。

1996. 10. 10.

全廣鎭

漢藏語同源詞綜探：目次

序　文

第一章　緒論

第一節　寫作的動機與目的 ………… 1
第二節　對前人研究的淺評 ………… 3
第三節　基本原則、方法與取材 ………… 5
1. 同源詞的界說與條件 ………… 5
2. 同源詞與借詞的區別方法 ………… 6
3. 古藏文在比較研究上的功能 ………… 7
4. 取材及鑑別原則 ………… 8
5. 標音原則 ………… 9
【本章附註】 ………… 11

第二章　漢藏語同源詞研究史略

第一節　勞佛(Laufer 1916)的研究 ………… 15
第二節　西門華德(Simon 1929)的研究 ………… 17
第三節　沙佛爾(Shafer 1966)的研究 ………… 22
第四節　白保羅(Benedict 1972)的研究 ………… 25
第五節　龔煌城師(Gong 1980, 1989, 1991)的研究 ………… 28
第六節　包擬古(Bodman 1980)的研究 ………… 32
第七節　柯蔚南(Coblin 1986)的研究 ………… 36
第八節　俞敏(Yu 1989)的研究 ………… 41

第三章　漢藏語同源詞譜

【凡例】 ………… 47

1. 之　部　[-əg, -ək] ………… 48
2. 蒸　部　[-əng] ………… 54
3. 幽　部　[$-əg^w$, $-ək^w$] ………… 55
4. 中　部　[$-əng^w$] ………… 60
5. 緝　部　[-əp] ………… 61

6. 侵 部 [-əm] ········ 65
7. 微 部 [-əd, -ər, -ət] ········ 69
8. 文 部 [-ən] ········ 74
9. 祭 部 [-ad, -at] ········ 80
10. 歌 部 [-ar] ········ 86
11. 元 部 [-an] ········ 92
12. 葉 部 [-ap] ········ 101
13. 談 部 [-am] ········ 104
14. 魚 部 [-ag, -ak] ········ 107
15. 陽 部 [-ang] ········ 119
16. 宵 部 [$-ag^{w}$, $-ak^{w}$] ········ 126
17. 脂 部 [-id, -ir, -it] ········ 128
18. 眞 部 [-in] ········ 136
19. 佳 部 [-ig , -ik] ········ 138
20. 耕 部 [-ing] ········ 142
21. 侯 部 [-ug , -uk] ········ 145
22. 東 部 [-ung] ········ 152

第四章 漢藏語同源詞的音韻對應：聲母

第一節 脣 音

1. [p-]
(1) [p] ↔ [p] ········ 158
(2) [p] ↔ [ph] ········ 158
(3) [p] ↔ [b] ········ 160
2. [ph-]
(1) [ph] ↔ [p] ········ 162
(2) [ph] ↔ [ph] ········ 162
(3) [ph] ↔ [b] ········ 164
3. [b-]
(1) [b] ↔ [p] ········ 165
(2) [b] ↔ [ph] ········ 165
(3) [b] ↔ [b] ········ 166
4. [hm-]
(1) [hm] ↔ [m] ········ 169
5. [m-]
(1) [m] ↔ [m] ········ 170
(2) [m] ↔ [b] ········ 173

第二節 舌 尖 音

1. [t-]
(1) [t]
① [t] ↔ [t] ······ 173
② [t] ↔ [th] ······ 174
③ [t] ↔ [d] ······ 175
④ [t] ↔ [c] ······ 176
⑤ [t] ↔ [ch] ······ 177
⑥ [t] ↔ [ts] ······ 177
⑦ [t] ↔ [k] ······ 178
(2) [tr]
① [tr] ↔ [t] ······ 178
② [tr] ↔ [th] ······ 178
③ [tr] ↔ [d] ······ 179
④ [tr] ↔ [ch] ······ 179
⑤ [tr] ↔ [zh] ······ 180
⑥ [tr] ↔ [gr] ······ 180
2. [th-]
(1) [th]
① [th] ↔ [t] ······ 180
② [th] ↔ [th] ······ 180
③ [th] ↔ [d] ······ 181
④ [th] ↔ [lc] ······ 182
⑤ [th] ↔ [ch] ······ 182
⑥ [th] ↔ [h] ······ 182
(2) [thr]
① [thr] ↔ [th] ······ 183
② [thr] ↔ [ch] ······ 183
3. [d-]
(1) [d]
① [d] ↔ [t] ······ 183
② [d] ↔ [th] ······ 184
③ [d] ↔ [d] ······ 184
④ [d] ↔ [h] ······ 187
⑤ [d] ↔ [j] ······ 187
⑥ [d] ↔ [ch] ······ 187
⑦ [d] ↔ [b] ······ 188
⑧ [d] ↔ [z] ······ 188
(2) [dr]
① [dr] ↔ [t] ······ 188
② [dr] ↔ [th] ······ 188
③ [dr] ↔ [d] ······ 189
4. [hn-]
(1) [hn] ↔ [n] ······ 189

(2) [hn] ↔ [ny] ……… 189
(3) [hn] ↔ [th] ……… 190
5. [n-]
(1) [n] ↔ [n] ……… 190
(2) [n] ↔ [ny] ……… 191
6. [hl-]
(1) [hl] ↔ [l] ……… 192
7. [l-]
(1) [l] ↔ [r](單聲母) ……… 193
(2) [l] ↔ [r](複聲母) ……… 195
8. [r-]
(1) [r] ↔ [l](單聲母) ……… 196
(2) [r] ↔ [l](複聲母) ……… 198
(3) [r] ↔ [zh] ……… 199

第三節　舌尖塞擦音

1. [ts-]
(1) [ts] ↔ [ts] ……… 200
(2) [ts] ↔ [tsh] ……… 200
(3) [ts] ↔ [dz] ……… 201
(4) [ts] ↔ [z] ……… 202
(5) [ts] ↔ [zh] ……… 202
(6) [ts] ↔ [ch] ……… 202
(7) [ts] ↔ [s] ……… 203
(8) [ts] ↔ [sh] ……… 203
(9) [ts] ↔ [d] ……… 203
(10) [ts] ↔ [kh] ……… 203
2. [tsh-]
(1) [tsh] ↔ [ts] ……… 204
(2) [tsh] ↔ [tsh] ……… 204
(3) [tsh] ↔ [dz] ……… 206
(4) [tsh] ↔ [z] ……… 206
(5) [tsh] ↔ [ch] ……… 206
(6) [tsh] ↔ [d] ……… 206
(7) [tsh] ↔ [t] ……… 207
3. [dz-]
(1) [dz] ↔ [ts] ……… 207
(2) [dz] ↔ [tsh] ……… 207
(3) [dz] ↔ [dz] ……… 208
(4) [dz] ↔ [z] ……… 208
(5) [dz] ↔ [d] ……… 209
(6) [dz] ↔ [j] ……… 209

(7) [dz] ↔ [ch] ……… 210
4. [s-]
(1) [s] ↔ [tsh] ……… 210
(2) [s] ↔ [s] ……… 210
(3) [s] ↔ [sh] ……… 212
(4) [s] ↔ [z] ……… 213
(5) [s] ↔ [zh] ……… 213
(6) [s] ↔ [t] ……… 213
(7) [s] ↔ [k] ……… 213
(8) [s] ↔ [ch] ……… 214

第四節　舌 根 音

1. [k-]
(1) [k]
① [k] ↔ [k] ……… 214
② [k] ↔ [kh] ……… 216
③ [k] ↔ [g] ……… 218
(2) [kr]
① [kr] ↔ [g] ……… 220
2. [kh-]
(1) [kh]
① [kh] ↔ [k] ……… 220
② [kh] ↔ [kh] ……… 221
③ [kh] ↔ [g] ……… 223
④ [kh] ↔ [ng] ……… 223
3. [g-]
(1) [g](群母)
① [g] ↔ [k] ……… 223
② [g] ↔ [kh] ……… 224
③ [g] ↔ [g] ……… 225
④ [g] ↔ [y] ……… 226
(2) [g](匣母)
① [g] ↔ [k] ……… 226
② [g] ↔ [kh] ……… 226
③ [g] ↔ [g] ……… 227
④ [g] ↔ [ng] ……… 228
⑤ [g] ↔ ['] ……… 228
(3) [gr](牀三、禪、喻四)
① [gr] ↔ [g] ……… 229
② [gr] ↔ [zh] ……… 229
4. [hng-]
(1) [hng] ↔ [ng] ……… 230

5. [ng-]
(1) [ng] ↔ [g] ……… 230
(2) [ng] ↔ [ng] ……… 230
(3) [ng] ↔ [n] ……… 232

第五節　喉　音

1. ['-]
(1) ['] ↔ [k] ……… 232
(2) ['] ↔ [g] ……… 232
(3) ['] ↔ ['] ……… 232
(4) ['] ↔ [y] ……… 233
(5) ['] ↔ [ø] ……… 233
2. [h-]
(1) [h](曉母)
① [h] ↔ [kh] ……… 233
② [h] ↔ [g] ……… 233
③ [h] ↔ [ng] ……… 234
④ [h] ↔ [h] ……… 234
(2) [hr](審三)
① [hr] ↔ [g] ……… 234
② [hr] ↔ [h] ……… 234
③ [hr] ↔ [c] ……… 234

第六節　圓脣舌根音

1. [k^w-]
(1) [k^w] ↔ [k] ……… 235
(2) [k^w] ↔ [kh] ……… 236
(3) [k^w] ↔ [g] ……… 237
2. [kh^w-]
(1) [kh^w] ↔ [k] ……… 237
(2) [kh^w] ↔ [kh] ……… 238
(3) [kh^w] ↔ [g] ……… 238
3. [g^w-]
(1) [g^w](群母)
① [g^w] ↔ [k] ……… 238
② [g^w] ↔ [kh] ……… 239
(2) [g^w](喩三)
① [g^w] ↔ [kh] ……… 239
② [g^w] ↔ [g] ……… 239
③ [g^w] ↔ [zh] ……… 240
④ [g^w] ↔ [d] ……… 241

⑤ [g^w] ↔ ['] ………… 241
(3) [g^w](匣母)
① [g^w] ↔ [k] ………… 241
② [g^w] ↔ [kh] ………… 241
③ [g^w] ↔ [g] ………… 242
④ [g^w] ↔ [r] ………… 243
⑤ [g^w] ↔ [ø] ………… 243
4. [hng^w-]：未見
5. [ng^w-]
(1) [ng^w] ↔ [ng] ………… 243

第七節　圓脣喉音

1. [$'^w$-]
(1) [$'^w$] ↔ [ø] ………… 244
2. [h^w-]
(1) [h^w] ↔ [k] ………… 244
(2) [h^w] ↔ [kh] ………… 244
(3) [h^w] ↔ [g] ………… 244
(4) [h^w] ↔ [h] ………… 245
(5) [h^w] ↔ [m] ………… 245

第八節　複聲母

1. 帶 [l] 的複聲母
(1) [pl] ………… 245
(2) [bl] ………… 246
(3) [ml] ………… 246
(4) [kl] ………… 246
(5) [khl] ………… 247
(6) [gl] ………… 247
2. 帶 [s] 的複聲母
(1) [sm] ………… 248
(2) [sth] ………… 248
(3) [sd] ………… 249
(4) [sn] ………… 249
(5) [skh] ………… 249

第五章　漢藏語同源詞的音韻對應：介音

第一節　介音 [-r-]

1. 上古漢語的介音[-r-]與古藏語下置字母[-r-]的對應 ………… 250

2. 上古漢語的介音[-r-]與古藏文上置字母[r-]的對應 …… 253

第二節　介音 [-j-]

1. 上古漢語的介音[-j-]與古藏語[-y-]的對應
(1) [ky-] …… 254
(2) [khy-] …… 255
(3) [gy-] …… 257
(4) [py-] (未見)
(5) [phy-] …… 259
(6) [by-] …… 260
(7) [ny-] …… 261
(8) [my-] …… 261

第三節　古藏語介音[-y-]的分佈

1. [c-] < [*tj-] …… 261
2. [ch-] < [*thj-] …… 262
3. [ch-] < [*tshj-] …… 263
4. [j-] < [*dj-] …… 264
5. [j-] < [*dzj-] …… 264

第六章　漢藏語同源詞的音韻對應：元音

第一節　一般對應

1. [a] ↔ [a] …… 265
2. [i] ↔ [i] …… 269
3. [u] ↔ [u] …… 271
4. [ə] ↔ [a] …… 272
5. [ə] ↔ [u] …… 273
6. [ə] ↔ [i] …… 275
7. [ʷə] ↔ [o] …… 276
8. [ʷa] ↔ [o] …… 276
9. [ua] ↔ [o] …… 277

第二節　特殊對應

1. [-ə-]
(1) [ə] ↔ [i] …… 278
(2) [ə] ↔ [o] …… 278
(3) [ə] ↔ [e] …… 279

(4) [^{w}ə] ↔ [u] …… 279
(5) [iə] ↔ [u] …… 279
(6) [iə] ↔ [i] …… 280
(7) [iə] ↔ [a] …… 280
2. [-a-]
(1) [a] ↔ [o] …… 280
(2) [a] ↔ [e] …… 281
(3) [a] ↔ [u] …… 281
(4) [ia] ↔ [a] …… 281
(5) [^{w}a] ↔ [a] …… 282
(6) [ia] ↔ [e] …… 282
(7) [ia] ↔ [o] …… 283
(8) [ua] ↔ [u] …… 283
3. [-i-]
(1) [i] ↔ [e] …… 283
(2) [i] ↔ [a] …… 284
(3) [i] ↔ [u] …… 284
(4) [i] ↔ [o] …… 284
4. [-u-]
(1) [u] ↔ [o] …… 284
(2) [u] ↔ [a] …… 285

第七章　漢藏語同源詞的音韻對應：韻尾

第一節　韻尾對應的一般情形 …… 286

第二節　清塞音韻尾

1. [-k] ↔ [-g] ↔ [-k] …… 289
2. [-p] ↔ [-b] ↔ [-p] …… 291
3. [-t] ↔ [-d] ↔ [-t] …… 292

第三節　濁塞音韻尾

1. [-g] ↔ [-ø] …… 295
2. [-g^w] ↔ [-ø] …… 302
3. [-d] ↔ [-ø] …… 304

第四節　鼻音韻尾

1. [-n] ↔ [-l] …… 307
2. [-n] ↔ [-r] …… 311

第五節　流音韻尾

1. [-r] ↔ [-ø] ········ 315
2. [-r] ↔ [-l] ········ 317
3. [-d] ↔ [-l] ········ 319
4. 其　餘
   (1) [-r] ↔ [-r] ········ 320
   (2) [-r] ↔ [-n] ········ 321
   (3) [-r] ↔ [-d] ········ 321

第六節　藏語韻尾[-s]與漢語的對應

1. 藏語擦音韻尾與漢語聲調的關係 ········ 322
   (1) 對應漢語去聲字的例 ········ 322
   (2) 對應漢語平聲字的例 ········ 326
2. 上古漢語有無複輔音的問題 ········ 329
   (1) 複輔音韻尾 [*-ks] ········ 329
   (2) 複輔音韻尾 [*-ms] ········ 332
   (3) 複輔音韻尾 [*-ngs] ········ 333

第七節　其餘比較特別的韻尾對應

1. [-t] ↔ [-g] ········ 334
2. [-t] ↔ [-l] ········ 336
3. [-d] ↔ [-r] ········ 336
4. [-g] ↔ [-ng] ········ 337
5. [-k] ↔ [-ng] ········ 337
6. [-d] ↔ [-b] ········ 338
7. [-d] ↔ [-n] ········ 339
8. [-g] ↔ [-d] ········ 339
9. [-n] ↔ [-ng] ········ 339
10. [-n] ↔ [-m] ········ 341
11. [-n] ↔ [-g] ········ 341

第八章　漢藏語同源詞的詞義分類

第一節　按詞性詞義分類

1. 數量詞 ········ 342
   (1) 數　詞 ········ 342
   (2) 量　詞 ········ 344
2. 稱 謂 詞 ········ 345

3. 代 詞 …… 348

第二節 按詞義內容分類

1. 動 物 …… 350
2. 植 物 …… 353
3. 飲 食 …… 354
4. 時 間 …… 356
5. 身 體 部 位 …… 357
6. 住 居 …… 363
7. 服 飾 …… 366
8. 金 屬 …… 367
9. 色 彩 …… 368
10. 疾 病、苦 痛 …… 370
11. 天 氣、自 然 現 象 …… 373

第三節 詞義全同的同源詞舉例 …… 374

第九章 結 論 …… 383

【本章附註】 …… 389

附 錄 Ⅰ<漢藏語同源詞譜子目表> …… 396

附 錄 Ⅱ<漢藏語同源詞譜檢字表> …… 418

參 考 書 目 …… 429

第一章 緒 論

第一節 寫作的動機與目的

撰寫本書有兩個目的：其一，試將漢藏語同源詞(Sino-Tibetan cognate word)通盤滙集在一起加以檢驗，選擇比較可靠的同源詞，藉以編寫『漢藏語同源詞譜』(第三章)，冀以作爲將來準備撰寫≪漢藏語詞源詞典≫的礎石；其二，同時欲進一步找出漢藏語同源詞在音韻上所顯示的一些對應情形(第四、五、六、七章)及語義上的關聯(第八章)，以供對漢語上古音與『原始漢藏語』(PST:Proto Sino-Tibetan) 深入研究的參考。

漢語，是漢藏語系(Sino-Tibetan language family)中的一員。漢藏語系分布於中國全境、印度北部地區以及緬甸一帶，包括約兩百多種語言及其數倍的方言(Bauman 1979: 419)。而漢、藏、緬三種語言則成爲此語系的大宗。屬於此語系語言的共同祖先語言(註一)，我們稱其爲『原始漢藏語』。「漢藏語的同源關係早在公元 1808年首經英人 John Leyden 指出，其後雖經法人Abel Rémusat(1820) 及德人Anton Schiefner(1851) 等(註二)的相繼探索，然仍無重大進展。」(龔煌城師 1989a:1)。這些早期學者的研究只不過是針對各個語言的詞序、聲調性(tonality)、單音節性(monosyllabism)的類型學上的特徵(typological characteristics)加以對比(註三)，或是就較零碎的少數詞彙之間的對照加以研究(Nishida 1964:7-16)。

漢藏語比較語言學的目的就在構擬原始漢藏語。達到這個目的的關鍵就在於找出大量的同源詞，進而掌握其音韻對應的規律。這是早就引人注目的研究課題，迄今爲止比較有規模且有系統地進行同源詞研究的學者，自德國漢學家勞佛(Laufer 1916)開始，繼有西門華德(Simon 1929)、沙佛爾(Shafer 1966)、白保羅(Benedict 1972)、龔煌城師(Gong 1980, 1989, 1991)、包擬古(Bodman 1980)、柯蔚南(Coblin 1986)、俞敏(Yu 1989)等不少學者也從事這方面的研究，至今成就已蔚爲大觀。但是，因諸家所持的研究方法及音韻原則各式各樣，以致所得的結果亦大不相同(詳後)，故還需要重新進行一番通盤檢驗和探討。

印歐語的比較研究，早在十九世紀初就已開始，比之漢藏語，早已奠下輝煌的成就(註四)。編成一部詞源詞典，可以說是比較研究工作的總集。≪印歐語詞源詞典≫早在本世紀初已問世，幷廣泛通行於世間(註五)，而漢藏語方面的詞源詞典却還沒有問世。根據戴慶厦(1990:2)的報告，美國漢藏語言學家馬提索夫(Matisoff, J.A.)教授和幾位同事已在四年前設計了編撰≪漢藏語詞源學分類詞典≫(Sino-Tibetan Etymological Dictionary and Thesaurus, 簡稱 "STEDT")的計劃，預計要有三四年的時間才能完成這些工作。這個計劃的基本構想是盡量收集同藏緬語有關的各方面詞彙材料,除了已經出版的語料及各家對各階段、語支的構擬以外,還包括新的田野調査成果。可惜,在漢藏語系語言中,他們研究的重點是在藏緬語。換句話說，就是所謂漢語族的窮親戚。馬提索夫教授自己也說：「我們目前還不敢同時研究漢語族的詞源，因爲這是一個龐大的研究領域，光是藏緬語的研究,分量已够重了」(戴慶厦1990:2)。可見，要想達到「發現更多的漢語同藏緬語的同源詞」的目標，還有一段距離。希望拙著對這方面的研究能作出一些貢獻。

勞佛(1916)、西門華德(1929)等前人的漢藏語同源詞研究，其主要目的不外乎以下三點：①找出相互間音韻對應的規律；②擬測原始漢藏語；③藉以重新探討擬測漢語上古音的問題。無論如何，這都是很重要的問題。其中，最基本的就是第一個目標。曾經從事這方面研究的學者都細心注意到這個問題，但是他們所根據的漢語語音系統有所差別：有人據現代方音作比較，有人根據中古音作比較，還有人藉上古音作比較，因此他們所得到的結果迥然不同(詳後)，還需要用更嚴謹的標準和方法來重新加以探討。

漢藏比較語言學的研究雖然已經過了一百多年的歷程，然而其研究成果，比之印歐語比較語言學則相差甚遠，究其原因，大部份爲客觀條件或環境所造成。漢語也是有長久歷史文獻的語言，但由於文字的性質不是標音的，對於漢字的古老階段如何予以語音上的解釋則是比較困難的(Matisoff 1990:3)。因此龔煌城師(1991:12)强調在漢藏語比較研究上，漢語上古音研究的重要性。他說：「因爲我們未曾把漢語語音史(漢語音韻學)的研究與漢藏比較語言學的研究結合起來。這兩門學問是一脈相承、互相銜接的。漢藏比較語言學可以因漢語上古音研究的進步而得到堅實的基礎，漢語上古音的許多疑難的問題也可因漢藏比較語言學的研究而得到解決。漢語古代的音韻與形態可以藉同源的另一個語言(藏文)來加以闡明，正是漢藏比較語言學可以對漢語上古音研究提供的重要貢獻」(龔煌城師 1991:12)。

李方桂(1951:16)在討論漢藏語系語言研究方法的時候曾經說：「依我的意見，將來的研究途徑不外是『博而能精』;博於各種藏漢語的知識，而精於自己所專門的系統研究。」由於李方桂、龔煌城兩位先生的啓發，筆者願努力去從事這方面的研究。

第二節 對前人研究的淺評

在前一節說過，漢藏語之間的詞彙比較，早在十九世紀初已有人開始研究。對漢藏語同源詞作過深入研究且其成績已公諸於世的學者,共有八家(註六)。他們的著作是：

1. 勞佛(Laufer, Berthold)

   1916 "The Si-hia language."(<西夏語言> 附錄漢藏語同源詞) *TP* 17, 1-26.

2. 西門華德(Simon, Walter)

   1929 "Tibetisch-chinesische Wortgleichungen, Ein Versuch"(≪漢藏語同源詞初探≫), *MSOS* 32:157-228.

3. 沙佛爾(Shafer, Robert)

   1966 *Introduction to Sino-Tibetan.*(≪漢藏語言導論≫) Part 1. Wiesbadn.

4. 白保羅(Benedict, Paul K.)

   1972 *Sino-Tibetan: a conspectus.*(≪漢藏語概論≫). Cambridge University Press, Cambridge.

5. 龔煌城師(Gong, Hwang-cherng)

   1980 "A Comparative Study of the Chinese, Tibetan, and Burmese Vowel Systems", *BIHP* 51, 455-490. 席嘉中譯文<漢、藏、緬語元音的比較研究>，載≪音韻學研究通訊≫(中國音韻學研究會編，1989)，第十三期，12-47。

   1989a <從漢藏語的比較看上古漢語若干聲母的擬測>，手稿。

   1991 <從漢藏語的比較看漢語上古音流音韻尾的擬測>，手稿。

6. 包擬古(Bodman, N. C.)

   1980 "Proto-Chinese and Sino-Tibetan: Data Towards Establishing the Nature of the Relationship."(原始漢語與漢藏語：關於建立聯關性的資料) In *Contributions to Historical Linguistics: Issues and Materials*. pp.34-199, Leiden.

7. 柯蔚南(Coblin. W. South)

1986 *A Sinologist's Handlist of Sino-Tibetan Lexical Camparisons*.(≪漢藏語詞彙比較手冊≫) Monumenta Serica Monograph Series 18.

8. 俞　敏(Yu, Min)

1989 <漢藏同源詞譜稿>, ≪民族語文≫ 1, 56-77;2(續), 49-64。

他們的研究成果蔚爲大觀，已經有了難能可貴、不可磨滅的貢獻。

但是，因諸家所持的研究方法及音韻原則各式各樣，而所得到的結果亦大不相同，還需要重新加以通盤探討和檢驗。有關爲各家所發掘出來的漢藏語同源詞詳細評析，留待第二章再討論，於此僅探討從各家的作法中透露出來的一些問題：①有關音韻原則的一些問題；②有關詞義比較的問題。

1. 有關音韻原則的一些問題

就前人所依據的音韻原則來講,古藏文的轉寫音(transliteration)沒有很大的差別，而漢語的語音則各式各樣，大約有三個不同系統：①現代方音；②中古音；③上古音。依據現代方音作比較者,只有勞佛(1916)；根據中古音者有西門華德(1929)和沙佛爾(1966);其餘學者都據上古音來作比較：白保羅(1972)根據高本漢(1957)的擬音系統;龔煌城師(Gong 1980, 1989, 1991)和柯蔚南(1986)根據李方桂(1971)的擬音系統；包擬古(1980)根據自己所擬的上古音；俞敏(1989)的研究則根據王力(1957)的擬音系統作比較。根據哪一個上古音系統，是確定漢藏語同源詞上的一個關鍵性問題。

漢語雖然是所有漢藏語系語言中保存最古文獻的語言，然而由於其文字屬於表意文字，在漢語古音研究沒有開始以前，我們只能以現代方言爲基礎來作比較的研究。比較語言學的目的在探索語言演變的歷史，自當以各語言最早的記錄(註七)爲根據，往古代作探索(龔煌城師 1989b:15)。

漢語古音研究，通過諸多清代學者的努力，已經奠定了良好的基礎，我們可由此得知古韻分部的來龍去脈。在此方面較系統的研究則由高本漢(1915-26)開始。他的研究，主要依據他自己所構擬的中古音，進而推溯上古音系的音值。他的工作爲比較研究奠下了牢固的基礎。其後，不少中外學者爭先從事這方面的研究，擬出了好幾個上古擬音系統。其中，李方桂(1971)的研究，乃是「集過去各家研究之大成，再加若干新的創見，而獲得了突破性的進展。由於此一著作，漢藏語的比較研究遂進入了一個新的時代」(龔煌城師 1989b:15)。由於他的研究，我們可以避開在漢藏語比較研究中的大小障碍。

2. 有關詞義比較的一些問題

就詞義比較而言，前人所根據的古藏文詞義，大致上沒有很大的疑問，而古漢語的詞義則比較複雜。至於所依據的漢語資料，除勞佛(1916)及俞敏(1989)以外，其餘學者所用的不外乎高本漢所編的≪分析字典≫(1923)或≪修正漢文典≫(1957)。這兩部字典性著作，在漢藏語比較研究上的貢獻非常大，成爲這一領域所有研究中必讀的參考書，開拓了比較研究的道路。但是，一則因其收字有限，二則在先秦文獻上的詞義不一定全部收錄,因此得到的古漢語資料不免有所欠缺。西方學者所擧的漢藏語同源詞中誤比漢語詞義的例子幷非罕見，尤其西門華德(1929)提出的同源詞中，經常見到與詞義無關的例子,馮蒸(1988:43)曾究其原因說：「對古漢語同義詞在深度和廣度方面而掌握得不够,或根據的資料不足所致。……如果著者的古漢語修養更高一點的話，類似這樣的錯誤或不妥我想大多數可以避免。」我們應該注意到漢語詞義的歷時演變及其使用的時期問題，因此承襲俞敏(1989)的啓發，在第三章認定漢藏語同源詞時，盡量找出其古代文獻上的用例，錄於【謹案】一欄中。

第三節 基本原則、方法與取材

1. 同源詞的界說與條件

所謂「同源詞」(cognate word)，是指在親屬語言之間音義相同或相近的語詞(註八)。實際上，不太可能有音義完全相同的例子，一般的同源詞幾乎都是音義相近的，而且兩者之間常有不同之處,因爲兩個不同語言之間常有由於「音韻變化」及「詞義變化」所產生的「音韻變異」及「詞義變異」的現象。

歷史比較語言學的理論根據在於語言符號的「任意性」(arbitrariness)及音韻變化的「規律性」(regularity)。由於語言符號與其所指意義之間沒有必然的關係，如果在兩個語言之間發現有音義相近之語詞，便有三個可能：①語言接觸關係(linguistic contact)，②詞源相同關係(etymological cognate)，③巧合(coincidence)，必須要從其中選擇出一個來解釋。而由於音韻變化的規律性，一個語言卽使在經過長久的變化以後，其原貌及變化歷程仍然有跡可循,而原來是同一的語言在歷經變化以後,才有「音韻對應」(phonological correspondence)的現象發生(龔煌城師 1989b:15)。

在確定同源詞時有兩個條件：①「音韻對應」(註九)的規律性；②詞義的關聯性。還沒有確立音韻對應的規律性的時候，我們把音義相近詞假定爲同源詞，找出它們之間有什麼對應關係，這就是確定音韻對應規律的第一步(Kim Bang-han 1990:68)。由此所提出的漢藏語同源詞，並不是「完全」可靠的同源詞，其中一部分是因比較可靠而假定爲同源詞的。語源研究的目的不在於追求絕對的眞理，而在於提高槪然性(probablity)(Kim Bang-han 1990:15)。

2. 同源詞與借詞的區別方法

音韻的對應，不但見於同源的語言之間，也見於借詞之間。借用其他語言的語詞，通常以自己語言中語音最接近的音就行了。而由於音韻變化的規律性，在經過長期的演變以後也會呈現音韻對應的現象，由此而引起這些有音韻對應關係的語詞，究竟是同源詞或是借詞的問題(龔煌城師 1989b:15)。

惟一可行的方法是以詞彙的性質來做判斷的依據，究竟何種詞彙是屬於語言中不易借用的基本詞彙，何種是屬於容易移借的文化詞彙，可用以作鑑別同源詞與借詞的根據，如果音義皆相近的語詞是屬於基本詞彙則可認爲語言有同源關係。如果這些語詞都是屬於文化層面的語詞，則其爲借詞的可能性便大爲提高(龔煌城師 1989b:15-16)。對基本詞彙下界說比較容易(註十)，但劃出具體範圍幷不容易。

現代漢語的借詞比較容易找得到，然而上古時期或遠古時期漢語的借詞則不容易找得出來。早期漢語所見的借詞問題，最近有羅杰瑞(Norman, J.)、梅祖麟兩位的研究(1976)頗值得重視。羅杰瑞的近作(1988:16-22)也比較詳細地討論了早期漢語的語言接觸(linguistic contact)問題。在前人所擧的漢藏語同源詞中有誤以借詞爲同源詞的例子(参見第三章『詞譜』#21-41『谷』條的【謹案】)。

既然『漢藏語假說』(Sino-Tibetan Hypothesis)完全可靠,那麼使用那個語言的時候所用過的基本詞彙應該是我們所說的同源詞。然而，事非皆然，如數詞中從『一』到『十』，都應該是基本詞彙，如從漢藏二語的數詞比較來看，『二』、『三』、『四』、『五』、『六』、『八』、『九』這七個語詞的確是同源(参見第八章第一節)，但找不到與漢語『一』、『七』、『十』對等的藏語詞。這樣的例外現象，我們如何去解釋？有兩種可能：①語義上有了很大的變化，因此找不到任何痕迹；②從另一種語系語言移借的可能。但，前者的可能性比後者强，因爲語義最容易發生變化。比方說，藏語 [gcig] (< *gtyig ‘一’)及緬語[tac](‘一’)不能與漢語『一』(*'jit)對應，而可與『隻』(*tjik)對應(参看第三章『詞譜』#19-8)。可見，原始漢藏語和上古漢語在語義上有所差別。按照義類(semantic group)加以分類，有助。比較研究，因此在第八章中特別對這一問題加以探討。

3. 古藏文在比較研究上的功能

漢藏語系包括兩百多種語言及其方言(Bauman 1979:419)，其中最重要、歷史最悠久的語言就是漢語。至今保存着公元前一千多年的漢語文獻，而且我們已擁有大量而可靠的古漢語知識。在漢藏語系親屬語言當中，有哪種語言比漢語更具有研究資格?

1881年德國漢學家甲柏連孜(Gabelentz 1881:103f)在其所著≪漢文經緯≫(Chinesische Grammatik) 一書中指出擬測原始漢藏語固然是其終極目標，然以目前而論，只要能確認在漢藏諸姊妹語中何者最近似祖語，並可扮演如同梵文在印歐語比較研究中的角色便已足够，他以爲藏文是最具資格的候選者(龔煌城師 1989a:1)。

1896年德國語言學家康拉第(Conrady 1896)出版了≪漢藏語系中使動名謂式之構詞法及其與四聲別義之關係≫一書。在序言中，他重新强調擬測漢語最古的語形之重要性,認爲惟有各語言可以探索而得的最早的階段始能作比較研究的基礎。他稱讚甲柏連孜、古魯柏(Grube)及庫恩(E.Kuhn)等學者在進行漢藏語比較研究時斷然以藏語爲基礎是方法上的一大進步,認爲藏文之於印支語言猶如梵文與希臘文之於印歐語。他還指出：「事實上必須以仍然保有詞頭的語言爲比較研究的基礎，認爲上面所得的結論(指從漢語諧聲字中'來'母字與舌根聲母的互諧,經與藏文的比較而知是來自複聲母gr-之結論)要求須從詞頭的研究出發,而此保有詞頭的語言卽爲藏語(龔煌城師1989a:1)。甲柏連孜(1881)、康拉第(1896)二人的看法已爲學術界所公認，沒有置疑的餘地(註十一)。

4. 取材及鑑別原則

本書的比較研究,原則上以漢語與藏語二語之間的同源詞爲限(卽漢緬同源詞不包括在內),但盡可能引與此同源關係的緬語(註十二)語詞來作證。同時進而引用前人所擬測的①『原始漢藏語』(PST)，②『(原始)藏緬語』(TB)，③『漢語前上古音』(PC)，④『前古藏語』(PT)，⑤『古藏語』(OT)作參考。其中 ①是採取白保羅(1972)及龔煌城師(1980, 1989)的；②是採取白保羅(1972)及柯蔚南(1986)的；③、④、⑤是採取柯蔚南(1986)的。此外，還有引用了一些其他親屬語言(白保羅 1972 及 柯蔚南 1986 所收的)作參考。

所採取同源詞的主要對象，就是在勞佛(1916)等八位學者的著作上所見的漢藏語同源詞。它們的數量，以漢語語詞爲準來算，已經超過一千多個，共有 2141 組(註十三)，不計重複者則有一千四百多個。第三章「漢藏語同源詞譜」(簡稱『詞譜』,下同)列舉了 654組同源詞。除了改爲別的語詞進行比較(請參看『詞譜』的#11-51『款』、#14-39『貫』、#14-51『璐』、#14-58『鑿』、#15-2『方』、#15-2『倣』、#15-7『芒』、#15-15『塘』、#15-27『倉』、#21-40『哭』)之外，都是從前人的著作檢驗而得的。鑑別原則如下：

(1) 所謂同源詞應有語義上的關聯，是故語義無關者一律不取；

(2) 遠古時期亦有語言移借現象,文化詞彙比較容易被借移,因此有可能借用的語詞則一律不取；

(3) 如果音韻對應不够妥當，就不能算是同源詞，因此這樣的語詞不取；

(4) 按理說，漢藏語同源詞會在原始共同語時期實際使用，因此始見於中古時期典籍的語詞也許不具有同源詞的資格。

5. 標音原則

(1) 漢語上古音，是根據李方桂(1971)的擬音系統：

① 聲母(31)

脣　　音	p	ph	b	m	hm			
舌　尖　音	t	th	d	n	hn	l	hl	r
舌尖塞擦音	ts	tsh	dz			s		
舌　根　音	k	kh	g	ng	hng			
喉　　音	'					h		
圓脣舌根音	k^w	kh^w	g^w	ng^w	hng^w			
圓脣　喉音	$'^w$					h^w		

② 介音(2)：　r　j

③ 元音：單元音(4)　a　ə　i　u

複元音(3)　iə　ia　ua

④ 韻尾(13)：

b	d	g	g^w
p	t	k	k^w
m	n	ng	ng^w
	r		

(2) 古藏文的轉寫音(transliteration)，是根據李方桂(1956:2)的對音系統：

① 輔音(30)：

k	kh	g	ng
c	ch	j	ny
t	th	d	n
p	ph	b	m
ts	tsh	dz	w
zh	z	'	y

	r	l	sh	s
	h	ø		
② 元音(5)：	a	i	u	e	o

【本章附註】

註一) 語言的歷史就同人類的歷史那麼長久。人們有祖先，語言亦有祖先，不可能有例外。「從歷史的觀點研究語言的貫時演變稱爲『歷史語言學』(historical linguistics)。只要拿記錄古代語言的文獻與現代語言加以對照，就可以發現其間有很大的差異。古今語言的這些差異，可以從語言變化的角度去把握，由此追尋變化的軌跡，以發現其規律。研究沒有古代文獻的語言時，也可以藉同族語言的比較，研究它們如何從一個共同的語言演變。比較同一語系的語言，研究其關係，幷進而構擬其共同的原始語言是『比較語言學』(comparative linguistics) 的任務。從所構擬的原始語言可以闡明語言分化演變的歷史,因此『比較語言學』乃是『歷史語言學』的一部分。」(龔煌城師 1989b:1)

註二) 這三位學者的著作，如下：

Leyden, J.,

1808 "On the Languages and Literature of Indo-Chinese Nations", *Asiatick Researches* 10, 158-289.

Rémusat, A.,

1822 *Eléments de la grammaire chinoise*. Paris.

Anton Schiefner

1851 "Tibetische Studien", *Bull. Acad. Sci. St. Pét.* 8, 211-222; 291-303; 334; 336-351.

註三) 語言類型的類似不一定爲同一語源所呈現。換句話說，從類型學上的特質不能完全顯示出發生學(genetics)或詞源學(etymology)的關係(參看 Norman 1988:11 圖表 #1.1 Typological traits in Asian languages (亞洲語言的類型學的特色)。

註四) 印歐語歷史語言學的研究，比起漢藏語、藏緬語的研究是早得多。印歐語的歷史研究到現在至少有兩百年的歷史了。十八世紀末已發現梵語與拉丁語、希臘語的親屬關係，取得了一個重要認識，卽這些語言構成一個非常龐大的語系，這個語系之下的各個語言，都是原始共同母語的後代。這個認識促成了印歐歷史比較語言學的建立，是十九世紀學術界最重要的成就之一。印歐語的歷史比較語言學與漢藏語相比有許多占優勢的地方，就是印歐語有許多歷史文獻，如梵語、哥德語、古日耳曼語等，都有數量龐大的、時間延伸久遠的文獻記錄。這些歷史文獻對歷史比較語言學學者來說是非常有價値的(Matisoff 1990:3)。

註五) 印歐語系語言的詞源詞典有兩部(Kim Bang-han 1990:220)：

① Walde, A. & Pokorny, J.

1927-32 *Vergleichende Wörterbuch der indogermanischen Sprachen* 3 Bde., Berlin: de Gruyter.

② Pokorny, J.

1959-69 *Indogermanischen etymologisches Wörterbuch.* 2 Bde., Müchen: Francke.

註六) 除了這八位學者之外，還有很多中外學者曾經從事漢藏語比較研究，如：王靜如(1931)、張永言(1962;1983)、張琨(1969;1972;1977b)、辛勉(1972;1978)、楊福綿(1977-78)、嚴學窘(1978)、梅祖麟(1979;1982)、聞宥(1980)、房建昌(1983)、邢公畹(1984)、李永燧(1985)、馮蒸(1987;1989)、王聯芬(1987)、黃布凡(1989)、孫宏開(1989)、Karlgren(1931)、Pulleyblank(1963;1965)、Yakhontov, S.E.(1964;1976)、Sedlàcek, K.(1967)、Schüssler, A.(1976)、Luce, G.H.(1981)。以上諸家的著作中均曾舉出漢藏同源詞，其篇幅雖然比較短，但是有些成果不一定不如『八位學者』。在此盡可能引用了他們的寶貴意見作參考。

註七) 根據李方桂的研究(1956年)，藏語保存着公元 821-822 年的碑文。最早的緬語文字材料，根據日本漢學者西田龍雄的研究(Nishida 1955, 1956)，則是公元 1112 年的妙西迪碑。

註八)「同源詞」，又細分爲二：「詞源同源詞」(etymological cognate)、「用法關聯詞」。如英語中的 mother(母親) 和德語中的 Mutter、拉丁語中的 mater 同源，是詞源同源詞；又如英語的 head (頭)和德語的 Kopf 是用法關聯詞，認爲這兩個詞都是指身體的相同部分(參看≪語言與語言學詞典≫p.61)。當然，本書的「同源詞」是指詞源同源詞而言的。

註九) 所謂「音韻對應」，就是指的各種親屬語言或方言的詞或詞素所構成的各個語音間的一種對應關係。音韻對應有全部的和局部的之分。全部的音韻對應，是指有關的詞或詞素在發音上完全相同。這在任何親屬語言或方言的發展過程中，都是非常少見的(岑麒祥1981:53)。

註十)「基本詞彙」(basic/core vocabulary)是表示全人類活動共同的和基本的概念和情境的詞彙，如親屬名稱詞彙，表示人體各部分的詞或數詞等。這些基本詞彙在該語言長期的歷史發展中通常是相當穩定的，因此，可以用來在不同語言中進行詞彙統計比較;在語言年代學(glottochronology)中有人提出了一份二百個詞彙項的基本詞彙表(參看《語言與語言學詞典》p.378)。

註十一) 康拉第(1896:ＸＶ)說：「其他語言雖然也有把詞頭以全音節的形式保存者，然而我們大多只知其現代的語言，且也只知其表面而已，而藏語則保有七世紀的詞形，并且又是一般所熟知的書面語言，當然要在漢藏語的比較研究中扮演重要的角色。」而張琨在<藏語在漢藏語系比較語言學中的作用>說：「近來對藏緬語語言學領域所作的某些嘗試是存在嚴重缺陷的。在一些情況下,有人簡單地按照藏語書面語構擬原始藏緬語。這是令人難以置信的。……我們必須首先用手頭的證據，或者是書面語，或者是口語，或者兩者兼而有之，用這些材料去構擬單個語言的最早階段。這個最早階段或原始母語，定將超過書面語，是古老的書面語。口頭語言的存在畢竟在文字創制之前久,因此最早的文字記錄并不反映口頭語言的最早階段。」(p.298-299)在對藏緬語族裏的親屬語言作比較研究時，這樣的作法可能有效，我們應該顧及現代方音所顯示的古音因素。但是，我認爲張先生的這段話并不是說,漢、藏二語現代方言比較研究一定比上古漢語與古藏文的比較更爲適合。當然，古藏文時代(七世紀)應當有方言分歧的現象，而且那時藏語的所有音韻現象并不完全呈現。古藏文,因爲它只是代表其中某一方言而已。問題是對七世紀藏語的方言，除了古藏文之外，沒有一個正確的認識。因此我們絕對不能貶低它在漢藏語比較研究上應有的價值。

註十二) 在引用古緬文(WB)的語詞時所用的對音如下：

(1) 聲母：

k	kh	g	gh	ng
c	ch	j	jh	ny
t	th	d	dh	n
p	ph	b	bh	m

y	l	w	s	m
h	r	ʔ		

(2) 元音： a　i　u

au(=o)　aw(=o)　ay(=ai)

iy(>e)　uy(>we)　ui > uw (=ui)

(3) 韻尾： k　c　t　p

ng　n　n　m　m

ø

註十三) 前人的著作中所見的漢藏語同源詞統計如下：

著　者	A	B
勞佛　(1916)	96	96
西門華德(1929)	338	338
沙佛爾　(1966)	156	156
白保羅　(1972)	342	52
龔煌城　(1980)	182	169
包擬古　(1980)	486	254
柯蔚南　(1986)	489	469
龔煌城　(1989)	40	40
俞　敏　(1989)	524	524
龔煌城　(1991)	43	43
總　和	2696	2141

[說明]　A：指該文所舉出的漢藏語同源詞的總和。

B：A 類中有藏語例子的數目。

第二章 漢藏語同源詞研究史略

第一節　勞佛(Laufer 1916)的研究

在一九一六年勞佛發表<西夏語>一文的附錄中列出了96個漢藏語同源詞。他的比較格式是：

編號	語音	漢字	意義	藏文	意義

那時中古漢語的構擬尚未開始,他不得不以現代漢語的方言爲比較基礎。他在比較中對大多數漢語形式用星號作了標注，由於他的構擬沒有明確的原則，因此相當模糊。雖然他用現代方言來標注,但相當注意音韻對應的問題。這是他研究的最大特徵。他對於藏語及漢語都有很好的根底(李方桂1951:13),然而比較的詞義有些關聯不够明顯，如：

「 5 *dzam, dzam, dam 參, to counsel, advise. Tib. g-dam, a-dam, to advise, exhort.

95 yan 揚, to raise, to hold up, to praise. Tib. g-yan, happiness, blessing.」

第一個例子，表面上似有詞義上的關聯性。但是，實際上上古漢語『參』並沒有用爲‘忠告’、‘訓誡’意義的。按上古漢語『參』*tshəm係與藏語['tshams]‘介紹’‘在中間’同源(參看『詞譜』#6-9)。第二個例子裏的漢藏語詞之間沒有詞義上的關聯。上古漢語『揚』*rang與藏語[lang-pa]‘上揚’‘起來’同源(參看『詞譜』#15-22)。他所擧的 96 個語詞中，差不多一半是像這樣詞義關係不够明顯或音韻對應不够恰當的。但是，很好的對比以及相當可靠的同源詞也不少。我們可以這樣說,他在漢藏語同源詞研究史上有開山的貢獻。在本書第三章『詞譜』上，選取他所擧的同源詞的例子，共有 41 個：

#1-17　『猜』　La:69, Si:191.
#1-18　『菜』　La:70, Si:192.
#1-20　『材』　La:13.
#1-20　『財』　La:13.

#2-4	『曾』	La:9. 【異說】Si:73.
#2-6	『層』	La:10.
#3-19	『膠』	La:62, Si:28.
#4-1	『中』	La:19, Si:137, Be:182z, Bo:240, Co:53-3.
#4-3	『疼』	La:40, Si:120, Sh:19-2, Co:115-2.
#7-19	『掘』	La:61, Si:164, Be:159p, G1:168, Co:63-4, Yu:18-9.
#8-5	『糞』	La:25, Si:226, Sh:21-7, Co:68-2, Yu:28-6.
#8-9	『墳』	La:30.
#9-5	『拔』	La:29.
#10-1	『波』	La:32, Sh:2-22.
#10-10	『唾』	La:46, G1:182, Co:138-4.
#10-17	『坐』	La:67, G1:177, Bo:277.
#11-6	『胖』	La:26, Si:281.
#11-25	『餐』	La:11, Si:228, Sh:22-26.
#11-25	『粲』	La:11, Si:228, Sh:22-26.
#11-36	『乾』	La:1, G1:51, Co:67-3.
#11-53	『圈』	La:79. 【異說】Sh:24-8
#11-54	『勸』	La:78.
#12-13	『呷』	La:51, Be:32, Co:43-4.
#13-9	『慙』	La:6, Si:260, Yu:30-27.
#14-4	『笆』	La:34, Sh:1-19, Be:188w, Co:38-4.
#14-33	『作』	La:83.
#14-49	『烙』	La:96.
#15-31	『岡』	La:2, Si:112, G1:27, Co:94-2.
#16-6	『鏨』	La:86. 【異說】Si:152.
#16-9	『交』	La:63.
#17-31	『漆』	La:50, Be:157u, G1:78, Bo:249, Co:156-2.
#18-8	『盡』	La:16, Si:229, Sh:17-46, Be:170n, G1:89, Co:75-1, Yu:27-5.
#19-4	『甓』	La:85. 【異說】Yu:16-15.
#20-6	『莛』	La:41.
#21-24	『足』	La:84, Si:3, Sh:20-22, Co:144-4.
#22-12	『筒』	La:39, Si:118, Sh:20-14, Co:153-1, Yu:24-8.
#22-14	『銅』	La:15, Si:139, Yu:25-26. 【異說】Sh:20-15, Be:163c.
#22-15	『洞』	La:38, Si:117, Co:53-2.
#22-25	『聰』	La:138.

#22-26　『鏦』　La:18.
#22-28　『雙』　La:82, Si:140, Co:115-3.

第二節　西門華德(Simon 1929)的研究

漢藏語同源詞的研究到西門華德才走上正軌，因爲他的研究是「進行系統比較研究的首次嘗試」(Gong 1980:456)。他在 1929 年發表了<漢藏語同源詞初探>(Tibetisch-chinesische Wortgleichungen, Ein Versuch)一文，精選了三百三十八對漢藏語同源詞，以探討其音韻對應關係。

他的比較格式是：

編號	藏文	詞義(德文)	=	漢語中古音(高本漢擬音)	西門擬音	漢字

每對語詞最後面標注高本漢(1923)≪分析字典≫的編號，同時對其中部分詞彙加注說明。

他的這篇文章先後受到很多學者的批評，如馬伯樂 1930、高本漢 1931、李方桂 1951、辛勉師1978、馮蒸1988等。其研究也引起不少學者對漢藏語比較的注意。學者對其批評，主要集中於元音對應方面。這個問題，一直到龔煌城師的研究(1980)之前，他們也不能解釋元音對應規律。概括其具體研究成就，馮蒸(1988:41)的評析較爲客觀：

「1. 它是系統地、大規模地進行漢藏兩語詞彙比較的第一部著作。
2. ≪詞彙集≫(案：是指Simon 1929)的確找到了一批相當可靠的漢藏同源詞。
3. 對漢藏兩語的聲韻系統對應關係勾劃出一個大致的輪廓。
4. 對藏語語音史和原始藏語的擬構提出了若干新見。
5. 對上古漢語音韻以及形態和語義的研究極有啓發。
6. 在對漢藏兩語進行具體比較的方法和程序方面有自己的一套獨特方式，在方法論上有一定的影響。」

對西門華德的新見，馮蒸(1988:41)又歸納出以下五點：

「 1. r-, l- 前綴音易位律。在原始藏語中，原藏文的 r-, l- 前綴音一律移位至聲母之後。

2. 在前綴音 g-, b- 後面的濁擦音源於濁塞擦音。

3. 爲藏文的所有開音節字擬了一套韻尾。

4. 在雙脣鼻音後添有喻化的 -y-，卽傳統藏文所謂 ya-btag。

5. 個別音變：『稱』、『月』、『花』 -- 這些擬測，有些地方有明顯的證據，如上舉第四條，從大量的古藏文事例中可以得到證明，而有些却缺乏證據。」

這些意見不見得都可信從，還有待進一步去考證。

再就他所採用的音韻比較方法來講，藏文方面的語音形式，西門主要採用當時西方學術界通行的藏文轉寫法，卽耶斯克(Jäschke, H. A.1881)≪藏英字典≫的轉寫音)，漢語的上古音則根據高本漢(1923)的≪分析字典≫所擬的中古音系(Ancient Chinese)。除了注明高本漢的擬音以外，還加注了他自己構擬的語音形式，通過其聲調、輔音、元音對它們進行比較。他不再用漢語現代方音，而用古音。從原則上說，這種作法是無可非議的，但可惜那時漢語上古音的擬測研究剛剛開始，很多方面尚不成熟，因而他的研究結果需要重新考察。

對於他找出來的同源詞，若加以重新考察，可以發現有不太適合的對比，其中一部分是他所擧的藏文有點問題，如果改爲別的語詞則可以得到更可靠的同源關係，如：

「 105 rmi [mriɣ] (Traum:‘夢’) = mung 夢 」

「 185 ngyid (Schlaf:‘睡’) = mji [mjid] 寐 」

從詞義關係來看，以上兩對比較毫無問題，然而從音韻關係來看，可以發現是不太合適的對比。古藏文[rmi]則與漢語『寐』*mjiəd同源(參看『詞譜』#7-7)，漢語『夢』*mjəng則與藏語[rmang-lam]‘夢’‘夢想’同源(參看『詞譜』#2-1)。西門華德像這樣誤比藏文的例子，共有 25 個：

2	『曲』	#21-37	44	『皮』	#10-5
66	『湯』	#15-19	73	『曾』	#2-4
94	『筆』	#7-4	95	『語』	#14-56
105	『夢』	#2-1	129	『蜂』	#22-3

132	『清』	#20-11	152	『鑿』	#16-6
170	『節』	#17-24	171	『跌』	#17-13
177	『話』	#9-3	182	『蓋』	#12-9
184	『寐』	#7-7	187	『媥』	#17-16
212	『葉』	#12-5	214	『産』	#11-29
241	『法』	#12-1	250	『汁』	#5-3
261	『参』	#6-9	296	『年』	#18-6
302	『板』	#11-1	320	『分』	#8-2
338	『時』	#19-11			

西門華德找出來的同源詞中不少是勞佛(1916)已發現的，他自己也加脚注說明其來源。除此以外，他發現的同源詞中相當可靠的也不少，這可以說是他不可磨滅的貢獻。其例(共112個)如下：

#1-1	『富』	Si:46, Sh:4, Bo:3, Co:158-5.
#1-2	『佩』	Si:42.
#1-5	『織』	Si:5, Be:171u, G1:133, Co:159-2.
#1-9	『耳』	Si:90, Be:188h, G1:126, Bo:406, Co:69-2.
#1-16	『側』	Si:16.
#1-21	『賊』	Si:4, G1:132, Co:127-1.
#1-22	『革』	Si:100.
#1-24	『咳』	Si:19, Be:184e, Co:58-4.
#1-26	『碍』	Si:27, G1:130, Bo:76.
#1-28	『灰』	Si:22.
#3-1	『腹』	Si:104, Sh:19-22, Be:182x;166a, Bo:458.
#3-7	『目』	Si:13, Sh:8, Be:182e, Co:76-1, Yu:12-12.
#3-11	『鑄』	Si:41, Yu:12-6.
#3-11	『注』	Si:41, Yu:12-6.
#3-12	『肘』	Si:82, G1:162, Co:70-2.
#3-13	『毒』	Si:7, Sh:19-1, Be:166g, G1:153, Co:120-1, Yu:12-5.
#3-15	『六』	Si:9, Sh:19-4, Be:162f, G1:152, Bo:80, Co:133-4, G2:1, Yu:12-10.
#3-16	『早』	Si:56.
#3-17	『手』	Si:63, Be:158n;170f, G1:156.
#3-18	『號』	Si:26, Co:51-3.

#3-22	『九』	Si:84, Sh:4-1, Be:154c, G1:159, Bo:428, Co:113-1, Yu:2-8.
#3-25	『舟』	Si:83, Be:176r, G1:161, Co:46-1, Yu:2-7.
#4-5	『窮』	Si:110.
#5-4	『摺』	Si:240, G1:146.
#5-7	『吸』	Si:239, Co:98-1. 【異說】Yu:21-13.
#5-10	『習』	Si:243, G1:145, G2:19.
#5-11	『咠』	Si:244, Be:170m, Co:160-3.
#5-14	『鞈』	Si:237, G1:56, Bo:311, Co:131-5, Yu:20-3.
#5-16	『泣』	Si:238, Sh:16-1, Be:175b, G1:143, Bo:119, Co:159-3.
#6-3	『譚』	Si:256, Be:69a;191, G1:59, Co:137, Yu:32-14.
#6-5	『念』	Si:255, Sh:15-1, Be:175d, G1:150, Co:148-4, Yu:32-13.
#6-12	『寢』	Si:263, Be:170l, G1:91, Co:134-3, Yu:30-14.
#6-14	『三』	Si:165, Sh:21-21, Be:170j, G1:124, Bo:75, Co:149-2, Yu:31-12.
#6-16	『心』	Si:164, Sh:15-4, Be:184a, G1:149, Co:93-1, Yu:30-29.
#6-22	『含』	Si:252, Sh:22-15, Be:166e;183j, G1:151, Bo:203, Co:95- 1, G2:33, Yu:32-4.
#6-28	『陰』	Si:246.【異說】Co:78-3.
#7-5	『拂』	Si:172.【異說】Co:123-4.
#7-6	『鼻』	Si:190, Co:113-2.
#7-17	『胃』	Si:181, G1:165, Co:141-4, G2:42.
#7-22	『火』	Si:200, Sh:6-7, Be:172x, Co:79-1, Yu:8-14.
#8-10	『貧』	Si:321, Sh:24-15, Be:173p, G1:117, Co:120-2, Yu:28-15, G3:13.
#8-15	『閩』	Si:322, Sh:24-11, G3:14.
#8-19	『鈍』	Si:317, G1:118, Co:67-4, Yu:28-12.
#8-21	『尊』	Si:227, Sh:21-8, G1:122, Co:95-4, Yu:28-8.
#8-27	『君』	Si:313.
#8-28	『恨』	Si:216, Yu:28-19.
#8-31	『銀』	Si:314, Sh:24-12, Be:173a, G1:116, Bo:410, Co:133-1, Yu:28-11, G3:9.
#8-36	『暈』	Si:273.
#9-1	『八』	Si:167, Sh:22-23, Be:162k, G1:35, Bo:78, Co:70-1, Yu:19- 5.
#9-23	『最』	Si:201.
#9-25	『絕』	Si:168, G1:179.
#9-26	『殺』	Si:176, Sh:22-22, Be:191g, Bo:327, Co:100-3.
#9-29	『害』	Si:180, Yu:19-13.

#9-30	『傑』	Si:166, Be:174g, Co:93-2, Yu:19-4.
#10-29	『鵝』	Si:158, Sh:22-24, G1:38, Co:87-4.
#10-30	『我』	Si:86, Sh:2-26, Be:160n, G1:2, Bo:265;292, Co:96-4, Yu:5-16.
#11-14	『短』	Si:299, G1:112.
#11-39	『汗』	Si:315.
#11-40	『寒』	Si:218.
#11-43	『雁』	Si:158, Be:191a, G1:38, Co:87-4.
#11-50	『慣』	Si:274.
#12-7	『甲』	Si:237, G1:56, Bo:311, Co:131-5, Yu:20-3.
#13-1	『汎』	Si:258, G1:60, Co:81-1.
#13-4	『談』	Si:256, Be:69a;191, G2:59, Co:137, Yu:32-14.
#13-13	『銜』	Si:252, Sh:22-15, Be:166e, G1:151, Bo:203, Co:95-1, G2:33, Yu:32-4.
#13-14	『鹽』	Si:253, Be:177c, G1:61, Co:128-4.
#14-2	『百』	Si:102, Be:161e, G1:18, Bo:79, Co:96-2.
#14-3	『怕』	Si:48.
#14-13	『豬』	Si:52, Co:129-2, Yu:5-32.
#14-16	『渡』	Si:89, G1:10, Co:116-1, Yu:5-24.
#14-20	『女』	Si:34, Bo:271, Co:161-1.【異說】Be:187j, Yu:5-26.
#14-47	『遽』	Si:25, Yu:15-7.
#14-52	『魚』	Si:88, Sh:2-25, Be:124a, G1:4, Bo:266, Co:80-1, Yu:5-20.
#14-53	『吾』	Si:86, Sh:2-26, Be:160n, G1:2, Bo:265;292, Co:96-4, Yu:5-16.
#14-54	『五』	Si:87, Sh:2-27, Be:162e, G1:1, Bo:264, Co:80-3, Yu:5-18.
#14-65	『戶』	Si:85, Be:166j, G1:176, Bo:270, Co:66-1, G2:34.
#14-69	『狐』	Si:97, Be:166c, Bo:108, Co:84-1, Yu:5-37.
#15-3	『紡』	Si:127, G1:21, Co:138-2.
#15-39	『鄉』	Si:111, Yu:25-7.
#16-2	『苗』	Si:49.
#16-4	『兆』	Si:36.
#17-3	『畀』	Si:235, Sh:3-19, Be:176h, G1:85. 【異說】Yu:18-10.
#17-8	『眉』	Si:236, Be:173i.
#17-11	『鐵』	Si:291, Bo:176, Co:98-5.
#17-19	『邇』	Si:197, Sh:6-4;3-18, Be:563a, Bo:261, Co:111-4, Yu:8-11.
#17-20	『二』	Si:334, Sh:3-15;25-1, Be:162b, G1:68, Co:154-1, Yu:8-25.
#17-21	『日』	Si:206, Sh:3-14, Be:157t, G1:77, Bo:245, Co:145.

#17-35	『死』	Si:204, Sh:3-28, Be:185i, G1:81, Co:62-9, Yu:8-9.
#17-36	『四』	Si:202, Sh:3-27, G1:82, Co:83-2, Yu:8-7.
#17-38	『蝨』	Si:293, Bo:390, Be:165h, G1:67, Co:106-2.
#17-43	『吉』	Si:165, Sh:17-41, G1:88, Co:87-3, Yu:17-1.
#17-45	『屎』	Si:196, Sh:3-10, Be:178k;185o, Bo:177, Co:74-3, G2:p.10.
#18-2	『塵』	Si:319, Sh:24-13, Be:173q, Co:68-3, G3:19.
#18-4	『仁』	Si:297, G1:72, Co:92-2.
#18-16	『均』	Si:215, Sh:21-11.
#19-1	『臂』	Si:47, Yu:16-12.
#19-7	『滴』	Si:6, Be:180k, G1:62, Co:67-1, Yu:16-23.
#20-2	『頂』	Si:115, Sh:14-9, Yu:26-33.
#20-2	『登』	Si:115, Sh:14-9, Yu:26-33.
#20-5	『名』	Si:130, Sh:17-16, Be:155y, G1:63, Yu:26-26.
#20-9	『争』	Si:136, G1:65, Co:122-1.
#21-5	『霧』	Si:50, Sh:4-24, Be:148, G1:97, Co:82-4.
#21-13	『頭』	Si:38.
#21-15	『住』	Si:40.
#21-21	『湊』	Si:55.
#21-34	『口』	Si:79, Be:184j, Co:110-4. 【異說】Yu:4-4.
#21-39	『軀』	Si:78, Sh:4-26, Be:184g, G1:98, Co:46-3.
#21-43	『候』	Si:29, G1:93, Co:157-1, G2:32.
#22-11	『同』	Si:116, Yu:25-25.
#22-24	『蔥』	Si:133, Sh:20-13, Be:169e, Co:114-4.
#22-28	『雙』	La:82, Si:140, Co:115-3.
#22-30	『孔』	Si:108, G1:108, Co:71-2, Yu:24-4.

第三節　沙佛爾(Shafer 1966)的研究

沙佛爾的漢藏語比較研究早在1940年就開始了,他發表了<漢藏語的元音系統>(The Vocalism of Sino-Tibetan)一文。其後，從1966年到1974年，先後出版了≪漢藏語導論≫(*Introduction to Sino-Tibetan*)，全五卷。本書選取他的漢藏同源詞是收錄於≪漢藏語導論≫的第一卷(1966年出版)第四章元音部分的表格內容。其格式如下：

編號 No.	語義 Meaning	古藏語 Old Bodish	古緬語 M.Burmese	盧舍依語 Lusei	漢語 Chinese	泰語 Siamese

部分詞語加注說明。「漢語」部分標注漢字，然後依據高本漢的≪分析字典≫(1923)注明中古音以及其編號。由此可以得知，他的比較研究有兩點特徵：①在比較研究時除了藏語之外，還對緬語等藏緬語族的語言加以比較；②漢語的語音則與西門華德(1929)一樣根據高本漢(1923)的中古音。前者可以說是他的優點，後者則可以說是他的缺點。在他開始研究時，高本漢的≪漢文典≫(1940)及≪修正漢文典≫(1957)尚未問世，故沙佛爾以中古音作爲標準，這是難以找出對應關係的原因之一。對他的作法，米勒(Miller. R. A.)曾寫長篇書評(1968 “Review of Robert Shafer's *Introduction to Sino-Tibetan.*” *MS* 27, pp.398-425)加以嚴密評析。

沙佛爾找出來的漢藏語同源詞共有156個語詞，筆者找出其中誤比藏語與漢語語詞的例子(在本書第三章『詞譜』，把它們作爲【異說】處理)如下：

#5-3　『汁』　G1:148, Co:99-4. 【異說】Sh:16-3, Si:250, Yu:21-3.
#10-4　『披』　Yu:6-19, G3:6. 【異說】Sh:6-5.
#11-53　『圈』　La:79. 【異說】Sh:24-8
#13-3　『凡』　Yu:32-19. 【異說】Sh:21-23.
#14-6　『膚』　G1:7, Bo:269, Co:134-1. 【異說】Sh:4-27.
#14-11　『睹』　G1:16, Yu:5-21. 【異說】Sh:5-15.
#14-11　『覩』　G1:16, Yu:5-21. 【異說】Sh:5-15.
#21-4　『瞀』　Co:82-4, Yu:12-18. 【異說】Sh:4-17.
#21-37　『曲』　G1:106, Co:41-4, Yu:14-2.【異說】Si:2, Sh:20-20, Bo:401.
#22-14　『銅』　La:15, Si:139, Yu:25-26. 【異說】Sh:20-15, Be:163c.

在他發現的漢藏同源詞中，不少例子相當可靠，故而我們將其收錄於本書的『詞譜』。其中不少用例爲他首先發現。這是他的貢獻之一，其例(共有 53 個)如下：

#1-6　『陟』　Sh:15-2, Be:175f, Co:110-3.
#2-3　『蠅』　Sh:15-5, Be:167b, G1:135, Co:82-1.
#3-23　『鳩』　Sh:4-3, Be:185e, Co:118-1.

#3-26	『舅』	Sh:4-36, Be:166i, G1:160, Co:154-2, Yu:2-2.
#3-31	『菊』	Sh:19-9.
#5-6	『疊』	Sh:14-12, Be:184b, Bo:155, Co:124-2, Yu:20-7.
#6-19	『戡』	Sh:21-32, G1:125, Co:100-2, Yu:31-1.
#8-4	『奮』	Sh:23-10, Be:172u, G1:120, Bo:83, Co:82-2, G3:39.
#8-7	『焚』	Sh:23-13, G1:139, Co:50-2, G3:42.
#8-13	『吻』	Sh:23-11, Be:78a;182i, Co:111-1.
#9-8	『滅』	Sh:14-14, Be:183d, Co:61-3.
#10-18	『鹺』	Sh:2-16, Be:49a, Co:128-3.
#10-19	『瘥』	Sh:2-19.
#10-20	『沙』	Sh:1-11, Be:188a, Co:129-1.
#10-21	『歌』	Sh:2-21, Be:187a, Co:162-1.
#10-23	『嘉』	Sh:1-3. 【異說】Yu:6-1.
#11-7	『飜』	Sh:23-4.
#11-11	『辦』	Sh:23-6, Co:81-3.
#11-12	『燔』	Sh:23-5, G1:139, Co:50-2.
#11-17	『炭』	Sh:24-1, Be:173u, Co:68-4, G3:18.
#11-30	『霰』	Sh:23-15, Be:172c, Bo:450, Co:135-1, G3:43.
#11-34	『竿』	Sh:23-1, G1:44, Co:141-2, G3:33.
#11-38	『見』	Sh:14-1, Be:175m, Co:129-5.
#13-10	『彡』	Sh:22-19, Be:169f, Co:90-2.
#13-11	『纖』	Sh:17-32.
#14-5	『爸』	Sh:1-8, Be:134a, G1:14, Co:77-3, Yu:5-28.
#14-12	『荳』	Sh:5-16.
#14-35	『楚』	Sh:5-6, Be:170c.
#14-46	『巨』	Sh:5-1.
#14-48	『渠』	Sh:5-2.
#14-60	『孤』	Sh:5-13.
#14-61	『雇』	Sh:5-12.
#15-7	『茫』	Sh:22-25.
#16-1	『漂』	Sh:11-6.
#16-3	『卓』	Sh:20-2.
#16-11	『熬』	Sh:8-3, Be:193b, Bo:89, Co:84-3.
#17-1	『妣』	Sh:3-21, Be:185s, Bo:84, Co:88-1, Yu:8-1.
#17-7	『貔』	Sh:3-22, Yu:8-3.

#17-40	『階』	Sh:25-15, Yu:8-24.
#17-42	『机』	Sh:3-5, Bo:420, Co:54-1.
#18-1	『臏』	Sh:17-44, Co:102-3, Yu:27-4.
#18-9	『洗』	Sh:24-5, Be:173c, Co:158-2, G3:1.
#19-8	『隻』	Sh:17-4, Be:169k, Co:114-2, Yu:16-21.
#21-2	『撲』	Sh:20-8, Yu:14-7.
#21-7	『注』	Sh:4-25, G1:102, Bo:446, Co:101-3.
#21-16	『乳』	Sh:4-21, Be:184h, G1:99, Bo:444, Co:48-3, Yu:4-46.
#21-25	『族』	Sh:20-10.
#21-27	『嗽』	Sh:4-20, Co:58-3.
#21-35	『殼』	Sh:20-1, Be:181f.
#21-38	『寇』	Sh:4-19, Be:184c, G1:100, Co:126-3.
#22-2	『峯』	Sh:20-24.
#22-5	『朦』	Sh:20-19.
#22-7	『塚』	Sh:20-23.

第四節　白保羅(Benedict 1972)的研究

在漢藏比較語言學史上,1972年是一個新時代的開始。因爲白保羅的≪漢藏語概論≫(*Sino-Tibetan: a conspectus*)一書問世以後,「漢藏比較語言學總算有了開端」(Matisoff 1990:8)。這本書「討論漢藏語族中藏緬語支(pp.4-127)、卡倫(Karen)語支(pp.127-152)和漢語支(pp.152-194)三者的聲韻(Phonology)、形態(Morphology)和造句(Syntax)諸方面,是一本劃時代的著作。篇幅雖然不多,却是從著者在三十年前所收集的十二冊資料中提要鉤玄出來的。除了作者在某些方面加以修改以外,馬提索夫(James A. Matisoff)教授加了好幾百個注,使該書的內容能趕得上時代。」(周法高 1972:232)

此書問世之後,引起很多學者對漢藏語比較研究的興趣,同時不少學者加以評析[1],其中周法高(1972)的評述相當值得參考,一方面對原書上的不少排錯的漢字加以

---

1) 對白保羅(1972)加以評析的文章相當多,其目錄如下:

Chou, Fa-kao(周法高),

1972 <上古漢語和漢藏語>,≪香港中文大學中國文化研究所學報≫ 5:1, 159-237。又載≪中國音韻學論文集≫(中文大學出版社,香港 1984), 231-315.

Bodman, N. C.(包擬古),

校訂，另一方面據高本漢(1957)的≪修正漢文典≫的次序白氏提到的漢語同藏緬語的同源詞編制索引，頗爲簡便。

僅就該書上所列漢藏同源詞而言，它「構擬出了超過五百個的藏緬語詞根，還有三百多個漢語同藏語的同源詞」(Matisoff 1990:8)，今根據周法高(1972)所作的索引以統計漢語與藏緬語同源的語詞則共有342個,其中注明藏文的例子只有52個而已。此外，大部分都是構擬「(原始)藏緬語」(TB:Tibeto-Burmese)以比較漢語的。可見,白保羅的漢藏語研究的主要目的就是擬測「(原始)漢藏語」(ST:Sino-Tibetan)及「(原始)藏緬語」;發掘其同源詞，是達到這個目的基礎工作而已。

白保羅的比較研究所用的漢語語音有兩種:一種是高本漢(1957)所擬的上古音(不加星號者)；另一種是不接受高本漢的想法而自己構擬的音(加星號以標注者)。前者比後者多得很。他並沒有說明他構擬的音與上古音的關係,我個人推測這個音代表上古音以前的音,卽「前上古音」(PC:pre-Chinese)。我認爲白保羅的作法在原則上是完全正確的，但在具體方法上可能會有很多不同的看法。

在白保羅(1972)最早指出來的漢藏同源詞中，我們選其精當可靠的52例，收錄於本書第三章『詞譜』中:

#1-3 『母』 Be:193d, G1:129, Co:110-1, Yu:5-30.

1975 "Review of Benedict *Sino-Tibetan:a Conspectus*.", *Linguistics* 149, 89-97.

Coblin, W. South.(柯蔚南),

1972-73 "Review of Benedict 1972.", *MS* 30, 635-642.

Egerod, Søren.,

1973 "Review of Benedict, *Sino-Tibetan:a Conspectus*.", *JCL* 1:3, 498-505.

1976 "Benedict's Austro-Thai hypothesis & the traditional view on Sino-Thai relationship", *CAAAL* 6, 51-59.

Lehman, F. K.,

1975 "Review of Benedict, *Sino-Tibetan:a Conspectus*.", *Language* 51:1.

Matisoff, James A.(馬提索夫),

1975 "Benedict's Sino-Tibetan:A Rejection of Miller's *Conspectus* Inspection.", *LTBA* 2:1, 155-172.

Miller, R. A.(米勒),

1974 "Sino-Tibetan:inspection of a conspectus.", *JAOS* 94:2, 195-209.

Sedlácek, K.,

1974 "Review of Benedict, *Sino-Tibetan:a Conspectus*.", *ZDMG* 124, 205-206.

#1-4	『墨』	Be:155e, G1:131, Bo:66, Co:45-1.
#1-4	『黑』	Be:155e, G1:131, Bo:66, Co:45-1.
#1-14	『翼』	Be:171z, Co:37-3, G2:5.
#1-15	『子』	Be:169y, G1:127, Bo:415;416, Co:54-5;107-1.
#1-15	『字』	Be:169y, G1:127, Bo:415;416, Co:54-5;107-1.
#1-27	『右』	Be:168h, Bo:196.
#2-1	『夢』	Be:190g, Bo:457, Co:66-4. 【異說】Si:105.
#3-2	『寢』	Be:182x, Bo:458, Co:53-1, Yu:12-7.
#5-8	『入』	Be:84b, G1:123, Bo:10, Co:73-2, Yu:22-3.
#5-9	『立』	Be:155f, G1:142, Bo:118, Co:140-4, G2:60.
#6-1	『稟』	Be:178u, Bo:228, Co:64-3, Yu:30-9.
#6-25	『熊』	Be:168i, G1:170, Bo:111, Co:40-1, Yu:31-19.
#6-27	『唵』	Be:181k, Co:95-2.
#7-2	『飛』	Be:181c, G1:120, Bo:83, Yu:8-17.
#7-4	『筆』	Be:178z, Yu:17-7. 【異說】Si:94, Bo:423.
#7-7	『寐』	Be:185m, Co:134-5, Yu:8-5.【異說】Si:185.
#8-11	『昏』	Be:155m, G1:121, Bo:69, Co:60-4, Yu:28-7.
#8-12	『悶』	Be:155n, G1:121, Bo:69, Co:60-4, Yu:28-7.
#9-11	『大』	Be:66c, Co:42-2.
#10-2	『播』	Be:172f, Co:139-2.
#11-18	『憚』	Be:190m, G1:41, Co:152-2, G3:30.
#11-20	『灘』	Be:190l.
#11-22	『連』	Be:183b, Co:57-3, G2:7.
#12-4	『攝』	Be:175c, Co:118-3.
#12-5	『葉』	Be:171b, Bo:169, Co:102-2. 【異說】Si:212.
#12-6	『接』	Be:169x, G1:57, Bo:9, Co:57-2.
#14-5	『父』	Be:134a, G1:14, Co:77-3, Yu:5-28.
#14-7	『馬』	Be:189e, G1:17.
#14-38	『所』	Be:171f, Yu:5-46.
#14-41	『苦』	Be:165d, G1:5, Bo:263, Co:44-1.【異說】Yu:5-5.
#14-44	『恪』	Be:159c, Co:78-1.
#14-64	『鞹』	Be:74a, Co:134-2, Yu:15-1.
#14-73	『于』	Be:167c, G1:172, Co:86-3.
#15-18	『瀼』	Be:190a, G1:29, Co:62:3.
#15-38	『涼』	Be:178a, G1:33, Bo:417, Co:58-1, G2:2.

#16-10	『 號 』	Be:166d, Si:26, Co:51-3.
#17-23	『 慄 』	Be:175g, Co:77-4. 【異說】G1:74.
#17-24	『 節 』	Be:165a, G1:75, Bo:296, Co:99-2.
#17-33	『 犀 』	Be:193s, Co:125-1.
#17-37	『 悉 』	Be:159s, Co:101-2, Yu:17-8.
#17-39	『 結 』	Be:180l, G1:76, Co:149-3.
#18-3	『 矧 』	Be:173m, Co:90-1.
#18-6	『 年 』	Be:165b, G1:71, Bo:298, Co:91-4. 【異說】Si:296.
#18-10	『 薪 』	Be:165c, G1:69, Bo:389, Co:161-3.
#18-12	『 辛 』	Be:197b, Co:44-2.
#20-19	『 脛 』	Be:60a, Yu:26-2;26-3.
#20-19	『 莖 』	Be:60a, Yu:26-2;26-3.
#21-12	『 頭 』	Be:166n, Co:92-1, Yu:4-17.
#21-28	『 嫛 』	Be:171q, Co:38-2.
#21-31	『 穀 』	Be:181g, G1:103, Co:87-5, Yu:14-3.
#22-29	『 公 』	Be:190h, Co:96-1.

第五節　龔煌城師(Gong 1980, 1989a, 1991)的研究

龔煌城師曾發表三篇有關漢藏語比較研究的難能可貴的論文：

1980(『G1』) "A Comparative Study of the Chinese, Tibetan, and Burmese Vowel Systems", *BIHP* 51, 455-490.

1989a(『G2』) <從漢藏語的比較看上古漢語若干聲母的擬測>, 在1989年中華民國聲韻學會學術討論會席上宣讀, 預載≪史語所集刊≫61:3(排印中)。

1991(『G3』) <從漢藏語的比較看漢語上古音流音韻尾的擬測>, 手稿。

第一篇論文曾在1978年召開的第十一屆國際漢藏語言學會學術討論會席上宣讀, 並發表。≪史語所集刊≫第51卷(1980)。大陸學者席嘉把它譯成中文, 載於≪音韻學研究通迅≫(中國音韻學研究會編, 1989), 第十三期, pp.12-47。這是據 182 個漢藏語同源詞「將李方桂四個元音的漢語上古音系統與五個元音的古藏語元音系統及作者分析古緬語所得三個元音的系統加以比較」的,所得的結論受到學術界的重視(李方桂

1983:397), 大陸學者馮蒸(1988:48)評之謂：「作者態度嚴謹, 同源詞三個語言都配上對, 偶合的可能性甚少, 故結論可信。」後二篇論文也是藉漢藏語同源詞來討論上古漢語的聲母和韻尾的擬測問題的。我認爲這兩篇論文所得到的結論也是可信的。這是漢語上古音擬測史上劃時代的大事。因爲在他之前雖然也有人在研究漢語上古音的時候以藏緬語的情形作爲旁證, 但有系統的、有規模的研究則由他開始。

就漢藏語比較研究的方法論而言, 龔煌城師的作法最完善, 奠定了一個良好的基礎。本書的研究是受他的啓發而來的。他的漢藏語同源詞研究方法大約有兩點特徵：①漢語上古音是根據李方桂(1971)的擬音系統, 在他之前沒有人依據這個擬音系統作比較。龔師也修訂了這個擬音系統的缺陷。②引藏、緬二語作證,而同時依據內部擬測或比較方法來構擬其書面語言以前的早期形態。這樣的作法是完全正確的, 極値得參考。

其論文所收的漢藏語同源詞有兩個來源：一種是檢驗前人提出的同源詞幷選擇出較可靠的;另一種是自己發現的。但, 他沒有注明其來源。今通盤檢驗前人的研究而總結歸納其發現的同源詞, 共有107個(漢緬語同源詞則不包括在內), 其例如下：

(1) G1

#1-15	『慈』	G1:127, Bo:415;416, Co:54-5;107-1.
#1-15	『孳』	G1:127, Bo:415;416, Co:54-5;107-1.
#1-19	『事』	G1:128, Co:148-3.
#3-10	『篤』	G1:155, Co:148-1, Yu:12-4.
#3-10	『篤』	G1:155, Co:148-1, Yu:12-4.
#3-14	『惇』	G1:158;163, Co:136-4.
#3-14	『柔』	G1:158;163, Co:136-4.
#5-1	『答』	G1:144, Co:37-2.
#5-1	『對』	G1:144, Co:37-2.
#5-3	『汁』	G1:148, Co:99-4. 【異說】Sh:16-3, Si:250, Y:21-3.
#5-17	『洽』	G1:37, Co:78-5, Yu:22-1.
#6-7	『浸』	G1:92, Co:136-1. 【異說】Yu:31-8;30-6.
#7-1	『誹』	G1:138, Co:162-3.
#7-1	『非』	G1:138, Co:162-3.

#7-8	『妥』	G1:137, Bo:67.
#7-8	『綏』	G1:137, Bo:67.
#7-10	『卒』	G1:113, Bo:17.
#7-15	『歸』	G1:169, Co:153-2.
#7-15	『回』	G1:169, Co:153-2.
#7-15	『圍』	G1:169, Co:153-2.
#7-18	『違』	G1:167, Co:62-2.
#8-2	『分』	G1:115, Co:65-1, Yu:28-5;28-32, G3:12.
		【異說】Si:320, Yu:28-32, Yu:28:5.
#8-14	『聞』	G1:141.
#8-16	『惇』	G1:155, Co:148-1, Yu:12-4.
#8-16	『敦』	G1:155, Co:148-1, Yu:12-4.
#8-17	『墩』	G1:164.
#8-22	『孫』	G1:140, Co:88-2.
#8-20	『馴』	G1:119, Co:146-1, G3:22.
#9-10	『脫』	G1:180, Bo:178, Co:150-4, G2:p10.
#10-8	『癉』	G1:36, Co:159-1, G3:27.
#10-11	『垂』	G1:178, Co:91-1, G3:7.
#10-14	『籬』	G1:37, Co:78-4, G2:8.
#10-26	『荷』	G1:40, Co:51-4, G2:30, Yu:6-6, G3:5.
#10-27	『河』	G1:39, Co:59-4, G2:29, G3:3.
#11-13	『展』	G1:48, Co:139-3, G3:21.
#11-15	『癉』	G1:36, Co:159-1, G3:27.
#11-19	『纏』	G1:46, G3:32.
#11-21	『難』	G1:42, Co:63-2, G3:31.
#11-24	『餐』	G1:47, Co:69-3, Y:29-13.
#11-24	『粲』	G1:47, Co:69-3, Y:29-13.
#11-26	『粲』	G1:45, Co:49-2.
#11-26	『燦』	G1:45, Co:49-2. 【異說】La:75.
#11-28	『鮮』	G1:43, Bo:414, Co:112-3, G3:28.【異說】Yu:29-14.
#11-32	『干』	G1:49, Bo:286, Co:157-3, G3:15.
#11-32	『扞』	G1:49, Bo:286, Co:157-3, G3:15.
#11-32	『捍』	G1:49, Bo:286, Co:157-3, G3:15.
#11-41	『健』	G1:52, Co:142-4.
#11-44	『軒』	G1:50, Co:135-5, G3:16.

#12-10	『蓋』	G1:55, Bo:5, Co:59-1, G2:31, Yu:20-1.【異說】Si:182.
#14-6	『膚』	G1:7, Bo:269, Co:134-1. 【異說】Sh:4-27.
#14-8	『無』	G1:8, Bo:408, Co:113-3, Yu:5-31.
#14-9	『巫』	G1:15, Bo:409, Co:107-3.
#14-11	『睹』	G1:16, Yu:5-21. 【異說】Sh:5-15.
#14-11	『覩』	G1:16, Yu:5-21. 【異說】Sh:5-15.
#14-18	『除』	G1:26, Co:124-1.
#14-21	『如』	G1:11, Yu:5-25.
#14-22	『若』	G1:11, Yu:5-25.
#14-34	『且』	G1:9, Co:36-1.
#14-40	『擧』	G1:13, Co:103-2.
#14-42	『苦』	G1:6, Bo:263, Co:44-1.
#14-43	『赤』	G1:20, Bo:455, Co:123-2.
#14-56	『語』	G1:3, Bo:273, Co:137-3. 【異說】Si:95.
#14-57	『惡』	G1:19, Co:38-3.
#14-63	『攫』	G1:171, Co:130-1.
#14-73	『往』	G1:172, Co:86-3.
#14-74	『芋』	G1:173, G2:39.
#14-75	『羽』	G1:174, Co:78-2, G2:40.
#15-1	『放』	G1:22, Co:106-1, Yu:25-10.
#15-10	『張』	G1:25, Co:150-2.
#15-16	『囊』	G1:30.
#15-17	『讓』	G1:28, Bo:407, Co:86-2.
#15-21	『量』	G1:34, Bo:418, Co:108-2, G2:3.
#15-25	『臧』	G1:24, Co:87-1.
#15-32	『梗』	G1:32, Co:91-3.
#15-32	『硬』	G1:32, Co:91-3.
#17-9	『底』	G1:79, Co:47-1, G3:2.
#17-10	『至』	G1:86, Co:56-3.
#17-18	『爾』	G1:84.
#17-34	『細』	G1:87, Co:135-3.
#21-6	『咮』	G1:101, Co:39-3.
#21-6	『噣』	G1:101, Co:39-3.
#21-7	『枓』	G1:102, Bo:446, Co:101-3.
#21-8	『燭』	G1:104, Co:151-3.

#21-10	『 晝 』	G1:96, Bo:447, Co:61-2.
#21-11	『 觸 』	G1:105, Co:152-1, Yu:14-6.
#21-14	『 逗 』	G1:95, Co:141-1.
#21-37	『 曲 』	G1:106, Co:41-4, Yu:14-2. 【異說】Si:2, Sh:20-20, Bo:401.
#22-3	『 蜂 』	G1:110, Co:40-5, Yu:25-29. 【異說】Si:129.
#22-9	『 痛 』	G1:109, Co:144-3.
#22-17	『 龍 』	G1:111, G2:11. 【異說】Bo:442, Co:156-1.

(2) G2

#7-9	『 類 』	G2:47.
#9-34	『 話 』	G2:35. 【異說】Si:177, Yu:19-2.
#10-12	『 羅 』	G2:5.
#10-35	『 樺 』	G2:37.
#14-30	『 夜 』	G2:16, Yu:5-40.
#14-50	『 絡 』	G2:4.
#15-23	『 楊 』	G2:64.
#15-24	『 象 』	G2:18.
#21-41	『 谷 』	G2:p.11
#21-44	『 髏 』	G2:10.

(3) G3

#10-6	『 疲 』	G3:8, Co:150-4.
#10-6	『 罷 』	G3:8, Co:150-4.
#11-35	『 肝 』	G3:17
#11-45	『 獻 』	G3:39.
#11-55	『 援 』	G3:26.
#11-56	『 緩 』	G3:34.
#11-57	『 圓 』	G3:35. 【異說】Be:168j.

第六節　包擬古(Bodman 1980)的研究

美國漢學家包擬古從1969年開始發表有關漢藏語比較研究的論文。本書所據卽是他在1980年發表的論文("Proto-Chinese and Sino-Tibetan:Data Towards Establishing the

Nature of the Relationship"), 這篇文章是將他在國際漢藏語言學會會議宣讀(參看該篇論文的注1)過的幾篇文章綜合整理而得的結果, 共列擧了486組同源詞, 詳細討論了聲母、元音及韻尾的對應關係。

包擬古的比較研究有兩點特徵：①雖是進行漢藏兩語的比較, 但並不局限於此二語, 而同時引一批其他親屬語言的現代方言以及擬測而得的擬音系統作證, 例如現代方言：Bahing, Chepang, Khaling, Khulung, Magar, Taming, Adi(Abor-Miri), Garo, Jiarong (Gyarong), Jinghpaw(Kachin), Khmu?, Lepcha(Rong), Mikir, Tangkhur, Thai, Thulung；擬音系統：Proto-Hre-Sedang, Proto-Mnong, Proto-North Bahnaric, Proto-Tai, Proto-Wa, Proto-Lolo-Burmese, Proto-Miao-Yao, Proto-Tibeto-Burman, Proto-Vietnamese-Muong, Proto-Yao, 等。②漢語語音則除了依據他自己所擬的上古音及中古音(MC:Middle Chinese; EMC:Early Middle Chinese;LMC:Late Middle Chinese)系統之外, 還引用了一些早期方言(PCMin: Proto-Coastal Min; PSMin: Proto-Southern Min)。這樣的作法, 看起來相當嚴密, 但不一定有好處, 在引用時應該要謹愼, 例如漢語、藏緬語是否與泰語、苗瑤語及越南語有親屬關係,還不能肯定。此外値得一提的就是其他親屬語言的現代方言不能與書面語言混在一起而談,因爲歷史比較研究應先考慮其時代性。

他提出來的同源詞差不多一半是藏語以外的其他親屬語言與漢語有同源關係的詞語, 藏語同漢語的同源詞則只有254個而已, 其中78個是由他新發現的, 而且相當可靠, 收錄於本書第三章『詞譜』, 其例如下：

#1-8	『 慝 』	Bo:68, Co:45-2.
#1-25	『 其 』	Bo:482, Co:85-2, Yu:1-1.
#1-25	『 之 』	Bo:482, Co:85-2, Yu:1-1.
#3-3	『 胞 』	Bo:310, Co:161-2.
#3-20	『 覺 』	Bo:308, Co:127-3.
#6-4	『 貪 』	Bo:188, Co:59-3.
#6-8	『 祲 』	Bo:20, Co:90-3.
#6-13	『 蠶 』	Bo:19, Co:138-1.
#6-20	『 顑 』	Bo:25, Co:148-5.
#6-26	『 飲 』	Bo:24, Yu:30-18, Co:97-1.
#7-11	『 卒 』	Bo:17.

#7-14	『貴』	Bo:201, Co:121-1, Yu:9-1.【異說】Yu:9-6.
#8-29	『饉』	Bo:424.
#8-38	『訓』	Bo:26, Co:143-2.
#9-3	『沛』	Bo:7;8, Co:76-3.
#9-9	『綴』	Bo:452, Co:150-1.
#9-16	『厲』	Bo:139, Co:81-3, Yu:20-14.
#9-19	『悅』	Bo:178, Co:105-4.
#9-20	『裔』	Bo:170, Co:47-2.
#9-31	『艾』	Bo:280, Co:111-2.
#9-32	『厥』	Bo:402.
#11-1	『板』	Bo:321, Co:45-4, G3:36.【異說】Si:302.
#11-2	『皈』	Bo:322, Co:88-5.
#11-3	『編』	Bo:449, Co:119-5.
#11-4	『判』	Bo:328, Yu:29-7.
#11-9	『辦』	Bo:405, Co:51-1.
#11-29	『産』	Bo:314, Co:40-2.【異說】Si:214, Yu:29-16.
#11-47	『倦』	Bo:340, Co:151-1.
#11-47	『瘏』	Bo:340, Co:151-1.
#11-48	『倌』	Bo:288, Co:131-1.
#11-48	『宦』	Bo:288, Co:131-1.
#11-49	『涫』	Bo:287, Co:49-4.
#11-52	『窾』	Bo:290.
#11-58	『幻』	Bo:122, Co:152-3.
#12-3	『呫』	Bo:305, Co:146-3.
#12-8	『挾』	Bo:41, Yu:20-2.
#12-9	『盖』	Bo:5, Co:59-1, G2:31, Yu:20-1.
#13-16	『巖』	Bo:456, Co:93-3.
#13-17	『嚴』	Bo:456, Co:93-3, Yu:32-7.【異說】Yu:31-17.
#14-10	『武』	Bo:275, Co:107-5.
#14-27	『旅』	Bo:267;268, Co:72-4.
#14-28	『呂』	Bo:419, Co:138-3.
#14-55	『咢』	Bo:250, Co:67-2.
#14-59	『赫』	Bo:455.
#14-71	『護』	Bo:278, Co:89-4.
#14-72	『韄』	Bo:35, Co:42-4.

#14-76	『迁』	Bo:29, Co:41-3.
#14-78	『迁』	Bo:29, Co:41-3.
#14-78	『紆』	Bo:29, Co:41-3.
#15-4	『房』	Bo:460, Co:72-1.
#15-9	『明』	Bo:443, Co:49-1.
#15-19	『湯』	Bo:172. 【異說】Si:66.
#15-22	『揚』	Bo:171, Co:125-4, G2:12. 【異說】La:95.
#15-29	『相』	Bo:16.
#15-37	『裳』	Bo:95.
#15-44	『永』	Bo:131, Co:105-1.
#17-13	『跌』	Bo:300, Co:140-2.【異說】Si:171.
#17-22	『栗』	Bo:397.
#17-32	『疾』	Bo:393, Co:132-2.
#17-41	『飢』	Bo:424, Yu:8-27.
#17-44	『嗜』	Bo:474, Co:73-1.
#18-7	『憐』	Bo:297, Co:119-2, Yu:27-2.
#18-14	『臣』	Bo:392.
#18-17	『鈞』	Bo:57, Co:160-2.
#19-14	『易』	Bo:167, Co:87-2. 【異說】Yu:16-6.
#19-15	『易』	Bo:167, Co:54-3.
#19-19	『支』	Bo:473, Co:65-3.
#19-19	『枝』	Bo:473, Co:65-3.
#19-19	『肢』	Bo:473, Co:65-3.
#19-19	『岐』	Bo:473, Co:65-3.
#20-15	『甥』	Bo:74, Co:133-3.
#21-17	『孺』	Bo:444, Co:54-4, Yu:4-16.
#21-42	『後』	Bo:100, Co:41-2.
#22-19	『容』	Bo:162, Co:102-4.
#22-20	『涌』	Bo:166, Co:126-2.
#22-21	『甬』	Bo:165, Co:125-3.
#22-22	『用』	Bo:164, Co:155-1.
#22-33	『巷』	Bo:313, Co:156-3. 【異說】Yu:25-27.

但, 誤比古藏語的例子偶爾可見, 在本書第三章『詞譜』則把它們作【異說】處理, 其例(11個)如下：

48	『契』	#9-28	142	『是』	#19-11
243	『宮』	#4-4	245	『日』	#17-21
283	『母』	#1-3	328	『畔』	#11-8
401	『曲』	#21-37	401	『局』	#21-37
423	『筆』	#7-4	441	『盲』	#15-6
442	『龍』	#22-17			

(第一個數字是包擬古1980的編號; 後面的數字則是本書『詞譜』的編號)

第七節　柯蔚南(Coblin 1986)的研究

柯蔚南在1986年出版了一本漢藏語比較研究專書《漢藏語詞彙比較手冊》(*A Sinologist's Handlist of Sino-Tibetan Lexical Camparisons.*)。由於這本書的問世，漢藏語同源詞研究的基礎相當穩固，而且相當便於檢索。他的目的就是滙集這方面的資料，整理而編集成冊，同時附錄索引，以便於參考(柯蔚南 1986:8)。

柯蔚南(1986:8)所收的資料來源有四個：①白保羅(1972)；②龔煌城(1980)；③包擬古(1980)；④Schüssler教授蒐集贈送給他的未發表原稿。但是他並沒有一一注明其來源。其漢語音韻原則與龔煌城師(1980)相似，上古音據李方桂(1971)的擬音系統，而同時注明中古音(高本漢1954;1957的擬音---李方桂1971:4-7加以修訂的)。參考藏緬語族的其他親屬語言的情形，與包擬古(1980)類似，但他只是爲了參考之用而收錄，幷不混爲一談。每對同源詞組擬測出「原始漢藏語」，是他的比較研究的一個特徵。

按照他自己的估計(p.8)，這本書共收486組同源詞，其中至少百分之十五以上是新發現的。如果不計漢緬同源詞，則共有469組同源詞(卽漢藏同源詞)，其中由他首次提出且相當可靠的，共計135個例子：

#1-7	『寔』	Co:122-4, Yu:16-9.
#1-10	『乃』	Co:147-1
#1-11	『而』	Co:71-1, Yu:1-5.

#1-13	『犁』	Co:162-4.
#1-23	『志』	Co:132-3.
#2-2	『蒸』	Co:79-2.
#2-7	『承』	Co:104-1.
#2-7	『丞』	Co:104-1.
#3-4	『堡』	Co:164-4.
#3-9	『擣』	Co:120-3.
#3-24	『蚪』	Co:130-4, Yu:2-5.
#4-2	『忠』	Co:107-2.
#4-4	『宮』	Co:98-3. 【異說】Be:182n, Bo:243, Yu:30-1.
#5-2	『搭』	Co:94-3.
#5-5	『執』	Co:120-4.
#5-5	『摯』	Co:120-4.
#6-17	『禁』	Co:127-4.
#6-18	『玪』	Co:119-1.
#7-3	『絨』	Co:101-1.
#7-13	『帥』	Co:128-1.
#7-13	『率』	Co:128-1.
#8-18	『典』	Co:79-3.
#8-33	『困』	Co:63-3.
#8-34	『群』	Co:89-3, Yu:28-1.
#8-35	『沄』	Co:81-2.
#9-13	『兌』	Co:70-3.
#9-15	『噬』	Co:43-3.
#9-17	『厲』	Co:94-1.
#9-21	『勦』	Co:162-2.
#9-28	『契』	Co:129-3, Yu:19-3.【異說】Bo:48
#9-33	『活』	Co:104-3.
#10-3	『彼』	Co:147-3. 【異說】Yu:6-17
#10-7	『靡』	Co:62-1.
#10-7	『麋』	Co:62-1.
#10-9	『侈』	Co:88-4.
#10-13	『離』	Co:130-3, Yu:6-20.
#10-22	『箇』	Co:133-2, Yu:5-1.
#10-24	『加』	Co:36-2, G3:8a. 【異說】Yu:6-7.

#10-25	『何』	Co:160-1, G2:28.【異說】Yu:6-5.
#10-32	『戲』	Co:99-3.
#10-36	『訛』	Co:77-1.
#11-8	『畔』	Co:109-2, G3:37. 【異說】Bo:328.
#11-8	『半』	Co:109-2, G3:37.
#11-10	『辨』	Co:65-2.
#11-10	『辯』	Co:65-2.
#11-22	『聯』	Co:57-3, G2:7.
#11-37	『搴』	Co:117-1.
#11-42	『嗲』	Co:56-1.
#11-46	『嗎』	Co:99-3.
#11-59	『暖』	Co:136-3.
#12-5	『詍』	Co:145-3, G2:14.
#12-12	『惓』	Co:59-2.
#13-2	『貶』	Co:63-5.
#13-5	『染』	Co:140-3.
#13-8	『錟』	Co:50-3.
#13-8	『炎』	Co:50-3.
#14-1	『豝』	Co:117-4.
#14-15	『拓』	Co:154-3.
#14-22	『泇』	Co:107-4.
#14-23	『鹵』	Co:55-3.
#14-23	『魯』	Co:55-3.
#14-24	『盧』	Co:44-3.
#14-24	『壚』	Co:44-3.
#14-29	『旟』	Co:154-4.
#14-29	『舁』	Co:154-4.
#14-29	『譽』	Co:154-4.
#14-36	『沮』	Co:152-4.
#14-37	『藉』	Co:121-3.
#14-63	『據』	Co:130-1.
#15-4	『坊』	Co:72-1.
#15-8	『氓』	Co:116-4, Yu:25-26.
#15-12	『皀』	Co:160-4.
#15-13	『敞』	Co:119-4.

#15-14 『唐』 Co:89-1.
#15-14 『堂』 Co:89-1.
#15-14 『蕩』 Co:89-1.
#15-26 『將』 Co:94-4.
#15-28 『藏』 Co:57-1.
#15-40 『往』 Co:86-4, Yu:25-19.
#16-7 『曹』 Co:108-3.
#16-8 『遭』 Co:108-3.
#17-6 『膍』 Co:97-2.
#17-11 『窒』 Co:142-1.
#17-14 『疐』 Co:135-2.
#17-14 『躓』 Co:135-2.
#17-15 『涕』 Co:146-4.
#17-16 『嫡』 Co:164-1. 【異說】Si:187.
#17-17 『浧』 Co:74-1.
#17-25 『姊』 Co:164-3.
#17-26 『垕』 Co:108-1.
#17-27 『垕』 Co:50-1.
#18-9 『洒』 Co:158-2, G3:1.
#19-3 『譬』 Co:74-2.
#19-5 『闢』 Co:114-5. 【異說】Yu:16-16.
#19-6 『帝』 Co:164-5.
#19-9 『禔』 Co:91-2.
#19-10 『踶』 Co:100-1.
#19-10 『蹢』 Co:100-1.
#19-10 『蹄』 Co:100-1.
#19-11 『是』 Co:149-1, Yu:1-4;7-2. 【異說】Bo:142.
#19-11 『時』 Co:149-1, Yu:1-4;7-2. 【異說】Si:338.
#19-13 『惕』 Co:102-5.
#20-12 『穽』 Co:118-4.
#20-14 『醒』 Co:55-2.
#20-16 『楨』 Co:123-1, Yu:26-30.
#21-1 『泭』 Co:80-5, Yu:4-11.
#21-1 『柎』 Co:80-5, Yu:4-11.
#21-3 『僕』 Co:164-2.

#21-4	『 眘 』	Co:82-4, Yu:12-18. 【異說】Sh:4-17.
#21-9	『 屬 』	Co:52-3.
#21-19	『 羭 』	Co:131-4, G2:13.
#21-20	『 俗 』	Co:60-2, G2:17;67.
#21-26	『 藪 』	Co:88-3.
#21-26	『 棷 』	Co:88-3.
#21-30	『 覯 』	Co:72-2.
#21-30	『 遘 』	Co:72-2.
#21-32	『 角 』	Co:58-2.
#21-33	『 俱 』	Co:89-2.
#21-36	『 驅 』	Co:128-2.
#21-37	『 局 』	Co:41-4, Yu:14-2. 【異說】Bo:401.
#21-37	『 跼 』	Co:41-4, Yu:14-2.
#21-45	『 詾 』	Co:98-4.
#21-45	『 訩 』	Co:98-4.
#22-1	『 封 』	Co:110-2.
#22-8	『 通 』	Co:116-3.
#22-9	『 恫 』	Co:144-3.
#22-10	『 同 』	Co:151-2.
#22-10	『 叢 』	Co:151-2.
#22-16	『 撞 』	Co:40-3, Yu:24-10.
#22-18	『 容 』	Co:94-5.
#22-22	『 庸 』	Co:155-1.
#22-23	『 誦 』	Co:36-3. 【異說】Yu:25-34.
#22-32	『 恐 』	Co:64-2.
#22-34	『 共 』	Co:36-4.

在柯蔚南(1986)提出的漢藏語比較中，有些不太適合，因此本書『詞譜』把它們作【異說】處理，其例如下：

#1-12	『 理 』	Yu:1-8.	【異說】Co:66-3.
#6-28	『 陰 』	Si:246.	【異說】Co:78-3.
#7-5	『 拂 』	Si:172.	【異說】Co:123-4.
#8-23	『 銑 』	G3:44.	【異說】Co:48-5.

#8-32	『軍』	Yu:28-17.	【異說】Co:89-3
#9-6	『別』	Yu:17-6.	【異說】Co:63-1.
#12-2	『牒』	Yu:20-8.	【異說】Co:80-4.
#17-4	『比』	Yu:8-13.	【異說】Co:97-2.
#22-17	『龍』	G1:111, G2:11.	【異說】Bo:442, Co:156-1.

第八節　俞敏(Yu 1989)的研究

大陸學者俞敏的漢藏語比較研究相當早，卽從1948年開始，歷經四十多年的研究。他在1989年發表<漢藏同源詞譜稿>一文，列擧了524組漢藏同源詞。就其數目而言，令人驚嘆，截至目前爲止是最多的。就其來源，他(1989:56)說：「這個譜是我在1948年寫的(草稿)。曾經請陸志韋、羅莘田(案：羅常培)兩位先生看過。後來，抽取約六分之一作了一篇≪漢藏韻軌≫，算≪漢語的'其'和藏語的gji≫那一篇的附錄，登在1949年出的≪燕京學報≫第37期上。那篇太簡略，只有字，沒注解。現在重新整理全文，刪了一些個，又補了一些個。」

再就其體例來說，「收字横着分五欄：

1. 藏文拼法和簡單釋義。
2. 相應(可以算同源)的古漢語詞。
3. 王力給古漢語擬的音，以郭錫良的≪漢字古音手冊≫爲準。
4. 藏文透露的古漢語音。
5. 經籍裡用例。」(p.57)

比之其他學者的作法，最獨特的地方就是第五項的經籍用例，「好證明第一項的意義在古漢語裏也有過」(p.57)。這樣的考證雖然有時太簡略，或有些是牽强附會的，但是西方學者幾乎都沒有作過這樣的考證，同是美中不足的。我認爲，在此五個項目中，第四項「藏文透露的古漢語音」有點問題，難以令人信從。這是大膽的假設而已，有待細心的求證，特別是聲母和詞頭。其漢藏語比較研究目的在「借藏語同源詞窺測漢語上古音」(p.57)，因此特別安排這一項。但是他自己也說：「第四項是窺測出來的上古音可能有的面貌，和現代人"構擬"或者說擺七巧板擺出來的大不相同。」(p.57)

這篇論文將524個漢藏同源詞按32個上古韻部排列，其中第三部『宵』未有收字。他本來據王力的擬音系統作比較，今改據李方桂(1971)的擬音系統來作比較，同時參考諸家的說法以檢驗比較可靠的同源詞，得知由他首次提出的共有126個語詞，這就是他的成就，其例如下：

#1-12	『理』	Yu:1-8. 【異說】Co:66-3.
#3-5	『泡』	Yu:2-15.
#3-21	『攪』	Yu:12-1.
#3-27	『逑』	Yu:2-3.
#3-28	『觩』	Yu:2-1.
#3-30	『休』	Yu:2-9.
#5-12	『緝』	Yu:22-2.
#5-13	『合』	Yu:22-4.
#5-15	『急』	Yu:22-6. 【異說】G1:90.
#6-2	『懍』	Yu:30-16.
#6-6	『林』	Yu:30-15.
#6-9	『參』	Yu:32-22. 【異說】La:5, Si:261, Yu:30-17.
#6-11	『侵』	Yu:30-26.
#6-15	『滲』	Yu:30-7.
#6-21	『坎』	Yu:30-2.
#6-23	『琴』	Yu:30-3.
#6-24	『擒』	Yu:30-5.
#7-12	『碎』	Yu:18-11.
#7-16	『饋』	Yu:9-2;9-3.
#8-6	『盆』	Yu:28-31.
#8-8	『頒』	Yu:28-14.
#8-26	『綸』	Yu:28-18.
#8-32	『軍』	Yu:28-17. 【異說】Co:89-3.
#8-40	『饉』	Yu:27-8.
#9-2	『蔽』	Yu:10-10.
#9-4	『拔』	Yu:19-9.
#9-6	『別』	Yu:17-6. 【異說】Co:63-1.
#9-7	『末』	Yu:19-10.
#9-12	『達』	Yu:19-8. 【異說】La:58.
#9-14	『滯』	Yu:19-16.

#9-18 『裂』 Yu:19-18.
#9-24 『蔡』 Yu:19-19.
#9-27 『割』 Yu:19-14.
#9-35 『窟』 Yu:18-3.
#9-36 『豁』 Yu:19-20.
#10-4 『披』 Yu:6-19, G3:6. 【異說】Sh:6-5.
#10-5 『皮』 Yu:6-21. 【異說】Si:44, Yu:6-18.
#10-15 『左』 Yu:6-26. 【異說】Be:158u.
#10-16 『磋』 Yu:6-26.
#10-16 『瑳』 Yu:6-26.
#10-28 『蛾』 Yu:6-11.
#10-31 『餓』 Yu:6-10.
#10-33 『裹』 Yu:6-2.
#10-34 『科』 Yu:6-3.
#11-5 『判』 Yu:29-7.
#11-27 『殘』 Yu:29-8. 【異說】La:88
#11-33 『干』 Yu:29-2.
#11-33 『岸』 Yu:29-2.
#12-1 『法』 Yu:20-9. 【異說】Si:241.
#12-2 『牒』 Yu:20-8. 【異說】Co:80-4.
#12-8 『夾』 Yu:20-2.
#12-10 『闔』 Yu:20-4.
#12-11 『業』 Yu:20-5.
#13-3 『凡』 Yu:32-19. 【異說】Sh:21-23.
#13-7 『籃』 Yu:31-5.
#13-7 『函』 Yu:31-5.
#13-12 『甘』 Yu:32-1.
#13-15 『鈐』 Yu:30-19.
#13-18 『驗』 Yu:32-11.
#14-14 『橐』 Yu:15-13.
#14-17 『度』 Yu:15-11.
#14-19 『宅』 Yu:15-12.
#14-25 『盧』 Yu:5-45.
#14-26 『勴』 Yu:15-22.
#14-31 『祖』 Yu:5-34.

#14-32	『措』	Yu:15-19.	
#14-23	『錯』	Yu:15-19.	
#14-45	『夏』	Yu:5-14.	
#14-62	『瓜』	Yu:5-2.	
#14-66	『胡』	Yu:5-9.	
#14-67	『胡』	Yu:5-13.	
#14-68	『胡』	Yu:5-14.	
#14-70	『壺』	Yu:5-8.	
#14-70	『罦』	Yu:5-8.	
#14-77	『寤』	Yu:5-19.	
#14-77	『晤』	Yu:5-19.	
#14-79	『呼』	Yu:5-48.	
#15-5	『妄』	Yu:25-13.	
#15-5	『忘』	Yu:25-13.	
#15-6	『盲』	Yu:25-12.	【異說】Bo:441.
#15-11	『矘』	Yu:25-9.	
#15-11	『瞠』	Yu:25-9.	
#15-20	『兩』	Yu:25-27.	
#15-30	『喪』	Yu:25-20.	
#15-33	『更』	Yu:25-24.	
#15-34	『僵』	Yu:25-3.	
#15-35	『康』	Yu:25-4.	
#15-36	『强』	Yu:25-6.	
#15-41	『光』	Yu:25-1.	
#15-42	『桄』	Yu:25-2.	
#15-43	『皇』	Yu:25-5.	
#17-2	『秘』	Yu:17-5.	
#17-4	『比』	Yu:8-13.	【異說】Co:97-2.
#17-5	『匹』	Yu:17-4.	
#17-28	『次』	Yu:8-20.	
#17-29	『次』	Yu:8-16.	
#17-30	『次』	Yu:8-21.	
#18-5	『人』	Yu:27-9.	
#18-13	『緊』	Yu:27-8.	
#19-2	『劈』	Yu:16-24.	

#19-12 『曆』 Yu:16-19.
#19-16 『策』 Yu:16-25.
#19-16 『冊』 Yu:16-25.
#19-17 『錫』 Yu:16-3.
#19-18 『隔』 Yu:16-1.
#19-20 『繫』 Yu:16-20.
#20-1 『屛』 Yu:26-13.
#20-3 『汀』 Yu:26-7.
#20-4 『定』 Yu:26-12.
#20-4 『頲』 Yu:26-12.
#20-7 『零』 Yu:26-34.
#20-8 『靈』 Yu:26-28.
#20-10 『井』 Yu:26-27.
#20-11 『清』 Yu:26-18. 【異說】 Si:132.
#20-13 『淨』 Yu:26-17.
#20-17 『徑』 Yu:26-1.
#20-18 『輕』 Yu:26-31.
#20-20 『幸』 Yu:26-21.
#20-21 『擎』 Yu:26-32.
#21-18 『錄』 Yu:14-11.
#21-22 『鏃』 Yu:14-8.
#21-29 『鉤』 Yu:4-15.
#22-4 『逢』 Yu:25-30.
#22-6 『棟』 Yu:24-9.
#22-13 『篅』 Yu:24-8.
#22-31 『控』 Yu:24-1.

在選取漢藏同源詞的方式上，俞敏的作法相當獨特。至於所依據的漢語資料，除了勞佛(1916)以外，其餘學者所用的不外乎高本漢所編的≪分析字典≫(1923)或≪修正漢文典≫(1957)，這兩本字典在漢藏語比較研究上的貢獻非常大，然而收字有限，先秦文獻上的語義不一定全部收錄在內，因此由此可得的古漢語知識相當有限。俞敏(1989)的比較研究則不以此作爲比較的基礎，而完全依靠他自己的古漢語知識作判斷。我認爲他對漢語的歷時演變了解得非常深入，否則不可能找得到這麼多的新的同源詞。但是，他的音韻原則不够嚴謹，與諸家之說相差較遠的例子偶爾可見，筆者認爲存在問題時，把它作【異說】處理，其例如下：

1-2	『耳』	#1-9	Si:90, Be:188h, G1:126, Bo:406, Co:69-2.
1-9	『子』	#1-15	Be:169y, G1:127, Bo:415, Co:54-5.
1-10	『字』	#1-15	Be:169y, G1:127, Bo:415, Co:54-5.
2-12	『收』	#3-29	G1:157, Co:56-2.
4-4	『口』	#21-34	Si:79, Be:184j, Co:110-4.
5-5	『苦』	#14-41	Be:165d, G1:5, Bo:263, Co:44-1.
6-1	『嘉』	#10-23	Sh:1-3.
6-5	『何』	#10-25	Co:160-1, G2:28.
6-7	『加』	#10-24	Co:36-2, G3:8a.
6-7	『彼』	#10-3	Co:147-3.
6-18	『皮』	#10-5	Yu:6-21.
9-6	『貴』	#7-17	Co:121-1, Yu:9-1.
16-6	『易』	#19-14	Bo:167, Co:87-2.
16-15	『甓』	#19-4	La:85.
16-16	『闢』	#19-5	Co:114-5.
17-2	『日』	#17-21	Si:206, Sh:3-14, Be:157t, G1:77, Bo:245, Co:145.
18-10	『畀』	#17-3	Si:235, Sh:3-19, Be:176h, G1:85.
19-2	『話』	#9-33	G2:35.
21-3	『汁』	#5-3	G1:148, Co:99-4.
21-12	『立』	#5-9	Be:155f, G1:142, Bo:118, Co:140-4, G2:60.
21-13	『吸』	#5-7	Si:239, Co:98-1.
25-27	『巷』	#22-33	Bo:313, Co:156-3.
25-34	『誦』	#22-23	Co:36-3.
28-5;32	『分』	#8-2	G1:115, Co:65-1, Yu:28-5;28-32, G3:12.
29-14	『鮮』	#11-28	G1:43, Bo:414, Co:112-3, G3:28.
29-16	『産』	#11-29	Bo:314, Co:40-2.
30-1	『宮』	#4-4	Co:98-3.
30-6;31-8	『浸』	#6-7	G1:92, Co:136-1.
30-17	『參』	#6-9	Yu:32-22.
31-7	『嚴』	#13-17	Bo:456, Co:93-3, Yu:32-7.
32-18	『泛』	#13-1	Si:258, G1:60, Co:81-1.

第三章 漢藏語同源詞譜

【凡例】

一. 每組同源詞比較格式如下：

編號	字頭

『漢』	上古音 (> 中古音)	與藏語同源的漢語詞彙
『藏』	對音 (詞幹)	藏語的義項
(『緬』)	(對音)	(緬語的義項)

【參看】、(【異說】)、(【謹案】)

* 加小括號的，是可無可有者。

二. 編號的前一半是按上古漢語的韻部爲序排列的編號;後一半是各韻部之內的連號。在各韻部裏，以聲母的發音部位(脣音、舌尖音、舌尖塞擦音、舌根音及喉音、圓脣舌根音及喉音)爲序。

三. 以與藏語同源的上古漢語作爲字頭。

四. 『漢』係上古漢語(Old Chinese:OC)的簡稱；『藏』係書面藏語(Written Tibetan:WT)的簡稱；『緬』係書面緬甸語 (Written Burmese:WB)的簡稱。

五. 漢語上古音，係據李方桂(1971)的擬音系統加以註明的，但表示擬測音的星號，一律省略。音標後面所加的 A、B、C、D分別表示四聲：平、上、去、入。

六. 在與藏語同源的上古漢語後面所加的數字，提供高本漢≪修正漢文典≫的語音系列，以便參考高本漢的上古音系統。但≪修正漢文典≫未收者，一律加(0)號。

七. 爲了考察前人的論證，在【參看】一欄註明其來源。若有可參考的內容，引於小括號裏頭，但引用號則一律省略。在此欄只引用一篇論著，是表示除此以外(至少在以下十篇文章中)沒有人討論過。

八. 上古漢語的義項，有時不易看得出來，因此在【謹案】一欄註明與藏語有關的義項及在古代文獻裏的用例。需要補充說明的也在此欄註明。

九. 註明前人所撰的論著時，其簡稱如下：

中文名	英　文　名	簡稱
勞　佛	Laufer(1916)	La
西門華德	Simon(1929)	Si
沙佛爾	Shafer(1966)	Sh
白保羅	Benedict(1972)	Be
龔煌城	Gong Hwang-cherng(1980)	G1
包擬古	Bodman(1980)	Bo
柯蔚南	Coblin(1986)	Co
龔煌城	Gong Hwang-cherng(1989a)	G2
俞　敏	Yu Min(1989)	Yu
龔煌城	Gong Hwang-cherng(1991)	G3

除了以上十篇論著之外，則不以簡稱處理。

十. 在本『詞譜』的【參看】標注各家文章中的編號，但柯蔚南(1986)及俞敏(1989)的編號則是本書予以的編號。如：『Co:158-5』表示柯蔚南的書第158頁的第5個同源詞;『Yu:11-1』表示俞敏的文章中第11(韻)部第1個同源詞。

1. 之部 [-əg, -ək]

#1-1　『富』

漢：pjəg > pjəu　C　　『富』(933r)

　　pjək > pjuk　D　　『福』(933d-h)

藏：phyug-pa　　「富有的」

　　phyugs (詞幹 phyug)　　「家蓄」

【參看】Si:46, Sh:4, Bo:3, Co:158-5.

【謹案】古代經籍常以「福」訓「富」，而且此二語的語音極相近，故「富」「福」同源(王力1983:265)。

【異說】[dbyigs] ‘財產’ ↔ 『富』(Yu:11-1)。

#1-2　　『佩』

漢：　bəg　C　　　　『佩』(956a-b)

藏：　pag　　　　「裝飾用的腰帶」

【參看】Si:42.

【謹案】『佩』，指古代衣帶上佩帶的玉飾。《說文》：「佩，大帶佩也。」；又指佩帶，繫掛。《禮記、玉藻》：「古之君子必佩玉。」

#1-3　　『母』

漢：　məg　B　　　　『母』(947a)

藏：　ma　　　　「母親」，「媽媽」

緬：　ma　B　　　　「姊妹」

　　-ma　　　　「表示女性的後綴」

【參看】Be:193d, G1:129(Compare the similar semantic development in Albania: Jesper p.118), Co:110-1(Kanauri ama, Chepang ma, Newari ma 'mother'), Yu:5-30.

【異說】其他學者的說法稍爲不同，如：

① [ma] '媽媽' ↔『媽』(Sh:1-9, Be:188x;189b)

② [mo] '女性' ↔『姥』(Sh:5-18)

③ [mo] '女性' ↔『母』(Bo:283)

④ [ma] '媽媽' ↔『姥』(Yu:5-30)

【謹案】『媽』、『姥』二字，《說文》未收，始見於中古時代的韻書，而其音韻及語義則與『母』無異。從元音的對應關係及詞義對應來看，與藏語[mo]'女性'的比較，是不太合適。

#1-4　　『墨』

漢：　mək　D　　　　『墨』(904c)

　　hmək　D　　　　『黑』(904a)

藏：　smag　　　　「暗」，「黑暗」

緬：　mang　A　　　　「墨水」

　　hmang　A　　　　「墨水」

【參看】Be:155e(T nag-po '黑', snag '墨水'), G1:131, Bo:66(T mog-pa'黑暗的顏色', smag '暗''黑暗'), Co:45-1.

#1-5　　『織』

漢：　tjəg　C, tjək　D　　　　『織』(920f)

藏：　'thag　　　　「紡織」

　　hags　　　　「織物」，「絲罔」

緬：　rak　　　　「編織(布，蓆子，籃子等)」

【參看】Si:5, Be:171u, G1:133(OC tjəg C < *tjəks;WT 'thag < *'tag, thags < *tags), Co:159-2(TB *tak).

#1-6　　『陟』

漢： trjək D 『陟』(916a-c)

藏： theg-pa (詞幹 theg) 「舉起」,「升起」

【参看】Sh:15-2(Sbalti thyak-pa ‘舉起’, Buirg thyak-‘舉起’), Be:175f(T theg-pa < *thyak (as shown by West T dialects) ‘舉起’‘升起’), Co:10-3.

#1-7 『寔』

漢： djək D 『寔』(866s)

藏： drag 「病愈」,「完全」

【参看】Co:122-4(B tyak-tyak ‘truly, very, intensive’; PLB *dyak:Matisoff 1972:30), Yu:16-9.

#1-8 『慝』

漢： hnək D 『慝』(777o)

藏： nag-pa, nag-po 「黑的」,「心黑的」

gnag-pa 「心黑的」,「邪悪的」,「不正當的」

snag 「墨水」

(詞幹 nag)

【参看】Bo:68;261A, Co:45-2(T stem:nag).

【謹案】≪廣雅、釋蠱≫:「慝，悪也。」≪書、畢命≫:「旌別淑慝。」≪疏≫:「慝，悪也。」

#1-9 『耳』

漢： njəg B 『耳』(981a)

藏： rna-ba (詞幹 rna) 「耳朵」

緬： na C 「耳朵」

【参看】Si:90, Be:188h(TB *r-na), G1:126, Bo:406, Co:69-2(TB *r-na).

【異說】[sngi-ma] ‘(豆)莢’ ↔『耳』(Yu:1-2)。

#1-10 『乃』

漢： nəg B 『乃』(945a-c)

藏： na 「那時」,「時間」,「一會兒」

【参看】Co:147-1(OC ‘then, thereupon’:a particle which occurs at or near the beginning of a main clause and marks the preceding subordinate clause as temporal. T ‘when, at the time of, whilst’: a post position which follows temporal clauses. It also follows conditional clauses and occurs locatively after nominal elements.)

【謹案】古漢語『乃』，有‘然後’之義，如≪書、禹貢≫:「作十有三載，乃同。」，且具有‘從前’之義，如≪廣雅、釋蠱≫:「乃，往也。」，「乃者」則「前次」、「往日」之義，如≪史記、曹相國世家≫:「乃者，我使諫君也。」

#1-11 『而』

漢： njəg A 『而』(982a-b)

藏： ni 「對名詞或名詞性句段(nominal syntagma)

表示强調」

【參看】Co:71-1, Yu:1-5.

【謹案】古漢語『而』，具有對主題名詞的强調作用，如≪左傳、襄三十年≫：「子產而死，誰其嗣之。」，又如≪左傳、隱十一年≫：「天而旣厭周德矣。」這個詞的功能與藏語[ni]很相似。

#1-12 『 理 』

漢： bljəg B 『理』(978d)

藏： ri-mo 「花紋皃」

【參看】Yu:1-8.

【謹案】柯蔚南誤比[bri-ba]'摹寫', '描寫', '畫圖樣', '書寫'(Co:66-3)，此藏語則與漢語『筆』同源(參看:#7-4『筆』)。≪說文、序≫：「知分理之可相別異也。」≪孟子字義疏證、理≫：「理者，察之而機微必區以別之名也。是故謂之分理:在物之質曰肌理，曰腠理，曰文理： 得其分則條而不紊，謂之條理。」可見，古漢語『理』可對比於此藏語。

#1-13 『 犛 』

漢： ljəg A 『犛』(519g)

藏： 'bri-mo 「溫順的雌犛牛」

rgod-'bri 「野生的雄犛牛」

(詞幹 *bri)

【參看】Co:162-4.

#1-14 『 翼 』

漢： rək > jiək D 『翼』(954d)

藏： lag-pa 「手」

緬： lak 「手」，「臂」

【參看】Be:171z(TB *g-lak 'arm':this semantic interchange also appear in AT;cf. Formosa;Paiwan dials valaŋa 'wing', valaŋa /laŋa/n 'arm'), Co:37-3(TB * lak), G2:5.

#1-15 『 子 』

漢： tsjəg B 『子』(964a)

dzjəg C 『字』(964n)

dzjəg A 『慈』(966j)

dzjəg A, C 『孳』(966k)

藏： tsha 「孫子」，「孫女」

btsa 「生」，「產生」

mdza 「愛」，「像朋友或親戚那樣做」

緬： ca A 「愛惜關心」，「以對自己那樣同情別人」，「書信」

【參看】Be:169y;188j (TB *tsa), G1:127 (WT tsha < *tsa ; WB ca A < *dza), Bo:415;416, Co:54-5;107-1.

【謹案】古漢語『字』，指分娩；生小兒。≪說文≫：「字，乳也。」≪段注≫：「人及鳥生子曰乳」。又具有‘愛’之義，如≪書、康誥≫：「于父，不能字厥子。」≪注≫：「於爲人父不能字愛其子。」

【異說】① [rtse] ‘尖兒’，‘詞尾’ ↔ 『子』(Yu:1-9)；

② [brtse] ‘愛(小孩兒)’ ↔ 『字』、『慈』(Yu:1-10).

#1-16 『 側 』

漢： tsjək D 『側』(906c)

藏： gzhogs 「邊」，「面」

【參看】Si:16.

#1-17 『 猜 』

漢： tshəg A 『猜』(1240b)

藏： tshod 「評價」，「猜」，「猜謎」

【參看】La:69, Si:191.

#1-18 『 菜 』

漢： tshəg C 『菜』(942e-f)

藏： tshod 「蔬菜」，「青菜」

【參看】La:70, Si:192.

#1-19 『 事 』

漢： dzrjəg C 『事』(971a)

藏： rdzas 「事物」，「物質」，「物體」

緬： a-ra A 「事物」，「物質」，「材料」

ca A 「事物」

【參看】G1:128(WT rdzas < *dzras; WB a-ra A < *dzra, ca A < *rdza), Co:148-3(T rdzas < PT *dzra + s ? ; B ra < *dzra ?).

#1-20 『 材 』

漢： dzəg A 『材』(943g)

dzəg A 『財』(943h)

藏： rdzas 「物質」，「材料」，「商品」，「財物」，「財物」

緬： a-ra A < *dzra 「事物」，「物質」，「材料」

【參看】La:13.

#1-21 『 賊 』

漢： dzək D 『賊』(907a)

藏： jag 「槍劫」，「槍劫事件」

【參看】Si:4, G1:132, Co:127-1(PT *dzyag > jag).

#1-22 『 革 』

漢： krək D 『革』(931a-b)

藏： ko 「皮」，「皮革」

【參看】Si:100.

【謹案】『革』，指去毛的獸皮，也泛指獸皮。≪說文≫：「革，獸皮治去其毛曰革。」≪詩、召南、羔羊≫：「羔羊之革，素絲五緎。」≪毛傳≫：「革，猶皮也。」

#1-23 『志』

漢： tjəg C 『志』(962e)

藏： rgya 「標識」，「符號」，「表徵」

【參看】Co:132-3(PT *grya > rgya;PC *krjəg > OC *tjəgh).

【謹案】古漢語『志』有‘標識’，‘象徵‘，’表記’之義。

#1-24 『咳』

漢： khəg C 『咳』(937g)、『欬』(937s)

藏： khogs-pa (詞幹 khogs) 「咳嗽」

【參看】Si:19, Be:184e, Co:58-4.

#1-25 『其』

漢： gjəg A 『其』(952a-e)

tjəg A 『之』(962ab)

藏： kyi, gyi, yi 「的」(屬格詞尾)

【參看】Bo:482, Co:85-2(『之』 PC *krjəɣ> OC *tjəg), Yu:1-1.

【謹案】① 龔煌城師(1976:208)說：「藏文的屬格詞尾，Sten Konow(1909)以其與漢語“之”字在意義與用法上的類似，曾把兩者相提幷論。Simon(1942)提出原形爲*ʔyi的說法時就指出今後如要再持漢藏“之”“kyi”同源說，必須重新論證。因爲他認爲應以*ʔyi爲比較的對象。但俞敏(1949)在≪燕京學報≫發表<漢語的‘其’跟‘gji’>時，仍以gyi爲原形(p.78)，幷與漢語的‘其’相比。」

② 『之』、『其』兩字上古時期的用法很相像，故梅祖麟(1983:119-121)認爲這兩個字同出一源，幷且擬『之』字的上古早期的讀音爲*krjəg，此字在華北方言中的音韻史是：「之 *krjəg > *tjəg > *tiəg > 底 tiei > ti > 的 tə」。今從漢藏語比較來看，梅祖麟的擬音可以信從。

#1-26 『碍』

漢： ngəg C 『碍』(956g)

藏： 'gegs-pa 「妨碍」，「停止」，「禁止」

bkag (完成式)

dgag (未來式)

【參看】Si:27, G1:130, Bo:76.

#1-27 『右』

漢： gwəg B, C 『右』(995i)

藏： gzhogs 「身體的一邊」

【參看】Be:168h, Bo:196.

#1-28 『灰』

漢： hwəg A 『灰』(950a)

藏： gog 「灰」，「灰分」

【参看】Si:22.

2. 蒸部 [-əng]

#2-1 『夢』

漢： mjəng A 『夢』(902a)

藏： rmang-lam (Bo:457) 「夢」，「夢想」

緬： hmang (Co:66-4) 「夢」

【参看】Be:190g(ST *(r-)maŋ, TB *r-maŋ), Bo:457, Co:66-4.

【異說】[rmi] '夢' ↔ 『夢』(Si:105)。

【謹案】藏語[rmi]'夢'則與漢語『寐』同源，参看 #7-7。

#2-2 『蒸』

漢： trjəng A 『蒸』(896k)

藏： thang 「松樹」，「常綠樹」

緬： thang 「木炭」，「柴木」，「松樹」

【参看】Co:79-2.

【謹案】『蒸』，指細小的薪柴。《廣韻》：「蒸，粗曰薪，細曰蒸。」《淮南子、主術訓》：「秋畜疏食，冬伐薪蒸。」《注》：「大者曰薪，小者曰蒸。」《詩經、小雅、無羊》三章：「爾牧來思，以薪以蒸。」《鄭箋》：「粗曰薪，細曰蒸」。可見，此漢語的語義和藏語的關係比緬語遠。從音韻對應來看，此藏語和緬語的詞語一定是同出一源的，由此我們可以證明此藏語與古漢語『蒸』同源。換言之，在漢藏語比較研究上緬語也具有重要角色。

#2-3 『蠅』

漢： rəng A 『蠅』(892a)

藏： sbrang 「蒼蠅及類似的昆蟲」

緬： yang 「普通馬蠅」，「昆蟲」

【参看】Sh:15-5, Be:167b(TB *(s-)brəŋ), G1:135, Co:82-1.

#2-4 『曾』

漢： tsəng A 『曾』(884a-b)

藏： 'dzangs 「過日子(或時間)的」，「已用完」，「耗盡」

【参看】La:9.

【謹案】古漢語『曾』，有'嘗'、'曾經'之義，如《公羊傳、閔元年》：「'莊公'存之時，'樂'曾淫于宮中。」又如《史記、孟嘗君傳》：「'孟嘗君'曾待客夜食。」

【異說】[rdzogs] '現在完成' ↔ 『曾』(Si:73)。

#2-5　　『憎』

漢： tsəng　A　　　　　　　　『憎』(894d)

藏： sdang　　　　　　　　　　「恨」，「憎惡」

【參看】G1:136.

#2-6　　『層』

漢： tsəng　A　　　　　　　　『層』(884i)

藏： bzangs　　　　　　　　　「有二樓的屋子」

【參看】La:10.

#2-7　　『承』

漢： grjəng　A　　　　　　　『承』(896c)、『丞』(896g)

藏： 'greng-ba　　　　　　　　「起立」，「上升」

sgreng-ba, bsgrengs　　　　　「擧起」，「升起」

【參看】Co:104-1(T stem:*greng).

3. 幽部 [$-əg^{w}$, $-ək^{w}$]

#3-1　　『腹』

漢： $pjək^{w}$　D　　　　　　　『腹』(1034h)

藏： pho　　　　　　　　　　「胃」

ze-bug　　　　　　　　　　　「反芻動物的第四個胃」

緬： wam-puik　　　　　　　　「腹部的外面」

puik　　　　　　　　　　　　「懷孕」，「妊娠」

【參看】Si:104, Sh:19-22, Be:182x;166a, Bo:458.

#3-2　　『寝』

漢： $phjək^{w}$　D　　　　　　『寝』(1034i)

藏： phug-pa　　　　　　　　「洞穴」

bug-pa　　　　　　　　　　　「破洞」，「穴」

phug(s)　　　　　　　　　　「最裏面」

sbug(s)　　　　　　　　　　「空心的」，「空穴」

【參看】Be:182x;166a(ST *buk, TB *buk), Bo:458, Co:53-1, Yu:12-7.

【謹案】≪說文≫：「寝，地室也。從穴復聲。」≪廣韻≫：「寝，地室。」≪廣雅、釋蟲≫：「寝，窟也。」≪集韻≫：「寝，穴地以居。」

#3-3　　『胞』

漢： $prəg^{w}$, $phrəg^{w}$　A　　　『胞』(1113b)

藏： phru-ma, 'phru-ma,　　　　「子宮」，「胎盤」，「胎座」

phru-ba, 'phru-ba
(詞幹 phru)

【參看】Bo:310, Co:161-2.

【謹案】古漢語『胞』，指母體中包裹胎兒的膜囊。《說文》：「胞，兒生裹也。從肉包。」又稱胎衣。《漢書、外戚傳、孝成趙皇后》：「善臧我兒胞。」《注》：「胞，謂胎之衣也。」

#3-4 『堡』

漢： pəg^{w} B 『堡』(0)

藏： phru-ma 「要塞營地」，「宮殿」，「堡壘」

phru-ba 「要塞營地」

【參看】Co:164-4.

【謹案】『堡』，謂堆積土石而成的小城。《廣韻》：「堡，堡障，小城。《晉書、前秦載記、符登》：「各聚衆五千，據險築堡以自固。」

#3-5 『泡』

漢： phrəg^{w} A 『泡』(0)

藏： lbu 「泡」

【參看】Yu:2-15(《山海經、西山經》：「其源渾渾泡泡。」)

#3-6 『浮』

漢： bjəg^{w} A 『浮』(1233l-m)

phjag^{w} A 『漂』(1157i) (又見宵部 #16-1)

藏： 'phyo-ba (詞幹 *phyo) 「漂流」，「浮動」

【參看】Sh:11-6.

#3-7 『目』

漢： mjək^{w} > mjuk D 『目』(1036a-c)

藏： mig 「眼睛」

緬： myak 「眼睛」

【參看】Si:13, Sh:8, Be:182e(TB *mik), Co:76-1(OT myig, TB *mik～myak), Yu:12-12.

【謹案】王堯說(1981:17)：「根據我們對藏語聲調的發生和發展問題的闡述和回顧，mig字的發音歷史似乎應該是這樣的：dmyig → myig (卽複輔音聲母 d- 脫落，同時產生了聲調，卽歸隊于高調類)由myig → miə(卽第二步聲調分化：由于韻尾輔音弱化，變成了-ə卽歸到高降調中)。」 從漢藏語比較來看，王氏所擬的*myig是可以信從的，而對古代藏語的複輔音和聲調問題，於此則姑且不談。

#3-8 『粥』

漢： tjək^{w} D 『粥』(1024a)

藏： thug-pa 「湯，「肉湯」

(詞幹 thug < *tug)

【参看】G1:154, Bo:448, Co:137-1, Yu:12-3(≪左傳≫襄十八年：「食粥。」)

#3-9　『擣』

漢：　$tәg^w$　C　　『擣』(109o-r)

　　　$trjәk^w$　D　　『築』(1019d-e)

藏：　thug-pa (詞幹 thug)　　「打」,「衝撞」

　　　rdug-pa (詞幹 rdug)　　「衝撞」

緬：　tuik　　「衝撞」,「参加戰爭」

【参看】Co:120-3.

【謹案】『擣』, 打。≪說文≫：「擣, 手椎也。」≪段注≫：「以手爲椎而椎之。『築』, 指擣土的杵。≪說文≫：「築, 所以擣也。」

#3-10　『篤』

漢：　$tәk^w$　D　　『篤』(1019g)

　　　tәn　A　　『惇』(464n)、『敦』(464p) (又見#8-16)

藏：　'thug-pa　　「厚」

　　　mthug-pa　　「厚」

　　　stug(s)-pa　　「厚度」,「濃度」,「厚」,「濃」

緬：　thu　A　　「厚的」,「不薄」

　　　thu　B　　「厚度」

【参看】G1:155(『惇』『敦』tәn < $*tәng^w$:For the sound change, see Gong 1976:63-69. WT 'thug-pa < *tug;mthug-pa < *mtug), Co:148-1, Yu:12-4.

【謹案】凡經傳篤字, 固厚二訓(見≪說文≫篤字下段氏注)。如≪詩、大雅、皇矣≫三章：「則友其兄, 則篤其慶。」≪鄭箋≫：「篤, 厚也。」, 又如≪詩、大雅、大明≫六章：「長子維行, 篤生武王。」≪毛傳≫：「篤, 厚也。…天又篤厚之, 使生武王。」皆爲其例。『惇』, 敦厚; 篤實。

#3-11　『鑄』

漢：　$tjәg^w$　C　　『鑄』(1090a-d)

　　　$tjәg^w$　C　　『注』(129c)

藏：　ldug　　「鑄」,「注」

【参看】Si:41, Yu:12-6(≪左傳≫僖十八年：「故以鑄三鐘。」)

#3-12　『肘』

漢：　$trjәg^w$　B　　『肘』(1073a)

藏：　gru-mo (詞幹 gru)　　「肘」

【参看】Si:82, G1:162, Co:70-2.

【異說】[khru] '肘'：『肘』(Yu:2-4「≪左傳≫成二年：「皆肘之」。現代藏方言有 kr > t 的例。」)

#3-13　『毒』

漢：　$dәk^w$　D　　『毒』(1016a)

藏：　dug, gdug　　「毒」

緬： tauk ＜ *tuk　　「中毒」

【参看】Si:7, Sh:19-1, Be:166g (TB *duk, *tuk), G1:153 (WB tauk ＜ *tuk), Co:120-1, Yu:12-5.

#3-14　『揉』

漢： $nj\partial g^w$ A　　『揉』(1105b)

$nj\partial g^w$ A　　『柔』(1105a)

藏： nyug-pa (詞幹 nyug)　　「摩擦」，「撫」，「塗」

緬： nu C　　「軟」，「經一定過程被弄軟」

【参看】G1:158;163, Co:136-4.

#3-15　『六』

漢： $lj\partial k^w$ ＞ ljuk D　　『六』(1032a)

藏： drug　　「六」

緬： khrauk ＜ *khruk　　「六」

【参看】Si:9, Sh:19-4, Be:162f(TB *d-ruk), G1:152(WB khrauk ＜ *khruk), Bo:80, Co:133-4(TB *d-ruk), G2:1, Yu:12-10.

#3-16　『早』

漢： $ts\partial g^w$ B　　『早』(1049a)

藏： zhogs　　「早期」，「初期」

【参看】Si:56.

#3-17　『手』

漢： $sthj\partial g^w$ B　　『手』(1101a)

藏： sug　　「手」

【参看】Si:63, Be:158n;170f, G1:156.

【異說】[sug] ‘手’ ↔ 『足』 *tsjug (馮蒸 1988:43)。

#3-18　『告』

漢： $k\partial g^w$ C　　『告』(1039a-d)

$k\partial g^w$ C　　『誥』(1039e)

$k\partial g^w$ A　　『皐』(1040a)

gag^w ＞ ɣâu B　　『號』(1041q) (又見宵部 #16-10)

gag^w ＞ ɣâu C　　『號』(1041q)

藏： 'gug　　「叫」

緬： khau ＜ *khu　　「大叫」

【参看】Si:26, Co:51-3.

#3-19　『膠』

漢： $kr\partial g^w$ A, C　　『膠』(1069s)

藏： rgyag　　「膠」

【参看】La:62, Si:28.

#3-20　『覺』

漢： krək^{w} D　『覺』(1038f)

krəg^{w} C　『覺』

藏： dkrog-pa　「喚醒」，「使覺醒」，「吃驚」，「使奮起」

skrog-pa　「打鼓」，「攪拌」，「激起」

【参看】Bo:308, Co:127-3(T stem:*krog).

#3-21 『攪』

漢： krəg^{w} B　『攪』(1038i)

藏： dkrug　「攪」

'khrug　「亂」

【参看】Yu:12-1(《詩、何人斯》：「祇攪我心。」)

#3-22 『九』

漢： kjəg^{w} B　『九』(992a)

藏： dgu　「九」

緬： kuw C　「九」

【参看】Si:84, Sh:4-1, Be:154c(ST *d-kəw); 162g(TB *d-kuw), G1:159, Bo:428, Co:113-1, Yu:2-8.

#3-23 『鳩』

漢： kjəg^{w} > kjəu A　『鳩』(992n)

藏： khu-byug　「杜鵑鳥」，「布穀鳥」

緬： khuw　「鴿子」

【参看】Sh:4-3, Be:185e(TB *kuw), Co:118-1(TB *kuw).

#3-24 『虯』

漢： kjiəg^{w} A　『虯』(1064e)

藏： klu　「龍」

【参看】Co:130-4 (T klu 'a type of mythological serpent, a naga'), Yu:2-5.

【謹案】『虯』,指有角的小龍。《說文通訓定聲》：「龍，雄有角，雌無角。龍子一角者蛟，兩角者虯，無角者螭也。」

#3-25 『舟』

漢： krjəg^{w} A　『舟』(1084a)

藏： gru　「船」，「渡船」

【参看】Si:83, Be:176r, G1:161, Co:46-1, Yu:2-7(《詩、柏舟》：「泛彼柏舟)。」

#3-26 『舅』

漢： gjəg^{w} B　『舅』(1067b)

藏： khu-bo, a-khu　「父系叔伯」，「叔叔」

緬： kuw A　「兄」

【参看】Sh:4-36, Be:166i(TB *kuw), G1:160, Co:154-2, Yu:2-2.

【謹案】『舅』，謂母親的兄弟。《說文》：「舅，母之兄弟。」『舅氏』則其尊稱，如《詩、秦風、渭陽》：「我送舅氏，曰至'渭'陽。」)，今稱『舅父』。

#3-27　『 逑 』

漢：　$gjəg^{w}$ > gjəu　A　　　『逑』(1066k)

藏：　khyu　　　「群」

【参看】Yu:2-3.

【謹案】古漢語『逑』，指聚集；　聚合。≪詩、大雅、民勞≫三章：「惠此中國，以爲民逑。」≪毛傳≫：「逑，合也。」≪鄭箋≫：「逑，聚也。」≪正義≫：「以爲諸夏之民，使得會聚。」

#3-28　『 觩 』

漢：　$gjəg^{w}$　A　　　『觩』(1066i)

藏：　dkyu　　　「彎曲」

【参看】Yu:2-1.

【謹案】『觩』，指獸角彎曲的樣子。≪詩、小雅、桑扈≫四章：「兕觥其觩，旨酒思柔。」≪毛傳≫：『觩，角上曲貌。」≪說文≫：「觩，角貌。」

#3-29　『 收 』

漢：　$hrjəg^{w}$　A，C　　　『收』(1103a)

藏：　sgrug，rug-pa　　　「收集」，「集中」，「採集」

【参看】G1:157，Co:56-2.

【異說】['thu] ‘收集’ ↔ 『收』(Yu:2-12)。

#3-30　『 休 』

漢：　$hjəg^{w}$　A　　　『休』(1070a-f)

藏：　mgu　　　「樂」，「高興」

【参看】Yu:2-9(≪尚書、洪範≫：「休徵」。≪大盂鼎≫：「盂用對王休。」)

【謹案】≪廣雅、釋蠱≫：「休，喜也。」

#3-31　『 菊 』

漢：　$kwjək^{w}$　D　　　『菊(=鞠)』(1017e)

藏：　kug　　　「小糠草或類似的稻科雜草」

【参看】Sh:19-9.

4. 中部 [$-əng^{w}$]

#4-1　『 中 』

漢：　$trjəng^{w}$　B　　　『中』(1007a-e)

藏：　gzhung　　　「中」，「中間」

【参看】Be:182z (TB *tu:ŋ)，Bo:240，Co:53-3(『中』 PC *tljəngw ＞ OC *trjəngw. PT *glyung ＞ gzhung.)

#4-2 『忠』

漢： trjəng^{w} A 『忠』(1007k)

藏： gzhung-pa, gzhungs 「傾聽」，「誠心的」，「深切留心的」

【参看】Co:107-2 (OC *trjəng^{w} < PC *tljəng^{w}; T stem: *gzhung < PT *glyung)

【謹案】『忠』，謂竭誠；盡心盡意；無私。≪說文≫：「忠，敬也。盡心曰忠。」≪廣韻≫：「忠，無私也。」

#4-3 『疼』

漢： dəng^{w} B 『疼』(0)

藏： gdung-ba, gdungs 「痛」，「痛苦」，「悲慘」

(詞幹 gdung)

【参看】La:40, Si:120, Sh:19-2, Co:115-2.

【謹案】≪廣雅、釋蠱≫：「疼，痛也。」

#4-4 『宮』

漢： kjəng^{w} A 『宮』(1006a-d)

藏： khong-pa 「裏面」，「在屋內」

khongs (詞幹 khong) 「居中的」，「在屋內」

【参看】Co:98-3.

【異說】[khyim]'家'，'住宅' ↔ 『宮』(Be:182n, Bo:243, Yu:30-1)。

【謹案】此異說，從語義來看，毫無問題，而其音韻相距較遠。這個藏語詞彙則與漢語『妗』*khjəm同源，参看 #6-18。

#4-5 『窮』

漢： gjəng^{w} A 『窮』(1006h)

藏： gyong 「缺乏」，「貧乏」，「不足」

【参看】Si:110.

【謹案】兪敏認爲此漢語詞彙是與藏語[bkums]'了解''知道'同源的，而且引用≪易、說卦≫：「窮理盡性」以作傍證(Yu:31-3)於此二語的音韻對應勉强講得通，然而韻尾-m ： -ngw 的對應有點問題，此藏語的語義與「窮」關係得不够明顯，「窮理盡性」的「窮」是與「盡」一樣具有「推究」之義。今從西門華德的說法。

5. 緝部 [-əp]

#5-1 『答』

漢： təp D 『答』(676a)

təb C 『對』(511a)

藏： debs-pa, btab, gtab, thobs 「回答」，「說明」，「解釋」
(詞幹 *dab/*thab)

【参看】G1:144(『對』təb C < təps), Co:37-2.

#5-2 『搭』

漢： təp 『搭』(0)

藏： 'thab-pa 「打仗」，「戰鬪」，「爭論」

【参看】Co:94-3.

【謹案】『搭』，擊；打。≪北史、李彪傳≫：「南臺中取我木手去，搭奴助折!」

#5-3 『汁』

漢： tjəp 『汁』(686f)

藏： chab < *thyab 「水」

【参看】G1:148(WT chab < *thyab), Co:99-4(PT *thyab > T chab).

【謹案】≪說文≫：「汁，液也。」

【異說】① [tshab] '水''液' ↔『汁』(Sh:16-3)
② [rtsi] '汁''果汁' ↔『汁』(Si:250)
③ ['dzhib] '吸''汁' ↔『汁』(Y:21-3)。

#5-4 『摺』

漢： tjəp D 『摺』(0)
diəp D 『褶』(690g)

藏： ltab 「疊」，「收集」

緬： thap 「一個個的往上放」，「重複」

【参看】Si:240, G1:146.

【謹案】≪廣韻≫：「摺，折疊。」『褶』，指重衣的外層。也叫做襲。≪釋名、釋衣服≫：「褶，襲也。覆上之言也。」

#5-5 『執』

漢： tjəp D 『執』(685a-e)
tjəb C 『摯』(685k)

藏： chab 「權力」，「權威」，「權能」

【参看】Co:120-4(OT chab:New Inscription of Khri-srong-Lde-brtsan).

#5-6 『疊』

漢： diəp > diep D 『疊』(1255a-d)

藏： ldab-pa, bldabs, bldab, ldob 「重複」，「再作」，「折疊」
(詞幹 ldab)
ldeb-pa 「折疊」

【参看】Sh:14-12, Be:184b, Bo:155, Co:124-2, Yu:20-7(≪玄應音義≫九引≪三蒼≫：「疊，重也;積也」。)

#5-7 『吸』

漢： hngjəp > xjəp D 『吸』(681j)

藏： rngub-pa, brngub, brngub, 「(把空氣)拉入」, 「呼吸」
rngubs (詞幹 rngub)

【參看】Si:239, Co:98-1.

【異說】[lheb] '喘氣' ↔ 『吸』(Yu:21-13)。

#5-8 『入』

漢： njəp D 『入』(695a)
nəp D 『內』(695e-g), 『納』(695h)
nəb C 『內』

藏： nub-pa (詞幹 nub) 「落」, 「下去」, 「西方」

緬： ngup 「潛入」, 「到……之下」

【參看】Be:84b;181m, G1:123, Bo:10, Co:73-2(TB *nup), Yu:22-3, 梅祖麟(1979:133)說：「漢語 "入" *njəp 和藏文 nub-pa "下去" 同源, 殷墟曾發現窖穴的遺址, 我們假設漢藏語時代通行穴居, 加以解釋漢語藏語之間語義的分岐。」

【謹案】『入』, 具有'沈沒'之義。《樂府詩集、佚名、擊壤歌》：「日出而作, 日入而息。」『內』, 入; 自外面進入裏面。《說文》：「內, 入也。自外而入也。」

#5-9 『立』

漢： gljəp > ljəp D 『立』(694a-d)

藏： 'khrab 「敲」, 「踏脚」
skrab 「踏」, 「踐沓」

緬： rap < *ryap 「立」, 「停止」, 「站住」, 「休息」

【參看】Be:155f;175a;178d(TB *g-ryap indicates that prefixed *g- is an inherited ST element, preserved in Chinese in this roor through its treatment an initial:p.155g), G1:142(WB rap < *ryap, Bo:118, Co:140-4, G2:60.

【異說】[sleb] '來到' ↔『立』、『涖』(Yu:21-12)。

#5-10 『習』

漢： rjəp > zjəp D 「習」(690a)

藏： slob 「學習」, 「教書」

【參看】Si:243, G1:145, G2:19.

#5-11 『咠』

漢： tsjəp, tshjəp D 『咠』(688a)

藏： shib-pa (shub-pa) 「耳語」, 「密談」

【參看】Si:244, Be:170m, Co:160-3(stem:shib < PT *syib).

【謹案】『咠』, 附耳私語。《說文》：「咠, 聶語也。」《段注》：「耳部曰:聶,附耳私小語也。按：取兩耳附一耳, 咠取口附耳也。」

#5-12 『緝』

漢： tshjəp D 『緝』(688b)

藏： 'drub 「縫」

【参看】Yu:22-2.

【謹案】『緝』，把麻析成縷，然後接起來。≪說文≫：「緝，積也。」≪管子、輕重乙≫：「女事紡績緝縷之所作也。」又指縫衣邊。≪儀禮、喪服≫：「傳曰：斬者何？不緝也。」

#5-13 『 合 』

漢： gəp > ɣâp D 『合』(675a-d)

藏： kob 「全分兒」，「所有的」

【参看】Yu:22-4.

#5-14 『 韐 』

漢： krəp 『韐』(675l)

krap 『甲』(629a)(又見 :葉部 #12-7)

藏： khrab 「盾牌」，「鱗甲」，「鎧甲」

【参看】Si:237, G1:56, Bo:311, Co:131-5, Yu:20-3.

【謹案】『韐』，指古代用來保護胸部的革甲。≪管子、小臣≫：「輕罪入蘭盾韐革二戟。」≪注≫：「韐革，重革，當心着之，可以禦矢。」

#5-15 『 急 』

漢： kjəp D 『急』(681g)

藏： skyob 「救」

【参看】Yu:22-6.

【謹案】≪詩、小雅、常棣≫三章：「脊令在原，兄弟急難」，≪毛傳≫：「急難，言兄弟之相救。急難。」≪漢書、地理志下≫：「其俗愚悍少慮，輕薄無威，亦有所長，敢。急人」。≪注≫：「赴人之急，果於赴難也。」今則從漢藏詞源學的比較來看，「急人」卽「救人」；「急難」卽「救難」。

【異說】[grim] '快''急忙' ↔ 『急』(G1:90)。

#5-16 『 泣 』

漢： khləp > khjəp 『泣』(694h)

藏： khrab 「哭」，「泣」

khrab-khrab 「哭泣者」，「好哭者」

【参看】Si:238, Sh:16-1, Be:175b(TB *krap), G1:143, Bo:119, Co:159-3 (TB *krap, Kanauri krap, Thulung khrap).

#5-17 『 洽 』

漢： grəp 『洽』(675m)

藏： 'grub-pa, grub 「成就」，「完成」，「完美」，「好」

【参看】G1:37, Co:78-5, Yu:22-1.

【謹案】『洽』，和協；融洽；化諧親近。≪詩、小雅、正月≫十二章：「洽比其鄰，昏姻孔云。」

6. 侵部 [-əm]

#6-1　『稟』

漢：bljəm　B > ljəm　　『稟』(668b)

藏：'brim-pa (詞幹 *brim)　　「散發」，「布施」，「分給」

【参看】Be:178u, Bo:228, Co:64-3, Yu:30-9.

【謹案】『稟』，賜穀。《說文》：「稟，賜穀也。」又指給予。《廣雅、釋蠱》：「稟，予也。」《廣韻》：「稟，……又：與也。」

#6-2　『懍』

漢：bljəm　B　　『懍』(668d)

藏：rim(-gro)　　「侍奉」，「尊敬」

【参看】Yu:30-16(《廣雅、釋蠱》：「懍，敬也」。王念孫引《方言》作"稟"。)

#6-3　『譚』

漢：dəm　A　　『譚』(646c)

dam　A　　『談』(617l) (又見 :談部 #13-4)

藏：gtam　　「談」，「談論」，「演說」

gdam　　「教訓」

【参看】Si:256, Be:69a;191, G1:59, Co:137, Yu:32-14(《詩、節南山》：「不敢戲談。」)

【謹案】『譚』，稱說；談論。同談。《莊子、則陽》：「夫子何不譚我。」《疏》：「譚，猶稱說也。」

#6-4　『貪』

漢：thəm　A　　『貪』(645a)

藏：ham-pa (詞幹 ham)　　「貪心」，「妄想」，「貪慾」

【参看】Bo:188, Co:59-3(『貪』PC *hləm > OC *thəm > thəm).

#6-5　『念』

漢：niəm　C　　『念』(670a)

njəm　B　　『恁』(667q)

藏：nyam(s)　　「靈魂」，「心」，「思想」

snyam-pa　　「想」，「思維」，「留心」

【参看】Si:255, Sh:15-1, Be:175d, G1:150, Co:148-4, Yu:32-13(《詩、文王》：「無念爾祖」。)

【謹案】『恁』，指思念。《廣韻》：「恁，念也。」《後漢書、班固傳》：「若然受之，宜亦勤恁旅力以充厥道。」

#6-6　『林』

漢：ljəm　A　　『林』(655a-b)

藏： rim 「次第」，「品級」

【參看】Yu:30-15.

【謹案】『林』，泛指人的匯聚或品級，如≪漢書、司馬遷傳≫：「士有此五者，然後可以託於世，列於君子之林矣。」

#6-7 『浸』

漢： tsjəm C 「浸」(661m)

藏： sib 「浸入」

緬： cim A 「浸濕」，「浸入液體」

【參看】G1:92，Co:136-1.

【異說】① [tshum] ‘稍微’‘一寸’ ↔ 『浸』(Yu:31-8≪莊子、大宗師≫：「浸假而化予之左臂」。「浸假」卽「稍假」。)

② ['dzhin] ‘泥’‘泥塘’ ↔『浸』(Yu:30-6≪周禮、職方氏≫：「其浸五湖」。)

#6-8 『祲』

漢： tsjəm A 『祲』(661n)

藏： khyim 「太陽的光環」

'khyims-pa 「圓圓的光環」

'gyim-pa 「圓周」，「周邊」

【參看】Bo:20，Co:90-3(OC < PC *skjəm).

【謹案】『祲』，指太陽的光環，前兆的氣體。≪周禮、春官、保章氏≫：「以五雲之物，辨吉凶水旱豊荒之祲象」。

#6-9 『參』

漢： tshəm A 『參』(647a-b)

藏： 'tshams 「介紹」，「在中間」

【參看】Yu:32-22(≪易、說卦≫：「參天兩地」。)

【異說】① [gdam] ['dam]‘忠告’‘訓誡’ ↔『參』(La:5)

② ['dzom] ‘會合’ ↔『參』(Si:261)

③ [syim] ‘合’‘雜’ ↔『參』 (Yu:30-17)

(≪儀禮、大射禮≫：「參七十。」注：「參讀爲糝，雜也。」)

#6-10 『侵』

漢： tshjəm A 『侵』(661c)

藏： stim-pa, bstims, bstim, stims (詞幹 stim) 「進入」，「貫穿」

Cf. thim-pa;'thim-pa 「被吸收」，「被合併」，「消滅」

【參看】Bo:18，Co:73-3.

【謹案】≪說文≫ ：「侵，漸進也。」

#6-11 『侵』

漢： tshjəm A 『侵』(661c)

藏： tshems 「受損」

【参看】Yu:30-26(≪國語、楚語≫：「無相侵瀆。」)。

【謹案】『侵』，指損害；毀傷。≪北齊書、邢邵傳≫：「加以風雨稍侵，漸至虧墮。」

#6-12 『寢』

漢： tshjəm B 『寢』(661f)

藏： gzim-pa 「睡」，「眩眼」，「臥室」

gzim-gzim 「眩眼」

(詞幹 gzim)

【参看】Si:263, Be:170l, G1:91, Co:134-3, Yu:30-14.

#6-13 『蠶』

漢： dzəm A 『蠶』(660i)

藏： sdom 「蜘蛛」

sdom-pa 「縛」，「繫」

【参看】Bo:19, Co:138-1.

#6-14 『三』

漢： səm A 『三』(648a)

藏： gsum 「三」

gsum-po 「第三」

緬： sum 「三」

【参看】Si:165, Sh:21-21, Be:170j(TB *g-sum), G1:124, Bo:75, Co:149-2, Yu:31-12.

#6-15 『滲』

漢： srəm C 『滲』(0)

藏： stim 「吸水」，「溶解」

【参看】Yu:30-7(≪素問、至眞要大論≫：「淡味滲泄。」)

#6-16 『心』

漢： sjəm A 『心』(663a)

藏： sem(s) 「心」，「心魂」，「靈魂」

sem(s)-pa, bsams, bsam, soms 「想」

bsams 「思想」，「思索」

【参看】Si:164, Sh:15-4, Be:184a, G1:149, Co:93-1(stem:*sam, TB *sam), Yu:30-29(≪孟子、梁惠王≫：「于吾心有戚戚焉。」)

#6-17 『禁』

漢： kljəm C 『禁』(655k)

藏： khrims 「規定」，「對的」，「慣例」，「法」

【参看】Co:127-4(OT khrim 'law').

【謹案】『禁』，指禮教法令所避忌的事。≪禮記、曲禮上≫：「入竟而問禁，入國而問俗。」≪注≫：「禁，謂政教。」≪呂氏春秋、離謂≫：「此爲國之禁也。」≪注≫：「禁，法。」

#6-18 『 坅 』

漢： khjəm B 『坅』(651i)

藏： khyim 「家屋」，「房子」，「倉庫」

【参看】Co:119-1 (TB *kyim: in neolithic China the houses of ordinary people were pit-dwellings.)

【異說】[khyim]‘家’‘住宅’ ↔『宮』(Be:182n, Bo:243, Yu:30-1)。

【謹案】①『坅』，指坑坎，地洞。≪儀禮、旣夕禮≫：「甸人築坅坎。」≪注≫：「穿坅之名，一曰坅。」

② 漢語『宮』*kjəngw 則與藏語[khong-pa]‘裏面’‘在屋內’同源，参看 #4-4。

#6-19 『 戡 』

漢： khəm 『戡』(658q)

藏： 'gum-pa, bkum, gbum, khum 「殺」，「處殺」，「滅」，「除」
(詞幹 *gum / *khum)

【参看】Sh:21-32, G1:125, Co:100-2, Yu:31-1(≪書序≫：「西伯戡黎」。可能元音本作[o]。)

#6-20 『 顑 』

漢： khəm B 『顑』(671m)

藏： skom 「口渴」

skom-pa 「渴望」

skam-po 「弄幹」

skem-pa, bskams, bskam,

skom(s) 「使乾燥」

rkam-pa 「願望」，「熱望」

【参看】Bo:25, Co:148-5(T stem:*kham).

#6-21 『 坎 』

漢： khəm B 『坎』(624d)

藏： khrim 「法律」

【参看】Yu:30-2(≪爾雅、釋言≫：「坎、律、權也。」)

#6-22 『 含 』

漢： gəm > ɣâm A 「含」(651l)

gram > ɣam A 「銜」(608a) (又見談部 #13-13)

藏： 'gam-pa (詞幹 *gam) 「放進口中」

gams 「放進口中」

'gram 「呑」(Yu:32-4)

【参看】Si:252, Sh:22-15, Be:166e;183j, G1:151, Bo:203, Co:95-1(TB *gam), G2:33, Yu:32-4.

#6-23 『 琴 』

漢： gjəm A 『琴』(651q)

藏： gyim　　　　「音樂」，「鐃鈸」

【參看】Yu:30-3(≪孟子、萬章≫：「舜在床琴。」)

#6-24　『 擒 』

漢： gjəm　　　　『擒』(651n)

藏： sgrim　　　　「尋」，「抓」

【參看】Yu:30-5(≪易、屯、象傳≫：「以從擒也。」)

#6-25　『 熊 』

漢： gwjəm A　　　　『熊』(674a)

藏： dom　　　　「棕熊」

緬： (wak-)wam A　　　　「熊」

【參看】Be:168i(TB *d-wam), G1:170, Bo:111, Co:40-1, Yu:31-19.

#6-26　『 飲 』

漢： 'jəm B　　　　『飲』(654a)

藏： skyem　　　　「飲」，「飲料」

【參看】Bo:24, Yu:30-18(「聲母脫落，好像『景』分化出『影』來」), Co:97-1 (Nung am 'eat', Dhimal am 'drink'; Thaungthu ʔam 'eat': TB *am).

#6-27　『 唵 』

漢： 'əm B　　　　『唵』(614)

藏： um　　　　「親嘴」

【參看】Be:181k, Co:95-2(TB *um).

【謹案】『唵』，用手進食。≪玉篇≫：「唵，含也。」≪廣韻≫：「手進食也。」

#6-28　『 陰 』

漢： 'jəm A　　　　『陰』(651g)

藏： grib　　　　「背陰的地方」

【參看】Si:246.

【異說】[yum]'母親'(敬語) ↔ 『陰(易學上代表女性)』(Co:78-3)。

【謹案】古漢語『陰』，在易學上除了代表女性之外，還有代表很多東西，因此與「母親」在語義上沒有密切的關係，由此觀之，柯蔚南的說法不太可信。

7. 微 部 [-əd, -ər, -ət]

#7-1　『 誹 』

漢： pjəd A, C　　　　『誹』(579g)

pjəd A　　　　『非』(579a)

藏： 'phya-ba (詞幹 *phya)　　　　「責備」，「苛評」，「嘲弄」

【参看】G1:138, Co:162-3.

【謹案】『誹』，毀謗；非議。《說文》：「誹，謗也。」《說文通訓定聲》：「按:放言曰謗，微言曰誹，曰譏。」

#7-2　『 飛 』

漢： pjəd　A　　　　『飛』(580a)

藏： 'phur　　　　　「飛」(又見 文部 #8-4)

【参看】Be:181c, G1:120, Bo:83, Yu:8-17.

#7-3　『 紱 』

漢： pjət　D　　　　『紱』(276k)

藏： pus-mo (詞幹 pus)　　「膝」，「膝蓋」

【参看】Co:101-1.

【謹案】『紱』，蔽膝。古代一種服飾。'周'制，帝王、諸候以及諸國的上卿皆着朱紱。通韍。

#7-4　『 筆 』

漢： pljiət　D　　　　『筆』(502d)

藏： bris　　　　　　「寫」

'bri-ba (詞幹 *bri)　　「寫」，「摹寫」，「描寫」，「設計」

【参看】Be:178z, Yu:17-7。

【謹案】對此組同源詞諸家之解釋相當分岐，爲了檢討之便，茲移錄於下:

① 西門華德：『書 siwo』↔ ['bri] '寫''摹寫'(Si:94)

② 白保羅：[502d 筆] pliət > piet 'writing brush', T 'briba write'(p.178t); T pir '(writing) brush, pencil', has been identified as a loan from AT. (p.20 注 73, p.178z); [502a-b 聿 biwət] *bliwət / iuet 'writing brush' from *blut, a loan from AT *bulut 'body hair, fur, fibre'.(Be:178x)

③ 包擬古：『筆 *prut, prjət』：['bru] 'dig, carve'; ['brud]'cut, chisel' -- Old borrowings from chinese are Japanese fude and V.but.(Bo:423)

④ 柯蔚南：『理』*bljəgx 'to mark out divisions of fields'：['bri-ba](stem: *bri) 'to draw, describe, design, write'.(Co:66-3) 案：漢語『理』則與藏語 [ri-mo] '花紋兒'同源，参看 #1-12。

⑤ 兪　敏：「我們裏頭有的人古漢語知識又欠些，免不了胡按排。比方把藏語 bris "寫"和"漢語"書"關係。他不知道《說文》聿部有"楚謂之'聿'，吳謂之'不聿'，燕謂之'弗'……秦謂之'筆'"這些話，也沒念過'筆則筆，削則削'這樣的作品，也就難怪了。」(Yu 1980:45)。又「bris '寫'：『筆』piət prid。《爾雅、釋器》：「不律謂之筆」(Yu:17-7)。

#7-5　『 拂 』

漢： phjət　D　　　　『拂』(500h)

藏： 'phyid　　　　　「擦」，「擦干淨」

【参看】Si:172.

【謹案】『拂』，除去。≪廣雅、釋蟲≫：「拂，除去也。」

【異說】['bud-pa], [phud], [dbud], [phud] ‘脫(依服)’‘運走’‘破裂’‘拔根’ (詞幹 *bud/phud) ↔『拂』(Co:123-4)。

#7-6 『鼻』

漢： bjiəd C 『鼻』(521c)

藏： sbrid-pa (詞幹 sbrid) 「打噴嚏」

【参看】Si:190, Co:113-2.

#7-7 『寐』

漢： mjiəd > mji C 『寐』(531i-j)

藏： rmi-ba 「作夢」

緬： mwe 「睡覺」

【参看】Be:185m(TB *(r-)mwəy～*(s-)mwəy), Co:134-5 (TB *rmwiy), Yu:8-5.

【異說】① [gnyid] ‘睡’ ↔『寐』(Si:185);

② [rmi] ‘夢’ ↔『夢』(Si:105)。

【謹案】①『寐』，睡着。≪說文≫：「寐，臥也。」≪段注≫：「俗所謂睡着也。」≪詩、衛風、氓≫五章：「夙興夜寐，靡有朝矣。」

② 漢語『夢』*mjəng則藏語[rmang-lam]‘夢’‘夢想’同源，参看 #2-1。

#7-8 『妥』

漢： hnər B 『妥』(354a)

snjəd A 『綏』(354g)

藏： rnal 「休息」，「內心寧靜」

緬： na C 「渴望休息而從運動或行動中停下來」

【参看】G1:137, Bo:67.

#7-9 『類』

漢： ljəd C 『類』(529a)

藏： gras 「部類」，「等級」，「種族」

【参看】G2:47(=6, 原始漢藏語 *grjal).

【謹案】古漢語『類』，亦有‘種族’‘族類’之義。≪國語、周語下≫：「其類維何？室家之壺。」≪注≫：「類，族也。」；≪荀子、禮論≫：「先祖者，類之本也。」

#7-10 『卒』

漢： tsjət D 『卒』(490a)

藏： sdud 「結束」，「結論」，「完成」

【参看】G1:113, Bo:17.

【謹案】『卒』，義同終、盡。≪詩、邶風、日月≫四章：「父兮母兮，畜我不卒。」≪鄭箋≫：「畜，養;卒，終也。」

#7-11 『卒』

漢： tsjət D 『卒』(490a)

藏： tsab-tsub, 'tshab-'tshub 「急忙的」，「緊急」，「混亂」

【参看】Bo:17.

【謹案】古漢語『卒』，亦指‘急據的樣子’。≪戰國策、燕策三≫：「群臣驚愕，卒起不意，盡失其度。」

#7-12　『 碎 』

漢：	səd　C	『碎』(490n)
藏：	zed	「破裂」

【参看】Yu:18-11(≪廣雅、釋蟲≫：「碎:散也。」)

#7-13　『 帥 』

漢：	srjət　D	『率』(498a-d)、『帥』(499a-c)
	srjəd　C	『率』(498a-d)、『帥』(499a-c)
藏：	srid	「首長」，「支配者」，「指揮官」

【参看】Co:128-1.

#7-14　『 貴 』

漢：	kwjəd > kjwei　C	『貴』(540b)
藏：	gus-po	「昂貴的」，「高價的」，「寶貴的」
	gus-pa (詞幹 gus)	「尊敬」，「崇敬」
	bkur	「尊敬」

【参看】Bo:201, Co:121-1, Yu:9-1.

【謹案】≪說文≫：「貴，物不賤也。」≪國語、晉語≫：「貴貨而賤士」。

【異說】[dkor] ‘財物’ ↔ 『貴』(Yu:9-6≪老子≫：「不貴難得之貨。」)

#7-15　『 歸 』

漢：	kwjəd　A	『歸』(570a)
	gwəd　A	『回』(542a)
	gwjəd　A, C	『圍』(571g)
藏：	'khor	「圓」，「周圍」
	'khor-ba	「轉向」，「轉圍」
	skor	「圓」，「重複」
	skor-ba	「包圍」，「圍繞」，「回來」
	sgor-mo	「圓形的」，「圓周」，「球」
	skyor-ba	「重複」，「圍欄」，「圍牆」

【参看】G1:169, Co:153-2(詞幹 *khord).

#7-16　『 饋 』

漢：	gwjəd　C	『饋』(540l)
藏：	skur	「託人送」
	'khur	「帶走」，「帶上」

【参看】Yu:9-2;9-3.

【謹案】俞敏認爲此藏語詞彙是與漢語「歸」同源的，且引≪論語≫：「歸孔子豚」以作旁證，未允於此句見。≪陽貨≫篇，該篇≪鄭注≫：「魯讀饋爲歸」。

又≪尚書、序≫：「王命唐叔歸周公子東作歸禾」，≪史記、魯周公世家≫引作「饋」，可見此「歸」爲「饋」之借。≪說文≫云：「饋，餉也」，可得知「饋」具有「送給別人吃東西」之義，此則與藏語[skur]有關。假「歸」(*kwjəd)爲「饋」(*gwjəd)之例，於周代鐘鼎文亦有二見，此銅器皆與魯國有關，所以可見此係因彼時魯國方言所致(參看全廣鎭 1989:155-156)。

#7-17　『胃』

漢：gwjəd　C > jwei　　『胃』(523a)

藏：grod-pa (詞幹 grod)　　「腹部」，「胃」

【參看】Si:181, G1:165, Co:141-4, G2:42.

#7-18　『違』

漢：gwjəd > jwei　A　　『違』(571d)

藏：'gol-ba　　「背離」，「分離」，「犯錯誤」

【參看】G1:167, Co:62-2(OT dgol-pha < *dgold, as indicated by the use of the suffix -pha, stem:*gold).

#7-19　『掘』

漢：gwjət　D　　『掘』(496s)

khwət　D　　『堀』(496p)

藏：rkod-pa;rko-ba　　「掘」，「發掘」

(詞幹 rkod / rko)

【參看】La:61, Si:164, Be:159p (TB *r-go-t, *r-ko-t), G1:168, Co:63-4, Yu:18-9 (≪左傳≫哀二十六年：「掘褚師定子之墓。」)

#7-20　『窟』

漢：khwət　D　　『窟』(496g)

藏：khud　　「山溝」

【參看】Yu:18-3.

#7-21　『輝』

漢：hwjəd　A　　『輝』(458l)、『煇』(458k)

藏：khrol　　「光亮」，「發光」

【參看】G3:3(『輝』『煇』 *hwjəl)。

#7-22　『火』

漢：hwər (< hmər ?)　B　　『火』(353a-c)

hwjər(< hmjər ?) B　　『燬』(356b)

hmjər　B　　『焜』(583e)

藏：me　　「火」

緬：mi　　「火」

【參看】Si:200, Sh:6-7, Be:172x, Co:79-1 (OT me～mye～smye, TB *myəy), Yu: 8-14, 嚴學窘(1978:3)：「≪說文≫'焜'(許偉切)字可與藏語、壯同兩個語族'火'字對應。按≪說文≫：『焜，火也。』≪詩≫曰：『王室如。』。今本≪詩、

汝墳≫“焜”字作“燬”。毛傳：『燬，火也。』≪爾雅音義≫：『李巡曰：‘燬一名火’。孫炎曰：‘方言有輕重，故謂火爲燬’。郭云:‘燬，齊人語。’≪方言≫云:‘煤，呼隗切，火也，楚轉語也，猶齊言。(音燬)，火也。』」

【謹案】李方桂(1971:36)擬測『火』、『燬』的‘前上古音’帶有清鼻音聲母 hm-，而有點懷疑以附問號。今從漢藏語比較來看,此二語在上古時無疑帶有清鼻音聲母hm-了。

8. 文部 [-ən]

#8-1 『 奔 』

漢： pən A 『奔』(438a-c)

藏： pun 「跑」

【參看】Yu:28-4.

【謹案】『奔』，急走；爲某事奔忙。≪說文≫：「奔，走也。」≪詩、周頌、清廟≫：「對越在天，駿奔走在廟。」(對越卽對揚，報答，和宣揚；駿：迅速。)

#8-2 『 分 』

漢： pjən A 『分』(471a)

bjən C 『分』

藏： 'bul-ba 「獻、贈進、奉上、送出的敬語」

'phul 「供獻」

(詞幹 *bul / phul)

【參看】G1:115, Co:65-1, Yu:28-5;28-32, G3:12.

【異說】① ['phral] ‘分’‘使分離’ ↔ 『分』(Si:320)

② [bun] ‘借給’ ↔ 『分』(Yu:28-32)

③ [dbyen] ‘不合’‘離間’ ↔ 『分』(Yu:28:5)。

【謹案】藏語['phral] ‘分’‘使分離’則與漢語『披』*pjiar同源，參看歌部#10-4。

#8-3 『 粉 』

漢： pjən B 『粉』(471d)

bjən B 『坋』(0)

藏： dbur 「研粉」，「磨細」

【參看】G3:40(≪說文≫曰：「坋，塵。」)

#8-4 『 奮 』

漢： pjən A 『翂』(471e)

pjən C 『奮』(473a)

藏： 'phur 「飛行」(又見 :微部 #7-2)

'phir 「飛」

【参看】Sh:23-10, Be:172u(TB *pur, *pir), G1:120, Bo:83, Co:82-2(TB *pur), G3:39.

【謹案】古漢語『翂』，指飛行遲緩的樣子。《莊子、山木》：「其爲鳥也，翂翂翐翐，而似無能;引援而飛，迫脅而棲。」《釋文》：「'司馬云:翂翂、翐翐，舒遲貌。一云:飛不高貌。」;『奮』，振翅。《說文》：「奮，翬也。」《段注》：「羽部曰：『翬，大飛也。』」《詩、邶風、柏舟》五章：「靜言思之，不能奮飛。」《毛傳》：「不能如鳥奮翼而去。」

#8-5 『糞』

漢： pjən C 『糞』(472a)

藏： brun 「糞」，「大便」，「排泄物」

【参看】La:25, Si:226, Sh:21-7, Co:68-2(PC prjən > OC pjən), Yu:28-6(《論語》：「糞土之墻。」).

#8-6 『盆』

漢： bən A 『盆』(471s)

藏： ben 「水罐」

【参看】Yu:28-31.

#8-7 『焚』

漢： bjən > bjwan A 『焚』(474a)

bjan A 『燔』(195i) (又見 :元部 #11-12)

藏： 'bar-ba (詞幹 *bar) 「燃燒」，「着火」

sbar 「點火」，「燃火」，「使憤怒」

緬： pa B 「發光」

【参看】Sh:23-13, G1:139, Co:50-2(TB *bar), G3:42.

【謹案】『焚』，燒;燒毀。《玉篇》：「焚，燒也。」《書、胤征》：「玉石俱焚。」

#8-8 『頒』

漢： bjən A 『頒』(471p)

藏： 'phul 「推」，「給」

【参看】Yu:28-14.

【謹案】古漢語『頒』，具有'賜與'之義。《集韻》：「頒，……一曰:賜也。」《周禮、天官、凌人》：「夏頒氷掌事。」《注》：「暑氣盛，王以氷頒賜，則主爲之。」

#8-9 『墳』

漢： bjən 『墳』(437m)

藏： 'bum 「墳墓」，「墓碑」

【参看】La:30.

【異說】[bang] '墳墓''墓碑' ↔ 『墳』(Si:304)。

#8-10 『貧』

漢： bjiən A 『貧』(471o)
藏： dbul 「貧乏」，「貧窮」，「缺少」
【参看】Si:321, Sh:24-15, Be:173p, G1:117(OC bjiən < *dbjən;WT dbul < *dbjul), Co:120-2, Yu:28-15, G3:13.

#8-11 『昏』

漢： hmən A 『昏』(457j-l)
藏： mun-pa 「昏暗」，「模糊」，「昏迷」
dmun-pa 「黑暗的」，「昏暗的」
緬： hmun A 「暗淡的」，「陰暗的」
【参看】Be:155m, G1:121, Bo:69, Co:60-4(詞幹 mun), Yu:28-7.

#8-12 『悶』

漢： mən C 『悶』(441d)
藏： rmun-po (詞幹 rmun) 「鈍」，「沈重」，「遲鈍」
【参看】Be:155n, G1:121, Bo:69, Co:60-4, Yu:28-7.
【謹案】『悶』，指愚昧。≪老子、二十≫：「俗人察察，我獨悶悶。」≪老子、五八≫：「其政悶悶，其民淳淳。」「悶悶」卽愚昧、渾噩的樣子。

#8-13 『吻』

漢： mjən B 『吻』(503o)
mən A 『門』(441a)
藏： mur 「顎」，「口部」
【参看】Sh:23-11, Be:78a;182i, Co:111-1.

#8-14 『聞』

漢： mjən A 『聞』(441f)
藏： mnyan-pa, nyan-pa 「聽見」，「聽」
【参看】G1:141.

#8-15 『閩』

漢： mjiən A 『閩』(441i)
藏： sbrul < *smrul 「蛇」
緬： mrwe < *mruy 「蛇」
【参看】Si:322, Sh:24-11, G3:14(『閩』:蛇種也).

#8-16 『惇』

漢： tən A 『惇』(464n)、『敦』(464p)
təkw D 『篤』(1019g) (又見 :#3-10)
藏： 'thug-pa 「厚」
mthug-pa 「厚」
stug(s)-pa 「厚度」，「濃度」，「厚」，「濃」
緬： thu A 「厚的」，「不薄」
thu B 「厚度」

【参看】G1:155(『惇』『敦』*tən < *təngw A; WT 'thug-pa < *tug, mthug-pa < *mtug), Co:148-1, Yu:12-4.

【謹案】凡經傳篤字，固厚二訓(見≪說文≫篤字下段氏注)。如≪詩、大雅、皇矣≫三章：「則友其兄，則篤其慶。」≪鄭箋≫：「篤，厚也。」，又如≪詩、大雅、大明≫六章：「長子維行，篤生武王。」≪毛傳≫：「篤，厚也。…天又篤厚之，使生武王。」皆爲其例。『惇』，敦厚，篤實。其音韻變化，參看龔煌城 1976:63-69。

#8-17 『墩』

漢：tən A　　「墩」(0)

藏：rdung　　「小土山」，「小丘」

緬：taung A　　「小山」，「山」

【参看】G1:164(OC tən A < *təngw;WB taung A < *tung, see Gong 1976:63-69).

【謹案】『墩』，指平地上由土積累而成的小高地。也指在平原中土地高起，供住家的小村落。≪廣韻≫：「墩，平地有堆。」

#8-18 『典』

漢：tiən B　　『典』(476a-c)

藏：brtan-pa　　「堅固的」，「不變的」，「安全的」

gtan　　「有恒久性的」，「耐久的」

【参看】Co:79-3(T stem:*than).

【謹案】古漢語『典』，指不變的法則制度。≪周禮、天官、大宰≫：「大宰之職，掌建邦之六典。」≪注≫：「典，常也;經也。」

#8-19 『鈍』

漢：dən C　　『鈍』(427i)

藏：rtul-ba (詞幹 rtul)　　「愚鈍的」，「鈍感的」，「不銳利的」

【参看】Si:317, G1:118, Co:67-4, Yu:28-12.

#8-20 『順』

漢：djən A　　『順』(462c)

sdjən A　　『馴』(462f)

djən A　　『純』(427n)

djən A　　『醇』(464f)

藏：'dul-ba, btul, gdul, thul　　「馴服」，「征服」

dul-ba　　「淞軟」，「馴服」，「溫順」，「馴的，「純的」

'jun　　「征服」，「使……馴服」

'chun　　「被馴服」，「被征服」

【参看】G1:119(WT 'jun < *'djun; 'chun < *'thun), Co:146-1, G3:22.

【異說】[srun] ‘和氣’‘溫良’ ↔ 『順』(Yu:28-10≪易、說卦≫：「坤順也。」)

#8-21 『尊』

漢：tsən A　　『尊』(430a)

藏： btsun-pa　　「可敬的」，「高貴」，「尊者」

mtshun, btsun　　「家神」，「祖上的靈魂」

【参看】Si:227, Sh:21-8, G1:122, Co:95-4(詞幹 *tshun), Yu:28-8(≪易、繫辭≫：「天尊地卑」。)

#8-22　『孫』

漢： sən A　　『孫』(434a)

藏： mtshan < *m-san　　「侄兒」，「外甥」

【参看】G1:140 (藏語的音變参看 Wolfenden 1928:279, Thomas 1927:74;1951:Ⅱ24, 1955:Ⅲ29), Co:88-2(PT *msan > OT mtshan)。

#8-23　『銑』

漢： siən B　　『銑』(478h)

藏： gser　　「金」

【参看】G3:44.

【謹案】『銑』，指富有光澤的金屬。≪說文≫：「銑，金之澤者。」≪爾雅、釋器≫：「絶澤謂之銑。」

【異說】[zil] ‘光亮’‘光彩’ ↔ 『銑』(Co:48-5).

#8-24　『根』

漢： kən A　　『根』(416b)

藏： kul-ma　　「物體的底或邊」

【参看】G3:11.

#8-25　『頣』

漢： kən B　　『頣』(0)

藏： 'gul　　「頸部」，「咽喉」

mgul　　「喉」，頸的敬語」

mgur　　「喉」，頸項的敬語」

【参看】G1:114, Co:112-1, G3:11.

【謹案】≪說文≫：「頣，頰後也。」≪段注≫：「頰後，謂近耳及耳下也。」

#8-26　『綸』

漢： ljən A　　『綸』(470e)

藏： kron　　「繫掛」，「縛結」

【参看】Yu:28-18(≪詩、採綠≫：「言綸之繩」。)

【謹案】『綸』，凡是比絲粗的爲綸，又指釣竿上繫的釣線。

#8-27　『君』

漢： kwjən A　　『君』(459a-c)

藏： rgyal　　「得到冠軍的人」，「貴族」，「主人」

rgyal-po　　「國王」

【参看】Si:313.

【異說】[rgyal-po] ‘國王’：『傑』(Yu:19-4)。

【謹案】漢語『傑』*gjiat則與藏語[gyad]'力(力士)''優勝者''比賽者'同源，參看 #9-30。

#8-28 『恨』

漢： gən C > ɣən 『恨』(416f)

藏： khon 「生氣」

'khon 「仇恨」

【參看】Si:216, Yu:28-19(≪荀子、成相≫：「不知戒後必有恨。」)

#8-29 『饉』

漢： gjən C 『饉』(480r)

藏： bkren, bgren 「貧窮的」，「饑饉」

【參看】Bo:424.

#8-30 『純』

漢： grjən B 『純』(427n)

藏： gzhun 「精美」

【參看】Yu:28-9(≪國語、晉語≫：「九德不純。」)

#8-31 『銀』

漢： ngjiən A 『銀』(416k)

藏： dngul 「銀子」，「錢」

緬： ngwe A 「銀子」

【參看】Si:314, Sh:24-12, Be:173a (TB *ŋul), G1:116(OC ngjiən A < *dngjən；WT dngul < *dngjul; WT ngwe A < nguy), Bo:410, Co:133-1, Yu:28-11(≪書、禹貢≫：「厥貢璆鐵銀鏤。收尾音受聲母同化。), G3:9.

#8-32 『軍』

漢： kwjən A 『軍』(458a)

藏： gyul 「軍隊」

【參看】Yu:28-17(≪周禮、小司徒≫：「五師爲軍。」

【異說】[kun] '大家''全部' ↔『軍』(Co:89-3)。

#8-33 『困』

漢： khwən C 『困』(420a-b)

藏： khur 「負荷」，「煩惱」，「艱難」，「困難」

【參看】Co:63-3.

#8-34 『群』

漢： gwən A 『群』(459d)

gwən A > ɣwən 『渾』、『混』

藏： kun 「大家」，「全部」，「所有的」

【參看】Co:89-3, Yu:28-1(≪老子≫：「故混而爲一。」

【謹案】『群』，義同諸。≪左傳、哀五年≫：「寘群公子於'萊'。」≪釋文≫：「群或作諸。」『渾』，義同全，'渾身'謂全身；'渾舍'則謂全家。

#8-35 『沄』

漢： gwjən A > jwən 『沄』(0)
藏： rgyun 「繼續的流」，「流出」，「流通的」，「小溪」
【參看】Co:81-2.
【謹案】『沄』，指水流盛大回轉的樣子。≪說文≫：「沄，轉流也。」≪段注≫：「回轉之流，沄沄然也。」'沄沄'則指水流浩蕩的樣子。≪春秋繁露、山川頌≫：「水則源泉，混混沄沄，晝夜不竭。」

#8-36 『 暈 』
漢： gwjən C 『暈』(458c)
藏： khyom 「暈」，「暈的」
【參看】Si:273.

#8-37 『 郡 』
漢： gwjiən C 『郡』(459g)
藏： khul 「區域」，「地段」，「地區」
【參看】G3:24
【異說】[yul] '地域''國''地方' ↔ 『郡』(Co:119-3)。

#8-38 『 訓 』
漢： hwjən A 『訓』(422d)
藏： 'khul-ba 「使服從」，「受支配的」
【參看】Bo:26, Co:143-2.
【謹案】『訓』，有'順從'之義。≪廣雅、釋蠱≫：「訓，順也。」≪法言、問神≫：「事得其序之謂訓。」≪注≫：「順其理也。」

#8-39 『 訓 』
漢： hwjən A 『訓』(422d)
藏： skul-ma 「鼓勵」，「勸勉」
skul-ba 「促使」，「激發」，「調動」
【參看】G3:23.
【謹案】≪說文≫：「訓，說教也。≪段注≫：「說教者，說釋而教之，必順其理。」

#8-40 『 饉 』
漢： gjən C 『饉』(480rs)
藏： bkren 「窮」，「餓」，「可憐」
【參看】Yu:27-8(≪詩、雨無正≫：「降喪飢饉。」)

9. 祭部 [-ad, -at]

#9-1 『 八 』

漢： priat D 『八』(281a-d)
藏： brgyad 「八」
【参看】Si:167, Sh:22-23, Be:162k;191p;179d, G1:35(WT brgyad < *bryad, see Li 1959:59), Bo:78, Co:70-1, Yu:19-5.

#9-2 『蔽』

漢： pjad C 『蔽』(341h)
藏： sbas 「隱藏」
【参看】Yu:10-10(≪左傳≫襄二十七：「以誣道蔽諸候」。)

#9-3 『沛』

漢： phad C 『沛』(501f)
bjiad C 『弊』(341e)
藏： 'bab-pa, babs, babs 「倒下」, 「下降」
'bebs-pa, phab, dbab, phob 「使翻倒」, 「打倒」
(詞幹 *bab / phab)
【参看】Bo:7;8, Co:76-3.
【謹案】『沛』, 仆倒。'顚沛'卽傾倒。≪詩、大雅、蕩≫：「轉沛之揭, 枝葉未有害, 本實先撥。」≪毛傳≫：「顚, 仆；沛, 拔也。」『弊』, 頓仆；向前倒下」。≪說文≫：「弊, 頓仆也。」

#9-4 『拔』

漢： briat D 『拔』(276h)
藏： bad 「拔」
【参看】Yu:19-9(≪廣雅、釋詁≫：「拔, 出也」。)

#9-5 『拔』

漢： briat D 『拔』(276h)
藏： dpal 「高尚的」, 「傑出的」
【参看】La:29.
【謹案】古漢語『拔』, 有'特出'、'傑出'之義。≪廣雅、釋蟲≫：「拔, 出也」。≪孟子、公孫丑≫：「出乎其類, 拔乎其萃。」

#9-6 『別』

漢： bjiat A 『別』(292a)
藏： byed 「分別」
【参看】Yu:17-6(≪易、繫辭≫：「以別貴賤。」)
【異說】[byes] '外國' '國外' ↔ 『別』 (Co:63-1).

#9-7 『末』

漢： mat D 『末』(277a)
藏： smad 「下頭」, 「下游」
【参看】Yu:19-10(≪孟子、告子≫：『不揣其本, 而齊其末』。)

#9-8 『滅』

漢： mjiat　D　　　　　　　『滅』(294d)

miat　　　　　　　　『蔑』(311a-e)

藏： med-pa　　　　　　　「不在」，「不存在」，「沒有」

【參看】Sh:14-14, Be:183d(TB *mit), Co:61-3 (OT myed-pa 'have not', TB *mit).

【謹案】『蔑』，義同無，通弗。≪左傳、文十七年≫：「雖我小國，則蔑以過之矣。」也指消滅，通滅。≪國語、周語中≫：「以蔑殺其民人。」

#9-9　『 綴 』

漢： trjuat　A, C　　　　『綴』(295b)

藏： gtod-pa, btod-pa　　「繫繩」，「繫於柱子」

rtod-pa　　　　　　　「繫繩」，「柱子」，「釘子」

【參看】Bo:452, Co:150-1(T stem:*thod).

#9-10　『 脫 』

漢： thuat (hluat) > thwət　A　『脫』(324m)

thuad > thwəi　C　　　『脫』(324m)

duat > dwət　A　　　　『脫』(324m)

藏： lhod-pa, glod-pa, lod-pa　「淞緩」，「淞弛」

(詞幹 lhod / lod)

緬： kjwat　　　　　　　「解放」

khjwat　　　　　　　「釋放」

lwat　　　　　　　　「自由」

hlwat　　　　　　　「釋放」

【參看】G1:180 (WB kjwat < klwat;khjwat < *khlwat), Bo:178, Co:150-4, G2:p10 (『脫』字之上古音可能是 *hluat, 與「悅」 *luat > iwat 語音十分相近。)

#9-11　『 大 』

漢： thad　C　　　　　　『大』(317a)、『太』(317d-e)

藏： mthe-bo　　　　　　「母指」

緬： tai　　　　　　　　「非常」，「甚」

【參看】Be:66c(TB *tay 'big, large, great'), Co:42-2(TB *tay).

#9-12　『 達 』

漢： dat　D　　　　　　『達』(271b)

藏： gtad　　　　　　　「傳授交付」

【參看】Yu:19-8(≪書、堯典≫：「達四聰。」)

【異說】[dar] '被普及' '擴展' ↔ 『達』(La:58)。

#9-13　『 兌 』

漢： duad　C　　　　　　『兌』(324a)

藏： dod-pa (詞幹 dod)　「出」，「出來」，「出現」，「出面」

【參看】Co:70-3 (OT dod-pa :Sino-Tibetan Treaty Inscription of 821 -822).

【謹案】『兌』，暢通；通達。≪詩、大雅、綿≫八章：「柞棫拔矣，行道兌矣。」≪集傳≫：「兌，通也，始通道于柞棫之間也。」

#9-14　『滯』

漢： djuad　A　　『滯』(315b)

藏： sdod　　「住」，「停留」

【参看】Yu:19-16(≪周禮、泉府≫：「貨之滯于民用者。」).

#9-15　『噬』

漢： djad　C　　『噬』(336c)

藏： ldad-pa, bldad, ldod　　「嚼」，「嚼碎」

blad-pa　　「嚼」

【参看】Co:43-3(stem:ldad < *d-lad or *'lad ?).

【謹案】『噬』，義同‘食’、‘咬’。≪說文≫：「噬，啗也。」

#9-16　『厲』

漢： ljad　C　　『厲』(340a)

藏： rab, rabs　　「涉過」，「可涉水的地方」，「渡口」，「石底」

rab　　「在上的」，「優點」

【参看】Bo:139, Co:81-3, Yu:20-14.

【謹案】『厲』，不脱衣服涉水。≪詩、邶風、匏有苦葉≫：「深則厲，淺則揭。」≪毛傳≫:「以衣涉水爲厲。」亦指水涯;河邊水淺的地方。≪詩、衛風、有狐≫：「有狐綏綏，在彼‘淇’厲。」≪毛傳≫：「厲，深可厲之旁。」

#9-17　『厲』

漢： ljad　C　　『厲』(340a)

藏： rab　　「在上的」，「優點」

【参看】Co:94-1.

【謹案】『厲』，有高飛、疾飛之義。≪呂氏春秋、季冬≫：「征鳥厲疾。」≪漢書、息夫躬傳≫：「鷹隼横厲。」

#9-18　『裂』

漢： ljat　　『裂』(291f)

藏： 'dral　　「扯碎」

【参看】Yu:19-18(≪莊子、天下≫：「道術將爲天下裂」。)

#9-19　『悅』

漢： rjuat　D　　『悅』(324o)

藏： glod　　「放寬」，「緩和」，「愉快」，「喜氣洋洋」

緬： lwat　　「自由」，「任意」

【参看】Bo:178, Co:105-4.

【異說】[brod] ‘愉快’ ‘喜悅’ ↔『悅』(G1:181)。

#9-20　『裔』

漢： rad　C　　『裔』(333ab)

藏： ldebs　　「邊」，「圍繞」，「圍墻」

【参看】Bo:170, Co:47-2.

【謹案】古漢語『裔』, 本謂‘衣服的邊緣’。《說文》:「裔, 衣裙也。」《繫傳》:「裙, 衣邊。」, 引伸爲指‘邊遠的地方’。《左傳、文十八年》:「投諸四裔。」《注》:「裔, 遠也。」

#9-21 『 勩 』

漢:	rad > jiäi C	『勩』(339k)
藏:	las	「行爲」, 「行動」, 「事」

【参看】Co:162-2.

【謹案】『勩』, 勞苦。《說文》:「勩, 勞也。」

#9-22 『 詍 』

漢:	rjad > jiäi C	『詍』(339g)
藏:	lab-pa (詞幹 lab)	「說話」, 「告訴」

【参看】Co:145-3(**lap→ + -h →OC *rabh > *radh > jiäi-), G2:14.

【謹案】『詍』, 多話。《說文》:「詍, 多言也。」

#9-23 『 最 』

漢:	tsuad C	『最』(325ab)
藏:	gtso	「很」, 「最好」

【参看】Si:201.

#9-24 『 蔡 』

漢:	tshad C	『蔡』(337i)
藏:	tshal	「青菜」

【参看】Yu:19-19(《文選、魏都賦注》引《楚辭》王注:「蔡, 草莽也。」)

#9-25 『 絶 』

漢:	dzjuat D	『絶』(296a)
藏:	chod	「剪裁工具」, 「被絶斷」
	gchod-pa	「切」, 「切碎」

【参看】Si:168, G1:179(WT chod < *tshjod).

#9-26 『 殺 』

漢:	sriat D	『殺』(319d)
藏:	gsod-pa, bsad, gsad, sod	「殺」, 「殺害」
緬:	sat	「殺」, 「殺害」

【参看】Si:176, Sh:22-22, Be:191g(TB *g-sat), Bo:327, Co:100-3(stem:*sad, TB *sat ?).

【謹案】此藏語語詞有詞頭[g-], 漢語的沒有, 而在上古漢語具有詞頭的痕迹, 卽作‘曰殺’, 如:《詩、豳風、七月》八章:「朋酒斯饗, 曰殺羔羊。」 楊福綿(1978:291)認爲此‘曰殺’應比藏緬語[g-sat],此‘曰’字代表詞頭[g-](*giwat-sat < *g-sat 曰殺)。我認爲楊氏的解釋可以信從。

#9-27 『 割 』

漢： kat D 『割』(314de)
藏： bgod 「分割」
【参看】Yu:19-14(≪書、堯典≫：「湯湯洪水方割。」)

#9-28 『 契 』
漢： khiat D 『契』(279b)
khiad C 『契』(279b)
藏： khyad 「區別」，「特點」，「區分」
緬： khrac 「擦」，「(拿手) 掘(洞)」
【参看】Co:129-3(PLB *kret:Matisoff 1972:48), Yu:19-3(≪詩、綿≫：「爰契我龜。」)
【謹案】『契』，刀刻；刀割。≪呂氏春秋、察今≫：「遽契其舟。」
【異說】[skyed] ‘產生’ ‘生(孩子)’ ↔ 『契』、『竊』(Bo:48)。

#9-29 『 害 』
漢： gad > ɣad C 『害』(314a)
藏： god 「災害」，「損失」
【参看】Si:180, Yu:19-13(≪詩、泉水≫：『不瑕有害』。)

#9-30 『 傑 』
漢： gjiat D 『傑』(284b)、『桀』(284a)
藏： gyad 「力(力士)」，「優勝者」，「比賽者」
【参看】Si:166, Be:174g, Co:93-2, Yu:19-4(≪詩、伯兮≫：「邦之桀兮」)

#9-31 『 艾 』
漢： ngjad C 『艾』(347c)
藏： rngab-pa (詞幹 rngab) 「割」，「收割」
【参看】Bo:280, Co:111-2.
【謹案】『艾』，收穫。≪左傳、莊二八年≫：「一年不艾，而百姓饑。」≪注≫：「艾，穫也。」

#9-32 『 厥 』
漢： kwjat D 『厥』(301c)
藏： khyod, khyed 「你」
【参看】Bo:402 (It is not unreasonable to assume that this was the meaning for pre-T as well and that the semantic shift to ‘thy’ took place later in T. It is well known that similar semantic changes took place in several European languages, starting in medieval times.)
【謹案】『厥』，指稱詞，‘其’‘他的’。≪左傳、成十三年≫：「亦悔于厥心，用集我‘文公’。」； 關係詞，相當於‘之’，表示領屬關係。≪書、無逸≫：「自時厥後，亦罔或克壽。」

#9-33 『 活 』
漢： gwat D 『活』(302m)
藏： 'khod-pa 「(不死地)活着」，「生活」，「住」

【参看】Co:104-3(T stem:*khod).

#9-34 『話』

漢： gwrad > ɣwai C 『話』(302o)

藏： gros 「話」

gros-gleng 「商議」,「談話」

gros-'cham 「語言一致」

【参看】G2:35.

【異說】[skad] ‘聲’‘話’‘說’ ↔『話』(Si:177, Yu:19-2)。

#9-35 『豁』

漢： hwat D 『豁』(314q)

藏： 'gas 「裂口」,「打破」

【参看】Yu:19-20(≪呂氏春秋、適音≫:「則耳豁極。」)

【謹案】『豁』, 謂開通、開闊的樣子。≪文選、郭璞、江賦≫:「㵎如地裂, 豁若天開。」≪善注≫:「㵎、豁, 開貌。」

10. 歌部 [-ar]

#10-1 『波』

漢： par A 『波』(25l)

藏： dba 「波」,「波浪」

【参看】La:32, Sh:2-22.

#10-2 『播』

漢： par C 『播』(195p)

pran A 『班』(190ab)

藏： 'bor-ba, bor(完成式) 「投,「擲」,「撒」

【参看】Be:172f;174a, Co:139-2.

【謹案】『班』, 分賜;分發。≪說文≫:「班, 分瑞玉。」≪國語、周語中≫:「而班先王之大物。」≪注≫:「班, 分也。」 亦指頒行。≪漢書、翟方進傳≫:「制禮樂, 班度量, 而天下大服。」≪注≫:「班, 謂布行也。」

#10-3 『彼』

漢： pjiar > pje B 『彼』(25g)

藏： pha 「在那邊」,「在前」,「較遠地」

pha-gi 「在那邊的(東西)」

【参看】Co:147-3.

【異說】[phar] ‘彼岸’ ↔『彼』*pjiar (Yu:6-17≪詩、淇奥≫:「瞻彼淇奥」。原詞

根是 pha，r 是 ru 的省略。也可以說 phala，省了就成*phal。）

#10-4　『披』

漢：phjiar　A　　『披』(25j)

藏：'phral　　「分離」

'bral　　「分離」，「分散」

【參看】Yu:6-19(≪左傳≫成十八年：「而披其地。」)，G3:6(『披』*phjial)

【異說】① ['phral]‘分離’　↔『分』(Si:320);

② [phyes]‘開’‘分開’　↔『披』(Sh:6-5)。

【謹案】漢語『分』*pjan則與藏語['bul-ba]、[phul]‘給’同源，參看文部#8-2。

#10-5　『皮』

漢：biar　A　　『皮』(25ab)

藏：bal　　「羊毛」

【參看】Yu:6-21(≪周禮、大宗伯≫：「孤執皮帛」。)

【異說】① [lpags]‘皮’‘外皮’　↔『皮』(Si:44)；

② [phyal]‘大荳子’‘腹’↔『皮』(Yu:6-18≪詩、相鼠≫：「相鼠有皮。」)

#10-6　『疲』

漢：bjiar　A　　『疲』(25d)

bjiar　A　　『罷』(26a)

藏：'o-brgyal　　「辛苦」，「疲倦」

brgyal　　「昏倒」，「悶絶」

【參看】G3:8(『疲』『罷』*bjial)，Co:150-4(OC『疲』，Bahing bal，B pan ‘tired, weary’).

【謹案】古漢語『罷』有‘疲勞’、‘困倦’之義。≪國語、吳語≫：「今‘吳’民旣罷，而大荒薦饑，市無赤米。」

#10-7　『靡』

漢：mjiar　A　　『糜』(17g)

mjiar　B　　『靡』(17h)

藏：dmyal-ba (詞幹 dmyal)　　「粉碎」，「陵遲處斬(刑名)」

【參看】Co:62-1.

#10-8　『癉』

漢：tan　B　；tar　C　　『癉』(147e) (又見元部 #11-15)

藏：ldar-ba (詞幹 ldar)　　「疲勞」，「勞累」，「困倦」，「疲乏」

【參看】G1:36，Co:159-1，G3:27.

【謹案】≪說文≫：「癉，勞病也。」≪爾雅、釋蠱≫：「癉，勞也。」≪詩、大雅、板≫一章：「上帝板板，下民卒癉。」≪毛傳≫：「癉，病也。」

#10-9　『侈』

漢：thjiar　B　　『侈』(3i)

藏：che-ba　　「多數」，「多量」

【參看】Co:88-4(stem:che < PT *thye).

#10-10 『唾』

漢： thuar C 『唾』(31m)

藏： tho-le 「吐」，「吐唾沫」

【參看】La:46, G1:182, Co:138-4 (T stem:tho ?).

【異說】[tho-le] ‘吐’‘吐唾沫’ ↔『吐』(Sh:5-17)。

【謹案】沙佛爾的說法沒有很大的問題，然而其元音對應(『吐』*thag B)不如『唾』適合。

#10-11 『垂』

漢： djuar A 『垂』(31a)

藏： 'jol-ba 「垂下」，「成垂」

【參看】G1:178(WT 'jol < *'dyol), Co:91-1(stem:*jol < PT *dyol), G3:7(『垂』*djual).

#10-12 『羅』

漢： lar > lâ A 『羅』(6a)

藏： dra 「網」，「網狀物」

【參看】G2:5.

【謹案】『羅』，指捕鳥的網。≪說文≫：「羅，以絲鳥也。」≪詩、王風、兔爰≫：「有兔爰爰，雉離于網。」≪毛傳≫：「鳥網爲羅。」

#10-13 『離』

漢： ljiar A, C 『離』(23f)

藏： ral-ba 「被裂」，「斬爲小片」

ral 「(意見等的)分裂」

dbral 「分離」(Yu:6-20)

【參看】Co:130-3, Yu:6-20(≪論語≫：「邦分崩離析」。藏文db現代脫落ədbu念u。這個詞也可能有同樣變化。), G3:6(『離』*rjial).

【謹案】古漢語『離』，有‘違背’‘相背’之義。≪荀子、議兵≫：「故民雖有離心，不敢有畔慮。」

#10-14 『籬』

漢： ljar > lje A 『籬』(23g)

藏： ra-ba (詞幹 ra) 「城墻」，「圍籬」

【參看】G1:37, Co:78-4, G2:8.

【謹案】『籬』，籬笆，用竹或樹枝編成的障蔽物。≪集韻≫：「籬，藩也。」≪楚辭、宋玉、招魂≫：「蘭薄戶樹，瓊木籬些。」

#10-15 『左』

漢： tsar A 『左』(5a-d)

藏： rtsal 「能力」

【參看】Yu:6-26(≪周禮、士師≫：「以左右刑罰」。)

【謹案】『左』，爲「佐」的本字，謂‘幫助’，‘輔助’。

【異說】[g-yon-pa]‘左(手)’ ↔ 『左』(Be:158u;167n)。

#10-16 『磋』

漢： tshar B 『磋』(5g)、『瑳』(5i)

藏： tshal 「片」，「碎屑」

【参看】Yu:6-26.

#10-17 『坐』

漢： dzuar B, C 『坐』(12a)

藏： sdod 「坐」，「停留」

【参看】La:67, G1:177, Bo:277, Benedict 1976:181.

#10-18 『鹺』

漢： dzar A 『鹺』(5m)

藏： tshwa 「鹽巴」

緬： tsha 「鹽巴」

【参看】Sh:2-16, Be:49a(TB *tsa), Co:128-3(TB *tsa).

【謹案】『鹺』，鹽的別名。≪禮記、曲禮下≫：「鹽曰鹹鹺。」≪注≫：「大鹹曰鹺。」

#10-19 『瘥』

漢： dzar A 『瘥』(0)

藏： tsha 「疾病」

【参看】Sh:2-19.

【謹案】≪詩、小雅、節南山≫：「天方薦瘥，喪亂弘名。」≪毛傳≫：「瘥，病也。」≪廣雅、釋蟲≫：「瘥，病也。」

#10-20 『沙』

漢： srar A 『沙』(16a-c)

藏： sa 「土」，「大地」

【参看】Sh:1-11, Be:188a, Co:129-1.

【異說】①勞佛把此藏語比漢語『社』(La:24)。
②西門華德則比漢語『土』(Si:98)。

#10-21 『歌』

漢： kar A 『歌』(1q)

藏： bka 「詞」，「講話」

緬： tsa-ka 「詞」，「講話」

【参看】Sh:2-21, Be:187a(TB *ka), Co:162-1(TB *ka).

#10-22 『箇』

漢： kar C 『箇』(=個，个)(49f')

藏： -ka(-ga) 「詞尾“者”」

例) de(「那」):de-ka 「就那個」

gnis(「二」):gnis-ka 「那雙」，「就那兩個」

【参看】Co:133-2(T ka(～ga):a sudstantive suffix which functions as an emphatic or decitic.), Yu:5-1.

【謹案】『箇』, 或作个;俗作個。量詞, 從古習用。如≪荀子、議兵≫:「操十二石之弩, 負服矢五十个。」

#10-23 『 嘉 』

漢: krar A 『嘉』(15g)

藏: dga-ba (詞幹 dga) 「歡喜」, 「高興」

【参看】Sh:1-3.

【異說】[skal] ‘機緣’ ‘天命’ ↔『嘉』 (Yu:6-1)。

#10-24 『 加 』

漢: krar A 『加』(15ab)

藏: bkral-ba 「徵收」, 「放在上面」

khral 「稅」, 「負荷」, 「職務」

【参看】Co:36-2, G3:8a(『加』 *kral).

【異說】[gral] ‘行列’‘級次’ ↔『加』(Yu:6-7≪老子≫:「尊行可以加人」。)

#10-25 『 何 』

漢: gar > ɣâ A 『何』(1f)

藏: ga-thog 「何處」, 「何人」

ga-dus 「何時」

ga-nas 「從何處」

ga-tshod 「多少」, 「何量」

ga-ru 「何處」

【参看】Co:160-1, G2:28.

#10-26 『 荷 』

漢: gar > ɣâ B 『荷』(1o)

藏: 'gel-ba, bkal, dgal, khol 「裝馱子」

sgal-ba 「獸馱的東西=荷」

khal 「馱子」, 「擔子」

緬: ka B 「套馬」, 「套獸力車」

【参看】G1:40, Co:51-4(T stems:khal / *gal), G2:30, Yu:6-6, G3:5(『荷』 *gal).

#10-27 『 河 』

漢: gar > ɣâ A 『河』(1g)

藏: rgal-ba (詞幹 rgal) 「可涉水的地方」, 「渡過」, 「渡(河)」

【参看】G1:39, Co:59-4 (『河』:proper name of the Yellow River <‘the one which must be crossed’ ?), G2:29, G3:3(『河』 *gal).

#10-28 『 蛾 』

漢: ngar A 『蛾』(2g)

藏: mngal 「胎」

【参看】Yu:6-11(≪詩、碩人≫:「螓首蛾眉。」在人爲胎, 在蟲爲蛾。)

#10-29　『鵝』

漢：　ngar　A　　『鵝』(2p)

　　　ngran　C　　『雁』(186a) (又見 :元部 #11-43)

藏：　ngang　　「鵝」

緬：　ngan　C　　「鵝」

【参看】Si:158, Sh:22-24(O.B. ngang < *ngan by assimilation of final consonant to the initial.--O.B.卽 WT), Be:191a(『雁』 ŋan from s-ŋan:*s- ‘animal prefix’), G1:38, Co:87-4.

#10-30　『我』

漢：　ngar　B　　『我』(2a-g)

　　　ngag　A　　『吾』(58f)　(又見魚部 #14-53)

藏：　nga　　「我」, 「我們」

緬：　nga　A　　「我」

【参看】Si:86, Sh:2-26, Be:160n;188b(TB *ŋa), G1:2, Bo:265;292, Co:96-4(TB *nga, Nung nga), Yu:5-16(≪石鼓≫:「吾車旣工。」)

#10-31　『餓』

漢：　ngar　C　　『餓』(2o)

藏：　ngal　　「疲勞」

【参看】Yu:6-10.

#10-32　『戲』

漢：　hjar　C　　『戲』(22b)

　　　hjian　A　　『嘕』(200b) (又見 :元部 #11-46)

藏：　'khyal-ba　　「戲謔」, 「玩笑」

　　　rkhyal-ka, kyal-ka　　「戲謔」, 「玩笑」, 「戲法」

【参看】Co:99-3(T stem:*khyal).

【謹案】『嘕』, 笑的樣子。≪集韻≫:「嘕, ……一日笑貌。」≪楚辭、屈原、大招≫:「靨輔奇牙, 宜笑嘕只。」

#10-33　『裹』

漢：　kwar　B　　『裹』(351d)

藏：　khal　　「馱子」

【参看】Yu:6-2.

#10-34　『科』

漢：　khwar　　『科』(8n)

　　　khwan　　『款』(162a) (又見 :元部 #11-52)

藏：　khral　　「稅罰款」

【参看】Yu:6-3(『科』).

【謹案】古漢語『科』, 指法律條文。≪文選、諸葛亮、出師表≫:「若有作奸犯科及爲忠善者, 宜付有司, 論其刑賞。」又≪戰國策、秦策一≫:「科條旣備，民多僞態。」此‘科條’，卽指法令條文。古漢語『款』，服從;服罪。≪三國志、吳志、吳主傳≫：「初‘權’外託事‘魏’，而誠心不款。」

#10-35 『 樺 』

漢： gwrar > ɣwa C 『樺』(0)

藏： gro 「樺樹」

【參看】G2:37(PST *gwrar).

#10-36 『 訛 』

漢： ngwar A 『訛』(19e)

ngwjar C 『僞』(27k)

藏： rngod-pa, brngos, brngod, rngos「欺」，「瞞」，「使迷醉」

詞幹 rngo

【參看】Co:77-1(probable stem:*rngo.--Final -d in this form is irregular. We would expect brngo here.Cf. Coblin 1976:69).

11. 元部 [-an]

#11-1 『 板 』

漢： pran B 『板』(262j)、『版』(262k)

藏： 'phar 「嵌板」，「小的板材」，「平板」

phar 「板」，「紙板」

【參看】Bo:321, Co:45-4(stem:*phar), G3:36('phar < *'phrar).

【異說】[spang] ‘板’ ↔ 『板』 (Si:302).

#11-2 『 昄 』

漢： pran, bran B 『昄』(262n)

藏： 'phar-ba (詞幹 *phar) 「提高的，「高一層的」，「崇高的」

【參看】Bo:322, Co:88-5.

【謹案】≪說文≫：「昄，大也。」≪詩、大雅、卷阿≫：「爾土宇昄章，亦孔之厚矣。」≪毛傳≫：「昄，大也。」

#11-3 『 編 』

漢： pian A 『編』(246e)

bian B 『辮』(0)

藏： 'byor-ba, 'byar-ba 「附着」，「貼上」

sbyor, sbyar 「附加」，「使附屬」，「結交」，「連結」

【參看】Bo:449, Co:119-5(TB *pyar / *byar).

#11-4　『判』

漢：phan　C　　『判』(181d)

藏：'phral　　「切開」，「減」

【参看】Bo:328, Yu:29-7.

【謹案】『判』，分別；分離。《說文》：「判，分也。」《左傳、莊三年》：「'紀'於是乎始判。」《注》：「判，分也。」

#11-5　『判』

漢：phan　C　　『判』(181d)

藏：phran　　「部分」，「少許」

【参看】Yu:29-7.

【謹案】『判』，一半。指夫婦的任一方而言。通半。《周禮、地官、媒氏》：「掌萬民之判。」《注》：「判，半也。得偶爲合，主合其半。」

#11-6　『胖』

漢：phan　C　　『胖』(181h)

藏：bong　　「大小」，「巨軀」

【参看】La:26, Si:281.

#11-7　『翻』

漢：phjan　A　　『翻』(0)

藏：'phar-ba (詞幹 *phar)　　「(火花、閃光的)飛散」

【参看】Sh:23-4.

【謹案】『翻』，飛。《說文新附》：「翻，飛也。」

#11-8　『畔』

漢：ban　C　　『畔』(181k)

pan　C　　『半』(181a)

藏：bar　　「空隙」，「中間的」，「中」

dbar　　「空隙」，「中間」，「二者之間」

【参看】Co:109-2, G3:37.

【謹案】《說文》：「畔，田界也。」《左傳、襄二五年》：「行無越思，如農之有畔。」又《說文》：「半，物中分也。」

【異說】['phral] '被分離''切開' ↔『畔』(Bo:328)。

#11-9　『辦』

漢：brian　C　　『辦』(219f)

藏：brel-ba (詞幹 brel)　　「被雇」，「忙」，「從事」，「在做事」

【参看】Bo:405, Co:51-1.

#11-10　『辨』

漢：bjian B, brian C　　『辨』(219d)

brian B　　『辯』(219e)

藏：'phral-ba, phral　　「識別」，「部分」

'bral-ba, bral　　「區別」,「分開」
(詞幹 phral / bral)
【参看】Co:65-2.

#11-11 『瓣』
漢： brian C　　『瓣』(0)
藏： 'bar-ba　　「開」,「開始開花」
緬： pan B　　「花」
【参看】Sh:23-6, Co:81-3(T stem:*bar).
【謹案】『瓣』,謂花瓣;花冠之各片。

#11-12 『燔』
漢： bjan A　　『燔』(195i)
bjən > bjwan A　　『焚』(474ab) (又見文部 #8-7)
藏： 'bar-ba (詞幹 *bar)　　「燒」,「燃燒」
【参看】Sh:23-5, G1:139, Co:50-2(TB *bar).

#11-13 『展』
漢： trjan B　　『展』(201a)
藏： rdal-pa, brdal, rdol　　「擴展」,「延長」,「鋪開」,「擺開」
(詞幹 rdal)
【参看】G1:48, Co:139-3, G3:21(『展』*rtjan, 舒也;轉也)。

#11-14 『短』
漢： tuan B　　『短』(169a)
藏： thung　　「短」
緬： taung C　　「短」
tuw A　　「短」
【参看】Si:299, G1:112(OC tuan B < *tun < **tung; WB taung C < *tung, tuw A < *tug.『短』,從「豆」(dug)得聲。)

#11-15 『癉』
漢： tan B;tar C　　『癉』(147e) (又見歌部 #10-8)
藏： ldar-ba (詞幹 ldar)　　「疲勞」,「勞累」,「困倦,「疲乏」
【参看】G1:36, Co:159-1, G3:27.
【謹案】≪說文≫:「癉,勞病也。」≪爾雅、釋蠱≫:「癉,勞也。」≪詩、大雅、板≫一章:「上帝板板,下民卒癉。」≪毛傳≫:「癉,病也。」

#11-16 『端』
漢： tuan A　　『端』(168d)
藏： rdol-ba, brdol　　「出來」,「叫出」,「生成」,「走近」,「發芽」
(詞幹 rdol)
【参看】Co:117-3.
【謹案】≪孟子、公孫丑上≫:「惻隱之心,仁之端也。」≪注≫:「端,首也。」≪孔子家語、禮運≫:「故人者，天地之心，五行之端。」≪注≫:「端，始。」
今從漢藏詞源學的觀點來看，此「端」一詞，卽‘出來’‘生成’‘發芽’的源泉。

#11-17 『炭』

漢： than C 『炭』(151a)

藏： thal-ba (詞幹 thal) 「灰塵」，「灰」，「塵埃」

【参看】Sh:24-1, Be:173u, Co:68-4, G3:18(≪說文≫:「炭，燒木未灰也。」).

#11-18 『憚』

漢： dan C 『憚』(147o)

tjian C 『顫』(148s)

藏： 'dar-ba (詞幹 *dar) 「打顫」，「戰慄」，「因寒冷或是恐怖而打顫」

sdar-ma (詞幹 sdar) 「打顫」，「怯懦」

【参看】Be:190m, G1:41, Co:152-2, G3:30.

#11-19 『纏』

漢： drjan B 『纏』(204c)

藏： star-ba (詞幹 star) 「繫緊」，「加固」

緬： ta A 「縮住」

【参看】G1:46, G3:32(『纏』 *rdjan).

#11-20 『灘』

漢： hnan A 『灘』(152m)

藏： than-pa 「天氣的乾燥」，「暑氣」，「乾旱」

【参看】Be:190l.

【謹案】≪說文≫:「灘，水濡而乾也。」

#11-21 『難』

漢： nan A, C 『難』(152d-f)

藏： mnar-ba (詞幹 mnar) 「遭難」，「迫害」，「受苦痛」

【参看】G1:42, Co:63-2, G3:31.

#11-22 『聯』

漢： gljan A > ljän 『聯』(214a)、『連』(213a)

藏： gral 「行列」，「排」，「繩索」

【参看】Be:183b, Co:57-3(TB *ren), G2:7(PST *grjal).

#11-23 『鑽』

漢： tsuan A 『鑽』(153hi)

藏： mtshon 「任何弄尖的工具」，「凶器」，「食指」

tshon 「食指=指人指」

【参看】Co:46-4.

【異說】[g-zong]‘鑿刀’‘銘刻工具’ ↔ 『鑽』(La:77)。

#11-24 『餐』

漢： tshan A 『餐』(154c)、『粲』(154b)

藏： 'tshal 「吃飯」
'tshal-ma, tshal-ma 「早飯」
(詞幹 tshal)

【参看】G1:47, Co:69-3, Y:29-13(≪詩、伐檀≫：「不素餐兮」。)

#11-25 『餐』

漢： tshan A 『餐』(154c)、『粲』(154b)
藏： zan, bzan 「食品」, 「糧食」
gzan-pa 「吃」

【参看】La:11, Si:228, Sh:22-26.

#11-26 『燦』

漢： tshan C 『粲』(154a)、『燦』(154b)
藏： mtshar-ba (詞幹 mtshar) 「光明」, 「放光」, 「鮮明」, 「美好」, 「美麗」

【参看】G1:45, Co:49-2.

【異説】[g-zer] '光線'；[zil] '光明'；[g-tsher]'發光' ↔『燦』(La 75)。

#11-27 『殘』

漢： dzan A 『殘』(155c)
藏： gzan 「破」, 「舊」

【参看】Yu:29-8.

【謹案】古漢語『殘』, 有'敗壞'之義。如≪戰國策、齊策三≫：「桃梗謂土偶人曰：『子, 西岸之土也, 挺子以爲人, 至歲八月, 降雨下, '淄水'至, 則汝殘矣』。」

【異説】['joms] '征服''破壞' ↔『殘』(La:88)。

#11-28 『鮮』

漢： sjan A 『鮮』(209a-c)
藏： gsar-ba (詞幹 gsar) 「新」, 「新鮮」
緬： sa B 「使……更新」, 「重新做」

【参看】G1:43, Bo:414, Co:112-3, G3:28.

【異説】[gsal] '清楚''干淨' ↔『鮮』(Yu:29-14)。

#11-29 『産』

漢： srian B 『産』(194a)
藏： srel-ba (詞幹 srel) 「養育」, 「飼育」, 「栽培」, 「建設」

【参看】Bo:314, Co:40-2.

【謹案】『産』, 生育；生長。≪説文≫：「産, 生也。」

【異説】① [btsa] '生(孩子)' ↔『産』(Si:214)；
② [gson(-pa)] '活着''生' ↔『産』(Y:29-16)。

#11-30 『霰』

漢： sian C 『霰』(156d)
藏： ser-ba (詞幹 ser) 「雹」, 「霰」

【參看】Sh:23-15, Be:172c, Bo:450, Co:135-1, G3:43.

#11-31 『 算 』

漢： suan > suən B 『算』(174a)

藏： gshor 「計算」,「測量」

【參看】G3:38.

#11-32 『 干 』

漢： kan A 『干』(139a)

gan C 『扞』(139q)、『捍』(139i')

藏： 'gal-ba (詞幹 *gal) 「違犯」,「打亂」,「抵觸」

緬： ka A 「盾的總稱」,「障碍」,「避免」

【參看】G1:49, Bo:286, Co:157-3, G3:15.

#11-33 『 干 』

漢： kan A 『干』(139a)

ngan C 『岸』(139e')

藏： 'kan 「山坡」,「崖子」

【參看】Yu:29-2.

【謹案】『干』,指河岸,水畔。通岸。《詩、魏風、伐檀》一章:「坎坎伐壇兮,置之河之干兮。」《毛傳》:「干,厓也。」《管子、小問》:「昔者'吳'干戰。」《注》:「干,江邊地也。」

#11-34 『 竿 』

漢： kan A 『竿』(139k)

藏： mkhar-ba 「棍子」,「手杖」

'khar-ba 「棍子」,「杆子」

(詞幹 *khar)

【參看】Sh:23-1, G1:44, Co:141-2, G3:33.

#11-35 『 肝 』

漢： kan 『肝』

藏： mkhal 「腎」

【參看】G3:17

【異說】白保羅認爲此漢語語詞與藏緬語(TB)*ka'苦的(bitter)'同源(Be:154 d)。

#11-36 『 乾 』

漢： kan A 『乾』(140c)

gan > ɣân B 『旱』(139s)

藏： skam, skem 「弄乾」,「乾的」

緬： khan C 「被弄乾」,「耗盡」

【參看】La:1, G1:51, Co:67-3.

#11-37 『 搴 』

漢： kjian B 『搴』(143d)

藏： 'khyer-ba, khyer 「拿」,「帶來」,「搬運」

【参看】Co:117-1.

【謹案】『搴』，本作攓，也作攓，有'拔取'之義。《說文》：「攓，拔取也，南'楚'語。」

#11-38 『見』

漢： kian C 『見』(241a-d)

藏： mkhyen-pa 「知道」,「理解」,「體會」

【参看】Sh:14-1, Be:175m, Co:129-5(TB *(m-)kyen).

【謹案】古漢語『見』，有'知道''知曉'之義。如《左傳、襄二五年》：「他日吾見'蔑'之面而已，今吾見其心矣。」

#11-39 『汗』

漢： gan > ɣân A 『汗』(139t)

藏： rngul 「汗」,「出汗」

【参看】Si:315.

#11-40 『寒』

漢： gan > ɣân A 『寒』(143a-c)

藏： dgun 「冬天」

【参看】Si:218.

【謹案】「歲寒」謂冬季。

#11-41 『健』

漢： gjian C 『健』(249g)

藏： gar-ba 「健壯的」

gar-bu 「堅硬的」

gar-mo (詞幹 gar) 「濃的(液體)」

緬： kyan 「好的」,「健康的」

【参看】G1:52, Co:142-4.

#11-42 『唁』

漢： ngan A 『唁』(199d)

藏： ngan-ba 「壞的」,「低」,「低質」,「不正當的」

【参看】Co:56-1.

【謹案】『唁』，對亡國或遭遇喪事的人表示慰問。《詩、鄘風、載馳》：「載馳載驅，歸唁衛侯。」《毛傳》：「弔失國曰唁。」《說文》：「唁，吊生也。《詩》曰：「歸唁衛侯。」

#11-43 『雁』

漢： ngran C 『雁』(186a)

ngar A 『鵝』(2p) (又見歌部 #10-29)

藏： ngang 「鵝」

緬： ngan C 「鵝」

【参看】Si:158, Sh:22-24(O.B. ngang < *ngan by assimilation of final consonant to the initial.--O.B.卭 WT), Be:191a (『雁』 ŋan from s-əan:*s- 'animal prefix'), G1:38, Co:87-4.

#11-44 『 鼾 』

漢： han A 『鼾』(0)

藏： hal-ba (詞幹 hal) 「喘氣」,「噴鼻息」,「自鼻噴氣作聲」

【参看】G1:50, Co:135-5, G3:16.

【謹案】『鼾』, 熟睡時的鼻息聲。≪說文≫:「鼾, 臥息也。」≪集韻≫:「鼾, '吳'人謂鼻聲爲鼾。」

#11-45 『 獻 』

漢： hjan C 『獻』(252e)

藏： sngar-ma 「聰明」,「敏悟」

【参看】G3:39(『獻』 *sngjan).

【謹案】『獻』, 賢者;通賢。≪書、益稷≫:「萬邦黎獻, 共惟帝臣。」又≪論語、八佾≫:「文獻不足故也。」≪'朱'注≫:「獻, 賢也。」

#11-46 『 嗎 』

漢： hjian A 『嗎』(200b)

hjar C 『戲』(22b) (又見 :歌部 #10-32)

藏： 'khyal-ba 「戲謔」,「玩笑」

rkhyal-ka, kyal-ka 「戲謔」,「玩笑」,「戲法」

【参看】Co:99-3(T stem:*khyal).

【謹案】『嗎』, 笑的樣子。≪集韻≫:「嗎, ……一曰笑貌。」≪楚辭、屈原、大招≫:「靨輔奇牙, 宜笑嗎只。」

#11-47 『 倦 』

漢： kwan B 『痯』(157g)

gwjian C 『倦』(226i)

藏： kyor-kyor 「無力的」,「虛弱的」

khyor-ba, 'khyor-ba 「發暈」,「眩暈」

(詞幹 khyor)

【参看】Bo:340, Co:151-1.

【謹案】『痯』, 指疲病的樣子。≪詩、小雅、杕杜≫三章:「檀車幝幝, 四牡痯痯。」≪毛傳≫:「痯痯, 罷貌。」

#11-48 『 倌 』

漢： kwan A, C 『倌』(157l)

gwan > əwan C 『宦』(188a-b)

藏： khol-po 「僕人」,「男僕」

'khol-ba, bkol, khol 「作爲僕人」,「被雇用爲僕人」

(詞幹 khol)

【參看】Bo:288(『官』, 『倌』), Co:131-1(『倌』).

【謹案】『倌』, 小臣。《說文》:「倌, 小臣也。」卽指主管國君外出車馬的小官。《詩、鄘風、定之方中》三章:「靈雨旣零, 命彼倌人。」《毛傳》:「倌人, 主駕者。」 '江南'俗稱妓女爲倌人。古漢語『宦』亦指僕役, 如:《國語、越語下》:「與'范蠡入宦於'吳'。」《注》:「宦, 爲臣隸也。」

#11-49 『 涫 』

漢: kwan C 『涫』(157f)

藏: 'khol-ba, khol 「使沸騰」, 「煮熟」

skol-ba 「成爲沸騰的原因」

(詞幹 khol)

【參看】Bo:287, Co:49-4.

【謹案】『涫』, 沸騰。《說文》:「涫, 沸也。」'涫涫'則指水沸騰的樣子。《荀子、解蔽》:「涫涫紛紛, 孰知其形, 明參明, 大滿八極。」《集解》:「涫涫, 沸貌。」

#11-50 『 慣 』

漢: kwan C 『慣』(159d)

藏: goms 「習慣」

【參看】Si:274.

#11-51 『 款 』

漢: khwan 『款』(162a)

khwar 『科』(8n) (又見歌部 #10-34)

藏: khral 「稅罰款」

【參看】Yu:6-3(『科』).

【謹案】古漢語『科』, 指法律條文。《文選、諸葛亮、出師表》:「若有作奸犯科及爲忠善者, 宜付有司, 論其刑賞。」又《戰國策、秦策一》:「科條旣備, 民多僞態。」此'科條', 卽指法令條文。古漢語『款』, 服從;服罪。《三國志、吳志、吳主傳》:「初'權'外託事'魏', 而誠心不款。」

#11-52 『 窾 』

漢: khwan 『窾』(162b)

藏: kor 「中空的」, 「(地下的)坑」

【參看】Bo:290.

【謹案】『窾』, 中空;空隙。《廣雅、釋蠱》:「窾, 空也。」《史記、太史公自序》:「實不中其聲者謂之窾。」《集解》:「窾, 空也。」

#11-53 『 圈 』

漢: khwan A 『圈』(226k)

藏: skor, 'kor, sgor 「圓」, 「圓形的」

【參看】La:79.

【異說】[gril] '被捲的''被捲纏的' ↔ 『圈』 (Sh:24-8)

#11-54 『 勸 』

漢： khwjan C 『勸』(158s)

藏： skul 「勸告」，「告戒」

【参看】La:78.

#11-55 『 援 』

漢： gwjan > jwɐn A 『援』(255e)

藏： grol 「解脫」，「解開」，「淞開」

'grol 「放淞」，「解開」，「釋放」

sgrol 「救度」，「放脫」

【参看】G3:26(『援』*gwrjan，救助也。)

#11-56 『 緩 』

漢： gwan > ɣuân B 『緩』(255l)

藏： 'gor 「耽延」，「遲滯」

【参看】G3:34(『緩』，舒也。)

#11-57 『 圓 』

漢： gwjan > jiwän A 『圓』(227c)

藏： gor < *gror 「圓形」，「球形」

【参看】G3:35(『圓』*gwrjan)。

【異說】TB *wal '圓的''圓' ↔ 『圓』(Be:168j;173w)。

#11-58 『 幻 』

漢： gwrian C 『幻』(1248c)

藏： rol-ba 「自娛」，「使迷惑」，「練習巫術」

【参看】Bo:122，Co:152-3.

#11-59 『 暖 』

漢： hwjan A，B 『暖』(255j)

藏： hol-hol (詞幹 hol) 「柔軟的」，「溫暖的」，「不緊的」，「輕的」

【参看】Co:136-3.

12. 葉部 [-ap]

#12-1 『 法 』

漢： pjap D 『法』(642k)

藏： bab 「情形」，「樣式」

【参看】Yu:20-9(≪易、繫辭≫：「制而用之謂之法」。≪爾雅、釋蠱≫：「範，法也。」)

【謹案】古漢語『法』有‘模範’之義，如≪禮記、中庸≫：「行而爲天下法。」是也。亦有‘準則’‘標準’之義，如≪管子、七法≫：「尺寸也，繩墨也，規矩也，衡石也，斗斛也，角量也，謂之法。」

【異說】[dbyibs]‘情形’‘樣子’‘現象’ ↔『法』(Si:241)。

#12-2 『 牒 』

漢： diap > diep D 『牒』(633h)

藏： 'dab 「平板」，「木片」

【参看】Yu:20-8(≪墨子、備蛾傳≫：「答樓不會者以牒塞。」)

【謹案】『牒』，牀版。≪方言、五≫：「牀，其上版，‘衛’之北郊，‘趙’‘魏’之間謂之牒。」≪廣雅、釋器≫：「牒，版也。」

【異說】[leb-ma]，[leb-po]‘平的’;[gleb-pa]，[glebs] ‘作平’‘使…平’↔『牒』(Co:80-4)。

#12-3 『 呫 』

漢： hniap > thiep A 『呫』(618p)

藏： snyab-ba (詞幹 snyab) 「嘗」，「味道」，「發出聲音的接吻」

【参看】Bo:305，Co:146-3.

【謹案】『呫』，嘗；舔。≪廣韻≫：「呫，嘗也。」

#12-4 『 攝 』

漢： hnjap 『攝』(638e)

藏： rnyab-rnyab-pa 「互相奪取」，「强奪」

【参看】Be:175c，Co:118-3(stem:rnyab，TB *nyap).

【謹案】『攝』，收斂；聚集。≪三國志、蜀志、劉焉傳≫：「攝斂吏民，得千餘人。」又指捉拿，拘捕。≪漢書、敍傳上≫：「諸所賓禮皆名豪，懷恩醉酒，共諫‘伯’宜頗攝錄盜賊」。

#12-5 『 葉 』

漢： rap > jiap D 『葉』(633d)

藏： ldeb 「葉」，「薄板」

【参看】Be:171b，Bo:169，Co:102-2(T ldeb (< * 'labd ?)，Kanauri:lab‘葉’，K:lap‘葉’，TB:*lap‘葉’)。

【異說】[lob] ‘花’ ↔『葉』(Si:212)。

#12-6 『 接 』

漢： tsjap D 『接』(635e)

藏： chabs < *tshyabs 「一起」，「一塊兒」

緬： cap 「加入」，「聯合」，「連接」

【参看】Be:169x(ST *tsyap)，G1:57，Bo:9，Co:57-2(T chabs < PT *tshyabs TB *tsyap).

【謹案】≪儀禮、喪服≫：「諸侯之大夫，以時接見乎天子。」≪注≫：「接，猶會也。」

#12-7 『 甲 』

漢： krap D 『甲』(629a)

krəp D 『鞈』(675l)(又見 :緝部 #5-14)

藏： khrab 「盾牌」, 「鱗甲」, 「鎧甲」

【參看】Si:237, G1:56, Bo:311, Co:131-5, Yu:20-3.

【謹案】『鞈』, 指古代用來保護胸部的革甲。≪管子、小臣≫：「輕罪入蘭盾革二戟。」≪注≫：「鞈革, 重革, 當心着之, 可以禦矢。」

#12-8 『 夾 』

漢： kriap D 『夾』(630a)

giap D 『挾』(630l)

藏： khyab-ba 「充滿」, 「抱」

【參看】Bo:41, Yu:20-2(≪書、禹貢≫：「夾右碣石。」)

【謹案】『夾』, 在左右扶持。≪說文≫：「夾, 持也。」

【異說】[khyab-ba] ‘充滿’‘抱’ ↔ 『梜』(Co:71-3)。

#12-9 『 蓋 』

漢： gap > ɣâp A 『盍』(642n)

kab > kâi C 『蓋』(642q)

藏： 'gebs-pa 「復蔽」

'gab 「覆蓋」

dgab(未來式), bkab(完成式) 「復蔽」

【參看】G1:55, Bo:5, Co:59-1(T stem:*gab/*khab), G2:31, Yu:20-1.

【異說】['god] ‘蓋房子’ ↔ 『蓋』(Si:182)。

#12-10 『 闔 』

漢： gap > ɣâp D 『闔』(675i)

藏： rgyab 「不和」, 「背」, 「關(門)」

【參看】Yu:20-4(≪易、繫辭≫：「一闔一闢謂之變。」)

#12-11 『 業 』

漢：ngjap D 『業』(640a)

藏： brgyab 「作事」

【參看】Yu:20-5(≪易、文言≫：「君子進德修業。」)

#12-12 『 帢 』

漢： 'jap D 『帢』(0)

藏： yab-pa, gyab-pa 「上鎖」, 「覆」, 「隱蔽」

(詞幹 yab)

【參看】Co:59-2(“『帢』‘kerchief’: Han-time dialect word”).

【謹案】『帢』, 幧頭。≪方言、四≫：「自河以北, ‘趙’‘魏’之間, 幧頭, 或謂之帢。」≪釋名、釋首飾≫：「綃頭, ‘齊’人謂之帢, 言斂髮使上從也。」

#12-13 『 呷 』

漢： hrap A 『呷』(0)

藏： hab　　「滿嘴」，「一口」
緬： hap　　「咬住」，「咬着」
【參看】La:51, Be:32, Co:43-4.
【謹案】『呷』，吸飲。≪說文≫：「呷，吸呷也。」

13. 談部 [-am]

#13-1　『 泛 』
漢： phjam C　　『泛』(641b)、『汎』(625f)
phjam C　　『氾』(626c)
bjam A　　『氾』(626c)
藏： 'byam-pa, byams　　「氾濫」，「被普及」
(詞幹 byam)
【參看】Si:258, G1:60, Co:81-1.
【異說】['phyam] '大河''「游玩' ↔ 『泛』(Yu:32-18)。
#13-2　『 貶 』
漢： pjiam B　　『貶』(641d)
藏： 'pham-ba, pham　　「被減少」，「被縮小」，「被打敗」，「被征服」
【參看】Co:63-5.
【謹案】『貶』，減損;節省。≪說文≫：「貶，損也。」≪左傳、僖二一年≫：「脩城郭，貶食省用，務穡勸分。」
#13-3　『 凡 』
漢： bjam A　　『凡』(625a)
藏： 'byams　　「無限」，「究竟」，「擴展」
【參看】Yu:32-19.
【異說】① ['bum] '萬(數詞)' ↔ 『凡』(Sh:21-23);
② ['bum] '萬(數詞)' ↔ 『萬』(Si:280).
#13-4　『 談 』
漢： dam A　　『談』(617l)
dəm A　　『譚』(646c) (又見 :侵部 #6-3)
藏： gtam　　「談」，「談論」，「演說」
gdam　　「教訓」
【參看】Si:256, Be:69a;191, G2:59, Co:137, Yu:32-14(≪詩、節南山≫：「不敢戲談。」)
【謹案】『譚』，稱說;談論。同談。≪莊子、則陽≫：「夫子何不譚我於王」≪疏≫：「

譚，猶稱說也。」

#13-5　『染』

漢：njam　B, C　　　　　　　　　『染』(623a)

藏：nyams-pa　　　　　　　　　　「被弄壞」，「着染的」，「使變色」

【参看】Co:140-3("stem:*nyam < nyam+s. OT variant:nyam--Inscription at the Tomb of Khi-de-srong-brtsan").

#13-6　『藍』

漢：glam > lâm　A　　　　　　　『藍』(609k)

藏：rams　　　　　　　　　　　　「靛青」，「藍靛」

ram　　　　　　　　　　　　　「靛青」，「藍」

【参看】Sh:22-11, Be:177p, Bo:82, G2:9, Yu:32-23(≪荀子、勸學≫：「青出於藍而勝於藍。」)

#13-7　『籃』

漢：glam > lâm　A　　　　　　　『籃』(0)

gam > ɣɐm　A　　　　　　　『函』(643a-f)

藏：sgrom　　　　　　　　　　　「箱」，「柜」，「盒」

【参看】Yu:31-5(≪禮記、曲禮≫：「席間函丈。」)

#13-8　『炎』

漢：rjam > zjäm　A　　　　　　『炎』(617ab)、『燅』(617h)

藏：slam-pa　　　　　　　　　　「炒」，「煎」

【参看】Co:50-3(T stem:*lam).

【謹案】『燅』，在湯中煮肉。一曰以湯去毛。≪說文≫：「燅，於湯中爚肉也。」≪玄應、一切經音義≫：「"通俗文"：『以湯去毛曰燅。』」

#13-9　『慙』

漢：dzam　A　　　　　　　　　　『慙』(610c)

藏：'dzem　　　　　　　　　　　「羞」，「忸怩」

【参看】La:6, Si:260, Yu:30-27(≪說文≫：「慙，愧也。」)

#13-10　『彡』

漢：sram　A　　　　　　　　　　『彡』(0)

藏：ag-tsom　　　　　　　　　　「下巴的鬍子」

緬：tsham　　　　　　　　　　　「頭髮」

【参看】Sh:22-19, Be:169f(TB *tsam), Co:90-2.

#13-11　『纖』

漢：sjam　A　　　　　　　　　　『纖』(620e)

藏：zim-bu (詞幹 zim)　　　　　「美麗的」，「細細的」，「苗條的」

【参看】Sh:17-32.

【謹案】『纖』，微細;細小。≪說文≫：「纖，細也。」≪文選、司馬相如、子虛賦≫：「雜纖羅，垂霧…。」≪'良'注≫：「纖，細也。」

#13-12　『 甘 』

漢： kam A　　『甘』(606ab)

藏： rkam　　「貪」,「愛」

【參看】Yu:32-1(≪詩、伯兮≫:「甘心首疾。」)

【謹案】此‘甘心’卽願意;情願(見向熹 1986:125)。

#13-13　『 銜 』

漢： gram A > ɣam　　「銜」(608a)

gəm A > ɣâm　　「含」(651l) (又見 :侵部 #6-22)

藏： 'gam-pa (詞幹 *gam)　　「放進口中」

gams　　「放進口中」

'gram　　「呑」(Yu:32-4)

【參看】Si:252, Sh:22-15, Be:166e;183j, G1:151, Bo:203, Co:95-1 (TB *gam), G2:33, Yu:32-4.

#13-14　『 鹽 』

漢： grjam A　　『鹽』(609n)

藏： rgyam-tshwa　　「一種岩鹽」

【參看】Si:253, Be:177c(TB *gryum), G1:61, Co:128-4(stem:rgyam < PT *gryam).

#13-15　『 鈐 』

漢： gjam A　　『鈐』(0)

藏： khyem　　「鏟」,「勺」,「鋤」

【參看】Yu:30-19(≪說文≫:「鈐, 大犁也。」)

#13-16　『 巖 』

漢： ngram A　　『巖』(607l)

藏： rngams-pa　　「高」,「高度」

【參看】Bo:456, Co:93-3(stem:rngam < PT *ngram).

#13-17　『 嚴 』

漢： ngjam A　　『嚴』(607h)

ngjam B　　『儼』(607k)

藏： rngam-pa　　「忿怒」,「威嚴」,「壯麗」

【參看】Bo:456, Co:93-3(stem:rngam < PT *ngram), Yu:32-7.

【異說】[rngom] ‘威猛’‘高貴’ ↔『嚴』(Yu:31-17)。

#13-18　『 驗 』

漢： ngjam C　　『驗』(613h)

藏： ngams　　「經驗」,「感受」

【參看】Yu:32-11(≪淮南、主術≫:「驗在近而求之遠。」)

【異說】[bgam] ‘測驗’ ↔『驗』 (Yu:32-11≪呂覽、察傳≫:「必驗之以理。」)

14. 魚部 [-ag, -ak]

#14-1 『 豝 』

漢： prag A 『豝』(39d)

藏： phag 「猪」, 「小猪」

緬： wak 「猪」, 「小猪」

【参看】Co:117-4, 聞宥1980:133.

【謹案】『豝』, 牝猪。《說文》:「豝, 牝豕也。……一曰: 二歲能相把拏也。」

【異說】[phag]'猪''小猪' ↔ 『猪』*tjag (Si:45)。

#14-2 『 百 』

漢： prak D 『百』(781a-e)

藏： brgya 「百」

緬： a-ra A 「百」

【参看】Si:102, Be:161e, G1:18 (OC prak < *priak;WT brgya < *brya, see Li 1959: 59；WB a-ra A < a-rya), Bo:79, Co:96-2 (PT *prya > *brya), 李方桂(1971:44)說:「『百』字pɐk很可能是從*priak來的, 不過到了《切韻》時代已經跟*prak相混, 無可分辨。」

#14-3 『 怕 』

漢： prag C, prak D 『怕』(782l)

藏： bag 「怕」, 「恐怖」

【参看】Si:48.

#14-4 『 笆 』

漢： prag A, brag B 『笆』(39s)

藏： spa, sba 「手杖」, 「棒」

緬： wa 「手杖」, 「棒」

【参看】La:34, Sh:1-19, Be:188w, Co:38-4.

#14-5 『 父 』

漢： bjag B 『父』(102a)

pag B 『爸』(0)

藏： pha 「父親」

緬： a-pha B 「父親」

【参看】Sh:1-8(『爸』), Be:134a(『父』 TB *pwa);189a(『爸』 TB *pa), G1:14(『父』), Co:77-3(TB *pa 『父』;『夫』:*pjag 'male, man';『甫』:*pjag B 'honorific name-suffix for male'), Yu:5-28(『父』).

【謹案】《廣雅、釋親》:「爸, 父也。」《疏證》:「爸者, 父聲之轉。」王力認爲此二詞是同源詞(1982:177)。

#14-6　『膚』

漢：pljag　A　　『膚』(69g)

藏：pags, lpags　　「皮膚」,「獸皮」

【参看】G1:7, Bo:269, Co:134-1(PT *plags > T lpags).

【異說】[spu]‘體毛’↔『膚』(Sh:4-27)。

#14-7　『馬』

漢：mrag　B　　『馬』(40a)

藏：rmang　　「馬」,「駿馬」

緬：mrang　C　　「馬」,「小馬」

【参看】Be:189e(TB *m-raŋ), G1:17, Coblin 1974, 孫宏開 1989:12-24.

#14-8　『無』

漢：mjag　A　　『無』(103a)

mjag　A　　『毋』(107a)

藏：ma　　「不」,「沒有」,「別」

緬：ma　B　　「不」

【参看】G1:8, Bo:408, Co:113-3("In late Zhou traditional text the graph毋 was conventionally used only to write the prohibitive use of *mjag.In recently excavated texts it has been found in the sense 'have not'."), Yu:5-31(≪詩、行露≫:「誰謂雀无角。」≪野有死鹿≫:「無使尨也吠 。」

#14-9　『巫』

漢：mjag　A　　『巫』(105a)

藏：'ba-po　　「巫師(男)」

'ba-mo　　「巫師(女)」

【参看】G1:15, Bo:409, Co:107-3(T stem:'ba).

#14-10　『武』

漢：mjag　B　　『武』(104a-e)

藏：dmag　　「軍隊」,「一大群」

緬：mak　　「戰爭」

【参看】Bo:275, Co:107-5 (PLB *mak '軍人/戰爭':Matisoff 1972:58, TB *dmak(?).

#14-11　『睹』

漢：tag　B　　『睹』(45c'),『覩』(45d')

藏：lta　　「看」,「觀察」

【参看】G1:16, Yu:5-21(≪易、文言≫:「聖人作而萬物睹。」)

【異說】[mig-ltos]‘視界’↔『睹』、『覩』(Sh:5-15)。

#14-12　『荳』

漢：tag　B　　『荳』(0)

藏：lto-ba　　「荳子」,「胃」

【参看】Sh:5-16.

【謹案】≪廣韻≫：「荳，腹荳。」≪廣雅、釋親≫：「胃，謂之荳。」

#14-13 『 赭 』

漢： tjiag B 『赭』(45d)

藏： btsag 「赭土」，「黄土」(Si:52)

'btsa 「鐵銹」(Yu:5-32)

緬： tya 「好紅的」

ta 「好紅的」，「炎熱的紅」

【参看】Si:52, Co:129-2, Yu:5-32.

【謹案】『赭』，指紅土。≪說文≫：「赭，赤土也。」≪管子、地數≫：「上有赭，下有鐵。」亦指紅色。≪詩、邶風、簡兮≫：「赫如渥赭，公言錫爵。」≪毛傳≫：「赭，赤色也。」

#14-14 『 橐 』

漢： thak D 『橐』(795p)

藏： rdog-po 「包袱」

【参看】Yu:15-13. 보

【謹案】『橐』，一種口袋。≪詩、大雅、公劉≫一章：「乃裹餱糧，于橐于囊。」≪毛傳≫：「小曰橐;大曰囊。」

#14-15 『 拓 』

漢： thak D 『拓』(795l)

藏： ltag 「最上面的」，「在上面」

緬： tak 「登上」，「升高」

əthak 「上面」

【参看】Co:154-3(T stem:*thag).

【謹案】『拓』，承；舉。≪廣韻≫：「拓，手承物。」≪列子、說符≫：「孔子之頸，能拓國門之關。」≪注≫：「拓，舉也。」

#14-16 『 渡 』

漢： dag D 『渡』(801b)，『度』(801a)

藏： 'da-ba (詞幹 *da) 「過」，「超出」

【参看】Si:89, G1:10, Co:116-1, Yu:5-24(≪漢書、王莽傳≫：「度百里之限。」)

#14-17 『 度 』

漢： dak D 『度』(801a)

藏： rtog 「想」

【参看】Yu:15-11(≪孟子、梁惠王≫：「王請度之。」)

#14-18 『 除 』

漢： drjag A, C 『除』(82mn)

藏： 'dag-pa, dag 「掃除」，「除去」

【参看】G1:26, Co:124-1.

#14-19 『 宅 』

漢： drak D 『宅』(780b-d)
藏： thog 「屋子」
【参看】Yu:15-12.
【謹案】『宅』，居處；居住的地方，卽房子。《詩、大雅、崧高》：「王命召伯，定申伯之宅。」

#14-20 『 女 』
漢： nrjag B 『女』(94a)
藏： nyag-ma (詞幹 nyag) 「婦女」，「女人」
【参看】Si:34, Bo:271, Co:161-1.
【異說】[mna-na] '子婦''新娘子' ↔ 『女』(Be:187j TB *(m-)na, Yu:5-26)。

#14-21 『 如 』
漢： njag A 『如』(94g)
njak D 『若』(777a)
藏： na 「如果」，「萬一」，「假設」
【参看】G1:11, Yu:5-25.

#14-22 『 洳 』
漢： njag A 『洳』(94q)
藏： na 「(河邊的)低草地」
【参看】Co:107-4.
【謹案】『洳』，指沼澤；濕地。《集韻》：「洳，《說文》：『漸溼也。或作洳。』」

#14-23 『 鹵 』
漢： lag > lwo B 『鹵』(71ab)
lag A 『魯』(70a-d)
藏： rags-pa 「粗劣的」，「厚的」，「粗大的」
【参看】Co:55-3(stem:*rag< rag + s ?).
【謹案】『鹵』，鈍;通魯。《文選、劉楨、贈五官中郎將詩》：「小臣信頑鹵，僶俛安能追。」『魯』，遲鈍。《論語、先進》：「'柴'也愚，'参'也魯。」《注》：「'孔'曰:魯，鈍也。'曾子'性遲鈍。」

#14-24 『 盧 』
漢： lag A 『盧』(69d)
lag A 『壚』(69j)
藏： rog-po 「黑的」
bya-rog (詞幹 rog) 「黑鳥」
【参看】Co:44-3.
【謹案】『盧』，指黑色。《書、文侯之命》：「盧弓一，盧矢百。」《傳》：「盧，黑也。」『壚』，指黑色而質地堅實的土壤。《說文》：「壚，黑剛土也。」《書、禹貢》：「下土墳壚。」

#14-25 『 盧 』

漢： ljag A 『盧』(69q)
藏： ra 「院落」
【參看】Yu:5-45.
【謹案】『盧』，指簡陋的房屋，特指田中看守庄稼的小屋。≪詩、小雅、信南山≫：「中田有盧，疆埸有瓜。」≪鄭箋≫：「中田，田中也。農人作盧焉，以便其田事。」

#14-26 『 勴 』
漢： ljag C 『勴』(0)
藏： rogs 「助」
【參看】Yu:15-22.
【謹案】『勴』，贊勉。≪爾雅、釋蠱≫：「左、右、助，勴也。」≪注≫：「勴，謂贊勉也，不以力助，以心助也。」

#14-27 『 旅 』
漢： gljag > ljwo B 『旅』(77a-d)
藏： dgra 「敵人」
【參看】Bo:267;268, Co:72-4(T stem:*gra).
【謹案】① 『旅』，軍隊的通稱。≪書、武成≫：「'受'率其旅若林，會于'牧野'。」≪論語、先進≫：「加之以師旅，因之以饑饉。」
② 包擬古，柯蔚南二氏又舉藏語[gras]'種''類''族';['gras-pa]'憎恨'來比於『旅』。前者與漢語『類』同源(參看:微部#7-9)，後者則語義上與『旅』不大相關。

#14-28 『 呂 』
漢： gljag > ljwo B 『呂』(76a-c)
藏： gra-ma (詞幹 gra) 「(麥等的)芒」，「(魚的)骨」
【參看】Bo:419, Co:138-3.
【謹案】『呂』，背骨，脊住。≪說文≫：「呂，脊骨也。象形。」

#14-29 『 旟 』
漢： rag > jiwo A 『旟』(89l)
rag > jiwo B 『舁』(89a)
rag > jiwo A 『譽』(89i)
藏： bla 「在頭上」，「在…之上」，「較高的」
【參看】Co:154-4(T stem:*-la).
【謹案】『旟』，飛揚。≪詩、小雅、都人士≫：「匪伊捲之，髮則有旟。」≪毛傳≫：「旟，揚也。」『舁』，共同擡舉。≪說文≫：「舁，共舉也。」≪三國志、魏志、鍾繇傳≫：「虎賁舁上殿就坐。」

#14-30 『 夜 』
漢： rag C 『夜』(800jk)
藏： zla 「月」

緬： la　　　　　　　　　　　　「月」

【参看】G2:16, Yu:5-40(≪詩、葛生≫：「冬之夜。」). 梅祖麟(1979:133)：「和藏文 zla-ba“月亮”同源的是“夜”*lag～“夕”*ljiak, …。可證喩四的上古音是*l-。」

【異說】① [zla] ‘月亮’ ↔『月』(*ngwjat)　(Si:207)

② [zhag（＜ PT *ryag] ‘一天(二十四個鐘頭) ↔『夜 *riagh』、『夕*rjiak』(Co:112-4)

#14-31　『祖』

漢： tsag　B　　　　　　　　『祖』(46b')

藏： rtsa　　　　　　　　　　「根」,「主要」

【参看】Yu:5-34(≪易、小過≫：「過其祖」。≪廣雅、釋蟲≫：「祖, 本也」。)

#14-32　『措』

漢： tshag　C, tsak　D　　　　『錯』(798s)、『措』(798x)

藏： 'tshogs　　　　　　　　　「集」,「聚」

【参看】Yu:15-19(≪易、繫辭≫：『錯綜其數』。)

【謹案】『措』, 交雜；通錯。≪史記、燕召公世家論≫：「‘燕’北迫蠻貉, 內措‘齊’、‘晉’。」≪索隱≫：「措, 交雜也。又作錯。」

#14-33　『作』

漢： tsag　C, tsak　D　　　　『作』(806l)

藏： mdzad　　　　　　　　　「作」,「製作」

【参看】La:83.

#14-34　『且』

漢： tsag, tshjiag　B　　　　『且』(46a)

藏： cha-ba　　　　　　　　　「將要」,「將開始時」

緬： ca　B　　　　　　　　　「開始」,「起頭」,「開端」

【参看】G1:9, Co:36-1(T stem:cha ＜ PT *tshya).

#14-35　『楚』

漢： tshjag　B　　　　　　　『楚』(88a-c)

藏： tsho-ma (詞幹 tsho)　　　「刺」

【参看】Sh:5-6, Be:170c(TB *tsow).

【謹案】≪說文≫：「楚, 叢林。一名荊也。」又云：「荊, 楚木也。」‘荊棘’卽帶刺的灌木。

#14-36　『沮』

漢： dzjag　B　　　　　　　『沮』(46k)

藏： 'dzag-pa, gzags, gzag (詞幹 dzag)　　「滴流」,「水滴」,「滴下」

【参看】Co:152-4.

【謹案】『沮』, 泄漏。≪禮記、月令≫：「大衆以固而閉地氣沮泄, 是謂發天地之房。」≪呂氏春秋、仲冬季≫：「仲冬之月，……地氣泄漏。」

#14-37　『藉』

漢：　dzjiak　D　　　　『藉』(798b')

藏：　'jags-pa　　　　「贈送」，「獻」，「贈」

【參看】Co:121-3(『藉』OC *dzjiagh > dzja- ‘to present, contribute’, T stem: 'jags < PT *dzyag).

【謹案】古漢語『藉』，具有‘貢獻’之義。如≪穀梁傳、哀十三年≫：「欲因‘魯’之禮，因‘晉’之權，而請冠端而襲其藉于‘成周’。」(參見≪大辭典≫4153頁)。但此『藉』念爲入聲秦昔切，而柯蔚南誤注爲去聲的*dzjiagh。

#14-38　『所』

漢：　sjag　B　　　　『所』(91a-c)

藏：　sa　　　　「地方」

【參看】Be:171f, Yu:5-46(≪考工記、梓人≫：「不屬于王所。」

#14-39　『賈』

漢：　krag　B　　　　『賈』(38b)

藏：　ka　　　　「財物」

【參看】Yu:5-3.

【謹案】『賈』，賣。≪詩、邶風、谷風≫：「既阻我德，賈用不售」。≪鄭箋≫：「如賣物之不售。」做生意。≪詩、大雅、瞻卬≫四章：「如賈三倍，君子是識。」≪鄭箋≫：「賈物而有三倍之利。」≪說文、賈、段注≫：「凡賣者之所得，買者之所出，皆曰賈。」

#14-40　『擧』

漢：　kjag　B　　　　『擧』(75a)

藏：　'khyog-pa, khyag, khyog　　　　「擧」，「擧起」

(詞幹 khyag)

【參看】G1:13, Co:103-2.

#14-41　『苦』

漢：　khag　B　　　　『苦』(49u)

藏：　kha　　　　「(味道)苦的」

緬：　kha　C　　　　「(味道)苦的」

【參看】Be:165d;186b(TB *ka), G1:5, Bo:263, Co:44-1。

【異說】[bska] ‘澁’ ↔『苦』(Yu:5-5)。

#14-42　『苦』

漢：　khag　C　　　　『苦』(49u)

藏：　khag-po　　　　「困難」，「硬」

dka-ba　　　　「困難」，「艱難」

緬：　khak　　　　「困難」，「硬」

【參看】G1:6, Bo:263, Co:44-1(TB *ka).

【謹案】古漢語『苦』，亦指艱辛。≪禮記、禮運≫：「飲食男女，人之大欲存焉；死亡貧苦，人之大惡存焉。」

#14-43 『赤』

漢： khrjak D 『赤』(793a-c)

藏： khrag 「血」

緬： hrak 「羞愧」，「害羞」

【参看】G1:20, Bo:455, Co:123-2.

【謹案】此藏語詞彙又與漢語『赫』同源，参看#14-58。

【異說】[khrag] ‘血’ ↔ 『血』(Si:29)。

#14-44 『恪』

漢：khlak D 『恪』(766g)

藏：skrag-pa 「恐懼」，「喪膽」

【参看】Be:159c(TB *grək～*krək), Co:78-1(stem:*khrak).

【謹案】『恪』，恭敬。本作愙。≪說文≫：「愙，敬也。」≪書、盤庚≫：「恪謹天命。」≪傳≫：「敬謹天命。」≪詩、商頌、那≫：「溫恭朝夕，執事有恪。」≪集傳≫：「恪，敬也。」此同源詞之間語義(‘恭敬’，‘恐懼’)關係不是很密切。

#14-45 『夏』

漢： grag > ɣâ B，C 『夏』(36ab)

藏： rgya-bo 「漢人」，「胡須」

【参看】Yu:5-14.

#14-46 『巨』

漢： gjag B 『巨』(95ab)

藏： mgo 「頭」，「首」

go 「首領」，「巨頭」

'go 「首領」，「巨頭」

【参看】Sh:5-1.

【異說】[mgo]‘頭’‘首’;[go]‘首領’‘隊長’ ↔『喬』(gjagw A)

『僑』(gjagw A) (Co:93-4)。

【謹案】柯蔚南的說法，從音韻對應關係來看，沒有很大的問題，然而其詞義關係不夠明顯。『巨』，義同大。≪方言、一≫：「巨，大也。齊、宋之間曰巨。」又有極、最之義。如≪荀子、王霸≫：「國者，巨用之則大，小用之則小。」≪注≫：「巨者，大之極也。」

#14-47 『遽』

漢： gjag C 『遽』(803cd)

藏： mgyogs 「快」

【参看】Si:25, Yu:15-7.

【謹案】『遽』，倉猝，急速。≪國語、晉語四≫：「謁者以告，公遽見之。」≪注≫：「遽，疾也。」

#14-48 『渠』

漢： gjag A　　『渠』(95g)

藏： kho　　「他」(3d pers.pron.)

【參看】Sh:5-2(『渠』:3d pers.pron.)

【謹案】『渠』，彼；他。《集韻》：「吳人呼彼稱。通作渠。《三國志、吳志、趙逵傳》：「女婿昨來，必是渠所竊。」《玉臺新詠、佚名、孔雀東南飛》：「雖與府吏要，渠會永無緣。」《注》：「《正字通》：『俗語謂他人爲渠儂。』」

#14-49 『烙』

漢： glak D　　『烙』(766n)

藏： sreg　　「燒」，「炒」

【參看】La:96.

【謹案】『烙』，灼，燒。

#14-50 『絡』

漢： glak D > lək　　『絡』(766o)

藏： 'grags　　「繫結」

【參看】G2:4.

【謹案】『絡』，纏繞。《楚辭、宋玉、招魂》：「'秦'篝'齊'縷，'鄭'綿絡些。」

#14-51 『璐』

漢： glag > luo C　　『璐』(766r)

藏： gru　　「寶石的光澤」

【謹案】包擬古原比於『俅』(* gjəgw，《說文》：「俅，冠飾貌。」)，今改比於『璐』。《說文》：「璐，玉也。」《楚辭、屈原、九章、涉江》：「冠切雲之崔嵬，被明月兮珮寶璐。」《注》：「寶璐，美玉也。」

#14-52 『魚』

漢： ngjag A　　『魚』(79a)

藏： nya　　「魚」

緬： nga　　「魚」

【參看】Si:88, Sh:2-25, Be:124a(TB *ŋya, ST *ŋya), G1:4, Bo:266;377, Co:80-1 (Tsangla nga, K nga, L hnga), Yu:5-20 (《詩、衡門》：「豈其食魚，必河之鯉。」)

#14-53 『吾』

漢： ngag A　　『吾』(58f)

　　 ngar B　　『我』(2a-g) (又見歌部 #10-30)

藏： nga　　「我」，「我們」

緬： nga A　　「我」

【參看】Si:86, Sh:2-26, Be:160n;188b(TB *ŋa), G1:2, Bo:265;292, Co:96-4(TB *nga, Nung nga), Yu:5-16 (《石鼓》：「吾車旣工。」)

#14-54　『五』

漢： ngag　B　　『五』(58a)

藏： lnga　　「五」

緬： nga　C　　「五」

【参看】Si:87, Sh:2-27, Be:162e, G1:1, Bo:264, Co:80-3(TB *l-nga), Yu:5-18.

#14-55　『咢』

漢： ngak　D　　『咢』(788fg)

藏： rnga　　「鼓」

【参看】Bo:250, Co:67-2.

【謹案】≪爾雅、釋樂≫：「徒擊鼓，謂之咢。」≪詩、大雅、行葦≫四章：「嘉殽脾臄，或歌或咢。」≪毛傳≫：「徒擊鼓曰咢。」『咢』，謂只擊鼓而不歌唱(見向熹1986:92)。

#14-56　『語』

漢： ngjag　B, C　　『語』(58t)

藏： ngag, dngags　　「講演」，「談話」，「詞」

【参看】G1:3, Bo:273, Co:137-3.

【異說】[smra]'談' ↔『語』(Si:95)。

#14-57　『惡』

漢： 'ak　D　　『惡』(805h)

藏： 'ag-po (詞幹 *ag)　　「壞」

【参看】G1:19, Co:38-3.

#14-58　『壑』

漢： hak　D　　『壑』(767a)

藏： grog　　「深溝」

【謹案】① 俞敏原比於『洛』，『雒』(*klak) (Yu:15-5)，未得語義上的聯關，因而今改比於『壑』。『壑』，山谷，聚水的溝坑。≪禮記、郊特牲≫：「土反其宅，水歸其壑。」

② 俞氏又把藏語[khog]'腔''內部'比於『壑』(Yu:15-4),此比較亦在語義上的關係不够明顯。

#14-59　『赫』

漢： hrak　D　　『赫』(779a)

藏： khrag　　「血」

【参看】Bo:455(「血」:blood=red).

【謹案】『赫』，指火紅的樣子。也泛指紅色。≪說文≫：「赫，大赤貌。」≪廣雅、釋器≫：「赫，赤也。」参看 #14-43『赤』。

【異說】[khrag]'血' ↔『血』(Si:29)。

#14-60　『孤』

漢： kwag　A　　『孤』(41c)

藏： kho-na (詞幹 kho) 「獨自地」

【参看】Sh:5-13.

#14-61 『扈』

漢： kwag C 『扈』(53de)

藏： bskos 「給……託事」

【参看】Sh:5-12.

#14-62 『瓜』

漢： kwrag A 『瓜』(41a)

藏： ka 「瓜(葫蘆)」

【参看】Yu:5-2.

#14-63 『攫』

漢： kwjak D 『攫』(778b)

kwjag C 『據』(803f)

藏： 'gog-pa, bkog, dgog, khog (詞幹 khog) 「奪取」,「捕捉」,「携走」

【参看】G1:171, Co:130-1.

#14-64 『鞹』

漢： khwak D 『鞹』(774i)

藏： kog-pa, skog-pa 「皮」,「外皮」

緬： ə-khauk 「樹皮」

【参看】Be:74a, Co:134-2(TB *kwâk, Yu:15-1.

【謹案】『鞹』, 去毛的皮。卽革。《說文》:「鞹, 革也。」《論語、顏淵》:「虎豹之鞹, 猶犬羊之鞹。」

#14-65 『戶』

漢： gwag > ɣuo B 『戶』(53a)

藏： sgo 「門」

【参看】Si:85, Be:166j, G1:176, Bo:270, Co:66-1, G2:34 (《說文》:「……半門謂戶。」)

#14-66 『胡』

漢： gwag > ɣuâ A 『胡』(49a')

藏： ga 「什麼」,「爲什麼」

【参看】Yu:5-9.

【謹案】古漢語『胡』, 用作疑問代詞'什麼''爲什麼', 如《詩、大雅、桑柔》十章:「匪言不能, 胡斯畏忌?」《鄭箋》:「胡之言何也。」

#14-67 『胡』

漢： gwag > ɣuâ A 『胡』(49a')

藏： rga 「老」

【参看】Yu:5-13.

【謹案】『胡』，壽考;長壽。《詩、周頌、載芟》：「有椒其馨，胡考之寧。」《毛傳》：「胡，壽也;考，成也。」又《詩、周頌、絲衣》：「不吳不敖，胡考之休。」《集傳》：「不喧譁，不怠敖，故能得壽考之福。」《通釋》：「胡考，猶壽考也。」今從漢藏詞源學的觀點來看，'胡考'卽老考，《說文》老考二字互訓，可見'胡考'亦爲同義複詞。

#14-68 『胡』

漢： gwag > ɣuâ A　　『胡』(49a')

藏： rgya-bo　　「胡須」，「漢人」

【参看】Yu:5-14.

【謹案】『胡』，牛頸下垂肉。泛指獸之頸下垂肉。《說文》：「胡，牛顄垂也。」《繫傳》：「臣鍇曰：牛顄下垂皮也。」

#14-69 『狐』

漢： gwag > ɣwo A　　『狐』(41i)

藏： wa　　「狐狸」

【参看】Si:97, Be:166c;111--p.34, Bo:108, Co:84-1(TB:gwa), Yu:5-37 (《詩、七月》：「取彼狐狸」)。

#14-70 『壺』

漢： gwag > ɣwâ A　　『壺』(56a-d)

krag B　　『斝』(34ab)

藏： skya　　「壺」

【参看】Yu:5-8.

#14-71 『護』

漢： gwag > ɣwo C　　『護』(784k)

藏： 'gogs-pa　　「預防」，「避開」

【参看】Bo:278, Co:89-4(stem:*gog < 'gog + s ?).

#14-72 『韄』

漢： gwriak > ɣwɛk D　　『韄』(784e)

藏： 'grogs-pa　　「繫結」，「繫帶」，「縛」

【参看】Bo:35, Co:42-4(T stem:*grog < grog + s ?).

【謹案】『韄』，束縛。《莊子、庚桑楚》：「夫外韄者，不可繁而捉。」《疏》：「韄者，繫縛之名。」

#14-73 『于』

漢： gwjag > ju A　　『于』(97a)

gwjang > jwang B　　『往』(739k)

藏： 'gro　　「行」，「走」

緬： krwa　　「去」，「來」

【参看】Be:167c, G1:172, Co:86-3.

#14-74 『芋』

漢： gwjag > ju　C　　　　　　『芋』(97o)
藏： gro-ma (詞幹 gro)　　　　「(西藏的)甘薯」
【參看】G1:173, G2:39.

#14-75　『羽』
漢： gwjag　B　　　　　　　『羽』(98a)
藏： sgro　　　　　　　　　　「羽毛」
【參看】G1:174, Co:78-2, G2:40.

#14-76　『迂』
漢： gwjag > ju　A　　　　　　『迂』(97p)
藏： gyog-pa　　　　　　　　「弄彎的」,「彎曲的」
【參看】Co:41-3.

#14-77　『寤』
漢： ngwag　C　　　　　　　『寤』(58n)、『晤』(58l)
藏： snga　　　　　　　　　「早」,「前」
【參看】Yu:5-19.
【參看】『寤』, 從睡中醒過來。通晤。《說文》:「寤, 寐覺而有言曰寤。」

#14-78　『迂』
漢： 'wjag > ju　A　　　　　　『迂』(97p)、『紆』(97y)
藏： yo-ba (詞幹 yo)　　　　　「斜的」,「彎曲的」
【參看】Bo:29, Co:41-3.

#14-79　『呼』
漢： hwag　A, C　　　　　　『呼』(55h)
藏： ha　　　　　　　　　　「叫」,「招」
【參看】Yu:5-48(《莊子、讓王》:「仰天而呼」。)

15. 陽部 [-ang]

#15-1　『放』
漢： pjang　C　　　　　　　『放』(740i)
藏： spong-pa, spang-ba, spangs,　「不要」,「戒」,「放棄」
spang, spong (詞幹 spang)
【參看】G1:22, Co:106-1, Yu:25-10.

#15-2　『方』
漢： pjang　A　　　　　　　『方』(740a-f)
phjang　B　　　　　　　　『倣』(740v)

藏： sbyong-pa, sbyangs, sbyang, 「練習」, 「學習」, 「實行」
sbyongs (詞幹 sbyang)

【謹案】包擬古和柯蔚南原比於『匠』*dzjang C (參見Bo:337,Co:143-1), 而柯蔚南則爲了參考起見, 把『方』『放』二詞附記於此。我認爲此藏語詞彙與漢語『方』和『倣』同源的可能性較大, 因爲它們勿論音韻和詞義都很相似。

#15-3 『紡』

漢： phjang B 『紡』(740r)
藏： phang 「軸」
緬： wang B 「紡」

【參看】Si:127, G1:21, Co:138-2(TB *pwang).

#15-4 『坊』

漢： bjang A 『坊』(740x)
bjang A 『房』(740y)
藏： bang-ba (詞幹 bang) 「庫房」, 「倉庫」

【參看】Bo:460, Co:72-1.

【謹案】①『坊』, 指別屋。≪文選、何晏、景福殿賦≫:「屯坊列署, 三十有二。」; 又指工廠, ≪新五代史、史宏肇傳≫:「夜聞作坊鍛甲聲。」; 又指賣物品的商店, ≪談苑≫:「'郭恕'先下馬入茗坊, 呼卒共。」
② 柯蔚南又比於『防』('築堤, 堤防'), 而此詞則與藏語在語義上不大聯關。

#15-5 『妄』

漢： mjang C 『妄』(742g)、『忘』(742i)
藏： rmong 「愚昧」

【參看】Yu:25-13.

#15-6 『盲』

漢： mrang A 『盲』(742q)
藏： rmong 「看不清」, 「不見」

【參看】Yu:25-12(≪韓非子、解老≫:「目不能決黑白之色則謂之盲」。)

【異說】[mdongs] '盲人的';[ldongs] '變成盲人' ↔『盲』(Bo:441)。

【謹案】包擬古的說法, 在語義上雖然是很好的對比, 而其音韻對應不太合適。

#15-7 『茫』

漢： mang A 『茫』(742d)、『芒』(742k)
藏： mang-po 「多」, 「多量」

【參看】Sh:22-25.

【異說】[mang-po] '多''多量'↔『孟』*mrang (Be:189k, Co:42-3)。

【謹案】①『茫』, 水勢浩大的樣子。通芒。≪詩、商頌、長發≫:「洪水芒芒, '禹'敷下土方。」; 又指廣大的樣子。≪詩、商頌、玄鳥≫:「天命玄鳥, 降而生商, 宅殷土芒芒。」≪毛傳≫:「芒芒, 大貌。」

②『孟』, 子女出生次序在先的稱孟, 也稱伯。《說文》:「孟, 長也。」可見, 與『孟』的對比, 在語義上以及在音韻上不如改爲與『茫』『芒』的比較。

#15-8 『氓』

漢: mrang A 『氓』(742u)

藏: dmangs 「一般民衆」,「人民」

【参看】Co:116-4(T stem:*mang < *-mang + s ?), Yu:25-26.

【謹案】《詩、衛風、氓》一章:「氓之蚩蚩, 抱布貿絲。」《毛傳》:「氓, 民也。」

#15-9 『明』

漢: mjiang A 『明』(760a-d)

藏: mdangs 「光明」,「光澤」,「光彩」

【参看】Bo:443, Co:49-1(T stem:*mdang < mdang + s ?).

#15-10 『張』

漢: trjang A, C 『張』(721h)

藏: thang-po 「緊張」,「緊」

thang-thang (詞幹 thang) 「最緊張」

緬: tang C 「拉緊」,「變緊或緊張」

【参看】G1:25, Co:150-2.

#15-11 『矘』

漢: thang B 『矘』(725c')

thjang C 『瞠』(725f')

藏: mthong 「看」

【参看】Yu:25-9(《管子、小問》:「瞠然視」。《說文》作『矘』。《方言》:「黨, 知也」。)

【謹案】《說文》:「矘, 目無精而直視。」『瞠』, 指張目直視的樣子。《莊子、田子方》:「夫子奔逸絶塵, 而'回'瞠若乎後矣。」《釋文》:「瞠, 直視貌。」《廣韻》:「瞠, 直視貌。」

#15-12 『鬯』

漢: thrjang C 『鬯』(719a-d)

藏: chang 「發酵的酒」,「葡萄酒」

【参看】Co:160-4(PT *thyang > T chang).

【謹案】『鬯』, 指古時祭祀所用的香酒。《詩、大雅、江漢》:「秬鬯一卣, 告于文人。」《鄭箋》:「秬鬯, 黑黎酒也。」

#15-13 『敞』

漢: thjang B 『敞』(725m)

藏: thang 「平坦的」

【参看】Co:119-4.

【謹案】『敞』, 指將高起的土地築成平臺, 用以遠望。《說文》:「敞, 平治高土, 可以遠望也。」

#15-14　『唐』

漢：dang　A　　『唐』(700ab)
　　dang　A　　『堂』(725s)
　　dang　B　　『蕩』(720p')

藏：dbang　　「權能」,「力量」

緬：ang　　「力量」,「勢」

【参看】Co:89-1.

#15-15　『塘』

漢：dang　A　　『塘』(700c)

藏：lteng　　「水坑」,「池塘」

【謹案】勞佛原比於『潭』*dəm A (La:37), 今改比於『塘』。

#15-16　『曩』

漢：nang　B　　『曩』(730k)

藏：gna-bo (詞幹 gna)　　「已往的」,「古代的」

【参看】G1:30.

【謹案】古漢語『曩』, 指昔日, 從前。≪文選、賈誼、過秦論≫:「深謀遠慮, 行軍用兵之道, 非及曩時之士也。」; 又指'久'。≪爾雅、釋蠱≫:「曩, 久也。」

#15-17　『讓』

漢：njang　C　　『讓』(730i)

藏：gnang　　「給」,「授予」,「讓給」

緬：hnang　C　　「給」,「交出」

【参看】G1:28, Bo:407, Co:86-2.

#15-18　『瀼』

漢：njang　A　　『瀼』(730f)

藏：na-bun　　「霧」,「濃霧」
　　khug-rna, khug-sna　　「霧」,「靄」,「霧氣」

緬：hnang　C　　「露水」,「霧」,「靄」

【参看】Be:190a, G1:29, Co:62:3.

【謹案】『瀼』, 指露水盛多的樣子。≪詩、鄭風、野有蔓草≫:「野有蔓草, 零露瀼瀼。」≪毛傳≫:「瀼瀼, 露蕃貌。」

#15-19　『湯』

漢：hlang > thəng　A, C　　『湯』(720z)

藏：rlangs　　「蒸發氣體」,「蒸氣」

【参看】Bo:172.

【異說】[thug] '湯''肉汁' ↔『湯』(Si:66)。

#15-20　『兩』

漢：ljang　B　　『兩』(736ab)

藏：srang　　「一兩」,「稱」

【参看】Yu:25-27(≪漢書、律曆志≫：「兩者兩黃鐘律之重也」。)

#15-21 『量』

漢： ljang A, C 『量』(737a)

藏： 'grang-ba, bgrang-ba 「數」,「計算」

grangs (詞幹 grang) 「數字」

緬： khrang A 「用容器量」

【参看】G1:34, Bo:418, Co:108-2, G2:3(PST *grjangs > rjangs > ljang).

#15-22 『揚』

漢： rang > jiang A 『揚』(720j-o)

藏： lang-pa (詞幹 lang) 「上揚」,「起來」

【参看】Bo:171, Co:125-4, G2:12.

【異說】[g-yang]'幸福''祝福' ↔『揚yang』 (La:95)。

#15-23 『楊』

漢： rang A 『楊』(720q)

藏： glang 「楊柳」

【参看】G2:64.

#15-24 『象』

漢： rjang > zjang B 『象』(728a-d)

藏： glang 「大象」,「牛」

【参看】G2:18.

#15-25 『臧』

漢： tsang A 『臧』(772f)

藏： bzang-po (詞幹 bzang) 「好」,「合適」,「美」

【参看】G1:24, Co:87-1.

【謹案】『臧』, 善；好。≪說文≫：「臧, 善也。」≪詩、小雅、小旻≫一章：「謀臧不從, 不臧覆用。」≪鄭箋≫：「臧, 善也。謀之善者不從, 其不善者反用之。」

#15-26 『將』

漢： tsjang A 『將』(727f)

藏： 'chang-pa 「拿在手裏握」,「守」,「支配」

【参看】Co:94-4(T stem *chang < PT *tshyang).

【謹案】『將』, 扶進。≪詩、小雅、无將大車≫一章：「无將大車, 祇自塵兮。」≪鄭箋≫：「將, 猶扶進也。」

#15-27 『倉』

漢： tshang A 『倉』(703ab)

藏： rdzang 「儲藏的箱或匣」

【謹案】勞佛和柯蔚南原比於『藏』(La:4, Co:57-1), 今改比於『倉』。≪說文≫：「倉, 穀藏也, 倉黃取以藏之, 故謂之倉。」≪釋名、釋宮室≫：「倉, 藏也, 藏穀物也。」

#15-28 『藏』

漢： dzang A 『藏』(727g')

藏： 'dzang-pa (詞幹 *dzang) 「儲藏財產」

【参看】Co:57-1.

【謹案】諸家所擧的藏語詞彙各殊，如:

① La:4 [rdzang] ‘儲藏的箱或匣’

② Si:144, G1:23 [gsang-ba] ‘隱藏’‘秘密’‘隱藏的’

③ Yu:25-15 [rdzong] ‘堡壘’

第一個說法，改比於『倉』。第二個說法，可以信從，但是其音韻對應不如['dzang-pa]適合。第三個說法則語義和音韻上都有問題。

#15-29 『相』

漢： sjang A, C 『相』(731a-c)

藏： stang 「樣子」，「風格」

【参看】Bo:16.

【謹案】『相』，形體容貌。≪荀子、非相≫:「則形相雖惡而心術善，無害爲君子也；形相雖善而心術惡，無害爲小人也。」

#15-30 『喪』

漢： smang A 『喪』(705a-d)

藏： song 「走了」，「去了」

【参看】Yu:25-20(≪論語≫:「二三子何患於喪乎?」)

#15-31 『岡』

漢： kang A 『岡』(697a)

藏： sgang 「凸起的小山或山嘴」

緬： khang A 「條狀高地」，「山脈或丘陵的山嘴」

【参看】La:2, Si:112, G1:27, Co:94-2.

【謹案】『岡』，山脊，山嶺。≪說文≫:「岡，山脊也。」≪詩、小雅、卷耳≫:「陟彼高岡，我馬玄黃。」；又指小山;丘陵。≪詩、小雅、天保≫:「如山如阜，如岡如陵，如天之方至，以莫不增。」

#15-32 『梗』

漢： krang B 『梗』(745e)

ngrang C 『硬』(0)

藏： mkhrang, khrang 「硬」，「堅固」，「堅定」

緬： rang B 「成熟」，「堅定」

【参看】G1:32, Co:91-3.

#15-33 『更』

漢： krang A, C 『更』(745ab)

藏： kyang 「又」，「連同」

【参看】Yu:25-24(≪漢書、食貨志≫:「月爲更卒」)

#15-34 『僵』

漢： kjang A 『僵』(710c)

藏： rkyoṅg 「伸開四肢躺下」

【参看】Yu:25-3.

【謹案】『僵』，仰面向後倒下。《說文》：「僵，偃也。」《呂氏春秋、貴卒》：「'鮑叔'御公子'小伯'僵。」;又指向前仆倒。《史記、蘇秦傳》：「詳僵而棄酒。」

#15-35 『康』

漢： khang A 『康』(746h)

藏： khong(-stong) 「裡頭」，「空膛兒」

【参看】Yu:25-4.

【謹案】『康』，空。《詩、小雅、賓之初筵》：「酌彼康爵，以奏爾時。」《鄭箋》：「康，虛也。」

#15-36 『强』

漢： gjang A 『强』(713a)

藏： gyong 「强」，「硬」

【参看】Yu:25-6.

#15-37 『裳』

漢： grjang A 『裳』(723d)

藏： gyang 「動物的皮」，「衣服」

【参看】Bo:95.

#15-38 『涼』

漢： gljang > ljang A 『涼』(755l)

藏： grang 「涼」，「冷」

【参看】Be:178a, G1:33, Bo:417, Co:58-1, G2:2(PST *grjang > rjang > ljang).

#15-39 『鄉』

漢： hjang A 『鄉』(714c-h)

藏： grong 「村」，「市鎮」

【参看】Si:111, Yu:25-7。

#15-40 『往』

漢： gwjang B 『往』(739k)

藏： 'ong-ba (詞幹 *ong) 「來到」

緬： wang 「進入」，「前往」，「進來」

【参看】Co:86-4, Yu:25-19 ([yong] '來到''將要' ：『往』《廣雅、釋蟲》：「往，至也。」)

#15-41 『光』

漢： kwang A 『光』(706a-e)

藏： kong-po (詞幹 kong) 「燈盞」

【参看】Yu:25-1(「藏語o相當漢語a，也許原是合口，也許是ablaut。」)

#15-42 『 桄 』

漢： kwang A，C 『桄』(0)

藏： skong 「添滿」，「如意」

【参看】Yu:25-2.

【謹案】『桄』，充拓；擴充。《說文》：「桄，充也。」

#15-43 『 皇 』

漢： gwang > əwəng A 『皇』(708a)

藏： gong 「上頭」，「頂」，「皇帝」

【参看】Yu:25-5。

【謹案】《詩、大雅、皇矣》：「皇矣上帝，臨下有赫。」《毛傳》：「皇，大也。」

#15-44 『 永 』

漢： gwjiang B 『永』(764a-f)

藏： rgyong-ba，brgyangs，brgyang 「擴大」，「伸長」

rgyang-ma 「遠方」

【参看】Bo:131，Co:105-1(T stem: rgyang < PT *gryang).

16. 宵部 [$-ag^w$，$-ak^w$]

#16-1 『 漂 』

漢： $phjag^w$ A 『漂』(1157i)

$bjəg^w$ A 『浮』(1233lm) (又見幽部 #3-6)

藏： 'phyo-ba (詞幹 *phyo) 「漂流」，「浮動」

【参看】Sh:11-6.

#16-2 『 苗 』

漢： $mjag^w$ A 『苗』(1159a)

藏： myug 「萌芽」

【参看】Si:49.

#16-3 『 卓 』

漢： $trak^w$，$thrak^w$ D 『卓』(1126a)

藏： thog 「在最上面的」

【参看】Sh:20-2.

【謹案】『卓』，高超。《說文》：「卓，高也。」《法言、先知》：「不膠者卓矣。」

#16-4 『 兆 』

漢： $djag^w$ B 『兆』(1145a)

藏： rtags　　「前兆」

【参看】Si:36.

【謹案】『兆』，徵候。≪左傳、襄八年≫：「兆云詢多。」≪晉書、孫楚傳≫：「此乃吉凶之萌兆。」

#16-5　『 僚 』

漢： liag^w > lieu　A　　『僚』(1151h)、『寮』(1151i)

藏： grogs　　「朋友」，「伴侶」

【異說】① [grogs] ‘朋友’‘伴侶’ ↔ 『交』(*krag^w) (La:63)

② [grogs] ‘朋友’‘伴侶’ ↔ 『友』(*gwjəg B > 'jəu 995e) (Si:24, G1:166, G2:41)。

③ [grogs] ‘朋友’‘伴侶’ ↔ 『逑』『仇』(*gjəg^w > gjəu A) (Co:84-2, Yu:2-3.

④ [grogs] ‘朋友’‘伴侶’ ↔ 『客』(*khlak) (Yu:15-6)

【謹案】① 『僚』，同官；朋輩。‘僚友’卽謂官職相同的人。≪禮記、曲禮上≫：「僚友稱其弟也。」『寮』，職位相等者。取齋署同窓的意思，通僚。≪左傳、文七年≫：「同官爲寮。吾嘗同寮，敢不盡心乎?」

② 根據前人的研究，藏語[grogs]與先秦典籍中的「有僚」有密切的關係，楊福綿(1978:290-91)認爲藏語[grogs]‘朋友’‘伴侶’應比典籍中的「有僚」。這裏‘有’相當於藏語的詞頭[g-]，‘僚’相當於[-rogs](「*giug-liog < *g-liog 有僚」)。馮蒸說(1988:46)：「筆者認爲此說法頗可信。王顯(1959)曾證明‘有僚’的‘有’是詞頭。至于藏文的後綴(卽再加字 -s 和已失落的 da drag)通常認爲在比較中不起什麼作用，但現在均認爲藏文的 -s 與漢語去聲相當，也是對漢藏音節結構的新認識。」

③ 『有僚』一詞見於≪書、洛誥≫：「伻嚮卽有僚，明作有功，惇大成裕。」‘有僚’的‘有’，一般認爲助詞。今從漢藏詞源學來看，此詞是沒有特別的意思的詞頭。由此觀之，‘有’是上古漢語具有詞頭的痕迹的說法頗可信從。

④ 四個異說當中，第四個說法最有可能，但不如比於『(有)僚』合適。

#16-6　『 鑿 』

漢： tsak^w, dzak^w　D　　『鑿』(1128a)

藏： 'dzugs, zug　　「穿」，「刺」

【参看】La:86.

【異說】[gzong] ‘鑿子 ↔ 『鑿』(Si:152)。

#16-7　『 曹 』

漢： dzag^w　A　　『曹』(1053a-c)

藏： tshogs　　「群衆」，「集合」

【参看】Co:108-3.

【謹案】『曹』，群。≪詩、大雅、公劉≫四章：「乃造其曹，執豕于牢。」≪毛傳≫：「曹，群也。」≪鄭箋≫：「臣適其牧群，搏豕于牢中。」

#16-8　『 遭 』

漢： tsag^{w} A 『遭』(1053h)

藏： 'dzog-pa, btsogs, btsog 「堆積在一起」,「混在一起」

'tshogs-pa, tshogs, tshogs 「集」,「遭遇」

【参看】Co:108-3(T stems:*dzog / *tshog).

#16-9 『交』

漢： krag^{w} A 「交」(1166ab)

藏： 'grogs 「結交」,「交際」

【参看】La:63.

#16-10 『號』

漢： gag^{w} > ɣâu B 『號』(1041q)

gag^{w} > ɣâu C 『號』(1041q)

kəg^{w} C 『告』(1039a-d) (又見幽部 #3-18)

kəg^{w} C 『誥』(1039e) (又見幽部 #3-18)

kəg^{w} A 『皐』(1040a) (又見幽部 #3-18)

藏： 'gug 「叫」

緬： khau < *khu 「大叫」

【参看】Be:166d(TB *gaw), Si:26, Co:51-3(Kanauri ku, K gau, Nung go, L kou).

#16-11 『熬』

漢： ngag^{w} A 『熬』(1130h-i)

藏： rngod-pa, brngos, 「炒」,「燒」,「用油煎」

brngo, rngos

(詞幹 *rngo)

【参看】Sh:8-3, Be:193b(TB r-əaw), Bo:89, Co:84-3(TB *r-ngaw).

【異說】『熬』,乾煎。《周禮、地官、舍人》:「共飯米,熬穀。」

17. 脂部 [-id, -ir, -it]

#17-1 『妣』

漢： pjid B, C 『妣』(566no)

藏： a-phyi, phyi-mo(詞幹 phyi) 「祖母」

緬： ə-phe 「祖母」

ə-phe-ma 「曾祖母」

【参看】Sh:3-21, Be:185s, Bo:84, Co:88-1, Yu:8-1)。

#17-2 『秘』

漢： pjid C 『秘』(405m)

藏： sbed 「藏」，「秘密」

【参看】Yu:17-5.

#17-3 『 畀 』

漢： pjid C 『畀』(521a)

藏： sbyin, byin 「給」，「贈給」

緬： pe C < *piy 「給」，「爲接受而送給」

【参看】Si:235, Sh:3-19, Be:176h(TB *biy), G1:85.

【謹案】『畀』，給；予。≪說文≫：「畀，相付與之約在閣上也。」≪詩、鄘風、干旄≫一章：「彼姝者子，何以畀之。」≪毛傳≫：「畀，予也。」又≪詩、周頌、載芟≫：「爲酒爲醴，烝畀祖妣。」≪鄭箋≫：「烝，進；畀，予。」

【異說】[sprod] '交付''給' ↔ 『畀』(Yu:18-10)。

#17-4 『 比 』

漢： pjid B 『比』566gh)

藏： dpe 「樣子」，「比喻」

【参看】Yu:8-13.

【異說】[pheld] '增加''擴大''長' ↔ 『比』(Co:97-2)。

#17-5 『 匹 』

漢： phjit D 『匹』(408a-c)

藏： phyed 「分別」，「一半兒」

【参看】Yu:17-4(≪左傳≫僖二十三年：「秦晋匹也。」)

#17-6 『 膍 』

漢： bjid A 『膍』(566f')

藏： 'phel-ba, phel 「加大」，「擴大」

【参看】Co:97-2(OT pheld).

【謹案】『膍』，優厚；賜厚。≪詩、小雅、采菽≫：「樂只君子，福祿膍之。」≪毛傳≫：「膍，厚也。」

#17-7 『 貔 』

漢： bjid D 『貔』(566h')

藏： dbyi 「猞猁」，「山猫」

【参看】Sh:3-22, Yu:8-3.

#17-8 『 眉 』

漢： mjid A 『眉』(567a-c)

藏： smin-ma 「眉」，「眉毛」

【参看】Si:236, Be:173i.

#17-9 『 底 』

漢： tid A, B 『底』(590c)

藏： mthil 「底」，「最低的部分」

緬： mre A 「地」，「土地」，「土壤」

【參看】G1:79 (mre A < mliy：see Yoshio Nishi 1977:p.42), Co:47-1(T mthil < OT thild: Zhol inscription), G3:2(『底』*til).

#17-10 『 至 』

漢： tjid C 『至』(413a)

藏： mchi 「來」,「去」,「出現」

緬： ce B 「來」,「到達」

【參看】G1:86(WT mchi < *mtshyi; WB ce B < *tsiy), Co:56-3(PT *mthyi).

#17-11 『 窒 』

漢： trjit > tjet D 『窒』(413h)

藏： 'dig-pa 「塡塞(把洞等)」

'dig 「木塞」

'dig-pa-po 「口吃的人」

(詞幹 *dig)

【參看】Co:142-1(PC *trjik > dialectal *trjit > OC *trjit).

#17-12 『 鐵 』

漢： thit > thiet D 『鐵』

藏： lcags 「鐵」

【參看】Si:291, Bo:176(Bodman 1973:390;Pulleyblank 1973:117; Chang Kun 1972. Iron metallurgy was well established in china in the 6th century B.C., but an isolated iron halberd is dated to early Shang—Kwang-chih Chang 1977: 352, 260.), Co:98-5(鐵 PC *hlik > dialectal *hlit > OC *thit > thiet 'iron'. PT*hlyak > T lcags < lcag + s ? 'iron'. The primitive meaning of this ('iron') root may have been 'metal'.)

#17-13 『 跌 』

漢： dit > diet D 『跌』(402j)

藏： ldig-pa 「落或滲入」

dig-pa 「搖擺」,「躊躇」

(詞幹 dig)

【參看】Bo:300, Co:140-2(PC *dik > dialectal *dit > OC *dit).

【異說】['dred] '滑''滑倒' ↔ 『跌』(Si:171).

#17-14 『 疐 』

漢： trjid C 『疐』(415a-c)

trjid C 『躓』(493c)

藏： 'dred-pa (詞幹 *dred) 「脚滑跌倒」,「失足」,「滑」,「滑走」

【參看】Co:135-2.

【謹案】『疐』, 脚踩到某些東西而跌倒, 通躓。《說文》:「躓, 跲也。」《戰國策、燕策一》:「令其妾酌藥酒而進之, ……佯躓而覆之。」

#17-15 『 涕 』

漢： thid B, C　　『涕』(591m)

藏： mchi-ba　　「眼淚」

【参看】Co:146-4(T stem:mchi < PT *mthyi).

#17-16 『 嬭 』

漢： nid B　　『嬭』(359d-f)

藏： a-ne, ne-ne, ne-ne-mo　　「乳母」

(詞幹 ne)

【参看】Co:164-1.

【謹案】『嬭』，乳；乳母。≪廣韻≫：「嬭，乳也。'楚'人呼母。」「嬭母」卽乳母。

【異說】[nud] '哺乳''給乳' ↔ 『嬭』(Si:187).

#17-17 『 涅 』

漢： nit > niet D　　『涅』(404j)

藏： nyes-pa (詞幹 nyes)　　「惡」，「錯」，「精神不健全的(弊病)」

【参看】Co:74-1.

【謹案】『涅』，染黑。≪書、呂刑、墨辟、傳≫：「刻其顙而涅之曰墨。」

#17-18 『 爾 』

漢： njid B　　『爾』(359a)

藏： nyid　　「自己」，「同樣」，「你」

【参看】G1:84.

【異說】沙佛爾比於『而』(*njəg)和『你』(*njag)(Sh:3-16)。

【謹案】① 『爾』，第二人稱，與你、汝、汝、而通。≪正字通≫：「爾，我稱人曰爾，俗曰你。汝、女、而通。」≪左傳、宣十五年≫：「豈不爾思? 遠莫致之。」
② 沙佛爾的說法，在語義上沒有問題，然而在音韻對應上不如『爾』適合。

#17-19 『 邇 』

漢： njid B　　『邇』(359c)

njid A　　『尼』(563a)

njit D　　『昵』(563f)

藏： nye-ba　　「近」，「隣近」

緬： ni　　「近」，「隣近」

【参看】Si:197, Sh:6-4;3-18, Be:563a, Bo:261, Co:111-4, Yu:8-11.

【謹案】『尼』，從後親近。≪說文≫：「尼，從後近之也。」；『昵』，親近。同暱。≪說文≫：「暱，日近也。」；『邇』，近。≪說文≫：「邇，近也。」≪詩、周南、汝墳≫：「雖則如燬，父母孔邇。」≪毛傳≫：「邇，近也。」

#17-20 『 二 』

漢： njid C　　『二』(564a-d)

藏： gnyis　　「二」

緬： hnac < *hnit　　「二」

【参看】Si:334, Sh:3-15;25-1, Be:162b (TB *g-nis), G1:68, Co:154-1(TB *gnyis ?

əkanauri nis, Garo gni, Kachin ni, L hni?), Yu:8-25.

#17-21 『日』

漢： njit D 『日』(404a)

藏： nyi-ma 「太陽」，「天」

緬： ne A 「太陽」

ne C 「一天」

【參看】Si:206, Sh:3-14, Be:157t (TB *niy), G1:77(WB ne A < *niy; ne C < *niy, Bo:245, Co:145 (TB *nyiy ?).

【異說】[nyin-mo] '一天''白天' ↔『日』(Bo:245, Yu:17-2)。

#17-22 『栗』

漢： ljit D 『栗』(403a)

藏： sgrig 「堅固的」，「接近的」

【參看】Bo:397.

【謹案】『栗』，堅實;堅硬。《禮記、聘儀》:「縝密以栗，知也。」

#17-23 『慄』

漢： ljit D 『慄』(403d)

藏： zhed-po 「擔心」，「恐懼」

【參看】Be:175g(T zhed-pa < *ryed), Co:77-4(T stem:zhed < PT *ryed).

【異說】['jigs < *'lyigs] '恐怖''憂慮' ↔『慄』(G1:74)。

#17-24 『節』

漢： tsit D 『節』(399e)

sjit 『膝』(401c)

tshit 『切』(400f)

藏： tshigs 「關節」，「膝」，「節結」

緬： a-chac 「關節」

chac 「切碎」

【參看】Be:165a(TB *tsik), G1:75 (OC『節』tsit < *tsik,『節』從「卽(tsjək :923a)」得聲; WB a-chac < *a-tshik, chac < *tshik), Bo:296, Co:99-2(『節』:PC *tsik > dialectal *tsit > OC *tsit > tsiet ;『切』: PC tshik? > OC *tshit > tshiet).

【異說】[mdud] '節結'; [mdzer] '植物的節結' ↔『節』(La:7;57, Si:170)。

#17-25 『姊』

漢： tsjid B 『姊』(554b)

藏： a-che 「大姊」

che-ze (詞幹 che) 「大姊」，「大太太」(elder wife)

【參看】Co:164-3.

#17-26 『垤』

漢： tsjit > tsjet D 『垤』(923c)

藏： rtsig-pa (詞幹 rtsig)　　「建」,「圍牆」,「牆」

【參看】Co:108-1(PC *tsjik > dialectal *tsjit > OC *tsjit).

【謹案】『垐』, 在大道上再添加泥土。垐的古字。《說文》:「垐, 以土增大道上也。堲, 古文垐。」

#17-27　『 堲 』

漢： tsjit > tsjet　D　　『堲』(923c)

藏： 'tshig-pa (詞幹 tshig)　　「燒」,「火滅」,「晚霞」,「發燒」

【參看】Co:50-1(PC *tsjik > dialectal *tsjit > OC *tsjit).

【謹案】『堲』, 燒土爲甎。《禮記、檀弓上》:「'夏后氏'堲周。」《注》:「火熟曰堲, 燒土冶, 以周於棺也。」

#17-28　『 次 』

漢： tshjid　C　　『次』(555ab)

藏： tsher　　「次」,「回」

【參看】Yu:8-20(《左傳》宣十二:「內官席當其次。」)

#17-29　『 次 』

漢： tshjid　C　　『次』(555ab)

藏： tshir　　「次序」,「(輪)班次」

【參看】Yu:8-16(《晉語》:「失次犯令。」)

#17-30　『 次 』

漢： tshjid　C　　『次』(555ab)

藏： 'tsher　　「家」

【參看】Yu:8-21.

【謹案】『次』, 止宿, 出外旅行所居止的地方, 如'旅次'、'舟次'。《書、泰誓中》:「王次于河朔。」《左傳、莊三年》:「凡師一宿爲舍, 再宿爲信, 過信爲次。」; 又指處所、位置, 泛指所在的地方。《莊子、田子方》:「喜怒哀樂, 不入於胸次。」

#17-31　『 漆 』

漢： tshjit　D　　『桼』(401a)、『漆』(401b)

藏： rtsi　　「油漆」

tshi-ba (詞幹 tshi)　　「堅韌的」,「粘的」,「有粘性的」

緬： che　C　　「塗料」,「顏料」

ce　C　　「粘性的」,「粘着的」

【參看】La:50, Be:157u;169d(TB *tsiy), G1:78(WB che C < *tshiy, ce C < *tsiy), Bo:249, Co:156-2.

#17-32　『 疾 』

漢： dzjit > dzjet　D　　『疾』(494a-c)

藏： sdig-pa (詞幹 sdig)　　「罪」,「邪惡」,「非道德」

【參看】Bo:393, Co:132-2(PC *sdjik > dialectal *sdjit > OC *dzjit).

【謹案】古漢語『疾』有‘毒害’之義，如《左傳、宣十五年》：「山藪藏疾。」

#17-33 『 犀 』

漢： sid > siei A 『犀』(596a-b)

藏： bse 「犀牛」，「羚羊」，「獨角獸」

【參看】Be:193s, Co:125-1.

#17-34 『 細 』

漢： sid C 『細』(1241l)

藏： zi 「少或小的東西」

緬： se C 「小」，「少」，「美麗的」，「細長的」，「苗條的」

【參看】G1:87(WB se C < *siy), Co:135-3(TB *ziy).

#17-35 『 死 』

漢： sjid B 『死』(558a)

藏： shi-ba, 'chi-ba 「死」

緬： se A 「死」

【參看】Si:204, Sh:3-28, Be:185i-n(TB *siy/*səy), G1:81(WB se A < *siy), Co:62-9(TB *syiy, T stem:shi < PT *syi), Yu:8-9.

#17-36 『 四 』

漢： sjid C 『四』(518a)

藏： bzhi 「四」

緬： le C 「四」

【參看】Si:202, Sh:3-27, G1:82(WT bzhi < *blyi;WB le C < *liy), Co:83-2(PT *blyi, TB *blyiy), Yu:8-7.

#17-37 『 悉 』

漢： sjit > sjet D 『悉』(1257e)

藏： shes-pa 「知識」，「心思」

緬： si 「知道」

【參看】Be:159s, Co:101-2(T stem:shes < PT *syes >;『悉』“to know:Han-Time sense. The Zhou-Time sense was ‘exhaust, completely’”), Yu:17-8.

【謹案】『悉』，① 詳盡。《說文》：「悉，詳盡也。」② 全部，皆。《文選、諸葛亮、出師表》：「事無大小，悉以咨之。」③ 知道。《後漢書、酷吏傳》：「陰察視口眼有稻芒，乃密問守門人曰：『悉誰載藁入城者？』」

#17-38 『 蝨 』

漢： srjit D 『蝨』(506a)

藏： shig 「蝨子」

【參看】Si:293, Bo:390, Be:165h(TB *srik), G1:67(WT shig < *syig), Co:106-2(T shig < PT *syik;PC *srjik > dialectal *srjit > OC *srjit).

#17-39 『 結 』

漢： kit D 『結』(393p)

藏： 'khyig-pa, bkyigs, bkyig 「繫結」
(詞幹 *khyig)

緬： khyan A 「繫」，「繫牢」

【参看】Be:180l(TB *kik), G1:76(khyan A < *khing), Co:149-3(PC *kik > dialectal *kit > OC *kit).

#17-40 『階』

漢： krid A 『階』(599d)

藏： kas-ka 「梯子」

skas 「梯子」

【参看】Sh:25-15, Yu:8-24.

#17-41 『飢』

漢： kjid A 『飢』(602f)

藏： bkres 「餓(敬)」

【参看】Bo:424, Yu:8-27 (≪詩、雨無正≫：「降喪饑饉。」)

#17-42 『机』

漢： kjid B 『机』(672a-c)

藏： khri 「座椅」，「椅子」

【参看】Sh:3-5, Bo:420, Co:54-1(『机』 PC *kljidx > OC *kjidx > kji:)

#17-43 『吉』

漢： kjit D 『吉』(393a)

藏： skyid-pa (詞幹 skyid) 「高興」，「愉快」，「幸福」

【参看】Si:165, Sh:17-41, G1:88, Co:87-3, Yu:17-1.

#17-44 『嗜』

漢： grjid > zi C 『嗜』(552p)

藏： dgyes-pa 「歡喜」，「高興」

【参看】Bo:474, Co:73-1.

#17-45 『屎』

漢： hrjid B > si, χji 『屎』(561d)

藏： lci-ba 「糞」，「肥料」

緬： khye < *khliy 「排泄物」，「大便」

【参看】Si:196, Sh:3-10, Be:178k;185o, Bo:177, Co:74-3 (T stem:lci < *hlyi < *khlyi ?), G2:p.10(「包擬古認爲 *khl- > *hl- 的變化是上古漢語與藏語共同的「創新」(common innovation)。他所擬測的「屎」爲 *hljij:> sji:。我覺得可以信從。」)

18. 眞部 [-in]

#18-1　『臏』

漢： bjin　B　　『臏』(389r)、『髕』(389q)

藏： byin-pa (詞幹 byin)　　「腿荳子」

【参看】Sh:17-44, Co:102-3, Yu:27-4.

#18-2　『塵』

漢： drjin　A　　『塵』(374a)

藏： rdul　　「塵」,「灰塵」

【参看】Si:319(rdul=drul), Sh:24-13, Be:173q, Co:68-3, G3:19 (『塵』 *rdjin).

#18-3　『矧』

漢： hnjin　B > sjen　　『矧』(560j)

藏： rnyil, snyil, so-rnyil (詞幹 rnyil/snyil)　　「齒齦」,「牙牀」

【参看】Be:173m(TB *s-nil), Co:90-1.

【謹案】『矧』, 指齒齦。≪禮記、曲禮上≫：「笑不至矧, 怒不至詈。」≪注≫：「齒本曰矧, 大笑則見。」

#18-4　『仁』

漢： njin　A　　『仁』(388f)

藏： snying　　「心」,「理知」

snying-rje　　「仁慈」,「慈悲」

nying (詞幹 nying)　　「髓」,「心」,「本體」,「實體」

緬： hnac　　「心」

【参看】Si:297, G1:72(OC njin A < *njing; WB hnac < *hnik), Co:92-2.

#18-5　『人』

漢： njin　A　　『人』(388a-e)

藏： gnyen　　「親屬」

【参看】Yu:27-9(≪禮記、中庸≫：「仁者人也。」≪注≫：「讀如相人偶之人」, 親也。)

#18-6　『年』

漢： nin　A　　『年』(364a)

藏： na-ning　　「去年」

gzhi-ning, zhe-ning (詞幹 ning)　　「前二年」

緬： a-hnac　　「一年」

【參看】Be:165b(TB *ning), G1:71(OC nin < *ning;WB a-hnac < *hnik), Bo:298, Co:91-4(PC *ning > dialectal *nin > OC *nin).

【異說】[rnying] '歲' ↔『年』(Si:296)。

#18-7 『憐』

漢： lin A 『憐』(387l)

藏： drin 「仁愛」,「好意」,「優美」,「恩」

【參看】Bo:297, Co:119-2, Yu:27-2(≪爾雅、釋蟲≫:「憐, 愛也。」)

#18-8 『盡』

漢： dzjin C 『盡』(381a)

藏： zin-pa (詞幹 zin) 「耗盡」,「完了」

zin-pa med-pa 「無盡」

【參看】La:16, Si:229, Sh:17-46, Be:170n, G1:89, Co:75-1, Yu:27-5(≪孟子、盡心≫:「盡信書。」)

#18-9 『洗』

漢： sin B, sid B 『洗』(478j)

sin B, sid B 『洒』(594gh)

藏： bsil-ba (詞幹 bsil) 「洗」,「洗濯」,「沐浴」

cf. sel 「清除」,「消滅」,「克服」

【參看】Be:173c, Sh:24-5, Co:158-2, G3:1(『洒』 *sil);3a(『洗』*sil).

#18-10 『薪』

漢： sjin A 『薪』(382k)

藏： shing 「樹」,「樹林」

緬： sac 「樹林」,「木材」

【參看】Be:165c(TB * siə), G1:69(WT shing < *sying;WB sac < *sik), Bo:389, Co:161-3.

【異說】① 西門華德比於漢語『樹』(*djug B)(Si:163)

② 俞敏比於漢語『生』(*sring A)(Yu:26-29)

【謹案】①『薪』, 供作燃料的草或樹木。≪說文≫:「薪, 蕘也。」≪周禮、甸師≫:「大木曰薪, 小木曰蒸。」≪禮記、月令≫:「草木黃落, 乃伐薪爲炭。」

② 西門之說在詞義上沒有問題, 而在音韻對應上沒有問題; 俞氏之說則在音韻對應上沒有很大的問題, 而其詞義相距甚遠。

#18-11 『筍』

漢： sjin B 『筍』(392n)

藏： skyil 「繫」

【參看】Bo:56.

【謹案】『筍』, 指古代懸掛鐘磬等樂器的橫木。

#18-12 『辛』

漢： sjin A 『辛』(382a-f)

藏： mchin 「肝」，「肝臟」

【參看】Be:197b(TB *m-sin), Co:44-2(TB *m-sin; PT *msyin).

#18-13 『緊』

漢： kjin B 『緊』(368g)

藏： skyen 「敏捷」，「活潑」

【參看】Yu:27-8 (≪廣雅、釋蟲≫：「緊，急也。」)

#18-14 『臣』

漢： grjin A 『臣』(377a-f)

藏： gying 「看不起」，「蔑視」

sgying 「輕視」，「蔑視」

【參看】Bo:392.

【謹案】『臣』，指男性奴僕或捕虜。≪書、費誓≫：「臣妾逋逃。」≪傳≫：「役人賤者，男曰臣，女曰妾。」高本漢把臣字的古代字形，解釋爲竪目：'低頭行禮'。也許這眼睛就是'輕視下人'的意思(Bodman1973, 1988:95)。

#18-15 *** 闕 ***

#18-16 『均』

漢： kwjin A 『均』(391c)

藏： kun 「全部」，「所有」

【參看】Si:215, Sh:21-11.

【謹案】『均』，普偏(射中)。≪詩、大雅、行葦≫五章：「舍矢旣均。≪毛傳≫：「均，皆中也。賢射多中也。」

#18-17 『鈞』

漢： kwjin A 『鈞』(391e)

藏： 'khyil-ba (詞幹 *khyil) 「纏」，「捲」，「旋轉」，「回轉」

【參看】Bo:57, Co:160-2.

【謹案】『鈞』，指製造陶器所用的轉輪。≪淮南子、原道訓≫：「鈞旋轂轉，用以復帀。」≪注≫：「鈞，陶人作瓦器法，下轉旋者。」

19. 佳部 [-ig, -ik]

#19-1 『臂』

漢： pjig C 『臂』(853s)

藏： phyag 「手(敬)」

phrag 「臂」

【参看】Si:47([phrag]), Yu:16-12([phyag]).

#19-2 『劈』

漢： phik D 『劈』(0)

藏： 'bigs 「穿透」

【参看】Yu:16-24(≪廣雅、釋蠱≫：「劈，分也。」)

#19-3 『譬』

漢： phjig > phjie C 『譬』(853t)

藏： dpe 「榜樣」，「範例」，「爲說明的比喻」

【参看】Co:74-2.

【謹案】『譬』，比喻。用比擬法說明事理，使人容易了解。≪詩、大雅、抑≫：「取譬不遠，昊天不忒。」

#19-4 『甓』

漢： bik D 『甓』(853n)

藏： pag 「塼」

【参看】La:85.

【異說】[brag] '岩石''山石' ↔『甓』(Yu:16-15)。

#19-5 『闢』

漢： bjik D 『闢』(853k)

藏： 'byed-pa, phyes, dbye, phyes 「開」，「開闢」
(詞幹 *bye/*phye)

【参看】Co:114-5.

【謹案】『闢』，打開。≪說文≫：「闢，開也。」≪左傳、宣二年≫：「晨往，寢門闢矣。」

【異說】[dbrag] '縫''交界' ：『闢』(Yu:16-16)。

#19-6 『帝』

漢： tig > tiei C 『帝』(877a-d)

藏： the 「上帝」

【参看】Co:164-5(T the 'celestial gods of the Bon religion').

#19-7 『滴』

漢： tik D 『滴』(0)

藏： thigs 「一滴」

'thig-pa 「滴落」，「滴漏」

gtig(s)-pa 「滴漏」

'thig-pa, btigs, btig 「讓……滴下」

(詞幹 *thig)

【参看】Si:6, Be:180k, G1:62, Co:67-1, Yu:16-23(≪列子、力命≫：「若何滴滴。」)

#19-8 『隻』

漢： tjik D 『隻』(1260c)
藏： gcig 「一」
緬： tac 「一」

【參看】Sh:17-4, Be:169k;94a (ST *tyak；TB *tyak, *tyik), Co:114-2 (T gcig < PT *gtyig；TB *g-tyik), Yu:16-21.

【謹案】『隻』，一隻鳥。本義指計算鳥的單位。《說文》：「隻，鳥一枚也。從又持隹。持一隹曰隻，持二隹曰雙。」且有單獨、單一之義，如《公羊傳、僖三十三年》：「匹馬隻輪無反者。」

#19-9 『禔』

漢： dig < diei A 『禔』(866e)
藏： bde-ba (詞幹 bde) 「幸福」

【參看】Co:91-2.

【謹案】『禔』，安;喜。《說文》：「禔，安也。」《方言、十三》：「禔，喜也。」

#19-10 『踶』

漢： dig > diei C 『踶』(866q)
tik > tiek D 『蹢』(877o)
dig > diei A 『蹄』(877h)
藏： rdeg(s)-pa, brdeg, rdegs (詞幹 rdeg) 「蹴」，「敲」，「鞭打」

【參看】Co:100-1.

#19-11 『是』

漢： djig > zje B 『是』(866a-c)
djəg > zi A 『時』(961z-a')
藏： 'di (詞幹 di) 「這」
de 「那」，「那個」

【參看】Co:149-1, Yu:1-4;7-2(《尚書、牧誓》：「乃惟…多罪逋逃是崇、是長、是信、是使，是以爲大夫卿士。」)

【謹案】『時』，這;這樣。通是。《詩、秦風、駟驖》二章：「奉時辰牡，辰牡孔碩。」《毛傳》：「時，是；辰，時也」。

【異說】① [re] ‘一’‘某一’‘單獨’‘凡人’ ↔『是』(Bo:142);
② [dus] ‘時’‘時間’ ↔『時』(Si:338);
③ [da] ‘這’‘如今’ ↔『者』(Yu:5-23)。

#19-12 『曆』

漢： lik D 『曆』(858h)
藏： khrigs 「行列次序」

【參看】Yu:16-19.

#19-13 『錫』

漢： rig > dzje B 『錫』(867f)

藏： ljags　「舌」
緬： lyak　「舓」
【參看】Co:102-5(ljags < PT *lyags).
【謹案】《說文》:「舓，以舌取食也。」『舓』或作『舐』。
【異說】[ldag-pa] ‘舔’ ↔ 『舓』(Yu:16-10)。

#19-14 『 易 』
漢： rig > jie C　『易』(850a-e)
藏： legs-pa (詞幹 legs)　「快樂的」，「幸福的」，「舒服的」，「安樂的」
【參看】Bo:167, Co:87-2.
【謹案】『易』，平靜;喜悅。《詩、小雅、何人斯》六章：「爾還而入，我心易也。」《毛傳》：「易，說(悅)也。」
【異說】['dzhags] ‘平穩’ ↔『易』(Yu:16-6)。

#19-15 『 易 』
漢： rik > jiäk D　『易』(850a-e)
藏： rje-ba, brjes, brje, brjes　「以物易物」，「交換」，「替換」
【參看】Bo:167;248B, Co:54-3(T stem:(PT *rlye > *rzhe >) rje).

#19-16 『 策 』
漢： tshrik D　『策』(868l)
tshrik D　『冊』(845a-f)
藏： tshig　「句」，「詞」，「詞組」
【參看】Yu:16-25(《周禮、內史》：「則策命之」。金文作『冊令』)。

#19-17 『 錫 』
漢： sik D　『錫』(850n)
藏： ltshags　「錫」
【參看】Yu:16-3(《考工記、詔氏》：「六分其金而錫居一。」)

#19-18 『 隔 』
漢： krik D　『隔』(855f)
藏： bkag　「隔開」
【參看】Yu:16-1.

#19-19 『 支 』
漢： krjig > tsje A　『支』(864a)
krjig > tsje A　『枝』(864b)
krjig > tsje A　『肢』(864c)
gjig > gje A　『岐』(864h)
藏： 'gye-ba, gyes　「被分開」，「分離」，「割開」
'gyed-pa, bgyes, bkye　「分開」
(詞幹 *gye/*khye)
【參看】Bo:473, Co:65-3.

#19-20 『 繫 』

漢： khig A, kig C 『繫』(854d)

藏： bkyig 「繩子」

'khyig 「捆」，「繫上」

【参看】Yu:16-20(≪易、否≫：「繫于苞桑。」)

20. 耕部 [-ing]

#20-1 『 屏 』

漢： bjing C 『屏』(0)

藏： bang 「倉庫」

【参看】Yu:26-13(≪廣雅、釋蟲≫：「屏，藏也。」王褒≪洞簫賦≫：「處幽隱而奥屏兮。」)

#20-2 『 頂 』

漢： ting B 『頂』(833e)

təng A 『登』(883a-d)

藏： steng 「上頭」，「樓頂」

【参看】Si:115, Sh:14-9, Yu:26-33(≪易、大過≫：「滅頂。」)

【異說】柯蔚南比於『曾』(*tsəng 'to add, to rise high') (Co:126-1)。

#20-3 『 汀 』

漢： thing A 『汀』(833f)

藏： thang 「平地」

【参看】Yu:26-7.

【謹案】『汀』，指水邊平地。≪說文≫：「汀，平也。」

#20-4 『 定 』

漢： ding C 『定』(833z)

ding C 『頲』(0)

藏： mdangs 「容顏」，「前額」

【参看】Yu:26-12.

【謹案】『定』，額。通頲。≪詩、周南、麟趾≫二章：「麟之定，振振公姓。」≪毛傳≫：「定，題也。」≪集傳≫：「定，額也。」≪爾雅、釋言≫：「頲，題也。」≪郭注≫：「題，額也。」≪釋文≫：「定字書作頲。」

#20-5 『 名 』

漢： mjing A 『名』(826a)

藏： ming 「姓名」，「名字」

緬： man A 「被命名」，「有了名字」

hman B 「命名」，「爲……取名」

a-man A 「名字」

【参看】Si:130, Sh:17-16, Be:155y, G1:63(WT ming < *mying;WB maŋ< *ming, hmaŋ< *hming, a-maŋ< *a-ming), Co:111-3(TB *r-ming), Yu:26-26.

#20-6 『莛』

漢： djing A 『莛』(835l)

藏： sdong 「草木的莖」，「樹幹」

【参看】La:41.

#20-7 『零』

漢： ling A 『零』(823u)

藏： reng(s) 「孤單」，「分散」

【参看】Yu:26-34.

【謹案】《詩、豳風、東山》一章：「我來自東，零雨其濛」。《毛傳》：「零，落也。」

#20-8 『靈』

漢： ling A 『靈』(836i)

藏： ring 「長」

【参看】Yu:26-28 (《離騷》：「夫維靈修之故也」。太炎說『靈修』就是『令長』。『長』兼平仄二音)。

#20-9 『爭』

漢： tsring A 『爭』(811a)

藏： 'dzing-ba (詞幹 *dzing) 「爭吵」，「競爭」，「戰鬪」

緬： cac 「戰爭」，「戰鬪」

【参看】Si:136, G1:65(WB cac < *tsik), Co:122-1.

#20-10 『井』

漢： tsjing B 『井』(819a-f)

藏： rdzing 「水池」

【参看】Yu:26-27.

#20-11 『清』

漢： tshing A 『清』(812h')

藏： tshangs 「清淨」

【参看】Yu:26-18.

【異說】[gtsang] '干淨' ↔ 『清』(Si:132)。

【謹案】此藏語詞彙則與漢語『淨』*dzjing 同源，参看 #20-14。

#20-12 『穽』

漢： dzjing B 『穽』(819h)

藏： sdings 「空穴」，「低地」

【参看】Co:118-4(PC *sdjing > OC *dzjingx > dzjəng).

#20-13 『淨』

漢： dzjing C 『淨』(811ab)

藏： gtsang 「干淨」

【参看】Yu:26-17.

【異說】[gtsang] ‘干淨’ ↔ 『清』 *tshjing (Si:132)。

【謹案】漢語『清』則與藏語[tshangs]‘清淨’同源，参看 #20-12。

#20-14 『醒』

漢： sing > sieng A, B, C 『醒』(812b')

藏： seng-po, bseng-po 「清楚的」，「白色的」，「快活的」，「蒼白的」

gseng-po 「(聲音的)又清楚又銳利」，「(聽得)明白」

(詞幹 seng)

【参看】Co:55-2.

#20-15 『甥』

漢： sring A 『甥』(812g)

藏： sring-mo (詞幹 sring) 「姊姊」

【参看】Bo:74, Co:133-3 (『甥』‘sister's son or daughter;son-in-law’, T sring-mo ‘sister of a male’).

【謹案】《爾雅、釋親》：「姑之子爲甥，舅之子爲甥，妻之昆弟爲甥，姊妹之夫爲甥……謂我舅者吾謂之甥也。」

#20-16 『赬』

漢： skhrjing > thjäng A 『赬』(0)

藏： skyeng-ba (詞幹 skyeng) 「害羞」

【参看】Co:123-1(T ‘ashamed < red, to blush ?’), Yu:26-30.

【謹案】『赬』，指淺紅色。《爾雅、釋器》：「再染謂之赬。」《注》：「赬，淺赤。」《廣韻》：「赬，赤色。」

#20-17 『徑』

漢： king C 『徑』(831f)

藏： kyang 「直」

【参看】Yu:26-1(《論語》：「行不由徑」。《爾雅、釋水》：「直波爲徑」。)

#20-18 『輕』

漢： khjing A, C 『輕』(831o)

藏： khengs 「驕傲」

【参看】Yu:26-31(《國語、周語》：「師輕而驕」。案：輕亦指輕視他人。)

#20-19 『脛』

漢： ging > ɣieng C 『脛』(831k)

gring > ɣɛng A 『莖』(831u)

藏： rkang-pa (詞幹 rking) 「脚」，「腿」;「幹」，「莖」

【参看】Be:60a-b(TB *keng), Yu:26-2;26-3.

#20-20 『幸』

漢： gring > ɣɛng B 『幸』(810a)

藏： gyang 「幸運」, 「驕傲」

【参看】Yu:26-21.

#20-21 『擎』

漢： gjing A 『擎』(813a)

藏： sgreng 「擧」

【参看】Yu:26-32(≪廣雅、釋蟲≫：「擎, 擧也」。兩漢人稱燈臺柄爲『燈擎。』)

21. 侯部 [-ug, -uk]

#21-1 『泭』

漢： phjug A 『泭』(136h)

pjug A 『柎』(136d)

藏： phyo-ba, phyo-ba, phyos 「遊水」, 「遊泳」

(詞幹 phyo)

【参看】Co:80-5, Yu:4-11.

【謹案】『柎』, 編木以渡水的工具。通泭。≪集韻≫：「泭, ≪說文≫：『編木以渡』, …… 或作符、柎、坿。通作桴。」≪國語、齊語≫：「方舟設泭。」

#21-2 『撲』

漢： phuk D 『撲』(1211j-l)

藏： dbyug 「打」

phog 「打」, 「擊」

【参看】Sh:20-8([phog]), Yu:14-7([dbyug]).

【謹案】『撲』, 打；擊。≪說文≫：「撲, 挨也。」

#21-3 『僕』

漢： buk D 『僕』(1211b-f)

藏： bu 「兒子」, 「少年」, 「男孩」

【参看】Co:164-2.

#21-4 『瞀』

漢： mug C, muk D 『瞀』(1109q)

藏： rmug 「昏昧不明」

【参看】Co:82-4, Yu:12-18.

【謹案】『瞀』, 眼睛昏花。≪晉書、天文志上≫：「眼瞀精絕, 故蒼蒼然也。」

【異說】[dmus-long] '盲目的' ↔ 『瞀』 (Sh:4-17)。

#21-5　『霧』

漢：mjug　C　『霧』(1109t)

藏：rmugs-pa　「濃霧」

rmu-ba　「霧」

rmus　「有霧的」

(詞幹 *rmug/*rmu)

緬：mru　「霧」，「霧氣」

【参看】Si:50, Sh:4-24, Be:148, G1:97, Co:82-4.

#21-6　『咮』

漢：tug　C　『噣』(1224n)、『咮』(128u)

trug　A, C　『噣』(1224n)、『咮』(128u)

藏：mchu　「脣」，「鳥嘴」

【参看】G1:101 (WT mchu < *mthyu), Co:39-3(PT *mthyu).

#21-7　『枓』

漢：tjug　B　『枓』(116b)

tjug　C　『注』(129c)

藏：'chu-ba, bcus, bcu, chus　「杓子」，「汲水桶」;「注水」，「灌水」

chu　「水」

【参看】Sh:4-25, G1:102(WT chu < *thyu), Bo:446, Co:101-3(stem: chu < PT *thyu).

#21-8　『燭』

漢：tjuk　D　『燭』(1224e)

藏：dugs-pa (詞幹 dugs)　「點亮」，「點火照亮」

緬：tauk < *tuk　「發光」，「火焰」

【参看】G1:104(WB tauk < *tuk), Co:151-3.

#21-9　『屬』

漢：tjuk > tsjwok　D　『屬』(1224s)

djuk > zjwok　D　『屬』(1224s)

藏：gtogs-pa　「屬於」，「……的一部分」

thog-pa　「集合」，「聚集」

【参看】Co:52-3.

#21-10　『晝』

漢：trjug　C　『晝』(1075a)

藏：gdugs　「正午」，「中午」

【参看】G1:96, Bo:447, Co:61-2(T stem:*dug < g + dug + s ?).

#21-11　『觸』

漢：thjuk　D　『觸』(1224g)

藏：thug　「觸摸」，「接觸」，「打」，「擊」

gtug-pa, btug-pa 「觸摸」

【参看】G1:105, Co:152-1(T stem:*thug), Yu:14-6.

#21-12 『 頭 』

漢： dug > dəu A 『頭』(118e)

藏： dbu 「頭」(敬)

緬： u 「頭」

【参看】Be:166n(TB *(d-)bu), Co:92-1, Yu:4-17.

#21-13 『 頭 』

漢： dug A 『頭』(118l)

藏： thog 「上邊兒」, 「上部」

【参看】Si:38.

#21-14 『 逗 』

漢： dug C 『逗』(0)

藏： 'dug-pa (詞幹 *dug) 「逗留」, 「住着」, 「坐着」

【参看】G1:95, Co:141-1.

#21-15 『 住 』

漢： drjug C 『住』(129g)

藏： 'dug 「住」, 「居住」

【参看】Si:40.

#21-16 『 乳 』

漢： njug B 『乳』(135a)

藏： nu-ma 「胸」, 「乳房」, 「胸懷」

緬： nuw B 「乳房」, 「乳汁」

【参看】Sh:4-21, Be:184h, G1:99, Bo:444, Co:48-3(TB *nuw), Yu:4-46.

#21-17 『 孺 』

漢： njug C 『孺』(134d)

藏： nu-bo 「弟弟」

【参看】Bo:444, Co:54-4, Yu:4-16.

【謹案】『孺』, 幼稚; 幼兒。≪說文≫:「孺, 乳子也。…… 一曰輸乳, 尚小也。」

#21-18 『 錄 』

漢： ljuk D 『錄』(1208m)

藏： rug 「收」

【参看】Yu:14-11(≪公羊傳≫隱十年：「春秋錄內而略外」。)

【謹案】『錄』, 收集。≪世說新語、政事≫：「作‘荊州’時, 勅船官悉錄鋸木屑, 不限多少。」

#21-19 『 羭 』

漢： rug A 『羭』(125k)

藏： lug 「綿羊」

【参看】Co:131-4, G2:13.

【謹案】『羭』，黑色的母羊。≪說文≫：「羭，夏羊牝曰羭。」

#21-20 『 俗 』

漢： rjuk > zjwok D 『俗』(1220a)

藏： lugs 「風俗」，「習慣」，「作風」

【参看】Co:60-2 (T stem:*lug < lug + s ?), G2:17;67 (OC *sluk > zjwok).

#21-21 『 湊 』

漢： tshug C 『湊』(1229b)

藏： 'tshogs 「集合」，「會合」

【参看】Si:55.

【謹案】『湊』，聚集； 會聚。≪說文≫：「湊，水上人所會也。」≪段注≫：「湊，引伸爲凡聚集之稱。」

#21-22 『 鏃 』

漢： tsuk D 『鏃』(1206d)

藏： 'dzug 「刺」，「鋒利」

【参看】Yu:14-8.

#21-23 『 簇 』

漢： tshuk D 『簇』(0)

藏： tshogs 「集」，「集合」，「會合」

【参看】Sh:20-9.

【謹案】『簇』，指物叢聚一處。

#21-24 『 足 』

漢： tsjuk > tsjwok D 『足』(1219ab)

藏： chog-pa (詞幹 chog) 「足的」

【参看】La:84, Si:3, Sh:20-22, Co:144-4.

#21-25 『 族 』

漢： dzuk D 『族』(1206a)

藏： 'dzog-pa 「積在一起」

【参看】Sh:20-10.

#21-26 『 藪 』

漢： sug B 『藪』(1207c)、『棷』(131o)

藏： sog 「牧草地」，「草原」

【参看】Co:88-3 (OT sog ‘grassland’ Zhol Inscription).

【謹案】『藪』，叢林。≪楚辭、王逸、九思、憫上≫：「逡巡兮圃藪。」≪注≫：「藜林曰藪。」『棷』，通藪。≪禮記、禮運≫：「鳳凰麒麟，皆在郊。」≪注≫：「棷，聚草也。……澤也，本或作藪。」

#21-27 『 嗽 』

漢： sug C 『嗽』(1222s)

藏： sud-pa 「咳」，「咳嗽」

【參看】Sh:4-20(O.B.*sus), Co:58-3(T stem:sud < *su + verbal suffix -d ? Magari su, Garo and Dimasa gu-su ‘cough’;TB su(w)).

#21-28 『婁』

漢： sjug A 『婁』(133e)

藏： sru-mo (詞幹 sru) 「姨媽」

【參看】Be:171q, Co:38-2(PC *slug ?).

【謹案】《說文》:「婁，……‘賈’侍中說‘楚’人謂。爲婁。」

#21-29 『鉤』

漢： kug A 『鉤』(108c)

藏： kyu 「鉤」

【參看】Yu:4-15.

#21-30 『覯』

漢： kug C 『覯』(109j)、『遘』(109l)

藏： khug-pa, khugs-pa (詞幹 khug) 「尋得」，「發現」，「得到」

【參看】Co:72-2.

【謹案】『覯』，事先沒有約好，而在無意中見面。」《說文》:「覯，遇見也。」又云:「遘，遇也。」

#21-31 『穀』

漢： kuk D 『穀』(1226i)

藏： khug 「得到」

緬： kauk < *kuk 「稻子」，「大米」

【參看】Be:181g, G1:103(WB kauk < *kuk), Co:87-5, Yu:14-3(《論語》:「邦有道穀。」)

#21-32 『角』

漢： kruk D 『角』(1225a-c)

藏： khug, khugs (詞幹 khug) 「角度」，「壁角」，「角落」

【參看】Co:58-2.

#21-33 『俱』

漢： kjug A 『俱』(121d)

藏： khyu, khu-bo, khyu-mo (詞幹 khyu) 「群」，「獸群」，「組」，「一行」，「一隊」

【參看】Co:89-2.

【謹案】『俱』，① 皆，都，全。《說文》:「俱，皆也。」《孟子、盡心上》:「父母俱存，兄弟無故，一樂也。」② 同，偕，在一起。《史記、孔子世家》:「‘魯’君與之一乘車，兩馬，一豎子，俱適‘周’問禮。」

#21-34 『口』

漢： khug B 『口』(110a-c)
藏： kha 「口」，「嘴」
【参看】Si:79, Be:184j(Bodo-Garo *k(h)u, G ku～khu, Dimasa khu, from TB *ku (w).), Co:110-4.
【異說】[mgo] ‘嘴宿’ ↔ 『口』(Yu:4-4)。

#21-35 『 殼 』

漢： khruk D 『殼』(1226a)
藏： kog-pa, skog-pa 「殼」，「堅硬的外皮」，「外表」
【参看】Sh:20-1, Be:181f(TB *kok).

#21-36 『 驅 』

漢： khjug A, C 『驅』(122c)
藏： 'khyug-pa, khyug (詞幹 khyug) 「馳」，「疾走」，「加快」
'khyu-ba, khyus (詞幹 khyu) 「馳」
【参看】Co:128-2.
【謹案】『驅』，策馬前進；馬馳。≪詩、唐風、山有樞≫一章：「子有車馬，不馳不驅。」

#21-37 『 曲 』

漢： khjuk D 『曲』(1213a)
gjuk D 『局』(1214a)、『跼』(1214b)
藏： 'gug(s)-pa, bkug, dgug, khugs (詞幹 *gug/*khug) 「彎」，「彎曲」
緬： kauk < *kuk 「被弄彎」，「不直」
【参看】G1:106(WB kauk < *kuk), Co:41-4(TB *guk/*kuk), Yu:14-2.
【異說】① ['khyog-po]‘彎曲的’‘歪的’ ↔『曲』(Si:2, Sh:20-20, Bo:401)
② [gyog-pa] ‘彎曲的’‘歪的’ ↔『跼』(Sh:20-21)
③ [gyog-pa] ‘彎曲的’‘歪的’ ↔『局』(Bo:401)
④ ['khyog-po]‘彎曲的’‘歪的’ ↔『却』(Yu:15-3)

#21-38 『 寇 』

漢： khug C 『寇』(111a)
藏： rku 「偷」
緬： khuw 「偷」
【参看】Sh:4-19, Be:184c(TB *r-kuw), G1:100, Co:126-3.
【謹案】『寇』，劫取；侵掠。≪書、費誓≫：「無敢寇攘。」≪傳≫：「無敢暴劫人。」又指强盜。≪書、舜典≫：「寇賊姦宄。」≪傳≫：「群行攻劫曰寇。」

#21-39 『 軀 』

漢： khjug A 『軀』(122g)

藏： sku　　　　　　　　　　　「身體」
緬： kuwy　A　　　　　　　　　「動物的軀體」
【参看】Si:78, Sh:4-26, Be:184g, G1:98, Co:46-3(TB *(s-kuw).

#21-40　『哭』
漢： khuk　D　　　　　　　　　『哭』(1203a)
藏： ngu-ba　　　　　　　　　　「哭泣」,「喊叫」
緬： nguw　　　　　　　　　　　「哭」,「哭泣」
【異說】對此組同源詞，衆說殊異。如:
① [ngus]　'哭泣'　↔『噭』(*ngagw　A) (Sh:4-14)
② [ngu-ba]　'哭泣''喊叫'　↔『噭』(*ngagw　A) (Co:60-1)
③ [ngu-ba]　'哭泣''喊叫'　↔『叫』(*kəgw　C) (Yu:2-10)
④ [sgrog]　'叫'　↔『叫』(*kəgw　C) (Si:31)
【謹案】諸家之說無論在音韻及詞義上都有點問題，因此今改比於『哭』。

#21-41　『谷』
漢： kuk < *kluk　　　　　　　『谷』(1202a-c)
　　ruk > jiwok(余蜀切)　　　　『谷』
藏： klung　　　　　　　　　　「河」,「河谷」
　　lung　　　　　　　　　　　「谷」
【参看】G2:p.11 (提出『谷』*kluk與藏語klung比較，二者韻尾雖有不同，但-k與-ng的不同可以有解釋，『容』*lung從*luk聲，一般稱爲「對轉」，漢藏語之間的對轉，可能起源於「同化作用(assimilation)」)。
【謹案】白保羅(Be:39a)、包擬古 (Bo:239) 及兪敏 (Yu:24-2) 都認爲藏語[klung]'河''河谷'與漢語『江』同源，而根據羅杰瑞與梅祖麟(Norman and Mei 1976: 280)兩人的研究，『江』(*krung)就是借自南亞語系語言。越南語作 səng (<k rong)，書面孟語(Written Mon)作 krung，Brou語作 kroung，Katu語作 ka rung (Norman 1988:18)。龔煌城師說：「本文主張-r-與-l-有別，故認爲漢語『江』與藏語 klung 無關」(G2:p11)。

#21-42　『後』
漢： gug > ɣəu　B　　　　　　　『後』(115a-c)
藏： 'og　　　　　　　　　　　「在……之下」,「其後」,「之後」
緬： auk < *uk　　　　　　　　「下面」,「地下」
【参看】Bo:100, Co:41-2(TB *ok).

#21-43　『候』
漢： gug > ɣəu　C　　　　　　　『候』(113e)
藏： sgug-pa　　　　　　　　　「等」,「等候」
　　sgugs　　　　　　　　　　「等候」(命令詞)
　　sgug-pa-po　　　　　　　　「等候者」
【参看】Si:29, G1:93, Co:157-1(T stem:sgug < s + gug ?), G2:32.

#21-44 『髏』

漢： glug > ləg A 『髏』(123n)

藏： rus 「骨」

【参看】G2:10.

【謹案】『髏』，指死人的骸骨。≪說文≫：「髏，髑髏也。」≪莊子、至樂≫：「'莊子'之'楚'，見空髑髏，髐然有形。」

#21-45 『詬』

漢： hug C 『詬』(112f)

藏： 'khu-ba (詞幹 *khu) 「傷感情」，「觸怒」，「侮辱」

【参看】Co:98-4.

【謹案】『詬』，恥辱。≪左傳、定八年≫：「公以'晉'詬語也。」≪注≫：「詬，恥也。」辱罵。≪荀子、解蔽≫：「厚顏而忍詬。」≪注≫：「詬，詈也。」

22. 東部 [-ung]

#22-1 『封』

漢： pjung A 『封』(1197ij)

藏： phung-po (詞幹 phung) 「堆」，「累積如山」

【参看】Co:110-2.

【謹案】『封』，指堆土成墳，塚。≪易、繫辭下≫：「古之葬者，…… 不封不樹。」≪禮記、檀弓上≫：「古也墓而不墳，於是封之崇四尺。」

#22-2 『峯』

漢： phjung A 『峯』(0)

藏： bong 「峯」，「山崗」

rnga-bong 「駱駝」

【参看】Sh:20-24.

#22-3 『蜂』

漢： bung A 『蜂』(1197s)

藏： bung-ba (詞幹 bung) 「蜜蜂」

【参看】G1:110, Co:40-5, Yu:25-29.

【異說】[sbrang] '蜂' ↔ 『蜂』(Si:129).

#22-4 『逢』

漢： bjung A 『逢』1197o)

藏： 'byung 「遇見」

【参看】Yu:25-30.

#22-5　『 朦 』

漢： mung A　　『朦』(1181c)

藏： rmongs　　「朦朧的」，「暗的」

緬： hmaung < *hmung　　「黑暗的」

【參看】Sh:20-19.

【異說】西門華德比於『瞢』(*məng) (Si:131)。

#22-6　『 棟 』

漢： tung C　　『棟』(1175f)

藏： gdung　　「房樑」

【參看】Yu:24-9.

【謹案】『棟』，屋的正樑。《說文》：「棟，極也。」《段注》：「極者，謂屋至高之處。《繫辭》曰：『上棟下宇。』五架之屋，正中曰棟。」

#22-7　『 塚 』

漢： tjung B　　『塚』(0)

藏： ltong　　「頂上」，「(山)頂」

緬： taung < *tung　　「頂上」，「(山)頂」

【參看】Sh:20-23.

【謹案】『塚』，本作冢，謂山頂。《詩、小雅、十月之交》三章：「百川沸騰，山冢崒崩。《毛傳》：「山頂曰冢。」

#22-8　『 通 』

漢： thung A　　『通』(1185r)

藏： mthong-ba (詞幹 mthong)　　「看見」，「感知」，「理解」，「領悟」

【參看】Co:116-3.

【謹案】『通』，謂精曉通達。《呂氏春秋、簡選》：「此不通乎兵者之論。」《注》：「通，達也。」

#22-9　『 痛 』

漢： thung C　　『痛』(1185q)

thung A　　『恫』(1176k)

藏： mthong-ba　　「受苦」，「忍受痛苦」，「不幸」

gdung(s)　　「感到痛」，「被弄痛」

【參看】G1:109, Co:144-3.

【謹案】『恫』，痛苦；哀痛。《說文》：「恫，痛也。… 一曰：呻吟也。」《書、盤庚上》：「乃奉其恫。」《毛傳》：「恫，痛也。」

#22-10　『 同 』

漢： dung A　　『同』(1176a-c)

dzung A　　『叢』(1178ab)

藏： sdong-ba, bsdongs, bsdong, sdongs (詞幹 sdong)　　「弄成一體」，「聯合」

【参看】Co:151-2.

#22-11 『同』

漢： dung A 『同』(1176a-c)

藏： dang 「一塊兒」，「和」，「與」

【参看】Si:116, Yu:25-25.

#22-12 『筒』

漢： dung A 『筒』(1176g)

藏： dong-po, ldong-po 「筒」，「管」

【参看】La:39, Si:118, Sh:20-14, Co:153-1(T stem:dong), Yu:24-8.

#22-13 『筩』

漢： dung A 『筩』(1185t)

藏： dung 「喇叭」，「海螺」

【参看】Yu:24-8.

#22-14 『銅』

漢： dung A 『銅』(1176d)

藏： zangs 「銅」

【参看】La:15, Si:139, Yu:25-26.

【異說】[dong-tse]'(小的)硬幣' ↔ 『銅』(Sh:20-15, Be:163c)。

#22-15 『洞』

漢： dung C 『洞』(1176h)

藏： dong 「深穴」，「坑」，「濠溝」

【参看】La:38, Si:117, Co:53-2.

【謹案】『洞』，孔穴。《正字通》：「洞，山巖有孔穴者。」《文選、張衡、西京賦》：「赴洞穴，探封狐。」

#22-16 『撞』

漢： drung A, C 『撞』(1188f')

藏： rdung-ba, brdungs, brdung, rdungs (詞幹 rdung) 「打」，「撞」，「刺」

【参看】Co:40-3, Yu:24-10.

【謹案】《廣雅、釋蟲》：「撞、…，刺也。」

#22-17 『龍』

漢： ljung, mljung A 『龍』(1193a-e)

藏： 'brug 「龍」，「雹」

【参看】G1:111, G2:11.

【異說】[mdongs]'閃''黑馬前額上的白色斑點''孔雀的斑點 ↔ 『龍』、『尨』(Bo:442, Co:156-1)。

#22-18 『容』

漢： rung > jiwong A 『容』(1187a)

藏： lung 「吊環」，「柄」，「把手」

【参看】Co:94-5.

【謹案】『容』，受納；包容。《說文》：「容，盛也。」

#22-19 『容』

漢： rung > jiwong A 『容』(1187a)

藏： long 「方便的時間」，「餘暇」

【参看】Bo:162, Co:102-4.

【謹案】《漢書、楊敞傳》：「事何容易！ 脛脛者未必全也。」此'容易'，謂從容便易。

#22-20 『涌』

漢： rung > jiwong B 『涌』(1185l)

藏： long-pa, longs 「膨脹」

long-long (詞幹 long) 「波浪的上升」，「使脹」

【参看】Bo:166, Co:126-2.

【謹案】『涌』，又作湧，謂水流升騰。《說文》：「涌，騰也。」《段注》：「騰，水超踊也。」《文選、枚乘、七發》：「紛紛翼翼，波涌雲亂。」

#22-21 『甬』

漢： rung > jiwong B 『甬』(1185h)

藏： a-long, a-lung 「(金屬製的)環」，「環狀物」

【参看】Bo:165, Co:125-3.

【謹案】『甬』，鐘柄。《周禮、考工記、鳧氏》：「鳧氏爲鐘，…… 舞上謂之甬，甬上謂之衡。」《注》：「此二名者，鐘柄。」

#22-22 『用』

漢： rung > jiwong C 『用』(1185a-e)

rung > jiwong A 『庸』(1185x)

藏： longs 「用」，「使用」，「欣賞」

【参看】Bo:164, Co:155-1.

【謹案】《說文》：「庸，用也。」《書、大禹謨》：「無稽之言勿聽，不詢之謀勿庸。」

#22-23 『誦』

漢： rjung > zjwong C 『誦』(1185o)

藏： lung 「忠告」，「訓戒」，「教導」

【参看】Co:36-3.

【謹案】『誦』，諷勸自己的言語。《詩、大雅、桑柔》十三章：「聽聽言則對，誦言如醉。」屈萬里《詩經釋義》：「誦，諷也。言聞諷己之言，則昏然如醉而不省也：馬瑞辰說。」

【異說】[gsung] '說話''聲音' ↔ 『誦』(Y:25-34)。

#22-24 『蔥』

漢： tshung > tshung A 『蔥』(1199g-h)

藏： btsong 「蒽」

【参看】Si:133, Sh:20-13, Be:169e, Co:114-4.

#22-25 『聰』

漢： tshung A 『聰』(1199f)

藏： mdzangs 「聰明的」

【参看】La:138.

#22-26 『鏦』

漢： tshjung A 『鏦』(0)

藏： mdung 「矛」

【参看】La:18.

【謹案】『鏦』，指短矛的一種。《說文》：「鏦，矛也。」《廣韻》：「鏦，短矛也。」

#22-27 『送』

漢： sung C 『送』(1179a)

藏： stong 「陪」，「陪伴」，「同行」

【参看】Bo:1.

【謹案】『送』，送行;送別。《詩、秦風、渭陽》：「我送舅氏，曰至'渭陽'。」《禮記、曲禮上》：「使者歸，則必拜送于門外。」

#22-28 『雙』

漢： srung A 『雙』(1200a)

藏： zung 「雙」，「一雙」，「一對」

【参看】La:82, Si:140, Co:115-3.

#22-29 『公』

漢： kung A 『公』(1173a-f)

藏： -k(h)ong, -gong (OT) 「爲表示尊敬而綴於重要人物的名子後面的詞，例如:Stag-sgra klu-khong, Zla-gong, Gnyan-kong.

【参看】Be:190h, Co:96-1.

#22-30 『孔』

漢： khung B 『孔』(1174a)

khung A, B 『空』(1172h)

藏： khung 「洞」，「坑」，「空的」

緬： khaung < *khung 「空的」

【参看】Si:108, G1:108(WB khaung < *khung), Co:71-2, Yu:24-4.

【謹案】『孔』，竅隙;小洞。《史記、田儋傳》：「二客穿其冢旁孔，皆自剄，下從之。」

#22-31 『控』

漢： khung C 『控』(1172a')

藏： skyung 「減少」，「留下」

【参看】Yu:24-1(《莊子、逍遙游》：「時則不至而控于地。」)

#22-32 『恐』

漢： khjung B 『恐』(1172d')
藏： 'gong(s)-ba, bkong 「沮喪」, 「失去勇氣」, 「感到恐怖」
(詞幹 *gong/*khong)
【參看】Co:64-2.

#22-33 『 巷 』

漢： grung > ɣang C 『巷』(1182s)
藏： grong 「房子」, 「村」, 「村莊」
【參看】Bo:313, Co:156-3.
【謹案】『巷』, 里巷；城市或村落中的小路。≪詩、鄭風、叔于田≫一章：「叔于田，巷無居人。」≪毛傳≫：「巷，里塗也。」
【異說】[srang] '胡同' ↔ 『巷』 (Yu:25-27)。

#22-34 『 共 』

漢： gjung < gjwong C 『共』(1182c)
藏： yongs 「所有的」, 「完全的」
yong (OT) 「全部」, 「老是」, 「經常」
(詞幹 yong)
【參看】Co:36-4(OT:Rkong-po Inscription).

第四章 漢藏語同源詞的音韻對應:聲母

第一節　脣　音

1. [p-]

(古藏語的複聲母是按『詞幹聲母』(root initial)作對比，下同)

(1) [p] ↔ [p]

1.(#7-3)
漢： pjət D　　『紱』(276k)
藏： pus-mo (詞幹 pus)　　「膝」，「膝蓋」
2.(#8-1)
漢： pən A　　『奔』(438a-c)
藏： pun　　「跑」
3.(#14-4)
漢： prag A, brag B　　『笆』(39s)
藏： spa, sba　　「手杖」，「棒」
緬： wa　　「手杖」，「棒」
4.(#15-1)
漢： pjang C　　『放』(740i)
藏： spong-pa, spang-ba, spangs　　「不要」，「戒」，「放棄」
spang, spong (詞幹 spang)
5.(#17-4)
漢： pjid B　　『比』566gh)
藏： dpe　　「樣子」，「比喻」

(2) [p] ↔ [ph]

1.(#1-1)
漢： pjəg > pjəu C　　『富』(933r)
pjək > pjuk D　　『福』(933d-h)
藏： phyug-pa　　「富有的」
phyugs (詞幹 phyug)　　「家畜」
2.(#3-1)

漢： pjəkw D 『腹』(1034h)
藏： pho 「胃」
緬： wam-puik 「腹部的外面」
puik 「懷孕」，「姙娠」

3.(#3-3)
漢： prəgw, phrəgw A 『胞』(1113b)
藏： phru-ma, 'phru-ma, phru-ba, 'phru-ba (詞幹 phru) 「子宮」，「胎盤」，「胎座」

4.(#3-4)
漢： pəgw B 『堡』(0)
藏： phru-ma 「要塞營地」，「宮殿」，「堡壘」
phru-ba 「要塞營地」

5.(#7-1)
漢： pjəd A 『誹』(579g)
pjəd C 『非』(579a)
藏： 'phya-ba (詞幹 *phya) 「責備」，「苛評」，「嘲弄」

6.(#7-2)
漢： pjəd A 『飛』(580a)
藏： 'phur 「飛」

7.(#8-2)
漢： pjən A 『分』(471a)
藏： 'phul 「供獻」

8.(#8-4)
漢： pjən A 『豩』(471e)
pjən C 『奮』(473a)
藏： 'phur 「飛行」
'phir 「飛」

【參看】Be:172u(TB *pur, *pir), (Co:82-2 TB *pur).

9.(#10-3)
漢： pjiar > pje B 『彼』(25g)
藏： pha 「在那邊」，「在前」，「較遠地」
pha-gi 「在那邊的(東西)」
phar 「彼岸」(Yu:6-17)

10.(#11-1)
漢： pran B 『板』(262j)、『版』(262k)
藏： 'phar 「嵌板」，「小的板材」，「平板」
phar 「板」，「紙板」

【參看】Co:45-4(T stem:*phar), G3:36('phar < *'phrar).

11.(#11-2)

漢：	pran, bran B	『昄』(262n)
藏：	'phar-ba (詞幹 *phar)	「提高的,「高一層的」,「崇高的」

12.(#13-2)

漢：	pjiam B	『貶』(641d)
藏：	'pham-ba, pham	「被減少」,「被縮小」,「被打敗」,「被征服」

13.(#14-1)

漢：	prag A	『豝』(39d)
藏：	phag	「猪」,「小猪」
緬：	wak	「猪」,「小猪

14.(#17-1)

漢：	pjid B, C	『妣』(566no)
藏：	'phyi, phyi-mo(詞幹 phyi)	「祖母」
緬：	ə-phe	「祖母」
	ə-phe-ma	「曾祖母」

15.(#19-1)

漢：	pjig C	『臂』(853s)
藏：	phyag	「手(敬)」
	phrag	「臂」

16.(#21-1)

漢：	pjug A	『泭』(136d)
藏：	phyo-ba, phyo-ba, phyos (詞幹 phyo)	「遊水」,「遊泳」

17.(22-1)

漢：	pjrung A	『封』(1197ij)
藏：	phung-po (詞幹 phung)	「堆」,「累積如山」

(3) [p] ↔ [b]

1.(#3-1)

漢：	pjəkw D	『腹』(1034h)
藏：	ze-bug	「反芻動物的第四個胃」
緬：	wam-puik	「腹部的外面」
	puik	「懷孕」,「妊娠」

2.(#8-2)

漢：	pjən A	『分』(471a)
藏：	'bul-ba	「獻、贈進、奉上、送出的敬語」

3.(#8-5)

漢： prjən C 『糞』(472a)

藏： brun 「糞」，「大便」，「排泄物」

4.(#10-2)

漢： par C 『播』(195p)

pran A 『班』(190ab)

藏： 'bor-ba, bor(完成式) 「投，「擲」，「撒」

5.(#12-1)

漢： pjap D 『法』(642k)

藏： bab 「情形」，「樣式」

6.(#14-3)

漢： prag C, prak D 『怕』(782l)

藏： bag 「怕」，「恐怖」

7.(#9-1)

漢： priat D 『八』(281a-d)

藏： brgyad 「八」

【參看】G1:35(WT brgyad < *bryad, see Li 1959:59).

8.(#14-2)

漢： prak D 『百』(781a-e)

藏： brgya 「百」

緬： a-ra A 「百」

【參看】G1:18 (OC prak < *priak;WT brgya < *brya, see Li 1959:59;WB a-ra A < a-rya), Co:96-2 (PT *prya > *brya), 李方桂(1971:44)說：「『百』字 pɐk 很可能是從 *priak 來的，不過到了《切韻》時代已經跟 *prak 相混，無可分辨。」

9.(#8-3)

漢： pjən B 『粉』(471d)

藏： dbur 「研粉」，「磨細」

10.(#10-1)

漢： par A 『波』(25l)

藏： dba 「波」，「波浪」

11.(#11-8)

漢： pan C 『半』(181a)

藏： bar 「空隙」，「中間的」，「中」

dbar 「空隙」，「中間」，「二者之間」

12.(#9-2)

漢： pjad C 『蔽』(341h)

藏： sbas 「隱藏」

13.(#11-3)

漢： pian A 『編』(246e)

藏： 'byor-ba, 'byar-ba 「附着」, 「貼上」

sbyor, sbyar 「附加」, 「使附屬」, 「結交」, 「連結」

【参看】Co:119-5(TB *pyar / *byar).

14.(#15-2)

漢： pjang A 『方』(740a-f)

藏： sbyong-pa, sbyangs, sbyang, sbyongs (詞幹 sbyang) 「練習」, 「學習」, 「實行」

15.(#17-2)

漢： pjid C 『秘』(404m)

藏： sbed 「藏」, 「秘密」

16.(#17-3)

漢： pjid C 『畀』(521a)

藏： sbyin, byin 「給」, 「贈給」

緬： pe C < *piy 「給」, 「爲接受而送給」

【参看】Be:176h(TB *biy).

2. [ph-]

(1) [ph] ↔ [p]

1.(#19-3)

漢： phjig > phjie C 『譬』(853t)

藏： dpe 「榜樣」, 「範例」, 「爲說明的比喻」

(2) [ph] ↔ [ph]

1.(#3-2)

漢： phjəkw D 『寑』(1034i)

藏： phug-pa 「洞穴」

phug(s) 「最裏面」

【参看】Be:182x;166a(ST *buk, TB *buk).

2.(#3-3)

漢： phrəgw A 『胞』(1113b)

藏： phru-ma, 'phru-ma, phru-ba, 'phru-ba (詞幹 phru) 「子宮」, 「胎盤」, 「胎座」

3.(#7-5)

漢： phjət D 『拂』(500h)

藏： 'phyid 「擦」，「擦干淨」

4.(#9-3)

漢： phad C 『沛』(501f)

藏： 'bab-pa, babs, babs 「倒下」，「下降」

'bebs-pa, phab, dbab, phob 「使飄倒」，「打倒」

(詞幹 *bab / phab)

5.(#10-4)

漢： phjiar A 『披』(25j)

藏： 'phral 「分離」

【參看】G3:6(『披』 *phjial)

6.(#11-4)

漢： phan C 『判』(181d)

藏： 'phral 「切開」，「減」

7.(#11-5)

漢： phan C 『判』(181d)

藏： phran 「部分」，「少許」

8.(#11-7)

漢： phjan A 『飜』(0)

藏： 'phar-ba (詞幹 *phar) 「(火花、閃光的)飛散」

9.(#15-3)

漢： phjang B 『紡』(740r)

藏： phang 「軸」

緬： wang B 「紡」

【參看】Co:138-2(TB *pwang).

10.(#16-1)

漢： phjagw A 『漂』(1157i)

藏： 'phyo-ba (詞幹 *phyo) 「漂流」，「浮動」

11.(#17-5)

漢： phjit D 『匹』(408a-c)

藏： phyed 「分別」，「一半兒」

12.(#21-1)

漢： phjug A 『泭』(136h)

藏： phyo-ba, phyo-ba, phyos 「遊水」，「遊泳」

(詞幹 phyo)

13.(#21-2)

漢： phuk D 『撲』(1211j-l)

藏： phog 「打」，「擊」

(3) [ph] ↔ [b]

1.(#10-4)

漢： phjiar A 『披』(25j)

藏： 'bral 「分離」，「分散」

【参看】G3:6(『披』 *phjial)

2.(#11-6)

漢： phan C 『胖』(181h)

藏： bong 「大小」，「巨軀」

3.(#19-2)

漢： phik D 『劈』(0)

藏： 'bigs 「穿透」

4.(#22-2)

漢： phjung A 『峯』(0)

藏： bong 「峯」，「山崗」

rnga-bong 「駱駝」

5.(#3-2)

漢： phjəkw D 『寝』(1034i)

藏： bug-pa 「破洞」，「穴」

bug-pa 「破洞」，「穴」

sbug(s) 「空心的」，「空穴」

【参看】Be:166a(ST *buk, TB *buk).

6.(#3-5)

漢： phrəgw A 『泡』(0)

藏： lbu 「泡」

7.(#9-3)

漢： phad C 『沛』(501f)

藏： 'bab-pa, babs, babs 「倒下」，「下降」

'bebs-pa, phab, dbab, phob 「使翻倒」，「打倒」

(詞幹 *bab / phab)

8.(#21-2)

漢： phuk D 『撲』(1211j-l)

藏： dbyug 「打」

3. [b-]

(1) [b] ↔ [p]

1.(#1-2)
漢： bəg C 『佩』(956a-b)
藏： pag 「裝飾用的腰帶」

2.(#19-4)
漢： bik D 『甓』(853n)
藏： pag 「塼」

3.(#9-5)
漢： briat D 『拔』(276h)
藏： dpal 「高尚的」,「傑出的」

4.(#14-4)
漢： prag A, brag B 『笆』(39s)
藏： spa, sba 「手杖」,「棒」
緬： wa 「手杖」,「棒」

(2) [b] ↔ [ph]

1.(#3-6)
漢： bjəgw A 『浮』(1233l-m)
藏： 'phyo-ba (詞幹 *phyo) 「漂流」,「浮動」

2.(#8-2)
漢： bjən C, pjən A 『分』(471a)
藏： 'phul 「供獻」

3.(#8-8)
漢： bjən A 『頒』(471p)
藏： 'phul 「推」,「給」

4.(#11-2)
漢： pran, bran B 『昄』(262n)
藏： 'phar-ba (詞幹 *phar) 「提高的,「高一層的」,「崇高的」

5.(#14-5)
漢： bjag B 『父』(102a)
藏： pha 「父親」
緬： a-pha B 「父親」

【參看】Be:134a(TB *pwa), Co:77-3(TB *pa).

6.(#17-6)
漢： bjid A 『膍』(566f')

藏： 'phel-ba, phel 「加大」，「擴大」

【参看】Co:97-2(OT pheld).

7.(#9-3)

漢： bjiad C 『弊』(341e)

藏： 'bab-pa, babs, babs 「倒下」，「下降」

'bebs-pa, phab, dbab, phob 「使翻倒」，「打倒」

(詞幹 *bab / phab)

8.(#11-10)

漢： bjian B brian C 『辨』(219d)

brian B 『辯』(219e)

藏： 'phral-ba phral 「識別」，「部分」

'bral-ba bral 「區別」，「分開」

(詞幹 phral / bral)

9.(#19-5)

漢： bjik D 『闢』(853k)

藏： 'byed-pa, phyes, dbye, phyes 「開」，「開闢」

(詞幹 *bye/*phye)

(3) [b] ↔ [b]

1.(#8-6)

漢： bən A 『盆』(471s)

藏： ben 「水罐」

2.(#8-2)

漢： bjən C, pjən A 『分』(471a)

藏： 'bul-ba 「獻、贈進、奉上、送出的敬語」

3.(#8-9)

漢： bjən 『墳』(437m)

藏： 'bum 「墳墓」，「墓碑」

4.(#9-4)

漢： briat D 『拔』(276h)

藏： bad 「拔」

5.(#9-6)

漢： bjiat A 『別』(292a)

藏： byed 「分別」

6.(#10-5)

漢： biar A 『皮』(25ab)

藏： bal 「羊毛」

7.(#11-9)
漢： brian C 『辦』(219f)
藏： brel-ba (詞幹 brel) 「被雇」，「忙」，「從事」，「在做事」

8.(#11-11)
漢： brian C 『瓣』(0)
藏： 'bar-ba 「開」，「開始開花」
緬： pan B 「花」
【参看】Co:81-3(T stem:*bar).

9.(#11-12)
漢： bjan A 『燔』(195i)
藏： 'bar-ba (詞幹 *bar) 「燒」，「燃燒」
【参看】Co:50-2(TB *bar).

10.(#13-1)
漢： bjam A 『氾』(626c)
藏： 'byam-pa, byams (詞幹 byam) 「氾濫」，「被普及」

11.(#13-3)
漢： bjam A 『凡』(625a)
藏： 'byams 「無限」，「究竟」，「擴展」

12.(#15-4)
漢： bjang A 『坊』(740x)
bjang A 『房』(740y)
藏： bang-ba (詞幹 bang) 「庫房」，「倉庫」

13.(#18-1)
漢： bjin B 『臏』(389r)、『髕』(389q)
藏： byin-pa (詞幹 byin) 「腿荳子」

14.(#20-1)
漢： bjing C 『庰』(0)
藏： bang 「倉庫」

15.(#21-3)
漢： buk D 『僕』(1211b-f)
藏： bu 「兒子」，「少年」，「男孩」

16.(#22-3)
漢： bung A 『蜂』(1197s)
藏： bung-ba (詞幹 bung) 「蜜蜂」

17.(#22-4)
漢： bjung A 『逢』1197o)
藏： 'byung 「遇見」

18.(#7-6)

漢： bjiəd C　『鼻』(521c)

藏： sbrid-pa (詞幹 sbrid)　「打噴嚏」

19.(#8-7)

漢： bjən > bjwan A　『焚』(474a)

藏： 'bar-ba (詞幹 *bar)　「燃燒」，「着火」

sbar　「點火」，「燃火」，「使憤怒」

緬： pa B　「發光」

【参看】Co:50-2(TB *bar).

20.(#9-3)

漢： bjad C　『弊』(341e)

藏： 'bab-pa, babs, babs　「倒下」，「下降」

'bebs-pa, phab, dbab, phob　「使飜倒」，「打倒」

(詞幹 *bab / phab)

21.(#10-6)

漢： bjiar A　『疲』(25d)

bjiar A　『罷』(26a)

藏： 'o-brgyal　「辛苦」，「疲倦」

brgyal　「昏倒」，「悶絶」

【参看】G3:8(『疲』『罷』 *bjial), Co:150-4(OC 『疲』, Bahing bal, B pan ‘tired, weary’).

22.(#11-3)

漢： bian B　『辮』(0)

藏： 'byor-ba, 'byar-ba　「附着」，「貼上」

sbyor, sbyar　「附加」，「使附屬」，「結交」，「連結」

【参看】Co:119-5(TB *pyar / *byar).

23.(#11-8)

漢： ban C　『畔』(181k)

藏： bar　「空隙」，「中間的」，「中」

dbar　「空隙」，「中間」，「二者之間」

24.(#17-7)

漢： bjid D　『貔』(566h')

藏： dbyi　「猞猁」，「山猫」

25.(#8-10)

漢： bjiən A　『貧』(471o)

藏： dbul　「貧乏」，「貧窮」，「缺少」

【参看】G1:117(OC bjiən < *dbjən;WT dbul < *dbjul).

26.(#11-10)

漢： bjian B, brian C　『辨』(219d)

brian B 『辯』(219e)
藏： 'phral-ba, phral 「識別」,「部分」
'bral-ba, bral 「區別」,「分開」
(詞幹 phral / bral)

27.(#14-4)
漢： prag A, brag B 『笆』(39s)
藏： spa, sba 「手杖」,「棒」
緬： wa 「手杖」,「棒」

28.(#19-5)
漢： bjik D 『闢』(853k)
藏： 'byed-pa, phyes, dbye, phyes 「開」,「開闢」
(詞幹 *bye/*phye)

4. [hm-]

(1) [hm] ↔ [m]

1.(#7-22)
漢： hwər (< hmər ?) B 『火』(353a-c)
hwjər(< hmjər ?) B 『燬』(356b)
藏： me 「火」
緬： mi 「火」
【参看】Co:79-1 (OT me～mye～smye, TB *myəy).
【謹案】李方桂(1972:36)擬測『火』、『燬』的'前上古音'帶有清鼻音聲母hm-, 而有點懷疑, 以附問號。今從漢藏語比較來看, 此二語在上古時無疑帶有清鼻音聲母 hm-了。

2.(#8-11)
漢： hmən A 『昏』(457j-l)
藏： mun-pa 「昏暗」,「模糊」,「昏迷」
緬： hmun A 「暗淡的」,「陰暗的」
【参看】Co:60-4(詞幹 mun).

3.(#1-4)
漢： hmək D 『黑』(904a)
藏： smag 「暗」,「黑暗」
緬： mang A 「墨水」
hmang A 「墨水」

4.(#8-11)
漢： hmən A 『昏』(457j-l)

藏： dmun-pa 「黑暗的」，「昏暗的」
緬： hmun A 「暗淡的」，「陰暗的」

5. [m-]

(1) [m] ↔ [m]

1.(#1-3)

漢：	məg B	『母』(947a)
藏：	ma	「母親」，「媽媽」
緬：	ma B	「姊妹」
	-ma	「代表女性的後綴」

【參看】Co:110-1(Kanauri ama, Chepang ma, Newari ma 'mother').

2.(#3-7)

漢：	mjəkw > mjuk D	『目』(1036a-c)
藏：	mig	「眼」
緬：	myak	「眼」

【參看】Be:182e(TB *mik), Co:76-1(OT myig, TB *mik～myak).

3.(#8-13)

漢：	mjən B	『吻』(503o)
	mən A	『門』(441a)
藏：	mur	「顎」，「口部」

4.(#9-8)

漢：	mjiat D	『滅』(294d)
	miat	『蔑』(311a-e)
藏：	med-pa	「不在」，「不存在」，「沒有」

【參看】Be:183d(TB *mit), Co:61-3 (OT myed-pa, TB *mit).

5.(#14-8)

漢：	mjag A	『無』(103a)
	mjag A	『毋』(107a)
藏：	ma	「不」，「沒有」，「別」
緬：	ma B	「不」

6.(#15-7)

漢：	mang A	『茫』(742d)、『芒』(742k)
藏：	mang-po	「多」，「多量」

7.(#16-2)

漢：	mjagw A	『苗』(1159a)
藏：	myug	「萌芽」

8.(#20-5)

漢： mjing　A　　『名』(826a)
藏： ming　　「姓名」,「名字」
緬： man　A　　「被命名」,「有了名字」
hman　B　　「命名」,「爲……取名」
a-man　A　　「名字」

【參看】G1:63(WT ming < *mying;WB man < *ming, hman < *hming, a-man < *a-ming), Co:111-3(TB *r-ming).

9.(#2-1)

漢： mjəng　A　　『夢』(902a)
藏： rmang-lam (Bo:457)　　「夢」,「夢想」
緬： hmang (C:66-4)　　「夢」

【參看】Be:190g(ST *(r-)maŋ, TB *r-maŋ).

10.(#7-7)

漢： mjiəd > mji　C　　『寐』(531i-j)
藏： rmi-ba　　「作夢」
緬： mwe　　「睡覺」

【參看】Be:185m(TB *(r-)mwəy～*(s-)mwəy), Co:134-5 (TB *rmwiy).

11.(#8-12)

漢： mən　C　　『悶』(441d)
藏： rmun-po (詞幹 rmun)　　「鈍」,「沈重」,「遲鈍」

12.(#14-7)

漢： mrag　B　　『馬』(40a)
藏： rmang　　「馬」,「駿馬」
緬： mrang　C　　「馬」,「小馬」

【參看】Be:189e(TB *m-raŋ).

13.(#15-5)

漢： mjang　C　　『妄』(742g)、『忘』(742i)
藏： rmong　　「愚昧」

14.(#15-6)

漢： mrang　A　　『盲』(742q)
藏： rmong　　「看不清」,「不見」

15.(#21-4)

漢： mug C, muk D　　『瞀』(1109q)
藏： rmug　　「昏昧不明」

16.(#21-5)

漢： mjug　C　　『霧』(1109t)
藏： rmugs-pa　　「濃霧」
rmu-ba　　「霧」

rmus　　　　　　　　　　　　「有霧的」
詞幹 *rmug/*rmu
緬： mru　　　　　　　　　　「霧」,「霧氣」
17.(#22-5)
漢： mung　A　　　　　　　『朦』(1181c)
藏： rmongs　　　　　　　　「朦朧的」,「暗的」
緬： hmaung < *hmung　　　「黑暗的」
18.(#14-10)
漢： mjag　B　　　　　　　『武』(104a-e)
藏： dmag　　　　　　　　　「軍隊」,「一大群」
緬： mak　　　　　　　　　「戰爭」
【參看】Co:107-5 (PLB *mak:Matisoff 1972:58, TB *dmak(?)).
19.(#10-7)
漢： mjiar　A　　　　　　　『糜』(17g)
mjiar　B　　　　　　　　『靡』(17h)
藏： dmyal-ba (詞幹 dmyal)　「粉碎」,「陵遲處斬(刑名)」
20.(#15-8)
漢： mrang　A　　　　　　　『氓』(742u)
藏： dmangs　　　　　　　　「一般民衆」,「人民」
【參看】Co:116-4(T stem:*mang < *-mang + s ?).
21.(#15-9)
漢： mjiang　A　　　　　　『明』(760a-d)
藏： mdangs　　　　　　　　「光明」,「光澤」,「光彩」
【參看】Co:49-1(T stem:*mdang < mdang + s ?).
22.(#9-7)
漢： mat　D　　　　　　　　『末』(277a)
藏： smad　　　　　　　　　「下頭」,「下游」
23.(#17-8)
漢： mjid　A　　　　　　　『眉』(567a-c)
藏： smin-ma　　　　　　　「眉」,「眉毛」
24.(#1-4)
漢： mək　D　　　　　　　　『墨』(904c)
藏： smag　　　　　　　　　「暗」,「黑暗」
緬： mang　A　　　　　　　「墨水」
hmang　A　　　　　　　「墨水」
25.(#8-14)
漢： mjən　A　　　　　　　『聞』(441f)
藏： mnyan-pa, nyan-pa　　「聽見」,「聽」

(2) [m] ↔ [b]

1.(#8-15)

漢：	mjiən A	『閩』(441i)
藏：	sbrul < *smrul	「蛇」
緬：	mrwe < *mruy	「蛇」

2.(#14-9)

漢：	mjag A	『巫』(105a)
藏：	'ba-po	「巫師(男)」
	'ba-mo	「巫師(女)」

第二節　舌尖音

1. [t-]

(1) [t]

① [t] ↔ [t]

1.(#5-4)

漢：	tjəp D	『摺』(0)
藏：	ltab	「疊」,「收集」
緬：	thap	「一個個的往上放」,「重複」

2.(#14-11)

漢：	tag B	『睹』(45c'),『覩』(45d')
藏：	lta	「看」,「觀察」

3.(#14-12)

漢：	tag B	『荳』(0)
藏：	lto-ba	「荳子」,「胃」

4.(#22-7)

漢：	tjung B	『塚』(0)
藏：	ltong	「頂上」,「(山)頂」
緬：	taung < *tung	「頂上」,「(山)頂」

5.(#21-9)

漢：	tjuk > tsjwok D	『屬』(1224s)
藏：	gtogs-pa	「屬於」,「……的一部分」

6.(#3-10)

漢： təkw D　　『篤』(1019g)

　　tən A　　『惇』(464n)、『敦』(464p)

藏： stug(s)-pa　　「厚度」，「濃度」，「厚」，「濃」

緬： thu A　　「厚的」，「不薄」

　　thu B　　「厚度」

【參看】G1:155(『惇』『敦』tən < *təngw:For the sound change, see Gong 1976:63-69).

7.(#8-18)

漢： tiən B　　『典』(476a-c)

藏： brtan-pa　　「堅固的」，「不變的」，「安全的」

　　gtan　　「有恒久性的」，「耐久的」

【參看】Co:79-3(T stem:*than).

② [t] ↔ [th]

1.(#1-5)

漢： tjəg C, tjək D　　『織』(920f)

藏： 'thag　　「紡織」

　　thags　　「織物」，「絲罔」

緬： rak　　「編識(布，蓆子，籃子等)」

【參看】G1:133(OC tjəg C < *tjəks;WT 'thag < *'tag, thags < *tags), Co:159-2 (TB *tak).

2.(#3-9)

漢： tjəkw D　　『粥』(1024a)

藏： thug-pa　　「湯」，「肉湯」

　　(詞幹 thug < *tug)

3.(#3-9)

漢： təgw C　　『擣』(109o-r)

藏： thug-pa (詞幹 thug)　　「打」，「衝撞」

緬： tuik　　「衝撞」，「參加戰爭」

4.(#5-2)

漢： təp　　『搭』(0)

藏： 'thab-pa　　「打仗」，「戰鬪」，「爭論」

5.(#11-14)

漢： tuan B　　『短』(169a)

藏： thung　　「短」

緬： taung C　　「短」

　　tuw A　　「短」

【參看】G1:112(OC tuan B < *tun < **tung;WB taung C < *tung, tuw A < *tug. 『短』，從「豆」(dug)得聲。)

6.(#19-6)

漢： tig > tiei C　『帝』(877a-d)

藏： the　「上帝」

7.(#21-9)

漢： tjuk > tsjwok D　『屬』(1224s)

藏： thog-pa　「集合」，「聚集」

8.(#3-10)

漢： təkw D　『篤』(1019g)

tən A　『惇』(464n)、『敦』(464p)

藏： 'thug-pa　「厚」

mthug-pa　「厚」

緬： thu A　「厚的」，「不薄」

thu B　「厚度」

【參看】G1:155(『惇』『敦』tən < *təngw:For the sound change, see Gong 1976:63-69. WT 'thug-pa < *tug;mthug-pa < *mtug).

9.(#17-9)

漢： tid A，B　『底』(590c)

藏： mthil　「底」，「最低的部分」

緬： mre A　「地」，「土地」，「土壤」

【參看】G1:79(mre A < mliy:see Yoshio Nishi 1977:p.42), Co:47-1(T mthil < OT thild:Zhol inscription), G3:2(『底』*til).

10.(#19-7)

漢： tik D　『滴』(0)

藏： thigs　「一滴」

'thig-pa　「滴落」，「滴漏」

'thig-pa, btigs, btig　「讓……滴下」

(詞幹 *thig)

③ [t] ↔ [d]

1.(#21-8)

漢： tjuk D　『燭』(1224e)

藏： dugs-pa (詞幹 dugs)　「點亮」，「點火照亮」

緬： tauk < *tuk　「發光」，「火焰」

【參看】G1:104(WB tauk < *tuk), Co:151-3.

2.(#5-1)

漢： təp　『答』(676a)

təb C < təp　『對』(511a)

藏： deds-pa, btab, gtab, thobs 「回答」, 「說明」, 「解釋」
(詞幹 *dab/*thab)

3.(#11-19)

漢： tjian C 『顫』(148s)

藏： 'dar-ba (詞幹 *dar) 「打顫」, 「戰慄」, 「因寒冷或恐怖而打顫」

sdar-ma (詞幹 sdar) 「打顫」, 「怯懦」

4.(#3-9)

漢： təgw C 『擣』(1090-r)

藏： rdug-pa (詞幹 rdug) 「衝撞」

緬： tuik 「衝撞」, 「參加戰爭」

5.(#8-17)

漢： tən A 「墩」(0)

藏： rdung 「小土山」, 「小丘」

緬： taung A 「小山」, 「山」

【參看】G1:164(OC tən A < *təngw;WB taung A < *tung, see Gong 1976:63-69).

6.(#11-16)

漢： tuan A 『端』(168d)

藏： rdol-ba, brdol 「出來」, 「叫出」, 「生成」, 「走近」, 「發芽」
(詞幹 rdol)

7.(#19-10)

漢： tik > tiek D 『蹢』(877o)

藏： rdeg(s)-pa, brdeg, rdegs 「蹴」, 「敲」, 「鞭打」
(詞幹 rdeg)

8.(#3-11)

漢： tjəgw C 『鑄』(1090a-d)

tjəgw C 『注』(129c)

藏： ldug 「鑄」, 「注」

9.(#10-8)

漢： tan B ;tar C 『癉』(147e)

藏： ldar-ba (詞幹 ldar) 「疲勞」, 「勞累」, 「困倦」, 「疲乏」

10.(#22-6)

漢： tung C 『棟』(1175f)

藏： gdung 「房樑」

④ [t] ↔ [c]

1.(#19-8)

漢： tjik D 『隻』(1260c)

藏： gcig 「一」
緬： tac 「一」
【参看】Be:169k;94a(ST *tyak;TB *tyak, *tyik), Co:114-2 (T gcig < PT *gtyig;TB *g-tyik).

⑤ [t] ↔ [ch]

1.(#5-3)
漢： tjəp 『汁』(686f)
藏： chab < *thyab 「水」
【参看】G1:148(WT chab < *thyab), Co:99-4(PT *thyab > T chab).
2.(#5-5)
漢： tjəp D 『執』(685a-e)
tjəb C 『摯』(685k)
藏： chab 「權力」，「權威」，「權能」
3.(#21-7)
漢： tjug B 『枓』(116b)
tjug C 『注』(129c)
藏： 'chu-ba, bcus, bcu, chus 「杓子」，「汲水桶」;「注水」，「灌水」
chu 「水」
【参看】G1:102(WT chu < *thyu), Co:101-3(stem:chu < PT *thyu).
4.(#17-9)
漢： tjid C 『至』(413a)
藏： mchi 「來」，「去」，「出現」
緬： ce B 「來」，「到達」
【参看】G1:86(WT mchi < *mtshyi;WB ce B < *tsiy), Co:56-3(PT *mthyi).
5.(#21-6)
漢： tug C 『噣』(1224n)、『咮』(128u)
藏： mchu 「脣」，「鳥嘴」
【参看】G1:101 (WT mchu < *mthyu), Co:39-3(PT *mthyu).

⑥ [t] ↔ [ts]

1.(#14-13)
漢： tjiag B 『赭』(45d)
藏： btsag 「赭土」，「黃土」(Si:52)
'btsa 「鐵銹」(Yu:5-32)
緬： tya 「好紅的」
ta 「好紅的」，「炎熱的紅」

⑦ [t] ↔ [k]

1.(#1-25)

漢： tjəg A 『之』(962ab)

藏： kyi, gyi, yi 「的」(屬格詞尾)

【參看】Co:85-2(『之』 PC *krjəɣ> OC *tjəg).

【謹案】『之』、『其』兩字上古時期的用法很相像，故梅祖麟(1983:119-121)認爲這兩個字同出一源，並且擬『之』字的上古早期的讀音爲 *krjəg，此字在華北方言中的音韻史是：「之 *krjəg > *tjəg > *tiəg > 底 tiei > ti > 的 tə」。今從漢藏語比較來看，可以信從梅祖麟的擬音。

(2) [tr]

① [tr] ↔ [t]

1.(#9-9)

漢： trjuat A，C 『綴』(295b)

藏： gtod-pa, btod-pa 「繫繩」，「繫於柱子」

rtod-pa 「繫繩」，「柱子」，「釘子」

【參看】Co:150-1(T stem:*thod).

② [tr] ↔ [th]

1.(#1-6)

漢： trjək D 『陟』(916a-c)

藏： theg-pa (詞幹 theg) 「舉起」，「升起」

【參看】Sh:15-2(Sbalti thyak-pa ‘舉起’，Buirg thyak-‘舉起’)，Be:175f(T theg-pa < *thyak ‘舉起’‘升起’).

2.(#2-2)

漢： trjəng A 『蒸』(896k)

藏： thang 「松樹」，「常綠樹」

緬： thang 「木炭」，「柴木」，「松樹」

3.(#3-9)

漢： trjəkw D 『築』(1019d-e)

藏： thug-pa (詞幹 thug) 「打」，「衝撞」

緬： tuik 「衝撞」，「參加戰爭」

4.(#15-10)

漢： trjang A，C 『張』(721h)

藏： thang-po 「緊張」，「緊」

thang-thang (詞幹 thang) 「最緊張」
緬： tang C 「拉緊」,「變緊或緊張」
5.(#16-3)
漢： trakw, thrakw D 『卓』(1126a)
藏： thog 「在最上面的」

③ [tr] ↔ [d]

1.(#17-10)
漢： trjit D 『窒』(413h)
藏： 'dig-pa 「填塞(把洞等)」
'dig 「木塞」
'dig-pa-po 「口吃的人」
(詞幹 *dig)
【参看】Co:142-1(PC *trjik > dialectal *trjit > OC *trjit).
2.(#17-13)
漢： trjid C 『疐』(415a-c)
trjid C 『躓』(493c)
藏： 'dred-pa (詞幹 *dred) 「脚滑跌倒」,「失足」,「滑」,「滑走」
3.(#3-9)
漢： trjəkw D 『築』(1019d-e)
藏： rdug-pa (詞幹 rdug) 「衝撞」
緬： tuik 「衝撞」,「參加戰爭」
4.(#11-13)
漢： trjan B 『展』(201a)
藏： rdal-pa, brdal, rdol 「擴展」,「延長」,「鋪開」,「擺開」
(詞幹 rdal)
【参看】G3:21(『展』 *rtjan, 舒也;轉也).
5.(#21-10)
漢： trjug C 『晝』(1075a)
藏： gdugs 「正午」,「中午」
【参看】Co:61-2(T stem:*dug < g + dug + s ?).

④ [tr] ↔ [ch]

1.(#21-6)
漢： trug A, C 『噣』(1224n)、『咮』(128u)
藏： mchu 「脣」,「鳥嘴」

【参看】G1:101 (WT mchu < *mthyu), Co:39-3(PT *mthyu).

⑤ [tr] ↔ [zh]

1.(#4-1)
漢： trjəngw B 『中』(1007a-e)
藏： gzhung 「中」,「中間」
【参看】Be:182z (TB *tu:ŋ), Bo:240, Co:53-3(『中』PC *tljəngw > OC *trjəngw. PT *glyung > gzhung.)
2.(#4-2)
漢： trjəngw A 『忠』(1007k)
藏： gzhung-pa, gzhungs 「傾聽」,「誠心的」,「深切留心的」
【参看】Co:107-2 (OC *trjəngw < PC *tljəngw;T stem;*gzhung < PT *glyung)

⑥ [tr] ↔ [gr]

1.(#3-12)
漢： trjəgw B 『肘』(1073a)
藏： gru-mo (詞幹 gru) 「肘」

2. [th-]

(1) [th]

① [th] ↔ [t]

1.(#14-15)
漢： thak D 『拓』(795l)
藏： ltag 「最上面的」,「在上面」
緬： tak 「登上」,「升高」
əthak 「上面」
【参看】Co:154-3(T stem:*thag).
2.(#21-11)
漢： thjuk D 『觸』(1224g)
藏： gtug-pa, btug-pa 「觸摸」

② [th] ↔ [th]

1.(#10-10)

漢： thuar C 『唾』(31m)
藏： tho-le 「吐」，「吐唾沫」
【参看】Co:138-4 (T stem:tho ?).

2.(#11-17)
漢： than C 『炭』(151a)
藏： thal-ba (詞幹 thal) 「灰塵」，「灰」，「塵埃」

3.(#15-13)
漢： thjang B 『敞』(725m)
藏： thang 「平坦的」

4.(#21-11)
漢： thjuk D 『觸』(1224g)
藏： thug 「觸摸」，「接觸」，「打」，「擊」
【参看】Co:152-1(T stem:*thug).

5.(#9-11)
漢： thad C 『大』(317a)、『太』(317d-e)
藏： mthe-bo 「母指」
緬： tai 「非常」，「甚」
【参看】Be:66c(TB *tay 'big, large, great'), Co:42-2(TB *tay).

6.(#15-11)
漢： thang B 『曭』(725c')
thjang C 『瞠』(725f')
藏： mthong 「看」

7.(#22-8)
漢： thung A 『通』(1185r)
藏： mthong-ba (詞幹 mthong) 「看見」，「感知」，「理解」，「領悟」

8.(#22-9)
漢： thung C 『痛』(1185q)
thung A 『恫』(1176k)
藏： mthong-ba 「受苦」，「忍受痛苦」，「不幸」

③ [th] ↔ [d]

1.(#14-14)
漢： thak D 『橐』(795p)
藏： rdog-po 「包袱」

2.(#22-9)
漢： thung C 『痛』(1185q)
thung A 『恫』(1176k)

藏： gdung(s) 「感到痛」,「被弄痛」

④ [th] ↔ [lc]

1.(#17-11)

漢： thit > thiet D 『鐵』

藏： lcags 「鐵」

【參看】Co:98-5(鐵 PC *hlik > dialectal *hlit > OC *thit > thiet PT *hlyak > T lcags < lcag + s ? ‘iron’).

⑤ [th] ↔ [ch]

1.(#10-9)

漢： thjiar B 『侈』(3i)

藏： che-ba 「多數」,「多量」

【參看】Co:88-4(stem:che < PT *thye).

2.(#17-15)

漢： thid B, C 『涕』(591m)

藏： mchi-ba 「眼淚」

【參看】Co:146-4(T stem:mchi < PT *mthyi).

⑥ [th] ↔ [h]

1.(#6-4)

漢： thəm A 『貪』(645a)

藏： ham-pa (詞幹 ham) 「貪心」,「妄想」,「貪慾」

【參看】Co:59-3(『貪』PC *hləm > OC *thəm > thəm).

2.(#9-10)

漢： thuat (hluat) > thwət A 『脫』(324m)

thuad > thwəi C 『脫』(324m)

藏： lhod-pa, glod-pa, lod-pa 「淞緩」,「淞弛」
(詞幹 lhod / lod)

緬： kjwat 「解放」

khjwat 「釋放」

lwat 「自由」

hlwat 「釋放」

【參看】G1:180 (WB kjwat < klwat;khjwat < *khlwat), G2:p10(『脫』字之上古音可能是 *hluat, 與「悅」*luat > iwat 語音十分相近.)

(2)　[thr]

①　[thr] ↔ [th]

1.(#16-3)
漢： thrakw, trakw　D　　『卓』(1126a)
藏： thog　　「在最上面的」

②　[thr] ↔ [ch]

1.(#15-12)
漢： thrjang　C　　『鬯』(719a-d)
藏： chang　　「發酵的酒」,「葡萄酒」
【参看】Co:160-4(PT *thyang > T chang).

3.　[d-]

(1)　[d]

①　[d] ↔ [t]

1.(#6-3)
漢： dəm　A　　『譚』(646c)
藏： gtam　　「談」,「談論」,「演說」
2.(#9-11)
漢： dat　D　　『達』(271b)
藏： gtad　　「傳授交付」
3.(#13-4)
漢： dam　A　　『談』(617l)
藏： gtam　　「談」,「談論」,「演說」
4.(#8-19)
漢： dən　C　　『鈍』(427i)
藏： rtul-ba (詞幹 rtul)　　「愚鈍的」,「鈍感的」,「不銳利的」
5.(#14-17)
漢： dak　D　　『度』(801a)
藏： rtog　　「想」
6.(#16-4)
漢： djagw　B　　『兆』(1145a)
藏： rtags　　「前兆」

7.(#5-4)

漢： diəp D　　『褶』(690g)

藏： ltab　　「疊」, 「收集」

緬： thap　　「一個個的往上放」, 「重複」

8.(#15-15)

漢： dang A　　『塘』(700c)

藏： lteng　　「水坑」, 「池塘」

② [d] ↔ [th]

1.(#21-13)

漢： dug A　　『頭』(118l)

藏： thog　　「上邊兒」, 「上部」

③ [d] ↔ [d]

1.(#1-7)

漢： djək D　　『寔』(866s)

藏： drag　　「病愈」, 「完全」

2.(#8-20)

漢： djən A　　『順』(462c)

藏： 'dul-ba, btul, gdul, thul　　「馴服」, 「征服」

dul-ba　　「淞軟」, 「馴服」, 「溫順」, 「馴的, 「純的」

3.(#9-12)

漢： duad C　　『兌』(324a)

藏： dod-pa (詞幹 dod)　　「出」, 「出來」, 「出現」, 「出面」

4.(#12-2)

漢： diap > diep D　　『牒』(633h)

藏： 'dab　　「平板」, 「木片」

5.(#14-16)

漢： dag D　　『渡』(801b), 『度』(801a)

藏： 'da-ba (詞幹 *da)　　「過」, 「超出」

6.(#17-13)

漢： dit > diet D　　『跌』(402j)

藏： dig-pa　　「搖擺」, 「躊躇」

(詞幹 dig)

【參看】Co:140-2(PC *dik > dialectal *dit > OC *dit).

7.(#19-11)

漢： djig > zje　B　　『是』(866a-c)
djəg > zi　A　　『時』(961z-a')
藏： 'di (詞幹 di)　　「這」
de　　「那」，「那個」

8.(#21-14)
漢： dug　C　　『逗』(0)
藏： 'dug-pa (詞幹 *dug)　　「逗留」，「住着」，「坐着」

9.(#21-15)
漢： drjug　C　　『住』(129g)
藏： 'dug　　「住」，「居住」

10.(#22-11)
漢： dung　A　　『同』(1176a-c)
藏： dang　　「一塊兒」，「和」，「與」

11.(#22-12)
漢： dung　A　　『筒』(1176g)
藏： dong-po, ldong-po　　「筒」，「管」
【参看】Co:153-1(T stem:dong).

12.(#22-13)
漢： dung　A　　『筩』(1185t)
藏： dung　　「喇叭」，「海螺」

13.(#22-15)
漢： dung　C　　『洞』(1176h)
藏： dong　　「深穴」，「坑」，「濠溝」

14.(#3-13)
漢： dəkw　D　　『毒』(1016a)
藏： dug, gdug　　「毒」
緬： tauk < *tuk　　「中毒」

15.(#4-3)
漢： dəngw　B　　『疼』(0)
藏： gdung-ba, gdungs (詞幹 gdung)　　「痛」，「痛苦」，「悲惨」

16.(#6-3)
漢： dəm　A　　『譚』(646c)
藏： gdam　　「教訓」

17.(#13-4)
漢： dam　A　　『談』(617l)
藏： gdam　　「教訓」

18.(#9-13)

漢： djuad D 『滯』(315b)
藏： sdod 「住」,「停留」

19.(#11-18)
漢： dan C 『憚』(147o)
藏： 'dar-ba (詞幹 *dar) 「打顫」,「戰慄」
sdar-ma (詞幹 sdar) 「打顫」,「怯懦」

20.(#20-6)
漢： djing A 『莛』(835l)
藏： sdong 「草木的莖」,「樹幹」

21.(#22-10)
漢： dung A 『同』(1176a-c)
藏： sdong-ba, bsdongs, bsdong, sdongs (詞幹 sdong) 「弄成一體」,「聯合」

22.(#19-9)
漢： dig < diei A 『禔』(866e)
藏： bde-ba (詞幹 bde) 「幸福」

23.(#19-10)
漢： dig > diei C 『踶』(866q)
dig > diei A 『蹄』(877h)
藏： rdeg(s)-pa, brdeg, rdegs (詞幹 rdeg) 「蹴」,「敲」,「鞭打」

24.(#20-4)
漢： ding C 『定』(833z)
ding C 『頞』(0)
藏： mdangs 「容顏」,「前額」

25.(#5-6)
漢： diəp > diep D 『疊』(1255a-d)
藏： ldab-pa, bldabs, bldab, ldob (詞幹 ldab) 「重複」,「再作」,「折疊」
ldeb-pa 「折疊」

26.(#9-14)
漢： djad C 『噬』(336c)
藏： ldad-pa, bldad, ldod 「嚼」,「嚼碎」
blad-pa 「嚼」

【參看】Co:43-3(stem:ldad < *d-lad or *'lad ?).

27.(#17-12)
漢： dit > diet D 『跌』(402j)
藏： ldig-pa 「落或滲入」

【参看】Co:140-2(PC *dik > dialectal *dit > OC *dit).

28.(#22-12)

漢： dung A 『筒』(1176g)

藏： dong-po, ldong-po 「筒」,「管」

【参看】Co:153-1(T stem:dong).

④ [d] ↔ [h]

1.(#9-10)

漢： duat > dwət A 『脫』(324m)

藏： lhod-pa, glod-pa, lod-pa 「淞緩」,「淞弛」

(詞幹 lhod / lod)

緬： kjwat 「解放」

khjwat 「釋放」

lwat 「自由」

hlwat 「釋放」

【参看】G1:180 (WB kjwat < klwat;khjwat < *khlwat), G2:p10(『脫』字之上古音可能是 *hluat, 與「悅」*luat > iwat 語音十分相近。)

⑤ [d] ↔ [j]

1.(#8-20)

漢： djən A 『順』(462c)

djən A 『純』(427n)

djən A 『醇』(464f)

藏： 'jun 「征服」,「使……馴服」

【参看】G1:119(WB 'jun < *'djun;'chun < *'thun).

2.(#10-11)

漢： djuar A 『垂』(31a)

藏： 'jol-ba 「垂下」,「成垂」

【参看】G1:178(WT 'jol < *'dyol), Co:91-1(stem:*jol < PT *dyol), G3:7 (『垂』*djual).

⑥ [d] ↔ [ch]

1.(#8-20)

漢： djən A 『順』(462c)

djən A 『純』(427n)

djən　A　　　　　　　　　　『醇』(464f)
藏： 'chun　　　　　　　　　「被馴服」，「被征服」
【参看】G1:119(WB 'jun < *'djun; 'chun < *'thun).

⑦　[d] ↔ [b]

1.(#15-14)
漢： dang　A　　　　　　　　『唐』(700ab)
dang　A　　　　　　　　『堂』(725s)
dang　B　　　　　　　　『蕩』(720p')
藏： dbang　　　　　　　　「權能」，「力量」
緬： ang　　　　　　　　　「力量」，「勢」
2.(#21-12)
漢： dug > dəu　A　　　　『頭』(118e)
藏： dbu　　　　　　　　　「頭」(敬)
緬： u　　　　　　　　　　「頭」
【参看】Be:166n(TB *(d-)bu).

⑧　[d] ↔ [z]

1.(#22-14)
漢： dung　A　　　　　　　『銅』(1176d)
藏： zangs　　　　　　　　「銅」

(2)　[dr]

①　[dr] ↔ [t]

1.(#11-19)
漢： drjan　B　　　　　　『纏』(204c)
藏： star-ba (詞幹 star)　　「繫緊」，「加固」
緬： ta　A　　　　　　　　「縮住」
【参看】G3:32(『纏』 *rdjan).

②　[dr] ↔ [th]

1.(#14-19)
漢： drak　D　　　　　　　『宅』(780b-d)
藏： thog　　　　　　　　「屋子」

③ [dr] ↔ [d]

1.(#14-18)

漢： drjag A, C 『除』(82mn)

藏： 'dag-pa, dag 「掃除」，「除去」

2.(#18-2)

漢： drjin A 『塵』(374a)

藏： rdul 「塵」，「灰塵」

【參看】Si:319(rdul=drul), G3:19 (『塵』*rdjin).

3.(#22-16)

漢： drung A, C 『撞』(1188f')

藏： rdung-ba, brdungs, brdung, rdungs (詞幹 rdung) 「打」，「撞」，「刺」

4. [hn-]

(1) [hn] ↔ [n]

1.(#1-8)

漢： hnək D 『慝』(777o)

藏： nag-pa, nag-po 「黑的」，「心黑的」

gnag-pa 「心黑的」，「邪惡的」，「不正當的」

snag 「墨水」

(詞幹 nag)

【參看】Co:45-2(T stem:nag).

2.(#7-8)

漢： hnər B 『妥』

藏： rnal 「休息」，「內心寧靜」

緬： na C 「渴望休息而從運動或行動中停下來」

(2) [hn] ↔ [ny]

1.(#12-3)

漢： hniap > thiep A 『咕』(618p)

藏： snyab-ba (詞幹 snyab) 「嘗」，「味道」，「發出聲音的接吻」

2.(#12-4)

漢： hnjap 『攝』(638e)

藏： rnyab-rnyab-pa 「互相奪取」，「強奪」

【參看】Co:118-3(T stem:rnyab, TB *nyap).

3.(#18-3)

漢： hnjin B > sjen 『矧』(560j)

藏： rnyil, snyil, so-rnyil 「齒齦」,「牙牀」

【參看】Be:173m(TB *s-nil), Co:90-1(T stems:rnyil/snyil).

(3) [hn] ↔ [th]

1.(#11-20)

漢： hnan A 『灘』(152m)

藏： than-pa 「天氣的乾燥」,「暑氣」,「乾旱」

【參看】Be:190l.

5. [n-]

(1) [n] ↔ [n]

1.(#1-10)

漢： nəg B 『乃』(945a-c)

藏： na 「那時」,「時間」,「一會兒」

2.(#1-11)

漢： njəg A 『而』(982a-b)

藏： ni 「對名詞或名詞性句段(nominal syntagma)表示強調」

3.(#5-8)

漢： njəp D 『入』(695a)

nəp D 『內』(695e-g),『納』(695h)

nəb C 『內』

藏： nub-pa (詞幹 nub) 「落」,「下去」,「西方」

緬： ngup 「潛入」,「到……之下」

【參看】Co:73-2(TB *nup).

4.(#14-21)

漢： njag A 『如』(94g)

njak D 『若』(777a)

藏： na 「如果」,「萬一」,「假設」

5.(#14-22)

漢： njag A 『洳』(94q)

藏： na 「(河邊的)低草地」

6.(#15-18)

漢： njang A 『瀼』(730f)

藏： na-bun　　　　　　　　　「霧」，「濃霧」
khug-rna, khug-sna　　　　「霧」，「靄」，「霧氣」
緬： hnang　C　　　　　　　「露水」，「霧」，「靄」

7.(#18-6)
漢： nin　A　　　　　　　　『年』(364a)
藏： na-ning　　　　　　　　「去年」
gzhi-ning, zhe-ning　　　「前二年」
(詞幹 ning)
緬： a-hnac　　　　　　　　「一年」
【參看】Be:165b(TB *ning), G1:71(OC nin < *ning;WB a-hnac < *hnik), Co:91-4 (PC *ning > dialectal *nin > OC *nin).

8.(#21-16)
漢： njug　B　　　　　　　　『乳』(135a)
藏： nu-ma　　　　　　　　「胸」，「乳房」，「胸懷」
緬： nuw　B　　　　　　　　「乳房」，「乳汁」
【參看】Co:48-3(TB *nuw).

9.(#21-17)
漢： njug　C　　　　　　　　『孺』(134d)
藏： nu-bo　　　　　　　　「弟弟」

10.(#1-9)
漢： njəg　B　　　　　　　　『耳』(981a)
藏： rna-ba (詞幹 rna)　　　「耳朵」
緬： na　C　　　　　　　　　「耳朵」
【參看】Be:188h(TB *r-na), Co:69-2(TB *r-na).

11.(#11-21)
漢： nan　A, C　　　　　　　『難』(152d-f)
藏： mnar-ba (詞幹 mnar)　「遭難」，「迫害」，「受苦痛」

12.(#15-16)
漢： nang　B　　　　　　　　『曩』(730k)
藏： gna-bo (詞幹 gna)　　「已往的」，「古代的」

13.(#15-17)
漢： njang　C　　　　　　　『讓』(730i)
藏： gnang　　　　　　　　「給」，「授予」，「讓給」
緬： hnang　C　　　　　　　「給」，「交出」

(2)　[n] ↔ [ny]

1.(#3-14)

漢： njəgw　A　　『揉』(1105b)

　　 njəgw　A　　『柔』(1105a)

藏： nyug-pa (詞幹 nyug)　　「摩擦」,「撫」,「塗」

緬： nu　C　　「軟」,「經一定過程被弄軟」

2.(#13-5)

漢： njam　B, C　　『染』(623a)

藏： nyams-pa　　「被弄壞」,「着染的」,「使變色」

【参看】Co:140-3(T stem: *nyam < nyam + s)

3.(#14-20)

漢： nrjag　B　　『女』(94a)

藏： nyag-ma (詞幹 nyag)　　「婦女」,「女人」

4.(#6-5)

漢： niəm　C　　『念』(670a)

　　 njəm　B　　『恁』(667q)

藏： nyam(s)　　「靈魂」,「心」,「思想」

　　 snyam-pa　　「想」,「思維」,「留心」

5.(#18-4)

漢： njin　A　　『仁』(388f)

藏： snying　　「心」,「理知」

　　 snying-rje　　「仁慈」,「慈悲」

　　 nying　　「髓」,「心」,「本體」,「實體」

　　 (詞幹 nying)

緬： hnac　　「心」

【参看】G1:72(OC njin A < *njing;WB hnac < *hnik).

6.(#18-5)

漢： njin　A　　『人』(388a-e)

藏： gnyen　　「親屬」

6.　[hl-]

(1)　[hl] ↔ [l]

1.(#15-19)

漢： hlang > thəng　　『湯』(720z)

藏： rlangs　　「蒸發氣體」,「蒸氣」

以下幾個例子顯示上古漢語有可能在上古時期以前帶有[*hl]聲母：

1.(#14-15)

漢： thak D 『拓』(795l)

藏： ltag 「最上面的」，「在上面」

緬： tak 「登上」，「升高」

əthak 「上面」

【參看】Co:154-3(T stem:*thag).

2.(#17-12)

漢： thit > thiet D 『鐵』

藏： lcags 「鐵」

【參看】Co:98-5(鐵 PC *hlik > dialectal *hlit > OC *thit > thiet PT *hlyak > T lcags < lcag + s ? 'iron').

3.(#6-4)

漢： thəm A 『貪』(645a)

藏： ham-pa (詞幹 ham) 「貪心」，「妄想」，「貪慾」

【參看】Co:59-3(『貪』 PC *hləm > OC *thəm > thəm).

4.(#9-10)

漢： thuat (hluat) > thwət A 『脫』(324m)

thuad > thwəi C 『脫』(324m)

藏： lhod-pa, glod-pa, lod-pa 「淞緩」，「淞弛」
(詞幹 lhod / lod)

緬： kjwat 「解放」

khjwat 「釋放」

lwat 「自由」

hlwat 「釋放」

【參看】G1:180 (WB kjwat < klwat;khjwat < *khlwat), G2:p10(『脫』字之上古音可能是 *hluat, 與「悅」 *luat > iwat 語音十分相近。)

7. [l-]

(1) [l] ↔ [r](單聲母)

1.(#6-6)

漢： ljəm A 『林』(655a-b)

藏： rim 「次第」，「品級」

【參看】Yu:30-15.

2.(#9-15)

漢： ljad C 『厲』(340a)

藏： rab, rabs 「涉過」，「可涉水的地方」，「渡口」

rab 「在上的」,「優點」

【参看】Bo:139, Co:81-3, Yu:20-14.

3.(#9-16)

漢: ljad C 『厲』(340a)

藏: rab 「在上的」,「優點」

【参看】Co:94-1.

4.(#10-13)

漢: ljiar A, C 『離』(23f)

藏: ral-ba 「被扯裂」,「斬爲小片」

ral 「(意見等的)分裂」

【参看】Co:130-3, Yu:6-20, G3:6(『離』*rjial)

5.(#10-14)

漢: ljar > lje A 『籬』(23g)

藏: ra-ba (詞幹 ra) 「城墻」,「圍籬」

【参看】G1:37, Co:78-4, G2:8.

6.(#14-23)

漢: lag > lwo B 『鹵』(71ab)

lag A 『魯』(70a-d)

藏: rags-pa 「粗劣的」,「厚的」,「粗大的」

【参看】Co:55-3(stem:*rag< rag + s ?).

7.(#14-24)

漢: lag A 『盧』(69d)

lag A 『壚』(69j)

藏: rog-po 「黑的」

bya-rog (詞幹 rog) 「黑烏」

【参看】Co:44-3.

8.(#14-25)

漢: ljag A 『廬』(69q)

藏: ra 「院落」

【参看】Yu:5-45.

9.(#14-26)

漢: ljag C 『勴』(0)

藏: rogs 「助」

【参看】Yu:15-22.

10.(#20-7)

漢: ling A 『零』(823u)

藏: reng(s) 「孤單」,「分散」

【参看】Yu:26-34.

11.(#20-8)

漢： ling A 『靈』(836i)

藏： ring 「長」

【參看】Yu:26-28.

12.(#21-18)

漢： ljuk D 『錄』(1208m)

藏： rug 「收」

【參看】Yu:14-11.

(2) [l] ↔ [-r](複聲母)

1.(#1-13)

漢： ljəg A 『犛』(519g)

藏： 'bri-mo 「溫順的雌犛牛」

rgod-'bri 「野生的雄犛牛」

(詞幹 *bri)

2.(#22-17)

漢： ljung, mljung A 『龍』(1193a-e)

藏： 'brug 「龍」,「雹」

【參看】G1:111, G2:11.

3.(#3-15)

漢： ljəkw > ljuk D 『六』(1032a)

藏： drug 「六」

緬： khrauk < *khruk 「六」

【參看】Si:9, Sh:19-4, Be:162f(TB*d-ruk), G1:152(WB khrauk < *khruk), Bo:80, Co:133-4(TB *d-ruk), G2:1, Yu:12-10.

4.(#8-26)

漢： ljən A 『綸』(470e)

藏： kron 「繫掛」,「縛結」

5.(#9-17)

漢： ljat 『裂』(291f)

藏： 'dral 「扯碎」

【參看】Yu:19-18.

6.(#10-12)

漢： lar > lâ A 『羅』(6a)

藏： dra 「網」,「網狀物」

【參看】G2:5.

7.(#18-7)

漢： lin A 『憐』(387l)
藏： drin 「仁愛」，「好意」，「優美」，「恩」
【参看】Bo:297, Co:119-2, Yu:27-2.

8.(#10-13)
漢： ljiar A, C 『離』(23f)
藏： dbral 「分離」
【参看】Yu:6-20.

9.(#7-9)
漢： ljəd C 『類』(529a)
藏： gras 「部類」，「等級」，「種族」
【参看】G2:47(=6, 原始漢藏語 *grjal).

10.(#15-21)
漢： ljang A, C 『量』(737a)
藏： 'grang-ba, bgrang-ba 「數」，「計算」
grangs (詞幹 grang) 「數字」
緬： khrang A 「用容器量」
【参看】Co:108-2, G2:3(PST *grjangs > rjangs > ljang).

11.(#16-5)
漢： liagw > lieu A 『僚』(1151h)、『寮』(1151i)
藏： grogs 「朋友」，「伴侶」

12.(#17-22)
漢： ljit D 『栗』(403a)
藏： sgrig 「堅固的」，「接近的」
【参看】Bo:397.

13.(#15-20)
漢： ljang B 『兩』(736ab)
藏： srang 「一兩」，「稱」
【参看】Yu:25-27.

14.(#19-12)
漢： lik D 『曆』(858h)
藏： khrigs 「行列次序」
【参看】Yu:16-19.

8. [r-]

(1) [r] ↔ [l](單聲母)

1.(#1-14)

漢： rək > jiək A 『翼』(954d)
藏： lag-pa 「手」
緬： lak 「手」,「臂」
【參看】Be:171z(TB *g-lak ‘arm’), Co:37-3(TB *lak), G2:5.

2.(#9-21)
漢： rad > jiäi C 『勩』(339k)
藏： las 「行爲」,「行動」,「事」
【參看】Co:162-2.

3.(#9-22)
漢： rjad > jiäi C 『詍』(339g)
藏： lab-pa (詞幹 lab) 「說話」,「告訴」
【參看】Co:145-3, G2:14.

4.(#15-22)
漢： rang > jiang A 『揚』(720j-o)
藏： lang-pa (詞幹 lang) 「上揚」,「起來」
【參看】Bo:171, Co:125-4, G2:12.

5.(#19-14)
漢： rig > jie C 『易』(850a-e)
藏： legs-pa (詞幹 legs) 「快樂的」,「幸福的」,「舒服的」
【參看】Bo:167, Co:87-2.

6.(#21-19)
漢： rug > jiu A 『羭』(125k)
藏： lug 「綿羊」
【參看】Co:131-4, G2:13.

7.(#22-18)
漢： rung > jiwong A 『容』(1187a)
藏： lung 「吊環」,「柄」,「把手」
【參看】Co:94-5.

8.(#22-19)
漢： rung > jiwong A 『容』(1187a)
藏： long 「方便的時間」,「餘暇」
【參看】Bo:162, Co:102-4.

9.(#22-20)
漢： rung > jiwong B 『涌』(1185l)
藏： long-pa, longs 「膨脹」
long-long (詞幹 long) 「波浪的上升」,「使脹」
【參看】Bo:166, Co:126-2.

10.(#22-21)

漢： rung > jiwong B 『甬』(1185h)
藏： a-long, a-lung 「(金屬製的)環」,「環狀物」
【参看】Bo:165, Co:125-3.

11.(#22-22)
漢： rung > jiwong C 『用』(1185a-e)
rung > jiwong A 『庸』(1185x)
藏： longs 「用」,「使用」,「欣賞」
【参看】Bo:164, Co:155-1.

12.(#21-20)
漢： rjuk > zjwok D 『俗』(1220a)
藏： lugs 「風俗」,「習慣」,「作風」
【参看】Co:60-2 (T stem:*lug < lug + s ?), G2:17;67(OC *sluk > zjwok).

13.(#22-23)
漢： rjung > zjwong C 『誦』(1185o)
藏： lung 「忠告」,「訓戒」,「教導」
【参看】Co:36-3.

14.(#19-13)
漢： rig > dzje B 『舓』(867f)
藏： ljags 「舌」
緬： lyak 「舓」
【参看】Co:102-5(ljags < PT *lyags).

(2) [r] ↔ [l](複聲母)

1.(#2-3)
漢： rəng > jiəng A 『蠅』(892a)
藏： sbrəng 「蒼蠅及類似的昆蟲」
緬： yang 「普通馬蠅」,「昆蟲」
【参看】Sh:15-5, Be:167b(TB *(s-)brəŋ), G1:135, Co:82-1.

2.(#14-29)
漢： rag > jiwo A 『旟』(89l)
rag > jiwo B 『舁』(89a)
rag > jiwo A 『譽』(89i)
藏： bla 「在頭上」,「在…之上」,「較高的」
【参看】Co:154-4(T stem:*-la).

3.(#9-20)
漢： rad > jiäi C 『裔』(333ab)
藏： ldebs 「邊」,「圍繞」,「圍墻」
【参看】Bo:170, Co:47-2.

4.(#12-5)

漢： rap > jiap D 『葉』(633d)

藏： ldeb 「葉」，「薄板」 C

【参看】Be:171b, Bo:169, Co:102-2(T ldeb (< * 'labd ?), Kanauri:lab ‘葉’, K:lap ‘葉’, TB:*lap‘葉’).

5.(#14-30)

漢： rags > ja C 『夜』(800jk)

藏： zla 「月」

緬： la 「月」

6.(#9-19)

漢： rjuat > jwät D 『悅』(324o)

藏： glod 「放寬」，「緩和」，「愉快」，「喜氣洋洋」

緬： lwat 「自由」，「任意」

【参看】Bo:178, Co:105-4.

7.(#15-23)

漢： rang > jang A 『楊』(720q)

藏： glang 「楊柳」

【参看】G2:64.

8.(#19-15)

漢： rik > jiäk D 『易』(850a-e)

藏： rje-ba, brjes, brje, brjes 「以物易物」，「交換」，「替換」

【参看】Bo:167;248B, Co:54-3(T stem:(PT *rlye > *rzhe >) rje).

9.(#5-10)

漢： rjəp > zjəp D 「習」(690a)

藏： slob 「學習」，「教書」

【参看】Si:243, G1:145, G2:19.

10.(#13-8)

漢： rjam > zjäm A 『炎』(617ab)、『錟』(617h)

藏： slam-pa 「炒」，「煎」

【参看】Co:50-3(T stem:*lam).

11.(#15-24)

漢： rjang > zjang B 『象』(728a-d)

藏： glang 「大象」，「牛」

【参看】G2:18.

(3) [r] ↔ [zh]

1.(#17-23)

漢： ljit　D　　　『慄』(403d)
藏： zhed-po　　　「擔心」，「恐懼」
【参看】Be:175g(T zhed-pa < *ryed), Co:77-4(T stem:zhed < PT *ryed).

第三節　舌尖塞擦音

1. [ts-]

(1) [ts] ↔ [ts]

1.(#7-11)
漢： tsjət　D　　　『卒』(490a)
藏： tsab-tsub, 'tshab-'tshub　　　「急忙的」，「緊急」，「混亂」
2.(#9-23)
漢： tsuad　C　　　『最』(325ab)
藏： gtso　　　「很」，「最好」
3.(#10-15)
漢： tsar　A　　　『左』(5a-d)
藏： rtsal　　　「能力」
4.(#14-31)
漢： tsag　B　　　『祖』(46b')
藏： rtsa　　　「根」，「主要」
5.(#17-26)
漢： tsjit > tsjet　D　　　『堲』(923c)
藏： rtsig-pa (詞幹 rtsig)　　　「建」，「圍牆」，「牆」
【参看】Co:108-1(PC *tsjik > dialectal *tsjit > OC *tsjit).

(2) [ts] ↔ [tsh]

1.(#1-15)
漢： tsjəg　B　　　『子』(964a)
藏： tsha　　　「孫子」，「孫女」
【参看】Be:188j (TB *tsa), G1:127 (WT tsha < *tsa ; WB ca A < *dza).
2.(#7-11)
漢： tsjət　D　　　『卒』(490a)
藏： tsab-tsub, ‘tshab-’tshub　　　「急忙的」，「緊急」，「混亂」
3.(#8-21)

漢： tsən A 『尊』(430a)
藏： btsun-pa 「可敬的」，「高貴」，「尊者」
mtshun, btsun 「家神」，「祖上的靈魂」
【參看】Co:95-4(T stem:*tshun).

4.(#11-23)
漢： tsuan A 『鑽』(153hi)
藏： mtshon 「任何弄尖的工具」，「凶器」，「食指」
tshon 「食指=指人指」

5.(#14-32)
漢： tshag C, tsak D 『錯』(798s)、『措』(798x)
藏： 'tshogs 「集」，「聚」

6.(#16-9)
漢： tsagw A 『遭』(1053h)
藏： 'dzog-pa, btsogs, btsog 「堆積在一起」，「混在一起」
'tshogs-pa, tshogs, tshogs 「集」，「遭遇」
【參看】Co:108-3(T stems:*dzog / *tshog).

7.(#17-24)
漢： tsit D 『節』(399e)
藏： tshigs 「關節」，「膝」，「節結」
【參看】Be:165a (TB *tsik), G1:75 (OC 『節』tsit < *tsik, 『節』從「卽(tsjək:923a)得聲」), Co:99-2(『節』: PC *tsik > dialectal *tsit > OC *tsit > tsiet).

8.(#17-27)
漢： tsjit > tsjet D 『堲』(923c)
藏： 'tshig-pa (詞幹 tshig) 「燒」，「火滅」，「晚霞」，「發燒」
【參看】Co:50-1(PC *tsjik > dialectal *tsjit > OC *tsjit).

(3) [ts] ↔ [dz]

1.(#2-4)
漢： tsəng A 『曾』(884a-b)
藏： 'dzangs 「過日子(或時間)的」，「已用完」，「耗盡」

2.(#14-33)
漢： tsag C, tsak D 『作』(806l)
藏： mdzad 「作」，「製作」

3.(#16-7)
漢： tsakw, dzakw D 『鑿』(1128a)
藏： 'dzugs, zug 「穿」，「刺」

4.(#16-9)

漢： tsagw A 『遭』(1053h)
藏： 'dzog-pa, btsogs, btsog 「堆積在一起」，「混在一起」
'tshogs-pa, tshogs, tshogs 「集」，「遭遇」
【參看】Co:108-3(T stems:*dzog / *tshog).

5.(#20-9)
漢： tsring A 『爭』(811a)
藏： 'dzing-ba (詞幹 *dzing) 「爭吵」，「競爭」，「戰鬪」
緬： cac 「戰爭」，「戰鬪」
【參看】G1:65(WB cac < *tsik).

6.(#20-10)
漢： tsjing B 『井』(819a-f)
藏： rdzing 「水池」

7.(#21-22)
漢： tsuk D 『鏃』(1206d)
藏： 'dzug 「刺」，「鋒利」

(4) [ts] ↔ [z]

1.(#2-6)
漢： tsəng A 『層』(884i)
藏： bzangs 「有二樓的屋子」

2.(#15-25)
漢： tsang A 『臧』(772f)
藏： bzang-po (詞幹 bzang) 「好」，「合適」，「美」

(5) [ts] ↔ [zh]

1.(#1-16)
漢： tsjək D 『側』(906c)
藏： gzhogs 「邊」，「面」

2.(#3-16)
漢： tsəgw B 『早』(1049a)
藏： zhogs 「早期」，「初期」

(6) [ts] ↔ [ch]

1.(#12-6)
漢： tsjap 『接』(635e)
藏： chabs < *tshyabs 「一起」，「一塊兒」

緬： cap　　「加入」，「聯合」，「連接」

【參看】Be:169x(ST *tsyap), Co:57-2(T chabs < PT *tshyabs, TB *tsyap).

2.(#15-26)

漢： tsjang A　　『將』(727f)

藏： 'chang-pa　　「拿在手裏握」，「守」，「支配」

3.(#17-25)

漢： tsjid B　　『姊』(554b)

藏： a-che　　「大姊」

che-ze (詞幹 che)　　「大姊」，「大太太」(elder wife)

4.(#21-24)

漢： tsjuk > tsjwok D　　『足』(1219ab)

藏： chog-pa (詞幹 chog)　　「足够的」

(7) [ts] ↔ [s]

1.(#6-7)

漢： tsjəm C　　「浸」(661m)

藏： sib　　「浸入」

緬： cim A　　「浸濕」，「浸入液體」

(8) [ts] ↔ [sh]

1.(#5-11)

漢： tsjəp, tshjəp D　　『咠』(688a)

藏： shib-pa (shub-pa)　　「耳語」，「密談」

【參看】Si:244, Be:170m, Co:160-3(stem:shib < PT *syib).

(9) [ts] ↔ [d]

1.(#2-5)

漢： tsəng A　　『憎』(894d)

藏： sdang　　「恨」，「憎惡」

2.(#7-10)

漢： tsjət D　　『卒』(490a)

藏： sdud　　「結束」，「結論」，「完成」

(10) [ts] ↔ [kh]

1.(#6-8)

漢： tsjəm A 『祲』(661n)
藏： khyim 「太陽的光環」
'khyims-pa 「圓圓的光環」
'gyim-pa 「圓周」，「周邊」
【參看】Bo:20, Co:90-3(OC tsjəm < PC *skjəm).

2. [tsh-]

(1) [tsh] ↔ [ts]

1.(#17-31)
漢： tshjit D 『桼』(401a)、『漆』(401b)
藏： rtsi 「油漆」
緬： che C 「塗料」，「顏料」
ce C 「粘性的」，「粘着的」
【參看】Be:157u;169d(TB *tsiy), G1:78(WB che < *tshiy, ce < *tsiy).
2.(#22-24)
漢： tshung > tshung A 『蔥』(1199g-h)
藏： btsong 「蔥」

(2) [tsh] ↔ [tsh]

1.(#1-17)
漢： tshəg A 『猜』(1240b)
藏： tshod 「評價」，「猜」，「猜謎」
2.(#1-18)
漢： tshəg C 『菜』(942e-f)
藏： tshod 「蔬菜」，「青菜」
3.(#6-9)
漢： tshəm A 『參』(647a-b)
藏： 'tshams 「介紹」，「在中間」
4.(#6-11)
漢： tshjəm A 『侵』(661c)
藏： tshems 「受損」
5.(#9-24)
漢： tshad C 『蔡』(337i)
藏： tshal 「青菜」
6.(#10-16)

漢： tshar B 『磋』(5g)、『瑳』(5i)

藏： tshal 「片」，「碎屑」

7.(#11-24)

漢： tshan A 『餐』(154c)、『粲』(154b)

藏： 'tshal 「吃飯」

'tshal-ma, tshal-ma 「早飯」

(詞幹 tshal)

8.(#11-26)

漢： tshan C 『粲』(154a)、『燦』(154b)

藏： mtshar-ba (詞幹 mtshar) 「光明」，「放光」，「鮮明」，「美麗」

9.(#14-35)

漢： tshjag B 『楚』(88a-c)

藏： tsho-ma (詞幹 tsho) 「刺」

【参看】Be:170c(TB *tsow).

10.(#17-28)

漢： tshjid C 『次』(555ab)

藏： tsher 「次」，「回」

11.(#17-29)

漢： tshjid C 『次』(555ab)

藏： tshir 「次序」，「(輪)班次」

12.(#17-30)

漢： tshjid C 『次』(555ab)

藏： 'tsher 「家」

13.(#17-31)

漢： tshjit D 『桼』(401a)、『漆』(401b)

藏： tshi-ba (詞幹 tshi) 「堅靭的」，「粘的」，「有粘性的」

緬： che C 「塗料」，「顏料」

ce C 「粘性的」，「粘着的」

【参看】La:50, Be:157u;169d(TB *tsiy), G1:78(WB che C < *tshiy, ce C < *tsiy).

14.(#19-16)

漢： tshrik D 『策』(868l)

tshrik D 『冊』(845a-f)

藏： tshig 「句」，「詞」，「詞組」

15.(#20-11)

漢： tshjng A 『清』(812h')

藏： tshangs 「清淨」

16.(#21-21)

漢： tshug C 『湊』(1229b)

藏： 'tshogs 「集合」，「會合」

17.(#21-23)

漢： tshuk 『簇』(0)

藏： tshogs 「集」，「集合」，「會合」

(3) [tsh] ↔ [dz]

1.(#15-27)

漢： tshang A 『倉』(703ab)

藏： rdzang 「儲臓的箱或匣」

2.(#22-25)

漢： tshung A 『聰』(1199f)

藏： mdzangs 「聰明的」

(4) [tsh] ↔ [z]

1.(#6-12)

漢： tshjəm B 『寢』(661f)

藏： gzim-pa 「睡」，「眩眼」，「臥室」

gzim-gzim 「眩眼」

(詞幹 gzim)

2.(#11-25)

漢： tshan A 『餐』(154c)、『粲』(154b)

藏： zan，bzan 「食品」，「糧食」

gzan-pa 「吃」

(5) [tsh] ↔ [ch]

1.(#14-34)

漢： tshjiag B 『且』(46a)

藏： cha-ba 「將要」，「將開始時」

緬： ca B 「開始」，「起頭」，「開端」

【參看】G1:9, Co:36-1(T stem:cha < PT *tshya).

(6) [tsh] ↔ [d]

1.(#5-12)

漢： tshjəp D 『緝』(688b)

藏： 'drub 「縫」

2.(#22-26)

漢： tshjung A 『鏦』(0)

藏： mdung 「矛」

(7) [tsh] ↔ [t]

1.(#6-10)

漢： tshjəm A 『侵』(661c)

藏： stim-pa, bstims, bstim, stims (詞幹 stim) 「進入」，「貫穿」

Cf. thim-pa;'thim-pa 「被吸收」，「被合併」，「消滅」

3. [dz-]

(1) [dz] ↔ [ts]

1.(#1-15)

漢： dzjəg C 『字』(964n)

藏： btsa 「生」，「産生」

2.(#20-13)

漢： dzjing C 『淨』(811ab)

藏： gtsang 「干淨」

(2) [dz] ↔ [tsh]

1.(#9-24)

漢： dzjuat D 『絶』(296a)

藏： tshad 「斷」

2.(#10-18)

漢： dzar A 『鹺』(5m)

藏： tshwa 「鹽巴」

緬： tsha 「鹽巴」

【参看】Be:49a(TB *tsa), Co:128-3(TB *tsa).

3.(#10-19)

漢： dzar A 『瘥』(0)

藏： tsha 「疾病」

4.(#16-8)

漢： dzagw A 『曹』(1053a-c)

藏： tshogs 「群衆」，「集合」

(3) [dz] ↔ [dz]

1.(#13-9)
漢： dzam A 『慙』(610c)
藏： 'dzem 「羞」,「忸怩」
2.(#14-36)
漢： dzjag B 『沮』(46k)
藏： 'dzag-pa, gzags, gzag (詞幹 dzag) 「滴流」,「水滴」,「滴下」
3.(#15-28)
漢： dzang A 『藏』(727g')
藏： 'dzang-pa (詞幹 *dzang) 「儲藏財産」
4.(#16-7)
漢： tsakw, dzakw D 『鑿』(1128a)
藏： 'dzugs, zug 「穿」,「刺」
5.(#21-25)
漢： dzuk D 『族』(1206a)
藏： 'dzog-pa 「積在一起」
6.(#1-15)
漢： dzjəg A 『慈』(966j)
藏： mdza 「愛」,「像朋友或親戚那樣做」
緬： ca A 「愛惜關心」,「以對自己那樣同情別人」
【参看】Be:169y;188j (TB *tsa), G1:127 (WT tsha < *tsa ; WB ca A < *dza).
7.(#1-19)
漢： dzrjəg C 『事』(971a)
藏： rdzas 「事物」,「物質」,「物體」
緬： a-ra A 「事物」,「物質」,「材料」
ca A 「事物」
【参看】G1:128(WT rdzas < *dzras;WB a-ra < *dzra;ca < *rdza), Co:148-3(T rdzas < PT *dzra + s ? ; B ra < *dzra ?).
8.(#1-20)
漢： dzəg A 『材』(943g)
dzəg A 『財』(943h)
藏： rdzas 「物質」,「材料」,「商品」,「財物」
緬： a-ra A < *dzra 「事物」,「物質」,「材料」

(4) [dz] ↔ [z]

1.(#11-27)

漢： dzan A　『殘』(155c)

藏： gzan　「破」，「舊」

2.(#18-8)

漢： dzjin C　『盡』(381a)

藏： zin-pa (詞幹 zin)　「耗盡」，「完了」

zin-pa med-pa　「無盡」

(5) [dz] ↔ [d]

1.(#6-13)

漢： dzəm A　『蠶』(660i)

藏： sdom　「蜘蛛」

sdom-pa　「縛」，「繫」

2.(#10-17)

漢： dzuar B, C　『坐』(12a)

藏： sdod　「坐」，「停留」

3.(#17-32)

漢： dzjit > dzjet D　『疾』(494a-c)

藏： sdig-pa (詞幹 sdig)　「罪」，「邪惡」，「非道德」

【參看】Co:132-2(PC *sdjik > dialectal *sdjit > OC *dzjit).

4.(#20-12)

漢： dzjing B　『穽』(819h)

藏： sdings　「空穴」，「低地」

【參看】Co:118-4(PC *sdjing > OC *dzjingx > dzjəng).

(6) [dz] ↔ [j]

1.(#1-21)

漢： dzək D　『賊』(907a)

藏： jag　「槍劫」，「槍劫事件」

【參看】Co:127-1(PT *dzyag > jag).

2.(#14-37)

漢： dzjiak D　『藉』(798b')

藏： 'jags-pa　「贈送」，「獻」，「贈」

【參看】Co:121-3(『藉』 OC *dzjiagh > dzja- ‘to present, contribute’, T stem:'jags < PT *dzyag).

(7) [dz] ↔ [ch]

1.(#9-25)

漢： dzjuat D 『絶』(296a)

藏： chod 「剪裁工具」, 「被絶斷」

gchod-pa 「切」, 「切碎」

【参看】Si:168, G1:179(WT chod < *tshjod).

4. [s-]

(1) [s] ↔ [tsh]

1.(#8-22)

漢： sən A 『孫』(434a)

藏： mtshan < *m-san 「侄兒」, 「外甥」

【参看】G1:140 (藏語的音變参看 Wolfenden 1928:279, Thomas 1927:74;1951:Ⅱ 24, 1955:Ⅲ 29), Co:88-2(PT *msan > OT mtshan).

2.(#19-17)

漢： sik D 『錫』(850n)

藏： ltshags 「錫」

(2) [s] ↔ [s]

1.(#6-16)

漢： sjəm A 『心』(663a)

藏： sem(s) 「心」, 「心魂」, 「靈魂」

sem(s)-pa, bsams, bsam, soms 「想」

bsams 「思想」, 「思索」

【参看】Co:93-1(stem:*sam, TB *sam).

2.(#7-13)

漢： srjət D 『率』(498a-d)、『帥』(499a-c)

srjəd C 『率』(498a-d)、『帥』(499a-c)

藏： srid 「首長」, 「支配者」, 「指揮官」

3.(#10-20)

漢： srar A 『沙』(16a-c)

藏： sa 「土」, 「大地」

4.(#11-29)

漢： srian B 『産』(194a)

藏： srel-ba (詞幹 srel) 「養育」, 「飼育」, 「栽培」, 「建設」

5.(#11-30)

漢： sian C 『霰』(156d)

藏： ser-ba (詞幹 ser) 「雹」,「霰」

6.(#14-38)

漢： sjag B 『所』(91a-c)

藏： sa 「地方」

7.(#20-14)

漢： sing > sieng A, B, C 『醒』(812b')

藏： seng-po, bseng-po (詞幹 seng) 「清楚的」,「白色的」,「快活的」.

8.(#20-15)

漢： sring A 『甥』(812g)

藏： sring-mo (詞幹 sring) 「姊姊」

9.(#21-26)

漢： sug B 『藪』(1207c)、『棷』(131o)

藏： sog 「牧草地」,「草原」

10.(#21-27)

漢： sug C 『嗽』(1222s)

藏： sud-pa 「咳」,「咳嗽」

【参看】Sh:4-20(O.B.*sus), Co:58-3(T stem:sud < *su + verbal suffix -d ? Magari su, Garo and Dimasa gu-su 'cough';TB su(w)).

11.(#21-28)

漢： sjug A 『嫂』(133e)

藏： sru-mo (詞幹 sru) 「姨媽」

【参看】Co:38-2(PC *slug ?).

12.(#6-14)

漢： səm A 『三』(648a)

藏： gsum 「三」

gsum-po 「第三」

緬： sum 「三」

【参看】Be:170j(TB *g-sum).

13.(#18-9)

漢： sin B, sid B 『洗』(478j)

sin B, sid B 『洒』(594gh)

藏： bsil-ba (詞幹 bsil) 「洗」,「洗濯」,「沐浴」

14.(#8-23)

漢： siən B 『銑』(478h)

藏： gser 「金」

15.(#9-26)

漢： sriat D 『殺』(319d)

藏： gsod-pa, bsad, gsad, sod 「殺」，「殺害」

緬： sat 「殺」，「殺害」

【參看】Be:191g(TB *g-sat), Co:100-3(stem:*sad, TB *sat ?).

16.(#11-28)

漢： sjan A 『鮮』(209a-c)

藏： gsar-ba (詞幹 gsar) 「新」，「新鮮」

緬： sa B 「使……更新」，「重新做」

17.(#17-33)

漢： sid > siei A 『犀』(596a-b)

藏： bse 「犀牛」，「羚羊」，「獨角獸」

(3) [s] ↔ [sh]

1.(#17-35)

漢： sjid B 『死』(558a)

藏： shi-ba, 'chi-ba 「死」

緬： se A 「死」

【參看】Be:185i-n(TB *siy/*səy), G1:81(WB se < *siy), Co:62-9(TB *syiy, T stem: shi < PT *syi).

2.(#17-37)

漢： sjit > sjet D 『悉』(1257e)

藏： shes-pa 「知識」，「心思」

緬： si 「知道」

【參看】Co:101-2(T stem:shes < PT *syes).

3.(#17-38)

漢： srjit D 『蝨』(506a)

藏： shig 「蝨子」

【參看】Be:165h(TB *srik), G1:67(WT shig < *syig), Co:106-2(T shig < PT *syik ;PC *srjik > dialectal *srjit > OC *srjit).

4.(#18-10)

漢： sjin A 『薪』(382k)

藏： shing 「樹」，「樹林」

緬： sac 「樹林」，「木材」

【參看】Be:165c(TB * siə), G1:69(WT shing < *sying;WB sac < *sik).

5.(#11-31)

漢： suan > suən B 『算』(174a)

藏： gshor 「計算」，「測量」

(4) [s] ↔ [z]

1.(#7-12)

漢： səd C 『碎』(490n)

藏： zed 「破裂」

2.(#17-34)

漢： sid C 『細』(1241l)

藏： zi 「少或小的東西」

緬： se C 「小」，「少」，「美麗的」，「細長的」

【参看】G1:87(WB se C < *siy), Co:135-3(TB *ziy).

3.(#22-28)

漢： srung A 『雙』(1200a)

藏： zung 「雙」，「一雙」，「一對」

(5) [s] ↔ [zh]

1.(#17-36)

漢： sjid C 『四』(518a)

藏： bzhi 「四」

緬： le C 「四」

【参看】G1:82(WT bzhi < *blyi;WB le C < *liy), Co:83-2(PT *blyi, TB *blyiy).

(6) [s] ↔ [t]

1.(#6-15)

漢： srəm C 『滲』(0)

藏： stim 「吸水」，「溶解」

2.(#15-29)

漢： sjang A, C 『相』(731a-c)

藏： stang 「樣子」，「風格」

3.(#22-27)

漢： sung C 『送』(1179a)

藏： stong 「陪」，「陪伴」，「同行」

(7) [s] ↔ [k]

1.(#18-11)

漢： sjin B 『筍』(392n)

藏： skyil 「繫」

(8) [s] ↔ [ch]

1.(#18-12)

漢： sjin A 『辛』(382a-f)

藏： mchin 「肝」，「肝臟」

【參看】Be:197b(TB *m-sin), Co:44-2(TB *m-sin;PT *msyin).

第四節 舌根音

1. [k-]

(1) [k]

① [k] ↔ [k]

1.(#1-22)

漢： krək D 『革』(931a-b)

藏： ko 「皮」，「皮革」

2.(#8-24)

漢： kən A 『根』(416b)

藏： kul-ma 「物體的底或邊」

3.(#10-22)

漢： kar C 『箇』(=個，个)(49f')

藏： -ka(-ga) 「詞尾“者”」

例) de(「那」):de-ka 「就那個」

gnis(「二」):gnis-ka 「那雙」，「就那兩個」

4.(#11-33)

漢： kan A 『干』(139a)

藏： 'kan 「山坡」，「崖子」

5.(#14-39)

漢： krag B 『賈』(38b)

藏： ka 「財物」

6.(#15-33)

漢： krang A，C 『更』(745ab)

藏： kyang 「又」，「連同」

7.(#17-40)

漢： krid A 『階』(599d)

藏： kas-ka 「梯子」
skas 「梯子」

8.(#20-17)
漢： king C 『徑』(831f)
藏： kyang 「直」

9.(#21-29)
漢： kug A 『鉤』(108c)
藏： kyu 「鉤」

10.(#22-29)
漢： kung A 『公』(1173a-f)
藏： -k(h)ong, -gong (OT) 「爲表示尊敬而綴於重要人物的名子後面的詞，例如：Stag-sgra klu-khong, Zla-gong, Gnyan-kong.

11.(#3-20)
漢： krəkw D 『覺』(1038f)
krəgw C 『覺』
藏： dkrog-pa 「喚醒」，「使覺醒」，「吃驚」，「使奮起」
skrog-pa 「打鼓」，「攪拌」，「激起」
【參看】Co:127-3(T stem:*krog).

12.(#3-21)
漢： krəgw B 『攪』(1038i)
藏： dkrug 「攪」

13.(#5-15)
漢： kjəp D 『急』(681g)
藏： skyob 「救」

14.(#10-21)
漢： kar A 『歌』(1q)
藏： bka 「詞」，「講話」
緬： tsa-ka 「詞」，「講話」
【參看】Be:187a(TB *ka), Co:162-1(TB *ka).

15.(#10-24)
漢： krar A 『加』(15ab)
藏： bkral-ba 「徵收」，「放在上面」
【參看】G3:8a(『加』 *kral).

16.(#11-36)
漢： kan A 『乾』(140c)
藏： skam, skem 「弄乾」，「乾的」
緬： khan C 「被弄乾，「耗盡」

17.(#13-12)

漢： kam　A　　『甘』(606ab)
藏： rkam　　「貪」，「愛」

18.(#14-69)
漢： krag　B　　『斝』(34ab)
藏： skya　　「壺」

19.(#15-34)
漢： kjang　A　　『僵』(710c)
藏： rkyong　　「伸開四肢躺下」

20.(#17-41)
漢： kjid　A　　『飢』(602f)
藏： bkres　　「餓(敬)」

21.(#17-43)
漢： kjit　D　　『吉』(393a)
藏： skyid-pa (詞幹 skyid)　　「高興」，「愉快」，「幸福」

22.(#19-18)
漢： krik　D　　『隔』(855f)
藏： bkag　　「隔開」

23.(#19-20)
漢： khig　A, kig　C　　『繫』(854d)
藏： bkyig　　「繩子」

24.(#3-24)
漢： kjiəgw　A　　『虯』(1064e)
藏： klu　　「龍」

【參看】Co:130-4 (T klu ‘a type of mythological serpent, a naga’).

25.(#21-41)
漢： kuk < *kluk　　『谷』(1202a-c)
　　ruk > jiwok(余蜀切)　　『谷』
藏： klung　　「河」，「河谷」
　　lung　　「谷」

② [k] ↔ [kh]

1.(#3-22)
漢： krəgw　B　　『攪』(1038i)
藏： 'khrug　　「亂」

2.(#3-23)
漢： kjəgw > kjəu　A　　『鳩』(992n)
藏： khu-byug　　「杜鵑鳥」，「布穀鳥」

緬： khuw 「鴿子」

【参看】Be:185e(TB *kuw), Co:118-1(TB *kuw).

3.(#4-4)

漢： kjəngw A 『宮』(1006a-d)

藏： khong-pa 「裏面」, 「在屋內」

khongs (詞幹 khong) 「居中的」, 「在屋內」

4.(#5-14)

漢： krəp 『韐』(675l)

藏： khrab 「盾牌」, 「鱗甲」, 「鎧甲」

5.(#10-25)

漢： krar A 『加』(15ab)

藏： khral 「稅」, 「負荷」, 「職務」

【参看】G3:8a(『加』 *kral).

6.(#11-34)

漢： kan A 『竿』(139k)

藏： mkhar-ba 「棍子」, 「手杖」

'khar-ba 「棍子」, 「杆子」

(詞幹 *khar)

7.(#11-35)

漢： kan 『肝』

藏： mkhal 「腎」

8.(#11-37)

漢： kjian B 『搴』(143d)

藏： 'khyer-ba, khyer 「拿」, 「帶來」, 「搬運」

9.(#11-38)

漢： kian C 『見』(241a-d)

藏： mkhyen-pa 「知道」, 「理解」, 「體會」

【参看】Co:129-5(TB *(m-)kyen).

10.(#12-7)

漢： krap 『甲』(629a)

藏： khrab 「盾牌」, 「鱗甲」, 「鎧甲」

11.(#12-8)

漢： kriap D 『夾』(630a)

藏： khyab-ba 「充滿」, 「抱」

12.(#14-40)

漢： kjag B 『擧』(75a)

藏： 'khyog-pa, khyag, khyog 「擧」, 「擧起」

(詞幹 khyag)

13.(#15-32)

漢： krang B 『梗』(745e)

藏： mkhrang, khrang 「硬」，「堅固」，「堅定」

緬： rang B 「成熟」，「堅定」

14.(#17-39)

漢： kit D 『結』(393p)

藏： 'khyig-pa, bkyigs, bkyig (詞幹 *khyig) 「繫結」

緬： khyan A 「繫」，「繫牢」

【参看】Be:180l(TB *kik), G1:76(khyan A < *khing), Co:149-3(PC *kik > dialectal *kit > OC *kit).

15.(#17-42)

漢： kjid B 『机』(672a-c)

藏： khri 「座椅」，「椅子」

【参看】Co:54-1(『机』 PC *kljidx > OC *kjidx > kji:)

16.(#19-20)

漢： khig A, kig C 『繫』(854d)

藏： 'khyig 「捆」，「繫上」

17.(#21-30)

漢： kug C 『覯』(109j)、『遘』(109l)

藏： khug-pa, khugs-pa (詞幹 khug) 「尋得」，「發現」，「得到」

18.(#21-31)

漢： kuk D 『穀』(1226i)

藏： khug 「得到」

緬： kauk < *kuk 「稻子」，「大米」

【参看】G1:103(WB kauk < *kuk).

19.(#21-32)

漢： kruk D 『角』(1225a-c)

藏： khug, khugs (詞幹 khug) 「角度」，「壁角」，「角落」

20.(#21-33)

漢： kjug A 『俱』(121d)

藏： khyu, khu-bo, khyu-mo (詞幹 khyu) 「群」，「獸群」，「組」，「一行」，「一隊」

③ [k] ↔ [g]

1.(#3-18)

漢： kəgw　C　　　『告』(1039a-d)
　　 kəgw　C　　　『誥』(1039e)
　　 kəgw　A　　　『皐』(1040a)
藏： 'gug　　　　　「叫」
緬： khau < *khu　「大叫」

2.(#3-19)
漢： krəgw　A, C　『膠』(1069s)
藏： rgyag　　　　「膠」

3.(#3-22)
漢： kjəgw　B　　『九』(992a)
藏： dgu　　　　　「九」
緬： kuw　C　　　「九」

4.(#8-25)
漢： kən　B　　　『頣』(0)
藏： 'gul　　　　　「頸部」，「咽喉」
　　 mgul　　　　 「喉」、頸的敬語」
　　 mgur　　　　 「喉」、頸項的敬語」

5.(#9-27)
漢： kat　D　　　『割』(314de)
藏： bgod　　　　 「分割」

6.(#10-23)
漢： krar　A　　　『嘉』(15g)
藏： dga-ba (詞幹 dga)　「歡喜」，「高興」

7.(#11-32)
漢： kan　A　　　『干』(139a)
藏： 'gal-ba (詞幹 *gal)　「違犯」，「打亂」，「抵觸」
緬： ka　A　　　「盾的總稱」，「障碍」，「避免」

8.(#12-9)
漢： kab > kâi　C　『蓋』(642q)
藏： 'gebs-pa　　　「復蔽」
　　 'gab　　　　　「覆蓋」
　　 dgab(未來式), bkab(完成式)　「復蔽」

【參看】G1:55, Bo:5, Co:59-1(T stem:*gab/*khab), G2:31, Yu:20-1.

9.(#15-31)
漢： kang　A　　『岡』(697a)
藏： sgang　　　「凸起的小山或山嘴」
緬： khang　A　「條狀高地」，「山脈或丘陵的山嘴」

10.(#16-10)

漢： kragw　A　　「交」(1166ab)
藏： 'grogs　　「結交」,「交際」

(2) [kr]

① [kr] ↔ [g]

1.(#1-24)
漢： krjəg　C　　『志』(962e)
藏： rgya　　「標識」,「符號」,「表徵」
【参看】Co:132-3(PT *grya > rgya).

2.(#3-23)
漢： krjəgw　A　　『舟』(1084a)
藏： gru　　「船」,「渡船」

3.(#19-19)
漢： krjig > tsje　A　　『支』(864a)
krjig > tsje　A　　『枝』(864b)
krjig > tsje　A　　『肢』(864c)
藏： 'gye-ba, gyes　　「被分開」,「分離」,「割開」
'gyed-pa, bgyes, bkye　　「分開」
(詞幹 *gye)

2. [kh-]

(1) [kh]

① [kh] ↔ [k]

1.(#6-20)
漢： khəm　B　　『顑』(671m)
藏： skom　　「口渴」
skom-pa　　「渴望」
skam-po　　「弄幹」
skem-pa, bskams, bskam, skom　　「使乾燥」
rkam-pa　　「願望」,「熱望」

2.(#14-42)
漢： khag　C　　『苦』(49u)
藏： khag-po　　「困難」,「硬」

dka-ba 「困難」, 「艱難」
緬： khak 「困難」, 「硬」
【参看】Co:44-1(TB *ka).

3.(#19-20)
漢： khig A, kig C 『繫』(854d)
藏： bkyig 「繩子」

4.(#21-35)
漢： khruk D 『殼』(1226a)
藏： kog-pa, skog-pa 「殼」, 「堅硬的外皮」, 「外表」
【参看】Be:181f(TB *kok).

5.(#21-38)
漢： khug C 『寇』(111a)
藏： rku 「偷」
緬： khuw 「偷」
【参看】Be:184c(TB *r-kuw).

6.(#21-39)
漢： khjug A 『軀』(122g)
藏： sku 「身體」
緬： kuwy A 「動物的軀體」
【参看】Co:46-3(TB *(s-kuw).

7.(#22-31)
漢： khung C 『控』(1172a')
藏： skyung 「減少」, 「留下」

② [kh] ↔ [kh]

1.(#1-24)
漢： khəg C 『咳』(937g)、『欬』(937s)
藏： khogs-pa (詞幹 khogs) 「咳嗽」

2.(#6-18)
漢： khjəm B 『坅』(651i)
藏： khyim 「家屋」, 「房子」, 「倉庫」
【参看】Co:119-1(TB *kyim).

3.(#6-19)
漢： khəm 『戡』(658q)
藏： 'gum-pa, bkum, gbum, khum (詞幹 *gum / *khum) 「殺」, 「處殺」, 「滅」, 「除」

4.(#9-28)

漢： khiat D 『契』(279b)
khiad C 『契』(279b)
藏： khyad 「區別」，「特點」，「區分」
緬： khrac 「擦」，「(拿手)挖掘(洞)」

5.(#6-21)
漢： khəm B 『坎』(624d)
藏： khrim 「法律」

6.(#14-41)
漢： khag B 『苦』(49u)
藏： kha 「(味道)苦的」
緬： kha C 「(味道)苦的」
【參看】Be:165d;186b(TB *ka).

7.(#14-42)
漢： khag C 『苦』(49u)
藏： khag-po 「困難」，「硬」
緬： khak 「困難」，「硬」
【參看】Co:44-1(TB *ka).

8.(#14-43)
漢： khrjak D 『赤』(793a-c)
藏： khrag 「血」
緬： hrak 「羞愧」，「害羞」

9.(#15-35)
漢： khang A 『康』(746h)
藏： khong(-stong) 「裡頭」，「空膛兒」

10.(#19-20)
漢： khig A，kig C 『繫』(854d)
藏： 'khyig 「捆」，「繫上」

11.(#21-34)
漢： khug B 『口』(110a-c)
藏： kha 「口」，「嘴」
【參看】Be:184j(Bodo-Garo *k(h)u, G ku～khu, Dimasa khu, from TB *ku(w)).

12.(#21-36)
漢： khjug A，C 『驅』(122c)
藏： 'khyug-pa, khyug(詞幹 khyug) 「馳」，「疾走」，「加快」
'khyu-ba, khyus (詞幹 khyu) 「馳」

13.(#21-37)
漢： khjuk D 『曲』(1213a)
藏： 'gug(s)-pa, bkug, dgug, 「彎」，「彎曲」

khugs (詞幹 *gug/*khug)
緬： kauk < *kuk 「被弄彎」，「不直」
【參看】G1:106(WB kauk < *kuk), Co:41-4(TB *guk/*kuk).

14.(#22-30)
漢： khung B 『孔』(1174a)
khung A, B 『空』(1172h)
藏： khung 「洞」，「坑」，「空的」
緬： khaung < *khung 「空的」
【參看】G1:108(WB khaung < *khung).

③ [kh] ↔ [g]

1.(#6-19)
漢： khəm 『戡』(658q)
藏： 'gum-pa, bkum, gbum, khum 「殺」，「處殺」，「滅」，「除」
(詞幹 *gum / *khum)

2.(#21-37)
漢： khjuk D 『曲』(1213a)
藏： 'gug(s)-pa, bkug, dgug, 「彎」，「彎曲」
khugs (詞幹 *gug/*khug)
緬： kauk < *kuk 「被弄彎」，「不直」
【參看】G1:106(WB kauk < *kuk), Co:41-4(TB *guk/*kuk).

3.(#22-32)
漢： khjung B 『恐』(1172d')
藏： 'gong(s)-ba, bkong 「沮喪」，「失去勇氣」，「感到恐怖」
(詞幹 *gong/*khong)

④ [kh] ↔ [ng]

1.(#21-40)
漢： khuk D 『哭』(1203a)
藏： ngu-ba 「哭泣」，「喊叫」
緬： nguw 「哭」，「哭泣」

3. [g-]

(1) [g](群母)

① [g] ↔ [k]

1.(#1-25)

漢： gjəg A　　『其』(952a-e)

藏： kyi, gyi, yi　　「的」(屬格詞尾)

2.(#3-28)

漢： gjəgw A　　『觩』(1066i)

藏： dkyu　　「灣曲」

3.(#8-29)

漢： gjən C　　『饉』(480r)

藏： bkren, bgren　　「貧窮的」,「饑饉」

4.(#8-40)

漢： gjən C　　『饉』(480rs)

藏： bkren　　「窮」,「餓」,「可憐」

② [g] ↔ [kh]

1.(#3-26)

漢： gjəgw B　　『舅』(1067b)

藏： khu-bo, a-khu　　「父系叔伯」,「叔叔」

緬： kuw A　　「兄」

【参看】Be:166i(TB *kuw).

2.(#3-27)

漢： gjəgw > gjəu A　　『逑』(1066k)

藏： khyu　　「群」

3.(#13-15)

漢： gjam A　　『鈐』(0)

藏： khyem　　「鏟」,「勺」,「鋤」

4.(#14-48)

漢： gjag A　　『渠』(95g)

藏： kho　　「他」(3d pers.pron.)

5.(#21-37)

漢： gjuk D　　『局』(1214a)、『跼』(1214b)

藏： 'gug(s)-pa, bkug, dgug, khugs (詞幹 *gug/*khug)　　「彎」,「彎曲」

緬： kauk < *kuk　　「被弄彎」,「不直」

【参看】G1:106(WB kauk < *kuk), Co:41-4(TB *guk/*kuk), Yu:14-2.

③ [g] ↔ [g]

1.(#1-25)
漢： gjəg A 『其』(952a-e)
藏： kyi, gyi, yi 「的」(屬格詞尾)
【参看】Co:85-2(『之』 PC *krjəɣ> OC *tjəg).

2.(#4-5)
漢： gjəngw A 『窮』(1006h)
藏： gyong 「缺乏」,「貧乏」,「不足」

3.(#5-17)
漢： grəp 『洽』(675m)
藏： 'grub-pa, grub 「成就」,「完成」,「完美」,「好」

4.(#6-21)
漢： gjəm A 『琴』(651q)
藏： gyim 「音樂」,「鐃鈸」

5.(#9-30)
漢： gjiat D 『傑』(284b)、『桀』(284a)
藏： gyad 「力(力士)」,「優勝者」,「比賽者」

6.(#11-41)
漢： gjian C 『健』(249g)
藏： gar-ba 「健壯的」
gar-bu 「堅硬的」
gar-mo (詞幹 gar) 「濃的(液體)」
緬： kyan 「好的」,「健康的」

7.(#15-36)
漢： gjang A 『强』(713a)
藏： gyong 「强」,「硬」

8.(#14-46)
漢： gjag B 『巨』(95ab)
藏： mgo 「頭」,「首」
go 「首領」,「巨頭」
'go 「首領」,「巨頭」

9.(#6-24)
漢： gjəm 『擒』(651n)
藏： sgrim 「尋」,「抓」

10.(#8-30)
漢： gjən C 『饉』(480r)
藏： bkren, bgren 「貧窮的」,「饑饉」

11.(#14-47)

漢： gjag C 『遽』(803cd)

藏： mgyogs 「快」

12.(#20-21)

漢： gjing A 『擎』(813a)

藏： sgreng 「擧」

13.(#21-37)

漢： gjuk D 『局』(1214a)、『跼』(1214b)

藏： 'gug(s)-pa, bkug, dgug, khugs (詞幹 *gug/*khug) 「彎」, 「彎曲」

緬： kauk < *kuk 「被弄彎」, 「不直」

【參看】G1:106(WB kauk < *kuk), Co:41-4(TB *guk/*kuk).

④ [g] ↔ [y]

1.(#22-34)

漢： gjung < gjwong C 『共』(1182c)

藏： yongs 「所有的」, 「完全的」

yong (OT) 「全部」, 「老是」, 「經常」

(詞幹 yong)

(2) [g](匣母)

① [g] ↔ [k]

1.(#20-19)

漢： ging > ɣieng C 『脛』(831k)

gring > ɣɛng A 『莖』(831u)

藏： rkang-pa (詞幹 rking) 「脚」, 「腿」;「幹」, 「莖」

【參看】Be:60a-b(TB *keng), Yu:26-2;26-3.

② [g] ↔ [kh]

1.(#8-28)

漢： gən C > ɣən 『恨』(416f)

藏： khon 「生氣」

'khon 「仇恨」

【參看】Si:216, Yu:28-19.

2.(#10-26)

漢： gar > ɣâ B 『荷』(1o)
藏： 'gel-ba, bkal, dgal, khol 「裝馱子」
khal 「馱子」，「擔子」
緬： ka B 「套馬」，「套獸力車」

【参看】G1:40, Co:51-4(T stems:khal / *gal), G2:30, Yu:6-6, G3:5(『荷』*gal).

3.(#12-9)

漢： gap > ɣâp A 『盖』(642n)
藏： 'gebs-pa 「復蔽」
'gab 「覆蓋」
dgab(未來式), bkab(完成式) 「復蔽」

【参看】G1:55, Bo:5, Co:59-1(T stem:*gab/*khab), G2:31, Yu:20-1.

③ [g] ↔ [g]

1.(#6-22)

漢： gəm > ɣâm A 「含」(651l)
gram > ɣam A 「銜」(608a)
藏： 'gam-pa 「放進口中」
gams 「放進口中」
'gram 「呑」(Yu:32-4)

2.(#22-33)

漢： grung > ɣang C 『巷』(1182s)
藏： grong 「房子」，「村」，「村莊」

3.(#9-29)

漢： gad > ɣâd C 『害』(314a)
藏： god 「災害」，「損失」

4.(#10-25)

漢： gar > ɣâ A 『何』(1f)
藏： ga-thog 「何處」，「何人」
ga-dus 「何時」
ga-nas 「從何處」
ga-tshod 「多少」，「何量」
ga-ru 「何處」

5.(#10-26)

漢： gar > ɣâ B 『荷』(1o)
藏： 'gel-ba, bkal, dgal, khol 「裝馱子」
sgal-ba 「獸馱的東西=荷」
khal 「馱子」，「擔子」

緬： ka B 「套馬」，「套獸力車」

【參看】G1:40, Co:51-4(T stems:khal / *gal), G2:30, Yu:6-6, G3:5(『荷』 *gal).

6.(#10-27)

漢： gar > ɣâ A 『河』(1g)

藏： rgal-ba (詞幹 rgal) 「可涉水的地方」，「渡過」，「渡(河)」

【參看】G1:39, Co:59-4, G2:29, G3:3(『河』 *gal).

7.(#11-40)

漢： gan > ɣân A 『寒』(143a-c)

藏： dgun 「冬天」

8.(#12-9)

漢： gap > ɣâp A 『盖』(642n)

藏： 'gebs-pa 「復蔽」

'gab 「覆蓋」

dgab(未來式), bkab(完成式) 「復蔽」

【參看】G1:55, Bo:5, Co:59-1(T stem:*gab/*khab), G2:31, Yu:20-1.

9.(#12-10)

漢： gap > ɣâp D 『闔』(675i)

藏： rgyab 「不和」，「背」，「關(門)」

10.(#16-10)

漢： gagw > ɣâu B, C 『號』(1041q)

藏： 'gug 「叫」

緬： khau < *khu 「大叫」

【參看】Be:166d(TB *gaw), Si:26, Co:51-3(Kanauri ku, K gau, Nung go, L kou).

11.(#21-43)

漢： gug > ɣəu C 『候』(113e)

藏： sgug-pa 「等」，「等候」

sgugs 「等候」(命令詞)

sgug-pa-po 「等候者」

【參看】Si:29, G1:93, Co:157-1(T stem:sgug < s + gug ?), G2:32.

④ [g] ↔ [ng]

1.(#11-39)

漢： gan > ɣân A 『汗』(139t)

藏： rngul 「汗」，「出汗」

⑤ [g] ↔ [']

1.(#21-42)

漢： gug > ɣəu B 『後』(115a-c)
藏： 'og 「在……之下」，「其後」，「之後」
緬： auk < *uk 「下面」，「地下」

(3) [gr](牀三、禪、喻四)

① [gr] ↔ [g]

1.(#2-7)
漢： grjəng 『承』(896c)、『丞』(896g)
藏： 'greng-ba 「起立」，「上升」
sgreng-ba, bsgrengs 「舉起」，「升起」
【參看】Co:104-1(T stem:*greng).
2.(#15-37)
漢： grjang A 『裳』(723d)
藏： gyang 「動物的皮」，「衣服」
【參看】Bo:95.
3.(#17-44)
漢： grjid > zi C 『嗜』(552p)
藏： dgyes-pa 「歡喜」，「高興」
【參看】Bo:474, Co:73-1.
4.(#18-14)
漢： grjin A 『臣』(377a-f)
藏： gying 「看不起」，「蔑視」
sgying 「輕視」，「蔑視」
【參看】Bo:392.
5.(#13-14)
漢： grjam A 『鹽』(609n)
藏： rgyam-tshwa 「一種岩鹽」
【參看】Si:253, Be:177c(TB *gryum), G1:61, Co:128-4(stem:rgyam < PT *gryam).

② [gr] ↔ [zh]

1.(#8-30)
漢： grjən B 『純』(427n)
藏： gzhun 「精美」

4. [hng-]

(1) [hng] ↔ [ng]

1.(#5-7)

漢： hngjəp > xjəp D 『吸』(681j)
藏： rngub-pa, brngub, brngub, 「(把空氣)拉入」,「呼吸」
rngubs (詞幹 rngub)

5. [ng-]

(1) [ng] ↔ [g]

1.(#1-26)

漢： ngəg C 『碍』(956g)
藏： 'gegs-pa 「妨碍」,「停止」,「禁止」

2.(#12-11)

漢： ngjap D 『業』(640a)
藏： brgyab 「作事」

(2) [ng] ↔ [ng]

1.(#10-29)

漢： ngar A 『鵝』(2p)
ngran C 『雁』(186a)
藏： ngang 「鵝」
緬： ngan C 「鵝」
【参看】Sh:22-24("O.B. ngang < *ngan by assimilation of final consonant to the initial."), Be:191a("『雁』 ŋan from s-ŋan: *s- 'animal prefix'").

2.(#10-30)

漢： ngar B 『我』(2a-g)
ngag A 『吾』(58f)
藏： nga 「我」,「我們」
緬： nga A 「我」
【参看】Be:160n;188b(TB *ŋa), Co:96-4(TB *nga, Nung nga).

3.(#10-31)

漢： ngar C 『餓』(2o)
藏： ngal 「疲勞」

4.(#11-42)

漢： ngan A 『㖂』(199d)
藏： ngan-ba 「壞的」，「低」，「低質」，「不正當的」
ngan 「壞影響」，「惡的」

5.(#13-18)
漢： ngjam C 『驗』(613h)
藏： ngams 「經驗」，「感受」

6.(#14-55)
漢： ngjag B, C 『語』(58t)
藏： ngag, dngags 「講演」，「談話」，「詞」

7.(#8-31)
漢： ngjiən A 『銀』(416k)
藏： dngul 「銀子」，「錢」
緬： ngwe A 「銀子」

【参看】Be:173a (TB *ŋul), G1:116(OC ngjiən < *dngjən;WT dngul < *dngjul; WT ngwe A < nguy).

8.(#10-28)
漢： ngar A 『蛾』(2g)
藏： mngal 「胎」

9.(#13-16)
漢： ngram A 『巖』(607l)
藏： rngams-pa 「高」，「高度」

【参看】Co:93-3(T stem:rngam < PT *ngram).

10.(#13-17)
漢： ngjam A 『嚴』(607h)
ngjam B 『儼』(607k)
藏： rngam-pa 「忿怒」，「威嚴」，「壯麗」

【参看】Co:93-3(T stem:rngam < PT *ngram).

11.(#14-53)
漢： ngag B 『五』(58a)
藏： lnga 「五」
緬： nga C 「五」

【参看】Co:80-3(TB *l-nga).

12.(#14-54)
漢： ngak D 『咢』(788fg)
藏： rnga 「鼓」

13.(#16-12)
漢： ngagw A 『熬』(1130h-i)
藏： rngod-pa, brngos, 「炒」，「燒」，「用油煎」

brngo, rngos

(詞幹 *rngo)

【参看】Be:193b(TB r-əaw), Co:84-3(TB *r-ngaw).

(3) [ng] ↔ [n]

1.(#14-52)

漢： ngjag A 『魚』(79a)

藏： nya 「魚」

緬： nga 「魚」

【参看】Be:124a(TB *ŋya, ST *ŋya), Co:80-1(Tsangla nga, K nga, L hnga).

第五節 喉 音

1. ['-]

(1) ['] ↔ [k]

1.(#6-26)

漢： 'jəm B 『飲』(654a)

藏： skyem 「飲」,「飲料」

【参看】Yu:30-18(「聲母脫落，好像『景』分化出『影』來」), Co:97-1(Nung am 'eat', Dhimal am 'drink';Thaungthu ʔam 'eat':TB *am).

(2) ['] ↔ [g]

1.(#6-28)

漢： 'jəm A 『陰』(651g)

藏： grib 「背陰的地方」

(3) ['] ↔ [']

1.(#14-57)

漢： 'ak D 『惡』(805h)

藏： 'ag-po (詞幹 *ag) 「壞」

(4) ['] ↔ [y]

1.(#12-12)

漢： 'jap D 『俺』(0)

藏： yab-pa, gyab-pa 「上鎖」,「覆」,「隱蔽」

(詞幹 yab)

(5) ['] ↔ [ø]

1.(#6-27)

漢： 'əm B 『唵』(614)

藏： um 「親嘴」

【参看】Co:95-2(TB *um).

2. [h-]

(1) [h](曉母)

① [h] ↔ [kh]

1.(#10-32)

漢： hjar C 『戲』(22b)

hjian A 『嗎』(200b)

藏： 'khyal-ba 「戲謔」,「玩笑」

rkhyal-ka, kyal-ka 「戲謔」,「玩笑」,「戲法」

【参看】Co:99-3(T stem:*khyal).

2.(#14-59)

漢： hrak D 『赫』(779a)

藏： khrag 「血」

3.(#21-45)

漢： hug C 『詢』(112f)

藏： 'khu-ba (詞幹 *khu) 「傷感情」,「觸怒」,「侮辱」

② [h] ↔ [g]

1.(#14-58)

漢： hak D 『壑』(767a)

藏： grog 「深溝」

2.(#15-39)

漢： hjang A 『鄉』
藏： grong 「村」，「市鎮」

3.(#3-30)
漢： hjəgw A 『休』(1070a-f)
藏： mgu 「樂」，「高興」

③ [h] ↔ [ng]

1.(#11-45)
漢： hjan C 『獻』(252e)
藏： sngar-ma 「聰明」，「敏悟」
【参看】G3:39(『獻』 *sngjan).

④ [h] ↔ [h]

1.(#11-44)
漢： han A 『鼾』(0)
藏： hal-ba (詞幹 hal) 「喘氣」，「噴鼻息」，「自鼻噴氣作聲」

(2) [hr](審三)

① [hr] ↔ [g]

1.(#3-29)
漢： hrjəgw A，C 『收』(1103a)
藏： sgrug，rug-pa 「收集」，「集中」，「採集」

② [hr] ↔ [h]

1.(#12-13)
漢： hrap A 『呷』(0)
藏： hap 「滿嘴」，「一口」
緬： hap 「咬住」，「咬着」

③ [hr] ↔ [c]

1.(#17-45)
漢： hrjid B > si，χji 『屎』(561d)
藏： lci-ba 「糞」，「肥料」

緇： khye < *khliy　　「排泄物」，「大便」

【参看】Co:74-3 (T stem:lci < *hlyi < *khlyi ?), G2:p.10.(「包擬古認爲 *khl- > *hl- 的變化是上古漢語與藏語共同的「創新」(common innovation)。他所擬測的「屎」爲*hljij:> sji:。我覺得可以信從。」)

第六節　圓脣舌根音

1. [k^w-]

(1) [k^w] ↔ [k]

1.(#3-31)

漢： k^wjək^w D　　『菊(=鞠)』(1017e)

藏： kug　　「小糠草或類似的稻科雜草」

2.(#11-47)

漢： k^wan B　　『痯』(157g)

藏： kyor-kyor　　「無力的」，「虛弱的」

3.(#14-62)

漢： k^wrag A　　『瓜』(41a)

藏： ka　　「瓜(葫蘆)」

4.(#15-41)

漢： k^wang A　　『光』(706a-e)

藏： kong-po (詞幹 kong)　　「燈盞」

5.(#18-16)

漢： k^wjin A　　『均』(391c)

藏： kun　　「全部」，「所有」

6.(#7-14)

漢： k^wjəd > kj^{w}ei C　　『貴』(540b)

藏： bkur　　「尊敬」

7.(#7-15)

漢： k^wjəd A　　『歸』(570a)

藏： skor　　「圓」，「重複」

skor-ba　　「包圍」，「圍繞」，「回來」

skyor-ba　　「重複」，「圍欄」，「圍牆」

8.(#15-42)

漢： k^wang A, C　　『桄』(0)

藏： skong　　「添滿」，「如意」

9.(#14-60)

漢： k^wag C　　『雇』(53de)

藏： bskos　　「給……託事」

(2) [k^w] ↔ [kh]

1.(#7-15)

漢： $k^wjəd$ A　　『歸』(570a)

藏： 'khor-ba　　「轉向」,「轉圍」

【参看】Co:153-2(詞幹 *khord).

2.(#9-32)

漢： k^wjat D　　『厥』(301c)

藏： khyod, khyed　　「你」

3.(#10-33)

漢： k^war B　　『裹』(351d)

藏： khal　　「馱子」

4.(#11-47)

漢： k^wan B　　『痯』(157g)

藏： khyor-ba, 'khyor-ba　　「發暈」,「眩暈」

5.(#11-48)

漢： k^wan A, C　　『倌』(157l)

藏： khol-po　　「僕人」,「男僕」

'khol-ba, bkol, khol　　「作爲僕人」,「被雇用爲僕人」

(詞幹 khol)

6.(#11-49)

漢： k^wan C　　『涫』(157f)

藏： 'khol-ba, khol　　「使沸騰」,「煮熟」

skol-ba　　「成爲沸騰的原因」

(詞幹 khol)

7.(#14-60)

漢： k^wag A　　『孤』(41c)

藏： kho-na (詞幹 kho)　　「獨自地」

8.(#14-63)

漢： k^wjak D　　『攫』(778b)

k^wjag C　　『據』(803f)

藏： 'gog-pa, bkog, dgog, khog　　「奪取」,「捕捉」,「携走」

(詞幹 khog)

9.(#18-17)

漢： k^wjin　A　　『鈞』(391e)
藏： 'khyil-ba (詞幹 *khyil)　　「纏」,「捲」,「旋轉」,「回轉」

(3) $[k^w] \leftrightarrow [g]$

1.(#7-15)
漢： $k^wjəd > kj^wei$　C　　『貴』(540b)
藏： gus-po　　「昂貴的」,「高價的」,「寶貴的」
gus-pa (詞幹 gus)　　「尊敬」,「崇敬」
2.(#8-27)
漢： $k^wjən$　A　　『君』(459a-c)
藏： rgyal　　「得到冠軍的人」,「貴族」,「主人」
rgyal-po　　「國王」
3.(#8-32)
漢： $k^wjən$　A　　『軍』(458a)
藏： gyul　　「軍隊」
4.(#11-50)
漢： k^wan　　『慣』(159d)
藏： goms　　「習慣」

2. [kh^w-]

(1) $[kh^w] \leftrightarrow [k]$

1.(#11-52)
漢： kh^wan　　『窾』(162b)
藏： kor　　「中空的」,「(地下的)坑」
2.(#14-64)
漢： kh^wak　D　　『鞹』(774i)
藏： kog-pa, skog-pa　　「皮」,「外皮」
緬： ə-khok　　「樹皮」
【參看】Co:134-2(TB $*k^wək$)
3.(#7-19)
漢： $kh^wət$　D　　『堀』(496p)
藏： rkod-pa;rko-ba　　「掘」,「發掘」
(詞幹 rkod / rko)
【參看】Be:159p (TB *r-go-t, *r-ko-t).
4.(#11-53)

漢： kh^wan　A　『圈』(226k)
藏： skor, 'kor, sgor　「圓」，「圓形的」

5.(#11-54)
漢： kh^wjan　C　『勸』(158s)
藏： skul　「勸告」，「告戒」

(2) [kh^w] ↔ [kh]

1.(#7-20)
漢： $kh^wət$　D　『窟』(496g)
藏： khud　「山溝」

2.(#8-28)
漢： $kh^wən$　C　『困』(420a-b)
藏： khur　「負荷」，「煩惱」，「艱難」，「困難」

3.(#10-34)
漢： kh^war　『科』(8n)
藏： khral　「稅罰款」

4.(#11-51)
漢： kh^wan　『款』(162a)
藏： khral　「稅罰款」

(3) [kh^w] ↔ [g]

1.(#11-53)
漢： kh^wan　A　『圈』(226k)
藏： skor, 'kor, sgor　「圓」，「圓形的」

3. [g^w-]

(1) [g^w](群母)

① [g^w] ↔ [k]

1.(#8-34)
漢： $g^wən$　A　『群』(459d)
　　$g^wən$　A > $ə^wən$　『渾』、『混』
藏： kun　「大家」，「全部」，「所有的」

2.(#11-47)
漢： g^wjian C　『倦』(226i)

藏： kyor-kyor 「無力的」，「虛弱的」

3.(#7-16)

漢： g^{w}jəd C 『饋』(540l)

藏： skur 「託人送」

4.(#7-19)

漢： g^{w}jət D 『掘』(496s)

藏： rkod-pa;rko-ba 「掘」，「發掘」

(詞幹 rkod / rko)

【参看】Be:159p (TB *r-go-t, *r-ko-t).

② [g^{w}] ↔ [kh]

1.(#8-37)

漢： g^{w}jiən C 『郡』(459g)

藏： khul 「區域」，「地段」，「地區」

2.(#9-35)

漢： g^{w}at D 『窟』(496g)

藏： khud 「山溝」

3.(#11-47)

漢： g^{w}jian C 『倦』(226i)

藏： khyor-ba, 'khyor-ba 「發暈」，「眩暈」

(2) [g^{w}](喻三)

① [g^{w}] ↔ [kh]

1.(#8-36)

漢： g^{w}jən C 『暈』(458c)

藏： khyom 「暈」，「暈的」

② [g^{w}] ↔ [g]

1.(#7-17)

漢： g^{w}jəd C > j^{w}ei 『胃』(523a)

藏： grod-pa (詞幹 grod) 「腹部」，「胃」

【参看】Si:181, G1:165, Co:141-4, G2:42.

2.(#7-18)

漢： g^{w}jəd > j^{w}ei A 『違』(571d)

藏： 'gol-ba 「背離」，「分離」，「犯錯誤」

【参看】G1:167, Co:62-2(OT dgol-pha < *dgold, as indicated by the use of the suffix -pha, stem:*gold).

3.(#11-55)

漢： g^{w}jan > j^{w}ɐn A 『援』(255e)

藏： grol 「解脫」，「解開」，「淞開」

'grol 「放淞」，「解開」，「釋放」

sgrol 「救度」，「放脫」

【参看】G3:26(『援』*g^{w}rjan).

4.(#11-57)

漢： g^{w}jan > ji^{w}än A 『圓』(227c)

藏： gor < *gror 「圓形」，「球形」

【参看】G3:35(『圓』*g^{w}rjan).

5.(#14-73)

漢： g^{w}jag > ju A 『于』(97a)

g^{w}jang > j^{w}ang B 『往』(739k)

藏： 'gro 「行」，「走」

緬： krwa 「去」，「來」

6.(#14-74)

漢： g^{w}jag > ju C 『芋』(97o)

藏： gro-ma (詞幹 gro) 「(西藏的)甘薯」

7.(#14-76)

漢： g^{w}jag > ju A 『迂』(97p)

藏： gyog-pa 「弄彎的」，「彎曲的」

8.(#8-35)

漢： g^{w}jən A > j^{w}ən 『沄』(0)

藏： rgyun 「繼續的流」，「流出」，「小溪」

9.(#14-75)

漢： g^{w}jag B 『羽』(98a)

藏： sgro 「羽毛」

10.(#15-44)

漢： g^{w}jiang B 『永』(764a-f)

藏： rgyong-ba, brgyangs, brgyang 「擴大」，「伸長」

rgyang-ma 「遠方」

【参看】Co:105-1(T stem:rgyang < PT *gryang).

③ [g^{w}] ↔ [zh]

1.(#1-27)

漢： g^wəg　B, C　『右』(995i)
藏： gzhogs　「身體的一邊」

④　[g^w] ↔ [d]

1.(#6-25)
漢： g^wjəm　A　『熊』(674a)
藏： dom　「棕熊」
緬： (^{w}ak-)^{w}am　A　「熊」
【参看】Be:168i(TB *d-w^wm), G1:170, Bo:111, Co:40-1, Yu:31-19.

⑤　[g^w] ↔ [']

1.(#15-40)
漢： g^wjang　B　『往』(739k)
藏： 'ong-ba (詞幹 *ong)　「來到」
緬： ^{w}ang　「進入」, 「前往」, 「進來」

(3)　[g^w](匣母)

①　[gw] ↔ [k]

1.(#7-15)
漢： g^wəd　A　『回』(542a)
g^wjəd　A, C　『圍』(571g)
藏： skor　「圓」, 「重複」
skor　「圓」, 「重複」
skor-ba　「包圍」, 「圍繞」, 「回來」
skyor-ba　「重複」, 「圍欄」, 「圍牆」
【参看】G1:169, Co:153-2(詞幹 *khord).
2.(#14-70)
漢： g^wag > əwə　A　『壺』(56a-d)
藏： skya　「壺」

②　[g^w] ↔ [kh]

1.(#7-15)
漢： g^wəd　A　『回』(542a)
g^wjəd　A, C　『圍』(571g)

藏： 'khor 「圓」，「周圍」

'khor-ba 「轉向」，「轉圍」

【參看】G1:169, Co:153-2(詞幹 *khord).

2.(#9-33)

漢： g^wat D 『活』(302m)

藏： 'khod-pa 「(不死地)活着」，「生活」，「住」

【參看】Co:104-3(T stem:*khod).

3.(#11-48)

漢： g^wan > $ə^w$an C 『官』(188a-b)

藏： khol-po 「僕人」，「男僕」

'khol-ba, bkol, khol 「作爲僕人」，「被雇用爲僕人」

(詞幹 khol)

③ [g^w] ↔ [g]

1.(#14-66)

漢： g^wag > ɣuâ A 『胡』(49a')

藏： ga 「什麼」，「爲什麼」

2.(#15-43)

漢： g^wang > $ə^w$əng A 『皇』(708a)

藏： gong-sa 「上頭」，「頂」，「皇帝」

3.(#9-34)

漢： g^wrad > $ə^w$ai C 『話』(302o)

藏： gros 「話」

gros-gleng 「商議」，「談話」

gros-'cham 「語言一致」

4.(#10-35)

漢： g^wrar > $ɣ^w$a C 『樺』(0)

藏： gro 「樺樹」

【參看】G2:37(PST *g^wrar).

5.(#11-56)

漢： g^wan > ɣuân B 『緩』(255l)

藏： 'gor 「耽延」，「遲滯」

6.(#14-71)

漢： g^wag > $ə^w$o C 『護』(784k)

藏： 'gogs-pa 「預防」，「避開」

【參看】Bo:278, Co:89-4(stem:*gog < 'gog + s ?).

7.(#14-72)

漢： g^wriak > $ə^w$ɛk　D　　『䨼』(784e)

藏： 'grogs-pa　　「繫結」,「繫帶」,「縛」

【参看】Bo:35, Co:42-4(T stem:*grog < grog + s ?).

8.(#14-65)

漢： g^wag > ɣuo　B　　『戶』(53a)

藏： sgo　　「門」

9.(#14-67)

漢： g^wag > ɣuâ　A　　『胡』(49a')

藏： rga　　「老」

10.(#14-68)

漢： g^wag > ɣuâ　A　　『胡』(49a')

藏： rgya-bo　　「胡須」,「漢人」

④　[g^w] ↔ [r]

1.(#11-58)

漢： g^wrian　C　　『幻』(1248c)

藏： rol-ba　　「自娛」,「使迷惑」,「練習巫術」

⑤　[g^w] ↔ [ø]

1.(#14-69)

漢: g^wag > $ə^w$o　A　　『狐』(41i)

藏: wa　　「狐狸」

【参看】Si:97, Be:166c;111--p.34 (T wa 'fox' has been derived from TB *g^wa, as represented by Chamba Lahuli gwa, Bunan goa-nu～gwa-nu), Bo:108, Co:84-1(TB:gwa), Yu:5-37.

4. [hng^w-] :未 見

5. [ng^w-]

(1) [ng^w] ↔ [ng]

1.(#10-36)

漢： ng^war　A　　『訛』(19e)

　　ng^wjar　C　　『僞』(27k)

藏： rngod-pa, brngos, brngod, rngos (詞幹 rngo)　　「欺」,「瞞」,「使迷醉」

2.(#14-77)

漢： ng^{w}ag　C　　　　　　『寤』(58n)、『晤』(58l)

藏： snga　　　　　　　　　　「早」，「前」

第七節　圓脣喉音

1. ['^{w}-]

(1) ['^{w}] ↔ [ø]

1.(#14-78)

漢： '^{w}jag > ju　A　　　　　『迂』(97p)、『紆』(97y)

藏： yo-ba (詞幹 yo)　　　　　「斜的」，「彎曲的」

2. [h^{w}-]

(1) [h^{w}] ↔ [k]

1.(#8-39)

漢： h^{w}jən　A　　　　　　『訓』(422d)

藏： skul-ma　　　　　　　　「鼓勵」，「勸勉」

skul-ba　　　　　　　　　「促使」，「激發」，「調動」

(2) [h^{w}] ↔ [kh]

1.(#7-21)

漢： h^{w}jəd　A　　　　　　『輝』(458l)、『煇』(458k)

藏： khrol　　　　　　　　　「光亮」，「發光」

【參看】G3:3(『輝』『煇』 *hwjəl).

2.(#8-38)

漢: h^{w}jən　A　　　　　　『訓』(422d)

藏: 'khul-ba　　　　　　　　「使服從」，「受支配的」

(3) [h^{w}] ↔ [g]

1.(#1-28)

漢： h^{w}əg　A　　　　　　『灰』(950a)

藏： gog 「灰」，「灰分」

2.(#9-36)

漢： h^wat D 『豁』(314g)

藏： 'gas 「裂口」，「打破」

(4) [h^w] ↔ [h]

1.(#14-79)

漢： h^wag A, C 『呼』(55h)

藏： ha 「叫」，「招」

2.(#11-59)

漢： h^wjan A, B 『暖』(255j)

藏： hol-hol (詞幹 hol) 「柔軟的」，「溫暖的」，「不緊的」，「輕的」

(5) [h^w] ↔ [m]

1.(#7-22)

漢： h^wər (< hmər ?) B 『火』(353a-c)

h^wjər(< hmjər ?) B 『燬』(356b)

藏： me 「火」

緬： mi 「火」

【参看】Co:79-1 (OT me～mye～smye, TB *myəy)

【謹案】李方桂(1971:36)擬測『火』、『燬』的'前上古音'帶有清鼻音聲母 hm-，而有點懷疑，以附問號(1971:36)。今從漢藏語比較來看，此二語在上古時無疑帶有清鼻音聲母 hm-了。

第八節 複聲母

1. 帶 [l] 的複聲母

(1) [pl]

1.(#7-4)

漢： pljiət 『筆』(502d)

藏： bris 「寫」

'bri-ba (詞幹 *bri) 「寫」，「摹寫」，「描寫」，「設計」

【参看】Be:178z, Yu:17-7.

2.(#14-6)

漢： pljag A 『膚』(69g)

藏： pags, lpags 「皮膚」，「獸皮」

【参看】G1:7, Bo:269, Co:134-1(PT *plags > T lpags).

(2) [bl]

1.(#1-12)

漢： bljəg B 『理』(978d)

藏： ri-mo 「花紋兒」

【参看】Yu:1-8.

2.(#6-1)

漢： bljəm B > ljəm 『稟』(668b)

藏： 'brim-pa (詞幹 *brim) 「散發」，「布施」，「分給」

【参看】Be:178u, Bo:228, Co:64-3, Yu:30-9.

3.(#6-2)

漢： bljəm 『懍』(668d)

藏： rim(-gro) 「侍奉」，「尊敬」

(3) [ml]

1.(#22-17)

漢： ljung, mljung A 『龍』(1193a-e)

藏： 'brug 「龍」，「雹」

【参看】G1:111, G2:11.

(4) [kl]

1.(#6-17)

漢： kljəm C 『禁』(655k)

藏： khrims 「規定」，「對的」，「慣例」，「法」

【参看】Co:127-4(OT khrim 'law').

2.(#21-41)

漢： kuk < *kluk 『谷』(1202a-c)

ruk > jiwok(余蜀切) 『谷』

藏： klung 「河」，「河谷」

lung 「谷」

【参看】G2:p.11 (提出『谷』*kluk與藏語klung比較，二者韻尾雖有不同，但-k與-ng的不同可以有解釋，『容』*lung從*luk聲，一般稱爲「對轉」，漢藏語之間的對轉，可能起源於「同化作用(assimilation)」)。

(5) [khl]

1.(#5-16)
漢： khləp > khjəp 『泣』(694h)
藏： khrap 「哭」，「泣」
khrap-khrap 「哭泣者」，「好哭者」
【參看】Si:238, Sh:16-1, Be:175b(TB *krap), G1:143, Bo:119, Co:159-3.

2.(#14-44)
漢： khlak D 『恪』(766g)
藏： skrag-pa 「恐懼」，「喪膽」
【參看】Be:159c, Co:78-1(T stem:*khrak).

(6) [gl]

1.(#13-6)
漢： glam > ləm A 『藍』(609k)
藏： rams 「靛青」，「藍靛」
ram 「靛青」，「藍」
【參看】Sh:22-11, Be:177p, Bo:82, G2:9, Yu:32-23.

2.(#21-44)
漢： glug > ləg A 『髏』(123n)
藏： rus 「骨」
【參看】G2:10.

3.(#11-23)
漢： gljan A > ljän 『聯』(214a)、『連』(213a)
藏： gral 「行列」，「排」，「繩索」
【參看】Be:183b, Co:57-3(TB *ren), G2:7(PST *grjal).

4.(#14-28)
漢： gljag > ljwo B 『呂』(76a-c)
藏： gra-ma (詞幹 gra) 「(麥等的)芒」，「(魚的)骨」
【參看】Bo:419, Co:138-3.

5.(#15-38)
漢： gljang > ljang A 『凉』(755l)
藏： grang 「凉」，「冷」
【參看】G1:33, G2:2(PST *grjang > rjang > ljang).

6.(#14-51)

漢： glag > luo C 『璐』(766r)
藏： gru 「寶石的光澤」

7.(#14-50)
漢： glak D > lək 『絡』(766o)
藏： 'grags 「繫結」

8.(#13-7)
漢： glam > ləm A 『籃』(0)
藏： sgrom 「箱」，「柜」，「盒」

9.(#14-27)
漢： gljag > ljwo B 『旅』(77a-d)
藏： dgra 「敵人」
【参看】Bo:267;268, Co:72-4(T stem:*gra).

10.(#14-49)
漢： glak D 『烙』(766n)
藏： sreg 「燒」，「炒」

11.(#5-9)
漢： gljəp > ljəp D 『立』(694a-d)
藏： 'khrab 「敲」，「踏脚」
skrab 「踏」，「踐沓」
緬： rap < *ryap 「立」，「停止」，「站住」，「休息」
【参看】Be:155f;175a;178d(TB *g-ryap indicates that prefixed *g- is an inherited ST element, preserved in chinese in this roor through its treatment an in itial:p.155g), G1:142(WB rap < *ryap, Bo:118, Co:140-4, G2:60.

2. 帶 [s] 的 複 聲 母

(1) [sm]

1.(#15-30)
漢： smang A 『喪』(705a-d)
藏： song 「走了」，「去了」
【参看】Yu:25-20(《論語》：「二三子何患於喪乎?」)

(2) [sth]

1.(#3-17)
漢： sthjəg^{w} B 『手』(1101a)

藏： sug 「手」

【参看】Si:63, Be:158n;170f, G1:156.

(3) [sd]

1.(#8-20)

漢： sdjən A 『馴』(462f)

藏： 'dul-ba, btul, gdul, thul 「馴服」, 「征服」

dul-ba 「淞軟」, 「馴服」, 「溫順」, 「馴的, 「純的」

'jun 「征服」, 「使……馴服」

'chun 「被馴服」, 「被征服」

【参看】G1:119(WB 'jun < *'djun;'chun < *'thun), Co:146-1, G3:22.

(4) [sn]

1.(#7-8)

漢： snjəd A 『綏』

藏： rnal 「休息」, 「內心寧靜」

緬： na C 「渴望休息而從運動或行動中停下來」

【参看】G1:137, Bo:67.

(5) [skh]

1.(#20-16)

漢： skhrjing > thjäng A 『赬』(0)

藏： skyeng-ba (詞幹 skyeng) 「害羞」

【参看】Co:123-1(T 'ashamed < red, to blush ?'), Yu:26-30.

第五章 漢藏語同源詞的音韻對應：介音

第一節 介 音 [-r-]

1. 上古漢語的介音[-r-]與古藏語下置字母[-r-]的對應

1.(#3-3)

漢：	$pr\partial g^w$, $phr\partial g^w$ A	『胞』(1113b)
藏：	phru-ma, 'phru-ma, phru-ba, 'phru-ba (詞幹 phru)	「子宮」,「胎盤」,「胎座」

2.(#3-20)

漢：	$kr\partial k^w$ D	『覺』(1038f)
	$kr\partial g^w$ C	『覺』
藏：	dkrog-pa	「喚醒」,「使覺醒」,「吃驚」
	skrog-pa	「打鼓」,「攪拌」,「激起」

【參看】Co:127-3(T stem:*krog).

3.(#3-21)

漢：	$kr\partial g^w$ B	『攪』(1038i)
藏：	dkrug	「攪」
	'khrug	「亂」

4.(#5-14)

漢：	krəp	『韐』(675l)
藏：	khrab	「盾牌」,「鱗甲」,「鎧甲」

5.(#5-17)

漢：	grəp	『洽』(675m)
藏：	'grub-pa, grub	「成就」,「完成」,「完美」,「好」

6.(#9-1)

漢：	priat D	『八』(281a-d)
藏：	brgyad	「八」

【參看】G1:35(WT brgyad < *bryad, see Li 1959:59).

7.(#9-34)

漢：	g^wrad > əwai C	『話』(302o)
藏：	gros	「話」

gros-gleng　　「商議」,「談話」
gros-'cham　　「語言一致」

8.(#10-26)
漢： krar　A　　『加』(15ab)
藏： bkral-ba　　「徵收」,「放在上面」
khral　　「稅」,「負荷」,「職務」
【参看】G3:8a(『加』 *kral).

9.(#10-37)
漢： g^{w}rar > əwa　C　　『樺』(0)
藏： gro　　「樺樹」
【参看】G2:37(PST　*gwrar).

10.(#11-9)
漢： brian　C　　『辦』(219f)
藏： brel-ba (詞幹 brel)　　「被雇」,「忙」,「從事」,「在做事」

11.(#11-10)
漢： bjian B, brian C　　『辨』(219d)
brian B　　『辯』(219e)
藏： 'phral-ba, phral　　「識別」,「部分」
'bral-ba, bral　　「區別」,「分開」
(詞幹 phral / bral)

12.(#11-29)
漢： srian　B　　『產』(194a)
藏： srel-ba (詞幹 sre　l)　　「養育」,「飼育」,「栽培」,「建設」

13.(#12-7)
漢： krap　　『甲』(629a)
krəp　　『韐』(675l)
藏： khrab　　「盾牌」,「鱗甲」,「鎧甲」

14.(#13-13)
漢： gram > ɣam　A　　「銜」(608a)
藏： 'gram　　「呑」(Yu:32-4)

15.(#14-2)
漢： prak　D　　『百』(781a-e)
藏： brgya　　「百」
緬： a-ra　A　　「百」

16.(#14-43)
漢： khrjak　D　　『赤』(793a-c)
藏： khrag　　「血」
緬： hrak　　「羞愧」,「害羞」

17.(#14-59)

漢： hrak D 『赫』(779a)

藏： khrag 「血」

18.(#14-72)

漢： g^{w}riak > əwɛk D 『韄』(784e)

藏： 'grogs-pa 「繫結」，「繫帶」，「縛」

19.(#15-32)

漢： krang B 『梗』(745e)

ngrang C 『硬』(0)、『鞕』(0)

藏： mkhrang, khrang 「硬」，「堅固」，「堅定」

緬： rang B 「成熟」，「堅定」

20.(#16-9)

漢： $krag^{w}$ A 「交」(1166ab)

藏： 'grogs 「結交」，「交際」

21.(#20-15)

漢： sring A 『甥』(812g)

藏： sring-mo (詞幹 sring) 「姊姊」

22.(#22-33)

漢： grung > ɣang C 『巷』(1182s)

藏： grong 「房子」，「村」，「村莊」

23.(#17-14)

漢： trjid C 『疐』(415a-c)

trjid C 『躓』(493c)

藏： 'dred-pa (詞幹 *dred) 「脚滑跌倒」，「失足」，「滑」，「滑走」

24.(#3-12)

漢： $trjəg^{w}$ B 『肘』(1073a)

藏： gru-mo (詞幹 gru) 「肘」

25.(#3-25)

漢： $krjəg^{w}$ A 『舟』(1084a)

藏： gru 「船」，「渡船」

26.(#2-7)

漢： grjəng 『承』(896c)、『丞』(896g)

藏： 'greng-ba 「起立」，「上升」

sgreng-ba, bsgrengs 「擧起」，「升起」

【參看】Co:104-1(T stem:*greng).

27.(#3-29)

漢： $hrjəg^{w}$ A, C 『收』(1103a)

藏： sgrug, rug-pa 「收集」，「集中」，「採集」

2. 上古漢語的介音[-r-]與古藏文上置字母[(-)r-]的對應

古藏文有上置字母[(-)r-]，西門華德漢藏詞彙比較時(1929)一律把它移位至聲母之後，後來許多學者(如龔煌城師1980，柯蔚南1986等)都從之。與這些古藏文的語詞相比的上古漢語中不少是帶有介音[-r-]的。由此得知這樣的[r-]在原始漢藏語上扮演着介音的角色。以下是其例:

1.(#1-19)
漢： dzrjəg C 『事』(971a)
藏： rdzas 「事物」，「物質」，「物體」
緬： a-ra A 「事物」，「物質」，「材料」
【参看】G1:128(WT rdzas < *dzras), Co:148-3(T rdzas < PT *dzra + s ?).

2.(#3-19)
漢： krəg^w A, C 『膠』(1069s)
藏： rgyag 「膠」
【参看】Si:28(rgyag = gryag).

3.(#13-17)
漢： ngram A 『巖』(607l)
藏： rngams-pa 「高」，「高度」
【参看】Co:93-3(stem:rngam < PT *ngram).

4.(#14-7)
漢： mrag B 『馬』(40a)
藏： rmang 「馬」，「駿馬」
緬： mrang C 「馬」，「小馬」

5.(#14-45)
漢： grag > ɣâ B，C 『夏』(36ab)
藏： rgya-bo 「漢人」，「胡須」

6.(#15-6)
漢： mrang A 『盲』(742q)
藏： rmong 「看不清」，「不見」

7.(#20-19)
漢： gring > ɣɛng A 『莖』(831u)
藏： rkang-pa (詞幹 rking) 「脚」，「腿」;「幹」，「莖」

8.(#3-9)
漢： trjək^w D 『築』(1019d-e)
藏： rdug-pa (詞幹 rdug) 「衝撞」
【参看】Co:120-3.

9.(#9-9)

漢： trjuat A, C 『綴』(295b)

藏： rtod-pa 「繫繩」,「柱子」,「釘子」

【参看】Bo:452, Co:150-1(T stem:*thod).

10.(#11-13)

漢： trjan B 『展』(201a)

藏： rdal-pa, brdal, rdol 「擴展」,「延長」,「鋪開」,「擺開」

【参看】G1:48, Co:139-3, G3:21(『展』 *rtjan, 舒也;轉也)。

11.(#13-14)

漢： grjam A 『鹽』(609n)

藏： rgyam-tshwa 「一種岩鹽」

【参看】Si:253, Be:177c(TB *gryum), G1:61, Co:128-4(stem:rgyam < PT *gryam).

12.(#18-2)

漢： drjin A 『塵』(374a)

藏： rdul 「塵」,「灰塵」

【参看】Si:319(rdul=drul), Sh:24-13, Be:173q, Co:68-3, G3:19 (『塵』 *rdjin).

13.(#22-16)

漢： drung A, C 『撞』(1188f')

藏： rdung-ba, brdungs, brdung 「打」,「撞」,「刺」
rdungs (詞幹 rdung)

【参看】Co:40-3, Yu:24-10.

第二節 介 音 [-j-]

1. 上古漢語的介音[-j-]與古藏語[-y-]的對應

上古漢語與古藏文都有介音[-j-](在本書中古藏文的下置字母“ya btags”的對音寫作-y-)於此藏文字母只出現在舌根音(ky-, khy-, gy-)及脣音(py-, phy-, by-, my-)聲母的後面, 在漢藏語同源詞中與它對應的上古漢語幾乎都是帶有介音[-j-], 是例相當常見(共有六十四個例子), 以下是其例:

(1) [ky-]

1.(#11-48)

藏： g^{w}jian C 『倦』(226i)

藏： kyor-kyor　　「無力的」，「虛弱的」

2.(#5-15)

漢： kjəp　D　　『急』(681g)

藏： skyob　　「救」

3.(#6-26)

漢： 'jəm　B　　『飲』(654a)

藏： skyem　　「飲」，「飲料」

4.(#7-15)

漢： g^{w}jəd　A，C　　『圍』(571g)

藏： skyor-ba　　「重複」，「圍欄」，「圍牆」

5.(#17-43)

漢： kjit　D　　『吉』(393a)

藏： skyid-pa (詞幹 skyid)　　「高興」，「愉快」，「幸福」

6.(#18-11)

漢： sjin　B　　『筍』(392n)

藏： skyil　　「繫」

7.(#18-13)

漢： kjin　B　　『緊』(368g)

藏： skyen　　「敏捷」，「活潑」

8.(#20-16)

漢： skhrjing > thjäng　A　　『禎』(0)

藏： skyeng-ba (詞幹 skyeng)　　「害羞」

9.(#3-28)

漢： gjəg^{w}　A　　『觩』(1066i)

藏： dkyu　　「彎曲」

10.(#15-34)

漢： kjang　A　　『僵』(710c)

藏： rkyong　　「伸開四肢躺下」

(2) [khy-]

1.(#3-27)

漢： gjəg^{w} > gjəu　A　　『逑』(1066k)

藏： khyu　　「群」

2.(#13-15)

漢： gjam　A　　『鈐』(0)

藏： khyem　　「鏟」，「勺」，「鋤」

3.(#6-18)

漢： khjəm B 『坅』(651i)
藏： khyim 「家屋」,「房子」,「倉庫」
【参看】Co:119-1 (TB *kyim).

4.(#8-36)
漢： g^{w}jən C 『暈』(458c)
藏： khyom 「暈」,「暈的」

5.(#9-32)
漢： k^{w}jat D 『厥』(301c)
藏： khyod, khyed 「你」

6.(#21-33)
漢： kjug A 『俱』(121d)
藏： khyu, khyu-mo 「群」,「獸群」,「組」,「一行」,「一隊」

7.(#14-40)
漢： kjag B 『擧』(75a)
藏： 'khyog-pa, khyag, khyog 「擧」,「擧起」

8.(#21-36)
漢： khjug A, C 『驅』(122c)
藏： 'khyug-pa, khyug(詞幹 khyug) 「馳」,「疾走」,「加快」
'khyu-ba, khyus(詞幹 khyu) 「馳」

9.(#6-8)
漢： tsjəm A 『祲』(661n)
藏： khyim 「太陽的光環」
'khyims-pa 「圓圓的光環」
'gyim-pa 「圓周」,「周邊」
【参看】Bo:20, Co:90-3(OC < PC *skjəm).

10.(#10-32)
漢： hjar C 『戲』(22b)
藏： 'khyal-ba 「戲謔」,「玩笑」
rkhyal-ka, kyal-ka 「戲謔」,「玩笑」,「戲法」
【参看】Co:99-3(T stem:*khyal).

11.(#11-37)
漢： kjian B 『搴』(143d)
藏： 'khyer-ba, khyer 「拿」,「帶來」,「搬運」

12.(#11-46)
漢： hjian A 『嗎』(200b)
藏： 'khyal-ba 「戲謔」,「玩笑」
rkhyal-ka, kyal-ka 「戲謔」,「玩笑」,「戲法」
【参看】Co:99-3(T stem:*khyal).

13.(#11-47)

漢： g^{w}jian C　　『倦』(226i)

藏： khyor-ba, 'khyor-ba (詞幹 khyor)　　「發暈」,「眩暈」

14.(#18-17)

漢： k^{w}jin A　　『鈞』(391e)

藏： 'khyil-ba (詞幹 *khyil)　　「纏」,「捲」,「旋轉」,「回轉」

(3) [gy-]

1.(#1-23)

漢： tjəg C　　『志』(962e)

藏： rgya　　「標識」,「符號」,「表徵」

【参看】Co:132-3(PT *grya > rgya; PC *krjəg > OC *tjəgh).

2.(#4-5)

漢： $gjəng^{w}$ A　　『窮』(1006h)

藏： gyong　　「缺乏」,「貧乏」,「不足」

3.(#6-23)

漢： gjəm A　　『琴』(651q)

藏： gyim　　「音樂」,「鐃鈸」

4.(#8-32)

漢： k^{w}jən A　　『軍』(458a)

藏： gyul　　「軍隊」

5.(#9-30)

漢： gjiat D　　『傑』(284b)、『桀』(284a)

藏： gyad　　「力(力士)」,「優勝者」,「比賽者」

6.(#12-12)

漢： 'jap D　　『惓』(0)

藏： gyab-pa　　「上鎖」,「覆」,「隱蔽」

7.(#14-76)

漢： g^{w}jag > ju A　　『迂』(97p)

藏： gyog-pa　　「弄彎的」,「彎曲的」

8.(#15-36)

漢： gjang A　　『强』(713a)

藏： gyong　　「强」,「硬」

9.(#15-37)

漢： grjang A　　『裳』(723d)

藏： gyang　　「動物的皮」,「衣服」

10.(#18-14)

漢： grjin A 『臣』(377a-f)

藏： gying 「看不起」, 「蔑視」

sgying 「輕視」, 「蔑視」

11.(#1-25)

漢： gjəg A 『其』(952a-e)

tjəg A 『之』(962ab)

藏： kyi, gyi, yi 「的」(屬格詞尾)

【參看】Co:85-2(『之』 PC *krjəɣ> OC *tjəg)

12.(#1-23)

漢： krjəg C 『志』(962e)

藏： rgya 「標識」, 「符號」, 「表徵」

【參看】Co:132-3(PT *grya > rgya).

13.(#8-27)

漢： k^wjən A 『君』(459a-c)

藏： rgyal 「得到冠軍的人」, 「貴族」, 「主人」

rgyal-po 「國王」

14.(#8-35)

漢： g^wjən A > jwən 『沄』(0)

藏： rgyun 「繼續的流」, 「流出」, 「流通的」, 「小溪」

15.(#15-44)

漢： g^wjiang B 『永』(764a-f)

藏： rgyong-ba, brgyangs, brgyang 「擴大」, 「伸長」

rgyang-ma 「遠方」

【參看】Bo:131, Co:105-1(T stem: rgyang < PT *gryang).

16.(#10-6)

漢： bjiar A 『疲』(25d)

bjiar A 『罷』(26a)

藏： 'o-brgyal 「辛苦」, 「疲倦」

brgyal 「昏倒」, 「悶絶」

17.(#13-14)

漢： grjam A 『鹽』(609n)

藏： rgyam-tshwa 「一種岩鹽」

【參看】Si:253, Be:177c(TB *gryum), G1:61, Co:128-4(stem:rgyam < PT *gryam).

18.(#14-47)

漢： gjag C 『遽』(803cd)

藏： mgyogs 「快」

19.(#17-44)

漢： grjid > zi　C　『嗜』(552p)
藏： dgyes-pa　「歡喜」，「高興」

20.(#19-19)
漢： krjig > tsje　A　『支』(864a)
krjig > tsje　A　『枝』(864b)
krjig > tsje　A　『肢』(864c)
gjig > gje　A　『岐』(864h)
藏： 'gye-ba, gyes　「被分開」，「分離」，「割開」
'gyed-pa, bgyes, bkye　「分開」
(詞幹 *gye/*khye)

(4) [py-] (未見)

(5) [phy-]

1.(#1-1)
漢： pjəg > pjəu　C　『富』(933r)
pjək > pjuk　D　『福』(933d-h)
藏： phyug-pa　「富有的」
phyugs (詞幹 phyug)　「家畜」

2.(#17-1)
漢： pjid　B, C　『妣』(566no)
藏： a-phyi, phyi-mo (詞幹 phyi)　「祖母」

3.(#17-5)
漢： phjit　D　『匹』(408a-c)
藏： phyed　「分別」，「一半兒」

4.(#19-1)
漢： pjig　C　『臂』(853s)
藏： phyag　「手(敬)」

5.(#21-1)
漢： phjug　A　『泭』(136h)
pjug　A　『柎』(136d)
藏： phyo-ba, phyo-ba, phyos　「遊水」，「遊泳」

6.(#3-6)
漢： bjəg^{w}　A　『浮』(1233l-m)
phjag^{w}　A　『漂』(1157i)
藏： 'phyo-ba (詞幹 *phyo)　「漂流」，「浮動」

7.(#7-1)
漢： pjəd　A, C　『誹』(579g)

pjəd A 『非』(579a)
藏： 'phya-ba (詞幹 *phya) 「責備」，「苛評」，「嘲弄」

8.(#7-5)
漢： phjət D 『拂』(500h)
藏： 'phyid 「擦」，「擦干淨」

(6) [by-]

1.(#9-6)
漢： bjiat A 『別』(292a)
藏： byed 「分別」

2.(#18-1)
漢： bjin B 『臏』(389r)、『髕』(389q)
藏： byin-pa (詞幹 byin) 「腿荳子」

3.(#13-1)
漢： phjam C 『泛』(641b)、『汎』(625f)
phjam C 『氾』(626c)
bjam A 『氾』(626c)
藏： 'byam-pa, byams 「氾濫」，「被普及」

4.(#13-3)
漢： bjam A 『凡』
藏： 'byams 「無限」，「究竟」，「擴展」

5.(#19-5)
漢： bjik D 『闢』(853k)
藏： 'byed-pa, phyes, dbye, phyes (詞幹 *bye/*phye) 「開」，「開闢」

6.(#22-4)
漢： bjung A 『逢』1197o)
藏： 'byung 「遇見」

7.(#15-2)
漢： pjang A 『方』(740a-f)
phjang B 『倣』(740v)
藏： sbyong-pa, sbyangs, sbyang, sbyongs (詞幹 sbyang) 「練習」，「學習」，「實行」

8.(#17-3)
漢： pjid C 『畀』(521a)
藏： sbyin, byin 「給」，「贈給」

9.(#17-7)

漢： bjid D　　　　『貔』(566h')
藏： dbyi　　　　「猞猁」，「山猫」

(7) [ny-]

1.(#18-5)
漢： njin A　　　　『人』(388a-e)
藏： gnyen　　　　「親屬」

(8) [my-]

1.(#16-2)
漢： mjag^w A　　　　『苗』(1159a)
藏： myug　　　　「萌芽」
2.(#10-7)
漢： mjiar A　　　　『糜』(17g)
mjiar B　　　　『靡』(17h)
藏： dmyal-ba (詞幹 dmyal)　　　　「粉碎」，「陵遲處斬(刑名)」

第三節　古藏語介音[-y-]的分佈

古藏文的下置字母[-y-](ya btags)只出現在脣音及舌根聲母的後面。那麼古藏語的介音[-y-]是否可出現在舌尖音及舌尖塞擦音聲母後面？ 龔煌城師(1976:213-215)曾分析古藏語的音位，他說：「我們確信古藏文的舌面塞擦音c、ch、j乃分別由古藏文以前的*ty、*thy、*dy 與 *tsy、*tshy、*dzy 演變而來。」，柯蔚南(1986)信從他的說法。從漢藏語同源詞所顯示的情形來看，此古藏文的音變有五種：① [c-] < [*tj-](1)；② [ch-] < [*thj-](9)；③ [ch-] < [*tshj-](7)；④ [j-] < [*dj-](2)；⑤ [j-] < [*dzj-](2)。可見，介音[-y-](即[-j-])也存在於古藏文以前的舌尖音及舌尖塞擦音聲母的後面。以下是其例：

1. [c-] < [*tj-]

1.(#19-8)
漢： tjik D　　　　『隻』(1260c)
藏： gcig　　　　「一」

緬： tac 「一」

【参看】Be:169k;94a (ST *tyak;TB *tyak, *tyik), Co:114-2 (T gcig < PT *gtyig; TB *g-tyik).

2. [ch-] < [*thj-]

1.(#5-3)

漢： tjəp 『汁』(686f)

藏： chab < *thjab 「水」

【参看】G1:148(WT chab < *thyab), Co:99-4(PT *thyab > T chab).

2.(#5-5)

漢： tjəp D 『執』(685a-e)

tjəb C 『摯』(685k)

藏： chab 「權力」,「權威」,「權能」

3.(#21-7)

漢： tjug B 『枓』(116b)

tjug C 『注』(129c)

藏： 'chu-ba, bcus, bcu, chus 「杓子」,「汲水桶」;「注水」,「灌水」

chu 「水」

【参看】G1:102(WT chu < *thyu), Co:101-3(stem:chu < PT *thyu).

4.(#17-10)

漢： tjid C 『至』(413a)

藏： mchi 「來」,「去」,「出現」

緬： ce B 「來」,「到達」

【参看】G1:86(WT mchi < *mtshyi; WB ce B < *tsiy), Co:56-3(PT *mthyi).

5.(#21-6)

漢： tug C 『噣』(1224n)、『咮』(128u)

藏： mchu 「脣」,「鳥嘴」

【参看】G1:101 (WT mchu < *mthyu), Co:39-3(PT *mthyu).

6.(#21-6)

漢： trug A, C 『噣』(1224n)、『咮』(128u)

藏： mchu 「脣」,「鳥嘴」

【参看】G1:101 (WT mchu < *mthyu), Co:39-3(PT *mthyu).

7.(#17-15)

漢： thid B, C 『涕』(591m)

藏： mchi-ba 「眼淚」

【参看】Co:146-4(T stem:mchi < PT *mthyi).

8.(#10-9)

漢： thjiar B 『侈』(3i)
藏： che-ba 「多數」，「多量」
【参看】Co:88-4(stem:che < PT *thye).

9.(#15-12)
漢： thrjang C 『鬯』(719a-d)
藏： chang 「發酵的酒」，「葡萄酒」
【参看】Co:160-4(PT *thyang > T chang).

3. [ch-] < [*tshj-]

1.(#12-6)
漢： tsjap 『接』(635e)
藏： chabs < *tshjabs 「一起」，「一塊兒」
緬： cap 「加入」，「聯合」，「連接」
【参看】Be:169x(ST *tsyap), Co:57-2 (T chabs < PT *tshyabs, TB *tsyap).

2.(#15-26)
漢： tsjang A 『將』(727f)
藏： 'chang-pa 「拿在手裏握」，「守」，「支配」
【参看】Co:94-4(T stem *chang < PT *tshyang).

3.(#17-25)
漢： tsjid B 『姊』(554b)
藏： a-che 「大姊」
che-ze (詞幹 che) 「大姊」，「大太太」(elder wife)
【参看】Co:164-3.

4.(#21-24)
漢： tsjuk > tsjwok D 『足』(1219ab)
藏： chog-pa (詞幹 chog) 「足够的」
【参看】La:84, Si:3, Sh:20-22, Co:144-4.

5.(#14-34)
漢： tshjiag B 『且』(46a)
藏： cha-ba 「將要」，「將開始時」
緬： ca B 「開始」，「起頭」，「開端」
【参看】G1:9, Co:36-1(T stem:cha < PT *tshya).

6.(#9-25)
漢： dzjuat D 『絶』(296a)
藏： chod 「剪裁工具」，「被絶斷」
gchod-pa 「切」，「切碎」
【参看】Si:168, G1:179(WT chod < *tshjod).

4. [j-] < [*dj-]

1.(#8-20)

漢：	djən A	『順』(462c)
	djən A	『純』(427n)
	djən A	『醇』(464f)
藏：	'jun	「征服」，「使……馴服」

【參看】G1:119(WT 'jun < *'djun; 'chun < *'thun).

2.(#10-11)

漢：	djuar A	『垂』(31a)
藏：	'jol-ba	「垂下」，「成垂」

【參看】G1:178(WT 'jol < *'dyol), Co:91-1(stem:*jol < PT *dyol), G3:7(『垂』*djual).

5. [j-] < [*dzj-]

1.(#14-37)

漢：	dzjiak D	『藉』(798b')
藏：	'jags-pa	「贈送」，「獻」，「贈」

【參看】Co:121-3(『藉』OC *dzjiagh > dzja-; T stem:'jags < PT *dzyag).

2.(#1-21)

漢：	dzək D	『賊』(907a)
藏：	jag	「槍劫」，「槍劫事件」

【參看】Co:127-1(PT *dzyag > jag).

又有出現在聲母位置的y，米勒(Miller 1955)認爲「半元音的 i」(semivowel i)，而龔煌城師(1976:224)認爲它原是喉塞音 + y。如下之一個漢藏語同源詞加以證明它原來帶有喉塞音，因爲它有與上古漢語的舌根聲母g同源關係：

1.(#22-34)

漢：	gjung < gjwong C	『共』(1182c)
藏：	yongs	「所有的」，「完全的」
	yong (OT)	「全部」，「老是」，「經常」

這個藏語的原始形態，我們可以擬爲*gyong(或*ʔyong)。那麼這個 -y- 也是介音了。

第六章 漢藏語同源詞的音韻對應：元音

龔煌城師(1980)曾將李方桂四個元音的漢語上古音系統與五個元音系統的古藏語元音系統及他自己分析古緬甸語所得三個元音的系統加以比較，獲得原始漢藏語和上古漢語一樣，具有四個元音的結論。他的研究已爲學術界所公認(Li Fang-kuei 1983: 397; 馮蒸1989:48)。他找出來的漢、藏語裏的對應關係，有八種情形：①[a]↔[a]；②[i]↔[i]；③[u]↔[u]；④[ə]↔[a]；⑤[ə]↔[u]；⑥[ə]↔[i]；⑦[wə]↔[o]；⑧[wa]↔[o]；⑨[ua]↔[o]。在第三章所舉的漢藏語同源詞大致符合他的結論，把它們稱謂『一般對應』，也有少數例外。稍爲不同者，稱之謂『特殊對應』。於下分成兩個情形來討論。

第一節　一般對應

1. [a] ↔ [a]

(1) A 類[1)]

1.(#9-1)	『八』	*priat	↔	[brgyad]
2.(#10-8)	『癉』	*tar	↔	[ldar]
3.(#10-14)	『籬』	*ljar	↔	[ra]
4.(#10-26)	『荷』	*gar	↔	[khal]
5.(#10-27)	『河』	*gar	↔	[rgal]
6.(#11-13)	『展』	*trjan	↔	[rdal]
7.(#11-19)	『纏』	*drjan	↔	[star]
8.(#11-21)	『難』	*nan	↔	[mnar]
9.(#11-24)	『餐』	*tshan	↔	[tshal]
10.(#11-26)	『燦』	*tshan	↔	[mtshar]
11.(#11-28)	『鮮』	*sjan	↔	[gsar]
12.(#11-32)	『干』	*kan	↔	[gal]
13.(#11-34)	『竿』	*kan	↔	[khar]
14.(#11-43)	『雁』	*ngran	↔	[ngang]
15.(#11-44)	『軒』	*han	↔	[hal]
16.(#12-6)	『接』	*tsjap	↔	[chabs]

1) 『A 類』是指龔煌城師(1980)提到的同源詞，『B 類』是指他未提及的同源詞。下同。

17.(#12-7)	『 甲 』	*krap	↔	[khrab]
18.(#12-9)	『 蓋 』	*kab	↔	[gab]
19.(#13-1)	『 泛 』	*phjam	↔	[byam]
20.(#13-4)	『 談 』	*dam	↔	[gtam]
21.(#13-14)	『 鹽 』	*grjam	↔	[rgyam]
22.(#14-2)	『 百 』	*prak	↔	[brgya]
23.(#14-5)	『 父 』	*bjag	↔	[pha]
24.(#14-6)	『 膚 』	*pljag	↔	[pags]
25.(#14-7)	『 馬 』	*mrag	↔	[rmang]
26.(#14-8)	『 無 』	*mjag	↔	[ma]
27.(#14-9)	『 巫 』	*mjag	↔	['ba]
28.(#14-11)	『 睹 』	*tag	↔	[lta]
29.(#14-16)	『 渡 』	*dag	↔	[da]
30.(#14-18)	『 除 』	*drjag	↔	[dag]
31.(#14-21)	『 如 』	*njag	↔	[na]
31.(#14-22)	『 洳 』	*njag	↔	[na]
33. (#14-34)	『 且 』	*tsag	↔	[cha]
34.(#14-36)	『 沮 』	*dzjag	↔	[dzag]
35.(#14-40)	『 擧 』	*kjag	↔	[khyag]
36.(#14-41)	『 苦 』	*khag	↔	[kha]
37.(#14-42)	『 苦 』	*khag	↔	[dka]
38.(#14-43)	『 赤 』	*khrjak	↔	[khrag]
39.(#14-52)	『 魚 』	*ngjag	↔	[nya]
40.(#14-53)	『 吾 』	*ngag	↔	[nga]
41.(#14-54)	『 五 』	*ngag	↔	[lnga]
42.(#14-56)	『 語 』	*ngjag	↔	[ngag]
43.(#14-57)	『 惡 』	*'ak	↔	['ag]
44.(#15-1)	『 放 』	*pjang	↔	[spang]
45.(#15-3)	『 紡 』	*phjang	↔	[phang]
46.(#15-10)	『 張 』	*trjang	↔	[thang]
47.(#15-16)	『 囊 』	*nang	↔	[gna]
48.(#15-17)	『 讓 』	*njang	↔	[gnang]
49.(#15-18)	『 瀼 』	*njang	↔	[na]
50.(#15-21)	『 量 』	*ljang	↔	[grang]
51.(#15-25)	『 臧 』	*tsang	↔	[bzang]
52.(#15-28)	『 藏 』	*dzang	↔	[dzang]
53.(#15-31)	『 岡 』	*kang	↔	[sgang]
54.(#15-32)	『 梗 』	*krang	↔	[mkhrang]
55.(#15-38)	『 涼 』	*gljang	↔	[grang]

(2) B 類

1.(#9-2)	『 蔽 』	*pjad	↔	[sbas]
2.(#9-3)	『 沛 』	*phad	↔	[phab]
3.(#9-4)	『 拔 』	*briat	↔	[bad]
4.(#9-7)	『 末 』	*mat	↔	[smad]
5.(#9-12)	『 達 』	*dat	↔	[gtad]
6.(#9-15)	『 噬 』	*djad	↔	[ldad]
7.(#9-16)	『 厲 』	*ljad	↔	[rab]
8.(#9-17)	『 厲 』	*ljad	↔	[rab]
9.(#9-18)	『 裂 』	*ljat	↔	[dral]
10.(#9-21)	『 勱 』	*rad	↔	[las]
11.(#9-24)	『 蔡 』	*tshad	↔	[tshal]
12.(#10-1)	『 波 』	*par	↔	[dba]
13.(#10-2)	『 播 』	*par	↔	[bor]
14.(#10-2)	『 班 』	*pran	↔	[bor]
15.(#10-12)	『 羅 』	*lar	↔	[dra]
16.(#10-15)	『 左 』	*tsar	↔	[rtsal]
17.(#10-16)	『 磋 』	*tshar	↔	[tshal]
18.(#10-18)	『 鹺 』	*dzar	↔	[tshwa]
19.(#10-19)	『 瘥 』	*dzar	↔	[tsha]
20.(#10-20)	『 沙 』	*srar	↔	[sa]
21.(#10-21)	『 歌 』	*kar	↔	[bka]
22.(#10-22)	『 箇 』	*kar	↔	[-ka]
23.(#10-23)	『 嘉 』	*krar	↔	[dga]
24.(#10-24)	『 加 』	*krar	↔	[bkral]
25.(#10-25)	『 何 』	*gar	↔	[ga-]
26.(#10-28)	『 蛾 』	*ngar	↔	[mngal]
27.(#10-30)	『 我 』	*ngar	↔	[nga]
28.(#10-31)	『 餓 』	*ngar	↔	[ngal]
29.(#10-32)	『 戲 』	*hjar	↔	[rkhyal]
30.(#11-1)	『 板 』	*pran	↔	[phar]
31.(#11-2)	『 眅 』	*pran	↔	[phar]
32.(#11-4)	『 判 』	*phan	↔	[phral]
33.(#11-5)	『 判 』	*phan	↔	[phran]
34.(#11-7)	『 飜 』	*phjan	↔	[phar]
35.(#11-8)	『 半 』	*pan	↔	[dbar]
36.(#11-8)	『 畔 』	*ban	↔	[bar]
37.(#11-12)	『 燔 』	*bjan	↔	[bar]
38.(#11-17)	『 炭 』	*than	↔	[thal]

39.(#11-18)	『 悍 』	*dan	↔	[sdar]
40.(#11-20)	『 灘 』	*hnan	↔	[than]
41.(#11-22)	『 聯 』	*gljan	↔	[gral]
42.(#11-25)	『 粲 』	*tshan	↔	[zan]
43.(#11-27)	『 殘 』	*dzan	↔	[gzan]
44.(#11-33)	『 岸 』	*ngan	↔	[kan]
45.(#11-35)	『 肝 』	*kan	↔	[mkhal]
46.(#11-36)	『 乾 』	*kan	↔	[skam]
47.(#11-42)	『 喭 』	*ngan	↔	[ngan]
48.(#11-45)	『 獻 』	*hjan	↔	[sngar]
49.(#12-1)	『 法 』	*pjap	↔	[bab]
50.(#12-4)	『 攝 』	*hnjap	↔	[rnyab]
51.(#9-22)	『 詍 』	*rjad	↔	[lab]
52.(#12-10)	『 闔 』	*gap	↔	[rgyab]
53.(#12-11)	『 業 』	*ngjap	↔	[brgyab]
54.(#12-12)	『 俺 』	*'jap	↔	[yab]
55.(#12-13)	『 呷 』	*hrap	↔	[hap]
56.(#13-3)	『 凡 』	*bjam	↔	[byams]
57.(#13-5)	『 染 』	*njam	↔	[nyams]
58.(#13-6)	『 藍 』	*glam	↔	[ram]
59.(#13-8)	『 炎 』	*rjam	↔	[slam]
60.(#13-12)	『 甘 』	*kam	↔	[rkam]
61.(#13-13)	『 銜 』	*gram	↔	[gam]
62.(#13-16)	『 巖 』	*ngram	↔	[rngams]
63.(#13-17)	『 嚴 』	*ngjam	↔	[rngam]
64.(#13-18)	『 驗 』	*ngjam	↔	[ngams]
65.(#14-1)	『 豝 』	*prag	↔	[phag]
66.(#14-3)	『 怕 』	*prag	↔	[bag]
67.(#14-4)	『 笆 』	*prag	↔	[spa]
68.(#14-10)	『 武 』	*mjag	↔	[dmag]
69.(#14-15)	『 拓 』	*thak	↔	[ltag]
70.(#14-20)	『 女 』	*nrjag	↔	[nyag]
71.(#14-23)	『 鹵 』	*lag	↔	[rags]
72.(#14-25)	『 盧 』	*ljag	↔	[ra]
73.(#14-27)	『 旅 』	*gljag	↔	[dgra]
74.(#14-28)	『 呂 』	*gljag	↔	[gra]
75.(#14-29)	『 譽 』	*rag	↔	[bla]
76.(#14-30)	『 夜 』	*rags	↔	[zla]
77.(#14-31)	『 祖 』	*tsag	↔	[rtsa]
78.(#14-33)	『 作 』	*tsag	↔	[mdzad]

79.(#14-38)	『 所 』	*sjag	↔	[sa]
80.(#14-39)	『 賈 』	*krag	↔	[ka]
81.(#14-44)	『 恪 』	*khlak	↔	[skrag]
82.(#14-45)	『 夏 』	*grag	↔	[rgya]
83.(#14-50)	『 絡 』	*glak	↔	[grags]
84.(#14-55)	『 咢 』	*ngak	↔	[rnga]
85.(#14-58)	『 赫 』	*hrak	↔	[khrag]
86.(#15-2)	『 方 』	*pjang	↔	[sbyang]
87.(#15-4)	『 坊 』	*bjang	↔	[bang]
88.(#15-7)	『 茫 』	*mang	↔	[mang]
89.(#15-8)	『 氓 』	*mrang	↔	[dmangs]
90.(#15-12)	『 瞠 』	*thrjang	↔	[chang]
91.(#15-13)	『 鬯 』	*thjang	↔	[thang]
92.(#15-14)	『 唐 』	*dang	↔	[dbang]
93.(#15-19)	『 湯 』	*hlang	↔	[rlangs]
94.(#15-20)	『 兩 』	*ljang	↔	[srang]
95.(#15-22)	『 揚 』	*rang	↔	[lang]
96.(#15-23)	『 楊 』	*rang	↔	[glang]
97.(#15-24)	『 象 』	*rjang	↔	[glang]
98.(#15-26)	『 將 』	*tsjang	↔	[chang]
99.(#15-27)	『 倉 』	*tshang	↔	[rdzang]
100.(#15-29)	『 相 』	*sjang	↔	[stang]
101.(#15-33)	『 更 』	*krang	↔	[kyang]
102.(#15-37)	『 裳 』	*grjang	↔	[gyang]
103.(#16-4)	『 兆 』	*djagw	↔	[rtags]

2. [i] ↔ [i]

(1) A 類

1.(#17-3)	『 畀 』	*pjid	↔	[byin]
2.(#17-8)	『 眉 』	*mjid	↔	[smin]
3.(#17-9)	『 底 』	*tid	↔	[mthil]
4.(#17-15)	『 涕 』	*thid	↔	[mchi]
5.(#17-18)	『 爾 』	*njid	↔	[nyid]
6.(#17-20)	『 二 』	*njid	↔	[gnyis]
7.(#17-22)	『 栗 』	*ljit	↔	[sgrig]
8.(#17-29)	『 次 』	*tshjid	↔	[tshir]
9.(#17-32)	『 疾 』	*dzjit	↔	[sdig]
10.(#17-34)	『 細 』	*sid	↔	[zi]

11.(#17-35)	『死』	*sjid	↔	[shi]
12.(#17-36)	『四』	*sjid	↔	[bzhi]
13.(#17-38)	『蝨』	*srjit	↔	[shig]
14.(#17-42)	『机』	*kjid	↔	[khri]
15.(#18-3)	『矧』	*hnjin	↔	[rnyil]
16.(#18-4)	『仁』	*njin	↔	[nying]
17.(#18-7)	『憐』	*lin	↔	[drin]
18.(#18-9)	『洗』	*sin	↔	[bsil]
19.(#19-2)	『劈』	*phik	↔	[bigs]
20.(#19-20)	『繫』	*khig	↔	[bkyig]
21.(#20-8)	『靈』	*ling	↔	[ring]

(2) B 類

1.(#17-1)	『妣』	*pjid	↔	[phyi]
2.(#17-7)	『貔』	*bjid	↔	[dbyi]
3.(#17-10)	『至』	*tjid	↔	[mchi]
4.(#17-11)	『窒』	*trjit	↔	[dig]
5.(#17-13)	『跌』	*dit	↔	[ldig]
6.(#17-21)	『日』	*njit	↔	[nyi]
7.(#17-24)	『節』	*tsit	↔	[tshigs]
8.(#17-26)	『堲』	*tsjit	↔	[rtsig]
9.(#17-27)	『堲』	*tsjit	↔	[tshig]
10.(#17-31)	『漆』	*tshjit	↔	[tshi]
11.(#17-39)	『結』	*kit	↔	[khyig]
12.(#17-43)	『吉』	*kjit	↔	[skyid]
13.(#17-45)	『屎』	*hrjid	↔	[lci]
14.(#18-1)	『臏』	*bjin	↔	[byin]
15.(#18-6)	『年』	*nin	↔	[ning]
16.(#18-8)	『盡』	*dzjin	↔	[zin]
17.(#18-10)	『薪』	*sjin	↔	[shing]
18.(#18-11)	『筍』	*sjin	↔	[skyil]
19.(#18-12)	『辛』	*sjin	↔	[mchin]
20.(#18-14)	『臣』	*grjin	↔	[gying]
21.(#18-17)	『鈞』	*k^{w}jin	↔	[khyil]
22.(#19-7)	『滴』	*tik	↔	[thigs]
23.(#19-8)	『隻』	*tjik	↔	[gcig]
24.(#19-11)	『是』	*djig	↔	[di]
25.(#19-12)	『曆』	*lik	↔	[khrigs]
26.(#19-16)	『策』	*tshrik	↔	[tshig]
27.(#20-5)	『名』	*mjing	↔	[ming]

28.(#20-9)	『 爭 』	*tsring	↔	[dzing]
29.(#20-10)	『 井 』	*tsjing	↔	[rdzing]
30.(#20-12)	『 穽 』	*dzjing	↔	[sdings]
31.(#20-15)	『 甥 』	*sring	↔	[sring]

3. [u] ↔ [u]

(1) A 類

1.(#21-5)	『 霧 』	*mjug	↔	[rmu]
2.(#21-6)	『 咮 』	*tug	↔	[mchu]
3.(#21-7)	『 枓 』	*tjug	↔	[chu]
4.(#21-8)	『 燭 』	*tjuk	↔	[dugs]
5.(#21-10)	『 晝 』	*trjug	↔	[gdugs]
6.(#21-11)	『 觸 』	*thjuk	↔	[thug]
7.(#21-14)	『 逗 』	*dug	↔	[dug]
8.(#21-16)	『 乳 』	*njug	↔	[nu]
9.(#21-31)	『 轂 』	*kuk	↔	[khug]
10.(#21-37)	『 曲 』	*khjuk	↔	[khug]
11.(#21-38)	『 寇 』	*khug	↔	[rku]
12.(#21-39)	『 軀 』	*khjug	↔	[sku]
13.(#21-43)	『 候 』	*gug	↔	[sgug]
14.(#22-3)	『 蜂 』	*bung	↔	[bung]
15.(#22-9)	『 痛 』	*thung	↔	[gdung]
16.(#22-17)	『 龍 』	*mljung	↔	[brug]
17.(#22-30)	『 孔 』	*khung	↔	[khung]

(2) B 類

1.(#21-2)	『 撲 』	*phuk	↔	[dbyug]
2.(#21-3)	『 僕 』	*buk	↔	[bu]
3.(#21-4)	『 瞀 』	*muk	↔	[rmug]
4.(#21-12)	『 頭 』	*dug	↔	[dbu]
5.(#21-15)	『 住 』	*drjug	↔	[dug]
6.(#21-17)	『 獳 』	*njug	↔	[nu]
7.(#21-18)	『 錄 』	*ljuk	↔	[rug]
8.(#21-19)	『 羭 』	*rug	↔	[lug]
9.(#21-20)	『 俗 』	*rjuk	↔	[lugs]
10.(#21-22)	『 鏃 』	*tsuk	↔	[dzug]
11.(#21-27)	『 嗽 』	*sug	↔	[sud]
12.(#21-28)	『 婁 』	*sjug	↔	[sru]

13.(#21-29)	『鉤』	*kug	↔	[kyu]
14.(#21-30)	『覯』	*kug	↔	[khug]
15.(#21-32)	『角』	*kruk	↔	[khug]
16.(#21-33)	『俱』	*kjug	↔	[khyu]
17.(#21-36)	『驅』	*khjug	↔	[khyu]
18.(#21-40)	『哭』	*khuk	↔	[ngu]
19.(#21-41)	『谷』	*kuk	↔	[klung]
20.(#21-44)	『髏』	*glug	↔	[rus]
21.(#21-45)	『詬』	*hug	↔	[khu]
22.(#22-1)	『封』	*pjung	↔	[phung]
23.(#22-4)	『逢』	*bjung	↔	[byung]
24.(#22-6)	『棟』	*tung	↔	[gdung]
25.(#22-13)	『筩』	*dung	↔	[dung]
26.(#22-16)	『撞』	*drung	↔	[rdung]
27.(#22-18)	『容』	*rung	↔	[lung]
28.(#22-21)	『甬』	*rung	↔	[lung]
29.(#22-23)	『誦』	*rjung	↔	[lung]
30.(#22-26)	『鏦』	*tshjung	↔	[mdung]
31.(#22-28)	『雙』	*srung	↔	[zung]
32.(#22-31)	『控』	*khung	↔	[skyung]

4. [ə] ↔ [a]

(1) A 類

1.(#1-3)	『母』	*məg	↔	[ma]
2.(#1-4)	『墨』	*mək	↔	[smag]
3.(#1-5)	『織』	*tjək	↔	[thag]
4.(#1-9)	『耳』	*njəg	↔	[rna]
5.(#1-15)	『子』	*tsjəg	↔	[tsha]
6.(#1-19)	『事』	*dzrjəg	↔	[rdzas]
7.(#1-21)	『賊』	*dzək	↔	[jag]
8.(#1-26)	『碍』	*ngəg	↔	[bkag]
9.(#2-3)	『蠅』	*rəng	↔	[sbrang]
10.(#2-5)	『憎』	*tsəng	↔	[sdang]
11.(#5-1)	『答』	*təp	↔	[thab]
12.(#5-3)	『汁』	*tjəp	↔	[chab]
13.(#5-4)	『摺』	*tjəp	↔	[ltab]
14.(#5-9)	『立』	*gljəp	↔	[khrab]
15.(#5-16)	『泣』	*khləp	↔	[khrap]

16.(#6-5)	『恁』	*njəm	↔	[nyam]
17.(#6-16)	『心』	*sjəm	↔	[bsam]
18.(#6-22)	『含』	*gəm	↔	[gams]
19.(#7-1)	『誹』	*pjəd	↔	[phya]
20.(#7-8)	『妥』	*hnər	↔	[rnal]
21.(#8-7)	『焚』	*bjən	↔	[bar]
22.(#8-14)	『聞』	*mjən	↔	[mnyan]
23.(#8-22)	『孫』	*sən	↔	[mtshan]

(2) B 類

1.(#1-2)	『佩』	*bəg	↔	[pag]
2.(#1-7)	『寔』	*djək	↔	[drag]
3.(#1-8)	『慝』	*hnək	↔	[nag]
4.(#1-10)	『乃』	*nəg	↔	[na]
5.(#1-14)	『翼』	*rək	↔	[lag]
6.(#1-20)	『材』	*dzəg	↔	[rdzas]
7.(#1-23)	『志』	*tjəg	↔	[rgya]
8.(#2-1)	『夢』	*mjəng	↔	[rmang]
9.(#2-2)	『蒸』	*trjəng	↔	[thang]
10.(#2-4)	『曾』	*tsəng	↔	[dzangs]
11.(#2-6)	『層』	*tsəng	↔	[bzangs]
12.(#3-19)	『膠』	*krəg^{w}	↔	[rgyag]
13.(#5-2)	『搭』	*təp	↔	[thab]
14.(#5-5)	『執』	*tjəp	↔	[chab]
15.(#5-14)	『鞈』	*krəp	↔	[khrab]
16.(#6-3)	『譚』	*dəm	↔	[gtam]
17.(#6-4)	『貪』	*thəm	↔	[ham]
18.(#6-9)	『參』	*tshəm	↔	[tshams]
19.(#7-9)	『類』	*ljəd	↔	[gras]
20.(#7-11)	『卒』	*tsjət	↔	[tsab]
21.(#8-18)	『典』	*tiən	↔	[gtan]
22.(#8-28)	『君』	*kjən	↔	[rgyal]

5. [ə] ↔ [u]

(1) A 類

1.(#3-8)	『粥』	*tjək^{w}	↔	[thug]
2.(#3-10)	『篤』	*tək^{w}	↔	[thug]

3.(#3-12)	『 肘 』	*trjəg^{w}	↔	[gru]
4.(#3-13)	『 毒 』	*dək^{w}	↔	[dug]
5.(#3-14)	『 揉 』	*njəg^{w}	↔	[nyug]
6.(#3-15)	『 六 』	*ljək^{w}	↔	[drug]
7.(#3-17)	『 手 』	*sthjəg^{w}	↔	[sug]
8.(#3-22)	『 九 』	*kjəg^{w}	↔	[dgu]
9.(#3-25)	『 舟 』	*krjəg^{w}	↔	[gru]
10.(#3-26)	『 舅 』	*gjəg^{w}	↔	[khu]
11.(#3-29)	『 收 』	*hrjəg^{w}	↔	[sgrug]
12.(#5-8)	『 入 』	*njəp	↔	[nub]
13.(#6-14)	『 三 』	*səm	↔	[gsum]
14.(#6-19)	『 戡 』	*khəm	↔	[gum]
15.(#7-10)	『 卒 』	*tsjət	↔	[sdud]
16.(#8-2)	『 分 』	*pjən	↔	[bul]
17.(#8-4)	『 奮 』	*pjən	↔	[phur]
18.(#8-11)	『 昏 』	*hmən	↔	[mun]
19.(#8-17)	『 墩 』	*tən	↔	[rdung]
20.(#8-19)	『 鈍 』	*dən	↔	[rtul]
21.(#8-20)	『 順 』	*djən	↔	[dul]
22.(#8-21)	『 尊 』	*tsən	↔	[btsun]
23.(#8-25)	『 頣 』	*kən	↔	[gul]

(2) B 類

1.(#1-1)	『 福 』	*pjək	↔	[phyug]
2.(#3-1)	『 腹 』	*pjək^{w}	↔	[bug]
3.(#3-2)	『 寝 』	*phjək^{w}	↔	[phug]
4.(#3-3)	『 胞 』	*phrəg^{w}	↔	[phru]
5.(#3-4)	『 堡 』	*pəg^{w}	↔	[phru]
6.(#3-5)	『 泡 』	*phrəg^{w}	↔	[lbu]
7.(#3-9)	『 擣 』	*təg^{w}	↔	[thug]
8.(#3-11)	『 鑄 』	*tjəg^{w}	↔	[ldug]
9.(#3-18)	『 告 』	*kəg^{w}	↔	[gug]
10.(#3-21)	『 攪 』	*krəg^{w}	↔	[dkrug]
11.(#3-23)	『 鳩 』	*kjəg^{w}	↔	[khu]
12.(#3-24)	『 虬 』	*kjiəg^{w}	↔	[klu]
13.(#3-27)	『 逑 』	*gjəg^{w}	↔	[khyu]
14.(#3-28)	『 觩 』	*gjəg^{w}	↔	[dkyu]
15.(#3-30)	『 休 』	*hjəg^{w}	↔	[mgu]
16.(#3-31)	『 菊 』	*kwjək^{w}	↔	[kug]

17.(#4-1)	『中』	*trjəng^{w}	↔	[gzhung]
18.(#4-2)	『忠』	*trjəng^{w}	↔	[gzhung]
19.(#4-3)	『疼』	*dəng^{w}	↔	[gdung]
20.(#5-7)	『吸』	*hngjəp	↔	[rngub]
21.(#5-12)	『緝』	*tshjəp	↔	[drub]
22.(#5-17)	『洽』	*grəp	↔	[grub]
23.(#6-26)	『唵』	*'əm	↔	[um]
24.(#7-2)	『飛』	*pjəd	↔	[phur]
25.(#7-3)	『紱』	*pjət	↔	[pus]
26.(#7-14)	『貴』	*k^{w}jəd	↔	[gus]
27.(#7-16)	『饋』	*g^{w}jəd	↔	[skur]
28.(#8-1)	『奔』	*pən	↔	[pun]
29.(#8-3)	『粉』	*pjən	↔	[dbur]
30.(#8-5)	『糞』	*pjən	↔	[brun]
31.(#8-8)	『頒』	*bjən	↔	[phul]
32.(#8-9)	『墳』	*bjən	↔	[bum]
33.(#8-12)	『悶』	*mən	↔	[rmun]
34.(#8-13)	『吻』	*mjən	↔	[mur]
35.(#8-16)	『惇』	*tən	↔	[mthug]
36.(#8-24)	『根』	*kən	↔	[kul]
37.(#8-31)	『純』	*grjən	↔	[gzhun]
38.(#8-32)	『軍』	*k^{w}jən	↔	[gyul]
39.(#8-33)	『困』	*kh^{w}ən	↔	[khur]
40.(#8-34)	『群』	*g^{w}ən	↔	[kun]
41.(#8-35)	『沄』	*g^{w}jən	↔	[rgyun]
44.(#8-37)	『郡』	*g^{w}jiən	↔	[khul]
45.(#8-39)	『訓』	*hㅍjən	↔	[skul]

6. [ə] ↔ [i]

(1) A 類

1.(#6-7)	『浸』	*tsjəm	↔	[sib]
2.(#6-12)	『寢』	*tshjəm	↔	[gzim]

(2) B 類

1.(#5-11)	『咠』	*tsjəp	↔	[shib]
2.(#6-1)	『稟』	*bljəm	↔	[brim]
3.(#6-2)	『懍』	*bljəm	↔	[rim]

4.(#6-6)	『林』	*ljəm	↔	[rim]
5.(#6-8)	『祲』	*tsjəm	↔	[khyim]
6.(#6-10)	『侵』	*tshjəm	↔	[stim]
7.(#6-15)	『滲』	*srəm	↔	[stim]
8.(#6-17)	『禁』	*kljəm	↔	[khrims]
9.(#6-18)	『坅』	*khjəm	↔	[khyim]
10.(#6-21)	『坎』	*khəm	↔	[khrim]
11.(#6-23)	『琴』	*gjəm	↔	[gyim]
12.(#6-24)	『擒』	*gjəm	↔	[sgrim]
13.(#6-28)	『陰』	*'jəm	↔	[grib]

7. [^{w}ə] ↔ [o]

(1) A 類

1.(#6-25)	『熊』	*g^{w}jəm	↔	[dom]
2.(#7-15)	『歸』	*k^{w}jəd	↔	[khor]
3.(#7-15)	『回』	*g^{w}əd	↔	[skor]
4.(#7-15)	『圍』	*g^{w}jəd	↔	[sgor]
5.(#7-17)	『胃』	*g^{w}jəd	↔	[grod]
6.(#7-18)	『違』	*g^{w}jəd	↔	[gol]
7.(#7-19)	『掘』	*g^{w}jət	↔	[rkod]

(2) B 類

1.(#1-27)	『右』	*g^{w}əg	↔	[gzhogs]
2.(#1-28)	『灰』	*h^{w}əg	↔	[gog]
3.(#7-19)	『堀』	*kh^{w}ət	↔	[rko]
4.(#7-21)	『輝』	*h^{w}jəd	↔	[khrol]
5.(#8-36)	『暈』	*g^{w}jən	↔	[khyom]

8. [^{w}a] ↔ [o]

(1) A 類

1.(#10-36)	『僞』	*ng^{w}jar	↔	[rngo]
2.(#14-62)	『攫』	*k^{w}jak	↔	[khog]
3.(#14-65)	『戶』	*g^{w}ag	↔	[sgo]
4.(#14-73)	『于』	*g^{w}jag	↔	[gro]

5.(#14-74)	『 芋 』	*g^{w}jag	↔	[gro]
6.(#14-75)	『 羽 』	*g^{w}jag	↔	[sgro]
7.(#15-40)	『 往 』	*gw^{w}jang	↔	['ong]

(2) B 類

1.(#9-32)	『 厥 』	*k^{w}jat	↔	[khyod]
2.(#9-33)	『 活 』	*g^{w}at	↔	[khod]
3.(#9-34)	『 話 』	*g^{w}rad	↔	[gros]
4.(#11-47)	『 倦 』	*k^{w}an	↔	[kyor]
5.(#11-48)	『 倌 』	*k^{w}an	↔	[khol]
6.(#11-49)	『 涫 』	*k^{w}an	↔	[khol]
7.(#11-50)	『 慣 』	*k^{w}an	↔	[goms]
8.(#11-52)	『 窾 』	*kh^{w}an	↔	[kor]
9.(#11-53)	『 圈 』	*kh^{w}an	↔	[skor]
10.(#11-55)	『 援 』	*g^{w}jan	↔	[grol]
11.(#11-56)	『 緩 』	*g^{w}an	↔	[gor]
12.(#11-57)	『 圓 』	*g^{w}jan	↔	[gor]
13.(#11-59)	『 暖 』	*h^{w}jan	↔	[hol]
14.(#14-60)	『 孤 』	*k^{w}ag	↔	[kho]
15.(#14-61)	『 雇 』	*k^{w}ag	↔	[bskos]
16.(#14-64)	『 鞹 』	*kh^{w}ak	↔	[kog]
17.(#14-71)	『 護 』	*g^{w}ag	↔	[gogs]
18.(#14-76)	『 迂 』	*g^{w}jag	↔	[gyog]
19.(#14-78)	『 迂 』	*'^{w}jag	↔	[yo]
20.(#15-41)	『 光 』	*k^{w}ang	↔	[kong]
21.(#15-42)	『 桄 』	*k^{w}ang	↔	[skong]
22.(#15-43)	『 皇 』	*g^{w}ang	↔	[gong]

9. [ua] ↔ [o]

(1) A 類

1.(#9-10)	『 脫 』	*thuat	↔	[lhod]
2.(#9-19)	『 悅 』	*rjuat	↔	[glod]
3.(#9-25)	『 絶 』	*dzjuat	↔	[chod]
4.(#10-10)	『 唾 』	*thuar	↔	[tho]
5.(#10-11)	『 垂 』	*djuar	↔	['jol]
6.(#10-17)	『 坐 』	*dzuar	↔	[sdod]

(2) B 類

1.(#9-9)	『 綴 』	*trjuat	↔	[gtod]
2.(#9-13)	『 兌 』	*duad	↔	[dod]
3.(#9-14)	『 滯 』	*djuad	↔	[sdod]
4.(#9-23)	『 最 』	*tsuad	↔	[gtso]
5.(#11-31)	『 算 』	*suan	↔	[gshor]

第二節 特殊對應

1. [-ə-]

(1) [ə] ↔ [i]

1.(#1-11)	『 而 』	*njəg	↔	[ni]
2.(#1-12)	『 理 』	*bljəg	↔	[ri]
3.(#1-13)	『 犛 』	*ljəg	↔	[bri]
4.(#1-26)	『 其 』	*gjəg	↔	[gyi]
5.(#3-7)	『 目 』	*mjək^{w}	↔	[mig]
6.(#7-5)	『 拂 』	*phjət	↔	[phyid]
7.(#7-6)	『 鼻 』	*bjiəd	↔	[sbrid]
8.(#7-13)	『 帥 』	*srjət	↔	[srid]
9.(#8-4)	『 奮 』	*pjən	↔	[phir]
10.(#8-40)	『 鍵 』	*gjən	↔	[bkren]

(2) [ə] ↔ [o]

1.(#1-16)	『 側 』	*tsjək	↔	[gzhogs]
2.(#1-17)	『 猜 』	*tshəg	↔	[tshod]
3.(#1-18)	『 菜 』	*tshəg	↔	[tshod]
4.(#1-22)	『 革 』	*krək	↔	[ko]
5.(#1-24)	『 咳 』	*khəg	↔	[khogs]
6.(#3-1)	『 腹 』	*pjək^{w}	↔	[pho]
7.(#3-6)	『 浮 』	*bjəg^{w}	↔	[phyo]
8.(#3-16)	『 早 』	*tsəg^{w}	↔	[zhogs]
9.(#3-20)	『 覺 』	*krək^{w}	↔	[dkrog]
10.(#4-4)	『 宮 』	*kjəng^{w}	↔	[khong]

11.(#4-5)	『 窮 』	*gjəng^{w}	↔	[gyong]
12.(#5-10)	『 習 』	*rjəp	↔	[slob]
13.(#5-13)	『 合 』	*gəp	↔	[kob]
14.(#5-15)	『 急 』	*kjəp	↔	[skyob]
15.(#6-13)	『 蠶 』	*dzəm	↔	[sdom]
16.(#6-20)	『 顑 』	*khəm	↔	[skom]
17.(#8-26)	『 綸 』	*ljən	↔	[kron]
18.(#8-28)	『 恨 』	*gən	↔	[khon]

(3) [ə] ↔ [e]

1.(#1-6)	『 陟 』	*trjək	↔	[theg]
2.(#1-26)	『 碍 』	*ngəg	↔	[gegs]
3.(#2-7)	『 承 』	*grjəng	↔	['greng]
4.(#6-11)	『 侵 』	*tshjəm	↔	[tshems]
5.(#6-16)	『 心 』	*sjəm	↔	[sems]
6.(#6-20)	『 坎 』	*khəm	↔	[skem]
7.(#6-26)	『 飲 』	*'jəm	↔	[skyem]
8.(#7-12)	『 碎 』	*səd	↔	[zed]
9.(#7-22)	『 火 』	*hmər	↔	[me]
10.(#8-6)	『 盆 』	*bən	↔	[ben]
11.(#8-23)	『 銑 』	*siən	↔	[gser]
12.(#8-29)	『 鞬 』	*gjən	↔	[bkren]

(4) [^{w}ə] ↔ [u]

1.(#8-33)	『 困 』	*kh^{w}ən	↔	[khur]
2.(#8-34)	『 群 』	*g^{w}ən	↔	[kun]
3.(#8-35)	『 沄 』	*g^{w}jən	↔	[rgyun]
4.(#8-38)	『 訓 』	*h^{w}jən	↔	[khul]
5.(#8-39)	『 訓 』	*h^{w}jən	↔	[skul]

(5) [iə] ↔ [u]

1.(#3-24)	『 虯 』	*kjiəg^{w}	↔	[klu]
2.(#8-10)	『 貧 』	*bjiən	↔	[dbul]
3.(#8-15)	『 閩 』	*mjiən	↔	[sbrul]
4.(#8-31)	『 銀 』	*ngjiən	↔	[dngul]
5.(#8-37)	『 郡 』	*gwjiən	↔	[khul]

(6) [iə] ↔ [i]

1.(#7-4)	『筆』	*pljiət	↔	[bris]
2.(#7-7)	『寐』	*mjiəd	↔	[rmi]

(7) [iə] ↔ [a]

1.(#5-4)	『褶』	*diəp	↔	[ltab]
2.(#5-6)	『疊』	*diəp	↔	[ldab]
3.(#6-5)	『念』	*niəm	↔	[nyams]
4.(#8-18)	『典』	*tiən	↔	[brtan]

2. [-a-]

(1) [a] ↔ [o]

1.(#9-27)	『割』	*kat	↔	[bgod]
2.(#9-29)	『害』	*gad	↔	[god]
3.(#10-2)	『播』	*par	↔	[bor]
4.(#11-6)	『胖』	*phan	↔	[bong]
5.(#13-7)	『函』	*gam	↔	[sgrom]
6.(#13-10)	『彡』	*sram	↔	[tsom]
7.(#14-12)	『荳』	*tag	↔	[lto]
8.(#14-14)	『橐』	*thak	↔	[rdog]
9.(#14-17)	『度』	*dak	↔	[rtog]
10.(#14-19)	『宅』	*drak	↔	[thog]
11.(#14-24)	『盧』	*lag	↔	[rog]
12.(#14-26)	『勴』	*ljag	↔	[rogs]
13.(#14-32)	『措』	*tshag	↔	[tshogs]
14.(#14-40)	『擧』	*kjag	↔	[khyog]
15.(#14-46)	『巨』	*gjag	↔	[mgo]
16.(#14-47)	『遽』	*gjag	↔	[mgyogs]
17.(#14-48)	『渠』	*gjag	↔	[kho]
18.(#14-58)	『壑』	*hak	↔	[grog]
19.(#15-5)	『妄』	*mjang	↔	[rmong]
20.(#15-6)	『盲』	*mrang	↔	[rmong]
21.(#15-11)	『矘』	*thang	↔	[mthong]
22.(#15-30)	『喪』	*smang	↔	[song]
23.(#15-34)	『僵』	*kjang	↔	[rkyong]
24.(#15-35)	『康』	*khang	↔	[khong]

25.(#15-36)	『强』	*gjang	↔	[gyong]
26.(#15-39)	『鄉』	*hjang	↔	[grong]
27.(#16-1)	『漂』	*phjag^{w}	↔	[phyo]
28.(#16-3)	『卓』	*trak^{w}	↔	[thog]
29.(#16-7)	『曹』	*dzag^{w}	↔	[tshogs]
30.(#16-8)	『遭』	*tsag^{w}	↔	[dzog]
31.(#16-9)	『交』	*krag^{w}	↔	[grogs]
32.(#16-11)	『熬』	*ngag^{w}	↔	[rngo]

(2) [a] ↔ [e]

1.(#9-20)	『裔』	*rad	↔	[ldebs]
2.(#12-6)	『葉』	*rap	↔	[ldeb]
3.(#13-9)	『慙』	*dzam	↔	[dzem]
4.(#13-15)	『鈐』	*gjam	↔	[khyem]
5.(#14-49)	『烙』	*glak	↔	[sreg]
6.(#15-15)	『塘』	*dang	↔	[lteng]

(3) [a] ↔ [u]

1.(#11-39)	『汗』	*gan	↔	[rngul]
2.(#11-40)	『寒』	*gan	↔	[dgun]
3.(#14-51)	『璐』	*glag	↔	[gru]
4.(#16-2)	『苗』	*mjag^{w}	↔	[myug]
5.(#16-6)	『鑿』	*tsak^{w}	↔	[dzugs]
6.(#16-10)	『號』	*gag^{w}	↔	[gug]

(4) [ia] ↔ [a]

1.(#7-20)	『窟』	*g^{w}ət	↔	[khud]
2.(#9-1)	『八』	*priat	↔	[brgyad]
3.(#9-3)	『弊』	*bjiad	↔	[bad]
4.(#9-4)	『拔』	*briat	↔	[bad]
5.(#9-5)	『拔』	*briat	↔	[dpal]
6.(#9-28)	『契』	*khiad	↔	[khyad]
7.(#9-30)	『傑』	*gjiat	↔	[gyad]
8.(#10-3)	『彼』	*pjiar	↔	[pha]
9.(#10-4)	『披』	*phjiar	↔	[phral]
10.(#10-5)	『皮』	*biar	↔	[bal]
11.(#10-6)	『疲』	*bjiar	↔	[brgyal]
12.(#10-7)	『靡』	*mjiar	↔	[dmyal]

13.(#10-13)	『 離 』	*ljiar	↔	[ral]
14.(#11-10)	『 辨 』	*bjian	↔	[phral]
15.(#11-11)	『 瓣 』	*brian	↔	[bar]
16.(#11-18)	『 顫 』	*tjian	↔	[dar]
17.(#11-41)	『 健 』	*gjian	↔	[gar]
18.(#11-42)	『 喭 』	*hjian	↔	[khyal]
19.(#11-46)	『 嗎 』	*hjian	↔	[khyal]
20.(#12-2)	『 牒 』	*diap	↔	[dab]
21.(#12-3)	『 呫 』	*hniap	↔	[snyab]
22.(#12-8)	『 夾 』	*kriap	↔	[khyab]
23.(#13-2)	『 貶 』	*pjiam	↔	[pham]
24.(#14-13)	『 赭 』	*tjiag	↔	[btsag]
25.(#14-34)	『 且 』	*tshjiag	↔	[cha]
26.(#14-37)	『 藉 』	*dzjiak	↔	['jags]
27.(#15-9)	『 明 』	*mjiang	↔	[mdangs]
28.(#15-44)	『 永 』	*g^{w}jiang	↔	[rgyang]

(5) [^{w}a] ↔ [a]

1.(#9-36)	『 豁 』	*h^{w}at	↔	[gas]
2.(#10-33)	『 裹 』	*k^{w}ar	↔	[khal]
3.(#10-34)	『 科 』	*kh^{w}ar	↔	[khral]
4.(#11-51)	『 款 』	*kh^{w}an	↔	[khral]
5.(#14-62)	『 瓜 』	*k^{w}rag	↔	[ka]
6.(#14-66)	『 胡 』	*g^{w}ag	↔	[ga]
7.(#14-68)	『 胡 』	*g^{w}ag	↔	[rgya]
8.(#14-69)	『 狐 』	*g^{w}ag	↔	[wa]
9.(#14-70)	『 壺 』	*g^{w}ag	↔	[skya]
10.(#14-77)	『 窹 』	*ng^{w}ag	↔	[snga]
11.(#14-79)	『 呼 』	*h^{w}ag	↔	[ha]

(6) [ia] ↔ [e]

1.(#9-6)	『 別 』	*bjiat	↔	[byed]
2.(#9-8)	『 滅 』	*mjiat	↔	[med]
3.(#10-9)	『 侈 』	*thjiar	↔	[che]
4.(#11-9)	『 辨 』	*brian	↔	[brel]
5.(#11-29)	『 産 』	*srian	↔	[srel]
6.(#11-30)	『 霰 』	*sian	↔	[ser]
7.(#11-37)	『 搴 』	*kjian	↔	[khyer]

8.(#11-38)	『見』	*kian	↔	[mkhyen]

(7) [ia] ↔ [o]

1.(#9-26)	『殺』	*sriat	↔	[gsod]
2.(#11-3)	『編』	*pian	↔	[byor]
3.(#11-47)	『倦』	*g^wjian	↔	[kyor]
4.(#16-5)	『僚』	*liagw	↔	[grogs]

(8) [ua] ↔ [u]

1.(#11-14)	『短』	*tuan	↔	[thung]

3. [-i-]

(1) [i] ↔ [e]

1.(#17-2)	『秘』	*pjid	↔	[sbed]
2.(#17-4)	『比』	*pjid	↔	[dpe]
3.(#17-5)	『匹』	*phjit	↔	[phyed]
4.(#17-6)	『膍』	*bjid	↔	[phel]
5.(#17-13)	『疐』	*trjid	↔	[dred]
6.(#17-15)	『嬭』	*nid	↔	[ne]
7.(#17-16)	『涅』	*nit	↔	[nyes]
8.(#17-18)	『邇』	*njid	↔	[nye]
9.(#17-22)	『慄』	*ljit	↔	[zhed]
10.(#17-24)	『姊』	*tsjid	↔	[che]
11.(#17-27)	『次』	*tshjid	↔	[tsher]
12.(#17-29)	『次』	*tshjid	↔	[tsher]
13.(#17-32)	『犀』	*sid	↔	[bse]
14.(#17-36)	『悉』	*sjit	↔	[shes]
15.(#17-40)	『飢』	*kjid	↔	[bkres]
16.(#17-43)	『嗜』	*grjid	↔	[dgyes]
17.(#18-5)	『人』	*njin	↔	[gnyen]
18.(#18-13)	『緊』	*kjin	↔	[skyen]
19.(#19-3)	『譬』	*phjig	↔	[dpe]
20.(#19-5)	『闢』	*bjik	↔	[byed]
21.(#19-6)	『帝』	*tig	↔	[the]
22.(#19-9)	『禔』	*dig	↔	[bde]
23.(#19-10)	『踶』	*dig	↔	[rdegs]

24.(#19-11)	『是』	*djig	↔	[de]
25.(#19-14)	『易』	*rig	↔	[legs]
26.(#19-15)	『易』	*rik	↔	[rje]
27.(#19-19)	『支』	*krjig	↔	[gye]
28.(#20-2)	『頂』	*ting	↔	[steng]
29.(#20-7)	『零』	*ling	↔	[rengs]
30.(#20-14)	『醒』	*sing	↔	[seng]
31.(#20-16)	『禎』	*skhrjing	↔	[skyeng]
32.(#20-18)	『輕』	*khjing	↔	[khengs]
33.(#20-21)	『擎』	*gjing	↔	[sgreng]

(2) [i] ↔ [a]

1.(#17-11)	『鐵』	*thit	↔	[lcags]
2.(#17-39)	『階』	*krid	↔	[kas]
3.(#19-1)	『臂』	*pjig	↔	[phyag]
4.(#19-4)	『甓』	*bik	↔	[pag]
5.(#19-13)	『錫』	*rig	↔	[ljags]
6.(#19-17)	『錫』	*sik	↔	[ltshags]
7.(#19-18)	『隔』	*krik	↔	[bkag]
8.(#20-1)	『屏』	*bjing	↔	[bang]
9.(#20-3)	『汀』	*thing	↔	[thang]
10.(#20-4)	『定』	*ding	↔	[mdangs]
11.(#20-11)	『清』	*tshing	↔	[tshangs]
12.(#20-13)	『淨』	*dzjing	↔	[gtsang]
13.(#20-17)	『徑』	*king	↔	[kyang]
14.(#20-20)	『幸』	*gring	↔	[gyang]

(3) [i] ↔ [u]

1.(#18-2)	『塵』	*drjin	↔	[rdul]
2.(#18-16)	『均』	$*k^{w}jin$	↔	[kun]

(4) [i] ↔ [o]

1.(#20-6)	『莛』	*djing	↔	[sdong]

4. [-u-]

(1) [u] ↔ [o]

1.(#21-1)	『 泭 』	*phjug	↔	[phyo]
2.(#21-2)	『 撲 』	*phuk	↔	[phog]
3.(#21-9)	『 屬 』	*tjuk	↔	[gtogs]
4.(#21-13)	『 頭 』	*dug	↔	[thog]
5.(#21-21)	『 湊 』	*tshug	↔	[tshogs]
6.(#21-23)	『 簇 』	*tshuk	↔	[tshogs]
7.(#21-24)	『 足 』	*tsjuk	↔	[chog]
8.(#21-26)	『 藪 』	*sug	↔	[sog]
9.(#21-35)	『 殼 』	*khruk	↔	[kog]
10.(#21-42)	『 後 』	*gug	↔	['og]
11.(#22-2)	『 峯 』	*phjung	↔	[bong]
12.(#22-5)	『 朦 』	*mung	↔	[rmongs]
13.(#22-7)	『 塚 』	*tjung	↔	[ltong]
14.(#22-8)	『 通 』	*thung	↔	[mthong]
15.(#22-9)	『 痛 』	*thung	↔	[mthong]
16.(#22-10)	『 同 』	*dung	↔	[sdong]
17.(#22-12)	『 筒 』	*dung	↔	[dong]
18.(#22-15)	『 洞 』	*dung	↔	[dong]
19.(#22-19)	『 容 』	*rung	↔	[long]
20.(#22-20)	『 涌 』	*rung	↔	[long]
21.(#22-21)	『 甬 』	*rung	↔	[long]
22.(#22-22)	『 用 』	*rung	↔	[longs]
23.(#22-24)	『 蔥 』	*tshung	↔	[btsong]
24.(#22-27)	『 送 』	*sung	↔	[stong]
25.(#22-29)	『 公 』	*kung	↔	[-kong]
26.(#22-32)	『 恐 』	*khjung	↔	[gongs]
27.(#22-33)	『 巷 』	*grung	↔	[grong]
28.(#22-34)	『 共 』	*gjung	↔	[yongs]

(2) [u] ↔ [a]

1.(#21-34)	『 口 』	*khug	↔	[kha]
2.(#22-11)	『 同 』	*dung	↔	[dang]
3.(#22-14)	『 銅 』	*dung	↔	[zangs]
4.(#22-25)	『 聰 』	*tshung	↔	[mdzangs]

第七章 漢藏語同源詞的音韻對應：韻尾

第一節 韻尾對應的一般情形

按照李方桂先生的擬測，上古漢語的韻尾輔音有十三種：*-m，*-n，*-ng，*-ngw，*-p，*-t，*-k，*-kw，*-b，*-d，*-g，*-gw，*-r。古藏文作韻尾輔音用的「後置字母(rjes 'jug)」有九種：-n，-ng，-m，-b，-d，-g，-r，-l，-s。平面上的比較來看，可分爲三種情形：(1) 漢語有，而藏語沒有的；(2) 兩個語言都有的；(3) 漢語沒有，而藏語有的。如:

(1) *-p，*-t，*-k，$*\text{-k}^{w}$，$*\text{-g}^{w}$，$*\text{-ng}^{w}$
(2) (*)-b，(*)-d，(*)-g，(*)-n，(*)-ng，(*)-m，(*)-r
(3) -l，-s

爲了歸納和討論的方便起見，把以上十五個韻尾再分爲如下之五種:

(i)	-k(-k^{w})	-t	-p
(ii)	-g(-g^{w})	-d	-b
(iii)	-ng(-ng^{w})	-n	-m
(iv)	-r　-l		
(v)	-s		

統計漢藏語同源詞的韻尾對應，可以得到以下之一般情形:

(i)　1.　-k

[-k]	↔	[-g]	:	49
[-k]	↔	[-ø]	:	8
[-k]	↔	[-ng]	:	1
[-k^{w}]	↔	[-g]	:	9
[-k^{w}]	↔	[-ø]	:	1

2. -t

[-t] ↔ [-d] : 27
[-t] ↔ [-ø] : 4
[-t] ↔ [-s] : 5
[-t] ↔ [-l] : 2
[-t] ↔ [-g] : 10

3. -p

[-p] ↔ [-b] : 31

(ii) 1. -g($-g^{w}$)

[-g] ↔ [-ø] : 72
[-g] ↔ [-g] : 44
[-g] ↔ [-d] : 4
[-g] ↔ [-s] : 7
[-g] ↔ [-ng] : 1
[$-g^{w}$] ↔ [-ø] : 14
[$-g^{w}$] ↔ [-g] : 19

2. -d

[-d] ↔ [-ø] : 18
[-d] ↔ [-d] : 14
[-d] ↔ [-r] : 6
[-d] ↔ [-l] : 6
[-d] ↔ [-s] : 9
[-d] ↔ [-b] : 6
[-d] ↔ [-n] : 1

3. -b

[-b] ↔ [-b] : 4

(iii) 1. -ng($-ng^{w}$)

[-ng] ↔ [-ø] : 2
[-ng] ↔ [-ng] : 83
[$-ng^{w}$] ↔ [-ng] : 5

2. -n

[-n] ↔ [-n] : 36

[-n]	↔	[-l]	:	39
[-n]	↔	[-r]	:	30
[-n]	↔	[-m]	:	4
[-n]	↔	[-g]	:	1
[-n]	↔	[-ng]	:	8

3. -m

[-m]	↔	[-m]	:	44
[-m]	↔	[-b]	:	2

(iv) 1. -r

[-r]	↔	[-ø]	:	17
[-r]	↔	[-r]	:	2
[-r]	↔	[-l]	:	17
[-r]	↔	[-n]	:	2
[-r]	↔	[-ng]	:	1
[-r]	↔	[-d]	:	1

第二節　清塞音韻尾

在第一類韻尾的對應情形中，漢語清塞音韻尾與藏語的濁塞音韻尾互相對應的例子最爲普遍(此外比較罕見的對應關係則在後面仔細討論)。茲移錄於下:

[-k]	↔	[-g]	:	49
[-t]	↔	[-d]	:	27
[-p]	↔	[-b]	:	31

這些例子的數目非常多，不必一一列舉，但一看此統計就會發現一個問題：在漢語的清塞音和藏語的濁塞音當中，哪一個是原來的? 換句話說，藏語的濁塞音韻尾在古藏文以前的時代是清音還是濁音? 這個問題比較容易確定，因爲藉以與此同源的緬甸語的情形來看，這一定是清音。我們可以說：古藏文 -g, -d, -b < *-k, *-t, *-p。在這裏舉出漢、藏、緬語同源詞的例子，來證明這個音變。

1. [-k] ↔ [-g] ↔ [-k]

1.(#1-5)

漢： tjək D　『織』(920f)

藏： 'thag　「紡織」

thags　「織物」，「絲罔」

緬： rak　「編織(布，蓆子，籃子等)」

【参看】G1:133(WT 'thag < *'tag;thags < *tags), Co:159-2(TB *tak).

2.(#1-14)

漢： rək > jiək D　『翼』(954d)

藏： lag-pa　「手」

緬： lak　「手」，「臂」

【参看】Be:171z(TB *g-lak), Co:37-3(TB *lak).

3.(#3-1)

漢： $pjək^{w}$ D　『腹』(1034h)

藏： ze-bug　「反芻動物的第四個胃」

緬： wam-puik　「腹部的外面」

puik　「懷孕」，「妊娠」

4.(#3-7)

漢： $mjək^{w}$ > mjuk D　『目』(1036a-c)

藏： mig　「眼」

緬： myak　「眼」

【参看】Be:182e(TB *mik), Co:76-1(OT myig, TB *mik～myak)

5.(#3-9)

漢： $trjək^{w}$ D　『築』(1019d-e)

藏： thug-pa (詞幹 thug)　「打」，「衝撞」

rdug-pa (詞幹 rdug)　「衝撞」

緬： tuik　「衝撞」，「参加戰爭」

6.(#3-13)

漢： $dək^{w}$ D　『毒』(1016a)

藏： dug, gdug　「毒」

緬： tauk < *tuk　「中毒」

【参看】Be:166g (TB *duk, *tuk), G1:153 (WB tauk < *tuk).

7.(#3-15)

漢： $ljək^{w}$ > ljuk D　『六』(1032a)

藏： drug　「六」

緬： khrauk < *khruk　「六」

【参看】Be:162f(TB *d-ruk), G1:152(WB khrauk < *khruk).

8.(#14-15)

漢： thak D 『拓』(795l)
藏： ltag 「最上面的」，「在上面」
緬： tak 「登上」，「升高」
thak 「上面」

【參看】Co:154-3(T stem:*thag).

9.(#14-43)

漢： khrjak D 『赤』(793a-c)
藏： khrag 「血」
緬： hrak 「羞愧」，「害羞」

10.(#14-64)

漢： $kh^{w}ak$ D 『鞹』(774i)
藏： kog-pa, skog-pa 「皮」，「外皮」
緬： -khauk 「樹皮」

【參看】Co:134-2(TB *kwâk, Yu:15-1.

11.(#21-8)

漢： tjuk D 『燭』(1224e)
藏： dugs-pa (詞幹 dugs) 「點亮」，「點火照亮」
緬： tauk < *tuk 「發光」，「火焰」

【參看】G1:104(WB tauk < *tuk), Co:151-3.

12.(#21-31)

漢： kuk D 『穀』(1226i)
藏： khug 「得到」
緬： kauk < *kuk 「稻子」，「大米」

【參看】G1:103(WB kauk < *kuk).

13.(#21-37)

漢： khjuk D 『曲』(1213a)
gjuk D 『局』(1214a)·『跼』(1214b)
藏： 'gug(s)-pa, bkug, dgug, khugs (詞幹 *gug/*khug) 「彎」，「彎曲」
緬： kauk < *kuk 「被弄彎」，「不直」

【參看】G1:106(WB kauk < *kuk), Co:41-4(TB *guk/*kuk).

以上十三個例子是除了舉漢語之外，還有舉緬甸語來證明藏語的濁塞音韻尾-g，原來是從清塞音韻尾*-k演變而來的。此外，還有可以藏語內部方言、‘藏緬語(TB)’、‘PLB(Proto-Lolo-Burmese)'的情形作爲旁證的。如:

1.(#1-6)

漢： trjək　D　　『陟』(916a-c)

藏： theg-pa (詞幹 theg)　　「擧起」，「升起」

【参看】Sh:15-2 (Sbalti thyak-pa ‘擧起’, Buirg thyak-‘擧起’), Be:175f (T theg-pa < *thyak (as shown by West T dialects) ‘擧起’‘升起’).

2.(#1-7)

漢： djək　D　　『寔』(866s)

藏： drag　　「病愈」，「完全」

【参看】Co:122-4(B tyak-tyak ‘truly, very, intensive’;PLB*dyak: Matisoff 1972:30).

3.(#3-2)

漢： phjək^{w}　D　　『覆』(1034i)

藏： phug-pa　　「洞穴」

bug-pa　　「破洞」，「穴」

phug(s)　　「最裏面」

sbug(s)　　「空心的」，「空穴」

【参看】Be:182x；166a(ST *buk, TB *buk).

4.(#14-44)

漢： khlak　D　　『恪』(766g)

藏： skrag-pa　　「恐懼」，「喪膽」

【参看】Be:159c(TB *grâk～*krâk), Co:78-1(stem：*khrak).

5.(#21-35)

漢： khruk　D　　『殼』(1226a)

藏： kog-pa, skog-pa　　「殼」，「堅硬的外皮」，「外表」

【参看】Sh:20-1, Be:181f(TB *kok).

2. [-p] ↔ [-b] ↔ [-p]

1.(#5-4)

漢： tjəp　D　　『摺』(0)

diəp　D　　『褶』(690g)

藏： ltab　　「疊」，「收集」

緬： thap　　「一個個的往上放」，「重複」

2.(#5-8)

漢： njəp　D　　『入』(695a)

藏： nub-pa (詞幹 nub)　　「落」，「下去」，「西方」

緬： ngup　　「潛入」，「到……之下」

【参看】Co:73-2(TB *nup).

3.(#5-9)

漢： gljəp > ljəp D　　『立』(694a-d)
藏： 'khrab　　「敲」，「踏脚」
skrab　　「踏」，「踐沓」
緬： rap < *ryap　　「立」，「停止」，「站住」，「休息」

4.(#12-6)
漢： tsjap　　『接』(635e)
藏： chabs < *tshyabs　　「一起」，「一塊兒」
緬： cap　　「加入」，「聯合」，「連接」
【参看】Be:169x(ST *tsyap), Co:57-2(T chabs < PT *tshyabs TB *tsyap)

5.(#12-13)
漢： hrap A　　『呷』(0)
藏： hab　　「滿嘴」，「一口」
緬： hap　　「咬住」，「咬着」

可見，藏語的濁塞音韻尾-b，原來是從清塞音韻尾*-p演變而來的。此外，還有可以藏緬語族的其他語言、‘藏緬語(TB)’的情形作爲旁證的。如:

1.(#5-16)
漢： khləp > khjəp　　『泣』(694h)
藏： khrab　　「哭」，「泣」
khrab-khrab　　「哭泣者」，「好哭者」
【参看】Be:175b(TB *krap), Co:159-3(TB *krap, Kanauri krap, Thulung khrap).

2.(#12-4)
漢： hnjap　　『攝』(638e)
藏： rnyab-rnyab-pa　　「互相奪取」，「强奪」
【参看】Co:118-3(T stem:rnyab, TB *nyap).

3.(#12-5)
漢： rap > jiap D　　『葉』(633d)
藏： ldeb　　「葉」，「薄板」 C
【参看】Co:102-2(T ldeb (< * 'labd ?), Kanauri lab, Kachin lap, TB *lap ‘葉’)

3. [-t] ↔ [-d] ↔ [-t]

1.(#9-10)
漢： thuat (hluat) > thwât A　　『脫』(324m)
藏： lhod-pa,glod-pa,lod-pa　　「淞緩」，「淞弛」
(詞幹 lhod / lod)

緬： kjwat 「解放」
khjwat 「釋放」
hlwat 「釋放」

3.(#9-19)

漢： rjuat D 『悅』(324o)
藏： glod 「放寬」，「緩和」，「愉快」，「喜氣洋洋」
緬： lwat 「自由」，「任意」

4.(#9-26)

漢： sriat D 『殺』(319d)
藏： gsod-pa,bsad,gsad,sod 「殺」，「殺害」
緬： sat 「殺」，「殺害」
【参看】Be:191g(TB *g-sat), Co:100-3(T stem *sad, TB *sat ?).

從以上四個例來看，可以得知藏語的濁塞音韻尾-d，是從清塞音韻尾演變而來的。此外，還有三個例子，可以'藏緬語(TB)'或'PLB(Proto-Lolo-Burmese)'的情形作爲旁證的。如:

1.(#7-19)

漢： g^wjət D 『掘』(496s)
kh^wət D 『堀』(496p)
藏： rkod-pa;rko-ba 「掘」，「發掘」
(詞幹 rkod / rko)
【参看】Be:159p (TB *r-go-t, *r-ko-t).

2.(#9-8)

漢： mjiat D 『滅』(294d)
miat 『蔑』(311a-e)
藏： med-pa 「不在」，「不存在」，「沒有」
【参看】Be:183d(TB *mit), Co:61-3 (OT myed-pa, TB *mit).

3.(#9-28)

漢： khiat D 『契』(279b)
khiad C 『契』(279b)
藏： khyad 「區別」，「特點」，「區分」
緬： khrac 「擦」，「(拿手) 掘(洞)」
【参看】Co:129-3(PLB *kret:Matisoff 1972:48).

根據以上的證據來可以給原始藏語擬測出三個清塞音韻尾，卽 *-k、*-t、*-p。

第三節　濁塞音韻尾

在李方桂所擬測的漢語上古音上有一套濁塞音韻尾，卽*-g(*-gw)、*-d、*-b。這是特別給和入聲相配爲一個韻部的平上去聲的字擬測的韻尾輔音的。李方桂(1971:25)說：「這種輔音是否是眞的濁音，我們實在沒有什麼很好的證據去解決他。」這個問題從高本漢以來諸多學者都討論過，但是到目前爲止還沒有定論。我認爲有可能從漢藏語比較研究找到一些線索。首先請看一看下列的統計：

[-g]	↔	[-ø]	：	72
[-g^w]	↔	[-ø]	：	14
[-g]	↔	[-g]	：	44
[-g^w]	↔	[-g]	：	19
[-d]	↔	[-ø]	：	18
[-d]	↔	[-d]	：	14
[-b]	↔	[-ø]	：	0
[-b]	↔	[-b]	：	4

由此我們可以得知：同爲濁塞音的同源詞(本書暫稱『B類對應』)數目不少。但是，比濁塞音韻尾的漢語與元音韻尾的藏語的同源詞(本書暫稱『A類對應』)少得多。尤其，在『A類對應』中，古緬語或擬測而得的藏緬語(TB)也是開音節的例子相當常見(共有三十二個例子)；相反地，古藏語爲開音節而古緬語爲閉音節的例子則一例也沒見。那麼，上古漢語的濁塞音韻尾是否是原來的？根據統計數目來確定，不是很可靠的，但值得注意的就是『B類對應』中的藏語濁塞音韻尾，本來是清塞音。在前面討論過，這不但根據漢、藏語比較研究，而且藉藏、緬語比較研究也可以找到不少證據。再進一步說，從漢藏語系比較來看，上古漢語的濁塞韻尾不是從「原始漢藏語(PST)」遺留下來的。而且與開音節的藏、緬語有同源關係的上古漢語，在原始漢藏語時期它一定是開音節，沒有任何韻尾輔音。「前上古漢語」(PC)及「上古漢語」是否也如此？是不能一概而論的，但我們可以說上古漢語的「濁塞音」韻尾很可能不是「眞的」濁音。爲了便於參考起見，將『A類對應』移錄於下:

1. [-g] ↔ [-ø]

1.(#1-10)

漢： nəg B　　『乃』(945a-c)

藏： na　　「那時」，「時間」，「一會兒」

2.(#1-11)

漢： njəg A　　『而』(982a-b)

藏： ni　　「對名詞或名詞性句段(nominal syntagma)表示强調」

3.(#1-12)

漢： bljəg B　　『理』(978d)

藏： ri-mo　　「花紋兒」

4.(#1-13)

漢： ljəg A　　『犛』(519g)

藏： 'bri-mo　　「溫順的雌犛牛」

rgod-'bri　　「野生的雄犛牛」

(詞幹 *bri)

5.(#1-23)

漢： tjəg C　　『志』(962e)

藏： rgya　　「標識」，「符號」，「表徵」

【參看】Co:132-3(PT *grya > rgya;PC *krj g > OC *tj gh).

6.(#1-25)

漢： gjəg A　　『其』(952a-e)

tjəg A　　『之』(962ab)

藏： kyi, gyi, yi　　「的」(屬格詞尾)

7.(#14-9)

漢： mjag A　　『巫』(105a)

藏： 'ba-po　　「巫師(男)」

'ba-mo　　「巫師(女)」

8.(#14-11)

漢： tag B　　『睹』(45c'), 『覩』(45d')

藏： lta　　「看」，「觀擦」

9.(#14-12)

漢： tag B　　『荳』(0)

藏： lto-ba　　「荳子」，「胃」

10.(#14-16)

漢： dag D　　『渡』(801b), 『度』(801a)

藏： 'da-ba (詞幹 *da)　　「過」，「超出」

11.(#14-21)

漢： njag A 『如』(94g)

藏： na 「如果」，「萬一」，「假設」

12.(#14-22)

漢： njag A 『洳』(94q)

藏： na 「(河邊的)低草地」

13.(#14-25)

漢： ljag A 『廬』(69q)

藏： ra 「院落」

14.(#14-27)

漢： gljag > ljwo B 『旅』(77a-d)

藏： dgra 「敵人」

15.(#14-28)

漢： gljag > ljwo B 『呂』(76a-c)

藏： gra-ma (詞幹 gra) 「(麥等的)芒」，「(魚的)骨」

16.(#14-29)

漢： rag > jiwo A 『旟』(89l)

rag > jiwo B 『舁』(89a)

rag > jiwo A 『轝』(89i)

藏： bla 「在頭上」，「在…之上」，「較高的」

17.(#14-31)

漢： tsag B 『祖』(46b')

藏： rtsa 「根」，「主要」

18.(#14-35)

漢： tshjag B 『楚』(88a-c)

藏： tsho-ma (詞幹 tsho) 「刺」

19.(#14-38)

漢： sjag B 『所』(91a-c)

藏： sa 「地方」

20.(#14-39)

漢： krag B 『賈』(38b)

藏： ka 「財物」

21.(#14-45)

漢： grag > B, C 『夏』(36ab)

藏： rgya-bo 「漢人」，「胡須」

22.(#14-46)

漢： gjag B 『巨』(95ab)

藏： mgo 「頭」，「首」

go 「首領」, 「巨頭」

23.(#14-48)

漢： gjag A 『渠』(95g)

藏： kho 「他」(3d pers.pron.)

24.(#14-51)

漢： glag > luo C 『璐』(766r)

藏： gru 「寶石的光澤」

25.(#14-55)

漢： ngak D 『咢』(788fg)

藏： rnga 「鼓」

26.(#14-60)

漢： k^{w}ag A 『孤』(41c)

藏： kho-na (詞幹 kho) 「獨自地」

27.(#14-62)

漢： k^{w}rag A 『瓜』(41a)

藏： ka 「瓜(葫蘆)」

28.(#14-65)

漢： g^{w}ag > ɣuo B 『戶』(53a)

藏： sgo 「門」

29.(#14-66)

漢： g^{w}ag > ɣuâ A 『胡』(49a')

藏： ga 「什麼」, 「爲什麼」

30.(#14-67)

漢： g^{w}ag > ɣuâ A 『胡』(49a')

藏： rga 「老」

31.(#14-68)

漢： g^{w}ag > ɣuâ A 『胡』(49a')

藏： rgya-bo 「胡須」, 「漢人」

32.(#14-69)

漢： g^{w}ag > ɣwo A 『狐』(41i)

藏： wa 「狐狸」

33.(#14-70)

漢： g^{w}ag > ɣwâ A 『壺』(56a-d)

krag B 『斝』(34ab)

藏： skya 「壺」

34.(#14-74)

漢： g^{w}jag > ju C 『芋』(97o)

藏： gro-ma (詞幹 gro) 「(西藏的)甘薯」

35.(#14-75)

漢： g^{w}jag B　　『羽』(98a)

藏： sgro　　「羽毛」

36.(#14-77)

漢： ng^{w}ag C　　『寤』(58n)·『晤』(58l)

藏： snga　　「早」，「前」

37.(#14-78)

漢： $'^{w}$jag > ju A　　『迂』(97p)·『紆』(97y)

藏： yo-ba (詞幹 yo)　　「斜的」，「彎曲的」

38.(#14-79)

漢： h^{w}ag A,C　　『呼』(55h)

藏： ha　　「叫」，「招」

39.(#19-3)

漢： phjig > phjie C　　『譬』(853t)

藏： dpe　　「榜樣」，「範例」，「爲說明的比喻」

40.(#19-5)

漢： bjik D　　『闢』(853k)

藏： 'byed-pa, phyes, dbye, phyes (詞幹 *bye/*phye)　　「開」，「開闢」

41.(#19-6)

漢： tig > tiei C　　『帝』(877a-d)

藏： the　　「上帝」

42.(#19-9)

漢： dig < diei A　　『禔』(866e)

藏： bde-ba (詞幹 bde)　　「幸福」

43.(#19-11)

漢： djig > zje B　　『是』(866a-c)

djəg > zi A　　『時』(961z-a')

藏： 'di (詞幹 di)　　「這」

de　　「那」，「那個」

44.(#19-19)

漢： krjig > tsje A　　『支』(864a)

krjig > tsje A　　『枝』(864b)

krjig > tsje A　　『肢』(864c)

gjig > gje A　　『岐』(864h)

藏： 'gye-ba, gyes　　「被分開」，「分離」，「割開」

'gyed-pa, bgyes, bkye (詞幹 *gye/*khye)　　「分開」

45.(#21-1)

漢： phjug A 『泭』(136h)

pjug A 『柎』(136d)

藏： phyo-ba, phyo-ba, phyos (詞幹 phyo) 「遊水」, 「遊泳」

46.(#21-6)

漢： tug C 『噣』(1224n), 『咮』(128u)

trug A, C 『噣』(1224n), 『咮』(128u)

藏： mchu 「脣」, 「鳥嘴」

【参看】G1:101 (WT mchu < *mthyu), Co:39-3(PT *mthyu).

47.(#21-7)

漢： tjug B 『枓』(116b)

tjug C 『注』(129c)

藏： 'chu-ba, bcus, bcu, chus 「杓子」, 「汲水桶」; 「注水」, 「灌水」

chu 「水」

【参看】G1:102(WT chu < *thyu), Co:101-3(stem: chu < PT *thyu).

48.(#21-17)

漢： njug C 『孺』(134d)

藏： nu-bo 「弟弟」

49.(#21-28)

漢： sjug A 『婁』(133e)

藏： sru-mo (詞幹 sru) 「姨媽」

50.(#21-29)

漢： kug A 『鉤』(108c)

藏： kyu 「鉤」

51.(#21-33)

漢： kjug A 『俱』(121d)

藏： khyu, khu-bo, khyu-mo 詞幹 khyu 「群」, 「獸群」, 「組」, 「一行」, 「一隊」

以上五十一個例子是漢語與藏語之對應；以下所列的是緬甸語或藏緬語暗示漢語本來沒有-g韻尾的例子:

1.(#21-34)

漢： khug B 『口』(110a-c)

藏： kha 「口」, 「嘴」

【参看】Be:184j(Bodo-Garo *k(h)u, G ku～khu, Dimasa khu, from TB *ku(w)).

2.(#1-3)

漢： məg　B　　『母』(947a)

藏： ma　　「母親」，「媽媽」

緬： ma　B　　「姊妹」

-ma　　「代表女性的後綴」

【參看】Co:110-1(Kanauri ama, Chepang ma, Newari ma ‘mother’).

3.(#1-9)

漢： njəg　B　　『耳』(981a)

藏： rna-ba (詞幹 rna)　　「耳朵」

緬： na　C　　「耳朵」

【參看】Be:188h(TB *r-na), Co:69-2(TB *r-na).

4.(#1-15)

漢： tsjəg　B　　『子』(964a)

dzjəg　C　　『字』(964n)

dzjəg　A　　『慈』(966j)

dzjəg　A, C　　『孳』(966k)

藏： tsha　　「孫子」，「孫女」

btsa　　「生」，「產生」

mdza　　「愛」，「像朋友或親戚那樣做」

緬： ca　A　　「愛惜關心」，「以對自己那樣同情別人」，

【參看】Be:169y;188j (TB *tsa), G1:127 (WT tsha < *tsa; WB ca A < *dza).

5.(#14-4)

漢： prag　A, brag　B　　『笆』(39s)

藏： spa, sba　　「手杖」，「棒」

緬： wa　　「手杖」，「棒」

6.(#14-5)

漢： bjag　B　　『父』(102a)

pag　B　　『爸』(0)

藏： pha　　「父親」

緬： a-pha　B　　「父親」

【參看】Be:134a(『父』 TB *pwa);189a(『爸』 TB *pa), Co:77-3(TB *pa 『父』).

7.(#14-8)

漢： mjag　A　　『無』(103a)

mjag　A　　『毋』(107a)

藏： ma　　「不」，「沒有」，「別」

緬： ma　B　　「不」

8.(#14-13)

漢： tjiag　B　　『赭』(45d)

藏： 'btsa 「鐵銹」(Yu:5-32)
緬： tya 「好紅的」
ta 「好紅的」,「炎熱的紅」

9.(#14-30)
漢： rag C 『夜』(800jk)
藏： zla 「月」
緬： la 「月」

10.(#14-34)
漢： tshjiag B 『且』(46a)
藏： cha-ba 「將要」,「將開始時」
緬： ca B 「開始」,「起頭」,「開端」
【参看】Co:36-1(T stem:cha < PT *tshya).

11.(#14-41)
漢： khag B 『苦』(49u)
藏： kha 「(味道)苦的」
緬： kha C 「(味道)苦的」
【参看】Be:165d;186b(TB *ka).

12.(#14-52)
漢： ngjag A 『魚』(79a)
藏： nya 「魚」
緬： nga 「魚」
【参看】Be:124a(TB *ŋya, ST *ŋya), Co:80-1(Tsangla nga, K nga, L hnga).

13.(#14-53)
漢： ngag A 『吾』(58f)
藏： nga 「我」,「我們」
緬： nga A 「我」
【参看】Be:160n;188b(TB *ŋa), Co:96-4(TB *nga, Nung nga).

14.(#14-54)
漢： ngag B 『五』(58a)
藏： lnga 「五」
緬： nga C 「五」

15.(#14-73)
漢： g^{w}jag > ju A 『于』(97a)
藏： 'gro 「行」,「走」
緬： krwa 「去」,「來」

16.(#21-5)
漢： mjug C 『霧』(1109t)
藏： rmu-ba 「霧」

緬： mru 「霧」，「霧氣」

17.(#21-12)

漢： dug > dəu A 『頭』(118e)

藏： dbu 「頭」(敬)

緬： u 「頭」

【参看】Be:166n(TB *(d-)bu).

18.(#21-16)

漢： njug B 『乳』(135a)

藏： nu-ma 「胸」，「乳房」，「胸懷」

緬： nuw B 「乳房」，「乳汁」

【参看】Co:48-3(TB *nuw).

19.(#21-38)

漢： khug C 『寇』(111a)

藏： rku 「偷」

緬： khuw 「偷」

【参看】Be:184c(TB *r-kuw).

20.(#21-39)

漢： khjug A 『軀』(122g)

藏： sku 「身體」

緬： kuwy A 「動物的軀體」

【参看】Co:46-3(TB *(s-kuw).

21.(#21-40)

漢： khuk D 『哭』(1203a)

藏： ngu-ba 「哭泣」，「喊叫」

緬： nguw 「哭」，「哭泣」

2. [-g^w] ↔ [-ø]

1.(#3-3)

漢： $prəg^w$, $phrəg^w$ A 『胞』(1113b)

藏： phru-ma, 'phru-ma, 「子宮」，「胎盤」，「胎座」

2.(#3-4)

漢： $pəg^w$ B 『堡』(0)

藏： phru-ma 「要塞營地」，「宮殿」，「堡壘」

phru-ba 「要塞營地」

3.(#3-5)

漢： $phrəg^w$ A 『泡』(0)

藏： lbu 「泡」

4.(#3-6)

漢： bjəg^{w} A 『浮』(1233l-m)

藏： 'phyo-ba (詞幹 *phyo) 「漂流」,「浮動」

5.(#3-24)

漢： kjiəg^{w} A 『虯』(1064e)

藏： klu 「龍」

6.(#3-25)

漢： krjəg^{w} A 『舟』(1084a)

藏： gru 「船」,「渡船」

7.(#3-27)

漢： gjəg^{w} > gjəu A 『逑』(1066k)

藏： khyu 「群」

8.(#3-28)

漢： gjəg^{w} A 『觩』(1066i)

藏： dkyu 「灣曲」

9.(#3-30)

漢： hjəg^{w} A 『休』(1070a-f)

藏： mgu 「樂」,「高興」

10.(#16-1)

漢： phjag^{w} A 『漂』(1157i)

藏： 'phyo-ba (詞幹 *phyo) 「漂流」,「浮動」

11.(#16-11)

漢： ngag^{w} A 『熬』(1130h-i)

藏： rngod-pa, brngos, brngo, rngos (詞幹 *rngo) 「炒」,「燒」,「用油煎」

12.(#3-22)

漢： kjəg^{w} B 『九』(992a)

藏： dgu 「九」

緬： kuw C 「九」

【參看】Be:154c(ST *d-k w);162g(TB *d-kuw).

13.(#3-23)

漢： kjəg^{w} > kjəu A 『鳩』(992n)

藏： khu-byug 「杜鵑鳥」,「布穀鳥」

緬： khuw 「鴿子」

【參看】Be:185e(TB *kuw), Co:118-1(TB *kuw).

14.(#3-26)

漢： gjəg^{w} B 『舅』(1067b)

藏： khu-bo, a-khu 「父系叔伯」,「叔叔」
緬： kuw A 「兄」

(以上十四個例子當中, 三個例子爲緬甸語也是開音節。)

3. [-d] ↔ [-ø]

1.(#7-1)
漢： pjəd A 『誹』(579g)
pjəd C 『非』(579a)
藏： 'phya-ba (詞幹 *phya) 「責備」,「苛評」,「嘲弄」
2.(#9-23)
漢： tsuad C 『最』(325ab)
藏： gtso 「很」,「最好」
3.(#17-4)
漢： pjid B 『比』566gh)
藏： dpe 「樣子」,「比喻」
4.(#17-7)
漢： bjid D 『貔』(566h')
藏： dbyi 「猞猁」,「山猫」
5.(#17-15)
漢： thid B, C 『涕』(591m)
藏： mchi-ba 「眼淚」
【參看】Co:146-4(T stem:mchi < PT *mthyi).
6.(#17-16)
漢： nid B 『嬭』(359d-f)
藏： a-ne, ne-ne, ne-ne-mo 「乳母」
(詞幹 ne)
7.(#17-25)
漢： tsjid B 『姊』(554b)
藏： a-che 「大姊」
che-ze (詞幹 che) 「大姊」,「大太太」(elder wife)
8.(#17-33)
漢： sid > siei A 『犀』(596a-b)
藏： bse 「犀牛」,「羚羊」,「獨角獸」
9.(#17-42)
漢： kjid B 『机』(672a-c)
藏： khri 「座椅」,「椅子」

10.(#7-7)

漢： mjiəd > mji　C　　『寐』(531i-j)

藏： rmi-ba　　「作夢」

緬： mwe　　「睡覺」

【参看】Be:185m(TB *(r-)mw y～*(s-)mwəy), Co:134-5 (TB *rmwiy).

11.(#7-8)

漢： thad　C　　『大』(317a)·『太』(317d-e)

藏： mthe-bo　　「母指」

緬： tai　　「非常」，「甚」

【参看】Be:66c(TB *tay ‘big, large, great’), Co:42-2(TB *tay).

12.(#17-1)

漢： pjid　B,C　　『妣』(566no)

藏： a-phyi,phyi-mo(詞幹 phyi)　　「祖母」

緬： -phe　　「祖母」

-phe-ma　　「曾祖母」

13.(#17-10)

漢： tjid　C　　『至』(413a)

藏： mchi　　「來」，「去」，「出現」

緬： ce　B　　「來」，「到達」

【参看】G1:86(WT mchi < *mtshyi;WB ce < *tsiy).

14.(#17-19)

漢： njid　B　　『邇』(359c)

njid　A　　『尼』(563a)

njit　D　　『昵』(563f)

藏： nye-ba　　「近」，「隣近」

緬： ni　　「近」，「隣近」

15.(#17-34)

漢： sid　C　　『細』(1241l)

藏： zi　　「少或小的東西」

緬： se　C　　「小」，「少」，「美麗的」，「苗條的」

【参看】G1:87(WB se C < *siy), Co:135-3(TB *ziy).

16.(#17-35)

漢： sjid　B　　『死』(558a)

藏： shi-ba, 'chi-ba　　「死」

緬： se　A　　「死」

【参看】Be:185i-n(TB *siy/*səy), G1:81(WB se < *siy), Co:62-9(TB *syiy, T stem:shi < PT *syi).

17.(#17-36)

漢： sjid C 『四』(518a)
藏： bzhi 「四」
緬： le C 「四」
【參看】G1:82(WT bzhi < *blyi;WB le < *liy), Co:83-2(PT *blyi, TB *blyiy).

18.(#17-45)
漢： hrjid B > si, χji 『屎』(561d)
藏： lci-ba 「糞」, 「肥料」
緬： khye < *khliy 「排泄物」, 「大便」

(以上十八個例子裏的藏語都是開音節，當中緬甸語也是開音節的例子共有九個。)

第四節 鼻音韻尾

鼻音韻尾-ng、-n、-m的對應關係比其他韻尾整齊。上古漢語的舌根鼻音韻尾-ng幾乎都對應於藏語-ng(共有八十三個例子)，對應於開音節的例外現象只有兩個，如:

[-ng] ↔ [-ø]

1.(#15-16)
漢： nang B 『曩』(730k)
藏： gna-bo (詞幹 gna) 「已往的」, 「古代的」
【參看】G1:30.

2.(#15-18)
漢： njang A 『瀼』(730f)
藏： na-bun 「霧」, 「濃霧」
khug-rna, khug-sna 「霧」, 「靄」, 「霧氣」
khug-rna, khug-sna 「霧」, 「靄」, 「霧氣」
緬： hnang C 「露水」, 「霧」, 「靄」
【參看】Be:190a, G1:29, Co:62:3.

雖然有這兩個例子，然而我們不妨給原始漢藏語擬測舌根鼻音韻尾爲*-ng。

圓脣舌根鼻音韻尾-ng^w，上古漢語有(只有『中』部字)而古藏語則沒有。漢藏語同源詞中具有這個韻尾者，共有五個(第三章的4.『中』部)，全部是對應於藏語的舌根鼻音-ng此韻尾是在上古時期才開始有的，還是早就有(在PC或PST)。從漢藏語比較研究來說，後者的可能性比較低，找不到什麼痕迹。

在漢藏語同源詞上具有脣鼻音韻尾-m的漢語語詞，共有四十六個。其中藏語也具有脣鼻音韻尾者，一共有四十四個例子。此外，兩個同源詞呈現[-m]↔[-b]的對應，如:

1.(#6-7)

漢：	tsjəm C	「浸」(661m)
藏：	sib	「浸入」
緬：	cim A	「浸濕」，「浸入液體」

【参看】G1:92，Co:136-1.

2.(#6-28)

漢：	'jəm A	『陰』(651g)
藏：	grib	「背陰的地方」

【参看】Si:246.

第一個例子裏的古藏語韻尾-b，比之與上古漢語和緬語的情形，它一定是從*-m變來的。我認爲這兩個例子裏的韻尾對應可能是遠古時期的方言現象所致。

在鼻音韻尾的對應關係當中，舌尖鼻音-n的對應情形最複雜。其中比較常見的類型有三種：①[-n]↔[-n]，②[-n]↔[-l]，③[-n]↔[-r]。第一個對應共三十六見，這是很正常的，而且不需要加以解釋，因此不必一一舉例。第二個及第三個對應情形則需要加以解釋。

1. [-n] ↔ [-l]

在漢藏語同源詞中漢語[-n]與藏語[-l]之對應相當常見，在此提出一個問題：原始漢藏語如何？最近龔煌城師(1991:7-8)看到這個情形而解釋爲:「原始漢藏語的-l韻尾，在上古漢語廣大的地區發生了-l ＞ -n的音韻變化，分別歸入眞、文、元三部，其餘沒發生此音變的則保存在脂、微、歌三部，造成脂眞、微文、歌元的對轉」。可見，他認爲與藏語[-l]對應的漢語[-n]原來是收[-l]的。而且舉了十八個漢藏語同源詞來作爲旁證。這

樣的例子更多，一共有三十九個(包括龔煌城師所舉的)。玆移錄於下，以便參考。如:

1.(#8-2)
漢： pjən A 『分』(471a)
bjən C 『分』
藏： 'bul-ba 「獻、贈進、奉上、送出的敬語」
'phul 「供獻」
(詞幹 *bul / phul)

2.(#8-8)
漢： bjən A 『頒』(471p)
藏： 'phul 「推」，「給」

3.(#8-10)
漢： bjiən A 『貧』(471o)
藏： dbul 「貧乏」，「貧窮」，「缺少」

4.(#8-15)
漢： mjiən A 『閩』(441i)
藏： sbrul < *smrul 「蛇」
緬： mrwe < *mruy 「蛇」

5.(#8-19)
漢： dən C 『鈍』(427i)
藏： rtul-ba (詞幹 rtul) 「愚鈍的」，「鈍感的」，「不銳利的」

6.(#8-20)
漢： djən A 『順』(462c)
sdjən A 『馴』(462f)
djən A 『純』(427n)
藏： 'dul-ba, btul, gdul, thul 「馴服」，「征服」
dul-ba 「淞軟」，「馴服」，「溫順」，「馴的，「純的」

7.(#8-24)
漢： kən A 『根』(416b)
藏： kul-ma 「物體的底或邊」

8.(#8-25)
漢： kən B 『頣』(0)
藏： 'gul 「頸部」，「咽喉」
mgul 「喉」、頸的敬語」

9.(#8-27)
漢： k^wjən A 『君』(459a-c)
藏： rgyal 「得到冠軍的人」，「貴族」，「主人」
rgyal-po 「國王」

10.(#8-31)

漢： ngjiən A	『銀』(416k)
藏： dngul	「銀子」，「錢」
緬： ngwe A	「銀子」

11.(#8-32)

漢： k^{w}jən A	『軍』(458a)
藏： gyul	「軍隊」

12.(#8-37)

漢： g^{w}jiən C	『郡』(459g)
藏： khul	「區域」，「地段」，「地區」

13.(#8-38)

漢： h^{w}jən A	『訓』(422d)
藏： 'khul-ba	「使服從」，「受支配的」

14.(#8-39)

漢： h^{w}jən A	『訓』(422d)
藏： skul-ma	「鼓勵」，「勸勉」
skul-ba	「促使」，「激發」，「調動」

15.(#11-4)

漢： phan C	『判』(181d)
藏： 'phral	「切開」，「減」

16.(#11-9)

漢： brian C	『辦』(219f)
藏： brel-ba (詞幹 brel)	「被雇」，「忙」，「從事」，「在做事」

17.(#11-10)

漢： bjian B, brian C	『辨』(219d)
brian B	『辯』(219e)
藏： 'phral-ba, phral	「識別」，「部分」
'bral-ba, bral	「區別」，「分開」
(詞幹 phral / bral)	

18.(#11-13)

漢： trjan B	『展』(201a)
藏： rdal-pa, brdal, rdol	「擴展」，「延長」，「鋪開」，「擺開」
(詞幹 rdal)	

19.(#11-16)

漢： tuan A	『端』(168d)
藏： rdol-ba, brdol	「出來」，「叫出」，「生成」，「發芽」
(詞幹 rdol)	

20.(#11-17)

漢： than C 『炭』(151a)
藏： thal-ba (詞幹 thal) 「灰塵」，「灰」，「塵埃」

21.(#11-22)
漢： gljan A > ljän 『聯』(214a)·『連』(213a)
藏： gral 「行列」，「排」，「繩索」

22.(#11-24)
漢： tshan A 『餐』(154c)·『粲』(154b)
藏： 'tshal 「吃飯」
'tshal-ma, tshal-ma 「早飯」
(詞幹 tshal)

23.(#11-29)
漢： srian B 『産』(194a)
藏： srel-ba (詞幹 srel) 「養育」，「飼育」，「栽培」，「建設」

24.(#11-32)
漢： kan A 『干』(139a)
gan C 『扞』(139q)·『捍』(139i')
藏： 'gal-ba (詞幹 *gal) 「違犯」，「打亂」，「抵觸」
緬： ka A 「盾的總稱」，「障碍」，「避免」

25.(#11-35)
漢： kan 『肝』
藏： mkhal 「腎」

26.(#11-39)
漢： gan > ɣân A 『汗』(139t)
藏： rngul 「汗」，「出汗」

27.(#11-44)
漢： han A 『鼾』(0)
藏： hal-ba (詞幹 hal) 「喘氣」，「噴鼻息」，「自鼻噴氣作聲」

28.(#11-48)
漢： k^wan A, C 『倌』(157l)
g^wan > ɣwan C 『宦』(188a-b)
藏： khol-po 「僕人」，「男僕」
'khol-ba, bkol, khol 「作爲僕人」，「被雇用爲僕人」
(詞幹 khol)

29.(#11-49)
漢： k^wan C 『涫』(157f)
藏： 'khol-ba, khol 「使沸騰」，「煮熟」
skol-ba 「成爲沸騰的原因」
(詞幹 khol)

30.(#11-51)

漢： $kh^{w}an$ 『款』(162a)

藏： khral 「稅罰款」

31.(#11-54)

漢： $kh^{w}jan$ C 『勸』(158s)

藏： skul 「勸告」，「告戒」

32.(#11-55)

漢： $g^{w}jan$ > jwɐn A 『援』(255e)

藏： grol 「解脫」，「解開」，「淞開」

'grol 「放淞」，「解開」，「釋放」

sgrol 「救度」，「放脫」

33.(#11-58)

漢： $g^{w}rian$ C 『幻』(1248c)

藏： rol-ba 「自娛」，「使迷惑」，「練習巫術」

34.(#11-59)

漢： $h^{w}jan$ A, B 『暖』(255j)

藏： hol-hol (詞幹 hol) 「柔軟的」，「溫暖的」，「不緊的」，「輕的」

35.(#18-2)

漢： drjin A 『塵』(374a)

藏： rdul 「塵」，「灰塵」

36.(#18-3)

漢： hnjin B > sjen 『矧』(560j)

藏： rnyil, snyil, so-rnyil (詞幹 rnyil/snyil) 「齒齦」，「牙牀」

37.(#18-9)

漢： sin B, sid B 『洗』(478j)

sin B, sid B 『洒』(594gh)

藏： bsil-ba (詞幹 bsil) 「洗」，「洗濯」，「沐浴」

38.(#18-11)

漢： sjin B 『筍』(392n)

藏： skyil 「繫」

39.(#18-17)

漢： $k^{w}jin$ A 『鈞』(391e)

藏： 'khyil-ba (詞幹 *khyil) 「纏」，「捲」，「旋轉」，「回轉」

2. [-n] ↔ [-r]

漢語[-n]與藏語[-r]之對應相當常見。最近龔煌城師(1991:8-10)看到這個情形解釋爲：「原始漢藏語的-r韻尾，也曾在上古漢語廣大的地區發生了 -r ＞ -n 的音韻變化,分別歸入眞、文、元三部，其餘沒發生此音變的則仍留在脂、微、歌三部，呈現爲古代文獻上脂眞、微文、歌元對轉的現象。」他認爲與藏語[-r]對應的漢語[-n]原來是收[-r]的，同時舉了十八個漢藏語同源詞來作爲旁證。他的解釋，我認爲可以信從，因爲更多的漢藏同源詞顯示了這種音變，共有三十個例子(包括龔煌城師所舉的)。但，這些例子只見於『文』、『元』二部，而未見於『眞』部。這個現象是否是元音的影響？這是有可能的，但是無法確定，待考。茲將這些同源詞移錄如下:

1.(#8-3)

漢：	pjən B	『粉』(471d)
	bjən B	『坋(=坌)』(0)
藏：	dbur	「研粉」，「磨細」

2.(#8-4)

漢：	pjən A	『翂』(471e)
	pjən C	『奮』(473a)
藏：	'phur	「飛行」
	'phir	「飛」

【參看】Be:172u(TB *pur, *pir), Co:82-2(TB *pur), G3:39.

3.(#8-7)

漢：	bjən > bjwan A	『焚』(474a)
藏：	'bar-ba (詞幹 *bar)	「燃燒」，「着火」
	sbar	「點火」，「燃火」，「使憤怒」
緬：	pa B	「發光」

【參看】Co:50-2(TB *bar), G3:42.

4.(#8-13)

漢：	mjən B	『吻』(503o)
	mən A	『門』(441a)
藏：	mur	「顎」，「口部」

5.(#8-23)

漢：	siən B	『銑』(478h)
藏：	gser	「金」

6.(#8-33)

漢：	$kh^{w}ən$ C	『困』(420a-b)
藏：	khur	「負荷」，「煩惱」，「艱難」，「困難」

7.(#10-2)

漢：	pran A	『班』(190ab)

藏： 'bor-ba, bor(完成式)　　「投,「擲」,「撒」

8.(#11-1)

漢： pran B　　『板』(262j)·『版』(262k)

藏： 'phar　　「嵌板」,「小的板材」,「平板」

phar　　「板」,「紙板」

9.(#11-2)

漢： pran, bran B　　『眅』(262n)

藏： 'phar-ba (詞幹 *phar)　　「提高的,「高一層的」,「崇高的」

10.(#11-7)

漢： phjan A　　『飜』(0)

藏： 'phar-ba (詞幹 *phar)　　「(火花、閃光的)飛散」

11.(#11-8)

漢： ban C　　『畔』(181k)

pan C　　『半』(181a)

藏： bar　　「空隙」,「中間的」,「中」

dbar　　「空隙」,「中間」,「二者之間」

12.(#11-11)

漢： brian C　　『辦』(0)

藏： 'bar-ba　　「開」,「開始開花」

緬： pan B　　「花」

13.(#11-12)

漢： bjan A　　『燔』(195i)

藏： 'bar-ba (詞幹 *bar)　　「燒」,「燃燒」

【參看】Co:50-2(TB *bar).

14.(#11-15)

漢： tan B ;tar C　　『癉』(147e)

藏： ldar-ba (詞幹 ldar)　　「疲勞」,「勞累」,「困倦,「疲乏」

15.(#11-18)

漢： dan C　　『憚』(147o)

tjian C　　『顫』(148s)

藏： 'dar-ba (詞幹 *dar)　　「打顫」,「戰慄」

sdar-ma (詞幹 sdar)　　「打顫」,「怯懦」

16.(#11-19)

漢： drjan B　　『纏』(204c)

藏： star-ba (詞幹 star)　　「繫緊」,「加固」

緬： ta A　　「縮住」

17.(#11-21)

漢： nan A, C　　『難』(152d-f)

藏： mnar-ba (詞幹 mnar)　「遭難」，「迫害」，「受苦痛」

18.(#11-26)

漢： tshan C　『粲』(154a)·『燦』(154b)

藏： mtshar-ba (詞幹 mtshar)　「光明」，「放光」，「鮮明」，「美麗」

19.(#11-28)

漢： sjan A　『鮮』(209a-c)

藏： gsar-ba (詞幹 gsar)　「新」，「新鮮」

緬： sa B　「使……更新」，「重新做」

20.(#11-29)

漢： sian C　『霰』(156d)

藏： ser-ba (詞幹 ser)　「雹」，「霰」

21.(#11-31)

漢： suan > suən B　『算』(174a)

藏： gshor　「計算」，「測量」

22.(#11-34)

漢： kan A　『竿』(139k)

藏： mkhar-ba　「棍子」，「手杖」

'khar-ba　「棍子」，「杆子」

(詞幹 *khar)

23.(#11-37)

漢： kjian B　『搴』(143d)

藏： 'khyer-ba, khyer　「拿」，「帶來」，「搬運」

24.(#11-41)

漢： gjian C　『健』(249g)

藏： gar-ba　「健壯的」

gar-bu　「堅硬的」

gar-mo (詞幹 gar)　「濃的(液體)」

緬： kyan　「好的」，「健康的」

25.(#11-45)

漢： hjan C　『獻』(252e)

藏： sngar-ma　「聰明」，「敏悟」

26.(#11-47)

漢： k^wan B　『痯』(157g)

藏： kyor-kyor　「無力的」，「虛弱的」

khyor-ba, 'khyor-ba　「發暈」，「眩暈」

(詞幹 khyor)

27.(#11-52)

漢： kh^wan　『窾』(162b)

藏： kor　　「中空的」，「(地下的)坑」

28.(#11-53)

漢： kh^wan　A　　『圈』(226k)

藏： skor, 'kor, sgor　　「圓」，「圓形的」

29.(#11-56)

漢： g^wan > ɣuân　B　　『緩』(255l)

藏： 'gor　　「耽延」，「遲滯」

30.(#11-57)

漢： g^wjan > jiwän　A　　『圓』(227c)

藏： gor　　「圓形」，「球形」

舌尖鼻音韻尾的對應，還有幾個情形：① [-n]↔[-m](5)；② [-n]↔[-g](1)；③ [-n]↔[-ng](8)。這是比較罕見的現象，可能是受方言現象的影響，爲了討論的方便起見，在後面有仔細考察(請參看本章第七節)。

第五節　流音韻尾

上古漢語有流音韻尾-r，而沒有-l，藏語則兩種都有。上古漢語與藏語的流音韻尾的對應關係呈現五種不同情形：① [-r]↔[-ø](17)；② [-r]↔[-l](17)；③ [-r]↔[-r](4)；④ [-r]↔[-n](2)；⑤[-r]↔[-d](1)。龔煌城師(1991:10)認爲原始漢藏語原來有兩種不同的-r 與-l:有一種-r與-l完全消失，另一種-r與-l後來變成-n。這樣的看法原來是受柯蔚南(1986:29, 31)啓發的，龔煌城師則「考慮漢語上古文獻中陰陽對轉的現象及中古韻書(如≪廣韻≫)許多一字兩讀(或多讀)的現象，認爲這是反應方言分歧發展的情形。原始漢藏語仍然比喻一種-r與一種-l，只是因爲在廣大的漢語地區不同的方言裏有不同的發展，才造成古代文獻上所出現的脂、微、歌三部字與眞、文、元三部字通轉的現象。」我覺得這個說法可以信從，但我認爲也有可能這些方言分歧現象已經存在於原始漢藏語時期。

1.　[-r] ↔ [-ø]

漢藏語同源詞中的[-r]↔[-ø]對應有可能顯示上古漢語[-r]早就具有消失局面，其例如下：

1.(#7-22)

漢： h^wər (< hmər ?)　B　　『火』(353a-c)

　　h^wjər(< hmjər ?)　B　　『燬』(356b)

藏： me　　「火」

緬： mi　　「火」

2.(#10-1)

漢： par　A　　『波』(25l)

藏： dba　　「波」，「波浪」

3.(#10-3)

漢： pjiar > pje　B　　『彼』(25g)

藏： pha　　「在那邊」，「在前」，「較遠地」

　　pha-gi　　「在那邊的(東西)」

4.(#10-9)

漢： thjiar　B　　『侈』(3i)

藏： che-ba　　「多數」，「多量」

5.(#10-10)

漢： thuar　C　　『唾』(31m)

藏： tho-le　　「吐」，「吐唾沫」

6.(#10-12)

漢： lar > lâ　A　　『羅』(6a)

藏： dra　　「網」，「網狀物」

7.(#10-14)

漢： ljar > lje　A　　『籬』(23g)

藏： ra-ba (詞幹 ra)　　「城墻」，「圍籬」

8.(#10-18)

漢： dzar　A　　『鹺』(5m)

藏： tshwa　　「鹽巴」

緬： tsha　　「鹽巴」

9.(#10-19)

漢： dzar　A　　『瘥』(0)

藏： tsha　　「疾病」

10.(#10-20)

漢： srar　A　　『沙』(16a-c)

藏： sa　　「土」，「大地」

11.(#10-21)

漢： kar　A　　『歌』(1q)

藏： bka 「詞」，「講話」
緬： tsa-ka 「詞」，「講話」

12.(#10-22)
漢： kar C 『箇』(=個，个)(49f')
藏： -ka(-ga) 「詞尾"者"」

13.(#10-23)
漢： krar A 『嘉』(15g)
藏： dga-ba (詞幹 dga) 「歡喜」，「高興」

14.(#10-25)
漢： gar > ɣâ A 『何』(1f)
藏： ga-thog 「何處」，「何人」
ga-dus 「何時」
ga-nas 「從何處」
ga-tshod 「多少」，「何量」
ga-ru 「何處」

15.(#10-30)
漢： ngar B 『我』(2a-g)
藏： nga 「我」，「我們」
緬： nga A 「我」

16.(#10-35)
漢： g^{w}rar > ɣwa C 『樺』(0)
藏： gro 「樺樹」

17.(#10-36)
漢： ng^{w}ar A 『訛』(19e)
ng^{w}jar C 『僞』(27k)
藏： rngod-pa, brngos, brngod, rngos(詞幹 rngo) 「欺」，「瞞」，「使迷醉」

【參看】Co:77-1 (probable stem:*rngo -- Final -d in this form is irregular. We would expect brngo here. Cf. Coblin 1976:69).

2. [-r] ↔ [-l]

漢藏語同源詞中[-r]↔[-l]的對應也較屢見，共有十七個例子。龔煌城師(1991:5-6)將這樣對應的上古漢語的韻尾一律改爲 -l。其例如下:

1.(#7-8)
漢： hnər B 『妥』

藏： rnal 「休息」，「內心寧靜」
緬： na C 「渴望休息而從運動或行動中停下來」

2.(#10-4)

漢： phjiar A 『披』(25j)
藏： 'phral 「分離」
'bral 「分離」，「分散」

【參看】G3:6(『披』 *phjial)

3.(#10-5)

漢： biar A 『皮』(25ab)
藏： bal 「羊毛」

4.(#10-6)

漢： bjiar A 『疲』(25d)
bjiar A 『罷』(26a)
藏： 'o-brgyal 「辛苦」，「疲倦」
brgyal 「昏倒」，「悶絶」

【參看】G3:8(『疲』『罷』 *bjial).

5.(#10-7)

漢： mjiar A 『糜』(17g)
mjiar B 『靡』(17h)
藏： dmyal-ba (詞幹 dmyal) 「粉碎」，「陵遲處斬(刑名)」

6.(#10-11)

漢： djuar A 『垂』(31a)
藏： 'jol-ba 「垂下」，「成垂」

【參看】G1:178(WT 'jol < *'dyol), Co:91-1(stem:*jol < PT *dyol), G3:7(『垂』 *djual).

7.(#10-13)

漢： ljiar A, C 『離』(23f)
藏： ral-ba 「被扯裂」，「斬爲小片」
ral 「(意見等的)分裂」
dbral 「分離」 (Y:6-20)

8.(#10-15)

漢： tsar A 『左』(5a-d)
藏： rtsal 「能力」

9.(#10-16)

漢： tshar B 『磋』(5g)、『瑳』(5i)
藏： tshal 「片」，「碎屑」

10.(#10-24)

漢： krar A 『加』(15ab)
藏： bkral-ba 「徵收」，「放在上面」

khral　　　　　　　　　　　「稅」，「負荷」，「職務」

【参看】Co:36-2, G3:8a(『加』 *kral).

11.(#10-26)

漢： gar > ɣâ　B　　　　　『荷』(1o)

藏： 'gel-ba, bkal, dgal, khol　「裝馱子」

sgal-ba　　　　　　　　　「獸馱的東西=荷」

khal　　　　　　　　　　「馱子」，「擔子」

緬： ka　B　　　　　　　「套馬」，「套獸力車」

【参看】G1:40, Co:51-4(T stems:khal / *gal), G3:5(『荷』*gal).

12.(#10-27)

漢： gar > ɣâ　A　　　　　『河』(1g)

藏： rgal-ba (詞幹 rgal)　　「可涉水的地方」，「渡過」，「渡(河)」

13.(#10-28)

漢： ngar　A　　　　　　『蛾』(2g)

藏： mngal　　　　　　　「胎」

14.(#10-31)

漢： ngar　C　　　　　　『餓』(2o)

藏： ngal　　　　　　　　「疲勞」

15.(#10-32)

漢： hjar　C　　　　　　『戲』(22b)

藏： 'khyal-ba　　　　　　「戲謔」，「玩笑」

rkhyal-ka, kyal-ka　　　　「戲謔」，「玩笑」，「戲法」

16.(#10-33)

漢： $k^{w}ar$　B　　　　　　『裹』(351d)

藏： khal　　　　　　　　「馱子」

17.(#10-34)

漢： $kh^{w}ar$　　　　　　　『科』(8n)

藏： khral　　　　　　　　「稅罰款」

3. [-d] ↔ [-l]

上古漢語的『脂』部字和『微』部字也對應古藏語-l韻尾，龔煌城師(1991:5)認爲這種上古漢語韻尾原收-l尾的。其例共有六個，如:

1.(#7-8)

漢： snjəd　A　　　　　　『綏』

藏： rnal　　　　　　　　「休息」，「內心寧靜」

緬： na C　　「渴望休息而從運動或行動中停下來」

2.(#7-18)

漢： g^{w}jəd > jwei A　　『違』(571d)

藏： 'gol-ba　　「背離」，「分離」，「犯錯誤」

【參看】G1:167, Co:62-2(OT dgol-pha < *dgold, as indicated by the use of the suffix-pha, stem: *gold).

3.(#7-21)

漢： h^{w}jəd A　　『輝』(458l)、『煇』(458k)

藏： khrol　　「光亮」，「發光」

【參看】G3:3(『輝』『煇』 *hwjəl)

4.(#9-24)

漢： tshad C　　『蔡』(337i)

藏： tshal　　「青菜」

5.(#17-6)

漢： bjid A　　『膍』(566f')

藏： 'phel-ba, phel　　「加大」，「擴大」

【參看】Co:97-2(OT pheld).

6.(#17-9)

漢： tid A, B　　『底』(590c)

藏： mthil　　「底」，「最低的部分」

緬： mre A　　「地」，「土地」，「土壤」

4. 其　餘

在上古漢藏與古藏語的流音韻尾對應中比較罕見而零碎的，有三種：[-r]↔[-r]、[-r]↔[-n]、[-r]↔[-d]。

(1) [-r] ↔ [-r]

1.(#10-2)

漢： par C　　『播』(195p)

藏： 'bor-ba, bor(完成式)　　「投，「擲」，「撒」

【參看】Be:172f;174a, Co:139-2.

2.(#10-8)

漢： tar C, tan B　　『癉』(147e)

藏： ldar-ba (詞幹 ldar)　　「疲勞」，「勞累」，「困倦」，「疲乏」

【參看】G1:36, Co:159-1, G3:27.

這兩個例子顯示上古漢語曾發生-r ＞ -n的音韻變化(見龔煌城師 1991:8)。尤其,『播』、『痺』二字的聲符皆爲具有韻尾-n的;『痺』又有-r/-n異讀。

(2) [-r] ↔ [-n]

1.(#10-8)

漢: mjiar A 『眉』(567a-c)

藏: smin-ma 「眉」,「眉毛」

【參看】Si:236, Be:173i.

2.(#10-29)

漢: ngar A 『鵝』(2p)

藏: ngang 「鵝」

緬: ngan C 「鵝」

【參看】Si:158, Sh:22-24(“O.B. ngang < *ngan by assimilation of final consonant to the initial.”--O.B. 㔾 WT), G1:38

第二個例子裏的古藏文[ngang],沙佛爾認爲從*ngan演變而來的,是爲同化作用所致。沙佛爾的看法可以取信,因爲漢藏語比較研究來看,[-r]↔[-ng]的對應不大可有的。我認爲-n ＞ -ng的變化是因藏語內部方言而來的,而且這是原始漢藏語以後所發生的。

(3) [-r] ↔ [-d]

[-r]↔[-d]的對應,僅一見(但,[-d]↔[-r]的對應較屢見,後詳),如:

1.(#10-17)

漢: dzuar B, C 『坐』(12a)

藏: sdod 「坐」,「停留」

【參看】La:67, G1:177, Bo:277, Benedict 1976:181.

這個詞的聲母及元音,都合乎對應規律,可以認作同源詞。

第 六 節　藏語韻尾[-s]與漢語的對應

古藏文「後置字母」-s可成爲單輔音韻尾，也可成爲四種複輔音韻尾(「重後置字母 yang 'jug)」)：-gs, -ngs, -bs, -ms。這些韻尾如何對應上古漢語，是一個很有意思，而且可以幫助我們了解有關上古漢語的韻尾和聲調的問題：(1)這個韻尾是否對應漢語去聲字；(2)是否是上古漢語可能具有複輔音韻尾(如*-ms、*-gs、*-ks)。在下面分別討論這些問題。

1.　藏語擦音韻尾與漢語聲調的關係

歐第國(Haudricourt, A.G.1954a:221)首次提到上古漢語的去聲與詞尾-s有關之後，不少學者(如蒲立本1962;1973b;1978、梅祖麟1970、包擬古1974等)討論過這個問題。他們舉出少數漢藏同源詞來作旁證而已，沒有全面地考察漢藏同源詞的情形。在本書第三章所舉的同源詞上具有韻尾-s的古藏語，怎麼對應漢語聲調？　統計以得到的結果顯示：平聲29個；上聲8個；去聲43個；入聲29個。果然，對應去聲者最多，但對應平聲者也不少，因此不能一概而論。爲了作深入研究之參考，分別移錄其例如下：

(1)　對應漢語去聲字的例

1.(#1-1)

漢： pjəg > pjəu　C　　　　『富』(933r)

藏： phyugs　　　　　　　「家畜」

2.(#1-5)

漢： tjəg　C, tjək　D　　　『織』(920f)

藏： thags　　　　　　　　「織物」,「絲罔」

【參看】G1:133(OC tjəg C < *tjəks;WT thags < *tags), Co:159-2(TB *tak).

3.(#1-26)

漢： ngəg　C　　　　　　　『碍』(956g)

藏： 'gegs-pa　　　　　　　「妨碍」,「停止」,「禁止」

4.(#1-27)

漢： g^wəg　B, C　　　　『右』(995i)

藏： gzhogs　　　　　　　「身體的一邊」

5.(#5-1)

漢： təb　C　　『對』(511a)
藏： debs-pa, btab, gtab, thobs　　「回答」, 「說明」, 「解釋」
【參看】G1:144(『對』təb C < təps).

6.(#6-5)
漢： niəm　C　　『念』(670a)
藏： nyams　　「靈魂」, 「心」, 「思想」

7.(#6-17)
漢： kljəm　C　　『禁』(655k)
藏： khrims　　「規定」, 「對的」, 「慣例」, 「法」

8.(#7-9)
漢： ljəd　C　　『類』(529a)
藏： gras　　「部類」, 「等級」, 「種族」

9.(#7-14)
漢： k^wjəd > kjwei　C　　『貴』(540b)
藏： gus-po　　「昂貴的」, 「高價的」, 「寶貴的」
gus-pa (詞幹 gus)　　「尊敬」, 「崇敬」

10.(#9-2)
漢： pjad　C　　『蔽』(341h)
藏： sbas　　「隱藏」

11.(#9-3)
漢： phad　C　　『沛』(501f)
bjiad　C　　『弊』(341e)
藏： 'bab-pa, babs, babs　　「倒下」, 「下降」
'bebs-pa, phab, dbab, phob　　「使黐倒」, 「打倒」

12.(#9-16)
漢： ljad　C　　『厲』(340a)
藏： rab, rabs　　「涉過」, 「可涉水的地方」, 「渡口」

13.(#9-20)
漢： rad　C　　『裔』(333ab)
藏： ldebs　　「邊」, 「圍繞」, 「圍墻」

14.(#9-21)
漢： rad　C　　『勩』(340c)
藏： las　　「行爲」, 「行動」, 「事」

15.(#9-34)
漢： g^wrad > əwai　C　　『話』(302o)
藏： gros　　「話」

16.(#11-50)
漢： k^wan　C　　『慣』(159d)

藏： goms 「習慣」

17.(#12-9)

漢： kab > kâi C 『蓋』(642q)

藏： 'gebs-pa 「復蔽」

18.(#13-1)

漢： phjam C 『泛』(641b)、『汎』(625f)

phjam C 『氾』(626c)

藏： 'byam-pa, byams 「氾濫」, 「被普及」

19.(#13-5)

漢： njam B, C 『染』(623a)

藏： nyams-pa 「被弄壞」, 「着染的」, 「使變色」

20.(#13-19)

漢： ngjam C 『驗』(613h)

藏： ngams 「經驗」, 「感受」

21.(#14-26)

漢： ljag C 『勴』(0)

藏： rogs 「助」

22.(#14-32)

漢： tshag C 『措』(798x)

藏： 'tshogs 「集」, 「聚」

23.(#14-47)

漢： gjag C 『遽』(803cd)

藏： mgyogs 「快」

24.(#14-56)

漢： ngjag B, C 『語』(58t)

藏： ngag, dngags 「講演」, 「談話」, 「詞」

25.(#14-61)

漢： k^wag C 『雇』(53de)

藏： bskos 「給……託事」

26.(#14-71)

漢： g^wag > əwo C 『護』(784k)

藏： 'gogs-pa 「預防」, 「避開」

27.(#15-19)

漢： hlang > thəng C 『湯』(720z)

藏： rlangs 「蒸發氣體」, 「蒸氣」

28.(#15-21)

漢： ljang A, C 『量』(737a)

藏： grangs 「數字」

緬： khrang A 「用容器量」

【參看】G2:3(PST *grjangs > rjangs > ljang).

29.(#17-20)

漢： njid C 『二』(564a-d)

藏： gnyis 「二」

緬： hnac < *hnit 「二」

30.(#17-44)

漢： grjid > zi C 『嗜』(552p)

藏： dgyes-pa 「歡喜」，「高興」

31.(#19-10)

漢： dig > diei C 『踶』(866q)

藏： rdeg(s)-pa, brdeg, rdegs 「踢」，「敲」，「鞭打」

32.(#19-14)

漢： rig > jie C 『易』(850a-e)

藏： legs-pa (詞幹 legs) 「快樂的」，「幸福的」，「舒服的」

33.(#20-4)

漢： ding C 『定』(833z)

ding C 『頞』(0)

藏： mdangs 「容顏」，「前額」

34.(#20-11)

漢： tshing A 『清』(812h')

藏： tshangs 「清淨」

35.(#20-18)

漢： khjing A, C 『輕』(831o)

藏： khengs 「驕傲」

36.(#21-5)

漢： mjug C 『霧』(1109t)

藏： rmugs-pa 「濃霧」

rmus 「有霧的」

緬： mru 「霧」，「霧氣」

37.(#21-10)

漢： trjug C 『晝』(1075a)

藏： gdugs 「正午」，「中午」

38.(#21-21)

漢： tshug C 『湊』(1229b)

藏： 'tshogs 「集合」，「會合」

39.(#21-30)

漢： kug C 『覯』(109j)、『遘』(109l)

藏： khug-pa, khugs-pa 「尋得」,「發現」,「得到」

40.(#21-43)

漢： gug > ɣəu C 『候』(113e)

藏： sgugs 「等候」(命令詞)

41.(#22-9)

漢： thung C 『痛』(1185q)

藏： gdungs 「感到痛」,「被弄痛」

42.(#22-22)

漢： rung > jiwong C 『用』(1185a-e)

藏： longs 「用」,「使用」,「欣賞」

43.(#22-34)

漢： gjung < gjwong C 『共』(1182c)

藏： yongs 「所有的」,「完全的」

(2) 對應漢語平聲字的例

1.(#1-20)

漢： dzəg A 『材』(943g)

dzəg A 『財』(943h)

藏： rdzas 「物質」,「材料」,「財物」,「財物」

緬： a-ra A < *dzra 「事物」,「物質」,「材料」

2.(#2-4)

漢： tsəng A 『曾』(884a-b)

藏： 'dzangs 「過日子(或時間)的」,「已用完」,「耗盡」

3.(#2-6)

漢： tsəng A 『層』(884i)

藏： bzangs 「有二樓的屋子」

4.(#4-4)

漢： kjəng^{w} A 『宮』(1006a-d)

藏： khongs 「居中的」,「在屋內」

5.(#6-9)

漢： tshəm A 『參』(647a-b)

藏： 'tshams 「介紹」,「在中間」

6.(#6-11)

漢： tshjəm A 『侵』(661c)

藏： tshems 「受損」

7.(#6-16)

漢： sjəm A 『心』(663a)

藏： sems 「心」，「心魂」，「靈魂」

sem(s)-pa, bsams, bsam, soms 「想」

bsams 「思想」，「思索」

8.(#13-3)

漢： bjam A 『凡』

藏： 'byams 「無限」，「究竟」，「擴展」

9.(#13-6)

漢： glam > ləm A 『藍』(609k)

藏： rams 「靛青」，「藍靛」

10.(#13-13)

漢： gram A > ɣam 「銜」(608a)

gəm A > ɣâm 「含」(651l)

藏： gams 「放進口中」

11.(#13-17)

漢： ngram A 『巖』(607l)

藏： rngams-pa 「高」，「高度」

12.(#14-6)

漢： pljag A 『膚』(69g)

藏： pags, lpags 「皮膚」，「獸皮」

13.(#14-23)

漢： lag A 『魯』(70a-d)

藏： rags-pa 「粗劣的」，「厚的」，「粗大的」

14.(#15-8)

漢： mrang A 『氓』(742u)

藏： dmangs 「一般民衆」，「人民」

15.(#15-9)

漢： mjiang A 『明』(760a-d)

藏： mdangs 「光明」，「光澤」，「光彩」

16.(#15-21)

漢： ljang A, C 『量』(737a)

藏： grangs 「數字」

緬： khrang A 「用容器量」

【参看】G2:3(PST *grjangs > rjangs > ljang).

17.(#16-5)

漢： $liag^w$ > lieu A 『僚』(1151h)、『寮』(1151i)

藏： grogs 「朋友」，「伴侶」

18.(#16-7)

漢： $dzag^w$ A 『曹』(1053a-c)

藏：	tshogs	「群衆」，「集合」

19.(#16-9)

漢：	$krag^w$ A	「交」(1166ab)
藏：	'grogs	「結交」，「交際」

20.(#17-40)

漢：	krid A	『階』(599d)
藏：	kas-ka	「梯子」
	skas	「梯子」

21.(#17-41)

漢：	kjid A	『飢』(602f)
藏：	bkres	「餓(敬)」

22.(#20-7)

漢：	ling A	『零』(823u)
藏：	reng(s)	「孤單」，「分散」

23.(#20-18)

漢：	khjing A, C	『輕』(831o)
藏：	khengs	「驕傲」

24.(#21-44)

漢：	glug > ləg A	『髏』(123n)
藏：	rus	「骨」

25.(#22-5)

漢：	mung A	『朦』(1181c)
藏：	rmongs	「朦朧的」，「暗的」
緬：	hmaung < *hmung	「黑暗的」

26.(#22-9)

漢：	thung A	『恫』(1176k)
藏：	gdungs	「感到痛」，「被弄痛」

27.(#22-14)

漢：	dung A	『銅』(1176d)
藏：	zangs	「銅」

28.(#22-22)

漢：	rung > jiwong A	『庸』(1185x)
藏：	longs	「用」，「使用」，「欣賞」

29.(#22-25)

漢：	tshung A	『聰』(1199f)
藏：	mdzangs	「聰明的」

2. 上古漢語有無複輔音的問題

李方桂(1971:26)說：「(上古漢語)韻尾有複輔音的可能，如 *-ms, *-gs, *-ks等。但是就漢語本身來看我們已無法推測出來了。漢藏系的比較研究將對此有重要的貢獻。」李先生的看法很有啓發性。古藏文的複輔音韻尾有兩種：① s 類，如-gs、-ngs、-bs、-ms；② d 類，如 -nd、-rd、-ld (見金鵬 1981:149-150)。後者很少見，尤其是在漢藏同源詞上一例也未見;相反地，前者則相當普遍。由此看來，上古漢語沒有-nd, -rd, -ld的複輔音的可能。李先生所提到過的三種複輔音中，比較有可能的是*-ks, *-ms兩種。我認爲還有複輔音*-ngs 的可能。於下則分別舉例且討論這些問題。

(1) 複輔音韻尾 [*-ks]

古藏語-gs對應上古漢語-k的相當常見，共有二十個例子。這個情形決不會是偶然的。在前說過，藏語-g是從-k變來的，-gs也可能從-ks變來。由此觀之，漢語也有複輔音*-ks。顯示這種音變的例子如下:

1.(#1-1)
　漢： pjək > pjuk　D　　『福』(933d-h)
　藏： phyugs (詞幹 phyug)　　「家蓄」
2.(#1-5)
　漢： tjəg　C, tjək　D　　『織』(920f)
　藏： thags　　「織物」，「絲罔」
　【參看】G1:133(OC tjəg C < *tjəks;WT thags < *tags), Co:159-2(TB *tak).
3.(#1-16)
　漢： tsjək　D　　『側』(906c)
　藏： gzhogs　　「邊」，「面」
4.(#14-32)
　漢： tshag　C, tsak　D　　『錯』(798s)、『措』(798x)
　藏： 'tshogs　　「集」，「聚」
5.(#14-37)
　漢： dzjiak　D　　『藉』(798b')
　藏： 'jags-pa　　「贈送」，「獻」，「贈」
6.(#14-50)
　漢： glak　D > lək　　『絡』(766o)
　藏： 'grags　　「繫結」

7.(#14-72)
漢： g^{w}riak > əwɛk D 『韄』(784e)
藏： 'grogs-pa 「繫結」, 「繫帶」, 「縛」
8.(#19-2)
漢： phik D 『劈』(0)
藏： 'bigs 「穿透」
9.(#19-7)
漢： tik D 『滴』(0)
藏： thigs 「一滴」
10.(#19-10)
漢： tik > tiek D 『韄』(877o)
藏： rdeg(s)-pa, brdeg, rdegs 「蹴」, 「敲」, 「鞭打」
11.(#19-12)
漢： lik D 『厤』(858h)
藏： khrigs 「行列次序」
12.(#19-17)
漢： sik D 『錫』(850n)
藏： ltshags 「錫」
13.(#21-8)
漢： tjuk D 『燭』(1224e)
藏： dugs-pa (詞幹 dugs) 「點亮」, 「點火照亮」
14.(#21-9)
漢： tjuk > tsjwok D 『屬』(1224s)
djuk > zjwok D 『屬』(1224s)
藏： gtogs-pa 「屬於」, 「……的一部分」
15.(#21-20)
漢： rjuk > zjwok D 『俗』(1220a)
藏： lugs 「風俗」, 「習慣」, 「作風」
16.(#21-23)
漢： tshuk D 『簇』(0)
藏： tshogs 「集」, 「集合」, 「會合」
17.(#21-32)
漢： kruk D 『角』(1225a-c)
藏： khug, khugs (詞幹 khug) 「角度」, 「壁角」, 「角落」
18.(#21-37)
漢： khjuk D 『曲』(1213a)
gjuk D 『局』(1214a)、『跼』(1214b)
藏： 'gug(s)-pa, bkug, dgug, 「彎」, 「彎曲」

khugs (詞幹 *gug/*khug)

緬： kauk < *kuk 「被弄彎」, 「不直」

19.(#17-12)

漢： thit > thiet D 『鐵』

藏： lcags 「鐵」

【参看】Si:291, Bo:176(Bodman 1973:390;Pulleyblank 1973:117;Chang Kun 1972. Iron metallurgy was well established in china in the 6th century B.C., but an isolated iron halberd is dated to early Shang—Kwang-chih Chang 1977:352, 260.), Co:98-5(鐵 PC *hlik > dialectal *hlit > OC *thit > thiet 'iron'. PT*hlyak > T lcags < lcag + s ? 'iron'. The primitive meaning of this ('iron') root may have been 'metal'.)

20.(#17-24)

漢： tsit D 『節』(399e)

sjit 『膝』(401c)

tshit 『切』(400f)

藏： tshigs 「關節」, 「膝」, 「節結」

緬： a-chac 「關節」

【参看】Be:165a (TB *tsik), G1:75 (OC 『節』tsit < *tsik, 『節』從「卽(tsjək:923a)得聲」; WB a-chac < *a-tshik, chac < *tshik), Bo:296, Co:99-2(『節』:PC *tsik > dialectal *tsit > OC *tsit > tsiet; 『切』:PC tshik? > OC *tshit > tshiet.)。

(最後二例的上古漢語是收-t韻尾的。按照柯蔚南的說法，這是從上古漢語以前的方言演變而來的，它們的「前上古音」本來是收-k尾的。柯蔚南的看法可以相信，因爲對應藏語-g的上古漢語-t的現象不只是這兩個例子，還多些(後詳)，絶不會是偶然的情形。)

除此以外，還有韻尾*-k^ws 的可能。在漢藏同源詞所顯示的例子只有三個，如:

1.(#3-2)

漢： phjək^w D 『寝』(1034i)

藏： sbugs 「空心的」, 「空穴」

2.(#3-10)

漢： tək^w D 『篤』(1019g)

藏： stugs-pa 「厚度」, 「濃度」, 「厚」, 「濃」

3.(#16-6)

漢： tsak^w, dzak^w D 『鑿』(1128a)

藏： 'dzugs, zug 「穿」, 「刺」

(如果前上古音(PC)沒有圓脣舌根韻尾的話, 這些韻尾也可能是*-ks。)

(2) 複輔音韻尾 [*-ms]

1.(#6-5)
漢： niəm C 『念』(670a)
藏： nyams 「靈魂」, 「心」, 「思想」
2.(#6-9)
漢： tshəm A 『參』(647a-b)
藏： 'tshams 「介紹」, 「在中間」
3.(#6-11)
漢： tshjəm A 『侵』(661c)
藏： tshems 「受損」
4.(#6-16)
漢： sjəm A 『心』(663a)
藏： sems 「心」, 「心魂」, 「靈魂」
sems-pa, bsams, bsam, soms 「想」
bsams 「思想」, 「思索」
5.(#6-17)
漢： kljəm C 『禁』(655k)
藏： khrims 「規定」, 「對的」, 「慣例」, 「法」
6.(#13-1)
漢： phjam C 『泛』(641b)、『汎』(625f)
phjam C 『氾』(626c)
藏： byams 「氾濫」, 「被普及」
7.(#13-3)
漢： bjam A 『凡』
藏： 'byams 「無限」, 「究竟」, 「擴展」
8.(#13-5)
漢： njam B, C 『染』(623a)
藏： nyams-pa 「被弄壞」, 「着染的」, 「使變色」
9.(#13-6)
漢： glam > ləm A 『藍』(609k)
藏： rams 「靛青」, 「藍靛」
10.(#13-13)
漢： gram A > ɣam 「銜」(608a)

gəm A > ɣâm 「含」(651l)

藏： gams 「放進口中」

11.(#13-16)

漢： ngram A 『巖』(607l)

藏： rngams-pa 「高」，「高度」

12.(#13-18)

漢： ngjam C 『驗』(613h)

藏： ngams 「經驗」，「感受」

(3) 複輔音韻尾 [*-ngs]

1.(#2-4)

漢： tsəng A 『曾』(884a-b)

藏： 'dzangs 「過日子(或時間)的」，「已用完」，「耗盡」

2.(#2-6)

漢： tsəng A 『層』(884i)

藏： bzangs 「有二樓的屋子」

3.(#15-8)

漢： mrang A 『氓』(742u)

藏： dmangs 「一般民衆」，「人民」

4.(#15-9)

漢： mjiang A 『明』(760a-d)

藏： mdangs 「光明」，「光澤」，「光彩」

5.(#15-19)

漢： hlang > thəng C 『湯』(720z)

藏： rlangs 「蒸發氣體」，「蒸氣」

6.(#15-21)

漢： ljang A, C 『量』(737a)

藏： grangs 「數字」

緬： khrang A 「用容器量」

【參看】G2:3(PST *grjangs > rjangs > ljang).

7.(#20-7)

漢： ling A 『零』(823u)

藏： rengs 「孤單」，「分散」

8.(#20-11)

漢： tshjing C 『淸』(812h')

藏： tshangs 「淸淨」

9.(#20-12)

漢： dzjing B 『穽』(819h)
藏： sdings 「空穴」，「低地」

10.(#20-18)
漢： khjing A, C 『輕』(831o)
藏： khengs 「驕傲」

11.(#22-5)
漢： mung A 『朦』(1181c)
藏： rmongs 「朦朧的」，「暗的」
緬： hmaung < *hmung 「黑暗的」

12.(#22-9)
漢： thung C 『痛』(1185q)
thung A 『恫』(1176k)
藏： gdungs 「感到痛」，「被弄痛」

13.(#22-14)
漢： dung A 『銅』(1176d)
藏： zangs 「銅」

14.(#22-22)
漢： rung > jiwong C 『用』(1185a-e)
rung > jiwong A 『庸』(1185x)
藏： longs 「用」，「使用」，「欣賞」

15.(#22-25)
漢： tshung A 『聰』(1199f)
藏： mdzangs 「聰明的」

16.(#22-32)
漢： khjung B 『恐』(1172d')
藏： 'gongs-ba 「沮喪」，「失去勇氣」，「感到恐怖」

17.(#22-34)
漢： gjung < gjwong C 『共』(1182c)
藏： yongs 「所有的」，「完全的」

第七節　其餘比較特別的韻尾對應

1. [-t] ↔ [-g]

1.(#17-11)
漢： trjit > tjet D 『窒』(413h)

藏： 'dig-pa 「塡塞(把洞等)」
'dig 「木塞」
'dig-pa-po 「口吃的人」
(詞幹 *dig)

【参看】Co:142-1(PC *trjik > dialectal *trjit > OC *trjit).

2.(#17-12)

漢： thit > thiet D 『鐵』
藏： lcags 「鐵」

【参看】Co:98-5(鐵 PC *hlik > dialectal *hlit > OC *thit > thiet. PT *hlyak > T lcags < lcag + s ? 'iron'.)

3.(#17-13)

漢： dit > diet D 『跌』(402j)
藏： ldig-pa 「落或滲入」
dig-pa 「搖擺」，「躊躇」
(詞幹 dig)

【参看】Bo:300, Co:140-2(PC *dik > dialectal *dit > OC *dit).

4.(#17-22)

漢： ljit D 『栗』(403a)
藏： sgrig 「堅固的」，「接近的」

【参看】Bo:397.

5.(#17-24)

漢： tsit D 『節』(399e)
sjit 『膝』(401c)
tshit 『切』(400f)
藏： tshigs 「關節」，「膝」，「節結」
緬： a-chac 「關節」
chac 「切碎」

【参看】Be:165a (TB *tsik), G1:75 (OC『節』tsit < *tsik,『節』從「卽(tsjək:923a)得聲」; WB a-chac < *a-tshik, chac < *tshik), Bo:296, Co:99-2(『節』: PC *tsik > dialectal *tsit > OC *tsit > tsiet;『切』: PC tshik? > OC *tshit > tshiet)。

6.(#17-26)

漢： tsjit > tsjet D 『垔』(923c)
藏： rtsig-pa (詞幹 rtsig) 「建」，「圍牆」，「牆」

【参看】Co:108-1(PC *tsjik > dialectal *tsjit > OC *tsjit).

7.(#17-27)

漢： tsjit > tsjet D 『垔』(923c)
藏： 'tshig-pa (詞幹 tshig) 「燒」，「火滅」，「晚霞」，「發燒」

【参看】Co:50-1(PC *tsjik > dialectal *tsjit > OC *tsjit).

8.(#17-32)

漢： dzjit > dzjet D 『疾』(494a-c)

藏： sdig-pa (詞幹 sdig) 「罪」, 「邪惡」, 「非道德」

【參看】Co:132-2(PC *sdjik > dialectal *sdjit > OC *dzjit).

9.(#17-38)

漢： srjit D 『蝨』(506a)

藏： shig 「蝨子」

【參看】Be:165h(TB *srik), Co:106-2(T shig < PT *syik; PC *srjik > dialectal *srjit > OC *srjit).

10.(#17-39)

漢： kit D 『結』(393p)

藏： 'khyig-pa, bkyigs, bkyig (詞幹 *khyig) 「繫結」

緬： khyan A 「繫」, 「繫牢」

【參看】Be:180l(TB *kik), Co:149-3(PC *kik > dialectal *kit > OC *kit).

(以上十個例子的韻尾對應比較特殊, 上古漢語都是『脂』部入聲字, 而古藏語的元音也都是-i-, 元音對應符合規律。由此看來, 這絕不可能是偶然的。柯蔚南認爲這是「前上古音」以後某種方言所致。我認爲他的看法可以信從。《詩經》押韻系統裏未見-k和-t合韻現象, 而在比之較早的諧聲系統上屢見-k和-t互諧的現象, 如:『節』、『垤』都從『卽』(*-k)得聲。可見, 上古漢語曾經有過這樣的音變: **-k > *-t / -i__)

2. [-t] ↔ [-l]

1.(#9-5)

漢： briat D 『拔』(276h)

藏： dpal 「高尚的」, 「傑出的」

2.(#9-18)

漢： ljat 『裂』(291f)

藏： 'dral 「扯碎」

3. [-d] ↔ [-r]

1.(#7-2)

漢： pjəd A 『飛』(580a)

藏： 'phur 「飛」

2.(#7-15)

漢： k^wjəd　A　　『歸』(570a)

　　g^wəd　A　　『回』(542a)

　　g^wjəd　A, C　　『圍』(571g)

藏： 'khor　　「圓」,「周圍」

　　'khor-ba　　「轉向」,「轉圍」

　　skor　　「圓」,「重複」

　　skor-ba　　「包圍」,「圍繞」,「回來」

　　sgor-mo　　「圓形的」,「圓周」,「球」

　　skyor-ba　　「重複」,「圍欄」,「圍牆」

【参看】G1:169, Co:153-2(詞幹　*khord).

3.(#7-16)

漢： g^wjəd　C　　『饋』(540l)

藏： skur　　「託人送」

　　'khur　　「帶走」,「帶上」

4.(#17-28)

漢： tshjid　C　　『次』(555ab)

藏： tsher　　「次」,「回」

5.(#17-29)

漢： tshjid　C　　『次』(555ab)

藏： tshir　　「次序」,「(輪)班次」

6.(#17-30)

漢： tshjid　C　　『次』(555ab)

藏： 'tsher　　「家」

4.　[-g] ↔ [-ng]

1.(#14-7)

漢： mrag　B　　『馬』(40a)

藏： rmang　　「馬」,「駿馬」

緬： mrang　C　　「馬」,「小馬」

【参看】Be:189e(TB　*m-raŋ).

5.　[-k] ↔ [-ng]

1.(#21-41)

漢： kuk < *kluk　　『谷』(1202a-c)

ruk > jiwok　　『谷』
藏： klung　　「河」,「河谷」
lung　　「谷」

【參看】G2:p.11 (提出『谷』*kluk與藏語klung比較, 二者韻尾雖有不同, 但-k與-ng的不同可以有解釋, 『容』*lung從*luk聲, 一般稱爲「對轉」, 漢藏語之間的對轉, 可能起源於「同化作用(assimilation)」)。

6. [-d] ↔ [-b]

1.(#9-3)
漢： phad C　　『沛』(501f)
bjad C　　『弊』(341e)
藏： 'bab-pa, babs, babs　　「倒下」,「下降」
'bebs-pa, phab, dbab, phob　　「使飄倒」,「打倒」
(詞幹 *bab / phab)
【參看】Bo:7;8, Co:76-3.

2.(#9-16)
漢： ljad C　　『厲』(340a)
藏： rab, rabs　　「涉過」,「可涉水的地方」,「渡口」
rab　　「在上的」,「優點」
【參看】Bo:139, Co:81-3, Yu:20-14.

3.(#9-17)
漢： ljad C　　『厲』(340a)
藏： rab　　「在上的」,「優點」
【參看】Co:94-1.

4.(#9-20)
漢： rad C　　『裔』(333ab)
藏： ldebs　　「邊」,「圍繞」,「圍墻」
【參看】Bo:170, Co:47-2.

5.(#9-22)
漢： rjad > jiäi C　　『詍』(339g)
藏： lab-pa (詞幹 lab)　　「說話」,「告訴」
【參看】Co:145-3(**lap→ + -h →OC *rabh > *radh > jiäi-), G2:14.

6.(#9-31)
漢： ngjad C　　『艾』(347c)
藏： rngab-pa (詞幹 rngab)　　「割」,「收割」
【參看】Bo:280, Co:111-2.

7. [-d] ↔ [-n]

1.(#17-3)

漢： pjid C 『畀』(521a)

藏： sbyin, byin 「給」,「贈給」

緬： pe C < *piy 「給」,「爲接受而送給」

【参看】Si:235, Sh:3-19, Be:176h(TB *biy), G1:85.

8. [-g] ↔ [-d]

1.(#1-17)

漢： tshəg A 『猜』(1240b)

藏： tshod 「評價」,「猜」,「猜謎」

2.(#1-18)

漢： tshəg C 『菜』(942e-f)

藏： tshod 「蔬菜」,「青菜」

3.(#14-33)

漢： tsag C, tsak D 『作』(806l)

藏： mdzad 「作」,「製作」

4.(#21-27)

漢： sug C 『嗽』(1222s)

藏： sud-pa 「咳」,「咳嗽」

【参看】Sh:4-20(O.B.*sus), Co:58-3(T stem:sud < *su + verbal suffix -d ? Magari su, Garo and Dimasa gu-su 'cough';TB su(w)).

9. [-n] ↔ [-ng]

1.(#8-17)

漢： tən A 「墩」(0)

藏： rdung 「小土山」,「小丘」

緬： taung A 「小山」,「山」

【参看】G1:164(OC tən A < *təngw;WB taung A < *tung, see Gong 1976:63-69).

2.(#11-6)

漢： phan C 『胖』(181h)

藏： bong 「大小」,「巨軀」

【参看】La:26, Si:281.

3.(#11-14)

漢： tuan B　　『短』(169a)
藏： thung　　「短」
緬： taung C　　「短」
tuw A　　「短」

【参看】Si:299, G1:112(OC tuan B < *tun < **tung; WB taung C < *tung, tuw A < *tug.『短』, 從「豆」(dug)得聲。)

4.(#11-43)

漢： ngran C　　『雁』(186a)
藏： ngang　　「鵝」
緬： ngan C　　「鵝」

5.(#18-4)

漢： njin A　　『仁』(388f)
藏： snying　　「心」, 「理知」
snying-rje　　「仁慈」, 「慈悲」
nying　　「髓」, 「心」, 「本體」, 「實體」
(詞幹 nying)
緬： hnac　　「心」

【参看】G1:72(OC njin A < *njing; WB hnac < *hnik), Co:92-2.

6.(#18-6)

漢： nin A　　『年』(364a)
藏： na-ning　　「去年」
gzhi-ning, zhe-ning　　「前二年」
(詞幹 ning)
緬： a-hnac　　「一年」

【参看】Be:165b(TB *ning), G1:71(OC nin < *ning;WB a-hnac < *hnik), Co:91-4 (PC *ning > dialectal *nin > OC *nin).

7.(#18-10)

漢： sjin A　　『薪』(382k)
藏： shing　　「樹」, 「樹林」
緬： sac　　「樹林」, 「木材」

【参看】Be:165c(TB * siə), G1:69(WT shing < *sying;WB sac < *sik).

8.(#18-14)

漢： grjin A　　『臣』(377a-f)
藏： gying　　「看不起」, 「蔑視」
sgying　　「輕視」, 「蔑視」

【参看】Bo:392.

10. [-n] ↔ [-m]

1.(#8-9)

漢： bjən　　『墳』(437m)

藏： 'bum　　「墳墓」，「墓碑」

【參看】La:30.

2.(#8-36)

漢： g^{w}jən　C　　『暈』(458c)

藏： khyom　　「暈」，「暈的」

【參看】Si:273.

3.(#11-36)

漢： kan　A　　『乾』(140c)

gan > ɣân　B　　『旱』(139s)

藏： skam，skem　　「弄乾」，「乾的」

緬： khan　C　　「被弄乾，「耗盡」

【參看】La:1，G1:51，Co:67-3.

4.(#11-50)

漢： k^{w}an　C　　『慣』(159d)

藏： goms　　「習慣」

【參看】Si:274.

11. [-n] ↔ [-g]

1.(#8-16)

漢： tən　A　　『惇』(464n)、『敦』(464p)

藏： 'thug-pa　　「厚」

mthug-pa　　「厚」

stug(s)-pa　　「厚度」，「濃度」，「厚」，「濃」

緬： thu　A　　「厚的」，「不薄」

thu　B　　「厚度」

【參看】G1:155(『惇』、『敦』*tən < *təngw A; WT 'thug-pa < *tug, mthug-pa < *mtug)，Co:148-1，Yu:12-4.

第八章 漢藏語同源詞的詞義分類

第一節 按詞性詞義分類

1. 數 量 詞

(1) 數 詞

1.(#17-20)

漢： njid C 『二』(564a-d)

藏： gnyis 「二」

緬： hnac < *hnit 「二」

【參看】Si:334, Sh:3-15;25-1, Be:162b (TB *g-nis), G1:68, Co:154-1(TB *gnyis ? əkanauri nis, Garo gni, Kachin ni, L hniə), Yu:8-25.

2.(#6-14)

漢： səm A 『三』(648a)

藏： gsum 「三」

gsum-po 「第三」

緬： sum 「三」

【參看】Si:165, Sh:21-21, Be:170j(TB *g-sum), G1:124, Bo:75, Co:149-2, Yu:31-12.

3.(#17-36)

漢： sjid C 『四』(518a)

藏： bzhi 「四」

緬： le C 「四」

【參看】Si:202, Sh:3-27, G1:82(WT bzhi < *blyi;WB le C < *liy), Co:83-2(PT *blyi, TB *blyiy), Yu:8-7.

4.(#14-53)

漢： ngag B 『五』(58a)

藏： lnga 「五」

緬： nga C 「五」

【參看】Si:87, Sh:2-27, Be:162e, G1:1, Bo:264, Co:80-3(TB *l-nga), Yu:5-18.

5.(#3-15)

漢： ljək^{w} > ljuk D 『六』(1032a)

藏： drug 「六」

緬： khrauk < *khruk 「六」

【參看】Si:9, Sh:19-4, Be:162f(TB *d-ruk), G1:152(WB khrauk < *khruk), Bo:80, Co:133-4(TB *d-ruk), G2:1, Yu:12-10.

6.(#9-1)

漢： priat D　　『八』(281a-d)

藏： brgyad　　「八」

【參看】Si:167, Sh:22-23, Be:162k;191p;179d, G1:35(WT brgyad < *bryad, see Li 1959:59), Bo:78, Co:70-1, Yu:19-5.

7.(#3-22)

漢： $kjəg^{w}$ B　　『九』(992a)

藏： dgu　　「九」

緬： kuw C　　「九」

【參看】Si:84, Sh:4-1, Be:154c(ST *d-kəw);162g(TB *d-kuw), G1:159, Bo:428, Co:113-1, Yu:2-8.

8.(#14-2)

漢： prak D　　『百』(781a-e)

藏： brgya　　「百」

緬： a-ra A　　「百」

【參看】Si:102, Be:161e, G1:18 (OC prak < *priak;WT brgya < *brya, see Li 1959:59;WB a-ra A < a-rya), Bo:79, Co:96-2 (PT *prya > *brya), 李方桂(1971:44)說：「『百』字 pɐk 很可能是從*priak來的，不過到了≪切韻≫時代已經跟*prak相混，無可分辨。」

以下是與數詞有關的同源詞:

1.(#13-3)

漢： bjam A　　『凡』

藏： 'byams　　「無限」，「究竟」，「擴展」

【參看】Yu:32-19.

【異說】① ['bum] ‘萬(數詞)’↔『凡』(Sh:21-23);

② ['bum] ‘萬(數詞)’↔『萬』(Si:280).

2.(#15-21)

漢： ljang A, C　　『量』(737a)

藏： 'grang-ba, bgrang-ba　　「數」，「計算」

grangs (詞幹 grang)　　「數字」

緬： khrang A　　「用容器量」

【參看】G1:34, Bo:418, Co:108-2, G2:3(PST *grjangs > rjangs > ljang).

3.(#20-7)

漢： ling A　　『零』(823u)

藏： reng(s) 「孤單」，「分散」

【參看】Yu:26-34.

【謹案】《詩、豳風、東山》一章：「我來自東，零雨其濛」。《毛傳》：「零，落也。」

(2) 量 詞

1.(#19-8)

漢： tjik D 『隻』(1260c)

藏： gcig 「一」

緬： tac 「一」

【參看】Sh:17-4, Be:169k;94a (ST *tyak;TB *tyak, *tyik), Co:114-2 (T gcig < PT *gtyig;TB *g-tyik), Yu:16-21.

【謹案】『隻』，一隻鳥。本義指計算鳥的單位。《說文》：「隻，鳥一枚也。從又持隹。持一隹曰隻，持二隹曰雙。」且有單獨、單一之義，如《公羊傳、僖三十三年》：「匹馬隻輪無反者。」

2.(#15-20)

漢： ljang B 『兩』(736ab)

藏： srang 「一兩」，「稱」

【參看】Yu:25-27(《漢書、律曆志》：「兩者兩黃鐘律之重也」。)

3.(#22-28)

漢： srung A 『雙』(1200a)

藏： zung 「雙」，「一雙」，「一對」

【參看】La:82, Si:140, Co:115-3.

4.(#17-28)

漢： tshjid C 『次』(555ab)

藏： tsher 「次」，「回」

【參看】Yu:8-20(《左傳》宣十二：「內官席當其次。」)

5.(#17-29)

漢： tshjid C 『次』(555ab)

藏： tshir 「次序」，「(輪)班次」

【參看】Yu:8-16(《晉語》：「失次犯令。」)

6.(#10-22)

漢： kar C 『箇』(=個，个)(49f')

藏： -ka(-ga) 「詞尾“者”」

例) de(「那」):de-ka 「就那個」

gnis(「二」):gnis-ka 「那雙」，「就那兩個」

【參看】Co:133-2(T ka(～ga):a sudstantive suffix which functions as an emphatic or decitic), Yu:5-1.

【謹案】『箇』, 或作个；俗作個。量詞, 從古習用。如≪荀子、議兵≫：「操十二石之弩, 負服矢五十个。」

2. 稱 謂 詞

1.(#1-3)

漢： məg B 『母』(947a)

藏： 'ma 「母親」, 「媽媽」

緬： ma B 「姊妹」

-ma 「代表女性的後綴」

【參看】Be:193d, G1:129(Compare the similar semantic development in Albania: Jesper p.118), Co:110-1(Kanauri ama, Chepang ma, Newari ma ‘mother’), Yu:5-30.

【異說】其他學者的說法稍爲不同, 如：

① [ma] ‘媽媽’↔『媽』(Sh:1-9, Be:188x;189b)

② [mo] ‘女性’↔『姥』(Sh:5-18)

③ [mo] ‘女性’↔『母』(Bo:283)

④ [ma] ‘媽媽’↔『姥』(Yu:5-30)

【謹案】『媽』、『姥』二字, ≪說文≫未收, 始見於中古時代的韻書, 而其音韻及語義則與『母』無異。從元音的對應關係及詞義對應來看, 與藏語[mo]‘女性’的比較, 是不太合適。

2.(#1-15)

漢： tsjəg B 『子』(964a)

藏： tsha 「孫子」, 「孫女」

【參看】Be:169y;188j (TB *tsa), G1:127 (WT tsha < *tsa), Bo:415;416, Co:54-5; 107-1.

3.(#3-26)

漢： $gjəg^w$ B 『舅』(1067b)

藏： khu-bo, a-khu 「父系叔伯」, 「叔叔」

緬： kuw A 「兄」

【參看】Sh:4-36, Be:166i(TB *kuw), G1:160, Co:154-2, Yu:2-2.

4.(#8-22)

漢： sən A 『孫』(434a)

藏： mtshan < *m-san 「侄兒」, 「外甥」

【參看】G1:140 (藏語的音變參看 Wolfenden 1928:279, Thomas 1927:74;1951:Ⅱ 24, 1955:Ⅲ 29), Co:88-2(PT *msan > OT mtshan).

5.(#8-27)

漢： $k^wjən$ A 『君』(459a-c)

藏： rgyal 「得到冠軍的人」,「貴族」,「主人」
rgyal-po 「國王」

【參看】Si:313.

【異說】[rgyal-po] ‘國王’ :『傑』(Yu:19-4)。

【謹案】漢語『傑』*gjiat 則與藏語[gyad] ‘力(力士)’‘優勝者’‘比賽者’同源, 參看 #9-28。

6.(#11-48)

漢： k^wan A, C 『倌』(157l)
g^wan > ɔwan C 『宦』(188a-b)

藏： khol-po 「僕人」,「男僕」
'khol-ba, bkol, khol 「作爲僕人」,「被雇用爲僕人」
(詞幹 khol)

【參看】Bo:288(『宦』,『倌』), Co:131-1(『倌』).

【謹案】『倌』, 小臣。≪說文≫:「倌, 小臣也。」卽指主管國君外出車馬的小官。≪詩、鄘風、定之方中≫三章:「靈雨旣零, 命彼倌人。」≪毛傳≫:「倌人, 主駕者。」‘江南’俗稱妓女爲倌人。古漢語『宦』亦指僕役, 如:≪國語、越語下≫:「與‘范蠡入宦。‘吳’。」≪注≫:「宦, 爲臣隸也。」

7.(#14-5)

漢： bjag B 『父』(102a)
pag B 『爸』(0)

藏： pha 「父親」

緬： a-pha B 「父親」

【參看】Sh:1-8(『爸』), Be:134a(『父』 TB *pwa);189a(『爸』 TB *pa), G1:14(『父』), Co:77-3(TB *pa 『父』;『夫』:*pjag ‘male, man’;『甫』:*pjag B ‘honorific name-suffix for male’), Yu:5-28(『父』).

【謹案】≪廣雅、釋親≫:「爸, 父也。」≪疏證≫:「爸者, 父聲之轉。」王力認爲此二詞是同源(1982:177)。

8.(#14-9)

漢： mjag A 『巫』(105a)

藏： 'ba-po 「巫師(男)」
'ba-mo 「巫師(女)」

【參看】G1:15, Bo:409, Co:107-3(T stem:'ba).

9.(#14-20)

漢： nrjag B 『女』(94a)

藏： nyag-ma (詞幹 nyag) 「婦女」,「女人」

【參看】Si:34, Bo:271, Co:161-1.

【異說】[mna-na] ‘子婦’‘新娘子’↔『女』(Be:187j TB *(m-)na, Yu:5-26).

10.(#14-31)

漢： tsag B 『祖』(46b')
藏： rtsa 「根」，「主要」
【參看】Yu:5-34(《易、小過》：「過其祖」。《廣雅、釋蠱》：「祖，本也」。)

11.(#17-1)
漢： pjid B, C 『妣』(566no)
藏： a-phyi, phyi-mo(詞幹 phyi) 「祖母」
緬： ə-phe 「祖母」
ə-phe-ma 「曾祖母」
【參看】Sh:3-21, Be:185s, Bo:84, Co:88-1, Yu:8-1(「卜辭"妣"對"祖"」).

12.(#17-16)
漢： nid B 『嬭』(359d-f)
藏： a-ne, ne-ne, ne-ne-mo (詞幹 ne) 「乳母」
【參看】Co:164-1.
【謹案】『嬭』，乳;乳母。《廣韻》：「嬭，乳也。'楚'人呼母。」「嬭母」卽乳母。
【異說】[nud] '哺乳''給乳'↔『嬭』(Si:187).

13.(#17-18)
漢： njid B 『爾』(359a)
藏： nyid 「自己」，「同樣」，「你」
【參看】G1:84.
【異說】沙佛爾比於『而』(*njəg)和『你』(*njag)(Sh:3-16)。
【謹案】① 『爾』，第二人稱，與你、汝、汝、而通。《正字通》：「爾，我稱人曰爾，俗曰你。汝、女、而通。」《左傳、宣十五年》：「豈不爾思？遠莫致之。」
② 沙佛爾的說法，在語義上沒有問題，然而在音韻對應上不如『爾』適合。

14.(#17-25)
漢： tsjid B 『姊』(554b)
藏： a-che 「大姊」
che-ze (詞幹 che) 「大姊」，「大太太」(elder wife)
【參看】Co:164-3.

15.(#19-6)
漢： tig > tiei C 『帝』(877a-d)
藏： the 「上帝」
【參看】Co:164-5(T the 'celestial gods of the Bon religion').

16.(#20-15)
漢： sring A 『甥』(812g)
藏： sring-mo (詞幹 sring) 「姊姊」
【參看】Bo:74, Co:133-3 (『甥』'sister's son or daughter;son-in-law', T sring-mo 's

ister of a male').

【謹案】≪爾雅、釋親≫:「姑之子爲甥, 舅之子爲甥, 妻之昆弟爲甥, 姊妹之夫爲甥……謂我舅者吾謂之甥也。」

17.(#21-3)

漢: buk D 『僕』(1211b-f)

藏: bu 「兒子」, 「少年」, 「男孩」

【參看】Co:164-2.

18.(#21-17)

漢: njug C 『孺』(134d)

藏: nu-bo 「弟弟」

【參看】Bo:444, Co:54-4, Yu:4-16.

【謹案】『孺』, 幼稚;幼兒。≪說文≫:「孺, 乳子也。……一曰輸乳, 尚小也。」

19.(#21-28)

漢: sjug A 『嫯』(133e)

藏: sru-mo (詞幹 sru) 「姨媽」

【參看】Be:171q, Co:38-2(PC *slug ?).

【謹案】≪說文≫:「嫯, …… '賈'侍中說'楚'人謂姊爲嫯。」

20.(#22-29)

漢: kung A 『公』(1173a-f)

藏: -k(h)ong, -gong (OT) 「爲表示尊敬而綴於重要人物的名子後面的詞, 例如:Stag-sgra klu-khong, Zla-gong, Gnyan-kong.

【參看】Be:190h, Co:96-1.

3. 代 詞

1.(#1-25)

漢: gjəg A 『其』(952a-e)

tjəg A 『之』(962ab)

藏: kyi, gyi, yi 「的」(屬格詞尾)

【參看】Bo:482, Co:85-2(『之』 PC *krjəɣ> OC *tjəg), Yu:1-1.

【謹案】① 龔煌城師(1976:208)說:「藏文的屬格詞尾, Sten Konow(1909)以其與漢語"之"字在意義與用法上的類似, 曾把兩者相提幷論。Simon(1942)提出原形爲*ʔyi的說法時就指出今後如要再持漢藏"之""kyi"同源說, 必須重新論證。因爲他認爲應以*ʔyi爲比較的對象。但俞敏(1949)在≪燕京學報≫發表<漢語的'其'跟'gji'>時, 仍以gyi爲原形(p.78), 幷與漢語的'其'相比。」

② 『之』、『其』兩字上古時期的用法很相像, 故梅祖麟(1983:119-121)認爲這兩個字同出一源, 幷且擬『之』字的上古早期的讀音爲 *krjəg, 此字在華

北方言中的音韻史是：「之 *krjəg > *tjəg > *tiəg > 底 tiei > ti > 的 tə」。今從漢藏語比較來看，梅祖麟的擬音可以信從。

2.(#9-32)

漢： k^{w}jat D　　『厥』(301c)

藏： khyod, khyed　　「你」

【參看】Bo:402 (It is not unreasonable to assume that this was the meaning for pre-T as well and that the semantic shift to 'thy' took place later in T.It is well known that similar semantic changes took place in several Europ ean languages, starting in medieval times.)

【謹案】『厥』，指稱詞，'其''他的'。≪左傳、成十三年≫：「亦悔于厥心，用集我'文公'。」;關係詞，相當於'之'，表示領屬關係。≪書、無逸≫：「自時厥後，亦罔或克壽。」

3.(#10-3)

漢： pjiar > pje B　　『彼』(25g)

藏： pha　　「在那邊」，「在前」，「較遠地」

pha-gi　　「在那邊的(東西)」

phar　　「彼岸」(Yu:6-17)

【參看】Co:147-3, Yu:6-17(≪詩、淇奧≫：「瞻彼淇奧」。原詞根是 pha，r 是 ru 的省略。也可以說 phala，省了就成 *phal。)

4.(#10-25)

漢： gar > ɣâ B　　『荷』(1o)

藏： ga-thog　　「何處」，「何人」

ga-dus　　「何時」

ga-nas　　「從何處」

ga-tshod　　「多少」，「何量」

ga-ru　　「何處」

【參看】Co:160-1, G2:28.

【異說】[gal(a)] '爲什麼''怎麼哪裏'↔『何』 (Yu:6-5)。

5.(#10-30)

漢： ngar B　　『我』(2a-g)

ngag A　　『吾』(58f)

藏： nga　　「我」，「我們」

緬： nga A　　「我」

【參看】Si:86, Sh:2-26, Be:160n;188b(TB *ŋa), G1:2, Bo:265;292, Co:96-4(TB *nga, Nung nga), Yu:5-16(≪石鼓≫：「吾車旣工。」)

6.(#14-66)

漢： g^{w}ag > ɣuâ A　　『胡』(49a')

藏： ga　　「什麼」，「爲什麼」

【參看】Yu:5-9.

【謹案】古漢語『胡』，用作疑問代詞'什麼''爲什麼'，如≪詩、大雅、桑柔≫十章：「匪言不能，胡斯畏忌?」≪鄭箋≫：「胡之言，何也。」

7.(#19-11)

漢： djig > zje B　『是』(866a-c)

djəg > zi A　『時』(961z-a')

藏： 'di (詞幹 di)　「這」

de　「那」，「那個」

【參看】Co:149-1, Yu:1-4;7-2(≪尚書、牧誓≫：「乃惟…多罪逋逃是崇、是長、是信、是使，是以爲大夫卿士。」)

【謹案】『時』，這；這樣。通是。≪詩、秦風、駟驖≫二章：「奉時辰牡，辰牡孔碩。」≪毛傳≫：「時，是;辰，時也」。

第二節　按詞義內容分類

1. 動　物

1.(#1-13)

漢： ljəg A　『犛』(519g)

藏： 'bri-mo　「溫順的雌犛牛」

rgod-'bri　「野生的雄犛牛」

(詞幹 *bri)

【參看】Co:162-4.

【謹案】犁牛是指西藏中亞所產長毛的牛，因而有可能是借自藏語的語詞，但沒有其他證據可以確定，待考。

2.(#2-3)

漢： rəng A　『蠅』(892a)

藏： sbrəng　「蒼蠅及類似的昆蟲」

緬： yang　「普通馬蠅」，「昆蟲」

【參看】Sh:15-5, Be:167b(TB *(s-)brəŋ), G1:135, Co:82-1.

3.(#3-23)

漢： kjəg^{w} > kjəu A　『鳩』(992n)

藏： khu-byug　「杜鵑鳥」，「布穀鳥」

緬： khuw　「鴿子」

【參看】Sh:4-3, Be:185e(TB *kuw), Co:118-1(TB *kuw).

4.(#3-24)

漢： $kji\partial g^{w}$　A　『虯』(1064e)

藏： klu　「龍」

【参看】Co:130-4 (T klu 'a type of mythological serpent, a naga'), Yu:2-5.

【謹案】『虯』，指有角的小龍。《說文通訓定聲》：「龍，雄有角，雌無角。龍子一角者蛟，兩角者虯，無角者螭也。」

5.(#6-13)

漢： dzəm　A　『蠶』(660i)

藏： sdom　「蜘蛛」

sdom-pa　「縛」，「繫」

【参看】Bo:19，Co:138-1.

6.(#6-25)

漢： $g^{w}j\partial m$　A　『熊』(674a)

藏： dom　「棕熊」

緬： (wak-)wam　A　「熊」

【参看】Be:168i(TB *d-wam), G1:170, Bo:111, Co:40-1, Yu:31-19.

7.(#8-15)

漢： mjiən　A　『閩』(441i:蛇種也)

藏： sbrul < *smrul　「蛇」

緬： mrwe < *mruy　「蛇」

【参看】Si:322, Sh:24-11, G3:14(『閩』:蛇種也).

8.(#10-29)

漢： ngar　A　『鵝』(2p)

ngran　C　『雁』(186a)

藏： ngang　「鵝」

緬： ngan　C　「鵝」

【参看】Si:158, Sh:22-24("O.B. ngang < *ngan by assimilation of final consonant to the initial."--O.B.卽 WT), Be:191a("『雁』 ŋan from s-ŋan:*s- 'animal prefix'"), G1:38, Co:87-4.

9.(#10-33)

漢： $k^{w}ar$　B　『裹』(351d)

藏： khal　「馱子」

【参看】Yu:6-2.

10.(#14-1)

漢： prag　A　『豝』(39d)

藏： phag　「猪」，「小猪」

緬： wak　「猪」，「小猪」

【参看】Co:117-4, 聞宥1980:133.

【謹案】『豝』，牝豬。《說文》：「豝，牝豕也。…… 一曰:二歲能相把拏也。」

【異說】[phag]'豬''小豬'↔『豬』 *tjag (Si:45)。

11.(#14-7)

漢： mrag B 『馬』(40a)

藏： rmang 「馬」，「駿馬」

緬： mrang C 「馬」，「小馬」

【參看】Be:189e(TB *m-raŋ), G1:17, Coblin 1974, 孫宏開 1989:12-24.

12.(#14-52)

漢： ngjag A 『魚』(79a)

藏： nya 「魚」

緬： nga 「魚」

【參看】Si:88, Sh:2-25, Be:124a(TB *ŋya, ST *ŋya), G1:4, Bo:266;377, Co:80-1 (Tsangla nga, K nga, L hnga), Yu:5-20(《詩、衡門》：「豈其食魚，必河之鯉。」).

13.(#14-69)

漢： $g^{w}ag$ > ɣwo A 『狐』(41i)

藏： wa 「狐狸」

【參看】Si:97, Be:166c;111--p.34 (T wa 'fox' has been derived from TB *gwa, as represented by Chamba Lahuli gwa. Bunan goa-nu～gwa-nu), Bo:108, Co:84-1(TB:gwa), Yu:5-37 (《詩、七月》：「取彼狐狸」).

14.(#15-24)

漢： rjang > zjang B 『象』(728a-d)

藏： glang 「大象」，「牛」

【參看】G2:18.

15.(#17-7)

漢： bjid D 『貔』(566h')

藏： dbyi 「猞猁」，「山猫」

【參看】Sh:3-22, Yu:8-3.

16.(#17-33)

漢： sid > siei A 『犀』(596a-b)

藏： bse 「犀牛」，「羚羊」，「獨角獸」

【參看】Be:193s, Co:125-1.

17.(#17-38)

漢： srjit D 『蝨』(506a)

藏： shig 「蝨子」

【參看】Si:293, Bo:390, Be:165h(TB *srik), G1:67(WT shig < *syig), Co:106-2 (T shig < PT *syik ; PC *srjik > dialectal *srjit > OC *srjit).

18.(#21-19)

漢： rug　A　　『羭』(125k)
藏： lug　　「綿羊」
【参看】Co:131-4, G2:13.
【謹案】『羭』，黑色的母羊。《說文》：「羭，夏羊牝曰羭。」

19.(#22-17)
漢： ljung, mljung　A　　『龍』(1193a-e)
藏： 'brug　　「龍」，「雹」
【参看】G1:111, G2:11.

2. 植　物

1.(#2-2)
漢： trjəng　A　　『蒸』(896k)
藏： thang　　「松樹」，「常綠樹」
緬： thang　　「木炭」，「柴木」，「松樹」
【参看】Co:79-2.
【謹案】『蒸』，指細小的薪柴。《廣韻》：「蒸，粗曰薪，細曰蒸。」《淮南子、主術訓》：「秋畜疏食，冬伐薪蒸。」《注》：「大者曰薪，小者曰蒸。」可見，此漢語的語義和藏語的關係比緬語遠。從音韻對應來看，此藏語和緬語的詞語一定是同出一源的，由此我們可以證明此藏語與古漢語『蒸』同源。換言之，在漢藏語比較研究上緬語也具有重要角色。

2.(#3-31)
漢： $k^wjək^w$　D　　『菊(=鞠)』(1017e)
藏： kug　　「小糠草或類似的稻科雜草」
【参看】Sh:19-9.

3.(#10-35)
漢： g^wrar > ɣwa　C　　『樺』(0)
藏： gro　　「樺樹」
【参看】G2:37(PST *gwrar).

4.(#11-11)
漢： brian　C　　『瓣』(0)
藏： 'bar-ba　　「開」，「開始開花」
緬： pan　B　　「花」
【参看】Sh:23-6, Co:81-3(T stem:*bar).
【謹案】『瓣』，謂花瓣;花冠之各片。

5.(#14-62)
漢： k^wrag　A　　『瓜』(41a)
藏： ka　　「瓜(葫蘆)」

【参看】Yu:5-2.

6.(#15-23)

漢： rang A　　　　『楊』(720q)

藏： glang　　　　「楊柳」

【参看】G2:64.

7.(#16-2)

漢： $mjag^{w}$ A　　　　『苗』(1159a)

藏： myug　　　　「萌芽」

【参看】Si:49.

8.(#18-10)

漢： sjin A　　　　『薪』(382k)

藏： shing　　　　「樹」,「樹林」

緬： sac　　　　「樹林」,「木材」

【参看】Be:165c(TB *siə), G1:69(WT shing < *sying;WB sac < *sik), Bo:389, Co:161-3.

【異說】① 西門華德比於漢語『樹』(*djug B)(Si:163)

② 俞敏比於漢語『生』(*sring A)(Yu:26-29)

【謹案】①『薪』, 供作燃料的草或樹木。≪說文≫:「薪, 蕘也。」≪周禮、甸師≫:「大木曰薪, 小木曰蒸。」≪禮記、月令≫:「草木黃落, 乃伐薪爲炭。」

② 西門之說在詞義上沒有問題, 而在音韻對應上很有問題; 俞氏之說則在音韻對應上沒有很大的問題, 而其詞義相距甚遠。

9.(#20-6)

漢： djing A　　　　『莛』(835l)

藏： sdong　　　　「草木的莖」,「樹幹」

【参看】La:41.

10.(#22-24)

漢： tshung > tshung A　　　　『蔥』(1199g-h)

藏： btsong　　　　「蔥」

【参看】Si:133, Sh:20-13, Be:169e, Co:114-4.

3. 飲　食

1.(#1-18)

漢： tshəg C　　　　『菜』(942e-f)

藏： tshod　　　　「蔬菜」,「青菜」

【参看】La:70, Si:192.

2.(#3-8)

漢： $tjək^{w}$ D　　　　『粥』(1024a)

藏： thug-pa 「湯」，「肉湯」

(詞幹 thug < *tug)

【参看】G1:154, Bo:446, Co:137-1, Yu:12-3(≪左傳≫襄十八年：「食粥。」)

3.(#6-26)

漢： 'jəm B 『飲』(654a)

藏： skyem 「飲」，「飲料」

【参看】Bo:24, Yu:30-18(「聲母脫落，好像『景』分化出『影』來」), Co:97-1 (Nung am 'eat', Dhimal am 'drink'; Thaungthu ʔam 'eat':TB *am).

4.(#9-24)

漢： tshad C 『蔡』(337i)

藏： tshal 「青菜」

【参看】Yu:19-19(≪文選、魏都賦注≫引≪楚辭≫王注：「蔡，草莽也。」)

5.(#11-24)

漢： tshan A 『餐』(154c)、『粲』(154b)

藏： 'tshal 「吃飯」

'tshal-ma, tshal-ma 「早飯」

(詞幹 tshal)

【参看】G1:47, Co:69-3, Y:29-13(≪詩、伐檀≫：「不素餐兮」。)

6.(#11-25)

漢： tshan A 『餐』(154c)、『粲』(154b)

藏： zan, bzan 「食品」，「糧食」

gzan-pa 「吃」

7.(#13-15)

漢： grjam A 『鹽』(609n)

藏： rgyam-tshwa 「一種岩鹽」

【参看】Si:253, Be:177c(TB *gryum), G1:61, Co:128-4(stem:rgyam < PT *gryam).

8.(#14-74)

漢： g^wjag > ju C 『芋』(97o)

藏： gro-ma (詞幹 gro) 「(西藏的)甘薯」

【参看】G1:173, G2:39.

9.(#15-12)

漢： thrjang C 『鬯』(719a-d)

藏： chang 「發酵的酒」，「葡萄酒」

【参看】Co:160-4(PT *thyang > T chang).

【謹案】『鬯』，指古時祭祀所用的香酒。≪詩、大雅、江漢≫：「秬鬯一卣，告于文人。」≪鄭箋≫：「秬鬯，黑黍酒也。」

4. 時　間

1.(#1-10)

漢： nəg　B　　　　『乃』(945a-c)

藏： na　　　　「那時」,「時間」,「一會兒」

【參看】Co:147-1(OC ‘then, thereupon’:a particle which occurs at or near the beginning of a main clause and marks the preceding subordinate clause as temporal. T ‘when, at the time of, whilst’:a post position which follows temporal clauses. It also follows conditional clauses and occurs locatively after nominal elements.)

【謹案】古漢語有‘然後’之義，如≪書、禹貢≫:「作十有三載，乃同。」，且具有‘從前’之義，如≪廣雅、釋蟲≫:「乃，往也。」，「乃者」則‘前次’‘往日’之義，如≪史記、曹相國世家≫:「乃者，我使諫君也。」

2.(#2-4)

漢： tsəng　A　　　　『曾』(884a-b)

藏： 'dzangs　　　　「過日子(或時間)的」,「已用完」,「耗盡」

【參看】La:9.

【謹案】古漢語『曾』，有‘嘗’、‘曾經’之義，如≪公羊傳、閔元年≫:「‘莊公’存之時，‘樂’曾淫于宮中。」又如≪史記、孟嘗君傳≫:「‘孟嘗君’曾待客夜食。」

3.(#3-16)

漢： tsəg^{w}　B　　　　『早』(1049a)

藏： zhogs　　　　「早期」,「初期」

【參看】Si:56.

4.(#14-30)

漢： rags　C　　　　『夜』(800jk)

藏： zla　　　　「月」

緬： la　　　　「月」

【參看】G2:16, Yu:5-40(≪詩、葛生≫:「冬之夜。」). 梅祖麟(1979:133):「和藏文 zla-ba“月亮”同源的是“夜”*lag～“夕”*ljiak…。可證喩四的上古音是 *l-。」

【異說】① [zla] ‘月亮’↔『月』(*ngwjat) (Si:207)

② [zhag (< PT *ryag] ‘一天(二十四個鐘頭)↔『夜 *riagh』、『夕 *rjiak』(Co:112-4)

5.(#15-16)

漢： nang　B　　　　『曩』(730k)

藏： gna-bo (詞幹 gna)　　　　「已往的」,「古代的」

【參看】G1:30.

【謹案】古漢語『曩』，指昔日，從前。≪文選、賈誼、過秦論≫:「深謀遠慮，行軍用兵之道，非及曩時之士也。」；又指‘久’。《爾雅、釋蠱》：「曩，久也。」

【異說】[rnying-pa] ‘舊’‘古代’；[lo-rnying]‘去年’↔『曩』(Be:84c)。

6.(#17-21)

漢： njit D　　『日』(404a)

藏： nyi-ma　　「太陽」，「天」

緬： ne A　　「太陽」

ne C　　「一天」

【參看】Si:206, Sh:3-14, Be:157t (TB *niy), G1:77(WB ne A < *niy; ne C < *niy, Bo:245, Co:145 (TB *nyiy ?).

【異說】[nyin-mo] ‘一天’‘白天’↔『日』(Bo:245, Yu:17-2)。

7.(#18-6)

漢： nin A　　『年』(364a)

藏： na-ning　　「去年」

gzhi-ning, zhe-ning　　「前二年」

(詞幹 ning)

緬： a-hnac　　「一年」

【參看】Be:165b(TB *ning), G1:71(OC nin < *ning;WB a-hnac < *hnik), Bo:298, Co:91-4(PC *ning > dialectal *nin > OC *nin).

【異說】[rnying] ‘歲’↔『年』(Si:296)。

8.(#21-10)

漢： trjug C　　『晝』(1075a)

藏： gdugs　　「正午」，「中午」

【參看】G1:96, Bo:447, Co:61-2(T stem:*dug < g + dug + s ?).

9.(#22-19)

漢： rung > jiwong A　　『容』(1187a)

藏： long　　「方便的時間」，「餘暇」

【參看】Bo:162, Co:102-4.

【謹案】《漢書、楊敞傳》：「事何容易！ 脛脛者未必全也。」此‘容易’，謂從容便易。

5. 身體部位

1.(#1-9)

漢： njəg B　　『耳』(981a)

藏： rna-ba (詞幹 rna)　　「耳朵」

緬： na C　　「耳朵」

【參看】Si:90, Be:188h(TB *r-na), G1:126, Bo:406, Co:69-2(TB *r-na).

【異說】[sngi-ma] ‘(豆)莢’↔『耳』(Yu:1-2)。

2.(#1-14)

漢： rək > jiək A　　　『翼』(954d)

藏： lag-pa　　　「手」

緬： lak　　　「手」，「臂」

【参看】Be:171z(TB *g-lak ‘arm’: this semantic interchange also appear in AT; cf. Formosa; Paiwan dials valaŋa ‘wing’, valaŋa / laŋa/n ‘arm’), Co:37-3 (TB *lak), G2:5.

3.(#3-1)

漢： $pjək^{w}$ D　　　『腹』(1034h)

藏： pho　　　「胃」

ze-bug　　　「反芻動物的第四個胃」

緬： wam-puik　　　「腹部的外面」

puik　　　「懷孕」，「姙娠」

【参看】Si:104, Sh:19-22, Be:182x;166a, Bo:458.

4.(#3-3)

漢： $prəg^{w}$, $phrəg^{w}$ A　　　『胞』(1113b)

藏： phru-ma, 'phru-ma, phru-ba, 'phru-ba (詞幹 phru)　　　「子宮」，「胎盤」，「胎座」

【参看】Bo:310, Co:161-2.

【謹案】古漢語『胞』，指母體中包裹胎兒的膜囊。≪說文≫：「胞，兒生裹也。從肉包。」又稱胎衣。≪漢書、外戚傳、孝成趙皇后≫：「善臧我兒胞。」≪注≫：「胞，謂胎之衣也。」

5.(#3-7)

漢： $mjək^{w}$ > mjuk D　　　『目』(1036a-c)

藏： mig　　　「眼」

緬： myak　　　「眼」

【参看】Si:13, Sh:8, Be:182e(TB *mik), Co:76-1(OT myig, TB *mik～myak) Yu:12-12.

6.(#3-17)

漢： $sthjəg^{w}$ B　　　『手』(1101a)

藏： sug　　　「手」

【参看】Si:63, Be:158n;170f, G1:156.

【異說】[sug] ‘手’↔『足』*tsjug (馮蒸 1988:43)。

7.(#7-3)

漢： pjət D　　　『紱』(276k)

藏： pus-mo (詞幹 pus)　　　「膝」，「膝蓋」

【參看】Co:101-1.

【謹案】『紱』，蔽膝。古代一種服飾。‘周’制，帝王、諸侯以及諸國的上卿皆着朱紱。通韍。

8.(#7-6)

漢： bjiəd C 『鼻』(521c)

藏： sbrid-pa (詞幹 sbrid) 「打噴嚏」

【參看】Si:190, Co:113-2.

9.(#7-17)

漢： g^wjəd C > jwei 『胃』(523a)

藏： grod-pa (詞幹 grod) 「腹部」，「胃」

【參看】Si:181, G1:165, Co:141-4, G2:42.

10.(#8-13)

漢： mjən B 『吻』(503o)

mən A 『門』(441a)

藏： mur 「顎」，「口部」

【參看】Sh:23-11, Be:78a;182i, Co:111-1.

11.(#8-25)

漢： kən B 『頣』(0)

藏： 'gul 「頸部」，「咽喉」

mgul 「喉」、頸的敬語」

mgur 「喉」、頸項的敬語」

【參看】G1:114, Co:112-1, G3:11.

12.(#10-5)

漢： biar A 『皮』(25ab)

藏： bal 「羊毛」

【參看】Yu:6-21(≪周禮、大宗伯≫：「孤執皮帛」)

【異說】① [lpags] ‘皮’‘外皮’ ↔『皮』(Si:44)；

② [phyal] ‘大苙子’‘腹’↔『皮』(Yu:6-18≪詩、相鼠≫：「相鼠有皮。」)

13.(#17-8)

漢： mjiar A 『眉』(567a-c)

藏： smin-ma 「眉」，「眉毛」

【參看】Si:236, Be:173i.

14.(#10-28)

漢： ngar A 『蛾』(2g)

藏： mngal 「胎」

【參看】Yu:6-11(≪詩、碩人≫：「螓首蛾眉。」在人爲胎，在蟲爲蛾。)

15.(#11-6)

漢： phan C 『胖』(181h)

藏： bong 「大小」，「巨軀」

【参看】La:26, Si:281.

16.(#11-35)

漢： kan 『肝』

藏： mkhal 「腎」

【参看】G3:17

【異說】白保羅認爲此漢語語詞與藏緬語(TB)*ka'苦的(bitter)'同源 (Be:154d)。

17.(#13-10)

漢： sram A 『彡』(0)

藏： ag-tsom 「下巴的鬍子」

緬： tsham 「頭髮」

【参看】Sh:22-19, Be:169f(TB *tsam), Co:90-2.

18.(#14-6)

漢： pljag A 『膚』(69g)

藏： pags, lpags 「皮膚」，「獸皮」

【参看】G1:7, Bo:269, Co:134-1(PT *plags > T lpags).

【異說】[spu] '體毛'↔『膚』(Sh:4-27)。

19.(#14-12)

漢： tag B 『萓』(0)

藏： lto-ba 「萓子」，「胃」

【参看】Sh:5-16.

【謹案】≪廣韻≫：「萓，腹萓。」≪廣雅、釋親≫：「胃，謂之萓。」

20.(#14-28)

漢： gljag > ljwo B 『呂』(76a-c)

藏： gra-ma (詞幹 gra) 「(麥等的)芒」，「(魚的)骨」

【参看】Bo:419, Co:138-3.

【謹案】『呂』，背骨，脊住。≪說文≫：「呂，脊骨也。象形。」

21.(#15-37)

漢： grjang A 『裳』(723d)

藏： gyang 「動物的皮」，「衣服」

【参看】Bo:95.

22.(#14-74)

漢： g^wjag B 『羽』(98a)

藏： sgro 「羽毛」

【参看】G1:174, Co:78-2, G2:40.

23.(#17-24)

漢： sjit 『膝』(401c)

藏： tshigs 「關節」，「膝」，「節結」

緬： a-chac 「關節」

【参看】Be:165a (TB *tsik), G1:75 (WB a-chac < *a-tshik), Bo:296, Co:99-2.

24.(#18-1)

漢： bjin B 『臏』(389r)、『髕』(389q)

藏： byin-pa (詞幹 byin) 「腿荳子」

【参看】Sh:17-44, Co:102-3, Yu:27-4.

25.(#18-3)

漢： hnjin B > sjen 『矧』(560j)

藏： rnyil, snyil, so-rnyil 「齒齦」,「牙牀」

(詞幹 rnyil/snyil)

【参看】Be:173m(TB *s-nil), Co:90-1.

【謹案】『矧』, 指齒齦。≪禮記、曲禮上≫:「笑不至矧, 怒不至詈。」≪注≫:「齒本曰矧, 大笑則見。」

26.(#18-12)

漢： sjin A 『辛』(382a-f)

藏： mchin 「肝」,「肝臟」

【参看】Be:197b(TB *m-sin), Co:44-2(TB *m-sin;PT *msyin).

27.(#19-1)

漢： pjig C 『臂』(853s)

藏： phyag 「手(敬)」

phrag 「臂」

【参看】Si:47([phrag]), Yu:16-12([phyag]).

28.(#19-13)

漢： rig > dzje B 『舓』(867f)

藏： ljags 「舌」

緬： lyak 「舓」

【参看】Co:102-5(ljags < PT *lyags).

【謹案】≪說文≫:「舓, 以舌取食也。」『舓』或作『舐』。

29.(#20-4)

漢： ding C 『頲』(0)

藏： mdangs 「容顏」,「前額」

【参看】Yu:26-12.

【謹案】『定』, 額。通頲。≪詩、周南、麟趾≫二章:「麟之定, 振振公姓。」≪毛傳≫:「定, 題也。」≪集傳≫:「定, 額也。」≪爾雅、釋言≫:「定, 題也。」≪郭注≫:「題, 額也。」≪釋文≫:「定字書作頲。」

30.(#20-19)

漢： ging > ɣieng C 『脛』(831k)

gring > ɣɛng A 『莖』(831u)

藏： rkang-pa (詞幹 rking) 「脚」，「腿」;「幹」，「莖」

【參看】Be:60a-b(TB *keng), Yu:26-2;26-3.

31.(#21-6)

漢： tug C 『噣』(1224n)、『咮』(128u)

trug A, C 『噣』(1224n)、『咮』(128u)

藏： mchu 「脣」，「鳥嘴」

【參看】G1:101 (WT mchu < *mthyu), Co:39-3(PT *mthyu).

32.(#21-12)

漢： dug > dəu A 『頭』(118e)

藏： dbu 「頭」(敬)

緬： u 「頭」

【參看】Be:166n(TB *(d-)bu), Co:92-1, Yu:4-17.

33.(#21-13)

漢： dug A 『頭』(118l)

藏： thog 「上邊兒」，「上部」

【參看】Si:38.

34.(#21-16)

漢： njug B 『乳』(135a)

藏： nu-ma 「胸」，「乳房」，「胸懷」

緬： nuw B 「乳房」，「乳汁」

【參看】Sh:4-21, Be:184h, G1:99, Bo:444, Co:48-3(TB *nuw), Yu:4-46.

35.(#21-34)

漢： khug B 『口』(110a-c)

藏： kha 「口」，「嘴」

【參看】Si:79, Be:184j(Bodo-Garo *k(h)u, G ku～khu, Dimasa khu, from TB *ku(w).), Co:110-4.

【異說】[mgo] ‘嘴宿’↔『口』(Yu:4-4)。

36.(#21-35)

漢： khruk D 『殼』(1226a)

藏： kog-pa, skog-pa 「殼」，「堅硬的外皮」，「外表」

【參看】Sh:20-1, Be:181f(TB *kok).

37.(#21-39)

漢： khjug A 『軀』(122g)

藏： sku 「身體」

緬： kuwy A 「動物的軀體」

【參看】Si:78, Sh:4-26, Be:184g, G1:98, Co:46-3(TB *(s-kuw).

38.(#21-44)

漢： glug > ləg A 『髏』(123n)

藏： rus 「骨」

【參看】G2:10.

【謹案】『髏』，指死人的骸骨。《說文》：「髏，髑髏也。」《莊子、至樂》：「‘莊子’之‘楚’，見空髑髏，髐然有形。」

6. 住 居

1.(#2-6)

漢： tsəng A 『層』(884i)

藏： bzangs 「有二樓的屋子」

【參看】La:10.

2.(#3-2)

漢： phjək^{w} D 『復』(1034i)

藏： phug-pa 「洞穴」

bug-pa 「破洞」，「穴」

phug(s) 「最裏面」

sbug(s) 「空心的」，「空穴」

【參看】Be:182x;166a(ST *buk, TB *buk), Bo:458, Co:53-1, Yu:12-7.

【謹案】《說文》：「復，地室也。從穴復聲。」《廣韻》：「復，地室。」《廣雅、釋蠱》：「復，窟也。」《集韻》：「復，穴地以居。」

3.(#4-4)

漢： kjəng^{w} A 『宮』(1006a-d)

藏： khong-pa 「裏面」，「在屋內」

khongs (詞幹 khong) 「居中的」，「在屋內」

【參看】Co:98-3.

【異說】[khyim]‘家’，‘住宅’↔『宮』(Be:182n, Bo:243, Yu:30-1)。

【謹案】此異說，從語義來看，毫無問題，而其音韻相距較遠。這個藏語詞彙則與漢語『埁』*khjəm同源，參看 #6-17。

4.(#5-8)

漢： njəp D 『入』(695a)

藏： nub-pa (詞幹 nub) 「落」，「下去」，「西方」

緬： ngup 「潛入」，「到……之下」

【參看】Be:84b;181m, G1:123, Bo:10, Co:73-2(TB *nup), Yu:22-3, 梅祖麟(1979:133)說：「漢語“入”*njəp和藏文nub-pa“下去”同源，殷墟曾發現窖穴的遺址，我們假設漢藏語時代通行穴居，加以解釋漢語藏語之間語義的分歧。」

【謹案】『入』，具有‘沈沒’之義。《樂府詩集、佚名、擊壤歌》：「日出而作，日入而息。」『內』，入;自外面進入裏面。《說文》：「內，入也。自外而入也。」

5.(#6-12)

漢： tshjəm B 『寢』(661f)

藏： gzim-pa 「睡」，「眩眼」，「臥室」

gzim-gzim 「眩眼」

(詞幹 gzim)

【參看】Si:263, Be:170l, G1:91, Co:134-3, Yu:30-14.

6.(#6-18)

漢： khjəm B 『坽』(651i)

藏： khyim 「家屋」，「房子」，「倉庫」

【參看】Co:119-1 (TB *kyim:in neolithic China the houses of ordinary people were pit-dwellings.)

【異說】[khyim] '家''住宅'↔『宮』(Be:182n, Bo:243, Yu:30-1)。

【謹案】① 『坽』，指坑坎，地洞。《儀禮、旣夕禮》：「向人築坽坎。」《注》：「穿坽之名，一曰坽。」

② 漢語『宮』*kjəngw 則與藏語[khong-pa]'裏面''在屋內'同源，參看#4-3。

7.(#10-14)

漢： ljar > lje A 『籬』(23g)

藏： ra-ba (詞幹 ra) 「城墻」，「圍籬」

【參看】G1:37, Co:78-4, G2:8.

【謹案】『籬』，籬芭，用竹或樹枝編成的障蔽物。《集韻》：「籬，藩也。」《楚辭、宋玉、招魂》：「蘭薄戶樹，瓊木籬些。」

8.(#14-19)

漢： drak D 『宅』(780b-d)

藏： thog 「屋子」

【參看】Yu:15-12.

【謹案】『宅』，居處；居住的地方，卽房子。《詩、大雅、崧高》：「王命召伯，定申伯之宅。」

9.(#14-25)

漢： ljag A 『廬』(69q)

藏： ra 「院落」

【參看】Yu:5-45.

【謹案】『廬』，指簡陋的房屋，特指田中看守庄稼的小屋。《詩、小雅、信南山》：「中田有廬，疆埸有瓜。」《鄭箋》：「中田，田中也。農人作廬焉，以便其田事。」

10.(#14-65)

漢： g^wag > ɣuo B 『戶』(53a)

藏： sgo 「門」

【參看】Si:85, Be:166j, G1:176, Bo:270, Co:66-1, G2:34(《說文》：「…… 半門謂

戶。」).

11.(#15-4)

漢： bjang A 『坊』(740x)

bjang A 『房』(740y)

藏： bang-ba (詞幹 bang) 「庫房」，「倉庫」

【參看】Bo:460, Co:72-1.

【謹案】① 『坊』，指別屋。《文選、何晏、景福殿賦》：「屯坊列署，三十有二。」；又指工廠，《新五代史、史宏肇傳》：「夜聞作坊鍛甲聲。」；又指賣物品的商店，《談苑》：「'郭恕'先下馬入茗坊，呼卒共。」

② 柯蔚南又比於『防』('築堤，堤防')，而此詞則與藏語在語義上不大聯關。

12.(#17-11)

漢： trjit > tjet D 『窒』(413h)

藏： 'dig-pa 「塡塞(把洞等)」

【參看】Co:142-1(PC *trjik > dialectal *trjit > OC *trjit).

13.(#17-30)

漢： tshjid C 『次』(555ab)

藏： 'tsher 「家」

【參看】Yu:8-21.

【謹案】『次』，止宿，出外旅行所居止的地方，如'旅次'、'舟次'。《書、泰誓中》：「王次于河朔。」《左傳、莊三年》：「凡師一宿爲舍，再宿爲信，過信爲次。」；又指處所、位置，泛指所在的地方。《莊子、田子方》：「喜怒哀樂，不入於胸次。」

14.(#20-12)

漢： dzjing B 『穽』(819h)

藏： sdings 「空穴」，「低地」

【參看】Co:118-4.

15.(#21-15)

漢： drjug C 『住』(129g)

藏： 'dug 「住」，「居住」

【參看】Si:40.

16.(#22-6)

漢： tung C 『棟』(1175f)

藏： gdung 「房樑」

【參看】Yu:24-9.

【謹案】『棟』，屋的正樑。《說文》：「棟，極也。」《段注》：「極者，謂屋至高之處。《繫辭》曰：『上棟下宇』。五架之屋，正中曰棟。」

17.(#22-15)

漢： dung C 『洞』(1176h)

藏： dong 「深穴」，「坑」，「濠溝」

【参看】La:38, Si:117, Co:53-2.

【謹案】『洞』，孔穴。≪正字通≫：「洞，山巖有孔穴者。」≪文選、張衡、西京賦≫：「赴洞穴，探封狐。」

18.(#22-30)

漢： khung B 『孔』(1174a)

khung A, B 『空』(1172h)

藏： khung 「洞」，「坑」，「空的」

緬： khaung < *khung 「空的」

【参看】Si:108, G1:108(WB khaung < *khung), Co:71-2, Yu:24-4.

【謹案】『孔』，竅隙;小洞。≪史記、田儋傳≫：「二客穿其冢旁孔，皆自剄，下從之。」

19.(#22-33)

漢： grung > ɣang C 『巷』(1182s)

藏： grong 「房子」，「村」，「村莊」

【参看】Bo:313, Co:156-3.

【謹案】『巷』，里巷;城市或村落中的小路。≪詩、鄭風、叔于田≫一章：「叔于田，巷無居人。」≪毛傳≫：「巷，里塗也。」

【異說】[srang] '胡同'↔『巷』 (Yu:25-27)。

7. 服 飾

1.(#1-2)

漢： bəg C 『佩』(956a-b)

藏： pag 「裝飾用的腰帶」

【参看】Si:42.

【謹案】『佩』，指古代衣帶上佩帶的玉飾。≪說文≫：「佩，大帶佩也。」；又指佩帶，繫掛。≪禮記、玉藻≫：「古之君子必佩玉。」

2.(#1-5)

漢： tjəg C, tjək D 『織』(920f)

藏： 'thag 「紡織」

thags 「織物」，「絲罔」

緬： rak 「編識(布，蓆子，籃子等)」

【参看】Si:5, Be:171u, G1:133(OC tjəg C < *tjəks;WT 'thag < *'tag, thags < *tags), Co:159-2(TB *tak).

3.(#7-3)

漢： pjət D 『紱』(276k)

藏： pus-mo (詞幹 pus) 「膝」，「膝蓋」

【参看】Co:101-1.

【謹案】『紱』，蔽膝。古代一種服飾。'周'制，帝王、諸候以及諸國的上卿皆着朱紱。通韍。

4.(#12-7)

漢： krəp　　　　　　　　　　『韐』(675l)(又見 :緝部 #5-14)

藏： khrab　　　　　　　　　　「盾牌」，「鱗甲」，「鎧甲」

【参看】Si:237, G1:56, Bo:311, Co:131-5, Yu:20-3.

【謹案】『韐』，指古代用來保護胸部的革甲。≪管子、小臣≫：「輕罪入蘭盾革二戟。」≪注≫：「韐革，重革，當心着之，可以禦矢。」

5.(#15-37)

漢： grjang　A　　　　　　　　『裳』(723d)

藏： gyang　　　　　　　　　　「動物的皮」，「衣服」

【参看】Bo:95.

8. 金　屬

1.(#3-11)

漢： tjəg^w　C　　　　　　　　『鑄』(1090a-d)

　　 tjəg^w　C　　　　　　　　『注』(129c)

藏： ldug　　　　　　　　　　　「鑄」，「注」

【参看】Si:41, Yu:12-6(≪左傳≫僖十八年：「故以鑄三鐘。」)

2.(#8-23)

漢： siən　B　　　　　　　　　『銑』(478h)

藏： gser　　　　　　　　　　　「金」

【参看】G3:44.

【謹案】『銑』，指富有光澤的金屬。≪說文≫：「銑，金之澤者。」≪爾雅、釋器≫：「絶澤謂之銑。」

3.(#8-31)

漢： ngjiən　A　　　　　　　　『銀』(416k)

藏： dngul　　　　　　　　　　「銀子」，「錢」

緬： ngwe　A　　　　　　　　　「銀子」

【参看】Si:314, Sh:24-12, Be:173a (TB *ŋul), G1:116(OC ngjiən A < *dngjən;WT dngul < *dngjul;WT ngwe A < nguy), Bo:410, Co:133-1, Yu:28-11(≪書、禹貢≫：「厥貢璆鐵銀鏤。收尾音受聲母同化。), G3:9.

4.(#17-12)

漢： thit > thiet　D　　　　　　『鐵』

藏： lcags　　　　　　　　　　　「鐵」

【参看】Si:291, Bo:176(Bodman 1973:390;Pulleyblank 1973:117;Chang Kun 1972.

Iron metallurgy was well established in china in the 6th century B.C., but an isolated iron halberd is dated to early Shang--Kwang-chih Chang 1977:352, 260.), Co:98-5(鐵 PC *hlik > dialectal *hlit > OC *thit > thiet 'iron'. PT *hlyak > T lcags < lcag + s ? 'iron'. The primitive meaning of this ('iron') root may have been 'metal'.)

5.(#19-17)

漢： sik D 『鍚』(850n)

藏： ltshags 「鍚」

【參看】Yu:16-3(≪考工記、韶氏≫：「六分其金而錫居一。」)

6.(#22-14)

漢： dung A 『銅』(1176d)

藏： zangs 「銅」

【參看】La:15, Si:139, Yu:25-26.

【異說】[dong-tse]'(小的)硬幣'↔『銅』(Sh:20-15, Be:163c)。

7.(#22-21)

漢： rung > jiwong B 『甬』(1185h)

藏： a-long, a-lung 「(金屬製的)環」, 「環狀物」

【參看】Bo:165, Co:125-3.

【謹案】『甬』, 鐘柄。≪周禮、考工記、梟氏≫：「梟氏爲鐘, ……舞上謂之甬, 甬上謂之衡。」≪注≫：「此二名者, 鐘柄。」

9. 色 彩

1.(#1-4)

漢： mək D 『墨』(904c)

hmək D 『黑』(904a)

藏： smag 「暗」, 「黑暗」

緬： mang A 「墨水」

hmang A 「墨水」

【參看】Be:155e(T nag-po '黑', snag '墨水'), G1:131, Bo:66(T mog-pa'黑暗的顏色', smag '暗''黑暗'), Co:45-1.

2.(#8-11)

漢： hmən A 『昏』(457j-l)

藏： mun-pa 「昏暗」, 「模糊」, 「昏迷」

dmun-pa 「黑暗的」, 「昏暗的」

緬： hmun A 「暗淡的」, 「陰暗的」

【參看】Be:155m, G1:121, Bo:69, Co:60-4(詞幹 mun), Yu:28-7.

3.(#13-5)

漢： njam B, C 『染』(623a)
藏： nyams-pa 「被弄壞」, 「着染的」, 「使變色」
【参看】Co:140-3("stem:*nyam < nyam+s. OT variant:nyam--Inscription at the Tomb of Khi-de-srong-brtsan").

4.(#13-6)
漢： glam > ləm A 『藍』(609k)
藏： rams 「靛青」, 「藍靛」
ram 「靛青」, 「藍」
【参看】Sh:22-11, Be:177p, Bo:82, G2:9, Yu:32-23(≪荀子、勸學≫：「青出於藍而勝於藍。」)

5.(#14-13)
漢： tjiag B 『赭』(45d)
藏： btsag 「赭土」, 「黄土」(Si:52)
'btsa 「鐵銹」(Yu:5-32)
緬： tya 「好紅的」
ta 「好紅的」, 「炎熱的紅」
【参看】Si:52, Co:129-2, Yu:5-32.
【謹案】『赭』, 指紅土。≪說文≫：「赭, 赤土也。」≪管子、地數≫：「上有赭者, 下有鐵。」 亦指紅色。≪詩、邶風、簡兮≫：「赫如渥赭, 公言錫爵。」≪毛傳≫：「赭, 赤色也。」

6.(#14-24)
漢： lag A 『盧』(69d)
lag A 『壚』(69j)
藏： rog-po 「黑的」
bya-rog (詞幹 rog) 「黑鳥」
【参看】Co:44-3.
【謹案】『盧』, 指黑色。≪書、文侯之命≫：「盧弓一, 盧矢百。」 ≪傳≫：「盧, 黑也。」『壚』, 指黑色而質地堅實的土壤。≪說文≫：「壚, 黑剛土也。」≪書、禹貢≫：「下土墳壚。」

7.(#14-43)
漢： khrjak D 『赤』(793a-c)
hrak D 『赫』(779a)
藏： khrag 「血」
緬： hrak 「羞愧」, 「害羞」
【参看】G1:20, Bo:455, Co:123-2.
【謹案】『赫』, 指火紅的樣子。也泛指紅色。≪說文≫：「赫, 大赤貌。」≪廣雅、釋器≫：「赫, 赤也。」

8.(#20-14)

漢： sing > sieng　A, B, C　　『醒』(812b')
藏： seng-po, bseng-po　　「清楚的」，「白色的」，「快活的」，「蒼白的」
gseng-po　　「(聲音的)又清楚又銳利」，「(聽得)明白」
(詞幹 seng)
【參看】Co:55-2.

9.(#20-16)
漢： skhrjing > thjäng　A　　『赬』(0)
藏： skyeng-ba (詞幹 skyeng)　　「害羞」
【參看】Co:123-1(T 'ashamed < red, to blush ?'), Yu:26-30.
【謹案】『赬』，指淺紅色。≪爾雅、釋器≫：「再染謂之赬。」≪注≫：「赬，淺赤。」≪廣韻≫：「赬，赤色。」

10. 疾病、苦痛

1.(#1-7)
漢： djək　D　　『宦』(866s)
藏： drag　　「病愈」，「完全」
【參看】Yu:16-9(≪國語、周語≫：「咨于故宦」), Co:122-4(B tyak-tyak 'truly, very, intensive';PLB *dyak: Matisoff 1972:30).

2.(#1-24)
漢： khəg　C　　『咳』(937g)、『欬』(937s)
藏： khogs-pa (詞幹 khogs)　　「咳嗽」
【參看】Si:19, Be:184e, Co:58-4.

3.(#4-3)
漢： $dəng^w$　B　　『痋』(0)
藏： gdung-ba, gdungs　　「痛」，「痛苦」，「悲慘」
(詞幹 gdung)
【參看】La:40, Si:120, Sh:19-2, Co:115-2.
【謹案】≪廣雅、釋蟲≫：「痋，痛也。」

4.(#5-16)
漢： khləp > khjəp　　『泣』(694h)
藏： khrap　　「哭」，「泣」
khrap-khrap　　「哭泣者」，「好哭者」
【參看】Si:238, Sh:16-1, Be:175b(TB *krap), G1:143, Bo:119, Co:159-3.

5.(#8-10)
漢： bjiən　A　　『貧』(471o)
藏： dbul　　「貧乏」，「貧窮」，「缺少」
【參看】Si:321, Sh:24-15, Be:173p, G1:117(OC bjiən < *dbjən;WT dbul < *dbjul),

Co:120-2, Yu:28-15, G3:13.

6.(#8-29)

漢： gjən C 『饉』(480r)

藏： bkren, bgren 「貧窮的」, 「饑饉」

【参看】Bo:424.

7.(#8-36)

漢： g^wjən C 『暈』(458c)

藏： khyom 「暈」, 「暈的」

【参看】Si:273.

8.(#8-40)

漢： gjən C 『饉』(480rs)

藏： bkren 「窮」, 「餓」, 「可憐」

【参看】Yu:27-8(≪詩、雨無正≫ : 「降喪飢饉。」)

9.(#9-21)

漢： rad C 『勩』(340c)

藏： las 「行爲」, 「行動」, 「事」

【参看】Co:162-2.

【謹案】『勩』, 勞苦。≪說文≫ : 「勩, 勞也。」

10.(#10-6)

漢： bjiar A 『疲』(25d)

bjiar A 『罷』(26a)

藏： 'o-brgyal 「辛苦」, 「疲倦」

brgyal 「昏倒」, 「悶絶」

【参看】G3:8(『疲』、『罷』 *bjial), Co:150-4(OC 『疲』, Bahing bal, B pan 'tired, weary').

【謹案】古漢語『罷』有'疲勞'、'困倦'之義。≪國語、吳語≫ : 「今'吳'民旣罷, 而大荒薦饑, 市無赤米。」

11.(#10-8)

漢： tan B ;tar C 『癉』(147e)

藏： ldar-ba (詞幹 ldar) 「疲勞」, 「勞累」, 「困倦」, 「疲乏」

【参看】G1:36, Co:159-1, G3:27.

【謹案】≪說文≫ : 「癉, 勞病也。」≪爾雅、釋蠱≫ : 「癉, 勞也。」≪詩、大雅、板≫一章 : 「上帝板板, 下民卒癉。」≪毛傳≫ : 「癉, 病也。」

12.(#10-19)

漢： dzar A 『瘥』(0)

藏： tsha 「疾病」

【参看】Sh:2-19.

【謹案】≪詩、小雅、節南山≫ : 「天方薦瘥, 喪亂弘名。」≪毛傳≫ : 「瘥, 病也。」≪廣雅、釋蟲≫：「瘥，病也。」

13.(#10-31)

漢： ngar C 『餓』(2o)

藏： ngal 「疲勞」

【参看】Yu:6-10.

14.(#11-47)

漢： k^wan B 『痯』(157g)

g^wjian C 『倦』(226i)

藏： kyor-kyor 「無力的」，「虛弱的」

khyor-ba, 'khyor-ba 「發暈」，「眩暈」

(詞幹 khyor)

【参看】Bo:340, Co:151-1.

【謹案】『痯』，指疲病的樣子。≪詩、小雅、杕杜≫三章：「檀車幝幝，四牧痯痯。」≪毛傳≫：「痯痯，罷貌。」

15.(#14-42)

漢： khag C 『苦』(49u)

藏： khag-po 「困難」，「硬」

dka-ba 「困難」，「艱難」

緬： khak 「困難」，「硬」

【参看】G1:6, Bo:263, Co:44-1(TB *ka).

【謹案】古漢語『苦』，亦指艱辛。≪禮記、禮運≫：「飲食男女，人之大欲存焉;死亡貧苦，人之大惡存焉。」

16.(#17-32)

漢： dzjit > dzjet D 『疾』(494a-c)

藏： sdig-pa (詞幹 sdig) 「罪」，「邪惡」，「非道德」

【参看】Bo:393, Co:132-2(PC *sdjik > dialectal *sdjit > OC *dzjit).

【謹案】古漢語『疾』有‘毒害’之義，如≪左傳、宣十五年≫：「山藪藏疾。」

17.(#17-35)

漢： sjid B 『死』(558a)

藏： shi-ba, 'chi-ba 「死」

緬： se A 「死」

【参看】Si:204, Sh:3-28, Be:185i-n(TB *siy/*səy), G1:81(WB se A < *siy), Co:62-9(TB *syiy, T stem:shi < PT *syi), Yu:8-9.

18.(#17-41)

漢： kjid A 『飢』(602f)

藏： bkres 「餓(敬)」

【参看】Bo:424, Yu:8-27 (≪詩、雨無正≫：「降喪饑饉。」)

19.(#21-27)

漢： sug C 『嗽』(1222s)
藏： sud-pa 「咳」，「咳嗽」
【参看】Sh:4-20(O.B.*sus), Co:58-3(T stem:sud < *su + verbal suffix -d ? Magari su, Garo and Dimasa gu-su 'cough';TB su(w)).

20.(#21-40)
漢： khuk D 『哭』(1203a)
藏： ngu-ba 「哭泣」，「喊叫」
緬： nguw 「哭」，「哭泣」

21.(#22-9)
漢： thung C 『痛』(1185q)
thung A 『恫』(1176k)
藏： mthong-ba 「受苦」，「忍受痛苦」，「不幸」
gdung(s) 「感到痛」，「被弄痛」
【参看】G1:109, Co:144-3.
【謹案】『恫』，痛苦；哀痛。《説文》：「恫，痛也。… 一曰 ：呻吟也。」《書、盤庚上》：「乃奉其恫。」《毛傳》：「恫，痛也。」

11. 天氣、自然現象

1.(#6-8)
漢： tsjəm A 『祲』(661n)
藏： khyim 「太陽的光環」
'khyims-pa 「圓圓的光環」
'gyim-pa 「圓周」，「周邊」
【参看】Bo:20, Co:90-3(OC < PC *skjəm).
【謹案】『祲』，指太陽的光環，前兆的氣體。《周禮、春官、保章氏》：「以五雲之物，辨吉凶水旱豊荒之祲象」。

2.(#11-20)
漢： hnan A 『灘』(152m)
藏： than-pa 「天氣的乾燥」，「暑氣」，「乾旱」
【参看】Be:190l.
【謹案】《説文》：「水濡而乾也。」

3.(#11-40)
漢： gan > ɣən A 『寒』(143a-c)
藏： dgun 「冬天」
【参看】Si:218.
【謹案】「歲寒」謂冬季。

4.(#11-60)

漢： $h^{w}jan$　A, B　　『暖』(255j)
藏： hol-hol (詞幹 hol)　　「柔軟的」, 「溫暖的」, 「不緊的」, 「輕的」
【参看】Co:136-3.

5.(#15-18)
漢： njang　A　　『瀼』(730f)
藏： na-bun　　「霧」, 「濃霧」
khug-rna, khug-sna　　「霧」, 「靄」, 「霧氣」
緬： hnang　C　　「露水」, 「霧」, 「靄」
【参看】Be:190a, G1:29, Co:62:3.
【謹案】『瀼』, 指露水盛多的樣子。≪詩、鄭風、野有蔓草≫ : 「野有蔓草, 零露瀼瀼。」≪毛傳≫ : 「瀼瀼, 露蕃貌。」

6.(#15-19)
漢： hlang > thəng　　『湯』(720z)
藏： rlangs　　「蒸發氣體」, 「蒸氣」
【参看】Bo:172.

7.(#15-38)
漢： gljang > ljang　A　　『凉』(755l)
藏： grang　　「凉」, 「冷」
【参看】Be:178a, G1:33, Bo:417, Co:58-1, G2:2(PST *grjang > rjang > ljang).

8.(#21-5)
漢： mjug　C　　『霧』(1109t)
藏： rmugs-pa　　「濃霧」
rmu-ba　　「霧」
rmus　　「有霧的」
詞幹 *rmug/*rmu
緬： mru　　「霧」, 「霧氣」
【参看】Si:50, Sh:4-24, Be:148, G1:97, Co:82-4.

第 三 節　　詞義全同的同源詞舉例

語言沒有停止狀態, 不但永在發生變化, 而且在所有語言因素中詞義最容易發生變化(Kim Bang-han 1990:104)。因此同屬一源的兩個語詞的詞義雖然有關聯, 然而應當有所差別。詞義全同的同源詞, 只有在以下兩種情況下才有可能:

① 這些語詞，從原始共同語時期起，直到現代語言這一整段發展期間，完全沒有變化；

② 它們在這一整段期間所發生的變化完全相同。

這兩種因素中，後者的可能比較低，因爲詞義變化的規律不如音韻變化那麼嚴格。所以同源詞組中兩個語言的詞義相同的例子相當罕見。但是析言則亦有細密的差別，因爲在任何上下文中都可以互換的眞正的同義詞(synonym)不大可能有。以下所舉的是在漢藏語同源詞中詞義相當接近(可以說是「全同」)的例子：

1.(#1-3)
- 漢：məg B 『母』(947a)
- 藏：'ma 「母親」，「媽媽」
- 緬：ma B 「姊妹」

2.(#1-9)
- 漢：njəg B 『耳』(981a)
- 藏：rna-ba (詞幹 rna) 「耳朵」
- 緬：na C 「耳朵」

3.(#1-16)
- 漢：tsjək D 『側』(906c)
- 藏：gzhogs 「邊」，「面」

4.(#1-24)
- 漢：khəg C 『咳』(937g)
- 藏：khogs-pa (詞幹 khogs) 「咳嗽」

5.(#1-28)
- 漢：h^{w}əg A 『灰』(950a)
- 藏：gog 「灰」，「灰分」

6.(#2-1)
- 漢：mjəng A 『夢』(902a)
- 藏：rmang-lam (Bo:457) 「夢」，「夢想」
- 緬：hmang (C:66-4) 「夢」

7.(#2-5)
- 漢：tsəng A 『憎』(894d)
- 藏：sdang 「恨」，「憎惡」

8.(#3-5)
- 漢：$phrəg^{w}$ A 『泡』(0)
- 藏：lbu 「泡」

9.(#3-7)

漢： mjək^w > mjuk D 『目』(1036a-c)
藏： mig 「眼睛」
緬： myak 「眼睛」

10.(#3-13)

漢： dək^w D 『毒』(1016a)
藏： dug, gdug 「毒」
緬： tauk < *tuk 「中毒」

11.(#3-15)

漢： ljək^w > ljuk D 『六』(1032a)
藏： drug 「六」
緬： khrauk < *khruk 「六」

12.(#3-21)

漢： krəg^w B 『攪』(1038i)
藏： dkrug 「攪」
'khrug 「亂」

13.(#3-22)

漢： kjəg^w B 『九』(992a)
藏： dgu 「九」
緬： kuw C 「九」

14.(#4-1)

漢： trjəng^w B 『中』(1007a-e)
藏： gzhung 「中」，「中間」

15.(#5-16)

漢： khləp > khjəp 『泣』(694h)
藏： khrab 「哭」，「泣」

16.(#6-4)

漢： thəm A 『貪』(645a)
藏： ham-pa (詞幹 ham) 「貪心」，「妄想」，「貪慾」

17.(#6-7)

漢： tsjəm C 「浸」(661m)
藏： sib 「浸入」
緬： cim A 「浸濕」，「浸入液體」

18.(#6-14)

漢： səm A 『三』(648a)
藏： gsum 「三」
緬： sum 「三」

19.(#6-16)

漢： sjəm A　　『心』(663a)
藏： sem(s)　　「心」，「心魂」，「靈魂」

20.(#6-26)
漢： 'jəm B　　『飲』(654a)
藏： skyem　　「飲」，「飲料」

21.(#7-2)
漢： pjəd A　　『飛』(580a)
藏： 'phur　　「飛」

22.(#7-17)
漢： g^wjəd C > jwei　　『胃』(523a)
藏： grod-pa (詞幹 grod)　　「腹部」，「胃」

23.(#7-19)
漢： g^wjət D　　『掘』(496s)
藏： rkod-pa;rko-ba　　「掘」，「發掘」

24.(#7-22)
漢： h^wər (< hmər ?) B　　『火』(353a-c)
藏： me　　「火」
緬： mi　　「火」

25.(#8-10)
漢： bjiən A　　『貧』(471o)
藏： dbul　　「貧乏」，「貧窮」，「缺少」

26.(#8-14)
漢： mjən A　　『聞』(441f)
藏： mnyan-pa, nyan-pa　　「聽見」，「聽」

27.(#8-31)
漢： ngjiən A　　『銀』(416k)
藏： dngul　　「銀子」，「錢」
緬： ngwe A　　「銀子」

28.(#8-32)
漢： k^wjən A　　『軍』(458a)
藏： gyul　　「軍隊」

29.(#8-36)
漢： g^wjən C　　『暈』(458c)
藏： kyom　　「暈」，「暈的」

30.(#9-1)
漢： priat D　　『八』(281a-d)
藏： brgyad　　「八」

31.(#9-4)

漢： briat D 『拔』(276h)
藏： bad 「拔」

32.(#9-26)
漢： sriat D 『殺』(319d)
藏： gsod-pa, bsad, gsad, sod 「殺」,「殺害」
緬： sat 「殺」,「殺害」

33.(#9-27)
漢： kat D 『割』(314de)
藏： bgod 「分割」

34.(#10-1)
漢： par A 『波』(25l)
藏： dba 「波」,「波浪」

35.(#10-8)
漢： mjiar A 『眉』(567a-c)
藏： smin-ma 「眉」,「眉毛」

36.(#10-17)
漢： dzuar B, C 『坐』(12a)
藏： sdod 「坐」,「停留」

37.(#14-53)
漢： ngag A 『吾』(58f)
藏： nga 「我」,「我們」
緬： nga A 「我」

38.(#10-35)
漢： g^{w}rar > ɣwa C 『樺』(0)
藏： gro 「樺樹」

39.(#11-14)
漢： tuan B 『短』(169a)
藏： thung 「短」
緬： taung C 「短」

40.(#11-17)
漢： than C 『炭』(151a)
藏： thal-ba (詞幹 thal) 「灰塵」,「灰」,「塵埃」

41.(#11-39)
漢： gan > ɣən A 『汗』(139t)
藏： rngul 「汗」,「出汗」

42.(#11-53)
漢： kh^{w}an A 『圈』(226k)
藏： skor, 'kor, sgor 「圓」,「圓形的」

43.(#11-57)

漢： g^wjan > jiwän　A　　『圓』(227c)

藏： gor < *gror　　「圓形」,「球形」

44.(#12-5)

漢： rap > jiap　D　　『葉』(633d)

藏： ldeb　　「葉」,「薄板」

45.(#13-4)

漢： dam　A　　『談』(617l)

藏： gtam　　「談」,「談論」,「演說」

46.(#14-2)

漢： prak　D　　『百』(781a-e)

藏： brgya　　「百」

緬： a-ra　A　　「百」

47.(#14-5)

漢： bjag　B　　『父』(102a)

　　pag　B　　『爸』(0)

藏： pha　　「父親」

緬： a-pha　B　　「父親」

48.(#14-6)

漢： pljag　A　　『膚』(69g)

藏： pags, lpags　　「皮膚」,「獸皮」

49.(#14-12)

漢： tag　B　　『荳』(0)

藏： lto-ba　　「荳子」,「胃」

50.(#14-20)

漢： nrjag　B　　『女』(94a)

藏： nyag-ma (詞幹 nyag)　　「婦女」,「女人」

51.(#14-21)

漢： njag　A　　『如』(94g)

藏： na　　「如果」,「萬一」,「假設」

52.(#14-33)

漢： tsag　C, tsak　D　　『作』(806l)

藏： mdzad　　「作」,「製作」

53.(#14-40)

漢： kjag　B　　『擧』(75a)

藏： 'khyog-pa, khyag, khyog　　「擧」,「擧起」

54.(#14-52)

漢： ngjag　A　　『魚』(79a)

藏： nya　　「魚」
緬： nga　　「魚」

55.(#14-54)
漢： ngag　B　　『五』(58a)
藏： lnga　　「五」
緬： nga　C　　「五」

56.(#14-62)
漢： k^{w}rag　A　　『瓜』(41a)
藏： ka　　「瓜(葫蘆)」

57.(#14-70)
漢： g^{w}ag > ɣwə　A　　『壺』(56a-d)
藏： skya　　「壺」

58.(#14-75)
漢： g^{w}jag　B　　『羽』(98a)
藏： sgro　　「羽毛」

59.(#15-23)
漢： rang　A　　『楊』(720q)
藏： glang　　「楊柳」

60.(#15-36)
漢： gjang　A　　『强』(713a)
藏： gyong　　「强」，「硬」

61.(#16-2)
漢： mjagw　A　　『苗』(1159a)
藏： myug　　「萌芽」

62.(#17-9)
漢： tid　A, B　　『底』(590c)
藏： mthil　　「底」，「最低的部分」
緬： mre　A　　「地」，「土地」，「土壤」

63.(#17-12)
漢： thit > thiet　D　　『鐵』
藏： lcags　　「鐵」

64.(#17-20)
漢： njid　C　　『二』(564a-d)
藏： gnyis　　「二」
緬： hnac < *hnit　　「二」

65.(#17-28)
漢： tshjid　C　　『次』(555ab)
藏： tsher　　「次」，「回」

66.(#17-35)

漢： sjid B 『死』(558a)
藏： shi-ba, 'chi-ba 「死」
緬： se A 「死」

67.(#17-36)

漢： sjid C 『四』(518a)
藏： bzhi 「四」
緬： le C 「四」

68.(#17-38)

漢： srjit D 『蝨』(506a)
藏： shig 「蝨子」

69.(#18-2)

漢： drjin A 『塵』(374a)
藏： rdul 「塵」，「灰塵」

70.(#18-9)

漢： sin B, sid B 『洗』(478j)
藏： bsil-ba (詞幹 bsil) 「洗」，「洗濯」，「沐浴」

71.(#19-6)

漢： tig > tiei C 『帝』(877a-d)
藏： the 「上帝」

72.(#19-17)

漢： sik D 『錫』(850n)
藏： ltshags 「錫」

73.(#19-18)

漢： krik D 『隔』(855f)
藏： bkag 「隔開」

74.(#20-13)

漢： dzjing C 『淨』(811ab)
藏： gtsang 「干淨」

75.(#21-5)

漢： mjug C 『霧』(1109t)
藏： rmugs-pa 「濃霧」
rmu-ba 「霧」

76.(#21-12)

漢： dug > dəu A 『頭』(118e)
藏： dbu 「頭」(敬)
緬： u 「頭」

77.(#21-15)

漢： drjug C　『住』(129g)
藏： 'dug　「住」，「居住」

78.(#21-34)
漢： khug B　『口』(110a-c)
藏： kha　「口」，「嘴」

79.(#21-35)
漢： khruk D　『殼』(1226a)
藏： kog-pa, skog-pa　「殼」，「堅硬的外皮」，「外表」

80.(#21-40)
漢： khuk D　『哭』(1203a)
藏： ngu-ba　「哭泣」，「喊叫」
緬： nguw　「哭」，「哭泣」

81.(#22-2)
漢： phjung A　『峯』(0)
藏： bong　「峯」，「山崗」

82.(#22-3)
漢： bung A　『蜂』(1197s)
藏： bung-ba (詞幹 bung)　「蜜蜂」

83.(#22-12)
漢： dung A　『筒』(1176g)
藏： dong-po, ldong-po　「筒」，「管」

84.(#22-14)
漢： dung A　『銅』(1176d)
藏： zangs　「銅」

85.(#22-22)
漢： rung > jiwong C　『用』(1185a-e)
藏： longs　「用」，「使用」，「欣賞」

86.(#22-24)
漢： tshung > tshung A　『蔥』(1199g-h)
藏： btsong　「蔥」

87.(#22-30)
漢： khung B　『孔』(1174a)
　　khung A, B　『空』(1172h)
藏： khung　「洞」，「坑」，「空的」
緬： khaung < *khung　「空的」

第九章　結　論

認定同源詞，是在漢藏語比較研究中最基本最重要的問題。關於此方面的工作從勞佛(1916)的研究起，至今已有將近九十年的歷史。本書廣泛收集前輩學者的研究成果，加以檢討，得到654組比較可靠的漢藏語同源詞(註一、二)，筆者據此製成了『漢藏語同源詞譜』，這就是本書的主要課題及目的。除此以外，在漢藏語同源詞中所顯示的音韻對應關係，則是本書研究的次要課題。漢藏語比較研究的終極目的，是擬測『原始漢藏語』(註三、四)。爲了達到這個目標，應先確立漢藏語之間的音韻對應的規律性，如要確定，尚需要通盤探討其音韻對應的來龍去脈。因此把通過探討音韻對應情形來得到的幾點認識，提要移錄於下，以此作爲本書的結論。

1. 單　聲　母

上古漢語有31個單聲母，古藏文則有30個。數目上相當接近，然而從平面的比較來看，可分爲3種：① 兩種語言都有的(『A類』：20個)；② 只見於上古漢語而古藏文沒有的(『B類』：11個)；③ 只見於古藏文而上古漢語沒有的(『C類』：10個)(註五)

這三種情形中『A類』聲母，就有很大可能是從原始漢藏語時期開始一直到上古漢語及古藏文中存在，而沒有變化的。具有這種聲母的漢藏語同源詞，相當常見，而且其對應關係也相當整齊，絕大部分是同一發音部位之間的互相對應(註六～九)，甚少例外(註十)。從這樣的對應關係再進一步去下一個假說：『同一部位必可對應』。由附註的圖表我們可以發現一個有趣的現象：在『同部對應』中，『同部同法的對應』(指發音部位以及發音方法均相同的聲母之間的對應)最常見，脣音聲母、舌尖聲母、舌尖塞擦音、舌根聲母都是如此，但有一個特殊的現象：漢語的全清聲母(p、t、ts)與送氣清音(ph、th、tsh)對應的例子比『同法對應』還多見(與濁聲母對應的亦不少)。這種現象是巧合(coincidence)，還是暗示某種音韻變化，則無法確知，但我覺得巧合的可能性比較小，因爲數量相當多，而且除了脣音以外還有舌尖音、舌尖塞擦音都是如此，絕不可能是偶然的現象。

由『A類』聲母的漢藏對應我們可以得到兩點有關漢語上古音的認識：①至於上古漢語的全濁聲母(b、d、g、dz)，有人擬爲送氣音(高本漢、董同龢、王力)；有人擬爲不送氣音(陸志韋、蒲立本、李方桂、周法高)。漢藏語同源詞的音韻對應可以支持後者的看法，因爲上古漢語的全濁聲母絕大部分都與古藏文的不送氣濁音對應，卽與送氣音對應的例子相當少見。②上古漢語有兩種流音聲母(l、r)，古藏文也一樣，然而漢藏語同源詞所顯示的它們之間的對應關係相當特殊：只有[l] ↔ [r]、[r] ↔ [l]的對應，而沒有[l] ↔ [l]、[r] ↔ [r]的對應(請參看註七的圖表)。因此龔煌城師(1989a)修訂上古漢語的兩種流音聲母的擬音，卽改[l]爲[r]、改[r]爲[l]。按照他的修訂，這些特異的對應變成很正常的對應，卽[l] ↔ [l]、[r] ↔ [r]的對應。本書找出更多的例證來支持他的創見。

屬於『B類』的11個上古漢語聲母中，圓脣舌根音及圓脣喉音聲母的對應情形與舌根音及喉音大致相同，沒有太大懸殊(註十一)。這些聲母是已在原始漢藏語時期存在的，還是在上古漢語時期才開始有的。此問題相當重要，但不易確定，至少從漢藏語同源詞的聲母對應找不出某種痕迹，因爲古藏文沒有這些聲母。我認爲可以從元音對應找出某些痕迹，不過還有待考察。除了上古漢語的圓脣舌根音及圓脣喉音聲母與古藏文的舌根音及喉音對應的之外，其餘對應則比較罕見，都不超過四個以上(註十二)。

屬於『C類』的10個古藏文聲母，我認爲大部分都可能是後起的，而不是存在於原始漢藏語時期。龔煌城師(1976:213-215)曾分析古藏語的音位說：「我們確信古藏文的舌面塞擦音c、ch、j乃分別由古藏文以前的*ty、*thy、*dy 與 *tsy、*tshy、*dzy演變而來。」從漢藏語同源詞所顯示的這些聲母的對應關係來看，我覺得他的說法可以信從。此外，我認爲古藏文的ny、zh、z、sh也分別由古藏文以前的*n、*ts*tsh、*s、*ts*tsh演變而來(註十三)。

2. 複　聲　母

上古漢語複聲母問題，爲漢語歷史音韻學的熱門話題之一。漢藏語同源詞中所見的漢語複聲母和古藏文的對應情形(註十四)，其數量雖然不够多，然而由此可以得到幾點新的認識：

(1) 古藏語中複輔音聲母極多。在反映古代語音面貌的書面語中有180多個，而且有三合、四合複輔音(參看金鵬1983:4)。其中見於漢藏同源詞的複輔音聲母只有12種：br、lp、kl、gr、sgr、dgr、sr、khr、skr、rn、skh、sk。這些古藏文複聲母分別對應漢語的帶l的、帶s的複聲母。古藏文的180多個複輔音聲母中應包括詞頭(prefix)在內，但複聲母和詞頭的界線及其功能，還沒定論，姑且不談。可是，由漢藏同源詞中的複聲母對應關係來看，上古漢語的確有複聲母了，無可置疑。

(2) 就上古漢語而言，帶l的複聲母幾乎都是對應古藏文的r聲母，共有20見。這些對應也可以支持龔煌城師(1989a)的說法。按照他的意見，這個對應就是r與r的對應。

(3) 在漢藏同源詞上，帶s的複聲母比之與帶l的複聲母對應不是那麼整齊，而且其數量也不那麼多。漢藏語同源詞所反映的帶s的複聲母中，的確可靠的只有一種*skh*sk。

3. 介　音

上古漢語有兩種介音：[-r-]與[-j-]，這些介音是否已在原始漢藏語中存在？是相當重要的問題之一。從漢藏語比較研究來看，這是已經在原始漢藏語時期存在着的。上古漢語的介音[-r-]與古藏文下置字母[-r-]對應的同源詞,共有27對其與古藏文上置字母[(-)r-](註十五)對應的同源詞，共有13對於由此我們可以證明介音[-r-]曾存在於原始共同語中。

上古漢語與古藏文都有介音[-j-](在本書中古藏文的下置字母“ya btags”的對音寫作-y-)。此藏文字母只出現在舌根音(ky-，khy-，gy-)及脣音(py-，phy-，by-，my-)聲母的後面，在漢藏語同源詞中與它對應的上古漢語幾乎都帶有介音[-j-]，此例非常常見(共有六十四個例子：請參看第五章第二節)，但未見對應藏文[py-]的例子。此外，從漢藏語比較來看,在古藏文以前的時期此介音[-y-](卽[-j-])也出現於舌尖音及舌尖塞擦音聲母後面。漢藏語同源詞所顯示的古藏語音變有五種：① [c-] < [*tj-](1)；② [ch-] < [*thj-](9)；

③ [ch-] < [*tshj-](7)；④ [j-] < [*dj-](2)；⑤ [j-] < [*dzj-](2)(註十六)。

4. 元　音

上古漢語有四個單元音：a、ə、i、u 及三個複元音：iə、ia、ua，古藏文則只有五個：a、i、u、e、o。龔煌城師(1980)曾將漢、藏、緬三語的元音系統加以比較，獲得原始漢藏語和上古漢語一樣，具有四個元音的結論。他的研究已經受到學術界的重視和公認(Li Fang-kuei 1983:397; 馮蒸 1989:48)。他提出的元音對應，有九種情形：① [a] ↔ [a]；② [i] ↔ [i]；③ [u] ↔ [u]；④ [ə] ↔ [a]；⑤ [ə] ↔ [u]；⑥ [ə] ↔ [i]；⑦ [ʷə] ↔ [o]；⑧ [ʷa] ↔ [o]；⑨ [ua] ↔ [o]。本書找出更多的例子(註十七)來證明他的說法。本書第三章『詞譜』所舉的漢藏語同源詞大致(67.7%)符合于他的結論，但是也有少數特殊的情形(註十八)。其中具有10個以上的同源詞的對應有八種：① [i] ↔ [e](33)；② [a] ↔ [o](32)；③ [u] ↔ [o](28)；④ [ia] ↔ [a](28)；⑤ [ə ↔ [o](18)；⑥ [i] ↔ [a](14)；⑦ [ə ↔ [e](12)；⑧ [ʷa] ↔ [a](11)。此外，值得一提的就是[iə↔[u] 的對應。龔煌城師(1980：474)擧出兩個例子(『銀』：#8-31；『貧』：#8-10)，認爲上古漢語曾經有過 *u > *ə> *iə 的音變，因此把它們與[ə] ↔ [u]的一般對應同等看待。我覺得他的看法可以信從，因爲其例不只是兩個例子，共有五個例子。

5. 韻　尾

漢、藏二語的韻尾對應相當複雜，本書第七章比較詳細地討論了其對應關係，幷據此得出以下六點結論：

(1) 古藏文的濁塞音韻尾(-g、-d、-b)多與上古漢語及緬甸語的清塞音韻尾(-k、-t、-p)對應(請參看第七章第二節)。由此我們可以說：古藏文 -g、-d、-b 乃分別由古藏文以前的 *k、*-t、*-p 演變而來。

(2) 漢語上古音有一套濁塞音韻尾：*-g(*-gʷ)、*-d、*-b。這些韻尾是否是繼承原始漢藏語而來？這是一個非常重要的問題。從漢藏語比較研究來看，似乎幷非如此，因爲同源詞多半都是不帶任何輔音的開音節(請參看第八章第三節)。

(3) 漢藏語同源詞中鼻音韻尾和流音韻尾的對應相當常見，令人注目，其類型有二種：① [-n] ↔ [-l](39)；② [-n] ↔ [-r](30)。這種現象剛巧與古代文獻中的脂眞、微文、歌元的對轉相當類似,最近龔煌城師(1991:8-10)看到這個情形而解釋：原始漢藏語的-l、-r韻尾，曾在上古漢語廣大的地區發生了-l > -n 及 -r > -n的音韻變化，分別歸入眞、文、元三部，其餘沒發生此音變的則仍留在脂、微、歌三部,呈現爲古代文獻上脂眞、微文、歌元對轉的現象。本書找出更多的同源詞來支持他的說法。

(4) 在多數古音學家所擬的漢語上古音裏有流音韻尾-r，而沒有-l，古藏文則兩種都有。上古漢語與藏語的流音韻尾的對應關係呈現五種不同情形：① [-r] ↔ [-ø](17)；② [-r] ↔ [-l](17)；③ [-r] ↔ [-r](2)；④ [-r] ↔ [-n](2)；⑤ [-r] ↔ [-d](1)。柯蔚南(1986:29,31)認爲原始漢藏語原來有兩種不同的-r與-l：有一種-r與-l完全消失，另一種-r與-l後來變成-n。龔煌城師(1991:10)說：「考慮漢語上古文獻中陰陽對轉的現象及中古韻書(如≪廣韻≫)許多一字兩讀(或多讀)的現象，認爲這是反應方言分歧發展的情形。原始漢藏語仍然只有一種-r與一種-l，只是因爲在廣大的漢語地區不同的方言裏有不同的發展，才造成古代文獻上所出現的脂、微、歌三部字與眞、文、元三部字通轉的現象。」我覺得這個說法可以信從，但我認爲也有可能這些方言分歧現象已經存在於原始漢藏語時期。

(5) 歐第國(Haudricourt, A.G.1954a:221)首次提到上古漢語的去聲與詞尾-s有關的說法。此後，不少學者(如蒲立本1962;1973b;1978、梅祖麟1970、包擬古1974等)從漢藏語比較來探討詞尾-s與去聲的關係。他們只舉出少數漢藏同源詞來作旁證而已，沒有全面地考察漢藏同源詞的情形。對本書第三章所舉的同源詞具有韻尾-s的古藏語與上古漢語聲調的對應關係，統計以得到的結果顯示：平聲29個;上聲8個;去聲43個;入聲29個。果然，對應去聲者最多，但對應平聲的、對應入聲的也不少(請參看第七章第六節1)，因此不能一概而論。

(6) 李方桂(1971:26)曾經提到上古漢語有複輔音韻尾的可能，如*-ms、*-gs、*-ks

等。這個問題也非常重要，但是就漢語本身來看我們已無法推測出來了。本書由漢藏語比較研究來，列舉不少例子以證明上古漢語有三種複輔音韻尾的可能，如*-ks(20個)、*-ms(12個)、*-ngs(17個)(請參看第七章第六節2)。

漢語音韻的歷史研究，從清代起，經過無數學者的努力，已經呈現了輝煌的成就。就所持的研究方法而言,有內部擬測(internal reconstruction)和比較方法(comparative method)的兩種。前者是依靠漢語本身的資料，而後者則藉親屬語言的情形加以比較。到目前爲止，前者的研究，大致上沒有很大的漏洞，而後者的研究還沒打好基礎，有很多問題等待着我們努力去探討。這兩者的結合研究是很重要的，因爲兩門個別研究不是獨立平衡的，而是一脈相承、互相銜接的。本書的研究正是深感這一需要而起，然而目前本書只把注意力集中在漢藏語同源詞的通盤匯集與比較音韻對應的基本問題上。其餘問題，則須留待以後再努力。

【本章附註】

註一) 本書所提出的漢藏語同源詞數：

韻　　部	詞　數	韻　　部	詞　數
1 之　部	28	2 蒸　部	7
3 幽　部	31	4 中　部	5
5 緝　部	17	6 侵　部	28
7 微　部	22	8 文　部	40
9 祭　部	35	10 歌　部	36
11 元　部	59	12 葉　部	13
13 談　部	18	14 魚　部	79
15 陽　部	44	16 宵　部	11
17 脂　部	45	18 眞　部	16
19 佳　部	20	20 耕　部	21
21 侯　部	45	22 東　部	34
總　　和		654 組	

註二) 本書所擧的漢藏語同源詞大部分是轉引前人的著作，以下幾個例子則是本人的研究：

#11-51	『款』	#14-39	『賈』
#14-51	『璐』	#14-58	『壑』
#15-2	『方』	#15-2	『倣』
#15-7	『芒』	#15-15	『塘』
#15-27	『倉』	#21-40	『哭』

註三) 印歐語的歷史比較語言學有三個理論基礎：①『譜系樹論』；②『波浪論』；③『底層理論』。『譜系樹論』,是十九世紀中葉德國自然主義語言學家施來赫爾 (Schleicher, A.) 主張的，他把重建原始共同語(「母語」)作爲最終目的(參看岑麒祥 1981:3-5)。漢藏語言學者幾乎都依據這個理論，認爲擬測『原始漢藏語』就是歷史比較研究的終極目標。至於有規律的音韻對應，可以依據這個理論來加以解釋，而凡事定有例外，碰到這種情況則還需要用『波浪論』或『底層理論』來加以分析其原因。就漢藏語比較研究情況來說，後者的研究，到目前爲止，有點疏忽。

註四) 本書的比較研究完全採用上古漢語與古藏文的直接對比法，我認爲先擬構(原始)藏緬語，然後用來比較上古漢語(或「前上古音」: pre-(Old) Chinese)，比較妥當(參看如下的比較模式)。但是，構擬藏緬語的工作還要一段時間才能够完成。也許，馬提索夫(Matisoff, J.A.)教授的≪漢藏語詞源學分類詞典≫ (Sino-Tibetan Etymological Dictionary and Thesaurus)問世之後，我們可以採用這種方法來作比較研究。

[模式]

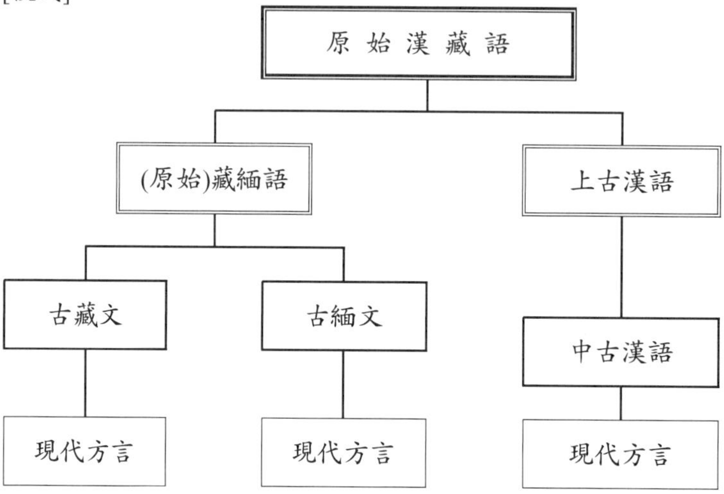

註五) ①『A 類』聲母(20 個)：

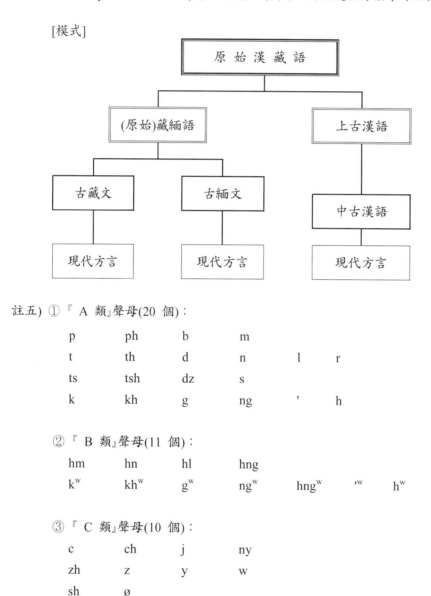

p	ph	b	m		
t	th	d	n	l	r
ts	tsh	dz	s		
k	kh	g	ng	'	h

②『B 類』聲母(11 個)：

hm	hn	hl	hng			
k^w	kh^w	g^w	ng^w	hng^w	$'^w$	h^w

③『C 類』聲母(10 個)：

c	ch	j	ny
zh	z	y	w
sh	ø		

註六) 脣音聲母的對應關係：

		漢語			
		p	ph	b	m
藏語	p	5	1	4	-
	ph	17	13	9	-
	b	16	9	28	2
	m	-	-	-	25

註七) 舌尖音聲母的對應關係：

		漢語					
		t	th	d	n	l	r
藏語	t	7	2	8	-	-	-
	th	10	8	1	-	-	-
	d	10	2	28	-	-	-
	n	-	-	-	13	-	-
	l	-	-	-	-	-	25
	r	-	-	-	-	26	-

註八) 舌尖塞擦音聲母的對應關係：

		漢語			
		ts	tsh	dz	s
藏語	ts	5	2	2	-
	tsh	8	17	4	2
	dz	7	2	8	-
	s	1	-	-	17

註九) 舌根音及喉音的對應關係：

		漢語					
		k	kh	g	ng	'	h
藏語	k	25	7	5	-	1	-
	kh	10	14	8	-	-	3
	g	10	3	24	2	1	3
	ng	-	1	-	13	-	1
	'	-	-	-	-	1	-
	h	-	-	-	-	-	1

註十)『A 類』聲母中發音部位或發音方法不同的對應情形：

(1) [m] ↔ [b] : 2

(2) [t] ↔ [c] : 1　[t] ↔ [ch] : 5　[t] ↔ [ts] : 1
[t] ↔ [k] : 1　[tr] ↔ [zh] : 2　[tr] ↔ [gr] : 1

(3) [th] ↔ [c] : 1　[th] ↔ [ch] : 2　[th] ↔ [h] : 2

(4) [d] ↔ [h] : 1　[d] ↔ [j] : 2　[d] ↔ [ch] : 1
[d] ↔ [b] : 2　[d] ↔ [z] : 1

(5) [n] ↔ [ny] : 6

(6) [r] ↔ [zh] : 1

(7) [ts] ↔ [z] : 2　[ts] ↔ [zh] : 2　[ts] ↔ [ch] : 4
[ts] ↔ [sh] : 1　[ts] ↔ [d] : 2　[ts] ↔ [kh] : 1

(8) [tsh] ↔ [z] : 2　[tsh] ↔ [ch] : 1　[tsh] ↔ [d] : 2
[tsh] ↔ [t] : 1

(9) [dz] ↔ [z] : 2　[dz] ↔ [d] : 4　[dz] ↔ [j] : 2
[dz] ↔ [ch] : 1

(10) [s] ↔ [sh] : 5　[s] ↔ [z] : 3　[s] ↔ [zh] : 1
[s] ↔ [t] : 3　[s] ↔ [k] : 1　[s] ↔ [ch] : 1

(11) [g] ↔ [y] : 1

(12) [ng] ↔ [n] : 1

(13) ['] ↔ [y] : 1　['] ↔ [ø] : 1

(14) [hr] ↔ [c] : 1

註十一) 上古漢語圓脣舌根音及喉音與古藏文的舌根音及喉音的對應關係：

		漢語					
		k^w	kh^w	g^w	ng^w	$'^w$	h^w
藏語	k	9	5	4	-	-	1
	kh	9	4	4	-	-	2
	g	4	1	20	-	-	2
	ng	-	-	-	2	-	-
	'	-	-	-	-	-	-
	h	-	-	-	-	-	2

註十二)『B 類』聲母的對應關係：

(1) [hm] ↔ [m] : 4

(2) [hn] ↔ [n] : 2 [hn] ↔ [ny] : 3 [hn] ↔ [th] : 1

(3) [hl] ↔ [l] : 1

(4) [hng] ↔ [ng] : 1

(5) [g^w] ↔ [zh] : 1 [g^w] ↔ [d] : 1 [g^w] ↔ [r] : 1

[g^w] ↔ [ø] : 1

(6) [$'^w$] ↔ [ø] : 1

(6) [h^w] ↔ [m] : 1

(在上古漢語的 31 個聲母中，只有[hng^w-]一母，未見其例)

註十三)『C 類』古藏文聲母與上古漢語聲母的對應情形：

C類聲母	與他對應的上古漢語聲母
c	t (1)・h (1)
ch	t (6)・th (3)・d (1)・ts (5)・tsh (1)・s (1)
j	d (2)・dz (2)
ny	hn(3)・n (5)
zh	g (1)・ts (1)・s (1)
z	d (1)・ts (3)・tsh (2)・dz (2)・s (3)・gw (1)
y	' (1)
sh	ts (1)
ø	' (1)・g^w (1)・$'^w$ (1)

<說明>：括弧內的數目是指該同源詞出現回數。

註十四) 上古漢語複聲母與古藏文對應情形：

	古藏文的複輔音
pl	p (1) · br (1)
bl	r (2) · br (1)
ml	br (1)
kl	khr(1) · kl (1)
khl	khr(1) · skr (1)
gl	r (2) · gr (5) · sgr(1) · dgr(1) · sr(1) · khr(1) · skr(1)
sm	s (1)
sth	s (1)
sd	d (1)
sn	rn (1)
skh	sk (1)

<說明>：括弧內的數目是指該同源詞出現回數。

註十五) 至於古藏文有上置字母[(-)r-]，西門華德漢藏詞彙比較時(1929)一律把它移位至聲母之後，後來許多學者(如龔煌城師1980，柯蔚南1986等)都從之。具有這些字母的古藏文語詞，多與帶有介音[-r-]的上古漢語有同源關係，其例共有 13見(參看第五章第一節)。由此我們可以得知古藏文有上置字母[(-)r-]也扮演介音的角色。

註十六) 括弧內的數目是指漢藏語同源詞數，下同。

註十七) 屬於一般對應的同源詞數：

	同源詞數		
	A 類	B 類	總和
1. [a] ↔ [a]	55	103	158
2. [i] ↔ [i]	21	31	52
3. [u] ↔ [u]	17	32	49
4. [ə] ↔ [a]	23	22	45
5. [ə] ↔ [u]	23	45	68
6. [ə] ↔ [i]	2	13	15
7. [wə] ↔ [o]	7	5	12
8. [wa] ↔ [o]	7	22	29
9. [ua] ↔ [o]	6	5	11
總和	161	278	439

<說明>：『A類』是指龔煌城師(1980)提到的同源詞，『B類』是指他未提及的同源詞。

註十八) 屬於特殊對應的同源詞數：

[ə]	(1) [ə] ↔ [i] 10 (3) [ə] ↔ [e] 12 (5) [iə] ↔ [u] 5 (7) [iə] ↔ [a] 4	(2) [ə] ↔ [o] 18 (4) [ʷə] ↔ [u] 5 (6) [iə] ↔ [i] 2
[a]	(1) [a] ↔ [o] 32 (3) [a] ↔ [u] 6 (5) [ʷa] ↔ [a] 11 (7) [ia] ↔ [o] 4	(2) [a] ↔ [e] 6 (4) [ia] ↔ [a] 28 (6) [ia] ↔ [e] 8 (8) [ua] ↔ [u] 1
[i]	(1) [i] ↔ [e] 33 (3) [i] ↔ [u] 2	(2) [i] ↔ [a] 14 (4) [i] ↔ [o] 1
[u]	(1) [u] ↔ [o] 28	(2) [u] ↔ [a] 4

附錄 I :<漢藏語同源詞譜子目表>

編號	子目	諸家之著作中的編號

1. 之部 [-əg, -ək]

#1-1	『富』	Si:46, Sh:4, Bo:3, Co:158-5.
#1-1	『福』	Si:46, Sh:4, Bo:3, Co:158-5.
#1-2	『佩』	Si:42.
#1-3	『母』	Be:193d, G1:129, Co:110-1, Yu:5-30.【異說】Bo:283, Yu:5-30
#1-4	『墨』	Be:155e, G1:131, Bo:66, Co:45-1.
#1-4	『黑』	Be:155e, G1:131, Bo:66, Co:45-1.
#1-5	『織』	Si:5, Be:171u, G1:133, Co:159-2.
#1-6	『陟』	Sh:15-2, Be:175f, Co:110-3.
#1-7	『寔』	Co:122-4, Yu:16-9.
#1-8	『慝』	Bo:68, Co:45-2.
#1-9	『耳』	Si:90, Be:188h, G1:126, Bo:406, Co:69-2.【異說】Yu:1-2.
#1-10	『乃』	Co:147-1
#1-11	『而』	Co:71-1, Yu:1-5.
#1-12	『理』	Yu:1-8.【異說】Co:66-3.
#1-13	『犛』	Co:162-4.
#1-14	『翼』	Be:171z, Co:37-3, G2:5.
#1-15	『子』	Be:169y, G1:127, Bo:415;416, Co:54-5;107-1.【異說】Yu:1-9.
#1-15	『字』	Be:169y, G1:127, Bo:415;416, Co:54-5;107-1.【異說】Yu:1-10.
#1-15	『慈』	G1:127, Bo:415;416, Co:54-5;107-1.【異說】Yu:1-10.
#1-15	『孳』	G1:127, Bo:415;416, Co:54-5;107-1.
#1-16	『側』	Si:16.
#1-17	『猜』	La:69, Si:191.
#1-18	『菜』	La:70, Si:192.
#1-19	『事』	G1:128, Co:148-3.
#1-20	『材』	La:13.
#1-20	『財』	La:13.
#1-21	『賊』	Si:4, G1:132, Co:127-1.
#1-22	『革』	Si:100.
#1-23	『志』	Co:132-3.
#1-24	『咳』	Si:19, Be:184e, Co:58-4.

#1-24	『欬』	Si:19, Be:184e, Co:58-4.
#1-25	『其』	Bo:482, Co:85-2, Yu:1-1.
#1-25	『之』	Bo:482, Co:85-2, Yu:1-1.
#1-26	『碍』	Si:27, G1:130, Bo:76.
#1-27	『右』	Be:168h, Bo:196.
#1-28	『灰』	Si:22.

2. 蒸部 [-əng]

#2-1	『夢』	Be:190g, Bo:457, Co:66-4.【異說】Si:105.
#2-2	『蒸』	Co:79-2.
#2-3	『蠅』	Sh:15-5, Be:167b, G1:135, Co:82-1.
#2-4	『曾』	La:9.【異說】Si:73.
#2-5	『憎』	G1:136.
#2-6	『層』	La:10.
#2-7	『承』	Co:104-1.
#2-7	『丞』	Co:104-1.

3. 幽部 [-əg^{w}, -ək^{w}]

#3-1	『腹』	Si:104, Sh:19-22, Be:182x;166a, Bo:458.
#3-2	『寑』	Be:182x, Bo:458, Co:53-1, Yu:12-7.
#3-3	『胞』	Bo:310, Co:161-2.
#3-4	『堡』	Co:164-4.
#3-5	『泡』	Yu:2-15.
#3-6	『浮』	Sh:11-6.
#3-7	『目』	Si:13, Sh:8, Be:182e, Co:76-1, Yu:12-12.
#3-8	『粥』	G1:154, Bo:446, Co:137-1, Yu:12-3.
#3-9	『擣』	Co:120-3.
#3-10	『篤』	G1:155, Co:148-1, Yu:12-4.
#3-11	『鑄』	Si:41, Yu:12-6.
#3-11	『注』	Si:41, Yu:12-6.
#3-12	『肘』	Si:82, G1:162, Co:70-2.
#3-13	『毒』	Si:7, Sh:19-1, Be:166g, G1:153, Co:120-1, Yu:12-5.
#3-14	『揉』	G1:158;163, Co:136-4.
#3-14	『柔』	G1:158;163, Co:136-4.
#3-15	『六』	Si:9,Sh:19-4,Be:162f,G1:152,Bo:80, Co:133-4, G2:1, Yu:12-10.
#3-16	『早』	Si:56.
#3-17	『手』	Si:63, Be:158n;170f, G1:156.
#3-18	『告』	Si:26, Co:51-3.

#3-18	『 誥 』	Si:26, Co:51-3.
#3-18	『 皐 』	Si:26, Co:51-3.
#3-19	『 膠 』	La:62, Si:28.
#3-20	『 覺 』	Bo:308, Co:127-3.
#3-21	『 攪 』	Yu:12-1.
#3-22	『 九 』	Si:84, Sh:4-1, Be:154c, G1:159, Bo:428, Co:113-1, Yu:2- 8.
#3-23	『 鳩 』	Sh:4-3, Be:185e, Co:118-1.
#3-24	『 虯 』	Co:130-4, Yu:2-5.
#3-25	『 舟 』	Si:83, Be:176r, G1:161, Co:46-1, Yu:2-7.
#3-26	『 舅 』	Sh:4-36, Be:166i, G1:160, Co:154-2, Yu:2-2.
#3-27	『 逑 』	Yu:2-3.
#3-28	『 鯀 』	Yu:2-1.
#3-29	『 收 』	G1:157, Co:56-2.【異說】Yu:2-12.
#3-30	『 休 』	Yu:2-9.
#3-31	『 菊 』	Sh:19-9.

4. 中 部 [-əng^{w}]

#4-1	『 中 』	La:19, Si:137, Be:182z, Bo:240, Co:53-3.
#4-2	『 忠 』	Co:107-2.
#4-3	『 疼 』	La:40, Si:120, Sh:19-2, Co:115-2.
#4-4	『 宮 』	Co:98-3. 【異說】Be:182n, Bo:243, Yu:30-1.
#4-5	『 窮 』	Si:110.

5. 緝 部 [-əp]

#5-1	『 答 』	G1:144, Co:37-2.
#5-1	『 對 』	G1:144, Co:37-2.
#5-2	『 搭 』	Co:94-3.
#5-3	『 汁 』	G1:148, Co:99-4.【異說】Sh:16-3, Si:250, Y:21-3.
#5-4	『 摺 』	Si:240, G1:146.
#5-4	『 褶 』	G1:146.
#5-5	『 執 』	Co:120-4.
#5-5	『 摯 』	Co:120-4.
#5-6	『 疊 』	Sh:14-12, Be:184b, Bo:155, Co:124-2, Yu:20-7.
#5-7	『 吸 』	Si:239, Co:98-1.【異說】Yu:21-13.
#5-8	『 入 』	Be:84b, G1:123, Bo:10, Co:73-2, Yu:22-3.
#5-8	『 內 』	Be:84b, G1:123, Bo:10, Co:73-2, Yu:22-3.
#5-8	『 納 』	Be:84b, G1:123, Bo:10, Co:73-2, Yu:22-3.
#5-9	『 立 』	Be:155f, G1:142, Bo:118, Co:140-4, G2:60.【異說】Yu:21-12.

#5-10	『習』	Si:243, G1:145, G2:19.
#5-11	『咠』	Si:244, Be:170m, Co:160-3.
#5-12	『緝』	Yu:22-2.
#5-13	『合』	Yu:22-4.
#5-14	『韐』	Si:237, G1:56, Bo:311, Co:131-5, Yu:20-3.
#5-15	『急』	Yu:22-6.【異說】G1:90.
#5-16	『泣』	Si:238, Sh:16-1, Be:175b, G1:143, Bo:119, Co:159-3.
#5-17	『洽』	G1:37, Co:78-5, Yu:22-1.

6. 侵部 [-əm]

#6-1	『稟』	Be:178u, Bo:228, Co:64-3, Yu:30-9.
#6-2	『懍』	Yu:30-16.
#6-3	『譚』	Si:256, Be:69a;191, G1:59, Co:137, Yu:32-14.
#6-4	『貪』	Bo:188, Co:59-3.
#6-5	『念』	Si:255, Sh:15-1, Be:175d, G1:150, Co:148-4, Yu:32-13.
#6-5	『恁』	Si:255, Sh:15-1, Be:175d, G1:150, Co:148-4, Yu:32-13.
#6-6	『林』	Yu:30-15.
#6-7	『浸』	G1:92, Co:136-1.【異說】Yu:31-8;30-6.
#6-8	『祲』	Bo:20, Co:90-3.
#6-9	『參』	Yu:32-22. 【異說】La:5, Si:261, Yu:30-17.
#6-10	『侵』	Bo:18, Co:73-3.
#6-11	『侵』	Yu:30-26.
#6-12	『寢』	Si:263, Be:170l, G1:91, Co:134-3, Yu:30-14.
#6-13	『蠶』	Bo:19, Co:138-1.
#6-14	『三』	Si:165, Sh:21-21, Be:170j, G1:124, Bo:75, Co:149-2, Yu:31-12.
#6-15	『滲』	Yu:30-7.
#6-16	『心』	Si:164, Sh:15-4, Be:184a, G1:149, Co:93-1, Yu:30-29.
#6-17	『禁』	Co:127-4.
#6-18	『坅』	Co:119-1.
#6-19	『戡』	Sh:21-32, G1:125, Co:100-2, Yu:31-1.
#6-20	『顣』	Bo:25, Co:148-5.
#6-21	『坎』	Yu:30-2.
#6-22	『含』	Si:252, Sh:22-15, Be:166e;183j, G1:151, Bo:203 Co:95-1, G2:33, Yu:32-4.
#6-23	『琴』	Yu:30-3.
#6-24	『擒』	Yu:30-5.
#6-25	『熊』	Be:168i, G1:170, Bo:111, Co:40-1, Yu:31-19.
#6-26	『飲』	Bo:24, Yu:30-18, Co:97-1.

#6-27	『 唵 』	Be:181k, Co:95-2.
#6-28	『 陰 』	Si:246.【異說】Co:78-3.

7. 微部 [-əd, -ər, -ət]

#7-1	『 誹 』	G1:138, Co:162-3.
#7-1	『 非 』	G1:138, Co:162-3.
#7-2	『 飛 』	Be:181c, G1:120, Bo:83, Yu:8-17.
#7-3	『 紱 』	Co:101-1.
#7-4	『 筆 』	Be:178z, Yu:17-7.【異說】Si:94, Bo:423.
#7-5	『 拂 』	Si:172.【異說】Co:123-4.
#7-6	『 鼻 』	Si:190, Co:113-2.
#7-7	『 寐 』	Be:185m, Co:134-5, Yu:8-5.【異說】Si:185.
#7-8	『 妥 』	G1:137, Bo:67.
#7-8	『 綏 』	G1:137, Bo:67.
#7-9	『 類 』	G2:47.
#7-10	『 卒 』	G1:113, Bo:17.
#7-11	『 卒 』	Bo:17.
#7-12	『 碎 』	Yu:18-11.
#7-13	『 帥 』	Co:128-1.
#7-13	『 率 』	Co:128-1.
#7-14	『 貴 』	Co:121-1, Yu:9-1.【異說】Yu:9-6.
#7-15	『 歸 』	G1:169, Co:153-2.
#7-15	『 回 』	G1:169, Co:153-2.
#7-15	『 圍 』	G1:169, Co:153-2.
#7-16	『 饋 』	Yu:9-2;9-3.
#7-17	『 胃 』	Si:181, G1:165, Co:141-4, G2:42.
#7-18	『 違 』	G1:167, Co:62-2.
#7-19	『 掘 』	La:61, Si:164, Be:159p, G1:168, Co:63-4, Yu:18-9.
#7-19	『 堀 』	La:61, Si:164, Be:159p, G1:168, Co:63-4, Yu:18-9.
#7-20	『 窟 』	Yu:18-3.
#7-21	『 輝 』	G3:3.
#7-22	『 火 』	Si:200, Sh:6-7, Be:172x, Co:79-1, Yu:8-14.
#7-22	『 燬 』	Si:200, Sh:6-7, Be:172x, Co:79-1, Yu:8-14.

8. 文部 [-ən]

#8-1	『 奔 』	Yu:28-4.
#8-2	『 分 』	G1:115, Co:65-1, Yu:28-5;28-32, G3:12. 【異說】Si:320, Yu:28-32, Yu:28:5.

#8-3	『粉』	G3:40.
#8-4	『奮』	Sh:23-10, Be:172u, G1:120, Bo:83, Co:82-2, G3:39.
#8-4	『豮』	Sh:23-10, Be:172u, G1:120, Bo:83, Co:82-2, G3:39.
#8-5	『糞』	La:25, Si:226, Sh:21-7, Co:68-2, Yu:28-6.
#8-6	『盆』	Yu:28-31.
#8-7	『焚』	Sh:23-5, G1:139, Co:50-2, G3:42.
#8-8	『頒』	Yu:28-14.
#8-9	『墳』	La:30.
#8-10	『貧』	Si:321,Sh:24-15,Be:173p, G1:117, Co:120-2, Yu:28-15, G3:13.
#8-11	『昏』	Be:155m, G1:121, Bo:69, Co:60-4, Yu:28-7.
#8-12	『悶』	Be:155n, G1:121, Bo:69, Co:60-4, Yu:28-7.
#8-13	『吻』	Sh:23-11, Be:78a;182i, Co:111-1.
#8-13	『門』	Sh:23-11, Be:78a;182i, Co:111-1.
#8-14	『聞』	G1:141.
#8-15	『閩』	Si:322, Sh:24-11, G3:14.
#8-16	『惇』	G1:155, Co:148-1, Yu:12-4.
#8-16	『敦』	G1:155, Co:148-1, Yu:12-4.
#8-17	『墩』	G1:164.
#8-18	『典』	Co:79-3.
#8-19	『鈍』	Si:317, G1:118, Co:67-4, Yu:28-12.
#8-20	『順』	G1:119, Co:146-1, G3:22.
#8-20	『馴』	G1:119, Co:146-1, G3:22.
#8-20	『純』	G1:119, Co:146-1, G3:22.
#8-20	『醇』	G1:119, Co:146-1, G3:22.
#8-21	『尊』	Si:227, Sh:21-8, G1:122, Co:95-4, Yu:28-8.
#8-22	『孫』	G1:140, Co:88-2.
#8-23	『銑』	G3:44.【異說】Co:48-5.
#8-24	『根』	G3:11.
#8-25	『頣』	G1:114, Co:112-1, G3:11.
#8-26	『綸』	Yu:28-18.
#8-27	『君』	Si:313.
#8-28	『恨』	Si:216, Yu:28-19.
#8-29	『鍵』	Bo:424.
#8-30	『純』	Yu:28-9.
#8-31	『銀』	Si:314, Sh:24-12, Be:173a, G1:116, Bo:410, Co:133-1, Yu:28-11, G3:9.
#8-32	『軍』	Yu:28-17.【異說】Co:89-3
#8-33	『困』	Co:63-3.

#8-34	『群』	Co:89-3, Yu:28-1.
#8-35	『沄』	Co:81-2.
#8-36	『暈』	Si:273.
#8-37	『郡』	G3:24
#8-38	『訓』	Bo:26, Co:143-2.
#8-39	『訓』	G3:23.
#8-40	『饉』	Yu:27-8.

9. 祭部 [-ad, -at]

#9-1	『八』	Si:167, Sh:22-23, Be:162k, G1:35, Bo:78, Co:70-1, Yu:19- 5.
#9-2	『蔽』	Yu:10-10.
#9-3	『沛』	Bo:7;8, Co:76-3.
#9-4	『拔』	Yu:19-9.
#9-5	『拔』	La:29.
#9-6	『別』	Yu:17-6.【異說】Co:63-1.
#9-7	『末』	Yu:19-10.
#9-8	『滅』	Sh:14-14, Be:183d, Co:61-3.
#9-9	『綴』	Bo:452, Co:150-1.
#9-10	『脫』	G1:180, Bo:178, Co:150-4, G2:p10.
#9-11	『大』	Be:66c, Co:42-2.
#9-11	『太』	Be:66c, Co:42-2.
#9-12	『達』	Yu:19-8.【異說】La:58.
#9-13	『兌』	Co:70-3.
#9-14	『滯』	Yu:19-16.
#9-15	『噬』	Co:43-3.
#9-16	『厲』	Bo:139, Co:81-3, Yu:20-14.
#9-17	『厲』	Co:94-1.
#9-18	『裂』	Yu:19-18.
#9-19	『悅』	Bo:178, Co:105-4.
#9-20	『裔』	Bo:170, Co:47-2.
#9-21	『勩』	Co:162-2.
#9-22	『詍』	Co:145-3, G2:14.
#9-23	『最』	Si:201.
#9-24	『蔡』	Yu:19-19.
#9-25	『絕』	Si:168, G1:179.
#9-26	『殺』	Si:176, Sh:22-22, Be:191g, Bo:327, Co:100-3.
#9-27	『割』	Yu:19-14.
#9-28	『契』	Co:129-3, Yu:19-3.【異說】Bo:48

#9-29 『害』 Si:180, Yu:19-13.
#9-30 『傑』 Si:166, Be:174g, Co:93-2, Yu:19-4.
#9-31 『艾』 Bo:280, Co:111-2.
#9-32 『厥』 Bo:402.
#9-33 『活』 Co:104-3.
#9-34 『話』 G2:35.【異說】Si:177, Yu:19-2.
#9-35 『豁』 Yu:19-20.

10. 歌部 [-ar]

#10-1 『波』 La:32, Sh:2-22.
#10-2 『播』 Be:172f, Co:139-2.
#10-2 『班』 Be:172f, Co:139-2.
#10-3 『彼』 Co:147-3.【異說】Yu:6-17
#10-4 『披』 Yu:6-19, G3:6.【異說】Sh:6-5.
#10-5 『皮』 Yu:6-21.【異說】Si:44, Yu:6-18.
#10-6 『疲』 G3:8, Co:150-4.
#10-6 『罷』 G3:8, Co:150-4.
#10-7 『靡』 Co:62-1.
#10-7 『糜』 Co:62-1.
#10-8 『癉』 G1:36, Co:159-1, G3:27.
#10-9 『侈』 Co:88-4.
#10-10 『唾』 La:46, G1:182, Co:138-4.
#10-11 『垂』 G1:178, Co:91-1, G3:7.
#10-12 『羅』 G2:5.
#10-13 『離』 Co:130-3, Yu:6-20.
#10-14 『籬』 G1:37, Co:78-4, G2:8.
#10-15 『左』 Yu:6-26.【異說】Be:158u.
#10-16 『磋』 Yu:6-26.
#10-16 『瑳』 Yu:6-26.
#10-17 『坐』 La:67, G1:177, Bo:277.
#10-18 『鹺』 Sh:2-16, Be:49a, Co:128-3.
#10-19 『瘥』 Sh:2-19.
#10-20 『沙』 Sh:1-11, Be:188a, Co:129-1.
#10-21 『歌』 Sh:2-21, Be:187a, Co:162-1.
#10-22 『箇』 Co:133-2, Yu:5-1.
#10-23 『嘉』 Sh:1-3.【異說】Yu:6-1.
#10-24 『加』 Co:36-2, G3:8a.【異說】Yu:6-7.
#10-25 『何』 Co:160-1, G2:28.【異說】Yu:6-5.

#10-26 『荷』 G1:40, Co:51-4, G2:30, Yu:6-6, G3:5.
#10-27 『河』 G1:39, Co:59-4, G2:29, G3:3.
#10-28 『蛾』 Yu:6-11.
#10-29 『鵝』 Si:158, Sh:22-24, G1:38, Co:87-4.
#10-30 『我』 Si:86, Sh:2-26, Be:160n, G1:2, Bo:265;292, Co:96-4, Yu:5-16.
#10-31 『餓』 Yu:6-10.
#10-32 『戲』 Co:99-3.
#10-33 『裹』 Yu:6-2.
#10-34 『科』 Yu:6-3.
#10-35 『樺』 G2:37.
#10-36 『訛』 Co:77-1.

11. 元部 [-an]

#11-1 『板』 Bo:321, Co:45-4, G3:36.【異說】Si:302.
#11-2 『眅』 Bo:322, Co:88-5.
#11-3 『編』 Bo:449, Co:119-5.
#11-4 『判』 Bo:328, Yu:29-7.
#11-5 『判』 Yu:29-7.
#11-6 『胖』 La:26, Si:281.
#11-7 『䰉』 Sh:23-4.
#11-8 『畔』 Co:109-2, G3:37.【異說】Bo:328.
#11-8 『半』 Co:109-2, G3:37.
#11-9 『辦』 Bo:405, Co:51-1.
#11-10 『辨』 Co:65-2.
#11-10 『辯』 Co:65-2.
#11-11 『瓣』 Sh:23-6, Co:81-3.
#11-12 『燔』 Sh:23-5, G1:139, Co:50-2.
#11-13 『展』 G1:48, Co:139-3, G3:21.
#11-14 『短』 Si:299, G1:112.
#11-15 『癉』 G1:36, Co:159-1, G3:27.
#11-16 『端』 Co:117-3.
#11-17 『炭』 Sh:24-1, Be:173u, Co:68-4, G3:18.
#11-18 『憚』 Be:190m, G1:41, Co:152-2, G3:30.
#11-19 『纏』 G1:46, G3:32.
#11-20 『灘』 Be:190l.
#11-21 『難』 G1:42, Co:63-2, G3:31.
#11-22 『聯』 Co:57-3, G2:7.
#11-22 『連』 Be:183b, Co:57-3, G2:7.

#11-23 『鑽』 Co:46-4.【異說】La:77

#11-24 『餐』 G1:47, Co:69-3, Y:29-13.

#11-24 『粲』 G1:47, Co:69-3, Y:29-13.

#11-25 『餐』 La:11, Si:228, Sh:22-26.

#11-25 『粲』 La:11, Si:228, Sh:22-26.

#11-26 『粲』 G1:45, Co:49-2.

#11-26 『燦』 G1:45, Co:49-2.【異說】La:75.

#11-27 『殘』 Yu:29-8.【異說】La:88

#11-28 『鮮』 G1:43, Bo:414, Co:112-3, G3:28.【異說】Yu:29-14.

#11-29 『産』 Bo:314, Co:40-2.【異說】Si:214, Yu:29-16.

#11-30 『霰』 Sh:23-15, Be:172c, Bo:450, Co:135-1, G3:43.

#11-31 『算』 G3:38.

#11-32 『干』 G1:49, Bo:286, Co:157-3, G3:15.

#11-32 『扞』 G1:49, Bo:286, Co:157-3, G3:15.

#11-32 『捍』 G1:49, Bo:286, Co:157-3, G3:15.

#11-33 『干』 Yu:29-2.

#11-33 『岸』 Yu:29-2.

#11-34 『竿』 Sh:23-1, G1:44, Co:141-2, G3:33.

#11-35 『肝』 G3:17

#11-36 『乾』 La:1, G1:51, Co:67-3.

#11-36 『旱』 La:1, G1:51, Co:67-3.

#11-37 『搴』 Co:117-1.

#11-38 『見』 Sh:14-1, Be:175m, Co:129-5.

#11-39 『汗』 Si:315.

#11-40 『寒』 Si:274.

#11-41 『健』 G1:52, Co:142-4.

#11-42 『喭』 Co:56-1.

#11-43 『雁』 Si:158, Be:191a, G1:38, Co:87-4.

#11-44 『鼾』 G1:50, Co:135-5, G3:16.

#11-45 『獻』 G3:39.

#11-46 『嘕』 Co:99-3.

#11-47 『倦』 Bo:340, Co:151-1.

#11-47 『痯』 Bo:340, Co:151-1.

#11-48 『倌』 Bo:288, Co:131-1.

#11-48 『宦』 Bo:288, Co:131-1.

#11-49 『涫』 Bo:287, Co:49-4.

#11-50 『慣』 Si:274.

#11-51 『款』

#11-52	『 窾 』	Bo:290.
#11-53	『 圈 』	La:79.【異說】Sh:24-8
#11-54	『 勸 』	La:78.
#11-55	『 援 』	G3:26.
#11-56	『 緩 』	G3:34.
#11-57	『 圓 』	G3:35.【異說】Be:168j.
#11-58	『 幻 』	Bo:122, Co:152-3.
#11-59	『 暖 』	Co:136-3.

12. 葉 部 [-ap]

#12-1	『 法 』	Yu:20-9.【異說】Si:241.
#12-2	『 牒 』	Yu:20-8.【異說】Co:80-4.
#12-3	『 呫 』	Bo:305, Co:146-3.
#12-4	『 攝 』	Be:175c, Co:118-3.
#12-5	『 葉 』	Be:171b, Bo:169, Co:102-2.【異說】Si:212.
#12-6	『 接 』	Be:169x, G1:57, Bo:9, Co:57-2.
#12-7	『 甲 』	Si:237, G1:56, Bo:311, Co:131-5, Yu:20-3.
#12-8	『 夾 』	Yu:20-2.
#12-8	『 挾 』	Bo:41, Yu:20-2.
#12-9	『 蓋 』	G1:55, Bo:5, Co:59-1, G2:31, Yu:20-1.【異說】Si:182.
#12-9	『 盖 』	Bo:5, Co:59-1, G2:31, Yu:20-1.
#12-10	『 闔 』	Yu:20-4.
#12-11	『 業 』	Yu:20-5.
#12-12	『 俺 』	Co:59-2.
#12-13	『 呷 』	La:51, Be:32, Co:43-4.

13. 談 部 [-am]

#13-1	『 泛 』	Si:258, G1:60, Co:81-1.【異說】Yu:32-18.
#13-1	『 汎 』	Si:258, G1:60, Co:81-1.
#13-1	『 氾 』	Si:258, G1:60, Co:81-1.
#13-2	『 貶 』	Co:63-5.
#13-3	『 凡 』	Yu:32-19.【異說】Sh:21-23.
#13-4	『 談 』	Si:256, Be:69a;191, G2:59, Co:137, Yu:32-14.
#13-5	『 染 』	Co:140-3.
#13-6	『 藍 』	Sh:22-11, Be:177p, Bo:82, G2:9, Yu:32-23.
#13-7	『 籃 』	Yu:31-5.
#13-7	『 函 』	Yu:31-5.
#13-8	『 炎 』	Co:50-3.

#13-8	『 錟 』	Co:50-3.
#13-9	『 慙 』	La:6, Si:260, Yu:30-27.
#13-10	『 彡 』	Sh:22-19, Be:169f, Co:90-2.
#13-11	『 纖 』	Sh:17-32.
#13-12	『 甘 』	Yu:32-1.
#13-13	『 銜 』	Si:252, Sh:22-15, Be:166e, G1:151, Bo:203, Co:95-1, G2:33, Yu:32-4.
#13-14	『 鹽 』	Si:253, Be:177c, G1:61, Co:128-4.
#13-15	『 鈐 』	Yu:30-19.
#13-16	『 巖 』	Bo:456, Co:93-3.
#13-17	『 嚴 』	Bo:456, Co:93-3, Yu:32-7.【異說】Yu:31-17.
#13-18	『 驗 』	Yu:32-11.

14. 魚部 [-ag, -ak]

#14-1	『 豝 』	Co:117-4.
#14-2	『 百 』	Si:102, Be:161e, G1:18, Bo:79, Co:96-2.
#14-3	『 怕 』	Si:48.
#14-4	『 笆 』	La:34, Sh:1-19, Be:188w, Co:38-4.
#14-5	『 父 』	Sh:1-8, Be:134a, G1:14, Co:77-3, Yu:5-28.
#14-5	『 爸 』	Sh:1-8, Be:134a, G1:14, Co:77-3, Yu:5-28.
#14-6	『 膚 』	G1:7, Bo:269, Co:134-1.【異說】Sh:4-27.
#14-7	『 馬 』	Be:189e, G1:17.
#14-8	『 無 』	G1:8, Bo:408, Co:113-3, Yu:5-31.
#14-9	『 巫 』	G1:15, Bo:409, Co:107-3.
#14-10	『 武 』	Bo:275, Co:107-5.
#14-11	『 睹 』	G1:16, Yu:5-21.【異說】Sh:5-15.
#14-11	『 覩 』	G1:16, Yu:5-21.【異說】Sh:5-15.
#14-12	『 荳 』	Sh:5-16.
#14-13	『 赭 』	Si:52, Co:129-2, Yu:5-32.
#14-14	『 橐 』	Yu:15-13.
#14-15	『 拓 』	Co:154-3.
#14-16	『 渡 』	Si:89, G1:10, Co:116-1, Yu:5-24.
#14-16	『 度 』	Si:89, G1:10, Co:116-1, Yu:5-24.
#14-17	『 度 』	Yu:15-11.
#14-18	『 除 』	G1:26, Co:124-1.
#14-19	『 宅 』	Yu:15-12.
#14-20	『 女 』	Si:34, Bo:271, Co:161-1.【異說】Be:187j, Yu:5-26.
#14-21	『 如 』	G1:11, Yu:5-25.

#14-22	『若』	G1:11, Yu:5-25.
#14-22	『洳』	Co:107-4.
#14-23	『鹵』	Co:55-3.
#14-23	『魯』	Co:55-3.
#14-24	『盧』	Co:44-3.
#14-24	『壚』	Co:44-3.
#14-25	『廬』	Yu:5-45.
#14-26	『勴』	Yu:15-22.
#14-27	『旅』	Bo:267;268, Co:72-4.
#14-28	『呂』	Bo:419, Co:138-3.
#14-29	『旟』	Co:154-4.
#14-29	『舁』	Co:154-4.
#14-29	『譽』	Co:154-4.
#14-30	『夜』	G2:16, Yu:5-40.
#14-31	『祖』	Yu:5-34.
#14-32	『措』	Yu:15-19.
#14-23	『錯』	Yu:15-19.
#14-33	『作』	La:83.
#14-34	『且』	G1:9, Co:36-1.
#14-35	『楚』	Sh:5-6, Be:170c.
#14-36	『沮』	Co:152-4.
#14-37	『藉』	Co:121-3.
#14-38	『所』	Be:171f, Yu:5-46.
#14-39	『賈』	Yu:5-3.
#14-40	『擧』	G1:13, Co:103-2.
#14-41	『苦』	Be:165d, G1:5, Bo:263, Co:44-1.【異說】Yu:5-5.
#14-42	『苦』	G1:6, Bo:263, Co:44-1.
#14-43	『赤』	G1:20, Bo:455, Co:123-2.
#14-44	『恪』	Be:159c, Co:78-1.
#14-45	『夏』	Yu:5-14.
#14-46	『巨』	Sh:5-1.
#14-47	『遽』	Si:25, Yu:15-7.
#14-48	『渠』	Sh:5-2.
#14-49	『烙』	La:96.
#14-50	『絡』	G2:4.
#14-51	『璐』	
#14-52	『魚』	Si:88, Sh:2-25, Be:124a, G1:4, Bo:266;377, Co:80-1, Yu:5-20.
#14-53	『吾』	Si:86, Sh:2-26, Be:160n, G1:2, Bo:265;292, Co:96-4, Yu:5-16.

#14-54 『五』 Si:87, Sh:2-27, Be:162e, G1:1, Bo:264, Co:80-3, Yu:5-18.
#14-55 『咢』 Bo:250, Co:67-2.
#14-56 『語』 G1:3, Bo:273, Co:137-3.【異說】Si:95.
#14-57 『惡』 G1:19, Co:38-3.
#14-58 『壑』
#14-59 『赫』 Bo:455.
#14-60 『孤』 Sh:5-13.
#14-61 『雇』 Sh:5-12.
#14-62 『瓜』 Yu:5-2.
#14-63 『攫』 G1:171, Co:130-1.
#14-63 『據』 Co:130-1.
#14-64 『鞹』 Be:74a, Co:134-2, Yu:15-1.
#14-65 『戶』 Si:85, Be:166j, G1:176, Bo:270, Co:66-1, G2:34.
#14-66 『胡』 Yu:5-9.
#14-67 『胡』 Yu:5-13.
#14-68 『胡』 Yu:5-14.
#14-69 『狐』 Si:97, Be:166c, Bo:108, Co:84-1, Yu:5-37.
#14-70 『壺』 Yu:5-8.
#14-70 『罕』 Yu:5-8.
#14-71 『護』 Bo:278, Co:89-4.
#14-72 『韄』 Bo:35, Co:42-4.
#14-73 『于』 Be:167c, G1:172, Co:86-3.
#14-73 『往』 G1:172, Co:86-3.
#14-74 『芋』 G1:173, G2:39.
#14-75 『羽』 G1:174, Co:78-2, G2:40.
#14-76 『迂』 Co:41-3.
#14-77 『窹』 Yu:5-19.
#14-77 『晤』 Yu:5-19.
#14-78 『迂』 Bo:29, Co:42-1.
#14-78 『紆』 Bo:29, Co:41-3.
#14-79 『呼』 Yu:5-48.

15. 陽部 [-ang]

#15-1 『放』 G1:22, Co:106-1, Yu:25-10.
#15-2 『方』
#15-2 『倣』
#15-3 『紡』 Si:127, G1:21, Co:138-2.
#15-4 『坊』 Co:72-1.

#15-4 『房』 Bo:460, Co:72-1.
#15-5 『妄』 Yu:25-13.
#15-5 『忘』 Yu:25-13.
#15-6 『盲』 Yu:25-12.【異說】Bo:441.
#15-7 『茫』 Sh:22-25.
#15-7 『芒』
#15-8 『氓』 Co:116-4, Yu:25-26.
#15-9 『明』 Bo:443, Co:49-1.
#15-10 『張』 G1:25, Co:150-2.
#15-11 『矘』 Yu:25-9.
#15-11 『瞠』 Yu:25-9.
#15-12 『卺』 Co:160-4.
#15-13 『敞』 Co:119-4.
#15-14 『唐』 Co:89-1.
#15-14 『堂』 Co:89-1.
#15-14 『蕩』 Co:89-1.
#15-15 『塘』
#15-16 『囊』 G1:30.
#15-17 『讓』 G1:28, Bo:407, Co:86-2.
#15-18 『瀼』 Be:190a, G1:29, Co:62:3.
#15-19 『湯』 Bo:172.【異說】Si:66.
#15-20 『兩』 Yu:25-27.
#15-21 『量』 G1:34, Bo:418, Co:108-2, G2:3.
#15-22 『揚』 Bo:171, Co:125-4, G2:12.【異說】La:95.
#15-23 『楊』 G2:64.
#15-24 『象』 G2:18.
#15-25 『臧』 G1:24, Co:87-1.
#15-26 『將』 Co:94-4.
#15-27 『倉』
#15-28 『藏』 Co:57-1.
#15-29 『相』 Bo:16.
#15-30 『喪』 Yu:25-20.
#15-31 『岡』 La:2, Si:112, G1:27, Co:94-2.
#15-32 『梗』 G1:32, Co:91-3.
#15-32 『硬』 G1:32, Co:91-3.
#15-33 『更』 Yu:25-24.
#15-34 『僵』 Yu:25-3.
#15-35 『康』 Yu:25-4.

#15-36	『 强 』	Yu:25-6.
#15-37	『 裳 』	Bo:95.
#15-38	『 凉 』	Be:178a, G1:33, Bo:417, Co:58-1, G2:2.
#15-39	『 鄉 』	Si:111, Yu:25-7.
#15-40	『 往 』	Co:86-4, Yu:25-19.
#15-41	『 光 』	Yu:25-1.
#15-42	『 桄 』	Yu:25-2.
#15-43	『 皇 』	Yu:25-5.
#15-44	『 永 』	Bo:131, Co:105-1.

16. 宵 部 [-ag^w, -ak^w]

#16-1	『 漂 』	Sh:11-6.
#16-2	『 苗 』	Si:49.
#16-3	『 卓 』	Sh:20-2.
#16-4	『 兆 』	Si:36.
#16-5	『 僚 』	
#16-5	『 寮 』	
#16-6	『 鑿 』	La:86.【異說】Si:152.
#16-7	『 曹 』	Co:108-3.
#16-8	『 遭 』	Co:108-3.
#16-9	『 交 』	La:63.
#16-10	『 號 』	Be:166d, Si:26, Co:51-3.
#16-11	『 熬 』	Sh:8-3, Be:193b, Bo:89, Co:84-3.

17. 脂 部 [-id, -ir, -it]

#17-1	『 妣 』	Sh:3-21, Be:185s, Bo:84, Co:88-1, Yu:8-1.
#17-2	『 秘 』	Yu:17-5.
#17-3	『 畀 』	Si:235, Sh:3-19, Be:176h, G1:85.【異說】Yu:18-10.
#17-4	『 比 』	Yu:8-13.【異說】Co:97-2.
#17-5	『 匹 』	Yu:17-4.
#17-6	『 膍 』	Co:97-2.
#17-7	『 貔 』	Sh:3-22, Yu:8-3.
#17-8	『 眉 』	Si:236, Be:173i.
#17-9	『 底 』	G1:79, Co:47-1, G3:2.
#17-10	『 至 』	G1:86, Co:56-3.
#17-11	『 窒 』	Co:142-1.
#17-12	『 鐵 』	Si:291, Bo:176, Co:98-5.
#17-13	『 跌 』	Bo:300, Co:140-2.【異說】Si:171.

#17-13	『 疐 』	Co:135-2.
#17-14	『 躓 』	Co:135-2.
#17-15	『 涕 』	Co:146-4.
#17-16	『 媾 』	Co:164-1.【異說】Si:187.
#17-17	『 涅 』	Co:74-1.
#17-18	『 爾 』	G1:84.
#17-19	『 邇 』	Si:197, Sh:6-4;3-18, Be:563a, Bo:261, Co:111-4, Yu:8-11.
#17-19	『 尼 』	Sh:6-4;3-18, Be:563a, Bo:261, Co:111-4, Yu:8-11.
#17-19	『 昵 』	Sh:6-4;3-18, Be:563a, Bo:261, Co:111-4, Yu:8-11.
#17-20	『 二 』	Si:334, Sh:3-15;25-1, Be:162b, G1:68, Co:154-1, Yu:8-25.
#17-21	『 日 』	Si:206, Sh:3-14, Be:157t, G1:77, Bo:245, Co:145. 【異說】Bo:245, Yu:17-2.
#17-22	『 栗 』	Bo:397.
#17-23	『 慄 』	Be:175g, Co:77-4.【異說】G1:74.
#17-24	『 節 』	Be:165a, G1:75, Bo:296, Co:99-2.【異說】La:7;57, Si:170.
#17-24	『 膝 』	Be:165a, G1:75, Bo:296, Co:99-2.
#17-24	『 切 』	Be:165a, G1:75, Bo:296, Co:99-2.
#17-25	『 姊 』	Co:164-3.
#17-26	『 垔 』	Co:108-1.
#17-27	『 垔 』	Co:50-1.
#17-28	『 次 』	Yu:8-20.
#17-29	『 次 』	Yu:8-16.
#17-30	『 次 』	Yu:8-21.
#17-31	『 漆 』	La:50, Be:157u, G1:78, Bo:249, Co:156-2.
#17-31	『 桼 』	La:50, Be:157u, G1:78, Bo:249, Co:156-2.
#17-32	『 疾 』	Bo:393, Co:132-2.
#17-33	『 犀 』	Be:193s, Co:125-1.
#17-34	『 細 』	G1:87, Co:135-3.
#17-35	『 死 』	Si:204, Sh:3-28, Be:185i, G1:81, Co:62-9, Yu:8-9.
#17-36	『 四 』	Si:202, Sh:3-27, G1:82, Co:83-2, Yu:8-7.
#17-37	『 悉 』	Be:159s, Co:101-2, Yu:17-8.
#17-38	『 蝨 』	Si:293, Bo:390, Be:165h, G1:67, Co:106-2.
#17-39	『 結 』	Be:180l, G1:76, Co:149-3.
#17-40	『 階 』	Sh:25-15, Yu:8-24.
#17-41	『 飢 』	Bo:424, Yu:8-27.
#17-42	『 机 』	Sh:3-5, Bo:420, Co:54-1.
#17-43	『 吉 』	Si:165, Sh:17-41, G1:88, Co:87-3, Yu:17-1.
#17-44	『 嗜 』	Bo:474, Co:73-1.

#17-45	『 屎 』	Si:196, Sh:3-10, Be:178k;185o, Bo:177, Co:74-3, G2:p.10.

18. 眞 部 [-in]

#18-1	『 臏 』	Sh:17-44, Co:102-3, Yu:27-4.
#18-1	『 髕 』	Co:102-3, Yu:27-4.
#18-2	『 塵 』	Si:319, Sh:24-13, Be:173q, Co:68-3, G3:19.
#18-3	『 矧 』	Be:173m, Co:90-1.
#18-4	『 仁 』	Si:297, G1:72, Co:92-2.
#18-5	『 人 』	Yu:27-9.
#18-6	『 年 』	Be:165b, G1:71, Bo:298, Co:91-4. 【異說】 Si:296.
#18-7	『 憐 』	Bo:297, Co:119-2, Yu:27-2.
#18-8	『 盡 』	La:16, Si:229, Sh:17-46, Be:170n, G1:89, Co:75-1, Yu:27-5.
#18-9	『 洗 』	Sh:24-5, Be:173c, Co:158-2, G3:1.
#18-9	『 洒 』	Co:158-2, G3:1.
#18-10	『 薪 』	Be:165c, G1:69, Bo:389, Co:161-3.
#18-11	『 筍 』	Bo:56.
#18-12	『 辛 』	Be:197b, Co:44-2.
#18-13	『 緊 』	Yu:27-8.
#18-14	『 臣 』	Bo:392.
#18-15	*** 闕 ***	
#18-16	『 均 』	Si:215, Sh:21-11.
#18-17	『 鈞 』	Bo:57, Co:160-2.

19. 佳 部 [-ig, -ik]

#19-1	『 臂 』	Si:47, Yu:16-12.
#19-2	『 劈 』	Yu:16-24.
#19-3	『 譬 』	Co:74-2.
#19-4	『 覛 』	La:85. 【異說】 Yu:16-15.
#19-5	『 闢 』	Co:114-5. 【異說】 Yu:16-16.
#19-6	『 帝 』	Co:164-5.
#19-7	『 滴 』	Si:6, Be:180k, G1:62, Co:67-1, Yu:16-23.
#19-8	『 隻 』	Sh:17-4, Be:169k, Co:114-2, Yu:16-21.
#19-9	『 禔 』	Co:91-2.
#19-10	『 踶 』	Co:100-1.
#19-10	『 蹢 』	Co:100-1.
#19-10	『 蹄 』	Co:100-1.
#19-11	『 是 』	Co:149-1, Yu:1-4;7-2. 【異說】 Bo:142.
#19-11	『 時 』	Co:149-1, Yu:1-4;7-2. 【異說】 Si:338.

#19-12	『曆』	Yu:16-19.
#19-13	『鬄』	Co:102-5.
#19-14	『易』	Bo:167, Co:87-2.【異說】Yu:16-6.
#19-15	『易』	Bo:167, Co:54-3.
#19-16	『策』	Yu:16-25.
#19-16	『冊』	Yu:16-25.
#19-17	『錫』	Yu:16-3.
#19-18	『隔』	Yu:16-1.
#19-19	『支』	Bo:473, Co:65-3.
#19-19	『枝』	Bo:473, Co:65-3.
#19-19	『肢』	Bo:473, Co:65-3.
#19-19	『岐』	Bo:473, Co:65-3.
#19-20	『繫』	Yu:16-20.

20. 耕部 [-ing]

#20-1	『屏』	Yu:26-13.
#20-2	『頂』	Si:115, Sh:14-9, Yu:26-33.
#20-2	『登』	Si:115, Sh:14-9, Yu:26-33.
#20-3	『汀』	Yu:26-7.
#20-4	『定』	Yu:26-12.
#20-4	『頷』	Yu:26-12.
#20-5	『名』	Si:130, Sh:17-16, Be:155y, G1:63, Yu:26-26.
#20-6	『莛』	La:41.
#20-7	『零』	Yu:26-34.
#20-8	『靈』	Yu:26-28.
#20-9	『爭』	Si:136, G1:65, Co:122-1.
#20-10	『井』	Yu:26-27.
#20-11	『清』	Yu:26-18.【異說】Si:132.
#20-12	『穽』	Co:118-4.
#20-13	『淨』	Yu:26-17.
#20-14	『醒』	Co:55-2.
#20-15	『甥』	Bo:74, Co:133-3.
#20-16	『禎』	Co:123-1, Yu:26-30.
#20-17	『徑』	Yu:26-1.
#20-18	『輕』	Yu:26-31.
#20-19	『脛』	Be:60a, Yu:26-2;26-3.
#20-19	『莖』	Be:60a, Yu:26-2;26-3.
#20-20	『幸』	Yu:26-21.

#20-21 『擎』 Yu:26-32.

21. 侯部 [-ug, -uk]

#21-1 『泭』 Co:80-5, Yu:4-11.
#21-1 『柎』 Co:80-5, Yu:4-11.
#21-2 『撲』 Sh:20-8, Yu:14-7.
#21-3 『僕』 Co:164-2.
#21-4 『瞀』 Co:82-4, Yu:12-18.【異說】Sh:4-17.
#21-5 『霧』 Si:50, Sh:4-24, Be:148, G1:97, Co:82-4.
#21-6 『咮』 G1:101, Co:39-3.
#21-6 『噣』 G1:101, Co:39-3.
#21-7 『枓』 G1:102, Bo:446, Co:101-3.
#21-7 『注』 Sh:4-25, G1:102, Bo:446, Co:101-3.
#21-8 『燭』 G1:104, Co:151-3.
#21-9 『屬』 Co:52-3.
#21-10 『晝』 G1:96, Bo:447, Co:61-2.
#21-11 『觸』 G1:105, Co:152-1, Yu:14-6.
#21-12 『頭』 Be:166n, Co:92-1, Yu:4-17.
#21-13 『頭』 Si:38.
#21-14 『逗』 G1:95, Co:141-1.
#21-15 『住』 Si:40.
#21-16 『乳』 Sh:4-21, Be:184h, G1:99, Bo:444, Co:48-3, Yu:4-46.
#21-17 『孺』 Bo:444, Co:54-4, Yu:4-16.
#21-18 『錄』 Yu:14-11.
#21-19 『羭』 Co:131-4, G2:13.
#21-20 『俗』 Co:60-2, G2:17;67.
#21-21 『湊』 Si:55.
#21-22 『鏃』 Yu:14-8.
#21-23 『簇』 Sh:20-9.
#21-24 『足』 La:84, Si:3, Sh:20-22, Co:144-4.
#21-25 『族』 Sh:20-10.
#21-26 『藪』 Co:88-3.
#21-26 『棷』 Co:88-3.
#21-27 『嗽』 Sh:4-20, Co:58-3.
#21-28 『婁』 Be:171q, Co:38-2.
#21-29 『鉤』 Yu:4-15.
#21-30 『覯』 Co:72-2.
#21-30 『遘』 Co:72-2.

#21-31	『 縠 』	Be:181g, G1:103, Co:87-5, Yu:14-3.
#21-32	『 角 』	Co:58-2.
#21-33	『 俱 』	Co:89-2.
#21-34	『 口 』	Si:79, Be:184j, Co:110-4.【異說】Yu:4-4.
#21-35	『 殼 』	Sh:20-1, Be:181f.
#21-36	『 驅 』	Co:128-2.
#21-37	『 曲 』	G1:106, Co:41-4, Yu:14-2.【異說】Si:2, Sh:20-20, Bo:401.
#21-37	『 局 』	Co:41-4, Yu:14-2.【異說】Bo:401.
#21-37	『 跼 』	Co:41-4, Yu:14-2.
#21-38	『 寇 』	Sh:4-19, Be:184c, G1:100, Co:126-3.
#21-39	『 軀 』	Si:78, Sh:4-26, Be:184g, G1:98, Co:46-3.
#21-40	『 哭 』	
#21-41	『 谷 』	G2:p.11
#21-42	『 後 』	Bo:100, Co:41-2.
#21-43	『 候 』	Si:29, G1:93, Co:157-1, G2:32.
#21-44	『 髏 』	G2:10.
#21-45	『 詾 』	Co:98-4.

22. 東 部 [-ung]

#22-1	『 封 』	Co:110-2.
#22-2	『 峯 』	Sh:20-24.
#22-3	『 蜂 』	G1:110, Co:40-5, Yu:25-29.【異說】Si:129.
#22-4	『 逢 』	Yu:25-30.
#22-5	『 朦 』	Sh:20-19.
#22-6	『 棟 』	Yu:24-9.
#22-7	『 塚 』	Sh:20-23.
#22-8	『 通 』	Co:116-3.
#22-9	『 痛 』	G1:109, Co:144-3.
#22-9	『 恫 』	Co:144-3.
#22-10	『 同 』	Co:151-2.
#22-10	『 叢 』	Co:151-2.
#22-11	『 同 』	Si:116, Yu:25-25.
#22-12	『 筒 』	La:39, Si:118, Sh:20-14, Co:153-1, Yu:24-8.
#22-13	『 筩 』	Yu:24-8.
#22-14	『 銅 』	La:15, Si:139, Yu:25-26.【異說】Sh:20-15, Be:163c.
#22-15	『 洞 』	La:38, Si:117, Co:53-2.
#22-16	『 撞 』	Co:40-3, Yu:24-10.
#22-17	『 龍 』	G1:111, G2:11.【異說】Bo:442, Co:156-1.

#22-18	『容』	Co:94-5.
#22-19	『容』	Bo:162, Co:102-4.
#22-20	『涌』	Bo:166, Co:126-2.
#22-21	『甬』	Bo:165, Co:125-3.
#22-22	『用』	Bo:164, Co:155-1.
#22-22	『庸』	Co:155-1.
#22-23	『誦』	Co:36-3.【異說】Yu:25-34.
#22-24	『蔥』	Si:133, Sh:20-13, Be:169e, Co:114-4.
#22-25	『聰』	La:138.
#22-26	『鏦』	La:18.
#22-27	『送』	Bo:1.
#22-28	『雙』	La:82, Si:140, Co:115-3.
#22-29	『公』	Be:190h, Co:96-1.
#22-30	『孔』	Si:108, G1:108, Co:71-2, Yu:24-4.
#22-30	『空』	Si:108, G1:108, Co:71-2, Yu:24-4.
#22-31	『控』	Yu:24-1.
#22-32	『恐』	Co:64-2.
#22-33	『巷』	Bo:313, Co:156-3.【異說】Yu:25-27.
#22-34	『共』	Co:36-4.

附錄Ⅱ:<漢藏語同源詞譜檢字表>

【2 劃】

#1-10	『 乃 』	#3-22	『 九 』
#5-8	『 入 』	#9-1	『 八 』
#17-20	『 二 』	#18-5	『 人 』

【3 劃】

#1-15	『 子 』	#1-25	『 之 』
#6-14	『 三 』	#9-11	『 大 』
#11-32	『 千 』	#11-33	『 干 』
#13-3	『 凡 』	#13-10	『 彡 』
#14-20	『 女 』	#14-73	『 于 』
#21-34	『 口 』		

【4 劃】

#3-15	『 六 』	#3-17	『 手 』
#4-1	『 中 』	#5-8	『 內 』
#6-16	『 心 』	#7-22	『 火 』
#8-2	『 分 』	#9-11	『 太 』
#11-58	『 幻 』	#14-5	『 父 』
#14-46	『 巨 』	#14-54	『 五 』
#14-65	『 戶 』	#15-2	『 方 』
#17-4	『 比 』	#17-5	『 匹 』
#17-21	『 日 』	#17-24	『 切 』
#18-4	『 仁 』	#19-19	『 支 』
#20-10	『 井 』	#22-29	『 公 』
#22-30	『 孔 』		

【5 劃】

#1-3	『 母 』	#1-27	『 右 』
#3-7	『 目 』	#5-3	『 汁 』
#13-1	『 氾 』	#20-3	『 汀 』
#5-9	『 立 』	#9-7	『 末 』
#10-5	『 皮 』	#10-15	『 左 』
#10-24	『 加 』	#11-8	『 半 』
#12-7	『 甲 』	#13-12	『 甘 』

#14-34	『且』	#15-44	『永』
#17-19	『尼』	#17-36	『四』
#19-16	『冊』	#22-22	『用』

【6 劃】

#1-9	『耳』	#1-11	『而』
#1-15	『字』	#1-28	『灰』
#2-7	『丞』	#3-16	『早』
#3-25	『舟』	#3-29	『收』
#3-30	『休』	#5-7	『吸』
#5-13	『合』	#7-15	『回』
#9-31	『艾』	#11-32	『扞』
#11-39	『汗』	#13-1	『汎』
#14-2	『百』	#14-19	『宅』
#14-21	『如』	#14-62	『瓜』
#14-75	『羽』	#15-5	『妄』
#15-41	『光』	#16-4	『兆』
#16-9	『交』	#17-10	『至』
#17-28	『次』	#17-29	『次』
#17-30	『次』	#17-35	『死』
#17-42	『机』	#17-43	『吉』
#18-6	『年』	#18-14	『臣』
#20-5	『名』	#21-37	『曲』
#22-10	『同』	#22-11	『同』
#22-34	『共』		

【7 劃】

#1-20	『材』	#1-23	『志』
#4-2	『忠』	#3-12	『肘』
#3-18	『告』	#6-22	『含』
#8-27	『君』	#8-13	『吻』
#14-28	『呂』	#14-53	『吾』
#21-41	『谷』	#8-33	『困』
#6-18	『坅』	#7-8	『妥』
#8-35	『沄』	#9-3	『沛』
#10-20	『沙』	#13-1	『泛』
#9-6	『別』	#9-13	『兌』
#10-17	『坐』	#10-25	『何』
#14-33	『作』	#21-15	『住』
#10-30	『我』	#11-4	『判』

#11-5 『判』
#11-36 『旱』
#12-8 『夾』
#6-21 『坎』
#18-16 『均』
#14-12 『荳』
#14-74 『芋』
#14-78 『迂』
#15-7 『芒』
#17-1 『妣』
#18-12 『辛』
#21-24 『足』
#21-37 『局』
#11-35 『肝』
#11-38 『見』
#22-21 『甬』
#15-4 『坊』
#14-9 『巫』
#14-44 『赤』
#14-76 『迂』
#15-5 『忘』
#15-33 『更』
#17-25 『姊』
#19-19 『岐』
#21-32 『角』

【8 劃】

#1-2 『佩』
#14-73 『往』
#10-3 『彼』
#1-25 『其』
#3-5 『泡』
#21-7 『注』
#10-1 『波』
#12-1 『法』
#3-13 『毒』
#6-5 『念』
#11-1 『板』
#21-7 『料』
#7-1 『非』
#9-4 『拔』
#10-4 『披』
#7-10 『卒』
#8-1 『奔』
#8-13 『門』
#11-2 『昄』
#11-33 『岸』
#12-13 『呷』
#14-5 『爸』
#14-30 『夜』
#14-79 『呼』
#15-4 『房』
#10-9 『侈』
#15-40 『往』
#1-19 『事』
#2-7 『承』
#3-11 『注』
#5-16 『泣』
#10-27 『河』
#14-36 『沮』
#3-24 『虯』
#6-6 『林』
#19-19 『枝』
#21-16 『乳』
#7-5 『拂』
#9-5 『拔』
#14-15 『拓』
#7-11 『卒』
#8-11 『昏』
#8-18 『典』
#22-30 『空』
#12-3 『呫』
#14-3 『怕』
#14-10 『武』
#14-38 『所』
#15-1 『放』
#15-6 『盲』

#15-8	『 氓 』	#15-9	『 明 』
#15-20	『 兩 』	#15-31	『 岡 』
#16-3	『 卓 』	#17-3	『 畀 』
#17-9	『 底 』	#19-14	『 易 』
#19-15	『 易 』	#19-19	『 肢 』
#20-4	『 定 』	#20-9	『 爭 』
#20-20	『 幸 』	#21-1	『 泭 』
#13-8	『 炎 』		

【9 劃】

#1-22	『 革 』	#1-24	『 咳 』
#3-3	『 胞 』	#7-17	『 胃 』
#14-66	『 胡 』	#14-67	『 胡 』
#14-68	『 胡 』	#15-29	『 相 』
#3-14	『 柔 』	#13-5	『 染 』
#5-11	『 咠 』	#5-15	『 急 』
#5-17	『 洽 』	#9-33	『 活 』
#18-9	『 洗 』	#18-9	『 洒 』
#22-15	『 洞 』	#6-10	『 侵 』
#6-11	『 侵 』	#7-2	『 飛 』
#7-13	『 帥 』	#8-6	『 盆 』
#8-28	『 恨 』	#8-32	『 軍 』
#9-28	『 契 』	#10-11	『 垂 』
#10-34	『 科 』	#11-6	『 胖 』
#11-17	『 炭 』	#11-34	『 竿 』
#13-7	『 函 』	#14-16	『 度 』
#14-17	『 度 』	#14-22	『 若 』
#14-22	『 洳 』	#14-29	『 昪 』
#14-41	『 苦 』	#14-42	『 苦 』
#16-2	『 苗 』	#14-44	『 恪 』
#14-55	『 咢 』	#14-60	『 孤 』
#14-69	『 狐 』	#14-78	『 紆 』
#15-43	『 皇 』	#17-19	『 昵 』
#18-3	『 矧 』	#17-45	『 屎 』
#19-6	『 帝 』	#19-11	『 是 』
#20-1	『 庰 』	#20-12	『 穽 』
#21-1	『 柎 』	#21-6	『 味 』
#21-20	『 俗 』	#21-42	『 後 』
#22-9	『 恫 』	#22-33	『 巷 』
#17-8	『 眉 』		

【10 劃】

#1-5	『 織 』	#5-8	『 納 』
#8-20	『 純 』	#8-30	『 純 』
#15-3	『 紡 』	#1-6	『 陟 』
#14-18	『 除 』	#1-20	『 財 』
#1-24	『 欬 』	#3-6	『 浮 』
#6-7	『 浸 』	#17-15	『 涕 』
#17-17	『 涅 』	#22-20	『 涌 』
#4-3	『 疼 』	#10-6	『 疲 』
#17-32	『 疾 』	#4-4	『 宮 』
#9-29	『 害 』	#11-48	『 宦 』
#22-18	『 容 』	#22-19	『 容 』
#5-10	『 習 』	#6-5	『 恁 』
#9-19	『 悅 』	#22-32	『 恐 』
#8-3	『 粉 』	#8-4	『 豩 』
#8-22	『 孫 』	#8-24	『 根 』
#17-22	『 栗 』	#8-37	『 郡 』
#8-38	『 訓 』	#8-39	『 訓 』
#9-26	『 殺 』	#10-2	『 班 』
#11-8	『 畔 』	#11-13	『 展 』
#11-32	『 捍 』	#11-47	『 倦 』
#21-33	『 俱 』	#21-43	『 候 』
#15-2	『 倣 』	#11-48	『 倌 』
#11-53	『 圈 』	#12-8	『 挾 』
#14-4	『 笆 』	#14-7	『 馬 』
#14-27	『 旅 』	#14-31	『 袓 』
#14-45	『 夏 』	#14-49	『 烙 』
#15-7	『 茫 』	#15-12	『 鬯 』
#15-14	『 唐 』	#15-27	『 倉 』
#15-42	『 桄 』	#17-2	『 秘 』
#19-8	『 隻 』	#19-11	『 時 』
#21-40	『 哭 』	#22-1	『 封 』
#22-2	『 峯 』	#22-27	『 送 』

【11 劃】

#1-12	『 理 』	#21-25	『 族 』
#1-16	『 側 』	#11-41	『 健 』
#1-17	『 猜 』	#3-18	『 皐 』
#3-27	『 逑 』	#11-22	『 連 』

#21-14 『逗』
#22-8 『通』
#6-4 『貪』
#6-27 『唵』
#6-28 『陰』
#7-3 『紱』
#7-19 『掘』
#12-7 『接』
#14-32 『措』
#8-10 『貧』
#8-16 『惇』
#10-27 『荷』
#11-29 『產』
#11-49 『涫』
#12-12 『惓』
#14-1 『豝』
#14-48 『渠』
#14-77 『晤』
#15-14 『堂』
#15-32 『梗』
#15-36 『强』
#16-8 『曹』
#17-27 『聖』
#17-30 『黍』
#17-36 『悉』
#20-2 『頂』
#20-11 『清』
#21-10 『晝』

#22-4 『逢』
#5-5 『執』
#6-9 『參』
#10-10 『唾』
#17-40 『階』
#7-13 『率』
#22-22 『庸』
#22-31 『控』
#7-19 『堀』
#21-38 『寇』
#9-10 『脫』
#10-37 『訛』
#11-36 『乾』
#12-9 『盖』
#13-2 『貶』
#14-23 『鹵』
#14-52 『魚』
#15-10 『張』
#15-26 『將』
#15-35 『康』
#15-38 『涼』
#17-10 『窒』
#17-26 『聖』
#17-33 『細』
#17-40 『飢』
#20-6 『莛』
#20-13 『淨』

【12 劃】

#1-1 『富』
#7-7 『寐』
#1-4 『黑』
#1-18 『菜』
#2-4 『曾』
#3-8 『粥』
#5-1 『答』
#18-11 『筍』
#22-12 『筒』
#11-55 『援』

#1-7 『寔』
#11-40 『寒』
#1-15 『孳』
#3-31 『菊』
#3-4 『堡』
#3-14 『揉』
#7-4 『筆』
#19-16 『策』
#5-2 『搭』
#15-22 『揚』

#6-8 『祲』
#7-14 『貴』
#8-12 『悶』
#8-19 『鈍』
#8-21 『尊』
#9-23 『最』
#9-27 『割』
#11-51 『款』
#11-27 『残』
#11-43 『雁』
#13-15 『鈐』
#14-16 『渡』
#21-21 『湊』
#14-70 『斝』
#15-21 『量』
#15-30 『喪』
#17-13 『跌』
#17-39 『結』
#20-15 『甥』
#21-35 『殼』
#22-6 『棟』
#22-9 『痛』
#6-23 『琴』
#8-7 『焚』
#8-16 『敦』
#8-20 『順』
#9-18 『裂』
#9-25 『絶』
#9-32 『厥』
#11-14 『短』
#11-42 『喭』
#9-22 『詍』
#14-8 『無』
#15-19 『湯』
#14-61 『雇』
#15-13 『敞』
#15-24 『象』
#15-32 『硬』
#17-33 『犀』
#20-2 『登』
#21-26 『極』
#21-45 『詢』
#22-7 『塚』

【13 劃】

#1-13 『犛』
#14-57 『惡』
#17-23 『慄』
#16-5 『寮』
#3-1 『腹』
#3-23 『鳩』
#6-1 『稟』
#6-19 『戡』
#7-8 『綏』
#7-12 『碎』
#7-15 『圍』
#8-8 『頒』
#8-34 『群』
#9-8 『滅』
#9-20 『畬』
#9-34 『話』
#1-15 『慈』
#22-3 『蜂』
#1-21 『賊』
#1-26 『碍』
#22-13 『筩』
#3-26 『舅』
#6-17 『禁』
#6-26 『飲』
#14-50 『絡』
#17-44 『嗜』
#11-57 『圓』
#8-20 『馴』
#8-36 『暈』
#9-12 『達』
#9-30 『傑』
#7-20 『窟』

#10-28	『蛾』	#11-24	『粲』
#11-25	『粲』	#11-26	『粲』
#11-47	『瘖』	#11-59	『暖』
#12-2	『牒』	#12-6	『葉』
#12-11	『業』	#14-11	『睹』
#14-35	『楚』	#14-39	『賈』
#14-70	『壺』	#15-15	『塘』
#15-23	『楊』	#15-39	『鄉』
#17-14	『疐』	#17-24	『節』
#19-18	『隔』	#20-7	『零』
#20-17	『徑』	#21-29	『鉤』
#21-45	『詬』		

【14 劃】

#1-1	『福』	#2-1	『夢』
#2-2	『蒸』	#12-9	『蓋』
#20-19	『莖』	#22-24	『蔥』
#3-18	『誥』	#14-56	『語』
#22-23	『誦』	#3-28	『觩』
#5-1	『對』	#5-4	『摺』
#6-12	『寢』	#14-77	『寤』
#6-15	『滲』	#9-14	『滯』
#16-1	『漂』	#19-7	『滴』
#17-31	『漆』	#6-25	『熊』
#7-6	『鼻』	#7-18	『達』
#8-14	『聞』	#8-15	『閩』
#8-23	『銑』	#8-31	『銀』
#22-14	『銅』	#8-25	『頤』
#8-26	『綸』	#9-9	『綴』
#18-13	『緊』	#9-21	『勩』
#10-16	『瑳』	#10-21	『歌』
#10-22	『箇』	#10-23	『嘉』
#10-33	『裹』	#21-37	『踊』
#11-16	『端』	#11-31	『算』
#11-37	『搴』	#11-46	『嗎』
#11-50	『慣』	#21-30	『遘』
#13-14	『銜』	#14-58	『赫』
#15-25	『臧』	#15-37	『裳』
#16-5	『僚』	#21-3	『僕』
#16-12	『號』	#17-6	『膍』

#17-18 『爾』
#18-8 『盡』
#19-13 『碭』
#21-4 『瞀』
#18-2 『塵』
#19-9 『禔』
#20-19 『脛』
#21-27 『嗽』

【15 劃】

#1-4 『墨』
#8-17 『墩』
#2-5 『憎』
#13-9 『慙』
#3-19 『膠』
#5-4 『褶』
#5-12 『緝』
#11-56 『緩』
#6-23 『擒』
#21-2 『撲』
#7-1 『誹』
#7-21 『輝』
#9-16 『厲』
#9-17 『厲』
#10-16 『磋』
#10-31 『餓』
#10-35 『樺』
#14-23 『魯』
#16-8 『遭』
#17-24 『膝』
#19-2 『劈』
#21-19 『羭』
#21-31 『穀』
#8-9 『墳』
#1-8 『慝』
#11-18 『憚』
#2-6 『層』
#4-5 『窮』
#5-5 『摯』
#11-3 『編』
#5-14 『黔』
#10-2 『播』
#22-16 『撞』
#13-4 『談』
#8-20 『醇』
#9-24 『蔡』
#10-6 『罷』
#10-19 『瘥』
#10-32 『戲』
#14-6 『膚』
#15-34 『僵』
#16-11 『熬』
#18-17 『鈞』
#19-10 『踶』
#21-28 『嬃』

【16 劃】

#3-10 『篤』
#8-4 『奮』
#15-14 『蕩』
#11-9 『辦』
#11-12 『燔』
#11-24 『餐』
#21-18 『錄』
#14-11 『覦』
#14-14 『橐』
#6-2 『懍』
#9-2 『蔽』
#9-15 『噬』
#11-10 『辨』
#11-22 『聯』
#11-25 『餐』
#13-8 『錟』
#14-13 『赭』
#14-24 『盧』

#14-63	『 據 』	#15-11	『 瞠 』
#17-38	『 蝨 』	#22-17	『 龍 』
#18-7	『 憐 』	#19-4	『 覽 』
#19-10	『 蹄 』	#19-12	『 曆 』
#19-17	『 錫 』	#20-14	『 醒 』
#20-16	『 禎 』	#21-6	『 噣 』
#21-12	『 頭 』	#21-13	『 頭 』

【17 劃】

#1-14	『 翼 』	#3-2	『 寢 』
#3-9	『 擣 』	#7-22	『 燬 』
#8-5	『 糞 』	#9-36	『 豁 』
#10-7	『 糜 』	#10-8	『 癉 』
#11-15	『 癉 』	#11-26	『 燦 』
#11-28	『 鮮 』	#11-44	『 鼾 』
#11-52	『 窾 』	#14-23	『 錯 』
#14-40	『 擧 』	#14-47	『 遽 』
#14-58	『 壑 』	#14-51	『 璐 』
#17-7	『 貔 』	#17-16	『 孀 』
#18-10	『 薪 』	#19-1	『 臂 』
#20-4	『 顁 』	#20-18	『 輕 』
#20-21	『 擎 』	#21-8	『 燭 』
#21-17	『 獳 』	#21-23	『 簇 』
#21-30	『 覯 』	#22-5	『 朦 』
#22-25	『 聰 』		

【18 劃】

#6-20	『 顑 』	#7-15	『 歸 』
#10-7	『 靡 』	#10-13	『 離 』
#10-29	『 鵝 』	#11-7	『 飜 』
#13-6	『 藍 』	#14-37	『 藉 』
#15-28	『 藏 』	#17-19	『 邇 』
#18-1	『 臏 』	#19-10	『 蹢 』
#21-39	『 軀 』	#22-10	『 叢 』
#22-28	『 雙 』	#12-10	『 闔 』

【19 劃】

#2-3	『 蠅 』	#6-3	『 譚 』
#7-9	『 類 』	#10-12	『 羅 』
#11-21	『 難 』	#14-24	『 壚 』

#14-25 『盧』
#21-5 『霧』
#21-22 『鏃』
#22-26 『鏦』
#19-20 『繫』
#21-11 『觸』
#21-26 『藪』

【20 劃】

#3-20 『覺』
#11-11 『辮』
#11-45 『獻』
#13-17 『嚴』
#14-29 『譽』
#15-18 『瀼』
#19-3 『譬』
#8-29 『饉』
#11-30 『霰』
#11-56 『勸』
#14-29 『旟』
#14-64 『鞹』
#18-15 『饉』

【21 劃】

#7-16 『饋』
#11-10 『辯』
#12-4 『攝』
#15-16 『囊』
#17-14 『躋』
#21-36 『驅』
#10-18 『鹺』
#11-19 『纏』
#14-71 『護』
#17-12 『鐵』
#21-9 『屬』
#21-44 『髏』

【22 劃】

#3-11 『鑄』
#11-20 『灘』
#5-6 『疊』

【23 劃】

#3-21 『攪』
#13-16 『巖』
#14-63 『攫』
#19-5 『闢』
#13-11 『纖』
#13-18 『驗』
#14-72 『韄』

【24 劃以上】

#6-13 『蠶』
#13-7 『籃』
#15-11 『矘』
#16-6 『鑿』
#20-8 『靈』
#11-23 『鑽』
#10-14 『籬』
#13-14 『鹽』
#15-17 『讓』
#18-1 『髕』
#14-26 『勵』

參 考 書 目

(一) 資料及工具書

《十三經注疏》		藝文印書館，臺北。
《詩經釋義》	屈萬里	聯經出版社，臺北，1983。
《莊子集解》	王先謙	蘭臺書局，臺北。
《荀子集解》	王先謙	蘭臺書局，臺北。
《管子》	房玄齡	商務印書館，臺北。
《史記》	漢、司馬遷	藝文印書館，臺北。
《漢書》	漢、班固	商務印書館，臺北，1981。
《後漢書》	范曄	世界書局，臺北，1974。
《國語》	韋昭注	藝文印書館，臺北。
《戰國策》	劉向集錄	里仁書局，臺北，1978。
《楚辭集註》	宋、朱熹	藝文印書館，臺北，1973。
《文選》	六臣注	華正書局，臺北，1977。
《說文解字》	漢、許愼;宋、徐鉉校定本	中華書局(香港)重印本，1985。
《說文解字注》	清、段玉裁	黎明文化事業有限公司縮印本，臺北。
《說文通訓定聲》	清、朱駿聲	世界書局，臺北，1966。
《釋名》	漢、劉熙	藝文印書館，臺北。
《經典釋文》	陳、陸德明	漢京文化事業有限公司縮印本，臺北，1980。
《經籍纂蠱》	清、阮元	宏業書局，臺北。
《廣雅疏證》	清、王念孫	鼎文書局，臺北。
《方言校箋》	周祖謨	鼎文書局，臺北。
《廣韻》	宋、陳彭年	聯貫出版社影印澤存堂重刊宋本，臺北。
《集韻》	宋、丁度	商務印書館縮印方成珪考正本，上海。
《廣韻聲系》	民國、沈兼士	北京，1944。
《詩經詞典》	向熹	四川人民出版社，成都，1986。
《春秋左傳詞典》	楊伯俊等編著	中華書局，北京，1985。
《漢字古今音彙》	周法高主編	香港中文大學出版社，1982。

《漢字古音手冊》 郭錫良　　　　北京大學出版社，北京，1986。
《同源字典》　　王力　　　　　商務印書館，北京，1982。
《漢字語源辭典》 藤堂明保　　　學燈社，東京 1965。
《大辭典》　　　　　　　　　　三民書局，臺北，1986。
《藏漢大辭典》　張怡蓀主編　　民族出版社，北京，1986。
《漢藏英對照常用詞手冊》　　　張連生編著
中國社會科學出版社，北京，1981。
《語言與語言學詞典》 Hartmann, R.R.K.。Stock, F.C.原著，黃長著等中譯本
上海辭書出版社，1981。

(二) 研究專著

1. 中、韓、日文

Cao, Guang-qu(曹廣衢),

1983 <壯同語中和漢語有關係的詞的初步分析>，《民族語文》 2，51-55。

Cao, Cui-yun(曹翠雲),

1988 <漢、苗、瑤語第三人稱代詞的來源>，《民族語文》 5，58-61。

Cen, Qixiang(岑騏祥)

1981 《歷史比較語言學講話》，湖北人民出版社。

Chen, Shin-shiung(陳新雄),

1972 《古音學發微》，文史哲出版社(臺北)。

Chou, Fa-kao(周法高),

1969 <論上古音>，《香港中文大學中國文化研究所學報》 2:1，109-178。

1972 <上古漢語和漢藏語>，《香港中文大學中國文化研究所學報》 5:1，159-237。又載《中國音韻學論文集》(中文大學出版社，香港 1984)，231-315

Dai, Qing-xia(戴慶廈),

1990 <藏緬語族語言的研究與展望--馬提索夫教授訪問記>，《民族語文》 1，1-8。

Dong, Wei-guang(董爲光),

1984 <漢語和同台語語源關係舉例>，《語言研究》 2，205-214。

Fang, Jian-chang(房建昌),

1983 <藏語gru語源考>,《青海民族學院學報》1。

Feng, Zheng(馮蒸),

1987 <古漢語同源聯綿詞試探>,《語言文字學》5, 57-65。

1989 <漢藏語比較研究的原則與方法:西門華德《藏漢語比較詞彙集》評析>,《語言文字學》2, 41-49。原載《溫州師範學院學報》1988:4, 13-21。

Gong, Hwang-cherng(龔煌城),

1974 *Die rekonstruktion des Altchinesischen unter BerÜcksichigung von Wortverwandtschaften*.(《同源詞的研究與上古漢語的擬測》) München.

1977 <古藏文的y及其相關問題>, 史語所集刊 48, 205-227。

1980 "A Comparative Study of the Chinese, Tibetan, and Burmese Vowel Systems", *BIHP* 51, 455-490. 席嘉中譯文<漢、藏、緬語元音的比較研究>, 載《音韻學研究通迅》(中國音韻學研究會編, 1989), 第十三期, 12-47。

1989a <從漢藏語的比較看上古漢語若干聲母的擬測>, 手稿。

1989b <從語言學的觀点談研究中國邊疆的理論與方法>, 手稿。

1989c <漢藏語言學導論講義>, 徐士賢筆記。

1991 <從漢藏語的比較看漢語上古音流音韻尾的擬測>, 手稿。

He, Ta-an(何大安),

1987 《聲韻學中的觀念和方法》, 大安出版社(臺北)。

1988 《規律與方法:變遷中的音韻結構》, 中研院史語所專刊之九十。

Hu, Tan(胡坦),

1980 <藏語(拉薩話)的聲調研究>,《民族語文》1, 22-36。

Hsin, Mien(辛勉),

1972 <古代藏語和中古漢語語音系統的比較研究(上.下)>, 國立臺灣師範大學國文研究所博士論文。

1975 <簡介古藏語輔音群對現代拉薩話聲調的影響>,《國文學報》4, 171-190。

1977 <藏語的語音特性>,《國文學報》6, 237-272。

1978 <評西門華德的藏漢語詞的比較>,《國文學報》7, 311-330。

Huang, Bu-fan(黃布凡),

1989 <藏緬語的"馬"與古漢語的"馬">,《中央民族學院學報》2, 63-68。

Jeon, Kwang-jin(全廣鎭),

1989a 《兩周金文通假字研究》, 臺灣學生書局, 臺北。

1989b <漢藏現代方言詞的同源成分初探>, 手稿。

1989c <評兪敏《漢藏同源字譜》兼論漢藏語比較研究方法>, 手稿。

1990 <漢藏語族 語言의 系譜分類에 관한 考察>, 《中國文學研究》 8:255-282。

Jin, Peng(金鵬),

1956 <藏文動詞曲折形態在現代拉薩語裡衍變的情況>, 《語言研究》 1, 169-221。

1958 《藏語拉薩日喀則昌都話的比較》, 科學出版社(北京)。

1983 《藏語簡志》, 民族出版社(北京)。

Kim, Bang-han(金芳漢),

1988 《歷史-比較言語學》(韓文), 民音社(Seoul)。

1990 《語源論》(韓文), 民音社(Seoul)。

Li, Jing-zhong(李敬忠),

1989 <試論漢藏語系輔音韻尾的消失趨勢>, 《語言文字學》 11, 43-53。

Liu, Guang-he(劉廣和),

1988a <漢藏詞音比較>, 《中國大百科全書:語言、文字》 189-191。

1988b <漢藏對音>, 《中國大百科全書:語言、文字》 191。

Li, Yong-sui(李永燧),

1983 <彝、緬、景頗三語支第一、二人稱代詞比較：兼論他們和上古漢語“吾”“汝”等等的關係>, 《語言研究》 1, 179-191。

1985 <漢語藏緬語人稱代詞探源>, 《中國語言學報》 2, 271-287。

Long, Yu-chun(龍宇純),

1979 <上古陰聲字具輔音韻尾說檢討>, 《史語所集刊》 50:679-716。

Ma, Xue-liang(馬學良),

1980 <彝語“二十、七十”的音變>, 《民族語文》 1, 12-21。

Ma, Xue-liang(馬學良) and Dai, Qing-Xia(戴慶廈)

1988 <漢藏語系>, 《中國大百科全書》(北京), 191-195。

Masaaki Iwasa(岩佐昌暲),

1983 《中國の少數民族と言語》, 光生館(東京)。

Mei, Tsu-lin(梅祖麟),

1970 “Tones and prosody in Middle Chinese and the origin of the rising tone", *HJAS* 30:86-110. 黃宣範中譯文<中古漢語的聲調與上聲的起源>, 載《中國語言學論集》(1977, 臺北) 175-197.

1979 <漢藏語"歲""月""止""屬"等字>, 《清華學報》新12, 117-133。

1980 <四聲別義中的時間層次>, 《中國語文》 6, 427-443。

1981 "A common etymon for chih 之 and ch'i 其 and related problems in Old Chinese phonology"(<"之""其"同源說及其相關的幾個上古聲母問題>), 《中央研究院國際漢學會議論文集》(語言文字), 185-212。

1982 <跟見系字諧聲的照三系字>, 《中國語言學報》 1, 114-126。

Nishida, Tatsuo(西田龍雄),

1955-56<ミャゼヂ碑文における 中古ビルマ語の研究(Myazedi hibun ni okeru chuko biruma-o no kenkyu)>, 《古代學(Palaeologia)》 4(1955), 17-32;5(1956) 22-40.

1957 <チベット語、ビルマ語語彙比較における問題>, 《東方學》 第15輯, 64-48.

1964 <シナ、チベット諸語:比較研究略史 1 >, 《アジア、アフリカ文獻調查報告》 第 53 冊(言語、宗教 7), 1-31。

1975 "Common Tai and Archaic Chinese." *Studia Phonologica* 9, 1-12.

1987 <チベット語の變遷と文字>, 《チベットの言語と文化》(冬樹社, 東京), 108-169。

1989 <シナ、チベット語族>, 《言語學大辭典》(三星堂, 東京), 第2卷 166- 187。

Qu, Ai-tang(瞿靄堂),

1963 <藏語概況>, 《中國語文》 6, 511-528。

1981 <藏語的聲調及其發展>, 《語言研究》 1, 177-202。

1983 <藏語韻母的演變>, 《中國語言學報》 1, 250-268。

1988 <論漢藏語言的形態>, 《民族語文》 4, 1-14。

Qu, Ai-tang and Tan, Ke-rang(譚克讓),

1983 《阿里藏語》, 中國社會科學出版社(北京)。

Su, Lian-ke(蘇連科),

1988 <凉山彝族親屬稱謂詞的語義分析和詞源結構研究>, 《民族語文》 2, 59-66。

Sun, Hong-kai(孫宏開),

1983 <藏緬語若干音變探源>, 《中國語言學報》 1, 269-298。

1989 <原始藏緬語構擬中的一此問題:以"馬"爲例>, 《民族語文》 6, 12-25。

Ting, Pang-hsin(丁邦新),

1977 “Archaic Chinese *g, *g^{W}, *ɣ and ɣ^{W}.” *MS* 33:171-179.

1978 <論上古音中帶l的複聲母>, 《屈萬里先生七秩榮慶論文集》(聯經出版社, 臺北) 602-617。

1979 <上古漢語的音節結構>, 《史語所集刊》 1979, 50:717-739。

1981 <漢語聲調源於韻尾說之檢討>, 《中央研究院國際漢學會議論文集》(語言文字組) 267-284.

Todo Akiyasu(藤堂明保),

1957 《中國語音韻論》, 江南書阮(東京)。

Tung, T'ung-ho(董同龢),

1944 《上古音韻表稿》, 台聯國風出版社(臺北)。

Wang, Jing-ju(王靜如),

1931 <中台藏緬數目字及人稱代名詞語源試探>, 史語所集刊 3:1, 49-92。

Wang, Jun(王均)

1982 <中國少數民族語言研究情況>, 《民族語文研究文集》 1-38。

Wang, Lian-fen(王聯芬),

1987 <漢語和藏語數量詞的對比>, 《民族語文》 1, 27-32。

Wen, You(聞宥),

1980 <語源叢考:鴨、鷗、鶩三詞次第考, “雍無梁林”解>, 《中華文史論叢》(上海古籍出版社) 4, 133-148。

Xing, Gong-wan(刑公琬)

1983 <漢語遇、蟹、止、效、流五攝的一些字在同台語裡的對應>, 《言語研究》1, 134-168。

1984 <漢藏系語言及其民族史前情況試析>, 《語言研究》 2, 159-173。

1989 <論漢語台語“關係詞”的研究>, 《民族語文》 1, 12-27。

Xing, Kai(邢凱)

1986 <原始台語幾個舌根、喉塞音聲母的演變>, 《民族語文》 1, 38-42。

Yakhontov, S.E.(雅洪託夫)

1959 <上古漢語的韻母系統>, 《漢語史論集》(北京大學出版社, 1986), 9-26。

1960a <上古漢語的複輔音聲母>, 《漢語史論集》, 42-52。

1960b <上古漢語的脣化元音>, 《漢語史論集》, 53-77。

1964 <語言年代學和漢藏語系諸語言>,《漢語史論集》, 78-89。

1976 <上古漢語的起首輔音L和R>,《漢語史論集》, 156-165。

1977a <上古漢語的起首輔音W>,《漢語史論集》, 166-174。

1977b <上古漢語的韻母ER>,《漢語史論集》, 175-186。

Yan, Xue-qun(嚴學窘),

1978 <談漢藏語系同源詞和借詞>,《江漢語言學叢刊》(湖北省語言學會編)。

1979 <原始漢語韻尾後綴-s試探>,《華中師院學報》 1, 101-112。

Yao, Rong-song(姚榮松),

1982 <上古漢語同源詞研究>, 國立臺灣師範大學國文研究所博士論文。

Yu, Min(俞敏),

1949a <釋甥>,《燕京學報》 36, 87-96。

1949b <漢語的'其'和藏語的 gji>,《燕京學報》 37, 75-94。

1984 <漢藏語虛詞比較>,《中國語文學論文選》(東京)。

1989 <漢藏同源詞譜稿>,《民族語文》 1, 56-77;2(續), 49-64。

Yu, Nai-yong(余迺永),

1985 <上古音系研究>, 中文大學出版社(香港)。

Zhang, Ji-chuan(張濟川),

1981 <藏語拉薩話聲調分化的條件>,《民族語文》 3, 14-18。

Zhang, Yong-yan(張永言),

1962 <再談"聞"的詞義問題>,《中國語文》 5, 229。

1983 <語源札記三則>,《民族語文》 6, 23-25。

1984 <論上古漢語的"五色之名"兼及漢語和台語的關係>,《漢語論叢》(四川大學學報叢刊, 第22輯)。

2. 英、法、德文

[英文縮寫]

AA	*American Anthropologist.*
AM	*Asia Major.*
AO	*Acta Orientalia.*
BEFEO	*Bulletin de l'Ecole Francaise d'Extréme-Orient.*

BIHP	*Bulletin of the Institute of History and Philology.*
BMFEA	*Bulletin of the Museum of Far Eastern Antiquites.*
BSL(P)	*Bulletin de la Société Linguistique de Paris.*
BSO(A)S	*Bulletin of the School of Oriental (and African) Studies.*
CAAAL	*Computational Analysis of Asian and African Languages.*
HJAS	*Harvard Journal of Asiatic Studies.*
JA	*Journal Asiatique.*
JAOS	*Journal of American Oriental Society.*
JAS	*Journal of Asian Studies.*
JCL	*Journal of Chinese Linguistics.*
JRAS	*Journal of the Royal Asiatic Society of Great Britian.*
LTBA	*Linguistics of the Tibeto-Burman Area.*
MS	*Monumenta Serica.*
MSOS	*Mitteilungen des Seminars für Orientalische Sprachen.*
OLZ	*Orientalische Literaturzeitung.*
TP	*T'oung Pao.*
ZDMG	*Zeitschrift der Deutschen Morgenländischen Gesellschaft.*

Arlotto, Anthony,

1972 *Introduction to Historical Linguistics*. Boston:Houghton-Mifflin. Repr.1981, Washington, D. C.:University Press of America.
李乙煥等韓譯本:≪比較--歷史言語學≫, 學硏社, Seoul, 1987。).

Bauman, James J.,

1979 "An historical perspective on ergativity in Tibeto-Burman." In Plank (ed.) 1979, 419-433.

Benedict, Paul K.(白保羅),

1939 "Semantic Differentiation in Indo-Chinese:Old Chinese 蠟 and 儺 n." *HJAS* 4, 213-229.

1940 "Studies in Indo-Chinese Phonology." *HJAS* 5, 101-127.

1942a "Thai, Kadai, and Indonesian:a new alignment in Southeastern Asia", *AA* 44:4, 576-601.

1942b "Tibetan and Chinese Kinship terms." *HJAS* 6, 313-337.

1948 "Archaic Chinese *g and *d." *HJAS* 11, 197-206.

1972 *Sino-Tibetan:a conspectus* (≪漢藏語概論≫). Cambridge University Press,

Cambridge.

1975 *Austro-Thai:Language and Culture*. Human Relations Area Files Press, New Haven.

1976 "Sino-Tibetan:Another Look." *JAOS* 96, 176-197.

1984a "PST interrogative *ga(ng)～*ka." *LTBA* 8:1, 1-10.

1984b "The Sino-Tibetan Existential *s-ri." *LTBA* 8:1, 11-13.

Bodman, N. C.(包擬古),

1969 "Tibetan sdud 'folds of a garment', the character 卒, and the *st-hypothesis." Paper presented to the Fourth International Conference on Sino-Tibetan Lnaguages and Linguistics, San Diego, Octber.

1973 "Some Chinese reflexes of Sino-Tibetan s-clusters." *JCL* 1, 386-396.(馮蒸中譯文<漢藏語中帶s-的複輔音聲母在漢語中的某此反映形式>, 載≪語言文字學≫1988:1, 85-96。)

1974 "Tibetan evidence for the *-ps, *-ts and *-ks origin of part of the Chinese *ch'ü-sheng*." Paper presented to the Seventh International Conference on Sino-Tibetan Lnaguages and Linguistics, Atlanta, October 18-19.

1975 "Review of Benedict *Sino-Tibetan:a Conspectus*." *Linguistics* 149, 89-97.

1980 "Proto-Chinese and Sino-Tibetan:Data Towards Establishing the Nature of the Relationship." In *Contributions to Historical Linguistics : Issues and Materials*. pp.34-199, Leiden.

1985 "Evidence for l and r medials in Old Chinese and associated problems" In *Linguistics of the Sino-Tibetan Area:the State of the Art*. pp.146-167, Canberra.

Boltz, W. G.,

1974 "Studies in Old Chinese Word Families." Dissertation of Ph.D. Presented in the University of California, Berkeley.

Bynon, Theodora,

1977 *Historical Linguistics*. Cambridge University Press.

Chang, Betty Shefts,

1971 "The Tibetan Causative:Phonology." *BIHP* 42, 623-765.

Chang, Betty Shefts and Kun Chang,

1976 "Chinese *s-Nasal Initials." *BIHP* 47, 587-609.

Chang, Kun(張琨).

1967 "China:national languages", in Thomas A.Seboek (ed.), *Current Trends in Linguistics* 2 (Mouton, The Hague).

1969 "Sino-Tibetan Word for Needle." *MS* 28, 230-245.

1972 "Sino-Tibetan 'iron':*qhleks." *JAOS* 92, 436-446.

1973 "Review of Benedict, *Sino-Tibetan:a Conspectus*." *JAS* 32:2, 335- 337.

1977a <中國境內非漢語研究的方向>(張琨主講, 張賢豹記錄), ≪中國語言學論集≫(幼獅文化事業公司, 臺北), 246-265。

1977b "The Tibetan Role in Sino-Tibetan Comparative Linguistics", *BIHP* 48, 93-108. 黄布凡的中譯文:<藏語在漢藏語系比較語言學中的作用>, ≪民族語文研究≫, 298-313。

Chang Kun and Betty Shefts Chang

1977a "On the Relationship of Chinese 稠 *djəug and 濃 *nəung, *njəng." *MS* 33, 162-170.

1977b "Tibetan Prenasalized Initials." *BIHP* 48, 229-243.

Coblin, W. South.(柯蔚南),

1972-73 "Review of Benedict 1972." *MS* 30, 635-642.

1974 "An early Tibetan word for horse." *JAOS* 94:1, 124-125.

1976 "Note on Tibetan Verbal Morphology." *TP* 62, 45-70.

1986 *A Sinologist's Handlist of Sino-Tibetan Lexical Camparisons*. Monumenta Serica Monograph Series 18.

Conrady, A.(康拉第),

1896 *Eine indochinesische Cavsativ-Denominativ-Buildung und ihr Zusam- menhang mit dem Tonaccenten* (≪漢藏語系中使動名謂式之構詞法及其與四聲別義之關係≫). Otto Harrassowitz, Leipzig.

Das, Sarat Chandra,

1902 *A Tibetan-English Dictionary with Sanskrit Synonyms*. Alipore. (reprinted in 1960).

Dragnov, von A,

1931 "Review of Simon, Walter:Tibetisch-chinesische Wortgleichungen, Ein Versuch." *OLZ* 12, 1085-1090.

Egerod, Søren.,

1973 "Review of Benedict, *Sino-Tibetan:a Conspectus*." JCL 1:3, 498- 505.

1974 "Sino-Tibetan Languages", in *Encyclopedia Britanica* 15, 796-806.

1976 "Benedict's Austro-Thai hypothesis and the traditional view on Sino-Thai relationship", *CAAAL* 6, 51-59.

Forrest, R. A. D.

1948 The Chinese language.(其中第一章序論, 姚榮松譯爲<漢藏語言研究導論>, 載≪師大國文學報≫8, 180-196, 1979。)

1952 "On Certain Tibetan Initial Consonant Groups." *Wennti* 4, 41-56.

1956 "Towards Common Tibeto-Burman." *Wennti* 10, 1-18.

1960 "Les occlusives finales en chinois archaique." *BSL* 55, 228-239.

1961 "Researches in Archaic Chinese." *ZDMG* 111, 118-138.

1964, 67 "A Reconsideration of the Initials of Karlgren's Archaic Chinese." *TP* 51(1964), 229-246;*TP* 53(1967), 243-252.

Hale, Austin,

1982 *Research on Tibeto-Burman Languages*. Berlin.

Haudricourt, A. G.,

1954a "Comment reconstruire le chinois archaique." *Word* 10:2-3, 351-364. 馬學進中譯文<瑨樣擬測上古漢語>, 原載≪幼獅月刊≫43:2, 又重印於≪中國語言學論集≫198-226, 幼獅文化公司, 臺北, 1977。

1954b "De l'orgine des tones en vietnamien." *JA* 242:1, 69-82.

1973 "Review of Benedict, *Sino-Tibetan:a Conspectus*." *BSLP* 68:2, 494- 495.

Hock, H. H.,

1986 *Principles of Historical Linguistics*. New York.

Jäschke, H. A.,

1881 *A Tibetan-English Dictionary*. New York(reprinted in 1965).

Jeffers, R. J. and Lehiste, I.,

1979 *Principles and Methods for Historical Linguistics*. The MIT Press.

Jong, J. W.,

1973 "Tibetan Blag-pa and Blags-pa", *BSOAS* 36:2, 309-312.

Judson, A.,

1826 *A dictionary of the Burman language*. Calcutta.

1849 *A dictionary of English and Burmese*. Maulmain.

1893 *Judson's Burmese-English Dictionary*. Revised and enlarged by Robert C. Stevenson, Rangoon.

Karlgren, Bernhard(高本漢),

1915-26 *Etudes sur la phonologie chinoise*. 4 fasc.(趙元任、羅常培、李方桂中譯本《中國音韻學研究》, 商務印書館, 1940。).

1923 *Analytic dictionary of Chinese and Sino-Japanese*.(《分析字典》) Librairie Orientaliste Paul Geuthner, Paris.

1931 "Tibetan and Chinese." *TP* 28, 25-70.

1934 "Word families in Chinese." *BMFEA* 5, 9-120.

1940 "Grammata Serica:script and phonetics in Chinese and Sino-Japanese." (《漢文典》) *BMFEA* 12, 1-471.

1954 "Compendium of Phonetics in Ancient and Archaic Chinese." *BMFEA* 26, 211-367.

1957 "Grammata Serica Recensa." (《修正漢文典》) *BMFEA* 29, 1-332. Heinrich Julius von.

1823 *Asia Polyglotta*.

Konow, Sten.

1909 *Tibeto-Burman Family*, vol.3, part 1 of George A. Grierson, ed., *Linguistic Survey of India*. Delhi.

Laufer, Berthold(勞佛),

1914 "Bird Divination among the Tibetans." *TP* 15, 1-110.

1915 "The prefix a- in the Indo-Chinese languages." *JRAS* 757-780.

1916a "The Si-hia language." *TP* 17, 1-126.

1916b "Loan-Words in Tibetan." *TP* 17, 403-552.

Lehman, F. K.,

1975 "Review of Benedict, *Sino-Tibetan:a Conspectus*." Language 51:1.

Leyden, J.,

1808 "On the Languages and Literature of Indo-Chinese Nations", *Asiatick Researches* 10, 158-289.

Li, Fang-kuei(李方桂).

1933 "Certain Phonetic Influences of the Tibetan Prefixes upon the Root Initials." *BIHP* 4, 135-157.

1943a "The hypothesis of a series of preglottalized consonants in primitive Tai." *BIHP* 11, 177-187.

1943b <書評, 沙佛, 藏漢語系的元音>, ≪中國文化研究所集刊≫ 3, 77-80。

1938 "Languages and Dialects", *Chinese Year Book* 1938 (Shanghai;repr. 1973 "Languages and Dialects of China", *JCL* l, 1-12.

1951 <漢藏系語言研究法>, ≪國學季刊≫7:165-175. 重印於≪中國文化復興月刊≫7:8, 12-16, 1974. 又重印於≪中國語言學論集≫132-147, 幼獅文化公司, 1977。

1956 "The Inscription of the Sino-Tibetan Treaty of 812-822." *TP* 44:1-99.

1959 "Tibetan gli-ba-'dring." *Studia Serica Bernhard Karlgren Dedicata*. Copenhagen. pp.55-59.(馮蒸中譯文載≪民族語文論叢≫(中央民族學院少數民族語言研究所) 1, 375-384。)

1961 "A Sino-Tibetan Glossary from Tun-huang." *TP* 49, 233-356.

1971 <上古音研究>, ≪清華學報≫N.S.9:1, 2. pp.1-61。

1973 "Some Dental Clusters in Tai." *BSOAS* 36:2, 334-339.

1976a "Sino-Tai", *CAAAL* 3, 39-48.

1976b <幾個上古聲母問題>, ≪蔣公逝世周年紀念論文集≫, 臺北.1143-1150。

1977 *A Handbook of Comparative Tai*. The University Press of Hawaii.

1983 *"Archaic Chinese" The Origins of Chinese Civilization* (Univ.of California Press) 393-408.

Li, Fang-kuei(李方桂) and Coblin, W. S.(柯蔚南),

1987 *A Study of the old Tibetan inscriptions*. 中研院史語所專刊 No. 91.

Luce, G. H.,

1981 *A Comparative Word-List of Old Burmese, Chinese and Tibetan*. University of London.

Manomaivibool, Prapin,

1976a "Thai and Chinese:Are they genetically related?", *CAAAL* 6, 11-31.

1976b "Layers of Chinese Loanwords in Thai", *Tai Linguistics in Honor of*

Fang-kuei Li. ed. by Thomas W. Gething, Jimmy G. Harris, and Pranee Kullavanijaya, Bankok. 179-184.

Maspero, H.,

1912 "Etudes sur la phonetique historique de la langue annamite." *BEFEO* 12, 1-126.

1920 "Le dialecte de Tch'ang-ngan sous les T'ang."(唐代長安方言考), *BEFEO* 20:2, 1-124.

1930 "Pré fixes et dé rivation en chinois archaique." *Mem.Soc.Ling. de Paris* 23, 313-327.

Matisoff, James A.(馬提索夫),

1970 "Glottal Dissimilation and the Lahu High-rising Tone:a Tonogenetic Case-Study." *JAOS* 90, 13-44.

1972 *The Loloish Tonal Split Revisited.* Berkeley.

1975 "Benedict's Sino-Tibetan:A Rejection of Miller's *Conspectus* Inspection." *LTBA* 2:1, 155-172.

1978 *Variational semantics in Tibeto-Burman*. Philadelphia.

1987 <藏緬語研究對漢語史研究的貢獻>, 《語言研究論叢》(南開大學) 4, 61-68。

1990 <藏緬語族語言的研究與展望--馬提索夫教授訪問記>(戴慶廈), 《民族語文》 1, 1-8。

Miller, R. A.(米勒),

1956 "The Tibeto-Burman Ablaut System." *Transactions of the Interna- tional Conference of Orientalists in Japan* 1, 29-56.

1957 "The Phonology of the Old Burmese Vowel system as seen in the Myazedi inscription." *Transactions of the International Conference of Orientalists in Japan* 2, 39-43.

1958 "The Tibeto-Burman Infix System." *JAOS* 78:3, 193-204.

1969 "The Tibeto-Burman languages of South Asia." *In Current trends in Linguistics* (ed. by Thomas A. Sebeok, Paris), vol.5, 431-449.

1968 "Review of Robert Shafer's *Introduction to Sino-Tibetan*." *MS* 27, 398-425.

1974 "Sino-Tibetan:inspection of a conspectus." *JAOS* 94:2, 195-209.

Norman, Jerry.(羅杰瑞)

1988 *Chinese*. Cambridge University Press, New YorK.

Norman, Jerry(羅杰瑞) and Tsu-lin, Mei(梅祖麟),

1976 "The Austroasiatic in ancient south China:Some Lexical Evidence" *MS* 32, 274-301.

Paul Fu-mien Yang(楊福綿),

1977-78 "Prefix Kə- in modern Chinese dialects and proto-Chinese." *MS* 33, 286-299.

Plank, Frans, (ed.)

1979 *Ergativity:towards a theory of grammatical relations*. London Academic Press.

Pulleyblank, E. G.(蒲立本),

1962 "The Consonantal system of Old Chinese." *AM* 9, 58-144, 206-265.

1963 "An interpretation of the vowel system of Old Chinese and of Written Burmese." *AM* 10, 200-221.

1965 "Close/open Ablaut in Sino-Tibetan." *Lingua* 14, 230-240.

1972 "Word Families in Chinese:A Reconsideration." *Unicorn(Chi-Lin)* 9, 1-19.

1973a "Some new hypotheses concerning word families in Chinese. *JCL* 1, 111-25.

1973b "Some further evidence regarding Old Chineses and its time of disappearance." *BSOAS* 36:2, 368-373.

1978 "The final consonants of Old Chinese" *MS* 33:180-205.

Ruhlen, Merritt.,

1987 *A Guide to the World's Language*.(vol 1:Classification) Standford University Press, California.

SchÜssler, Axel.,

1974a "Final -l in Archaic Chinese." *JCL* 2:78-87.

1974b "R and l in Archaic Chinese." *JCL* 2:186-199.

1976 *Affixes in proto-Chinese*. Münchener Ostasiatische Studien, Volume 18. Wiesbaden.

Sedlácek, K.,

1967 "The Law of Phonetic Change in Initial Clusters in Common Sino-Tibetan." *MS* 26, 6-34.

1974 "Review of Benedict, Sino-Tibetan:a Conspectus. *ZDMG* 124, 205- 206.

Shafer, Robert(沙佛爾).

1940-41 "The Vocalism of Sino-Tibetan." *JAOS* 60, 302-337;61, 18-31.

1950 "Studies in the Morphology of Bodic Verbs." *BSOAS* 13:3, 702-724;13:4, 1017-1031.

1957, 1963 *Bibliography of Sino-Tibetan Languages* Ⅰ(1957), Ⅱ(1963).

1966-74 *Introduction to Sino-Tibetan.* Part 1-5. Wiesbadn.

Simon, Walter(西門華德),

1927-28" Zur Rekonstruktion der altchinesischen Endconsonanten." *MSOS* 30(1927), 147-167;31(1928), 175-204.

1929 "Tibetisch-chinesische Wortgleichungen, Ein Versuch"(≪漢藏語同源詞初探≫), *MSOS* 32:157-228.

1938 "The Reconstruction of Archaic Chinese." *BSOAS* 9, 267-288.

1949 "The Range of Sound Alternations in Tibetan Word Families." *AM* N.S.1, 3-15.

Thurgood, Graham.

1976 "Rhyming Dictionary of Written Burmese." *LTBA* 8:1, 1-93.

1977 "Lisu and Proto-Lolo-Burmese." *AO* 38, 147-207.

1985 "Benedict's work:past and present", *Linguistics of the Sino- Tibetan Area:the state of the art.*(The Australian National University) 1-15.

Wolfenden, Stuart N.,

1928 "The Prefix m- with certain Substantives in Tibetan." *Language* 4, 277-280.

1929 *Outline of Tibeto-Burman Linguistic Morphology.*

1936 "On Certain Alternations Between Dental Finals in Tibetan and Chinese" *JRAS* 401-416.

1937 "Concerning the Variation of Final Consonants in the Word Famil- ies of Tibetan, Kachin, and Chinese." *JRAS* pp.401, 625-655.

1939 "Concerning the Origins of Tibetan brəgad and Chinese 八 pwət 'Eight'." *TP* 34, 165-173.

國家圖書館出版品預行編目資料

漢藏語同源詞綜探

全廣鎮著. – 增訂一版. – 臺北市：臺灣學生，2022.10
面；公分

ISBN 978-957-15-1890-9 (平裝)

1. 漢藏語系 2. 詞源學

801.82 111011743

漢藏語同源詞綜探

著 作 者 全廣鎮
出 版 者 臺灣學生書局有限公司
發 行 人 楊雲龍
發 行 所 臺灣學生書局有限公司
地 址 臺北市和平東路一段 75 巷 11 號
劃撥帳號 00024668
電 話 (02)23928185
傳 眞 (02)23928105
E-mail student.book@msa.hinet.net
網 址 www.studentbook.com.tw
登記證字號 行政院新聞局局版北市業字第玖捌壹號
定 價 新臺幣七〇〇元

一 九 九 六 年 十 月 初版
二 〇 二 二 年 十 月 增訂一版

80142

ISBN 978-957-15-1890-9 (平裝)